U0917890

陕西出版传媒集团
陕西人民出版社

目　录

金石记（节选）

马玉琛

【作者简介】 马玉琛，1956 年生。中国作家协会会员，陕西作家协会理事，西安财经学院文学教授。长篇小说《风来水来》获陕西作协首届吉元文学奖。长篇小说《金石记》入选“阅读中国——当代文学精品 500 部（数字）工程”；2009 年获第二届陕西文艺大奖，2010 年获第二届柳青文学奖，2011 年参评第八届茅盾文学奖。

九

齐明刀领着师傅货郎苗和杨老汉坐长途汽车到西关车站。下车时齐明刀从货架上卸下货郎担，要替师傅挑着。师傅坚持不允：“我这肩膀挑这货郎担已经挑了大半辈子，一时不挑着，走路都打趔趄哩。”齐明刀拗不过师傅，只得由他挑着。不过，齐明刀看到：师傅的背明显驼了，腿明显罗圈了。长袍底下的两只腿，远没有当年迈得欢快利索了。杨老汉一旁说：“你师傅货郎苗是铁肩担道义，一担担到底。”齐明刀惊奇养牛的杨老汉说话有学问，心里愈发觉得杨老汉不是一个寻常老汉。

杨老汉边走边掐指算着：“芒种芒种，收麦种秋，紧紧火火，便到夏至。今日的确是夏至。”

齐明刀说：“对着哩，是夏至，郑四爷新茶楼开业大典就在今儿。郑四爷和金三爷专门派我去接你和师傅来参加新茶楼开业大典。我唯一不明白的是，开业大典为啥偏偏选在夏至这一天呢？”

杨老汉把旱烟袋在空中抡着，沉思片刻说：“兴许是取春种、夏长、秋收、冬藏中夏长之意。长即长，长即长，长长长长，长长长长，绵延不息。”

齐明刀觉着杨老汉说得有些意思，就是不知道和郑四爷想的吻合不吻合。

这时，货郎苗突然打响了货郎鼓，随之高声唱了两句：“搭镰割麦忙种秋哎，夏至日摇摇晃晃进了长安城。”

苍凉幽怨的鼓声唱声不光把安远门城楼上的马燕惊得漫空飞旋，还招惹得一街两行人驻足观看，仿佛长安城里来了三个上世纪的怪物。

三个人并不理会一街两行人驻足观望和议论，径直进了安远门，直奔长安西市而来。

杨老汉：“岁月跑得快，世事变化大，长安城已经不是小时候记得的长安城了。”

货郎苗：“是呀是呀，国子监变成了大学府，骡马市变成了汽车行，肉行变成了红灯区，青楼变成了足浴房。”

杨老汉：“货郎苗倒是像新媳妇回娘家，时常回长安城转悠转悠。”

货郎苗：“年轻时隔三岔五，中年时一年半载，现时老了，腿脚不灵便，好几年没进长安城了。”

三个人一路走着，忽然听到几声雷响，抬头看，看到大片大片的乌云正从头顶往长安城东南方飘去。谚语说：云朝南，水漂船。三个人加快脚步，想在雨落之前赶到新茶楼。但是暴雨还是比人的脚步快，稠密的雨点子黄豆豌豆似的砰砰啪啪砸落下来，砸在街面和街两边的楼顶上。街面很快积起水洼，雨点子在水洼里打起无数水泡，跟在后面的雨点子再把水泡打破，水泡里蒸起团团白气。

三个人并没有停下来找地方避雨，而是加快脚步，或借楼檐掩护，或迎着飞蝗一样的雨弹往前冲。冲到西市西头拐角的新茶楼前时，三个人的衣服早已湿透。

三个人并没有急着拥进新茶楼躲雨，而是挤到街对面的楼檐底下的人丛里，隔着雨幕欣赏新茶楼。湿就湿了吧，落汤鸡就落汤鸡，人跟新茶楼一样，立在世上就得接受风雨洗礼。

新茶楼的台基一应的青石铺就，台基上匀布九个六棱雕花石础，石础上九根朱红木柱直竖而上，撑顶住一层楼顶。九根朱红木柱间，八扇木雕莲花门窗统统打开，以示八方来仪，开门大吉。门窗中间皆镂空，门下依次雕刻姜太公垂钓、秦始皇兵马俑、苏武牧羊、陶潜采菊、太白醉酒、灞柳春风、华岳仙掌、终南积雪图。

九根朱红木柱撑顶着的翘檐上方，又临空竖起八根廊柱，撑起第二层歇山屋顶。歇山屋顶四面缓坡，四角鸟翅一般飞翘而起，上面铺着琉璃碧瓦。屋脊东首，琉璃鸱吻昂首东望，像是要隔着重重雨幕望见浓云背后的太阳。屋脊西首空着，没有鸱尾回应。

通体看去，整个茶楼为九柱落地，八柱擎天，四檐飞翘，鸱吻鸱尾呼应。万分遗憾的是：屋脊两端，只有鸱吻，没有鸱尾，呼而不应。

暴雨打到了二层歇山屋顶，砰砰响着汇成雨线，顺檐垂下，滴落到一层楼顶，却不见流落到街外面来。众人纳闷：这满楼雨水，流到哪里去了呢？

杨老汉一手抹着脸上的雨水，一手拿烟袋指着新茶楼慨叹："美，真真正正的美！这一楼跟我家当年的房子一样美，这二楼比我家当年的房子还要美！"杨老汉激动地说着，用抹脸上雨水的手紧紧握住齐明刀的手："我的琉璃鸱吻和《营造法式》没有白给你，你把我老汉小时候的生活复活了，把我家的房子重修了，而且修得更美更好哩，只可惜……"杨老汉用烟袋指着屋脊东首的鸱吻，眼眶里噙着泪说："可惜只剩下这只鸱吻，而那只鸱尾，却让人打碎了，永远地打碎了，不得全乎了。"

货郎苗站在杨老汉身边，眯眼凝望着风雨中的新茶楼。货郎担沉沉地坠在两边，货郎鼓僵在手中，没有敲出声音。

客人中有人疑问："这么好一座茶楼，咋既不挂匾，又不立望子呢？"

说话间，颁颇着颡、穿着青布对襟短衫、双手捧着核桃壶的郑四爷走出门来，立在青石台阶上朝街对面楼檐下和雨地里的客人打拱，请客人快快进茶楼去。

货郎苗这才举起货郎鼓当空摇了几下。尽管货郎鼓被雨水淋湿声音有些发木，但郑四爷还是听到了。郑四爷忙冒雨穿过街心来迎接："货郎苗呀，金三老想你想死了，这阵儿正在茶楼里等你哩。齐明刀，这位是杨老先生吧？"

杨老汉摆摆烟袋："不是先生，是养牛的。"

"哈哈，养牛的老先生，请吧！"

几个人随一群客人一起拥过街心，连踏三级青石台阶，心中顿时生出连升三级的美妙感觉。

进中间两道门，是一幅巨幅屏风做的照壁。屏风是硬质槭木，四周是圆裹圆的边，中间浮雕陆羽品茶图。陆羽幞首当头，玉带束腰，长袍带风，昂坐品茶，大有茶圣的气韵和风度。

众客人隔屏风照壁听到大厅里边传来潺潺水声。那水声若终南山沟涧间的溪水，沿山石跌宕而下，声若金玉灵石碰撞鸣响。众客人循声转过屏风照壁，豁然看见一番别致景象。

大厅中央，是一个正方形水池，水池往上，正对着一个偌大天井。天井立在一层楼上，八柱耸立，斗拱勾连，擎撑着二层屋顶。八柱间通风透天，二层屋檐雨水汇积分流，流落到二层楼顶。二层楼顶外高内低，故而雨水不流向街面，而是形成中空的四面水帘，迎风摇摇落落地垂滴到水池中。水激水活，水激水响，泠泠地似金玉相撞，如丝竹和鸣。

隔水帘往池中望去，影影绰绰，模模糊糊能看到池中心立着一块石碑，石碑上蒙一块被雨水打湿的红绸布。石碑蒙着湿漉漉的红绸布，活像顶着红盖头的新嫁娘。

杨老汉仍然激动着，赞叹着："美，真正美！比我家当年的房子美多了！夏至落雨，天遂人愿！"

客人到得差不多了。齐明刀用眼神跟那些认识的人打过招呼，金三爷则快步走过来，也不说话，只是紧紧抓住卸了担子的货郎苗的手臂，用力摇了半天。那情景，活像一个大孩子抱住一棵枣树用力摇晃，非得要把枣子摇落下来才善罢甘休。

冯空首过来，对齐明刀介绍说，董五娘身边那位，是她丈夫，长安城文物局局长金柄印。金柄印旁边，是长安城京兆区公安分局副局长宋元祐。宋元祐身后，跟的是部下肖黄鱼。郑四爷面情大，红道上人也来烘场子。齐明刀听着，把客人模样一一记在心里。

陶问珠若一只蝴蝶，款款地滑飞过来，站在齐明刀身边，翡翠耳坠一隐一现，眼睛在秀发丝中一亮一闪。陶问珠朝人丛最前面努努嘴："喏，你不是想见唐二爷吗？那不是。站在他旁边的是他太太周玉箸。"

唐二爷是位正值盛年的男子，身材魁梧，一张脸活像刚从模子里铸出来的铜像，向外散射着古铜色的光芒。脖胸间露在衣服外面的肌肉也闪烁着富于金属质感的光泽。只见他双手背后，昂首挺胸站着，眉宇间闪现着凌人气度。

唐二爷的太太周玉箸生得面庞丰润白皙，双层下巴富态圆满，一双杏眼漆黑明亮。高高绾起的发髻上插一根纯金扁簪，耳朵下荡一对祖母绿坠子，胸前挂一颗红宝石朝珠，手腕上套两个麻花翠镯，绣鞋上一边缀一颗玛瑙扣子。仿唐圆领对襟长披衫底下，裹着成熟女性的身段。臂弯间挂个大挎包，见有人注意她，便适度地朝丈夫跟前靠近一碎步。

众客人聚站在石碑水帘前，等待着长安城古董行当坐头把交椅的杜大爷的到来。

金柄印说："每次开会，代表和部下早早到齐，最高首长才挥手进来哩。代表和部下一见最高首长挥手进来，呼啦一下全站起来拍巴掌。"

宋元祐往这边看着唐二爷，说："对着哩，金局长观察得仔细，描述得准确，市长没来，副市长就得等着。"

唐二爷这厢里想：这两个人一唱一和，是有所指哩，干脆说杜大爷没来我就得等着得了，何必绕弯弯肠子哩。

说话间，门口的人群忽然让出一条道来。街上的风从人群让出的道儿吹进来。齐明刀闻到风中渗溢着一种淡极淡极的幽香。

幽幽香味引导一个人，顺人群让出的道儿往这边移动。这人是个年轻的女子。

这女子穿一袭素面拖地百褶裙，胸前抱个陶罐，款款地走到水池边，转过身，浅笑着背靠水帘站着。齐明刀的目光一直追随着这年轻女子。年轻女子站定了，齐明刀的目光也站定了。齐明刀心里忽然跳出一个词：陶罐女。陶罐女的秀发拢在脑后，发间扎条红额带，额带绕过脑门正中的地方缀一颗鹅黄色柿蒂形美玉。陶罐女头略一转动，那鹅黄美玉便闪出一片荧光。荧光下，一双静谧幽怨的月亮眼流溢着冷艳的顾盼神情。

齐明刀在心里将陶罐女和雍容华贵的周玉箸比，和沉静而古气盈然的董五娘比，和秀发飘飘面庞朦胧的陶问珠比，结果把自个儿比痴呆了。

齐明刀觉得后腰被谁捅了一下，回头一看，是陶问珠。齐明刀的脸唰一下红得像猪肝一样。齐明刀在被人发现隐秘的惊慌慌乱中叫了一声杜大爷。

"那不是杜大爷，是楚灵璧。"

"楚灵璧？"

"杜大爷的学生、书童、丫鬟、侍女、忘年交、全权代表……咋称呼都合适又都不合适。杜大爷到公开场合，她必陪着。"

"你是说，她出现，杜大爷就跟着出现。"

"按常理是。"

楚灵璧说话了："杜大爷不能来了。"

声音不大，像谁敲响了挂在屋檐下的铜风铃，那充满金属质感和音乐性的声音穿透空气，清悠悠地在茶楼里传荡开来，那声音要比水帘滴落到水池里的泠泠水声好听十倍。

"啊，杜大爷不能来了？"

"不来了？咋能不来了呢？"

"有啥要紧的事缠身绊脚呢？"

"再忙也得抽半个时辰的身。"

"这种场合，少了他还有啥意思呢。"

“架子大了，请不动了！”

……

“杜大爷让我转达他的歉意，并让我代表他来恭喜祝贺郑四爷新茶楼开业大吉！”

郑四爷：“杜一老有啥紧事脱不开身？”

“杜大爷本来要来，可美国来了个考古代表团，长安城的官长请他作陪，还说要商谈正事呢。”

一直没说话的唐二爷表示理解地说：“原来有重要的外交公干哩。”

美国考古代表团来长安城访问的事，金柄印早已知道。但他没有料到：他个文物局局长都没资格作陪，杜玉田个老家伙却被请去了。哼，杜玉田老儿，罪该万死，退了休离了位不在岗了，还事事高出我金柄印一头，真正要气破我肚皮了！金柄印满肚子生着嫉妒杜大爷的气，嘴上却附和唐二爷说：“杜一老是以国家大事为重嘛。”唐二爷内心鄙夷道：呸，杜一老是你称呼的么？

郑四爷见良辰已到，把核桃壶往空中一举，洪亮着声音说道：“既然杜一老让楚灵璧代表他，那就请楚灵璧来揭碑吧！”

金柄印身边的宋元祐说话了：“没瞧见政府各项大工程竣工剪彩，都是由最高官长来剪，最高官长若是不在，就由二官长来剪，若是二官长也不在，就由三官长来剪。这新茶楼，咋说也是长安城古董江湖上数得上的大工程，杜一老不在，就该又唐二老来揭碑，咋说也轮不到由一个黄毛丫头来代替杜一老揭碑，坏了规矩嘛！”

说到郑四爷心里去了。郑四爷在长安城繁华西市这坨地方和这份产业是祖上留下来的。“三大改造”和“社教”运动时，这坨地方和产业均被没收。郑四爷的父亲为保护祖上留下的私产，腰被打断三节，临死前拉住郑四爷的手说：儿呀，大就剩下一把核桃壶给你了！说完含恨而去。“文化大革命”结束不久，郑四爷向政府讨要祖上留下的家产，说父亲的腰断了三节，我的腰也准备断三节。结果腰没断为三节，三亩六分地归还一半，外加旧茶楼。四爷讨旧茶楼时重操旧业，攒下银钱，要重修新茶楼。

不要小看郑四爷个颁颅颡，上面能蹲三个核桃壶，可里面尽是文话儿。重建新茶楼时，他不停念叨：汉武帝大修未央宫，用木兰做椽檩，文杏做梁柱。椽台、窗壁、柱础、栏杆全部精雕细刻各种华饰，还用黄金做壁带，再把和氏玉石点缀其间。就连台阶儿，也全用玉石铺砌。清风吹来，满宫满殿金声玉振，你瞧那是啥火色？太宗李世民盖的长安城咱就不说了，给他修的昭陵，跟他住的皇城宫殿相差无几。陵前朱雀门内的献殿，主脊两头装饰的鸱吻鸱尾，就有一米半高，听说是鎏金的。那是国宝，咱弄不来。好在咱不是皇上，不是天他儿子，咱一不修生时住的宫殿，二不修死后睡的陵园，咱盖的是茶楼！咱不和皇上比，咱只和长安城同道上的人比。咱的茶楼总得跟杜一老的半坡马厩和唐二老的宝鼎楼差不离吧！咱就是揭开家底，穷尽毕生精力，也要把新茶楼盖成长安城的头一份。多亏齐明刀和养牛的杨老汉。琉璃鸱吻虽然比不上昭陵献殿上的鸱吻高大华贵，却也出自唐人之手，带着唐人的精气神。鸱吻里珍藏的古楼营造法式图，虽不是唐时的，却含着唐风唐韵。这样的宝贝，连同黄花梨雕花屏风，让齐明刀给弄来了。新茶楼有了着落了。郑四爷一边啜核桃壶一边展看营造法式图，一连看了三天三夜，才看出门道，才构思出自个儿的修改方案。郑四爷请长安城最好的设计师，按图勾勒，照自个儿的设想改造，然后请长安城最好的工匠，大兴土木，重盖新茶楼。

三个月零三天，新茶楼竣工。

宋元祐一席话，正说在郑四爷心里，郑四爷便用眼睛征询唐二老的意见。

唐二爷非但不觉着宋元祐的话在理，反而觉着那话是冲他说的。咋哩，把官场上那一套搬到咱古董道儿上来，坏咱古董道儿上的江湖规矩哩！

唐二爷稳站不动，望着水帘前的楚灵璧说："还是由楚灵璧揭吧，楚灵璧揭就等于杜一老揭。这是代表，不是代替。"

唐二爷说话声音不高却底气十足，话虽说得轻描淡写，实际上却是发出了不可变更的命令，说完率先鼓掌。他一鼓掌，金三爷、董五娘、周玉箸和秀水以及所有客人便跟着鼓掌。

掌声一响，郑四爷和楚灵璧便没有退路了。郑四爷再次上前邀请，楚灵璧见实在推不过，便慢声细气地说："恭敬不如从命，我就代杜大爷行揭碑之礼吧。"说着放下陶罐，踏上水池台沿，双手分拨草丛一样分拨开水帘，闪身进去，揭去石碑上红绸布，石碑上立时现出三个描金大字：四水堂。

楚灵璧旋身出来，一边抖落掉脸上衣裙上的水珠，一边把红绸布交给郑四爷，自己再抱起陶罐站在一旁。

郑四爷把红绸布往腰间一系，举壶高喊："放炮！"悬在梁间的几挂万字头鞭炮立时砰砰啪啪响作一团。人们的脚底下很快积起寸厚的炮皮。众客人踩着炮皮，拥着挤着争相观赏石碑和石碑上的字。郑四爷得意地解说："四水堂自然是请杜一老题名书丹，碑自然是请长安城郊最有名望的老石匠雕刻勒石描金的。"

新茶楼名曰四水堂。

金柄印挤到人丛前边，隔着水帘望那石碑，石碑上三个金字在水帘里晃晃地动着。金柄印望了片刻，说："杜一老的字，没一笔可以弹嫌的。只是这四水堂……"金柄印望着天井四檐的雨水，汇成水帘，叮叮咚咚地滴落到水池中："是不是四水到堂的意思？"

金柄印身边的宋元祐立时接过话茬："是四水到堂，肥水不流外人田的意思。"

唐二爷背着双手，也在侧头隔水帘看石碑上的三个描金大字，听到金柄印和宋元祐这样说话，鼻子浓重地哼了一声："乌鸦嘴念唐诗，臭了意境儿。"

乌鸦嘴念唐诗，臭了意境儿一句话，把金柄印和宋元祐脸说红了，宋元祐虽然怒目瞪着唐二爷，身子却藏到金柄印后面去了。

唐二爷望一眼抱着陶罐的楚灵璧，又看一眼金柄印和宋元祐说："东汉时有个杨震，人称关西孔子，这人为官清廉，从不收人贿赂，有个县令不信，深夜抱了一坛子金银送他，他坚持不受。县令说我三更半夜而来，无人知晓。他说你三更半夜而来，天知地知，你知我知，怎能说没人知晓呢？县令面红耳赤，答对不上话来。后来杨姓人便给自家起了个堂号，叫四知堂。而今给这茶楼起名四水堂，也肯定有个说头。”聪慧的楚灵璧会心一笑，嘴唇轻启，铜风铃一样的声音便传开来：“终南一滴水。”

唐二爷随即接道：“万古流到今。”

郑四爷一举核桃壶：“壶小乾坤大。”

金三爷嗅一嗅鼻烟壶：“楼中日月长。”

楚灵璧代表杜大爷，长安四老，一人一句，凑到一起，倒颇像是一首诗。齐明刀揣摩诗中意味，大约便是四水堂的意味。那意味博大丰厚深远绵长，三言两语难得说确切。长安四老就是有学问，说出的意味儿就是比“四水到堂”和“肥水不流外人田”中听入耳。齐明刀再看金柄印和宋元祐，两个人羞惭得简直无地自容。尤其是那个宋元祐，已经羞惭得愤怒了，愤怒地在金柄印身后仇视着唐二爷。那模样，那仇恨，不是八代的冤仇，就是偷用了他的老婆！

揭碑仪式结束，郑四爷便领着众客人往里走。走到四扇屏风前站住，让大伙观赏。齐明刀和杨老汉认识这四扇黄花梨木四君子屏风。郑四爷让人修补刷新过，立在这里，新的一般。

称赞声中，郑四爷又领客人绕过屏风往里走。原来这屏风后面是一洞圆月似的雕花木门。进门是正堂，堂前供着茶神陆羽像和他的名作《茶经》。像两边挂一副紫檀木镶玉字对联：“三癸亭上三绝称，长安楼间常年香。”齐明刀不明白上联的意思，便问身边的冯空首，冯空首连连摇头。又扭头问陶问珠，陶问珠模棱两可地说：“可能与茶圣陆羽有关吧。”

郑四爷领众客人拜过茶圣陆羽，这才进入二楼左首的大包间。大包间窗户向着茶楼后院，里边贴墙壁立着玻璃橱柜，橱中陈列各式紫砂茶壶，色彩有：海棠红、枣红、朱砂紫、葵黄、墨绿、白砂、梨皮、浇墨、沉香、水碧、冷金、闪色、葡萄紫、榴皮、豆青、琅玕翠、铁灰铅……式样有：明代供春六瓣圆囊壶、树瘿壶、董翰菱花壶、时大彬僧帽壶、菱花八角壶、玉兰花壶、徐友泉扁觯壶、陈仲美束竹紫圆壶、清代陈鸣远岁寒三友壶、梅干壶、瓜棱壶、陈鸿寿曼生壶、杨彭年书画筒形壶……不一而足，应有尽有。包间中央摆两张八仙桌，每张桌四边配八把古椅。首席上坐是交椅，其余是官帽椅。

在这种场合，是不能乱坐的，座次排得井然有序，跟国务院开会一样。首席上座杜大爷，杜大爷没有来，由楚灵璧代表。楚灵璧代表杜大爷来茶楼，却不代表杜大爷落座。她把交椅往后移一移，自己抱个陶罐立在原来放椅子的位置上。二座唐二爷，三座金三爷，四座郑四爷。郑四爷也把椅子往后移一移，站着招呼大家，算是敬意。五座董五娘，六座让不愿拆伴的金柄印捡了便宜，七座周玉箸，末座货郎苗。

次席上座杨老汉，二座京兆区公安分局副局长宋元祐，三座秀水，其余齐明刀、冯空首、陶问珠等依次而坐。排不上座位的，便拣空地儿立着。

齐明刀虽然屁股落座，眼珠儿却留在玻璃橱窗里，鼻子却闻着楚灵璧带进来的淡淡幽香。

这时，首席三座的金三爷亮着嗓门喊："快快快，开始吧，茶瘾都抗掉了。"

金三爷这一吆喝，斗茶开始了。

古时候斗茶，是客人各带茶叶，分别候汤、点茶，让大家品尝，然后论定高低。延至今日，斗茶已经演变成斗茶具了。茶叶嘛，由郑四爷统一提供。郑四爷将上好的西湖龙井、黄山云雾、武山银毫、福建乌龙、紫阳毛尖等新茶各装一小罐，让茶童端在一旁伺候。而开首第一壶茶，用的是东坡提梁壶，冲的茱萸簝掺菊花茶。

郑四爷引着茶童，来到楚灵璧身边，恭敬地道："小灵璧，请亮盅儿，替杜一老饮首盅儿。"

金柄印暗道：杜玉田老儿，人不来也要占头一份！

楚灵璧不慌不忙，从陶罐底下顺出一方古朴苍拙的陶砚，放到桌边说："杜大爷说，他的茶盅再好也好不过你郑四爷，就让我带这方陶砚来，权当茶盅，请大家用此品茶。还说喝茶就是喝墨水哩。"

瞧杜大爷说得多好，招出得多妙！

郑四爷将核桃壶藏进袖中，从茶童手中的茶托盘上提起东坡提梁壶，欲往陶砚中注茶水，不承想被楚灵璧拦住了：“终南山神仙溪的甘泉水吧。”

郑四爷得意地回道：“那还用说。我家茶楼每天雇一匹骡子两匹毛驴往返终南山，专门驮终南山神仙溪的甘泉水哩。”

楚灵璧：“杜大爷说，今日开张大吉，头遍茶省下你的甘泉水，用他贮的水。”说着把陶罐往前举一举。

众人惊奇：赠一陶罐水？

楚灵璧：“杜大爷半坡马厩的山坡上栽种各种奇花异草。杜大爷从春天开始，每天黎明时分，到花瓣上采集露水，春夏两季，共采得两陶罐，其中一罐，让我带来，赠予大家沏茶喝。”

春露香，夏露甘，用春夏采集的花露水沏茶，世上有几个人喝过？

金柄印又一次暗自叹息：杜玉田老儿，陶砚充茶盅是妙招，而这花露水，妙得就不是招了。这份礼物一出，别人再好的礼物，都显得俗气了！杜玉田老儿，你处处都要气死我哩！

众人傻愣着的时候，郑四爷连声说好好好，接过陶罐，亲自跑到后堂，烧花露水另冲茱萸簝掺菊花茶。

郑四爷转回来，往陶砚里注几滴茶，让楚灵璧代杜大爷品。再注几滴茶，让唐二爷品。唐二爷说我寻常只饮酒，不品茶，今日破例，品罢道：“果然清冽甘美，沁心润肺。”郑四爷又注，依次品茶。众人品过一齐叫好。齐明刀品过，只觉百花的香味、茶香味、陶砚的墨香味、楚灵璧身上的幽香味混合一起，冲鼻通肺，再折而上头，然后涌遍全身。齐明刀简直无法形容那种香味带来的奇异感觉。

之后，陶罐和陶砚便留下了。原来，这斗茶的佳妙形式下，还隐藏着另一个佳妙内容：向郑四爷行开业大吉的贺礼。礼品用过，便作为礼物留下，但留下不能白留下。郑四爷事后按江湖规矩视礼品贵贱付一定的回执礼金，但回执礼金只是象征性的。若真要掏钱去市场上买这样的礼品，那价钱就贵老鼻子了。可谓半赠半买，礼尚往来。

齐明刀心中发毛：自己拿啥做贺礼呢？

那边郑四爷已经转到唐二爷身侧，提着东坡提梁壶毕恭毕敬地说：“唐二老，您请！”

唐二爷看一眼隔座的妻子周玉箸，大手在空中画个半圆，随之探入怀中，取出一对青铜觚。再看周玉箸，手中已有一对青铜爵。这长安城古董道儿上锦瑟和谐的两口儿，将两对青铜酒器推到桌心，让郑四爷注茶。唐二爷还发表声明说：“我一生只饮酒，不品茶，故而家中多藏青铜酒器，而无茶具。我总以为酒是爷，茶是孙子，若让我品酒，酒不沾唇，便知优劣高下，若让我品茶，纯粹是糟蹋行道哩！可刚一破戒，又觉着酒是酒味，茶是茶香，各是各的味道。从今往后，我不光饮酒，还要品茶。不过，只品花露水沏的茶。”郑四爷一边往铜觚铜爵里注茶一边问：“我干啥哩？”

“注茶哩。”

郑四爷：“酒注茶注玉注（箸），注酒注茶注（箸）玉。”

金三爷一旁连说妙妙妙。周玉箸的脸颊上飞起朵朵晕霞。宋元祐一旁恼恨自己没有这么好的文才。要是自己用这样的话把周玉箸脸说得飞起红霞该多好。

众人用铜觚铜爵品过茶，觉得茶的香味中混进了酒味和铜土的腥味。品毕，铜觚和铜爵亦被留下。

轮到金三爷，金三爷神神秘秘卖着关子说：“我的彩儿留在最后，给咱压轴咋样？”

众人想，有件东西悬着也好，就同意了。

郑四爷做东，跳过去，轮董五娘。董五娘从身后拎过一只小藤篮，揭开上面花丝绢，露出四盏茶盅。董五娘小心翼翼又随随便便地把茶盅摆向桌心，随口还吟出两句诗来：“蜀纸麝墨添笔兴，越瓯犀液发茶香。”

金柄印很有些嫉妒自己这位老婆，不光坐了长安城古董行当的第五把交椅，还时不时发出些文话来。为了显得自己是会发文话的董五娘的丈夫，金柄印便接了话茬：“蜀纸麝墨咱古董道上虽然稀罕，但用些气力倒还找得到，可当年的犀液却不可再有了，可惜可惜。”

董五娘白一眼丈夫："没有可惜，何来人生？"

众人看桌心的四个茶盅，比现在的茶杯小些，比酒盅大些。其中两个是唐代越瓯，两个是明代青花。两青两白，两暗两明，幽光荧光互衬，真个好看。郑四爷正要注茶，被董五娘拦住，要郑四爷重提一壶刚烧开没有沏茶的花露水来。郑四爷提来时，董五娘已在每个茶盅中放了三五片新茶叶。郑四爷注刚沸不久的花露水进去，那盅面便慢慢升起淡淡的雾气。盅中茶叶在水中仙女舒袖般缓缓舒展开来，拼成四种不同图案。茶水慢慢地变绿，绿晕漫漶成山水图画，喜得众人连连叫绝，哪个还忍心喝了这山水图画？董五娘精美如青花瓷一样的双手，捧起茶盅，一一敬献给各位。第二轮轮到周玉箸跟前，周玉箸接过茶盅戏道："跟上屠夫翻肠子，嫁给当官的做娘子，金柄印这位董夫人的确会做人得很。"

董五娘："周二娘这是夸我呢还是损我呢？"

周玉箸："当姐的咋能损妹子哩，自然是夸你哩。"说着伸唇品茶，品毕连说好盅儿好盅儿。不说好茶连夸好盅儿，倒也巧妙得很。

首席上各位，或单独或夫妻结伴都有所表示，独剩下货郎苗了。货郎苗起身从货郎担上取过拨浪鼓。当空摇一摇说："拿这拨浪鼓做贺礼咋相？"

郑四爷："这咋叫人担当得起呢？"

货郎苗笑一笑："我才舍不得呢。"放下拨浪鼓，只在货郎担里翻，结果翻到底下，翻出一个卷轴来。货郎苗解开绳儿要抖，被金三爷一把抢过去："别抖，挂这儿吧。"新茶楼的包间墙壁上正好有木钉，原预备挂个字画什么的，还没来得及，倒是给货郎苗这幅卷轴预备好了。金三爷系好绳儿，手一松，那画便顺墙往下展开来，众人看时，却是一幅《货郎图》。图上一个货郎，肩挑货郎担儿，担儿上百货齐全。后边货郎担儿顶端还落着一只山雀。货郎四周，一群儿童争相向前，货郎担前面，一位穿长裙的丰腴少妇，正好弯腰将小儿放立到地上，小儿热切地巴望着担上。担后远处，一中年妇女，肩扛一儿，老母狗引领一窝小狗一般引领着一群儿童，径直扑向货郎担。图上情趣，深深吸引住众人眼睛。有人惊呼："这哪里是货郎图，分明就是货郎苗嘛。对，是货郎苗，实实在在的货郎苗！"货郎苗也嘘吁："我也觉着是我，我在几百年前就被画在画上了。"这话像鼓槌一样把齐明刀的心擂疼了。

金三爷用酒糟红鼻子狠劲嗅一下鼻烟壶，冲货郎苗说："丹砂兄弟，传世的《货郎图》有两幅，都出自宋代人之手。一是李嵩画的，一是苏汉臣画的，兄弟你这幅，是李画还是苏画？"

货郎苗："好我的金三哥哩，看笔墨像是李画，但不一定是原作，顶多是揭过面皮留下的魂子，又经高手装裱才成这样。不过面皮也罢，魂子也罢，总是祖上留下的。祖上留下的物什，就剩这轴画了。没想到祖上留下的这轴画就是我的人生。把我的人生挂在长安城有名望的茶楼里，倒也有些纪念意义。"

人生如画，这句话齐明刀和在场的人都听明白了；这句话里隐藏的壮美萧然、凄凉无奈，齐明刀和在场的人也体会到了。

金三爷酒糟红鼻子上端的两只小眼睛也被货郎苗这句话说红了，他拿鼻烟壶戳戳郑一壶的腰眼子，俯在郑四爷耳边悄声说："我另有一画，更合适挂在茶楼里，这幅画归我吧，回执礼金当然厚重，由我来出。"金三爷说这话时依然拼命闻鼻烟壶，想用烟末的呛味淹压住心中的万般情感和夺眶欲出的老泪。可是烟末的味道和泪水搅和一处，反而呛得他连声咳嗽。他要收下这幅画，要想让货郎苗回到长安城里生活。他养活他都行。

郑四爷何样人物，岂能不知金三爷的心思，便满碟子满碗答应下来。为了扭转这货郎图带来的忧伤气氛，郑四爷猛地一拍金三爷肩头："金三老，该你亮彩儿了！"

金三爷已经咳嗽完了，老泪也偷偷抹掉了，脸上那种惋惜哀伤的表情也一闪而过。金三爷脸上又换上了欢喜的神情，亮着嗓门道："我观今日斗茶，有春秋战国时的铜觚铜爵，有汉代的陶钵陶砚，有唐代的越瓯，明代的青花，外加宋代货郎图画。说齐全也将就得过去，说不齐全就是中间断了线儿，中间缺个元。元代不是没有茶具，元青花稀世闻名。全长安城恐怕就董青花家藏有一件，那是董家祖传十几代的镇宅之宝。可那不是茶具，即便是茶具，董青花也不可能拿到这儿来斗茶。董青花带来的越瓯青花瓷已经够名贵了。咱金三爷是谁？咱料事如神，断定各位所长，也断定所缺必在元代，嘿嘿，咋样？咱今儿带来了，咱就是要出这个彩儿！咱这彩绝不亚于杜一老四水堂三个金字！咱今儿就吹这个牛皮，各位信不信？”

“也信也不信。”

“是骡子是马拉出来遛遛。”

“千万别抖包袱抖出只老鼠来。”

唐二爷忽然说话了：“请大家放一百二十个心，金三老要是抖出只老鼠也是只金老鼠。”

金三爷收起鼻烟壶，从桌子底下拖出一个古旧香楠木画匣，面漆褪尽，包浆很好，上面浮雕带枝牡丹。匣上还有一手提横梁，梁下门上挂一把银锁。金三爷开锁抽出窄屉，从中取出一轴画来，提住绳儿，一点一点绽开来。大伙看那渐渐绽露开来的画面，却是一群达官显贵并文人雅士，正围住一张八仙桌斗茶哩，那茶正斗在紧要处，个个人物伸脖睁眼，神采奕奕，哪里像是斗茶，简直是喝醉酒面热耳酣的情形。喔，原来是一幅《斗茶图》，题款赵孟頫。

有人发出长长的叹息：“我们这伙人今日的情态，早在几百年前，就被那个姓赵叫孟頫的家伙给画出来了，而且画得惟妙惟肖。”

“那是我们的生活重叠了！”

一直很少说话的唐二爷冲金三爷看了半天，微微咧嘴笑笑：“果真是只金老鼠！”

金三爷并不说这画的内容笔法，只卖牌画的装裱：“中国画的装裱，兴起于大唐，到宋代宣和完全成熟，名匠高手有张龙林、王行真、李仙丹。以后各朝都有名家，明有汤杰和强百川，清有苏州人王弇州和吴县人叶御夫，当世名人最数长安城书院门的赵骐骧。我这幅画呀，光装裱就经过明代强百川，清代叶御夫，当朝赵骐骧。我得到此画时，已碎成数十成百片，只得去求赵骐骧，请人家洗头洗脚按摩，好话说了一箩筐，人家才答应。这赵骐骧果然有女娲补天的妙手，有纪昌射箭穿虱的慧眼，有温和的耐心，缜密灵巧的心理。他用安徽泾县连四纸，宣德年间嘉庆造的上好绫，细心补修装裱。真个鬼斧神工，旧貌易新，天衣无缝，锦上添花。”

漫说画本身，光这装裱，一般人就只有流哈拉子的份儿。

唐二爷凑到近前看了看：“果真是赵骐骧的手艺。”

“唐二爷好眼气！”

郑四爷看看时候不早，便邀四老组成合议团给今日斗茶评个优劣，排个顺序。不想次席上人也纷纷献出贺礼。宋元祐、冯空首、陶问珠也各按个人身份献了合适的贺礼。就连一直不吭声的秀水，竟然也献出一本明代“玉茗堂刊本”的《茶经》。这《茶经》从唐代流传到今天，版本有好几十种，光明代刊本就有九种，这“玉茗堂刊本”是明代刊本中最好的。搜遍全长安城，恐怕也难寻到第二本，不想秀水倒有一本，献上来了，欢喜得郑四爷一个劲用手摩擦。这厢里，只剩下杨老汉和齐明刀空手攥个空拳头。冯空首提前没有说清规矩，齐明刀没有半点准备。但人在江湖，总得依着江湖规矩行事。人家都有贺礼，自己咋能空手来空手回去呢？前思后想，想到吊在胸前贴心的那把齐国明字刀，于是卸下来，献给郑四爷：“郑四爷，这是我和杨老叔的礼物。”

郑四爷接过去，又郑重地挂回到齐明刀的脖子上，大声对众人说：“正堂门口的木屏风和屋顶的鸱吻是齐明刀弄来的，这楼是按鸱吻里所藏的营造法式修建的，而屏风和鸱吻，本来就是这位杨老先生的。杨老先生和齐明刀是新茶楼的头号功臣哩！”

众人朝杨老汉和齐明刀拍手，齐明刀心里立刻平衡了许多，杨老汉则是一副既痛心疾首又感激涕零的样子，双手打着拱对郑四爷说：“我又看到了我家先前的房子，而且比我家先前的房子阔多了。我老汉有生之年能看到这么好的房子，死也瞑目了！”

齐明刀看到唐二爷过来关注杨老汉了，杨老汉也看到了唐二爷的目光。唐二爷的心在大声说：我爱小克鼎，拿命换我都愿意！杨老汉和齐明刀听到了唐二爷心底深处滚雷一样的声音。这滚雷一样的声音让三个人想着小克鼎，三个人又都没有说明。这种场合，既不能跳墙，也不能说小克鼎。但三个人肚里都跟吃了灯草似的，亮堂堂的。

楚灵璧代表杜大爷，四老组成合议团，对斗茶礼品进行一番审察评议，正准备推出最佳，排个顺序，临后院的窗户忽然掠过一道彩光。众人先还没有在意，那彩光一闪又迅疾地掠过去。齐明刀看那彩光把楚灵璧额带饰上的鹅黄色柿蒂形美玉映射得熠熠生辉。那彩光到底是什么呢？竟然和楚灵璧额间的鹅黄玉相媲美。

楚灵璧的月亮眼幽幽地望着窗外一闪而过的彩光，泠泠念道："有凤来仪。"

窗外彩光又一次闪过，还携带着清亮的嘹唳之声。

楚灵璧又泠泠念道："凤鸣喈喈。"

唐二爷接了楚灵璧的话："开业大吉，凤凰来贺？"

"凤凰？是凤凰？"

且说古时长安，八水环绕，曾是祥鸟瑞兽聚集的地方，那些玄鹤白鹭，黄鹄鸩鹳，鹓鸹鸨鹚，凫鸥鸿雁，早上从河海交界处出发，晚上栖宿在江汉水滨，第二日傍晚便云集在长安城上空与凤凰一起展翅盘旋。后来，这些祥鸟悄悄地飞到别处去了，那凤凰也一去不返。

百十年来，谁见过凤凰呢？众人一窝蜂，冲出茶楼，来到后院看凤凰。雨还猛烈地下着。人们也不避雨，拥挤在雨地里望着天空。雨线稠密的天空，有一个红色的影子在绕着茶楼盘旋。人们纷纷张大眼睛，却只能看到那个绕楼飞旋的红色影子，而难以看清凤凰的形状。

唐二爷望着那团红色的影子，对身边的妻子周玉箸说："凤有五种，多赤色为凤，多黄色为鹓雏，多青色为鸾，多紫色者为鸑鷟，多白色为鹄。"周玉箸说："看不见凤凰，只能看见火红火红的影子，是只火凤凰吧？""大概是吧？家有梧桐招凤凰，吉祥瑞气，被凤凰带到长安城来了。这四水堂将来要成为长安城最兴旺发达的茶楼哩。"

那团红色的影子先是绕着茶楼飞行，越飞越快，在那二楼间那八柱擎天廊柱间穿梭。众客人的眼睛随着一缕红色影子在八根擎天柱之间来来去去，往复回环。很快，脖子便扭疼了。忽然，那影子倏地爬高，再朝院中那棵梧桐树俯冲飞旋。人们隔着雨幕看那快速飞旋的凤凰。只能影影绰绰看个身影和颜色，怎么也看不清楚具体形状。那闪烁的火红光彩，把大半个茶楼和院落照亮了。

凤凰凤凰凤凰！人们虽然看不清形状，却还是一个劲惊异地叫着看着。

忽然，人群中传出嘀嘀嘀的叫声。随着嘀嘀声响，宋元祐从口袋摸出件小东西，放在耳边听着说着。齐明刀搞不清那是啥东西，冯空首说那是比电蛐蛐更高级的手机，过不了三个月，长安城就时兴开了。

可能是那嘀嘀声惊动了影子一样的凤凰，凤凰慌急地鸣叫一声，飞离梧桐树的枝头，重新穿过八根廊柱空间，绕茶楼飞旋，最后绕着楼顶两端屋脊上缺少鸱尾的地方上下翻飞，末了像是要落到琉璃鸱尾上去。可惜琉璃鸱尾空缺着，那团红影无法落脚。之后，是几声凄厉的喈喈大叫，那一团火一样的红色影子，很快消失在浓密的雨幕之中。

红色的影子消失了，红色的影子鸣叫的余音还绕着茶楼盘旋了许久，最后凝聚在茶楼的西顶端。众客人中，只有郑四爷、杨老汉、齐明刀三人听懂了红色影子的鸣叫。现在盖了过去的房屋，却缺少了一个漂亮的琉璃鸱尾！那鸣叫声似尖锐的利爪，划过了郑四爷、杨老汉和齐明刀的心，郑四爷、杨老汉和齐明刀三个人的心被重重地揪勾了一下，发出隐隐的疼痛。

三个人和众人一起，不动窝儿地站在茶楼后院的雨地里，望着红色影子消逝的天空，万分感慨地发出一声声唏嘘。

十　九

阴历九月初九，重阳节，唐二爷约请同道几位高人雅聚宝鼎楼，饮菊花杜康酒，兼为金柄印赴美饯行。

长安城古董行当休养生息了将近十年，没啥大响动，唐二爷心里有些急，就夜观天象，日嗅地气，还掐指算计，觉着该有动静了。唐二爷意念一动，动静就来了，而且不是一动，亦非两动，而是三动。一动，琉璃鸱吻四水堂；二动，昭陵二骏石刻；三动，小克鼎拓片。四水堂大动已过，大功基本告成，只缺一只琉璃鸱尾。昭陵二骏石刻回归也有眉目，金柄印赴美，好赖都会有个结果。小克鼎拓片已出，相信小克鼎不久也会浮出水面。瞧这三动，动动巨大。估计三动过后，长安城怕要忽悠得东倒西歪哩。谚语说，瞎事好事不过三。三动过后，长安城一忽悠又该休养生息了。休养生息就休养生息吧，咱先把目前的三动动好再说。

今日之举，全为二动。按唐二爷的性情和寻常对待金柄印的态度，要设宴为金柄印饯行，那是万万不可能的。唐二爷只要和金柄印坐到一张酒桌上就觉着反胃恶心。唐二爷一有机会就乘着酒兴用眼睛蔑视金柄印，拿风凉话挖苦金柄印，拣长安城古董行当随手能拣到的无情棒打压金柄印的威风。金柄印在古董行当人聚会时蔫得像霜打的茄子，在官场人聚会时暴怒得像头狮子。每当金柄印露出狮吼相时，唐二爷便去看他身旁的董五娘，看董五娘梅瓶一样的胸脯和脸上火石红似的雀斑。说来也怪，只要一看到董五娘梅瓶一样的胸脯和火石红似的雀斑，反胃恶心立时就止住。唐二爷对妻子周玉箸说，宝瓶撂在茅坑里，鲜花插在牛粪上。妻子白他一眼，顶他一句：男女之间，王八对鳖眼，对上就对上了，你何苦酒坛子装醋，图那酸味儿。

唐二爷宁肯牵只花公狗来趴在桌沿上吃菜喝酒，也不愿意为金柄印个龟孙子摆宴饯行。但是事情一动就动得不由他了。美国一家民间文物协会和宾夕法尼亚大学联合发出邀请，邀请长安城民间文物协会组团访美，并指名道姓要杜大爷随团访问，意在具体协商昭陵二骏先运回长安城在民间展出的软着陆方案及其具体操作程序。可事情运动的结果是，民间访美团变成了半官方半民间的访美团，由金柄印出任访美团团长。出人意料的是，访美团成员中没有杜大爷的名字，唯一的民间代表是一位没有一点儿名气和一点儿感召力的古印和封泥的收藏者。你不是点名道姓要杜玉田吗？我们偏偏不让他去。中国人咋能听美国人的调遣，跟在美国人屁股后面闻他的屎香屁臭呢！这暗箱猫腻，唐二爷和杜大爷能不心知肚明。心知肚明又有屁用，你杀了金柄印又有屁用！你还不如摆上酒席为他饯行。只要飒露紫和拳毛䯄能回到长安城，叫唐二爷和杜大爷吃屎，他俩也不会推辞。能叫长安城缺失的灵魂回到长安城才是真本事！一桌酒菜又算得了什么？

唐二爷印了帖子，派专人送到几位头面人物手上。宝鼎楼是啥地方，头面人物三年两载也未必能跷一回门槛。接到帖子，两只脚能不跑得欢快？当然，跑得最欢快的是齐明刀。齐明刀先一天就受唐二爷之命，前往杜大爷半坡马厩拉菊花。齐明刀到得半坡马厩，并没有见到杜大爷，只看到红黄白紫四盆菊花搁在半坡马厩的柴门外边，齐明刀便用雇来的车拉回到宝鼎楼。四盆菊花摆在宝鼎楼板屋秦声的四个角落，因为宴席要设在板屋秦声里。

板屋秦声位于宝鼎楼西厅里首。

齐明刀摆好菊花，仔细打量板屋秦声正厅，正中摆一张油亮古旧八仙桌，四面围着两把交椅六把太师椅。正厅右侧靠门的地方摆着一溜木托架，架上放着铜洗、竹筐、酒器之类，上面用粗葛布盖着。

陶问珠一边摄着桌椅一边说："没有重大出征庆祝祭祀活动，这板屋秦声是派不上用场的。"

齐明刀："你是说，给金柄印设宴饯行也是重大活动了？"

"饯行就是出征嘛。"

"噢。"

客人陆陆续续到了。先到的是一小队乐工。陶问珠平常领着他们演练，彼此熟悉，就领他们到木质花格隔着的里间去。

跟着到的是金三爷和郑四爷。身体肥胖的金三爷倒背双手，和手捧核桃壶的瘦小的郑四爷互相陪衬着摇摇摆摆地走进来。唐二爷和周玉箸忙迎到门边。

唐二爷点着金三爷说："金三老咋看上去气色不好，脖脸一片黝黑？"

金三爷看到正从板屋秦声走出来的齐明刀，晃着秃脑门说："心情不好呗。"

齐明刀想：金三爷是看到自己便想起了冯空首。冯空首要是在场，师徒二人非打将起来不可。齐明刀忙上前打招呼，金三爷只用鼻子哼了一下。跟郑四爷打招呼，郑四爷倒是挺热情，问齐明刀最近咋没去四水堂喝茶。齐明刀忙说得空就去。

正打招呼间，金柄印偕妻子董五娘到了。

已经荣升为长安城文化厅副厅长的金柄印今日刻意打扮了一番，雪白的衬衣，艳红的领带，外罩笔挺的深色的名牌西服，脚上进口皮鞋也擦得铮亮铮亮，一副志得意满、气宇轩昂的样子。董五娘一如既往，穿一身蓝底素花大襟中式衫裤，脑后绾个大发卷，肘间挎件藤篮子。初看这对夫妻，倒是中西合璧，细看董五娘则要比丈夫金柄印光彩得多。

唐二爷一改往日对金柄印的傲慢，迎到门边，欠着身子说："恭迎金厅长大驾。"一股快意漫过金柄印心头：受人尊敬的日子正式开始了！欠着身子说这句话的要是杜大爷，那才叫爽啊！金柄印是掐着点儿来的。尽管董五娘一个劲催促，金柄印总说急啥哩，迟不了，跟得上。至于为啥不急，金柄印并不给妻子说：今日宝鼎楼设宴，是为我金厅长饯行。金厅长是主角，其他人得站在门口迎接金厅长。事实不能令金柄印满意，杜大爷还没有到，金三爷和郑四爷也不是十分谦恭。只是唐二爷个聪明人，有些洗心革面的样子。

这厢里，周玉箸像姐姐见了妹妹一样，欢喜地迎上去，拉住董五娘的手，要把她臂间的藤篮接过去。董五娘也像妹妹见了姐姐一样，欢喜地拉住周玉箸的手笑着寒暄，但就是不让周玉箸接过臂间的藤篮。

金柄印看在眼里，说："一路上下车我想帮她提一下她都不让，也不知里面装的啥稀世珍宝。"

董五娘生着火石红雀斑的脸上绽出笑意："到时候准让你们看，你们一看就明白了。"

周玉箸松开手说："没想到董五娘除了瓷器还有别的关子可卖哩。"

说话间，杜大爷领着楚灵璧从院中的鹅卵石小径上走过来。当大伙看见时，两人已经走到宝鼎楼的台阶跟前。唐二爷忙上前迎接，一只脚刚踏出门槛，杜大爷的一只脚也跷进了门槛。就是两个人一脚里一脚外这么个动作，被金柄印一只贼眼捕捉到了：金厅长刚来时，唐二爷站在门槛里欠身打恭，杜大爷一来，唐二爷一只脚就跨出了门槛。嗨，事到了这节骨眼上，你杜老儿还要比我金厅长牛一脚哩哟！你牛你牛，我让你牛啊！

杜大爷和楚灵璧身后像携带着一道彩虹，甫一进来，就映照得满屋明光。齐明刀在一片光明中闻到长安城四大美女身上释放出来的不同香味。

唐二爷见客人到齐，便引导大家到板屋秦声。众人一进板屋秦声，香味就变了。齐明刀不再闻到四大美女身上的异香，闻到的，只是屋角黄红白紫四盆菊花弥漫开来的菊花香味。

进得板屋秦声，人们才看清杜大爷和楚灵璧的穿着打扮。

杜大爷头顶覆着绢质幞首，幞首两带系在脑后，幞头两角向下垂，两角反系头上，曲曲折折附在发顶。身上一袭青色圆领襕袍，袖口紧束，两侧开衩，袍襟下施一横幅，绣着彩色文饰。脚蹬乌皮六合靴，腰束金银鞓铊、銙、带扣黑革带。銙旁垂系一条绵丝，丝端悬一块飞马玉佩。双手合掌，执一板青玉圭。

齐明刀那日随楚灵璧去半坡马厩见杜大爷，杜大爷穿着寻常，除眼露精芒外，露一身平常相。今日换上这身装扮，简直成了另外一个人。这样的人，齐明刀只在楚灵璧闺房的照片里看到过，当时想是古装戏里的人物。可古装戏里的人物，哪有杜大爷身上透露出来的这种气质。那幞头，那襕袍，那佩玉，那执在手掌间的青玉圭，哪一样，哪一处，无不投射出一种高贵儒雅、娴静飘逸的气度。

窈窕的楚灵璧，玉立在杜大爷身后，月亮眼放着幽光。秀发拢在脑后，系着圆白玉绿额带，穿着暗绿拖地长裙，两只纤细的胳膊，抱着一把古琴。

杜大爷和楚灵璧这一对天造地设的人儿，像是从天宫仙界，更像是从历史深出，走到这板屋秦声里来了。

唐二爷：“站在杜一老跟前，就生活在了唐代。”

金三爷：“一老这身唐服，正宗祖传的吧？”

原来杜大爷今日所穿，确是正宗唐服。唐服分常服、公服、朝服和祭服四种。杜大爷所穿，正是常服。常服规定，三品以上服紫，五品以上服绯，六品七品服绿，八品九品服青。杜大爷所服，正是最末一等的青色衣服。

金柄印看到杜大爷这身打扮，觉得好生奇怪，往杜大爷身边一站，又觉得自己的西装革履好生奇怪。众人看到杜大爷和金柄印，觉得这两个人的衣着都好生奇怪。

金柄印正要对两个人的服装发表意见，却被唐二爷拦住："立客难打发，大家不妨坐下说话。"

坐下说话，说起来轻巧，可这板屋秦声的八仙桌前，是好坐的么？

谁坐第一把交椅呢？放在平时，这根本不是问题，杜大爷坐头把交椅，唐二爷第二把，之后金三爷郑四爷董五娘一字排开，根本不用争宠。今日情况不同，今日是特意为金柄印饯行。平常金柄印坐在末位，今日金厅长得坐合适位子。

杜大爷双手执圭恭请金柄印："金厅长请上座。"

金柄印并不急，金柄印终于有机会在长安城古董行当的头面人物前端架子了。金柄印骨子里藏着傲相，嘴上却装糊涂"上座哪个座？"

上座摆了两把交椅。

杜大爷依旧双手执圭，恭恭敬敬地请金柄印："金厅长请坐头把交椅。"

金柄印没有急着落座，金柄印在尽量延长落座的时间，尽量享受被杜大爷尊重的滋味。金柄印想到了因为一对宋白瓷瓶而被河南中原客小瞧，想到去半坡马厩遭到的冷落和羞辱，想到以往在酒桌上遇到的冷眼和奚落。金柄印真想向杜大爷问一句：你看到了什么？看他杜大爷会不会说他看了他所看到的。金柄印没有问，金柄印知道那样的问话是只驴蹄子，一问出去就把好端端的饯行宴会踢踏了。金柄印整整西服，傲慢地环视四周，脸上的神态似乎在说：诸位看到了吧，长安城古董行当的头号人物在请我坐头把交椅哩！

金柄印欲动未动。尽量拖延入座的时间，充分享受那盼望了许多年才终于到来的愉快和幸福。

一旁的金三爷忍不住了，看不下去了，我金家羞先人哩，咋生下这号贱货。金三爷碎眼圆睁，重重地哼了一鼻子。

金柄印听到哼声，看到金三爷碎眼圆睁，看到郑四爷斜眼瞧他，心道：有知识的人物都知道尊重厅长哩。你两个半吊子不知道学着点，还睁眉豁眼地做毬呀。金柄印索性不入座，张大眼睛回瞪着金三爷。金三爷紫胀着肿脸，颤抖着胖下巴，眼看着要发作。

金三爷一旦发作，一场好局就将被搅乱。

金三爷一串子脏话冲出了喉咙眼，眼见着要喷溅到金柄印脸上。

就在这一瞬间，金三爷看到杜大爷不动声色地站在那里，一手执着玉圭，一手握着腰间那块飞马玉佩，朝他细细摩挲。杜大爷平常和他们在一起鉴玉石，碰到好玉，就是这样摩挲。边摩挲边称赞王德：巧笑之瑳，佩玉之傩。意思是君子比德与玉，行为要有节度。金三爷再看唐二爷，唐二爷也在朝他微微摇头，意思是决不可造次。金三爷想这背后必有机关，自己千万不可搅局。这一想，内心的冲动立时冷却下来，冲出喉咙眼的脏话也就挂在了稀疏的牙齿上，没能飞得出来。金三爷又轻轻哼了一鼻子，把眼睛别到郑四爷那边去了。

这厢里，董五娘看情势有些紧张，也从后面拉扯丈夫金柄印的衣襟。金柄印见金三爷把眼睛别到一边去，也收了怒容，半开玩笑地对董五娘说：“这不是咱屋，这是宝鼎楼的板屋秦声，你拉拉扯扯地干啥呦?”

唐二爷见气氛缓和下来，趁机走到金柄印跟前：“金厅长，杜一老请你坐头把交椅，你难道不乐意吗?”

金柄印忙回道：“不是不乐意，是不敢，还请杜一老坐头把交椅。”

杜大爷还是双手执圭，躬身邀请：“今日为金厅长饯行，金厅长是主角，该坐头把交椅。”

金柄印终于如愿以偿地坐在了头把交椅上。

杜大爷坐到第二把交椅上，恭恭敬敬地把青玉圭放置在面前的桌面上。

依次是金三爷、郑四爷、董五娘、周玉箸、齐明刀。唐二爷因兼着东道主和司仪，故而排在末位。楚灵璧抱着古琴，背着行囊，和陶问珠并排站在木质花格隔扇的门边，一队乐工，隐在隔扇里面。

齐明刀看坐在席间的长安古董行当四大头，或庄严端肃，或高素清雅，或深沉凝重，或骨骄气傲，聚坐一起，把屋内气氛弄得凝重而紧张。再看长安城四大美女，个个玉树兰芝，各显风姿，或站或坐，和屋角菊花光彩互映，给凝重紧张中平添几分秀美之气。

金柄印本来要对杜大爷的服饰发表意见，唐二爷要坐下谈话。没料到，费了这么大周折才坐下，那就说话吧。

金柄印："杜一老以往到正式场合总是穿绯衫，今日何故穿青衫?"

杜大爷："紫绯绿青，青为最末等。"

"何以见得?"

"座中泣下谁最多，江州司马青衫湿。"

"杜一老成了白香山，被谪外放了。"

"同是天涯沦落人，能不泪洒青衫湿。"

"身在流放，心在事中，要不，何以有这饯行宴会?"

"金厅长果真明慧机巧，一语中的。今日酒席饯行，我身着青衫，自降身份，以表示对你的尊重和信任。"

"哪里哪里，难得难得。"

金柄印嘴上谦虚，心中却恨恨地道：杜老儿你服不服，对你这样知识硬骨头软的名人，就得使些手段，再拿权威压一压，你的态度就颠倒过来了。要不然，你的尾巴还不翘到天空的云朵上面去。金柄印心中再次升腾起无尽的满足和自豪。满长安城，能被你杜老儿如此高看一眼的人，尚是凤毛麟角。嘿哈，我此次美国之行，一路上都有杜老儿这根鸡毛掸子扑索哩!

在金柄印得意而自豪的心情中，唐二爷高声宣布："宴会开始!"

花格隔扇里面，铜鼓擂了三响，响声嗡嗡回荡。

"第一项，净手。"

花格隔扇里面，钟鸣两声，声轻而悠长。

客人依次离座净手，陶问珠双手执葫芦瓢形青铜匜给客人手上注水。金柄印见青铜酒葫芦上饰着一个兽首，柄上衔一环，很是好看，心道：唐二爷个狗东西，拿这么贵重的宝贝净手哩。一旁侍立着的唐二爷看出了金柄印的心思，说寻常也不用，遇到特殊场合，才拿出来用一用。金柄印一听，心里更加满意了。

陶问珠每给一位客人注一次水，花格隔扇里面的铜钲便鸣响一声。

“第二项，上菜。”

九位女侍双手捧着鼎或者簋，排成一溜，由门口鱼贯而入，来到桌前，将鼎和簋按次序摆好，然后躬身退出。女侍是前边秦汉瓦罐的女招待，平时训练得好，今儿又换了新衣裙，行动循序有礼，款款飘飘。

鼎食自古有制，鼎列单数，簋用偶数。单偶相合，仍为单数。古制规定，天子九鼎八簋。在座者没有天子，坚决不能用九鼎八簋。古制又规定，士大夫用五鼎四簋。在座各位，要说够大夫身份的恐怕还没有，金柄印不过是个副厅长，距大夫之位还遥远。但够士身份的，却有人在。杜大爷士族后裔，又是当世长安名士，唐二爷也是古董行当公认的长安名士，董五娘也有女士人名分。金三爷和郑四爷，距士的距离也不远。故今日宴饮，用五鼎四簋。

鼎有圆鼎方鼎鬲鼎扁足鼎羊鼎鹿鼎。簋呢，有方座簋和圈足簋。今日宴席上用的是两个四足方鼎，三个三足圆鼎，两个方座簋，两个圈足簋。方鼎和簋摆成四方形，圆鼎摆成三角形，取四方天下三足鼎立之意。

鼎内所盛饭菜为：四足方鼎一为秦汉瓦罐，一为帅帐干锅。其余鼎簋内分盛六国佳肴：楚国竹香鱼，齐国粉皮肉，韩国粉蒸肉，燕国酱板鸭，魏国金瓜饼，赵国小炒黑山羊，另有一簋猎兔汤。总共是秦国二菜六国六菜外加猎兔汤，计为五鼎四簋八菜一汤。

齐明刀想起来，前面瓦罐楼宣传册上写着，这些菜肴，是由杜修言、杜正身、杜玉田三代人穷尽资料考证出来的。

金柄印望着鼎内的饭菜，想这些饭菜寻常在前面秦汉瓦罐楼吃过不知多少回。但将这些饭菜放在鼎簋里吃，自己还真的没吃过。这些饭菜放到鼎簋里，味道就不一样吧。

唐二爷用高过前面的洪亮声音宣布：“第三项，置杯添酒。”

宣布完，唐二爷走过去，陶问珠为他执匜净手。净手毕，他移步到方形浅腹内外有铭文的铜盘前，用盘中水一一清洗放在竹筐中的酒具。唐二爷当面清洗酒具，以洁礼表示对宾客的尊重。洁礼完成，陶问珠执盘端着酒具，由唐二爷将酒具分敬给席上宾客。

金柄印，喇叭口形三节束腰牲首纹铜尊。这尊在以往的重要聚会中由杜大爷专用，今日敬给了金柄印。金三爷又欲立眉竖眼，看到杜大爷又在朝他摩挲飞马玉佩，便把肿眼耷拉下来。不看了，眼不见为净。

其余各位，一概用三足流槽口沿竖双柱的青铜爵。

分置完尊爵，唐二爷沉稳地走到竹筐前，取出一个精美异常的铜壶。那壶形状像塔却是圆顶，顶上覆莲瓣盖，盖上立一只伸颈长鸣的小鹤。壶身上线雕兽面纹，颈旁饰着双系双环。唐二爷揭开壶盖，从贮酒器青铜觯中往壶里灌酒。青铜觯边，还放置着铜匜和铜角，里面都贮满了酒。酒香弥漫开来，和屋里的菊花香味混和一起，直叫宾客生出未饮先醉的感觉。

唐二爷亲自执壶，给各位尊爵中添酒，添到郑四爷跟前，郑四爷手一翻，从袖中翻出紫砂核桃壶，展在掌心，揭开盖儿。唐二爷这才想起，自己平生只饮酒不饮茶，郑四爷平生只饮茶，不饮酒。于是朝核桃壶中滴一滴酒。那壶茶便算作酒了。唐二爷一一添满酒，然后回到末座，说：“宴会三项礼成，现在由杜一老致祝酒辞。”

众人起，一齐望着满身唐服的杜大爷。杜大爷理理服饰，整整幞首，双手执青玉圭，恭恭敬敬地朝天地作了三个揖，又恭恭敬敬地将青玉圭端端正正地放在桌面，这才端起酒爵向各位示意。

“各位，今日重阳佳节由唐二老出面，邀请大家到宝鼎楼板屋秦声雅聚，以菊花杜康酒，为金厅长赴美饯行。”

金柄印得意得满面春风，忙整理西装领带，站立端正，等待人们朝贺。

杜大爷：“在这隆重的饯行宴上，我先要郑重恭敬地敬金厅长三杯。”

金柄印微微撇撇嘴角，暗道：杜老儿终于要在众目睽睽之下敬金厅长三杯酒了。

金三爷本来已端起酒爵，听到杜大爷要敬金柄印三杯，又将酒爵放下：杜一老咋能这样呢？自降身份可以，咋能自失身份呢?！这边唐二爷连忙朝金三爷摇头，那摇头的姿势很奇怪，似乎在说：杜一老绝不会因为畏惧或者阿谀巴结一个副厅长而敬金柄印三杯。金三爷重又把酒爵端起来，但心中还是一个劲犯嘀咕。平常被市长尊为上宾的人，今日咋要敬一个副厅长三杯呢？

杜大爷："第一杯酒，恭敬金柄印高升高升，官拜长安城文化厅常务副厅长。"

众人附和，拍几声巴掌。金柄印觉着，众人的巴掌没有杜大爷话语心诚。

杜大爷话音刚落，那厢楚灵璧便抱着一个精巧的黄杨木匣子款款走过来。唐二爷金三爷郑四爷董五娘周玉箸几位眼中有水的人一看那黄杨木匣子，登时惊讶得不得了：那黄杨木匣子是古时地方官员给皇帝上表状时专用的。杜大爷今日要将它送给金柄印厅长，可是把金厅长的规格提高得太高了。黄杨木匣子里所装绝非俗物。这样子的规格，如此重的礼仪，金柄印小小个厅长，承受得住吗？

楚灵璧将黄杨木匣子放在桌角，打开，取出两样黄绫包裹的礼物展示给大家看。一样是一块八角八边形墨饼。饼面阴刻涂金莲花首拴马桩，马桩吊环上系一匹瘦脑细腿丰胸肥臀的神俊烈马，右上空处，题五个字：应图求骏马。众人看着，一齐惊奇。唐二爷对金柄印说："这块墨可是明代《方氏墨谱》上载录着的名墨：应图求骏马。古人言万色归于墨，万途归于一。杜一老不愧名士高人，以晦致显，将此墨宝献于您。"

话音未落，楚灵璧打开了第二样礼物，是一轴手卷。手卷装裱显然出自名匠赵骐骧之手，精致非常。纸色古旧，墨色新颖，题首三个大字：贺官帖。

杜大爷示意，楚灵璧便展卷朗诵。楚灵璧的声音本来就美如玉璧相撞，玎玎玲玲，再加花隔扇里铜镲于不时和着朗诵节拍伴奏，一时满屋金玉和鸣，萦萦回回，绕梁穿窗而去。

柄印台甫，欣闻阁下将承加国家政府厚命，出任长安城文化厅常务副厅长一职，在下蛰居终南，相望云霄，攀附何阶，唯躬身稽首拜祝。阁下荣升高位，凭己之能，得民之信，定当守公廉之心，行端正之事。

古人云：公生明，廉生威，公则民不敢慢，廉则吏不敢欺。阁下居高位，处事务，将殚精竭虑，为公廉续谱，实乃长安城文化事业之大幸。众望所属，众望所归，众望所寄，阁下当领悟众人殷殷之心。墨虽留迹，笔难尽意，仰首窗外山坡，松翠柏森，当是阁下立于天地间乎！心念萦系，手书一卷，难称古雅，芹献之意，仍请哂纳为盼！

半坡马厩杜玉田顿首

楚灵璧朗读已毕，玎玲之音仍不绝于耳朵，环绕在板屋秦声之内。

楚灵璧要把贺官帖交付金柄印手中，却见金柄印沉浸在某种情绪之中没有回过神来，满眼满脸都是痴呆神情。不知是听痴呆了还是看痴呆了。

金三爷看到金柄印的痴呆相，朝郑四爷笑笑，郑四爷也回笑笑。两人心里都觉着杜大爷今日的言行有些大异往日，甚至大异得超出了杜大爷以往的行事规则。

中国人自古以来就爱讲究个礼仪，而且讲究到深入骨髓的地步。娘生娃满月要贺喜得贵子；春节要贺万物唯新万物顺遂；若是乔迁，不光要贺，还要有贺礼。贺礼随人而定：青铜、瓦当、玉印、青花、画卷书轴，金、银、美元、日元、港币，人民币。活物为狼狗、京巴、画眉、鹦鹉、金丝、鸽子、墨猴不一而足。一切视主人身份高低贵贱脾气喜好而定夺。投其所好，爱什么送什么。不爱什么千万不可送什么。不然的话，金页纸就要用来揩屁股。贺官一事古有定例，现如今场面上已不大明见，暗地里却变着形式进行。官员晋级迁升，总要摆两桌好酒菜、摆几瓶上档次的名酒，借口邀朋友雅聚，实则庆贺自己荣升，趁机也看看旧属新僚谁走得近谁走得远。

杜大爷和唐二老今日设局贺官，依的是古例。起初，金三爷和郑四爷对此大为不解，甚至有些下瞧杜大爷和唐二爷。但等到听完楚灵璧朗诵的贺官辞，便渐渐地有些领悟过来：杜大爷在投金柄印所好的背后，似乎隐藏着精巧的人生手段。

金柄印已经接过贺官帖，偏着脑袋从头至尾细细观赏。金柄印平生最喜爱杜大爷的行草手卷，认为杜大爷的手卷俊雅劲迈超绝古人，长安城里一百年才出此一人。再看通卷贺官帖，文脉畅晓，气韵流淌，俊雅劲迈，清秀润朗。前面字个个如杜大爷恭身侧立，中间字端庄肃穆又峭拔奇崛，后面字潇洒婉转，笔意凌云。

金柄印对贺官辞的内容全然没有记住。金柄印的眼神被杜大爷的笔锋勾引，在纵逸奇崛跌宕起伏的字势中游走着。中原客白瓷瓶的怠慢，半坡马厩的羞辱以及以前所有的不快，都被行走在杜大爷笔势中的金柄印暂时忘记了。

恰在此时，杜大爷端起酒爵说："来，尊爵高起，请金厅长饮第一杯。"

众人将尊爵高举过顶。

唐二爷呼："鸣钟！"

陶问珠秀手一挥，花格隔扇里的乐工一齐挥动钟槌，钟磬钲鼓錞镈于六音立时合奏一处。在六音回旋共鸣声中，众人将尊爵中酒一饮而尽，唯有郑一壶只吸溜了一口核桃壶嘴儿。

杜大爷请金柄印座，金柄印落座，众人也随即落座。金柄印坐下，眼睛犹盯着已收在黄杨木匣中的贺官手卷。匣卷均已归其所有，还这么目不转睛地看着，着实是有些贪婪了。

杜大爷双手执圭，朝向金柄印："金厅长，我敬第二杯酒，以酒为敬，以酒为忠，以圭为信，以圭为义，拜托你捎几样礼物到美国。"

金柄印嘴上说好说好说，心中却暗道：杜老儿终于有求于我。

杜大爷示意，楚灵璧用托盘端过三样礼物来：一信一镜一玉环。

杜大爷："这一信二礼，既是我个人所托，亦是全长安城人所托，它关乎飒露紫和拳毛騧回归长安的命运，劳您大驾，烦请亲手交到宾夕法尼亚大学博物馆馆长手里，我和全长安城人将不胜感激。”

众人看托盘中的两样礼物，一样是唐代金银平脱鸾鸟绶带纹铜镜。这镜齐明刀在楚灵璧的闺房里见过，而且还借镜偷窥了楚灵璧雕牙磨玉般精致的面容。这镜原先是杜大爷赠送给楚灵璧的，现在又要赠送给宾夕法尼亚大学博物馆馆长。另一样是汉代青玉透雕刻磨夔龙环。夔龙张口露齿衔其尾，周身云纹翻卷。宾夕法尼亚大学博物馆馆长是个中国通，读过杜玉田亲笔信，再看这面唐镜和汉青玉环，必然领会其意：镜照大唐历史，二骏为长安至宝。青玉龙环，环者还也。破镜重圆，至盼二骏归还长安。

金柄印大概觉得送给宾夕法尼亚大学博物馆馆长的礼物没有赠他的贺官帖重要，所以不大正眼看，而只看杜大爷。杜大爷两肩放松，袍掖腰带，双手捧圭，形状正如钟扣地面。杜大爷说毕，放好青玉圭，只手端着酒爵起立。杜大爷端酒爵的姿势很是特别。拇指中指托住爵腰，食指斜搭爵沿，将爵平端胸前。杜大爷的手异常瘦劲，筋骨暴起，手自腕胫折而下垂，无名指小拇指自然向内勾屈。细看时仿佛小拇指长于无名指，那分雅态，不知修炼多久才能达到。

杜大爷：“来，尊爵高起，敬金厅长第二杯。”

众人又起立高举尊爵。

唐二爷又呼：“鸣钟！”

钟磬钲鼓錞于镈六音再次合奏，众人再次将尊爵中酒一饮而尽。

金柄印持尊饮酒时极力模仿杜大爷。没承想人的内在气质一部分是成百上千年文化积淀渗在血管里，天生带有，另一部分是后天不断修为才得以成功，岂是酒宴上三下两下模仿得了的。学得外形，离其神远，反而拙劣。金柄印拙劣的举动把周玉箸逗笑了，差点没把酒喷出来。

金三爷用肘撞撞郑四爷：“就说嘛，杜一老咋可能如此尊重金柄印呢？杜一老不是在尊重金柄印，杜一老是在尊重飒露紫和拳毛騧哩！”

待大家坐下，杜大爷又说：“这第三杯酒嘛——”说着用眼角瞥董五娘。董五娘立即会意，忙站起来说：“这第三杯酒，留给我来敬吧。”

金柄印颇感意外，满腹狐疑地斜睨妻子董青花。董五娘并不理会丈夫，只管对大家说：“我家夫君人虽不才却运势不错，晋级添爵，承蒙杜大爷唐二爷和各位青眼相加另眼相待，专设此宴为其祝贺，作为人妻，我在这里先谢过大家。”说着像古时人一般福了一福。

众人连忙回礼。

董五娘继续说道：“借此机会，我也送一样贺礼给夫君，以表示为妻的一丝儿心意。”

董五娘说着，反身从身后拎过藤篮，打开，绽开红丝绒，取出一件青花缠枝莲赏瓶。那瓶高两匝，长颈圆腹，高圈足略微外撇，造型端庄古朴，色泽鲜艳。瓶腹绘缠枝莲花，上下绘海水，如意，蕉叶、回纹、莲瓣，卷草。足圈内有青花“大清光绪年制”楷书款。

董五娘毕恭毕敬地捧着，要献给丈夫金柄印。金柄印和妻子一个被窝睡了二十年，岂能不认识这青花瓶？

“这不是贺礼，是赏瓶。”

金柄印说得对，这确实是大清光绪皇帝专门用来赏赐大臣的青莲瓶。

董五娘：“为妻正是拿赏瓶做贺礼呢。”

金柄印心道：你是我的妻子，你以为你是皇上！我是你丈夫，你以为我是你的大臣！

董五娘：“皇上为啥要拿这青花瓶赏大臣呢？”

金柄印：“青莲谐清廉，意思是要大臣为政清廉。”

董五娘：“这正是为妻的心意。”

金柄印觉得自个儿嘴太快，所以愣住了。

杜大爷又呼：“尊爵高起。”

唐二爷：“鸣钟！”

乐工可能隔扇听出了些意思，所以这次把钟磬钲鼓錞铎于奏得更响更猛烈。在更响更猛烈的奏鸣声中，大家痛饮了这第三巡酒。

唐二爷宣布：“酒礼已成。”

大家鼓掌，六音又奏。

唐二爷："下面由大家商议众饮之法。"

饮酒分户饮、气饮、趣饮、才饮、戏饮和乐饮。大家依次商定，选一两项做饮酒的由头和乐子。户饮为寻常饮酒，用角觥兕，显然不符合今日情形；气饮，猜拳掷骰子，街坊酒徒所玩，显然不合在座各位身份。试想杜大爷捋高袖子，脚踩桌档，睁眉豁眼，高声猜拳行令，那还不笑死人？趣饮，拼的是嘴皮子，讲名人典故，官场逸闻，黄色段子，以逗人笑为主，不能逗人笑者自罚一杯。金柄印是个中高手，可惜楚灵璧陶问珠两个未出阁的大闺女在场，使得金柄印不能发挥所长，只好扼腕叹息；才饮，若《红楼梦》里描写的那样，当场出题，限时填赋诗词，填赋不出者罚酒三爵。才饮雅倒是蛮雅，但在场各位，除杜大爷楚灵璧外，恐怕都得轮换饮酒了。《红楼梦》里那个混蛋薛蟠都会，现今的文明人都不会，只得淘汰。现余下两项，一项戏饮，一项乐饮，遂被大家议定采用。

戏饮为投壶。陶问珠当堂放一个方杌子，杌子上置一双耳铜壶，又拿来柘木棘木矢片，分给众人。众人按座位次序轮流用矢片投壶。壶中盛绿豆小豆，矢片头较尖细，投中必扎住。凡未投中或者投中没有扎住者，由司射裁定，罚酒一爵或三爵。

各位准备就绪，钟鼓伴奏，开始投壶。

金柄印从来没玩过投壶，拇指食指拈起棘木矢片便投，一投未中，二投亦未中，三投眼看着中了，矢片却没有扎住，反而带出几粒豆子来。金柄印想，投中容易，扎进去却难，只得摇晃着脑袋丧气地坐下来喝了三尊罚酒。

金柄印毕竟是精明人，一边吃罚酒一边细心观察杜大爷他们如何投壶。杜大爷侧身朝向投壶，气静神闲，不像寻常人用大拇指和食指夹矢片，而是用食指和中指夹住柘木矢片，放到嘴唇边轻轻吹口气，那矢片便发出颤颤的声响。金柄印一眨眼，那柘木矢片已飞离杜大爷指间。柘木矢片带着响儿，和着钟鼓乐声，在空中划出一道漂亮的弧线，然后从上往下，一头扎在投壶的豆子里，稳稳地站住了。杜大爷三投三中。

金三爷郑四爷轻松过关。就连董五娘和周玉箸两员女将，也屡投屡中。唐二爷任着司射，不用投。齐明刀也是头一回玩这戏饮之法，三投中一，被罚了两爵酒。

第二轮开始，金柄印说他要连投十八次。一来金柄印要练习练习，他已看出些门道，矢片不能够直着飞出，而是要有弧度，弧度越高越容易扎住。他要把这窍门和手劲练熟悉了。二来这菊花杜康酒的确好喝。金柄印本来就嗜酒，碰见如此好的菊花杜康酒，能不痛饮？但酒桌上他又不能独自一人抱着坛子大灌大饮。投壶正是好机会，赢不了矢片却赢得了菊花杜康酒。

唐二爷司射，陶问珠递矢片，金柄印投壶，结果连罚九尊。第十投中，十一十二连罚，十三十四连中，十五罚，十六十七十八连中三元。金柄印高兴得挥拳跳起来："中了中了，连中三元！"

唐二爷："金厅长艺成了？"

金柄印："成了！"

"有把握了？"

"有了！"

"赛一把？"

"跟谁？"

"小陶，陶问珠。"

"陶问珠？她咋能跟我赛哩？"

"金厅长小看人哩。"

这话倒把金柄印的嘴堵住了。

"咋赛？"

"你只需后退一步，站在六步处投壶即可。陶问珠则进到隔扇里边，隔着花格投壶。"

金柄印有些惊异："这咋投呢？"

唐二爷："还依老规矩，扎中为胜，贯耳可得双彩，也罚双。"

"成，来。"

唐二爷："钟鼓大鸣！"

乐工奋力击奏，一时间六音震耳欲聋。

金柄印连中两投，第三投一得意，手指欠了巧劲，中是中了，却没有扎住。陶问珠饮了两爵，金柄印饮了一尊。

该陶问珠投了，只见她拈了三件棘木十字交叠矢片隐到花格木扇后面去了，钟磬钲鼓錞于镈六音再次催发，声势比前边更加激越。

忽然，花格的空隙中旋转着飞出一件棘片。那棘片并不直奔投壶而去，而是若一只蝴蝶一般，款款地绕着人们头顶飞转，然后向投壶旋去，猛一跌，跌进投壶扎住了。

要不是唐二爷提醒，金柄印便惊奇得忘记吃罚酒了。

金柄印正吃罚酒，却见第二件矢片从花格飞出，旋的圈儿更大，最后款款地划向投壶。眼看着偏了一点儿，难得入壶了。那矢片果然没有入壶，而是从壶耳中穿过去，跌在了地上。

“好！贯耳！得双彩！罚双！”

金柄印心服口服，连喝两尊。

第三件又飞出，绕的圈子更大，款款地划向投壶，若像第二件一样，不直入壶中，却飞向壶耳。金柄印想：又得喝两尊。

不料，那矢片却当的一下被壶耳绊挂住，没能穿越过去，掉落地上。

陶问珠只得出来喝了两爵罚酒。细算时，陶问珠竟然多饮一爵，败了。唐二爷心一沉：不知这是啥兆头。杜大爷想：那当的一声怕就是命吧！

齐明刀凑到陶问珠跟前：“没想到，你还有这神技哩。”

“啥神技，天天蒙着眼睛练就有感觉了，可惜最后一投，感觉还是差了一丁点。”

听陶问珠话语，显然对自己不满意。齐明刀又连夸赞带安慰一番。

投壶戏毕，各人归座吃菜。听着舒缓悠扬的钟鼓乐曲，吃着美味的六国菜肴，体会一下钟鸣鼎食的滋味，真是人生极大的乐事。

董五娘碰碰丈夫金柄印的胳膊肘：“咋样？比寻常酒宴有趣吧？”

金柄印满饮着菊花杜康酒说：“文是文，雅是雅，就是太烦琐，让人喝得放不开手脚，哪比得寻常酒宴，大家逐个给官大的敬酒，然后三喝六令，集中目标对准一个人，放倒为原则，你说痛快不痛快?!”

董五娘白丈夫一眼，小声反驳说：“这儿是钟鸣鼎食，过的是王公贵族士大夫的生活，一举一动一招一式讲的是文化，哪像你们摆宴请客，一群猪头，把杜康都喝成马尿了。”

金柄印：“管他马尿不马尿，喝到肚子里再说。”说着端起酒樽，长鲸一吸，涓滴无遗。

杜大爷见大家酒兴愈来愈浓，便起坐离席，说：“今日重阳雅聚，观菊花姿色，闻菊花香味，饮菊花杜康酒，人人兴致浓厚，老朽也心血来潮，破例献丑为金厅长和大家演奏一支乐曲，以助兴上之兴。”

楚灵璧撤去投壶，支好古琴，放好坐凳。本来安排楚灵璧奏琴，现在杜大爷亲自操琴，楚灵璧便退到花格隔扇里边，指挥乐队，敲钟磬钲鼓錞于镈为杜大爷伴奏。

众人举爵饮酒，引箸吃肉。

杜大爷弹奏的是《秦王破阵乐》。一时间，板屋秦声里琴声骤驰，钟鼓齐鸣，钟磬钲鼓錞于镈随后催动。马蹄得得，金戈铿铿，秦王李世民率十万大军一片喊杀直冲敌阵，金戈铁马和着钟鼓琴声从一千三四百年前的历史中冲杀过来。杀伐之声回旋在板屋之内，又从门窗间碰撞而出，夹杂携带着菊花杜康的酒气，飘飞向秋日残阳染红的长安城上空。

二十一

竞拍是在四水堂来凤仪进行的，时间是晚上九点。这是长安城古董行当做大笔交易时惯用的手法。晚上九点，是茶楼最热闹的时候，人来人往，进进出出，是最最自然的掩护。各大高手携妻带友，不期而至，凑在一起喝茶，也是最最自然不过的事。若是换在别处，古董行当几大高手云集一处，那些鼻子灵耳朵聪眼睛亮的刀子必然要揣测：古董行当有大动作哩。而热闹的茶楼，正好能把这种揣测淹没掉。再者，茶童和客人中有自己的眼线随时提防刀子的不请自来。真可谓最热闹处最隐蔽，最危险处最安全。

上次宝鼎楼聚会，专为金柄印饯行，所以将金柄印尊为上首。眼下金柄印一行已远在大洋彼岸的美国，不可能来参加竞拍茶会。

这次竞拍茶会，自然要恢复以前的座次。首座，头缠幞首，身着绯色襕袍，脚蹬黑色六合靴，手执青玉圭的杜大爷。次座，身着绸缎暗花，面若古铜，神情凝重严肃的唐二爷。三座，耷拉着肿眼皮和肥下巴的金三爷。四座，形若秀雅端庄梅瓶，肤若丰润细腻青花瓷的董五娘。五座，雍容华贵，风韵若少妇的周玉箸。六座，身材矮圆，脸上消瘦，眼睛上扣着茶色水晶眼镜的秀水。七座八座空着。楚灵璧和陶问珠侍立一旁。

郑四爷是东道主，不入座，提壶倒茶，尽东道主之谊。

“我昨黑了做梦，梦见凤凰又鸣叫着飞来，绕着四水堂的鸱吻飞旋，今晚上杜一老就来和大家聚会了。”

金三爷略微睁睁碎眼：“自从建了四水堂，郑四老是愈来愈会说话了，借梦见凤凰夸赞头一回大驾光临的杜一老哩。”

杜大爷把青玉圭恭敬地放置到桌面上，轻声吟出两句诗：“骐骥伏匿而不见兮，凤凰高飞而不下。”

金三爷：“饮食自然，自歌自舞，见则天下大安宁。”

几个人说着凤凰时，秀水那只独眼则透过茶色水晶镜片打量着唐二爷和杜大爷。唐二爷是他的重要竞拍对手，神情凝重严肃，眼露刚毅自信，打从进来，便不动窝儿地坐着，没有开口说一句话。杜大爷呢，面目平静，神情闲雅，一边说着凤凰，一边品郑四爷给他倒的好茶。秀水感觉非常奇怪，杜大爷分明就坐在跟前，他却总觉着杜大爷距他非常远。而且有一种古气，慢慢地朝他侵袭过来。

就在秀水看着大家闲话凤凰的时候，齐明刀和冯空首领着杨老汉进来了，大家忙起身欢迎，郑四爷忙让杨老汉在第七座坐。杨老汉把拎在手中的大麻袋靠椅子腿放好，然后入座。还剩一个座位，齐明刀要冯空首坐，冯空首要齐明刀坐。金三爷用很不高兴的腔调说：“没脸见人，哪有脸坐。”大家这才看清冯空首戴着个大口罩。金三爷是知道冯空首没脸见他，却不知道冯空首鼻子烂了。冯空首做事很绝，但在公众场合，却不驳师傅面子，往后退几步，趔趄着腿，靠墙站着。齐明刀入座末座。

郑四爷给杨老汉和齐明刀上茶："秋凉了，喝杯茶暖暖。"

杨老汉吸溜口茶："在这喝茶，跟在我屋喝茶一样。"

郑四爷："说得好。"

茶又过三巡，郑四爷从袖中转出核桃壶，展在掌心，往空中耸一耸，然后往嘴里空几滴。

郑四爷这一举动，其实是竞拍开始的宣言。

一直不动声色的唐二爷看到郑四爷的举动，拿眼瞟陶问珠一下，陶问珠便从身后的樟木箱子里搬出一方铜鼎，放到桌面上。

那鼎四足方形，双耳，四角出戟，下部四周有鼓钉，上部有花纹，里外无铭文。器形像唐二爷一样端庄深沉，立在桌面，稳稳重重。

秀水想起那天在瓷魂铺里请董五娘帮眼的情形，知道垫场赛开始了。重要的拳击比赛，前面都有垫场赛。

郑四爷眼光越过杜大爷和唐二爷，看金三爷。金三爷碎眼瞪一下墙根的冯首空，说："这要是一枚古钱币，我叫我徒弟闻一闻，掂一掂就成。"

又看董五娘，董五娘用满带磁性的声音说："要是块瓷板，我也能在瓷板上钉钉。"

再看周玉箸，周玉箸温柔地说："货是我家的，我咋能表态呢。"

末了看杨老汉，杨老汉只是笑着吧嗒烟锅，不表态说话。

大家心里明白，东道主是在故作姿态，目的是要拿竹竿儿试探秀水的深浅哩。因为郑四爷的目光，最后落在了秀水身上。

秀水那只独眼射出的目光，透过水晶镜片，和郑四爷的目光碰在一起，碰得郑四爷眼睛疼，连忙吸溜一口核桃壶。

识得这东西，才能参加竞拍。

秀水转眼去看唐二爷，唐二爷神情依旧，仍然不开口说话，倒是唐二爷的妻子周玉箸说了句："当马槽用有点小。"

秀水猜测这句话的意思：这鼎是马槽鼎，不金贵。不金贵，怎么能拿上桌面呢？这可是长安城的桌面呀！

秀水沉吟片刻说："我看像商代晚期的宗庙祭祀礼器。"

周玉箸呷口茶说："秀水先生好眼力。"

秀水想，垫场赛绝不会就这么简单结束，竞拍器物绝不可能轻易取得，这内中必定还有埋伏。机会稍纵即逝，决不能放过。秀水起身凑近方鼎，抽鼻子嗅一嗅，反弓中指敲一敲，侧耳听听声响，然后回过头来问唐二爷："唐二爷，这鼎出土时是完整的吗？"

唐二爷开口说话了："出土时我不在场，转到我手上就是这个样子。"

秀水："唐二爷，你看像不像修复的？"

唐二爷："秀水先生的意思是说这鼎出土时是零碎片儿？"

秀水："哪里哪里，我这不是正向唐二爷请教呢么。"有了瓷魂铺的经验，秀水精明多了。

唐二爷："方便的话，请秀水先生出个价。"

唐二爷这是将球踢到秀水的门柱边上，球要么踢进门，要么被弹出来。

秀水并不慌张，扣住大拇指，伸直四个指头，正一亮，反过来又一亮。江湖手语，八十个钱。唐二爷一看秀水手势，便知秀水认定这鼎是修补的。

高手过招，表面波澜不惊，实则招招笑里藏刀，针锋相对，斗得电光火石。三两个来回下来，唐二爷便知秀水眼力，此人绝非等闲之辈，而且来者不善。

唐二爷想进一步试探一下秀水的财力："按你的估价，吃进吗？"

"吃，再加二十个钱也吃。"

唐二爷嘴角露出难得的笑容，陶问珠看到那笑容，过来收方鼎。齐明刀的目光跟随着陶问珠，看到陶问珠把方鼎装回樟木箱子。陶问珠弯腰时翡翠耳坠从秀发中闪现出来。

杜大爷自从吟诵两句骐骥凤凰后，就一直神情闲雅地坐着，手握腰间玉佩，眼望桌上玉圭。刚才垫场赛斗法，他似乎全然没有看在眼里。

郑四爷见垫场赛结束，便去给杨老汉添茶。杨老汉狠劲吧嗒两口烟锅，然后一口把茶喝干，起身解开大麻袋，绽开旧棉絮，把一个铜鼎端上桌来。

那鼎腹圆如鼓，沿宽唇方，双耳直竖，三只蹄足鼎立。鼎身浮雕兽面波纹，腹内阴刻十字铭文：宝鼎其万季，子孙永宝用。那鼎虽不足大克鼎三分之一大，却浑圆厚实，立在桌心，稳得跟太白山一样。

金三爷的圆脑袋搁在椅背上，脸往上仰着，一双碎眼却往下看着铜鼎。郑四爷嘴巴含着展在掌心的核桃壶嘴，却没有顾得上吸溜，眼睛直看那铜鼎。董五娘跟梅瓶一样端坐着，脖子却略微朝前伸，一双明亮的眼睛看着那铜鼎。周玉箸保持着雍容华贵的气度，冷静地看那铜鼎。楚灵璧踮着脚尖，伸着天鹅一样的长脖子，越过董五娘看那铜鼎。陶问珠则偏着头，从董五娘和周玉箸间的空隙里看那铜鼎。齐明刀和冯首空淡淡地看那铜鼎。

金三爷几个人的目光完全被桌心的铜鼎吸引住了，仿佛那铜鼎是块巨大的吸铁石，金三爷几个人的目光是众多的铁屑。

杜大爷娴静的脸上一点惊异都没有，只是轻轻扫了一眼那铜鼎，目光很快又收回到青玉圭上去。

唐二爷只是在杨老汉端鼎上桌时用眼角斜了一下，便去正眼看杜大爷。当众人的目光被铜鼎吸引过去时，唐二爷轻声对杜玉田说："器物深广，寻常绳尺难以测量。"

杜大爷亦轻声回道："你说鼎哩还是说人哩？"

杨老汉初始看到杜大爷和唐二爷看鼎的表情，心中咯噔一下犯起疑惑，难道咱祖上百年珍藏的会是一方赝品?！但当他偷听到杜大爷和唐二爷一人一句对话时，心中疑惑的吊桶一下落了地。真品无疑！既然真品无疑，咱就要端起真品的架子，且看他们如何拿出超过四水堂的派头和实力。

秀水欠身到铜鼎跟前，不易被人觉察地吸吸鼻子闻了闻，又用指甲盖儿弹一下铜鼎，铜鼎立即发出干木头一样干空的金属声。那木木的声音拖得长，消失得慢。秀水又看看鼎身上的浮雕纹饰，末了目光在鼎腹里的十字铭文上停留片刻，才缩回到座位上去。

唐二爷见秀水归座，便拿眼光询问秀水。秀水想摘眼镜，怕是害怕露出那只独眼，摘了半截又不摘了，而是扶扶眼镜，对唐二爷说：“跟大克鼎形制一模一样，该是小克鼎吧。”

秀水今天神了。那天在瓷魂铺里，断元青花没断准，今天在四水堂，断小克鼎却断准了。

唐二爷：“秀水先生好眼力，是小克鼎，不过只是其中之一。”

秀水：“对的，应该有七个，这是其中之一。”

唐二爷：“全长安城的名人都来了，不是喝茶来了。”

秀水：“我也不是一个人来的，我们为小克鼎而来。”

唐二爷：“我家宝鼎楼有六个小克鼎。”

秀水：“我早已听说过。”

唐二爷：“那你为啥还要来拍这一件呢？”

秀水：“要是七件全在这儿，我也要拍，而且舍了命拍。”

郑四爷把核桃壶吸得吱的一响，高声宣布：“竞拍开始。”

唐二爷试着出了一个数，秀水毫不犹豫地说“我翻倍”。

金三爷摸摸肥下巴，轻描淡写地说：“我加一整套古钱币。”

秀水以轻描淡写的态度：“我再翻倍。”

董五娘：“我加两件万历花瓶。”

秀水冲董五娘笑一笑：“我给梅瓶翻三倍。”

周玉箸想改变秀水轻佻的态度：“我把秦汉瓦罐押上。”

秀水果然不笑了，认真地问：“当真？”

周玉箸：“拍卖场上岂有戏言？”

秀水一拍巴掌：“好，我翻一倍半。”

郑四爷扬一扬手：“我把核桃壶押上。”

秀水：“核桃壶好是好，可惜太小了。”

郑四爷：“那我把四水堂也押上。”

秀水：“郑四爷，你是拍卖主持人。”

意思是主持人不得参与竞拍。

郑四爷：“唐二老，四水堂送你了，你押上吧。”

唐二爷不接郑四爷的话，拿眼睛示意妻子周玉箸。周玉箸轻轻松松地说：“我把宝鼎楼再押上。”

秀水在大腿上猛击一掌：“宝鼎楼可比秦汉瓦罐和四水堂好多了，我翻三倍。”

看来，秀水的钱海得没边没底哩。

唐二爷铁板着古铜脸，拍一下桌角说：“我押长安城！”

秀水扑哧笑了：“长安城是你的吗？”

唐二爷并不笑：“长安城要是我的，你搬得走吗？”

秀水：“我只搬我搬得走的。”

正式竞拍开始后，杜大爷一直静坐着品茶。拇指中指托住茶杯，食指搭着杯沿，手腕下垂，无名指向内扣着，修长的小拇指往外撇着。那优雅的姿势似乎在表明：他只在专心品茶，而无心竞拍。

秀水说我只搬我搬得走的这句话时，杜大爷又品口茶，口气极淡极雅地说：“长安城的精气神你搬得走么？”

秀水登时哑巴了。杜大爷一锤敲在锣心上，响得嗡嗡的。自己几十年来费尽心血收藏的，仅仅是些古董么？自己梦寐以求的，不正是隐藏在古董里的精气神么？长安城的精气神，既藏在元青花、小克鼎和昭陵六骏之中，又藏在杜大爷、唐二爷、金三爷、郑四爷、董五娘、周玉箸，甚至楚灵璧、陶问珠、齐明刀这些人的身心里，咱能收藏得到吗?！咱能做到的，就是见一件拍一件，见一件收藏一件，见一件了一件的心愿。只要见到，机会绝不放过！

秀水思量透了，起身朝杜大爷抱拳打拱：“请杜大爷包涵，在下见多少拍多少！能搬走多少就搬多少！”

秀水这两句话里表达的信念和决心，众人听得真真切切。

杜大爷脸上没有丝毫惊讶的神色，依然优雅地品茶。

杜大爷品一回茶，又开始柔柔和和地说话，不过，所说的话，已经扯得很远，与竞拍小克鼎八竿子打不着。

“秀水先生要是有兄弟，那就叫明山。”

秀水：“我没有兄弟。”

杜大爷："你不是说你不是一个人来的吗？"

秀水："我有很多兄弟，但是不叫明山。"

杜大爷："秀水明山是扶桑。"

众人狐疑，杜大爷咋扯开闲谈了？

杜大爷抚摸着青玉圭，慢悠悠地说："咱神州大地的东面，是碧波万顷、茫无边际的大海。大海中生长着一棵大树，大树有多粗呢？上千人手拉手也围不住它。这树不是孤单一根，而是两干同根。同根而生，相依而长，长的桑叶有三个芭蕉扇那么大，茂茂密密，层层叠叠。枝叶上的蚕有椽檩那么粗壮。众蚕吐丝，丝顺水漂流，把大树和大陆联系在了一起。这桑树两干同根，两相扶持，所以叫扶桑。"

金三爷、郑四爷、董五娘、周玉箸这些古董道儿上的成名人物都猜不透这棵扶桑。这也难怪，扶桑要是古钱币，要是紫砂壶，要是青花瓷，要是青铜器，要是字画拓片，那他们肯定能猜透。但扶桑就是扶桑，所以他们一时猜不透。

唐二爷显然没有完全猜透，但却深深地感觉到了一股涌动的东西。因为唐二爷顺着杜大爷的思路把许多不相关的东西连在了一起。

众人看秀水，却见秀水瘦脸渐渐地泛青，喉咙里像是堵上了什么东西，出气有些急促。秀水似乎意识到众人在注意他，便用手蒙住茶色水晶眼镜，慢慢地低下头。

二十七

杜大爷病倒的第二天，楚灵璧就搬到半坡马厩来住了。

楚灵璧搬到半坡马厩来住，有堂堂正正的理由：侍候杜大爷，直到他病好。

楚灵璧和杜大爷的关系就像杜大爷几辈人谋算的那桩事一样扑朔迷离，因而招致来许多闲话。楚灵璧这一住进半坡马厩，闲话又会长上飞毛腿，跑遍长安城。闲话就闲话，让他们说去吧，谁还能捂住谁的嘴巴！尽情地鼓噪吧，就说我楚灵璧个黄花闺女住到糟老头子杜大爷的半坡马厩来了！流言蜚语像夜蝙蝠一样遮满天空，唾沫星子汇成江河湖海，也挡不住我的脚步，我已经跨进半坡马厩的柴门了。

楚灵璧戴着缀玉额带饰，胸前抱着碎花布包袱，站在脚地，望着斜卧在病榻上的杜大爷。

杜大爷老病交侵，双目失神，衰貌颓然，唯有几根青筋，还在额角暴跳着。往日气息和穆、疏朗俊迈、清秀儒雅的神态已经荡然无存。杜大爷见楚灵璧来，无力地闪闪眼皮，算是打过招呼。

楚灵璧心疼地坐到杜大爷跟前，拉住他的瘦手。往日那种腴而不腻，清而不浮的感觉顺着手臂爬上他的心头。他觉得楚灵璧是夏日的瀑布清泉，清凉清爽却瘆人，可以就近浸润脾胃，不可进入其中，因为她太清爽太清纯了！

楚灵璧知道杜大爷几天时间病得形容枯槁，绝不是自然之病所致，而是心病所致。楚灵璧有些恨董五娘，那天四水堂来凤仪茶会，杜大爷分明已经咯血，董五娘还非要杜大爷给她抄一份东西，还说她要狠狠地杀金柄印三刀！金柄印，千刀万剐，活该！可你让杜大爷咯着血抄什么东西呢？郑四老也真是，竟然找来了笔墨纸砚。你瞧，杜大爷把血咯到了砚池里，杜大爷用笔蘸着用血研的墨汁给你抄东西。你还怪，不让大家看抄写的内容。你也不看杜大爷成了什么样子！

说来也怪，杜大爷抄完那东西，咯得竟然轻了。杜大爷回来，立即动手挑纸制墨，选了两件上好的古董拓成拓片，寄往美国，可是第二天就被邮局退回来了。杜大爷心一急，竟然忘了文物拓片和照片在禁邮之列。杜大爷忙又写一封长信，用特快专寄，寄给宾夕法尼亚大学博物馆馆长，以解释长安代表团访问美国时出现的差错。约摸半个月时间，宾夕法尼亚大学博物馆馆长回复一信，说他在长安代表团访美期间专门恭候，结果无人接洽，他既未见到任何实物，也未收到只言片语，如此不讲信誉，我方只能视为长安方面对互展文物之事没有诚意。馆长还声明，尽管如此，这并不影响我们的私人友谊，并对杜大爷没能赴美表示遗憾。至于互展文物，只能永久搁置，因为再过两个多月，我的任期将届满，至于下一任馆长是谁，将如何看待这个问题，我就不得而知。复信用一句中国话结尾：一切都听天由命吧！

读罢复信，杜大爷又开始猛烈地咳嗽，一咳嗽，那复信树叶一般从他手中脱落了。杜大爷深知：世界古董行当与长安古董行当一样，谁愿意和一个言而无信的人打交道呢？可怜的长安城啊，你已彻底失信于人！

杜大爷咯血了，大口大口咯血了，随之就病倒在床。

楚灵璧越想，鼻根越酸得厉害，眼泪一个劲涌向眼眶。楚灵璧不想让自己的眼泪再惹杜大爷伤心，便强行忍住，不让眼泪流出眼眶，而是让其从鼻管倒流到嘴里，然后再苦涩地咽回肚子里去。楚灵璧虽然没有哭，但眼睛却憋红得跟哭过一样。

楚灵璧别过头，起身找来长条凳，挨着杜大爷的床榻，给自己支了木板床。这个楚灵璧，既不胆小如鼠，又不胆大包天。在杜大爷面前，竟然由着性儿行事。

楚灵璧为使杜大爷开胃和增加体力，早上酿饴为露，加少许盐和酸梅在内，又采菊花和秋海棠的花蕊捣成汁兑在里边，然后盛入青花小碗，用青花小勺一勺一勺喂杜大爷。

杜大爷起初并不想吃，吃再好的东西有什么用呢？

楚灵璧并不拿言语劝他，只是把舀着饴露的匙勺举到他嘴边，并用一双幽怨而坚韧的眼睛看着他。那眼睛一动不动，一眨不眨。他能忍住那坚韧，却受不了那幽怨，就张口吃了，一口两口，三口五口，青花小碗里的饴露竟然让他吃空了。

中午，楚灵璧喂他半盅太白酒，酒后再喂他用密藏的西瓜汁和红枣熬的丝瓜瓤。晚上用八宝稀饭或者莲子羹，外加小葱饼就自制香豆豉。为了增加他体内盐分，楚灵璧还让他把腌咸菜当零食吃。腌咸菜是楚灵璧带来的，装在小瓷罐里。那咸菜黄者如蜡，绿者似翠，节节像珍珠翠玉一般好看。

人生大半百，天天有这么一个玲珑剔透聪明敏感善解人意的年轻女子陪着，该是多么幸福的事啊！可是杜大爷已心如死灰，难以享受这幸福。楚灵璧越是一丝一丝暖他的心，他的负罪感越是一层一层加重。善良和青春不是他个老头子祈求的，他祈求的东西已经无望。他不能说破，一说破就伤了那善良和青春。有时候，两颗善良的心碰到一起，反而是很麻烦的事。

楚灵璧是何样的女子，岂能揣摩不透杜大爷的心思，但她不说破，只是细细密密地经管照应着杜大爷。

杜大爷的心病虽然没有减轻，身上的体力却渐渐恢复过来，已经可以扶住楚灵璧下床走路了。

杜大爷刚一下床，就要楚灵璧扶着他到西厢马厩去。楚灵璧扶他进了马厩。楚灵璧看见马厩里不知何时竖起了一个六七尺高的石马桩。石马桩顶上镌刻着一匹昂首回望的骏马，马上一将，手持长剑，挥杀向前。楚灵璧想：杜大爷肯定是要用这石马桩来拴回归的飒露紫和拳毛騧，拴得牢牢的，让它们永远不要脱缰而去。可惜，马的缰绳并没能拴在石马桩上。

杜大爷望望马厩里站着的四匹骏马，又望望空着的飒露紫和拳毛騧，双眼迷离了。一望无际的草原，连绵不断的高山，沟壑纵横的丘陵顺次延展开来，一匹色如火炭的神驹，闪电般飞驰而过，脖间鬃毛，犹如瀑布一样往后飞泻着。

杜大爷又咳嗽了，楚灵璧忙用手绢去按，手绢上又印上了殷红殷红的血渍。

人的生命是有大限的，能活过生命大限的世上没有几个人。飒露紫和拳毛騧就是我生命的大限。糠老头子胸腔里那颗心，随着飒露紫和拳毛騧飞走了。

楚灵璧搀扶着杜大爷回到东厢床榻上。

杜大爷暗暗叹息：玉老田荒。

楚灵璧轻轻吁气：灵璧迟暮。

两个人彼此都听到了对方心灵深处的声音。

但楚灵璧决不放弃，依模依样地侍候着杜大爷，杜大爷也不忍心再伤楚灵璧的心，便自己口述，由楚灵璧录出一个药方，让楚灵璧去山腰挖几味药来。楚灵璧上到山腰，看到满坡树叶或紫或黄，大半摇落，唯有柿树树梢还挂着三两个火红火红的柿子，经风一吹，摇摇欲坠。楚灵璧在挖药材时想，自己带齐明刀来半坡马厩时时值春末夏初，转眼之间，已是深秋。长安城的人事，也如这自然时序景物，发生了重大的变化。

楚灵璧挖好药材时，山顶塬滚过来团团黑云，涧谷里刮来阴冷的山风，把山坡上的树叶、鸟雀、蝴蝶吹到山梁那边的沟壑里去。

楚灵璧开门回马厩房时，院中台阶上下的蟋蟀成群结队地随她进了屋，跳跃着钻到她和杜大爷合并一处的床榻底下，并且发出凄切的奏鸣。

墨猴跃出墨猴居，站在案角，朝床底下的蟋蟀发出吱吱叫声，像是威胁蟋蟀，不该钻到主人的床下。

杜大爷对墨猴说："这屋子，你住得，蛐蛐也住得。"墨猴闻言，缩回到墨猴居里，不再吱声。

杜大爷又对楚灵璧说："要下雨了。"

话音未落，豆大的雨点子已经砸落在屋顶上，树枝上，山坡的树叶上。鸟鸣叫着，飞到屋檐下来避雨。

楚灵璧煎好药，用嘴吹着，双手恭擎，递到杜大爷手里。杜大爷接过药碗，喝了。把空碗交还楚灵璧时，忽然问："你额带上的玉呢？"

楚灵璧笑一笑，拿下额头的额带，又拿出床头的另外两条额带，三条并排放在一起，让杜大爷看。白碧黄三枚饰玉均已不在。

杜大爷忽然明白："碾磨成粉了？"

楚灵璧："你喝了。"

原来，楚灵璧把额带上的饰玉碾磨成粉，分批搅和在药里让杜大爷服了。

古人言：玉治心病，长精气神。

杜大爷心中涌起的滋味，实在无法用语言来形容。

这晚，楚灵璧紧紧地挨着杜大爷睡着。楚灵璧忆起大青石上那一夜，可这一夜与那一夜的感受全然不同。

从年龄上讲，杜大爷完全够格做父亲；从学识人品上讲，杜大爷又完全可以做老师；从个人感情上讲，杜大爷正是自己思慕追摩的对象。

楚灵璧不知道自己对杜大爷的感情是什么时候产生的，是怎样产生的。她只知道那粒感情的种子种得很深，一经发芽，想拔也拔不掉。如果非要拔掉，那就连同少女的心一同拔掉吧！既然这样，那就以特有的方式爱吧！但求真爱，莫问前程。

杜大爷觉着自己个老头儿成了楚灵璧的水中倒影，楚灵璧爱我，其实也是爱她自己。因为两个人身心上相同的东西太多了。杜大爷痛苦的是，这种爱无法反对，亦无法接受，因为自个儿的心全在飒露紫和拳毛騧身上。自个儿能给予楚灵璧的，只能是父亲给女儿的那种爱。所以，他让楚灵璧和他紧紧挨在一起睡着。

半夜时分，猛烈的风雨把一扇窗户打开，一股异常寒冷的秋意旋即涌进屋内，侵袭得墨猴和床底蟋蟀一片凄鸣。

楚灵璧开灯起身去关窗户。杜大爷看见穿着小衣的楚灵璧关窗户的秀雅姿态，眼帘立刻拉上了。眼帘拉上了，心窗未必能关得上。杜大爷咬牙压抑着心底泛涌起的感情。然而人一旦心动，便再也睡不着了。

楚灵璧回到床上，看到杜大爷一只脚露在被角外边，便伸手去挪那脚。当她的手握住那脚时，像是握住了一坨抖动的冰块。杜大爷的脚走的路太长，亏损太大，已经少有热气了。这样的脚在这样深秋的寒夜里能不疼痛吗？

楚灵璧下床转到耳房，回来时怀里抱着一个小铜炉。楚灵璧对半坡马厩熟悉到了旮旮旯旯，啥东西摆放在啥地方她全都知道。

杜大爷想起来了，那是大名家张鸣岐亲手制作的煨脚炉。自家收藏日久，竟然忘了，却让楚灵璧翻检出来，而且烧了木炭，暖暖地端过来放在床中间。

两个人索性不睡了，相对拥被而坐，把四只脚放在炉边煨着。杜大爷顿觉一股暖流从脚梢传向丹田，脚上那种受过风寒针扎般的疼痛在一丝丝退去。杜大爷身心一暖，便随口吟出张鸣岐铸炉诗来：

薄寒初荐锦氍毹，朔气空中通坐隅。
不惜枭蹄金一饼，鸳鸯湖畔铸金炉。

楚灵璧听罢，接口吟出一首：

马厩厢房秋风来，柴门小窗敲扇开。
幸有张铜炉在地，三春长暖牡丹鞋。

杜大爷觍颜一笑："好诗。"

楚灵璧："篡改古人而已，只是牡丹鞋用得妙。"

杜大爷笑出了声："好一双牡丹鞋。"

许多天来，楚灵璧头一回听到杜大爷的笑声，想自己的努力多少有些成效，脸上随之也发出会心的笑容。

杜大爷觉得两个人面对面干坐着不妥当，就说："取本书来看看。"

楚灵璧不想让杜大爷看与六骏有关，与古董有关，与汉唐有关的书，翻了半天，才在书橱里翻出一本闲书，拿来给杜大爷。

楚灵璧见杜大爷煨炉看书，自己便从随身带来的包袱里取出针凿绷子等活计，煨着炉刺绣。楚灵璧的奶奶和母亲都是刺绣高手，得顾绣、张绣、韩绣诸法秘传，劈丝配色，精妙无比。点染的山水人物花鸟栩栩如生。楚灵璧没有机缘得到奶奶和母亲的秘传，只是小时候见过母亲刺绣，长大后竟然无师自通，绣得一手好活计。楚灵璧身上的衣裙，都是自己动手仿古绣绣的。有次唐二爷夫人周玉箸看到她的衣裙，直夸她手指灵巧绣得好，她就绣了一双五彩仿古绣花鞋送给周玉箸。周玉箸稀罕了半天，忙从头上拔下来根银簪子作为回礼送她。

楚灵璧来之前就开始给杜大爷绣一件贴身小衣，衣背绣八角花，衣前襟绣瓜瓞绵绵图。八角中是一茎花草，腰中结一对硕果，梢上一对衔枝鸟。前襟一朵蓝花上，金瓜叠加金瓜一直往上。左边一蝶，右边一凤，戏耍得正欢快。这样的构图，要是绣好穿在杜大爷身上，杜大爷还继续装糊涂，那就是故意的了。管他呢，咱只管表咱的意，他领不领情是他的事。可惜刚起个头，杜大爷就病了。病了好，病了咱就能跟他一同煨着脚，当着他的面绣。

杜大爷看书看到《玉枕兰亭》的轶事，吃惊自己以前怎么把这一段忽略了。杜大爷就着铜炉给楚灵璧讲这段轶事。宋人贾秋壑任用婺州碑石名匠王用和，翻刻唐代定武兰亭，三年方成。后来又缩为小字，刻在灵璧石上，号玉枕兰亭。不知那灵璧是不是这灵璧？

“玉枕或许是，灵璧却未必。”

“你祖上并非长安人，你爷爷那辈从南方迁居长安城，置房产开铺子，和古董行当多有来往。你爷爷有眼力，借着海外关系，把你父母送去欧洲学习。当时你小，留在爷爷身边，可惜你爷爷已作古多年，你父母要你去欧洲，你又不走。”

“祖上的事，你说过九十九次了。”

“没想到今日看到《玉枕兰亭》的轶事，那灵璧对应这灵璧，那往事对应这现实，气脉兴许是通的，虽不真实确切，倒也是个联系对称。”

楚灵璧停住手中活计，张着幽怨的月亮眼睛看着杜大爷。

“你去研点墨，我帮你把这段文字抄录下来，求个出处，算个寻根。”

楚灵璧研好墨端过来，杜大爷把纸展在膝盖上，抄录下那段文字，让楚灵璧收了，说：“你应该去欧洲与你父母团聚。”

“不，我不去欧洲，我要去就去美国！”

杜大爷的心犹如一面静息日久的夔牛皮大鼓，猛然被楚灵璧擂了一锤，那鼓面剧烈地震动，发出激越的声响。

知我心者，继我志者，楚灵璧！

杜大爷说：“你过来。”

楚灵璧挪过去，端端正正跪在杜大爷面前，脸庞朝杜大爷仰着。

“闭上眼睛。”

楚灵璧把胸脯往前耸耸，脸庞更加往上仰仰，长密的睫毛，遮住了眼睛。

楚灵璧感觉到杜大爷手中的毛笔描在了自己的眉毛上。杜大爷描完眉，楚灵璧的眼眶里已噙满泪水。

楚灵璧一张眼，泪水便顺腮帮落下来。楚灵璧流着泪，却笑着伸出手，食指点住杜大爷眉心，无限风情地叫了一声：“杜玉人！”

楚灵璧叫着，一扑扑进杜大爷怀里，把青春少女的身体，贴紧了杜大爷胸脯。杜大爷也情不自禁，伸出瘦弱的胳膊，搂紧楚灵璧。

两个人像两块木炭，碰一下，贴一下，冒出无数火星，又很快分开。但两个人都在电光火石的一瞬间体味到了从未有过的幸福。这幸福在同床隔被而睡时从来没有出现过。

楚灵璧想继续绣那件贴身小衣，针线却无论如何也走不到一起。楚灵璧心中涌动着无比复杂的情感。楚灵璧到书案上取来梅花素笺。捏起毛笔，用砚台里剩余的墨汁，写出心底里翻腾不已的复杂情感，那是一首《金缕曲·调剂》：

玉人平安否？此生来，心怀旧事，那堪回首。病恹容蜷缩卧榻，老夫少女相守，论说起，往日杯酒。魑魅搏人应见惯，总输他覆雨翻云手。人与兽，周旋久。柴窗洞开山风透，绣薄衣，铜炉煨脚，挨此深秋。自古红颜多薄命，英雄志难成就。天涯路，崎岖难走。廿载包胥承一诺，盼乌头马角终相救。焚此札，熏君袖。

楚灵璧书罢，递给杜大爷看。楚灵璧才情，推为长安城女子第一。杜大爷平生心事，壮志雄心，数十年经历，以及楚灵璧对杜大爷痴迷情愫一经入词，便散珠成串。其真切情意，令人心碎鼻酸。

春秋末时，楚国人申包胥和伍子胥相知相好，伍子胥父亲因直谏被杀，伍子胥避家难投奔吴国，从此二人各侍其主。后来伍子胥辅佐吴王阖闾整军经武，设计攻打楚国并夺取郢都。申包胥在国败城破之时奉命到秦国寻求救兵。秦国起初不肯出兵助战，申包胥鹄首立在廷堂之上，水米不进，痛哭七天七夜。秦国大受感动，出车五百乘，援助楚人复国。另，燕国太子丹在秦国做人质，日久想归国，请秦王放了他。秦王答应：令乌鸦白头，马头上生角，方可放你回去。楚灵璧借申包胥哭秦救楚和燕太子丹乌头马角的典故表明执友承诺，晚生继承前辈志向的真实心迹，的确悲切雄壮。杜大爷品味良久，和出一首，自己吟诵，让楚灵璧抄在前词之后。

不怨飘零久。唯恨那，祖恩负尽，玉圭为友。长安城南旧豪门，空余杜陵野叟，剪不断，二骏哀愁。天生一双无奈手，问人生到此凄凉否？千重恨，渭水流。吾心憔悴君消瘦。共此时，霜打枫叶，风折残柳。墨猴蟋蟀悄无声，双魂马厩厮守。衷祈愿，终南依旧。秀手娟字临行稿，把英雄遗事托身后。君在上，吾叩首。

杜大爷苦吟，楚灵璧抄录。初始之时，字迹还娟秀整洁，可抄着抄着，手指便抖动不已，字怎么也写不整齐，而且越写越歪歪扭扭。写完最后一个字，楚灵璧已经泪如雨下。泪珠纷纷滴落到梅花素笺上，墨汁浸漫，渲染开去，字迹渐渐不清，印成一小幅山水泼墨画。

屋内，蟋蟀累了，墨猴也累了；窗外，风累了，雨也累了。自然界的一切，渐渐变得悄无声息。

（原出版单位：人民文学出版社 2007 年 11 月第 1 版）

时间的面孔（节选）

安　黎

【作者简介】 安黎，1962 年生，陕西耀县人。现供职于《美文》杂志社。在国内外百余家报刊发表中短篇小说、散文数百篇，累计 300 余万字。出版长篇小说《痉挛》《小人物》《时间的面孔》，中篇小说集《丑脚丫踩过故乡路》，散文集《丑陋的牙齿》《我是麻子村村民》等，曾获柳青文学奖、西安文学奖、西部文学奖等。

一

早上吃了一个馍，下午喝了一缸子水，这就是三妈一天的生活了。

三妈描述自己悲惨生活的时候，正坐在一家豪华餐厅里吃炖鱼。她吃两口，就要诉说一番，然后眼睛就挣扎着往外挤眼泪。三妈的眼睛本身就湿漉漉的，像个烂泥塘，盛着一汪摇摇欲坠的浊水。偶尔会有泪珠宛若熟透的葡萄，掉下一颗或两颗来。

三妈和儿媳妇淘气无休无止地闹着别扭，近些天已由冷战，转变成了热战，闹得天翻地覆。淘气的脸被三妈抠出了三个红指印，三妈的嘴角因为淘气的撕扯而肿胀成一个血包。淘气躺在床上哭号，三妈也睡在另一个炕上哭号；淘气发誓不活了，三妈也发誓不活了。哭了很久以后，淘气就拿把铁锁锁了灶房的门；三妈从窗缝里瞧见淘气在锁灶房的门，也下了炕，翻箱倒柜，寻出一把锈迹斑斑的老式铜锁，扣在了淘气的铁锁上面。淘气坐在台阶上，朝地上呸了一口；三妈本想着也往地上呸两口或三口，但怕淘气认为她是在模仿自己，就忍着没呸，而是选择了咒骂那只在院子里觅食的母鸡，说那个母鸡是卖货，说母鸡不孵鸡子算什么母鸡呀云云。那只母鸡的脸都被三妈骂红了，可淘气的脸却不红。淘气的脸不红倒也罢了，却还越来越白，白中带青，青中带黄，像一张食品包装纸。

三妈被一辆运煤车捎到省城，寻找到儿子大林，向大林告了淘气一状，并鼓动大林回家去把淘气狠狠地揍一顿，最好把淘气那张骚嘴打烂，把她的牙齿打得满地滚动。大林在一家餐馆做领班，就在他所打工的餐馆，他宴请三妈吃炖鱼。

大林给我打电话，叫我过去吃鱼。我到饭店的时候，服务员手持镊子，费尽周折，刚刚从三妈喉咙里拔出一根鱼翅。三妈把鱼翅从服务员手里要了过来，端详了半天，然后就斥责大林怎么那样没有脑子，和淘气一个德行；再没啥给她吃了，偏偏给她吃鱼？鱼肚子里有鱼刺，那些恶毒的鱼刺，像藏在暗处的千万枚钢针一样，差那么一点点，就要了她的命。

大林嘿嘿地笑。大林三十多岁的人了，但笑起来，两腮的酒窝清晰可见，像个婴儿似的天真无邪。

大林夹了一块鱼肉，自己把鱼刺剔除干净，边把它往三妈面前的碟盘里放边说：淘气不给你吃你生气，我给你吃好的你也生气？肚子里哪来那么多的气呀？甭生气，甭生气，生气折寿呢；等我哪天回去，我替你收拾淘气还不行吗？

三妈眼斜着，嘴抽着，说我叫你现在就回去收拾她！打下的媳妇揉下的面，好骡子好马都是调教出来的；淘气不听话，还不是你没有好好打她！

我插嘴道：都啥年代了，三妈怎么还是那种老脑筋呀？

三妈瞪我一眼，显然对我的话很不满意。她撇撇嘴，然后很警觉地把自己随身携带的布包从凳子上拿起，搂在自己的怀里，其神态仿佛突然发现有个江洋大盗坐在她的身旁，害怕布包被江洋大盗抢走了似的。布包陈旧得宛若文物，上面绣刻毛主席接见红卫兵时的画像，画像早已经褪色，整个布包脏兮兮的。

大林劝三妈把布包放在凳子上，不然影响吃饭。

大林说没人偷的，白送人家人家也不要；城里的小偷不像乡下的小偷，一条破毛巾也看得上，一个门帘也要偷。城里的小偷也是挑三拣四的。

我听着大林的话就有点别扭。什么城里的小偷乡下的小偷？在座的除了他，就是我了，小偷是谁呀？难道我在窥探三妈的布包，我就是他暗指的小偷？

就在我胡思乱想之际，包间的门忽然被人推开，飘进来一个少妇。少妇珠光宝气，长裙上镶嵌的一道道金丝线，在灯光的晃悠下，闪闪烁烁的，让人眼花头晕；少妇金色披肩头发，葫芦状的脸蛋上，坑坑洼洼的；尽管她已做过美容，但那厚厚的脂粉，依然难以掩饰密布的斑痕；尤其她的下巴，肿胀得就像某个孩子的脚后跟；她眼睛细细地眯成两道缝儿，经过描摹之后，黑漆漆的。真正让人感到刺眼的，是她坑坑疤疤的脖子上垂掉的项链；项链金黄金黄的，镶着两颗钻石；一颗红色，一颗蓝色，都在散发出幽幽的光亮。

一见到少妇，大林慌忙站起来，点头哈腰；他脸上的笑容挤成了一团，舌头僵硬得说不出话来。但他还结结巴巴地把我介绍给了少妇，说我是他的堂兄，大名田大庆，小名黑豆。

少妇咧着薄厚不一的嘴唇——她上嘴唇厚下嘴唇薄——笑了起来，先说我的名字有意思，很好玩，然后极其热情地说她早就知道我，知道我是麻子村出产的大秀才，知道我是麻子村的骄傲。大林可是没少在她面前说起我，她对我已经熟悉得不能再熟悉了；今天她终于见到真容，知道是核桃是枣了，真是荣幸啊荣幸！

少妇一番妖声妖气的客套让我很不自在。我就像坐在火红的锅炉旁似的，额头上竟然浸出了密密的汗珠。我回应少妇说即使在我们村子里，我什么也算不上；我一个比我生日仅大一天的堂兄，留学美国并在美国定居了，他才算得上功成名就。

少妇舞动着筷子，先是夹了一块鱼肉，放在三妈的碟子里；然后又夹了块鱼肉，放在我的碟子里；在叮咛我们吃好之后，她干笑了两声，说她知道我那个在美国的堂兄，大林也没少叨叨他；大林嘛，怎么也脱不掉农民的习气，身在城里，心却在村里，眼界还是那么窄，开口闭口，就是村里的陈谷子烂套子。接着，大概是少妇想安慰我吧，她倒把我堂兄在美国的事情看得无足轻重，说美国怎么啦？定居美国就了不起吗？美国也有讨饭的！蛤蟆在哪里都是蛤蟆，凤凰在哪里都是凤凰。

说着，少妇从口袋里掏出一张名片，递给我。我瞥了名片一眼，名片上是一个被大林渲染得无比熟悉的名字：李甜甜。

我笑着说你就是李老板啊？久仰了，久仰了，大林也没少在我跟前说你呀！

李甜甜妩媚地一笑，然后笑容就像流星一般从脸上迅速陨落，说大林那偏偏心歪歪嘴，能说我什么好话呀？他肯定没少在你面前诽谤我吧？

我说大林确实诽谤你了！他诽谤你能干，诽谤你勤劳，诽谤你店里生意很红火；大林在你的手下吃饭，他敢诽谤你吗？崇拜都来不及！

李甜甜紧绷绷的面容又松弛了开来，说就是嘛，就是嘛，她估摸大林也不会说自己的坏话；她有这样的缺点那样的不对，但还算得上大林的恩人嘛；大林来到越北，举目无亲，是她收留了他，呵护着他，提携着他，像对待一件宝物似的，把他举在头顶，端在手心，她对他够得上仁至义尽了；他若说她的坏话，她可以不吭气，但老天会替她报应大林的。

大林没说什么，他在努力地笑着，像老师面前的幼儿，竭力呈现出一副乖顺谦虚的模样。李甜甜拍拍大林的肩膀，冲着大林努努嘴，然后以一种不可辩驳的口吻，让大林照顾好三妈和我：菜不够就加，我若喝酒就在吧台上拿；如果我们没有被招呼好，她就找大林算账。

李甜甜退出包间后，大林高昂的情绪忽然一落千丈，变得郁郁寡欢。他用筷子分别给我和三妈夹了菜，然后自己并不吃，点着烟在抽，一副心事重重的样子。我忽然发现，经过了几年的城市生活，大林英俊的底色显露了出来：皮肤白皙而细腻，五官端正而精致；眉毛很黑，眼睛黑白分明，鼻子有棱有角；尤其他的嘴，微微上翘，给人以冷傲的感觉。大林走在街上，如果有一套名牌衣服裹身，大概没有人会认为他来自农村，恐怕更多的人会误以为他是官宦子弟呢！

大林其实并不经常给我说起李甜甜，相反，他对有关李甜甜的话题在进行着刻意的回避；但我从他偶尔的只言片语中，还是知道了李甜甜的一些情况：李甜甜和两个男人离了婚，每次离婚都为分割财产闹得热火朝天；两个男人的性格是两个相反的极端：一个火暴，一个沉默；一个就像爆竹，见一粒火星就爆炸；一个像石头，踢一脚连反应也没有。但相同的是，两个男人与李甜甜分手时，都选择了朝她的身上泼了硫酸；最后的结果是，他们都前赴后继地步入了监狱，而李甜甜还算她比较幸运，尽管躲避不及，飞溅的硫酸烫伤了她的部分皮肤，但毕竟保住了性命。

当然，大林也给我说起过李甜甜脖子上的项链，说那是托人从南非购买的，金是真金，钻石是名贵钻石，价格高达六万；李甜甜疑神疑鬼，总怀疑别人想偷她的项链，因此晚上睡觉也不会把项链卸下来；但项链差点要了她的命：它好几次勒住了李甜甜的喉咙，使李甜甜差点儿窒息。

我问大林和李甜甜究竟是一种什么关系？

大林的身子惊悸地一颤，仿佛从梦中醒了过来似的，他责怪我在瞎想，一个老板和一个打工的能有什么关系？雇用与被雇用的关系嘛。

我说恐怕没那么简单吧？一个老板对她的伙计能有这么好吗？

大林给我示意，阻止我继续说下去。他显然不想让三妈知道得太多。

可是，三妈却偏偏听到了我俩的对话，她插嘴道：你看人家那个老板，说话多中听；哪像淘气，脸成天吊着，跟个吊死鬼一样。

二

三妈每一次来越北找大林，大林总要给我打电话；名义上请我吃饭，其实是在给三妈落实住宿；我离异后一人独守一套大房子，于是三妈到了越北，回回都在我那里居住；三妈住了就住了，听听她数落数落村上的人和事，倒觉得蛮新鲜和蛮有意思的；但三妈回到村里，嘴也闲不住，把我的房子渲染得仿佛宫殿一般，招惹得村上的人都有了来我房子参观和居住的冲动，于是那些看病的、贩牛的、上访的、闲逛的等等，都迂回曲折地寻到我家里来。他们走进我的家里，稍事休息，就要一二三四地清点我家的房门；三妈曾经告诉他们，我在越北混得不错，住的房子竟然有九个门——我原来也不知道自己家有几个门，经过他们的提醒，我数了数，把厨房和卫生间的门统统计算在内，的确有九个门——我对村里人的到来一概热情招呼；乡里乡亲的，怎么好意思冷落他们呢？我早已听到村里人对我的抱怨：在越北干事，远水解不了近渴，隔着桌子抓不上馍，村里人沾不了我一分钱的光；如果我能回高台当个副乡长之类，村民办个庄基地和结婚证什么的，我至少还能给他们帮个忙呀！村民的话让我滋生出一种亏欠他们的负疚感，迎候他们到我家居住，也算是对他们的一点点补偿吧？

三妈是不坐沙发的，她嫌沙发太软，坐一会儿腰酸腿疼，站起来也直踉跄；她习惯于盘腿坐在炕上。但我家没炕，床也是沙发床，于是三妈就把卷立在阳台上的凉席拉了过来，平展展地铺在客厅里，然后鞋也不脱，就盘腿坐了上去；三妈东拉西扯，话题虚无缥缈，漫无边际，从她外祖母给她做绣花鞋，不知不觉地聊到了村里的疯女人秋利。一说到秋利，三妈就乐得合不拢嘴，说那个傻得冒白烟的秋利，异想天开，嘿嘿嘿，她竟然想抓住炊烟。

谁有本事抓住炊烟？宝来媳妇呀！她抓住了吗？她当然抓不住！她只是试图这么做，其结果是让三妈提着个烧火棍追打她，追了半个村子。宝来的媳妇秋利，原来可是个聪明伶俐的女人；眼睛水汪汪的，脸蛋圆圆的，皮肤白白的，话语比蛋青还要柔软，笑容比蜂糖还要甜蜜。有一天，秋利肚子疼，便去村医疗站打针。一连打了三天之后，针头还没拔，她却疯傻掉了。刚开始是胡言乱语，既尖声叫唤又歇斯底里唱歌，接着就有了暴力倾向，一拳砸烂了热水瓶，一脚踢倒了吊水架。村医生拴牛给她注射了两罐安静剂，宝来才制服了她，把她放在架子车上运回家。村里人纷纷跑来瞧稀奇，但没人能明白一个好端端的人，怎么说疯就疯了呢！鬼附体了吗？好像不是！那会是什么原因呢？议论来议论去，多数人都对医疗站的药品产生了怀疑！拴牛曾经贩卖假药，被公安局传唤过，秋利成了这等模样，十拿九稳与他给秋利使用的假药有关。于是就有人鼓动宝来去找拴牛，让拴牛给他赔一个健康的媳妇。

宝来胆小，他在众目睽睽之下，气哼哼地从大门里走了出去，一副誓与拴牛同归于尽的架势。但在门外转了一圈，却又畏畏缩缩地回来了。宝来打心眼里害怕拴牛兄弟，尽管和拴牛还未正面交锋，但此时却已是嘴唇在哆嗦，两腿也在发抖。村里人知道宝来的肩膀扛着一颗软柿子般的头，便有人回家取来半瓶酒，说酒可以壮人胆，劝宝来喝了它。宝来没有犹豫，举起酒瓶一饮而尽。

宝来那张天生泛红害羞的脸，在酒精的作用下，红得就像点亮的石榴灯笼。他冲到医疗站门口，吼叫着骂了拴牛几句，然后把医疗站的牌子卸了下来，撂到地上，用脚踩它；他想把那个枯朽的木牌子踩成几截，无奈腿脚发软，踩了多次也未能成功，但他的骂声和踩踏声却把拴牛从屋子里邀了出来。拴牛站在医疗站的门口，斜倚墙柱上，瞪着探照灯般的两只眼睛，直直地射着他看。宝来一见到拴牛，宛若一个鼓圆的篮球被捅了一刀，立刻泄了气，闭了嘴，收了腿，脑子里唯一闪现的念头就是快速逃跑。拴牛的脸上此时却荡漾起了丝丝笑意，只是那种笑容在宝来眼里，更像利刃散发的寒光。

拴牛努着嘴狞笑着说，踩得好，踩得好，宝来你再踩一脚让我看看！宝来抬起了脚，脚悬在空中，却久久未落下去。拴牛不再吱声，而是扭回头进了屋子，拎来一把铁锨，照着宝来的头就拍了下去。宝来身子一躲，拔腿就跑。他虽未被铁锨击中，但自此以后，似乎再也夹不住尿了，经常莫名其妙地尿湿裤子。

宝来的事情我当然是听三妈讲的。三妈说起宝来，有点儿轻描淡写；但一说到秋利，她却掩饰不住地兴奋。炖鱼也没让她高兴，但秋利却让她笑得脸上的五官四分五裂。三妈说都怪富贵，人们把富贵叫富鬼，一点儿都没叫错。富贵满肚子的弯弯肠子，一眨眼一个诡计，一眨眼一个诡计。富贵一辈子都想要个男娃，但老婆却不争气，生一个掰开腿一看是个女娃，生一个掰开腿一看是个女娃。十几年过去，正月元月腊月闰月等等，竟然有了高高低低的一大群。富贵把其他女孩都早早地贱卖了，独留下腊月在他的身旁，等待着她将来为他们夫妇养老送终。给他百八十元，甚至一个雕刻着花纹的祖传烟斗，他就送人家一个女子。他卖女子，就像贩卖白菜一样，至于人家买回去是包饺子还是炒菜，他都不管不问。于是乎，他女儿的命运千奇百怪——有的流浪街头，被好心的收养人领着去了国外享福；有的几经转手，成了深山里某个老翁的妻子；有的简直就是童养媳，在某户人家遭受到虐待，身上青一块紫一块，小小的年纪，搭眼一看像个老妪。

富贵想给唯一没有被卖的女儿腊月招一个上门女婿。瞅来瞅去，他选中了邻村的戚光荣。戚光荣长得不怎么样，鼻子塌陷，牙齿外翘，家里也穷得叮当响。富贵老婆不愿意，腊月不愿意，但富贵却非常非常的愿意，以至于戚光荣死活都不答应做上门女婿，富贵也予以了妥协让步。众人都说富贵傻，眼睛里糊了鸡屎，但只有富贵清楚自己的精明：戚光荣的曾祖父是个盐贩子，往皇宫里送盐，顺治还是宣统，总之，有个皇帝念及他曾祖父的辛苦，赐予他曾祖父一个尿壶。皇帝的一个尿壶值多少钱？有了这个价值连城的尿壶，腊月一辈子都会吃香的喝辣的。腊月两口子稍稍给他施舍一点，他和他的妻子也会一辈子吃香的喝辣的。

现在，戚光荣还在一家小煤窑挖煤。每月领到工资，他都不忘给他的岳父买一斤水果糖。富贵爱吃糖，但从不躲在家里独自一人偷吃，而是哪里人多就跑到哪里去吃。吃之前，他要把水果糖高高地举在空中，眯起眼睛，端详好半天。水果糖扔进嘴里，他每咂摸一下，都要唏嘘半天，舌头舔着嘴唇，一副陶醉的神情。

别的人不怎么在乎富贵的吃相，你吃什么和怎么吃都和人家无关。他的表演，唯一吸引来的观众就是秋利，而秋利一看到富贵吃糖，脚跟仿佛被胶水粘连在了地上似的，站在富贵面前纹丝不动。她痴痴怯怯地望着富贵，不自觉地把自己的指头伸进嘴里咂摸。富贵问她想吃吗？秋利点点头。富贵却并不给她吃，故意扮出各种吃相，吊起她的胃口。偶尔之时，富贵既仁慈又大方，咬碎糖块，捏着米粒大的一星星糖，塞入秋利的嘴里。那星星糖真的很甜，秋利脸上的肌肉都因糖的甜蜜而扭曲变形。

和往常一样，村民们习惯吃过饭到村口溜达溜达。村口是块空旷的地方，那里相当于村庄的天安门广场。一段破损的老城墙，天长日久，竟然被脚磨平，俨然成了一个唱戏的舞台。舞台一到腊月，就开始流光溢彩，绵延的唱腔一直要持续到春节后的农历二月二才停歇。除了唱戏看戏，村民们还要拜神。那棵枯朽的老槐树，村民给它起了一个绰号，名曰“老娘”。据说，这棵槐树为麻子村最远古的老祖先亲手栽植，不知何年何月，村民们开始跪拜它，视它为村神。逢年过节暂且不说，即使是在平常的日子里，谁家的孩子发烧，谁家的老牛难产，谁就会去给老娘磕头烧香。

这天富贵蹲在“老娘”不远处，听几个人聚在一起拉闲话。看到秋利磨磨蹭蹭地过来了，他便从口袋里掏出一颗糖来，高高地举在了手里。当秋利注意到他的那个瞬间，他就把糖送进嘴里咂摸，神情很是夸张。秋利呆立在那里，目不斜视地瞅着他看。秋利的目光发愣发直，脸上呈现着羡慕的傻笑，涎水从嘴角一丝丝地流泻而出。

富贵朝秋利眨眨眼，问她想吃吗?

秋利嘴唇咧得碟盘一般，努力地咽了口唾沫，然后使劲地点头。

富贵用牙尖在糖上狠狠地咬了一口，然后说：你去把三老婆烟囱里冒的烟抓一把过来，我就给你糖吃。

秋利还是傻笑。

富贵跺一下脚：去呀！把三老婆的烟囱里的烟抓来，我就给你吃。

秋利扭身冲向不远处烟囱，使劲地抓挠那袅袅升腾的炊烟。束束炊烟被秋利搅和得四处乱飞，但就是抓不住。秋利有点儿生气，她先是抓起一粒粒的土蛋，往烟囱里扔；接着，在富贵的纵容下，她又从老远的地方，气喘吁吁地抱来一块石板，把石板压在烟囱顶端。

三妈家在低洼处，此时，三妈正坐在灶前烧火。刚才还在熊熊燃烧的火焰，怎么突然就奄奄一息了呢？烟开始倒流，像气浪似的，一股股地冲出灶洞，朝着三妈迎面扑来。三妈被烟熏得什么也看不见了，她只觉得眼睛涩疼，流泪不止。三妈意识到有人可能在烟囱上做了手脚，于是提一根烧火棍，跑出去看究竟。当发现秋利正趴在烟囱顶的石板上，嘴对着石板缝往里吹嘘时，三妈既可气又可笑，冲着秋利便是一顿臭骂：秋利你这个绝死鬼，看我不把你的腿打断？

秋利见三妈朝自己追来，急忙从烟囱顶上溜下来，拔腿就跑。秋利在前面跑，三妈提着烧火棍在后面追，边追边骂。秋利跑起来比兔子还快，三妈追了好几条巷子，都没追上她。当三妈累得瘫坐在地上喘气的时候，秋利却站在不远处嘿嘿嘿地傻笑呢。

不怪秋利，怪富贵！三妈给我讲起这个情节时，反复强调烟囱被堵的责任在富贵。当她知道秋利的行为是受到了富贵的教唆后，就奔富贵而去，拿烧火棍在富贵的腿上狠狠地敲了几下。

可怜哪，可怜！三妈唠唠叨叨地说着：秋利傻傻的，动不动就在人面前脱裤子，羞死人了！你现在唾到她的脸上，她都不知道害臊了。真正可怜的是宝来，他的命咋就那样苦呢？多乖顺的一个娃，今天却遭到了这样的报应！都怪老天爷不睁眼！老天爷若睁眼，应该把拴牛弟兄几个收拾一下，也把淘气的嘴拿针线缝了。

我与宝来不熟悉。他家住在最北头，我家住在最南头。我离开麻子村上大学的时候，他还在背着那个花格粗布书包上小学，倒是他父亲杆杆给我留下了很深的印象。杆杆在村支书的交椅上岿然不动地坐了二十多年，若不是他瘫痪，估计他永远是麻子村的一号人物。杆杆一张油糕般的黑红脸，老是阴沉着，像暴雨即将来临的天空。但杆杆心肠好却是公认的，为给一个不沾亲带故的村民治疗肝腹水，他卖光了自己羊圈里的羊，还去血站卖血，结果昏倒在了血站；他带领村民年年春秋都去修水利，想把三河湾的水引上沟岸，但却半途而废，只在坡地里留下一条条锈迹斑斑的铁管子，引诱得远远近近的小偷蠢蠢欲动，盘算着该怎样拆卸了它们当废铁卖。村里人最念念不忘的是杆杆的朴素——他叫一位村民随自己去外县给村里买树苗，背的馍吃完了，却怎么也舍不得花九分钱买一碗面吃，只是掏出二分钱，买了两碗面汤，他一碗，随行的人一碗。随行者一回村里，就叫唤自己饿得肚皮和肠子粘连住了，并发誓再也不跟那个啬皮杆杆外出了。

三

接到立本的电话我感到有点儿突然。立本出国二十多年了，从未回来过，也未曾和我有过联系。村里一度流言盛行，有鼻子有眼，说立本在美国出了车祸，已经火化了云云，搞得立本的姐姐立芳的眼睛都哭肿了。立本的姐夫北墙急得团团转，却无计可施，便跑到越北来找我，委托我替他们打听立本的真实状况。我打了数不清的电话，终于证实所谓“立本死亡”，纯属一派胡言。

立本说他现在已下了飞机，就在越北机场，希望我能找个车接一下他。他完全可以坐班车或出租车到市区的，但想了想，觉得还是有人接一下自己似乎更好。离开这片土地许久许久，而今回来，很想感受到来自于故土的温暖。再说了，我是他最好的朋友，在机场重逢相拥，颇有一种浪漫的情调。立本特别叮咛我，来时手里要捧一束花，康乃馨他最喜欢。

我嘴里答应没问题，没问题，但心里却在犯嘀咕：买一束花容易，可我到哪儿找车呀？下了楼，我在不远处就买到了洁白的康乃馨，但为车的事却挠起了头。拿出电话，拨了一下李甜甜的号码，却迅速地摁掉。李甜甜开着一辆别克车，可我和她仅仅见过一面，如此唐突地向她张口借车，合适吗？她若是拒绝了我，我的脸朝哪儿搁？

我招手叫了一辆的士，自己宽慰自己：立本也不是外人，他能在乎接他的是什么车吗？再说了，我和立本一起长大，他的底细我能不清楚吗？我们都曾历经放羊砍柴，看到别人乘坐拖拉机都羡慕得要死，幻想着自己也有一天坐上去享受享受。虽说现在的立本俨然已是归国华侨了，但我相信他不至于这么轻易忘本吧？

立本坐在候机室的条椅上，专心致志地翻阅着一本画报。我在他面前转了好几圈，都不敢确信他就是我要接的人。只是在他仰起头，目光与我的目光相碰的那一刹那，我们都惊悸地战栗了一下，几乎是在同时，彼此喊出了对方的名字。然后就是拥抱，再然后我就把康乃馨递到了他手里。立本秃顶了，腰也有几许弯驼，两腮毛毛草草的，宛若灌木丛一般。一副宽大的金边眼镜，几乎遮去了少半个脸。倒是那条蓝白条纹的背带裤，松松垮垮的，多多少少有点儿美国人的意味。

立本去了一趟卫生间，回来后又搂着我的头，在我的脸上狠狠地亲了我一口；他的这一举动让我措手不及，异常窘迫。我很不习惯被一个男人当众亲吻，于是慌忙用手推开他，从他的臂膀里挣脱了出来。立本又在我的脸上摸了一把，嘲笑我太古旧了，都什么年代了，还是这么保守，这么乡巴佬。我说没有办法，从小就没吃过麦当劳，没吃过汉堡包，是面条吃大的玉米粥喝大的，一辈子都改不了了。立本说人是可以改变的，他就是一个被成功改变的例子。他从小和我一样，进一回县城都胆怯，但现在不也在美国那样的花花世界里昂首挺胸？

立本行李不多，只是一个棕色的旅行包。但那个包好沉好沉，令我想到里面很有可能卧着一头肥猪。往停车场走的时候，立本在前面走，我拖着他的旅行包跟在后头。在不经意间，我突然发觉立本走路的姿势有点儿奇怪：他的两条腿像外八字一样离得很开，走起路来歪歪扭扭的，像螃蟹横行。临上车时，我朝他的裆部偷瞥了一眼，而正是这一瞥，不禁使我倒吸了一口凉气：他的裆部鼓鼓的，像是有个饭钵一样的东西扣在里面。立本怎么啦？原来走起路来端端正正的一个人，美国的花花世界，怎么把他花花成了这等模样？他看起来一点儿都不昂首挺胸，倒是有几分弯腰曲背。美国有同性恋，立本是不是也成了同性恋？美国有贩毒的，立本莫不是个毒贩子吧？在我所看到的报道中，美国是一个乌七八糟的国家，在这样的环境里浸泡，白布会染黑，太阳会褪色成月亮，立本能做到洁身自好吗？

立本裆里藏着什么？这成了我心中挥之不去的一个疑问。我猜测会不会是毒品，但转眼一想，毒品的可能性不大：如果是毒品，海关人员怎能对它熟视无睹？当然了，不是所有的海关人员都会那么专心致志，都那么的明察秋毫；总有那么一些人，当着和尚却懒得撞钟。他们打着呵欠，眯着困眼，一副漫不经心没有睡醒的样子。这些人容易受到违法乱纪者的爱戴和欢迎，多少罪犯皆因遇到他们而满心欢喜啊！且不说一叠美金，就会让一个虎视眈眈的老虎，变成一个温顺乖巧的猫。我曾听常去国外的朋友感叹，说海关人员胃口比太平洋都大呢！如此联想，立本该不会是个漏网之鱼吧？

出租车启动，我和立本却沉默了起来。他头扭向车窗，瞪大眼睛，仿佛要把沿路两旁的一切都一扫而光；偶尔的对话很像打冷枪，东一榔头西一棒槌的，车里的气氛如同冰箱的冷藏室那般冰冷。我胡思乱想了起来，脑子里不知怎么就蹦出了四妈。四妈活着时，走路和此时的立本有点儿像，两腿开裂，裆里鼓得像撑开一把小伞似的。四妈每走一步路，都挣挣扎扎的，脸庞因痛楚而扭曲。四妈年轻时是个军妓，随部队转战南北，专门伺候那些营长和连长之类，美味佳肴悉数尝遍，用她常噙在嘴角的话说，那就是“什么新鲜没见过，什么味道没尝过？”解放后，四妈被遣送回村里，自然非常失落。让她不能忍受的是，一杯美酒无人喝，一朵鲜花无人采，她眼睁睁地嫁不出去。男方一听她的经历，都摇头而逃。四伯家里穷，四十好几了还是个光棍。于是便有人从中撮合，四妈放弃了彩礼，嫁给了四伯。没多少日子，他们就有了个女儿，取名萝卜。萝卜长到十岁时，四伯去世了。四伯刚一离开，四妈就张罗着给萝卜招上门女婿。东打听，西打探，终于有一个人走进了四妈的家里。那个人叫宋通过，时年二十五，比萝卜整整大了十五岁。宋通过是安徽人，在县城的铁匠铺里当学徒，长得虎彪彪的，身上的肌肉一疙瘩一疙瘩的，像铁块那般结实。四妈很快喜欢上了宋通过，没多久，她就不把宋通过当女婿了，而是当成了儿子。宋通过周末回来，四妈家就像过喜事似的，又是煮猪肉，又是炸油糕，又是包饺子。四妈脸上的笑容更是泛滥着，她从家里出来，哪里人多就去哪里，当着众人的面，喋喋不休地夸赞宋通过，一句一个儿子长儿子短的。

黑了睡觉，我睡不着，就摸我儿子的腿。我儿子腿上的青筋一根一根的，像钢筋棍一样。四妈用手比画着说，脸上呈现着一副醉态。

从四妈的描述里，人们知道四妈和宋通过晚上在一个炕上睡觉，于是就有不少人捂着嘴窃笑。

富贵冷着脸，问四妈：除了在你儿子腿上摸，还摸啥地方了？

四妈对人们异样的目光和表情并不在乎，她回应富贵道：摸啥地方？我儿子嘛，我想摸啥地方就摸啥地方，你管得着？

三妈拍了四妈一巴掌，示意她回家去，别再乱说了，丢人不丢人啊？

四妈根本不理会三妈的好意，她打心眼里看不起三妈：一辈子就守着一个男人，还守不住；那个男人在大林六岁时，就撒手人寰，而三妈宁愿守寡，也不改嫁，真是死脑筋不开窍。在四妈看来，女人是地，男人则是雨水和肥料，长期不浇水不施肥，地注定板结贫瘠。

四妈瞪了三妈一眼，越说越来劲：我儿子腿上的青筋一根一根的，跟钢筋棍一样硬。

富贵拖长声调道：那你是给你女子招的上门女婿，还是给你自己招的呢？挨了那么多㞗，还没挨够呀？悠着点，小心把梅毒染上了！

四妈这才听懂了富贵话里的弦外之意。她冲向富贵，声称要撕烂富贵的嘴。富贵一扭头，四妈那长长的指甲，在富贵的耳朵上留下了两道血印。

正如三妈所说的那样，富贵唾沫星子里有毒。害怕处偏偏有鬼，四妈不幸被富贵言中，果然患上了梅毒，而且很严重。四妈裆里一天天地溃烂，流淌的脓水浸湿了几重裤子。不久，人们就发现，她的那个部位在迅速地膨大，从形似小茶杯，逐渐肿胀成了一个大老碗。四妈走起路来就两腿往外阔开，一扭一扭的。四妈临死前一个月，十三岁的萝卜和二十八岁的宋通过钻进了一个被窝，就算结了婚。结婚证是个啥？一张纸嘛！有它没它没关系。

立本用胳肘捅了我一下，问我这是什么地方？我这才回过神来，朝窗外瞥了一眼，告诉他这是越北市的开发区。立本感叹楼好高啊！并说自己离开越北的时候，这里还是大片大片的麦地呀！我说当然了，这几年越北的发展也是很快的。立本沉默了片刻，然后问我是不是觉得他有点儿奇怪？我说确实有点儿不大对劲。说话间，我又下意识地偷瞥了一下他的那个部位。我的目光被立本捕捉到了，于是他主动告诉我，他两腿之间吊着一个尿袋。我更加疑惑了，问他为什么要吊个那玩意儿？我的询问引发立本的伤感，他的眼里竟然滚出了泪滴。立本卸下眼镜，取出餐纸拭拭眼眶，叹息自己以这种状态回故乡甚觉丢人——很多年里，他不给姐姐写信，就是刻意回避自己的境况。他原本打算在太平洋的彼岸终结余生，却终究抵挡不住烈火焚心一般的思乡之情。

我问究竟怎么啦？立本说他得了肾结石，动了手术，可那个心不在焉的黑人大夫，竟然把一个简单的手术给做失败了。失败的结果是尿道控制系统失灵，从此，裆部就外挂起了一个塑料尿袋，两个小时必须去厕所释放一次淤积的尿液。体内的尿液，宛若屋脊上消融的雪水，顺着屋檐落下，一滴滴地掉进尿袋里。他感觉裆里鼓胀了，便意识到尿袋满了，于是赶紧往厕所里跑。最痛苦的就是晚上睡觉。每个觉都睡得那么囫囵吞枣，那么敷衍了事。睡一会儿，就要起身一次。一个好端端的睡眠，常常被折腾得支离破碎。

还能过性生活吗？我问。

立本白了我一眼：你想能过吗？

没有性生活，我嫂子能受得了吗？我又问。

你嫂子早已经钻入人家的怀里了。立本说着，脸上抽搐了一下。

四

大林的一个电话，就让麻子村沸腾了起来：立本回来了，带着大量的美元！凡麻子村人，个个有份，每人十美金！人们奔走相告，喜气洋洋，恨不能立刻见到立本，更恨不能马上把那花花绿绿的美元抓到手！天上真的掉馅饼啊！美元听过却没见过，据说它比人民币值钱，一张可以兑换十张！哈哈哈，呵呵呵，好啊，好啊！太好了，太好了！

当然，最为高兴的还是立本的姐姐和姐夫。立本原来有两个姐姐，但大姐却在出嫁后的第六天，莫名其妙地死去。二姐立芳本来嫁到了邻村，但念及父母双亡后，没人看护父母遗留的家产，立芳就说服了她的丈夫北墙，全家人便从邻村搬回麻子村居住。

其实父母的遗产就是那几间耷拉着脑袋的土坯房，房里除了一个土炕和一个卧式旧柜，再没有别的了。立芳的家在村子西端，几间破烂的土坯房屋，摇摇欲坠的背墙用一根木头顶着，防止它的塌陷。立芳一家和村里人鲜有往来，她的家里自然很少有人光顾，倒是一群麻雀不嫌弃这户人家的贫穷，在屋檐上筑起了一个硕大的鸟巢。立本的姐夫北墙是个闷罐子，言语短，但手脚不干净，有小偷小摸的毛病。他半夜偷挖拴牛家的那棵椿树时，被埋伏在一旁的拴牛当场抓住。拴牛让他下跪，他就下跪；拴牛让他抽自己的嘴巴，他就抽自己的嘴巴。一番羞辱之后，拴牛抡起一根木棒，照着他的头就是“咣咣”的两下，他的后脑勺瞬间肿起了一个灯泡状的血包。北墙住了医院，被诊断为脑震荡。从医院回来后，北墙越发没了言语，整个人像是被霜打蔫了的谷秆，走起路来腰弯着，头低着。

自此以后，只要村里谁家丢失了东西，毫无疑问，人们理所当然地怀疑是北墙所为。东家的柴火少了一捆，西家晾晒的门帘不见了踪影，骂声就会从某个角落响起，一路奔走，直到停留于北墙家的大门外。骂吧，有多少劲就使多少劲地骂，想跳多高就跳多高地骂。北墙下地了，你骂，他听不见，你就随便骂；他若在家里，你骂，他听见却也装作没听见，你就随便骂。被人骂麻木了，骂习惯了，只要你不冲进家里进行人身攻击，北墙的脸从不泛红，该怎样还怎样。可怜他那沉眠于黄土之下的爹娘，无罪受罚，不知被人用恶毒的语言鞭挞了多少遍。

立本回村子那天，天气格外晴朗。正值初春，路边的野草刚刚发芽，树梢上也有了隐隐的绿意。立本坐在车里，瞪大眼睛往窗外望着，唯恐忽略掉任何一个细节。车子开进了开阳县，我能感觉到立本的呼吸仿佛急促了许多。他全身战栗，面目紧缩，好像忽然中风似的。

我问立本怎么啦？他并不回答我，只是对司机反复强调：开慢点！再开慢点！

一对夫妇在田野里锄麦苗，立本让车靠边停下来；他下了车，走到那对夫妇跟前，和他们嘀咕了几句，然后他接过了妇女的锄头，在地里锄了几分钟。回到车里，他颇为感慨，说夫妇肩并肩地锄地，的确有家乡的味道，又是多么的富有诗意呀！他梦中的家乡就是这样的：牛拉犁，驴推磨，男人耕地，女人织布，油灯照明，风箱烧火，迷信老婆烧香拜佛，瞎子老头掰着指头算命。在美国，根本找不到这样的图景，一切都是机器操作，人都去享受了。因此，美国人很懒惰，也活得很没意思。

正说着，立本突然发现公路旁的山坡上，那条弯弯曲曲的小径上，一个中年妇女挑着两桶水，正在艰难地往山顶上跋涉。在她的身旁，有一双年幼的孩子，也抬着一桶水，蹒跚而行。中年妇女的身子扭曲着，孩子的身体也踉跄着，似乎随时都有从山坡上滚下来的危险。看到这些，立本泪流满面。他一边用手绢拭着溢出眼眶的泪水，一边叹息：没想到家乡的人还是这样贫穷，还是这样累死累活流血流汗地生活着。

我对立本的大惊小怪不以为然，心里思忖：在美国待了几天，怎么变成了这样？典型的神经质！一会儿怀念落后，一会儿又为落后痛心疾首。

不知立本是否看出了我的狐疑，他倒是主动地问我他是不是很可笑，很矛盾？

我说有一点吧！反正我猜不透你到底是想让家乡变化，还是不变化？

立本说连自己也弄不清楚是希望家乡变化还是不变化。从情感上，他希望家乡永远原封不动，这样再过十年二十年，家乡依然存在，他依然能找到自己的故乡；但从理智上，他又极其希望家乡发生巨变，如此，家乡的父老乡亲才能摆脱猪狗般的日子，才能真正地幸福和安康。为了这个，他的脑子里天天都在吵架，甚至扭打成了一团，自己是自己的敌人，自己与自己作战。他叹息自己是一叶飘零的孤舟，不知道该在哪个港口停泊。

我说人都是矛盾的，我和你一样。尽管我生活在国内，但对故乡的情感是相通的。人人都盼望故乡变化，但变化了的故乡还能是故乡吗？

立本说他这次回来，就是奔着改变家乡的面貌来的。具体说，他向投资于广东的一个美国佬发出了一封邀请函，恳求他能在自己的家乡麻子村建一座工厂。美国佬给他回复说，对他所谈的事宜很感兴趣，过几天将来开阳进行实地考察。

我恍然大悟：怪不得这几天立本所住的酒店门庭若市，开阳县和高台乡的头头脑脑络绎不绝地前来拜访立本，与立本打得这么火热，原来他们是在与立本商讨招商引资的事。

我问是怎样一个项目？

立本说项目的具体内容还没有确定，并说投资商是他的一个同学，这个同学在中国的投资很成功，兼并了好几家大中型企业，单在中国赚到的钱，少说也有十几个亿。人家牛着呢，不是他立本的面子，打死他他也不会考虑把一大笔钱往穷乡僻壤里扔。

我恭维了立本几句，说他本事大云云，但叮咛他还是把问题考虑得周全一些，不要鲁莽行事；并说地方上的官员雁过拔毛，是很难打交道的，需要多留几个心眼才是。

立本说你放心吧，放心吧！地方的官员急于出政绩，他们不会使绊子的！项目一旦取得成功，他们就可以步步高升了，又何乐而不为呢？

五

在北墙家的大门外，村民很快就把立本围了起来；大家都想看看从美国回来的立本变成了何等模样，甚至个个都有在立本身上摸那么一把的冲动；有的人踮起脚跟，有的人使劲掰开靠拢在一起的两个肩膀，个别小孩子还攀上了那棵粗壮的桐树。贴近立本的人当然不会袖手旁观，他们有的在立本脸上抚摩，有的拽拉立本的衣襟，有的干脆把手伸进立本的衣袋，掏出一叠餐纸或一支钢笔，稀奇地瞧来瞧去。

村民们的议论自然是免不了的。最初的窃窃之声，逐渐抬升汇聚，很快变成了嚷嚷之声。比较一致的看法是，立本老了，出去时还是个嫩玉米棒子般的孩子，而今却老气横秋，胡子拉碴，头顶上稀稀落落的，竟然剩不了几根头发了。是美国的水土硬还是风沙大，是美国饭不好吃还是活不好干，怎么让立本的额头硬生生地爬满了皱纹？

立本被迎进北墙家的时候，村民们却像阻拦娶亲的新郎那样，把他拦挡在了大门外。立本送给村长拴虎一条万宝路香烟，拴虎就担当起了维护秩序的角色。他吆喝着，伸开胳膊阻击着，挥起木棒乱砸着，坚决不让洪水般的人流拥进北墙家的院子。北墙家的土坯墙摇摇欲坠，能经得起人们的挤搡吗？拴虎叫人排队，一家只准排一个人；没人来排队的家庭活该，这些家庭开会不积极，领美元也不积极，又能怪谁呢？

村民们很快就排成了一条长龙。拴虎像电影里的日本军官，操着木棒，在队伍旁来回踱步并咆哮。谁家有两个或三个人浑水摸鱼，或者谁排队把队排弯曲了，都逃不掉拴虎那双尖利的眼睛；浑水摸鱼者就把他拽出队伍，把队排乱者就赏他一木棒。众目睽睽之下，宝来也被拴虎从队伍里剔除了出去，原因不是宝来家的人重复排队，也不是宝来破坏了秩序，而源于宝来牙疼。宝来的右半个脸肿胀着，他举着一根细细的火柴棍，不停歇地戳着牙缝，直戳得丝丝牵牵涎水从嘴角流淌，这让拴虎很是看不顺眼，以至于怒火万丈。

众人早已排好了队，但北墙家的大门却迟迟不见打开。在北墙家里，立本和他的姐姐抱在一起，哭成了一团。五万美金捆扎成五叠，堆在炕头。北墙蹴在炕沿，往手上沾着唾沫，把美金数来数去。数了几遍，扳着指头算了算，然后起身揭开搁在架板上木箱的盖子，手颤抖着，把美金小心翼翼地放了进去。合上箱盖，在箱子上卡上一把大铁锁。

北墙锁好柜子后，就劝说立本和立芳别哭了，别哭了，苦日子过去了，甜日子来临了，有啥好哭的？他不劝则已，一劝二人却哭得更伤心。尤其是立芳，悲欣交集，激动得乃至于瘫坐在了地上，差点儿昏厥，这让眼泪汪汪的立本一时手足无措。立芳边哭边诉说，她从父母带他们讨饭被狗咬伤，扯到了一家人过年那天吃野菜；从立本上大学时穿的粗布衣裳补丁袜子，扯到父亲修水利挣工分腿被石板压断……她责怪他们苦命的父母怎么不多活几年呢？怎么不等儿子归来瞅儿子一眼就前赴后继地撒手归西了呢？二老呀二老，你们看看，看看你儿子，现在是多么多么有钱啊！你们如果能活到现在，吃香的，喝辣的，穿金的，戴银的，想咳嗽几声就咳嗽几声，想往哪里吐痰就往哪里吐痰，脸上不用涂雪花膏，也能放光彩呢！可你们年纪轻轻就被阎王爷早早地夺去了性命。阎王爷真不是个东西，坏得流脓呢，放着那些瞎屄不收，却专收好人的命。

拴虎进来，劝慰了一番，立本和立芳这才止住了哭。拴虎告诉立本，队伍早已排好了，大家等得不耐烦了。立本说那就开始吧！拴虎建议最好不要按人头发，按家庭发整端，一个家庭五十美金比较合理。立本说行啊，按你说的办。拴虎就到门外去，自己守在门边，把门拉开一个窄缝，让一个一个的人侧着身子钻进去领钱。领到钱，又从门缝里钻出来。尽管在这个门缝里进出的人，都得猫腰侧身两次，但从门缝里钻出来的人，还是抑制不住地满心欢喜，他们手里捏着一张或数张美金挥舞着，脸上泛滥着笑意。个别人还拿着美金让排队等候领钱的人看，让他们瞧瞧从没有见过的钞票是何等模样——瞧，钞票上印着一个外国老头的像。老头不漂亮，脸上皱皱巴巴，头发毛毛草草——村民们早都打听过美元的价格，一美元可以兑换十元人民币呢！如此算来，立本发放的这些钱，换成人民币，可以购买一头小牛，三头猪仔，二十多袋化肥。不错了，很不错了，还要咋样？世世代代，哪个村民凭空得到过一毛钱？天上下雪下雨，怎么就不下钞票呢？

领到钱的村民有的急着回去把钱藏好，有的却还在北墙家门外的空地上闲聊。美金发放完毕，立本从北墙家的大门里走了出来，立刻就被人围住了。大家看到立本的眼睛红彤彤的，都问他怎么了怎么了？立本掩饰着，笑着说没什么，没什么，好着哪！正说着，立芳从门里走出来，她眼角挂着泪滴，挎着个竹篮，篮里盛着一叠火纸和几炷香。令村民惊异的是，篮里还有几包奶糖、几盒糕点和一叠不薄的美钞。村民已经看出立芳姐弟要去给父母上坟，却忍不住要问带那么多美金干什么？立芳说去坟上烧了这些东西，一则告诉父母，他们的儿子回来了；二则也让一生穷苦的父母在阴间不再受穷；父母有了美金，他们想念儿子了，就可以拿这些美金当路费，坐飞机或坐轮船，去美国看望儿子。

立芳说着又哽咽起来，惹得很多人眼圈泛红。村民们劝慰着立芳，说别难过，别难过，立本已成了麻子村多少辈人中的头号富翁，父母地下有知，肯定偷着笑，还哭啥吗？村民们七嘴八舌地嚷嚷着，中心意思只有一个，那就是希望立芳手下留情，不要焚烧美金——美金多贵呀，把它化为灰烬真的可惜了；再说了，谁知道阴间流行什么货币呢？如果阴间不允许使用美金，也不准兑换，那这叠厚厚的美金可不成了废纸？阴间和阳间一样，钱不能太多，多了就成了祸害；钱太多的人容易被强盗盯梢，弄不好连性命都会丢掉——听话听音，人们希望立本把这些美金当场分发给乡亲们，既能积德，又能落人情，多好的事啊！

然而，纵然有一万个理由，都不能动摇立芳和立本去坟上焚烧美金的坚定意志。望着立本和立芳远去的背影，在场的人探舌头的有之，扮鬼脸的有之，叹息的有之，哭笑的亦有之。好几个妇女都哭了——有人哭自己的爹娘怎么那么糊涂，为什么那个时候没有把自己念书一供到底；自己念了书，不见得就不能到美国去；听说美国到处都是钱，钱绊得人走路都要崴脚；只要人勤快，肯弯腰，想捡多少钱随便捡；若捡到一麻袋钱，咱不也和立本一样了，不也能在村里人面前显摆显摆？有的人在哭自己为什么就没有生下一个和立本一样有出息的孩子呢？生一窝老鼠不如生一个老虎，千辛万苦一辈子，不如把一个念成书的儿女送到美国。立本念书那会儿多艰苦呀？他手擎一盏煤油灯，脸被油烟熏得花里花拉的，宛若乱画的地图一般；往地上唾一口，口水和墨汁一个颜色——但更多的人却有着诸多的不服气，他们自我安慰道：有钱又能咋样？你瞧瞧，有钱人不照样哭吗？人比人活不成，骡子比马骑不成，关键是自己觉得自己活得好。自己感觉好，才是真的好，吃糠咽菜也快乐。

有钱不等于有幸福！这样的结论得到众人的一致赞同。富贵又一次搬出他认识的一个大官做例子。那个大官的官究竟有多大，连富贵自己都说不清，反正很大很大。很大很大的证据，主要源于他那雄伟的长相——他的头像一个巨型南瓜，脖子又粗又短，脸像发酵的面团，尤其是那隆起的肚子，仿佛一座帝王的陵墓。肚子那么大的人能不是大官？只有当大官的人才能把肚子吃得那么那么的大，大肚子才有官相嘛！这个大官钱要多多，就有多多，他用百元现钞点火取暖呢！可就是这么个有钱的大官，活得并不痛快，甚至还不如富贵活得有滋有味。何以如此？皆因他的两个孩子都不争气：女儿因为骗婚而坐进了监狱；儿子是个腿有残疾，走起路来像被狂风吹拂的柳条，摇摇晃晃的。这个大官的女儿骗了富贵的外甥，于是富贵就和这个大官有了交集。富贵本想利用外甥被骗之事狠敲大官一笔，却万万没有料到自己一见到那个大官，心就发憷，腿就发软，只好把盘旋于大脑的诡计予以冻结，灰溜溜地逃了回来。从这个大官那里，富贵知道了有钱不一定幸福的道理。今天他又一次把这个大官从记忆里掏腾出来，就是想告诉在场的人们一个真理：有钱人的后代都不好！钱是啥？是敌敌畏，谁喝了谁中毒。

富贵的言论引起了一阵喧哗。顷刻间，人们赞同起了富贵，个个都仿佛变得与钱有仇似的。但总有那些不苟同富贵的异类存在，比如大炮就是一个顶倒墙。大炮刚从地里回来，肩膀上扛着一把镢头，他的身后跟着秋利。秋利穿着一只烂鞋，另一只鞋不知去向，她的光脚丫上，横着竖着几道被划伤的伤痕。当富贵发表了一通对钱的议论后，大炮冲着富贵说：别吹牛了，你不爱钱是假的！上回村里来了个贩粮的，为一毛钱你和人家吵翻了天，最后还偷拿了人家的秤锤！你不爱钱，就把你家里的钱拿出来给我，反正我缺钱。

人们不喜欢富贵，因为他嘴里冒出的话比云雾还要虚无缥缈；同样的，人们也不喜欢大炮，因为大炮就爱顶牛：你说东，他偏要说西；你说乌鸦是黑的，他偏要说乌鸦是白的。但此时，在场的不少人又纷纷倒向了大炮，附和大炮说是呀是呀，谁还能和钱有仇呢？为一毛钱就偷拿粮贩子的秤锤，你富贵还有脸说自己不爱钱？你不爱钱，猪都笑了！

富贵被大家数落得有几分尴尬。他转身踢了秋利一脚，问秋利爱不爱钱。秋利翘着舌头，言辞含混不清，嘴角泛溢着涎水。秋利重复起了那句吊在嘴上的话：不愁吃，不愁穿，光光愁得没钱使唤。

立本上坟回来，发现人群里多了一个蓬头垢面的傻女人，而且那个傻女人一个劲儿地往自己的身边蹭，既有点儿畏惧，又有点儿惊讶。他拽拽三妈的衣襟，悄声问她是谁呀？三妈说你能不认识她？她是秋利，宝来的媳妇。立本又问她怎么成了这样？在场的人都用余目偷窥拴虎，却没有人正面回答立本。拴虎觉察到人们目光的意味深长，便像汽油一下子被点燃似的，突然爆发起来。他高声冲着混在人群里的宝来叫喊：宝来，你当着众人的面说清楚，你媳妇咋成了这样的？你把你媳妇揉搓成了疯子，却给我家的拴牛栽赃，你是个裤裆里长球的男人吗？你个死不要脸的，还写信告拴牛，也不掂掂自己是几斤几两，不看看自己的软鸡巴能不能戳透石磨子呀！

拴虎越说越来气，脸都变青了。他扭过身，扑过去就给了宝来迎面一拳。宝来的鼻血立刻喷射了出来。宝来没有还手，也没有与拴虎对骂，而是蹲在地上，用手帕死死地摁着鼻子。拴虎仿佛还不解恨，他又踹了宝来一脚。立本被这样的场景搞得不知如何是好，只是一个劲儿地说：怎么能这样呢？怎么能这样呢？打人在美国是绝对不允许的，那是要坐牢的！

刚刚来到现场的副乡长赵辉，目睹了事情的经过，对拴虎的蛮横极度不满。赵辉拦腰抱住拴虎，怒吼道：你不要欺负老实人好不好？你是村长，应该爱护和保护自己的村民才对！你这样做，哪有一点村长的样子？

拴虎的眼睛恶狠狠地瞪着赵辉，目光如同刀刃一般闪着寒气。他挣脱赵辉的束缚，质问赵辉是牛槽里有你，还是马槽里有你？你是什么玩意儿，竟然为一个刁民说情？

拴虎气呼呼地走了，赵辉也被气了个半死。赵辉背过身去，脸像冰块那样凝重。立本安抚了宝来几句，又走到赵辉跟前安慰赵辉，嘴里唠唠叨叨个不休：都怪我不好，都怪我不好，我不该回来！我若知道因我回来而招致宝来挨打，赵乡长挨骂，我就不回来了。

我对立本说，跟你回不回来没关系；你回来，是这个样子；你不回来，还是这个样子。

六

麻子村在开阳县是个很特别的地方。说它特别，主要在于它的地形和别的地方很不一样。它三面环沟，只有一面没有沟壑，用一道土梁，与外界连缀在一起。如果把它绘制成地图，就会发现它像一个颇为孤立的半岛。高台乡其他村子的人对麻子村有着自己的形象比喻，叫它狗舌头。而麻子村人则对这个比喻一直颇为气愤，他们觉得这个比喻有侮辱自己之嫌，认为即使要把它比喻为舌头，说它是人的舌头还差不多。于是，它究竟更像狗的舌头，还是更像人的舌头，就成了麻子村人和外村人舌战的焦点。但不管它是狗舌头，还是人舌头，或者是别的动物的舌头，反正它的形状颇像一个探出唇外的舌头。

所谓的舌头，其实是一个台塬。台塬呈扇形，很平坦，土地也很肥沃。一个不慌不忙的中年男人，从塬的北头走到塬的南端，需要将近半个小时的时间；但从塬的东头走到塬的西头，则有两袋烟的工夫就够了。村庄蜷缩在台塬的北端，和北沟紧紧相连。令麻子村人一直引以为豪的是，村里有几棵上千年的古树，它在向后人诉说着这个村庄历史的深厚和悠久。村中央的那棵古槐就站立在村前的空地里，很粗壮，好几个人合起来也抱不严它。树皮早已开裂，形成一道道的口子。最深的裂口有桶口那么大，一头猪完全可以卧在里面睡觉而不被人发觉。槐树太年迈了，躯体已呈炸裂状，但每到初春，高高的枝条上，依然能吐露出一茬茬的绿芽。古槐在人们的意识里已经被神化，人们喊它“老娘”，其中的寓意不言而喻。一到清明时节，麻子村老老少少的男人都要从家里扛着锨走出家门，来到“老娘”的身边，先给“老娘”磕头，再挥动铁锨，象征性地往“老娘”的根部培些新土。据说，谁在这一年里不给“老娘”培土，谁家喂猪猪死，养牛牛亡，甚至人，也会被各种古怪的病魔纠缠不休。邻村的人也时常来凑热闹，他们烧香跪拜，并把一绺绺的红布条，挂满树的枝条。那些长长短短的红布条，远远望去，像一串串的红辣椒。

刘奇那样一个鬼神见了他也要发抖的人，竟然也懂得给“老娘”下跪，这无疑增加了人们对“老娘”魔力的深信不疑。刘奇听说立本回来了，先打发赵辉前来问候。接着，刚从县上开完会的他，也匆匆忙忙地驱车赶往麻子村。在拴虎的引领下，刘奇在“老娘”那里找到了立本。立本抱着“老娘”，宛若抱着失散多年的亲娘，用自己的脸贴着树身，久久地不愿松手。刘奇来到这里，暂时没有打扰立本，而是派拴虎去小卖部买来厚厚的一叠火纸，自己在立本身旁跪了下去，烧纸磕头。刘奇这么一跪，就给麻子村的人留下了谈资。但刘奇下跪，村里并没有几个人亲眼看见。人们像避瘟疫一样，一听见刘奇轿车的喇叭响，就躲得远远的，不少人还回家关门上锁，喉咙有痰也不敢出声咳嗽。

跪拜完毕，刘奇握着立本的手，老弟老弟地叫着，道歉的话重复了好几遍，说自己来迟了，来晚了，很不礼貌。接着，他当着我和立本的面，大声地训斥起拴虎来，说拴虎不像话，没眼色，不知道组织村民把巷道清扫一下，不知道把那些破墙粉刷一下，不知道把那些猪呀牛呀统统赶进圈里，你瞧瞧，到处是牛粪鸡屎，到处是坑坑洼洼，到处是晾晒的破鞋烂袜——你想让从国外归来的人对故乡留下什么样的印象？按刘奇的计划，立本回村时，他拟组织一个敲锣打鼓的仪仗队去县城迎接，并像过喜事那样，在立本姐夫北墙的家里设一个礼铺，号召全乡的百姓去随礼，每户人家不多收，只收一百元。所收的礼金全由乡上保管，乡上保管不等于乡上贪污，绝大多数钱都将慷慨地拿出来，给北墙家盖房子。房子盖成三层，墙面砌瓷砖，屋顶罩琉璃瓦，室内装饰得和酒店没有异样。剩下的钱呢，就用来唱戏。他已经联系了县剧团，把那些名角都吆喝来，让他们使劲唱，豁出命唱，直到把那些名角唱到吐血为止。那些曾经在舞台上无限风光的演员，而今都落魄得像狗屎一样，他们有的摆起小摊钉鞋卖水果，有的在有钱人家里当保姆抱孩子，有的跟上草台班子在婚礼丧礼上赶场子。只有那个扮演梁秋燕的史亚芬眼亮，投入某位官员的怀抱，结果当上了县外事办主任。女人嘛，好脸蛋就是财富。男人有权又会用权，就会应有尽有；女人有好脸蛋又舍得开放下半身，照样是要风得风要雨得雨。说到这里，刘奇笑了，刚才还紧绷着脸的拴虎也笑了，一直站在一旁不吭不哈的赵辉也笑了。刘奇说立本免不了要和史亚芬见面的，不过，他特意叮咛立本要把控好自己，只能和史亚芬打情骂俏，不能和她真刀实枪地实干。史亚芬是蝎子，她的身后还蹲着老虎，和她打交道，可要小心被蝎子蜇，被老虎咬。

刘奇交代赵辉要当好“三陪”，陪好立本，他自己先要告辞了。他早走一步，是去县城给立本的晚宴和夜宵打前站。夜宵是啥？不是立本在美国时的三明治，也不是咖啡，是美色。他要让县委的张曙光书记和县公安局的唐业林局长亲自陪立本吃夜宵。要把一个领导变成自己的勤务员，最拿手的办法就是请他吃夜宵。请上三次四次，领导在大众面前是饿狼，在你面前就变成了乖顺的绵羊——刘奇自吹这是他屡试不爽的制胜法宝。

立本对刘奇安排他吃夜宵特别畏惧。他的脸色都有点儿变紫了，目光里含有隐隐的哀求。他举着两只手，做出投降的架势，连忙说：我弄那个事不行，我弄那个事不行。刘奇在他的肩上拍了一巴掌，说你别正经了！美国又没有政治课，还不至于把你教育成和尚吧？美国啥东西没有呀，装什么装？我虽没去过美国，可美国的录像却没少看。美国真是乱，乱得跟他妈的屄一样，人和动物都能干起来！

立本把嘴对着刘奇的耳朵，耳语了几句，刘奇的脸上立刻飘忽起了一层怪异的笑容，继之，他偏着头朝立本的交裆瞅了瞅。瞅了仿佛还不过瘾，又突然伸出粗大的右手，闪电似的在立本的裆部揑了一把。

好像是真的！刘奇吼了起来。

刘奇这么一吼，所有的人都明白咋回事了。大家的目光齐刷刷聚焦于立本身体的核心部位，弄得立本尴尬得想找个地缝钻进去。此刻，立本的脸比山丹丹还要红艳艳，恰似一个吹胀的红气球。他拽着衣襟，本能地遮挡着自己的那个部位，但越遮拦越是此地无银三百两，越能激起人们对他的好奇与怀疑。拴虎早就跃跃欲试了，趁立本不注意，他也模仿着刘奇，用自己的手触碰了一下立本的裆部，然后发出一阵老鸹怪叫般的狂笑，并用手指戳着立本的眼睛，嘿嘿嘿地说：软软的一疙瘩，老二呢？老二咋不见了？立本，你在美国待了这么多年，都干了些啥嘛？咋能把自己的老二弄丢呢？听人说，在美国，男人也能卖，你莫不是把自己的东西卖了？

立本这回真的是生气了。他阴沉着脸，转身离去。他朝三河湾的方向走，刘奇示意拴虎和赵辉去追，而他自己却跳上了那辆轿车。轿车的尾部喷冒出一股黑烟，突突而去。

（原出版单位：作家出版社 2010 年 9 月第 1 版）

身体课（节选）

秦巴子

【作者简介】 秦巴子，1960年生。诗人，作家，知名职业办刊人。现任《金台诗刊》主编，宝鸡市作家协会副主席兼秘书长。著有诗集《立体交叉》《纪念》《理智之年》《极度失眠》《在长安》等，长篇小说《身体课》（第八届茅盾文学奖入围作品）《过客书》，短篇小说集《塑料子弹》等。

观看先于言语。儿童先观看，后辨认，再说话。

——约翰·伯格《观看之道》

有一个小女孩，名字叫花朵。花朵生下来便双目失明了，但是花朵幸运地获得了某死刑犯捐赠的一双眼睛。有一天，花朵与外公一起散步，抬头，面对蓝天白云喃喃自语：“上帝，你原谅他吗？我正用他的眼睛看你！”

——一则多年前的报道

第一章　眼睛，观看与窥视（节选）

一

从这一天开始，他们夫妻间的性生活停止了。屈指算算，他们已经相识三十一年，结婚二十六载，虽然他们的性生活多年来已经是蜻蜓点水式的一月半月进行一次，但那毕竟还算是有实质性内容地维持了夫妻之间的亲昵。虽然有点程式化，却也不乏温情；既有温情，同时却也含着互相间的迁就与应付，夫妻之道的本质，便是如此？但是，从这一天开始，他们夫妻的生活宣告结束了。这是由康美丽单方面结束的，就像合同双方的一方单方面终止合同的执行一样。

星期五是康美丽最忙的一天。像以往的每个星期五一样，忙完了手头的工作之后，她提前离开了单位，开着她那辆红色的马自达去了超市。丈夫、女儿以及女儿的男朋友，都会在周五的晚上回来，她得准备好全家人周末的吃喝。在单位她是令同事们尊敬的大姐，而在家里，她是个非常称职的妻子。全家人每个周末其乐融融地聚在一起吃饭、聊天、看电视，会让为人妻为人母的康美丽有一种幸福的成就感。很多年了，她把周末的家庭聚会，看得比工作还要重要，潜意识里，她一直拿家庭当成事业在经营呢。

回家之后，她就把保姆打发走了，让那小姑娘欢快地去过她的周末。康美丽非常看重这种没有外人夹杂其中的全家人亲密相处的时光，对于家庭主妇来说，那是一种私密而又温馨的家的感觉，有保姆夹杂其间，会令她感到很不舒服。和往常一样，保姆走了之后，她会放上一张CD，和着唱片的音乐，哼着歌儿在厨房里择菜洗菜剖鱼备料。一切准备就绪，康美丽冲了澡，然后回到音乐弥漫的客厅沙发里坐下，等待丈夫和女儿回家，像一个内心满足的青蛙，守候在她的夕阳下幸福平静的金色池塘。

然而生活并非池塘，而是一条河流，无论是江阔水深的平静，还是波光潋滟的河湾，在那被人们误以为是金色池塘的平静的表面之下，从来就没有停止过潜流涌动。女儿林茵带回的一张报纸，剧烈地搅动了康美丽的内心之水，那是康美丽生命中的一个暗角，三十多年来并没有人光顾过那里，甚至连她自己也从未触动过那个早已封存的角落，以至于她以为那地方早已被时间销蚀，仿佛不存在了。但是林茵带回的那张报纸上的消息，却轻而易举地就挑开了她以为已经被打结封存的记忆，内心里剧烈的震颤，连她自己也感到吃惊。

林茵和她的男友陈青五点半准时到家。林茵娇嗔的一声“妈妈”

和陈青羞怯的一声“阿姨”，让康美丽心里特别舒坦。

“茵茵，给爸爸打电话，问他几点到家。”康美丽说完，就进了厨房。他知道丈夫会在六点钟回来，但她还是习惯性地要让女儿打个电话，她并不觉得多余，她知道那是一个女人的温情之所在。她做了丈夫爱吃的清蒸鲈鱼、芹菜香干，女儿爱吃的红烧鸡翅、炝炒花白，饭菜端上餐桌的时候，丈夫还没有到家。林茵和陈青在看电视，康美丽坐在沙发上，拿起林茵带回来的报纸，不经意地翻着，等着丈夫。康美丽看报纸总是从广告看起，然后是副刊，她很少去看第一版的新闻。女儿提示了她一句，“郊区的建筑工地，挖出了一个窑场，竟然有一尊真人大小的白瓷女裸体，像西方的古代雕塑似的，非常美，在第一版，有我拍的照片，妈妈你看看。”

康美丽翻回到第一版，看到那瓷制的女裸体照片的时候，她的内心骤然紧缩了一下，她有点不相信自己的眼睛，她又仔细地看了很久，却怎么也抑制不住内心的震颤与慌乱。

她疑惑地问了女儿一句：“茵茵，你们是不是搞错了？中国古代哪会有这种……东西？”

“我也觉得奇怪，”林茵说，“不过专家们正在研究呢。”

这时候门铃响了，林解放回来了。

二

1967 年夏季的一个阳光灿烂的早晨，少女康美丽跟着美院附中高年级的十几个同学，身穿黄布军装，佩戴着“红卫兵”袖章，坐公共汽车从城里赶往郊区的一个小镇，他们要去批斗躲避到乡下镇子上的艺术研究院陶瓷艺术家陶纯。

三十多年过去了，康美丽仍然清楚地记得那天的情形。他们在将近中午的时候，才找到陶纯位于镇子边上的小屋。但是这些满怀着虔诚的“革命”激情的少男少女们，并没有找到被他们认为是在躲避批斗的反动艺术家，这使他们更加相信了“敌人是非常狡猾的”的说法，同时也更加激起了他们的斗志。“狐狸再狡猾也逃不过好猎手，”为首的那个人愤怒地说，“今天不找到反动艺术家誓不罢休。”

康美丽记得那个艳阳高照的午后，他们几经打听，终于在镇子外的一处窑场找到了陶纯。窑场的屋门口挂着个木头牌子，上面写着的“陶艺工作室”字样已经模糊。穿着蓝色工作长褂的陶纯被他们揪出来，有人按住了他的头，在脖子上挂上事先写好的牌子，开始了现场批斗。康美丽已经不记得当时批斗的内容了，几个小时的奔走与暴晒，加上饥渴，让她的神思有些恍惚，在这支批斗者的队伍里，她像个小尾巴似的随着他们摆来摆去。

当别人声嘶力竭挥拳舞臂的时候，少女康美丽却游离于那热烈的气氛之外，目光投向了架子上满满当当的那些陶瓷作品，迷恋于那些浑圆的形体与瓷质的光泽。她并不知道它们的价值，但她却被吸引着。她的观念使她对它们怀着拒斥的心理，但出自天然的本能的艺术感觉却使她对那些作品感到惊奇。在神秘、好奇、拒斥、渴望和艺术直觉的混合中，她的目光在那些作品间流连着，甚至情不自禁地时不时要动手摸摸它们。

她不记得批斗是在什么时候结束的，她恍恍惚惚地跟着他们回到了镇子里。那时候天色将晚，他们在镇子里的小饭馆每人吃了一碗面条，天就已经黑了。他们回到陶纯在镇子边上的小屋，为首的那个人让女同学睡在屋里，男同学睡在屋外的空场上。

累了一天的同学们很快就睡着了，但是康美丽却一直在半梦半醒之中，她的眼前总是晃动着那些陶艺作品。恍惚中她又来到了陶纯的工作室里，她在那里仔细地抚摸每件作品，她觉得自己和它们有一种天生的亲近感，她迷恋它们的形态与质地。……也许这是她一生中唯一的一次梦游，她并不知道自己真的在夜里到过这里，只是在第二天醒来的时候，她清晰地记得那个梦，她很想再去看看它们。

第二天，他们再次批斗陶纯的时候，她悄悄地绕出了那个棚子，进入了另一个所在，那是棚子后面的一间泥屋。她看到了长着乳房的瓶子，画着人脸的盆子，还有人体的片段，手、脚、胳膊、大腿、乳房，甚至还有女人的阴部和男人的阴茎，看得她脸热心惊，呼吸急促，但她还是不能自抑地颤颤地伸手小心地摸了摸那个东西。当她从后面转回来，再次看到被批斗的陶纯的时候，她感到血流在加速，脸倏地羞红到了耳根，仿佛自己偷窥了别人不该被看到的东西。这时候他的目光不经意地扫了她一下，她觉得他似乎看到了她的内心，甚至有种被剥光了衣服的感觉，她觉得自己是赤裸地站在他面前了，就像小偷当场被捉一样尴尬。她不敢再看他的脸，而是把目光向下移动。她觉得他的那个部位似乎在动，就像她刚才摸过的那个。她感到自己的身体紧缩，乳房在膨胀，下身骤然抽动，有种快活的热流想要冲出来。

她再次抬头看他时，他也在注视着她。她嘴唇干渴地翕张着，下面一阵热流涌动，她感觉到一种前所未有的紧张而又新鲜的快活，这快活让她感到眩晕，然后逃也似的从棚子里出来，站在外面炫目的阳光下大口地喘气儿。

三

不断传来的消息，让躲在乡下窑场里以为可以侥幸逃脱的陶纯渐渐地惶恐起来。起初的消息只是说艺术研究院已经完全停止了正常工作，艺术家们被新权力机构的人领着揭批老领导机构的罪行，院长家门已经被贴满了大字报小字报；接着又听说院长被挂着大牌子戴着高帽子游街，被拉到市中心的东方红广场批斗。再后来听到的则是院长被逼疯了，似乎跳了一次楼，但是自杀未遂。

陶纯在扑朔迷离的消息中，忐忑不安地等待着什么，他不能确定降临在自己身上的会是什么，但他知道是躲不过的。惶惶然中的陶纯，试图靠不断的工作来让自己安静下来，但那并不是很奏效。终于，在那天中午，一队红卫兵的到来，让他释然了。他们冲进他的工棚的时候，他甚至长舒了一口气，该到来的终于到来了。惶然与忐忑一扫而去，他甚至很奇怪，自己倒是很愿意顺从地接受他们的处置。

他顺从地配合着他们，弯下腰让他们给他脖子上挂上牌子，哈腰垂立着，等待着接受他们的审问与批斗。但是他们并没有审问，他们一遍遍地呼着“打倒……”的口号，然后有人拿出了稿子，慷慨激昂地念起来。显然，他们对他是有所了解的，他的作品，他做过的事情，他们都很了解，仿佛他们从城里赶到乡下来，就是要当面宣布他是个多么坏的人，就是要告诉他他是个黑线艺术家。有那么几个瞬间，他看着他们围着他挥舞拳头慷慨陈词的时候，他突然觉得这很像是一个游戏，像一个警察和小偷、官兵和贼的游戏。对方那一群很投入地在表演，沉浸在自己的角色塑造里，表演青春，表演激情，表演愤怒，他觉得自己也应该配合一下，于是他很顺从地低首垂立，不断地回答着“是，是，是……是很黑”。

当然，他注意到了也有不参与表演的。那个总是在旁边走来走去，目光迷离的漂亮小姑娘就有点不知所措的样子。她后来竟然转到一边去看他那些摆在架子上的作品了，他甚至看出了她对那些东西的喜欢，这倒让他感到意外了。他原以为他们对艺术之美是漠视蔑视甚至是会敌视的，但这个漂亮的小姑娘在这样的时候却对着那些作品流露出一种迷恋的目光，他倒有些迷惑了。

这天的批斗一直持续到傍晚，红卫兵们离开以后，陶纯筋疲力尽地颓然坐地。这天晚上他没有回到镇子上的小屋，就在工作室里和衣而卧，他不知道接下来还会发生什么，就在迷迷糊糊中睡去了。到了夜里，他又被一阵响动惊醒了过来。借着天空微弱的月光，他吃惊地发现，竟然是她，那个白天里看到的漂亮的少女。她只穿着内衣内裤，微弱的月光洒在她的身体上，让她的身体有了一种惊人的美，她像个精灵一样在工棚里的作品间飘忽不定。他只恨自己的手中现在没有笔与纸，否则他一定会画下她的美来。他的目光一直在追随着她，在她一件件地抚摸着他的作品的时候，他已经知道，这个少女是为艺术而生的，这个少女自己就是一件完全的艺术作品，只是，她生错了年代。

他并不知道她是在梦游，但他看到的场景，让他相信那是他作品的魅力所致，他感到些许的欣慰。他的目光悄悄地跟随着她，为了不惊动她，他小心地不弄出任何声响，仔细地观察着她，他把她身体的所有细节都牢牢地放在记忆里。她的身体太完美了。他突然有了一个想法，他要按她的身体做一个陶艺作品。

四

男女之情从眼睛的顾盼流连、目光的缠绕撩动开始，到目盲（或者说盲目）结束。在开始和结束之间，过程取决于目光里最初的指向。如果最初的看是指向对方身体之美或者性的，那过程常常会是绚丽华美却又短暂的，艺术家借此升华过程以臻艺术之境，普通人借此保存美好记忆以资回味；如果最初的看是指向其他方面，那过程就会变得无趣而漫长，中间的虚与委蛇、推敲周旋、重重机心、种种周折，都将还原为疲惫而又无奈的悔无可悔。简单地说，前者像激情饱满的短跑，后者则是看不到终点的马拉松。

陶纯的激情被少女康美丽淡淡月光下的身体点燃的那个晚上，他的身体有一种被惊艳之美触动的震颤，但是他的处境不允许也不可能让他把这震颤传达给她，他的目光追随着她的身体，所有的细节只能收纳于头脑之中，安置在艺术的殿堂。说是刻骨铭心也并不夸张。

第二天再次看到她的时候，他仍能透过她不怎么合体的黄军装，看到她身体的细节甚至皮肤的光泽。他是用目光剥光了她的衣服，用想象亲近着她的身体，他的下部甚至因为冲动而硬挺，但那时他的脖子上挂着牌子，身体微躬地在接受批斗，周围是不时挥动的拳头和着激烈的呵斥之声。这情形看起来有点滑稽可笑，甚至有种不可言说的嘲弄意味。他自己也感觉到了这滑稽可笑与无情嘲弄，他的嘴角露出了一丝不易觉察的讪讪笑意。

在那一群激昂的批斗者中间，只有少女康美丽注意到了他嘴角的笑意。那时刻的康美丽是紧张而又羞怯的，也许还有些羞愧。那时候她刚从后面的泥屋里转出来，虽然并没有人注意到她在批斗现场的短暂消失，但是刚刚看到的那些让她耳热心惊呼吸急促的东西，却在剧烈地冲荡着她的青春的身体，而那些东西就是出自面前这个被批斗的陶纯之手。她不敢看他，她羞于看他，但她又控制不住地看了他。她恰好看到了他嘴角那不易觉察的一丝笑意。她觉得那是他在嘲讽自己，她觉得他一定是看透了自己的内心所以才那样笑的，她顿时面颊绯红，目光躲闪着向下移动。很不幸地，她竟然看到了他的两腿间那个部位的动静。她再次闪开目光，不由自主地又去看他的脸，那一丝讪笑仍然挂在他的嘴角。

就是这一刻的这一丝笑意，让她记忆深刻，难以释怀。那时候的康美丽不可能知道，多年以后，她会在另一个男人的脸上看到那一丝同样的笑意。那是她命运里的一丝笑意，虽不是致命的笑意那么夸张，但在某种意义上，却比致命更具有柔软绵长的力量。诗人北岛说“一切都是命运/一切都是烟云/一切都是没有结局的开始/一切都是稍纵即逝的追寻”。命运对她来得突兀，烟云却是一生的缠绕，开始已经注定了结局，即使不追寻却也逃不开躲不掉那一刻的强烈冲击。

康美丽整个一生的苏醒，都源于他的一瞥中的一丝笑意。那仿佛是嘲弄的笑意，强化了她身体当时的冲动，朦朦胧胧的混乱之中，她有一种被照亮、被开启、被唤醒的快感。那快感，不仅是心理的，更是一种生理的快感。几十之后，当她终止了和男人的性亲近，回味起来，她觉得比她一生中任何一次做爱时的性高潮都要来得强烈。在那一瞥之下的快感的泛起中，她有点晕眩，她感到身体绵软，缓缓地像一块巨大的山体坍塌着，但那是一种快乐的坍塌，她的眼前一片桃花，香气灿烂。后来，她的一生中，都在试图重寻这种感觉，她想在丈夫的身上把那种快感找回来，但她一生都没有再达到过那种美妙的高潮。

下一次的快感，很奇怪地，竟然是在看到那塑像的时候。

五

晚饭时的气氛，让林解放察觉到了康美丽的异样。往日里其乐融融的家庭晚餐在这天因为康美丽的沉默而变得凝重了，空气中仿佛有无形的阴霾在聚集，连平时口无遮拦的林茵，这时也感觉到了其中的不对劲。她奇怪地看着父亲和母亲，目光在他们之间来回扫视，但她看不出个所以然来。拘谨的陈青此时变得更加拘谨，只顾低头吃饭。康美丽习惯性地仍然不忘给每个人夹菜，但却并不说话。往日里的这个时候，是她跟女儿聊天，问丈夫公司里的琐事的时候，但她今天只是默默地缓慢地吃着。还不仅仅是沉默，林解放注意到了她的眼神也是飘忽的，目光游移不定，她看他的时候不像以往那么直视，而是躲躲闪闪的。

林解放小心地问了一句："你不舒服吗？"

"哦？"康美丽如梦方醒般地应了一声，然后就找到台阶似的说道，"是，是有点不太舒服。"

林解放关切地说："哪里不舒服？"

"也没、没什么，就是头有点晕，可能是天太热，有点中暑吧。"

"要不要看看医生？吃点药啊？"林解放说。

"不用了，我上楼去躺一会儿。"

康美丽看了丈夫一眼，就离开饭桌上楼去了。林解放感觉到她那眼神是怪异的，但他无法确定那眼神里是什么样的内容，于是想到，她大概更年期到了吧。但他还是问了女儿一句："茵茵，妈妈怎么了？"

林茵淡淡地回了一句："可能休息一会儿就好了吧。"

领导着有十多亿资产的企业，周旋于商场与官场多年，世事洞明人情练达的林解放当然不相信康美丽只是身体不舒服。二十多年的夫妻，有过争吵，有过矛盾，但他却从未看到过妻子那样奇怪的眼神。他相信她一定是心中有什么事情，或者，他和其他女人的关系被她察觉到了？但他又不能确定。

晚饭后林解放和女儿和陈青边看电视边聊天，林茵送陈青走的时候，他上楼去看康美丽。"好点了吗？"他问。

"我没事，躺躺就好了，"斜倚在床上的康美丽背对着他，淡淡地说，"你去洗澡吧。"

"你去洗澡吧。"这样的话，在以往的周末里是一种夫妻间默契的求欢的信号，尽管是程式化的，但是夫妻做到二十多年，能像他们这样的，也算很和谐了。对于另外有女人的林解放来说，更多的是做丈夫的义务，而他是个愿意对她尽义务的丈夫。

洗完澡之后，林解放穿着睡衣进了卧室。康美丽靠在床头，目光直直地看着他走进卧室，那目光让他感觉到一丝丝寒凉。康美丽说，"我们分床睡吧。"语气冷淡而坚决，让他有些尴尬。她显然并不是身体不适，但他揣测不出她到底是怎么了，于是讪讪地退了出来。

林解放在客厅的沙发上靠着，失神地望着电视。林茵回来的时候，很奇怪他怎么一个人在看电视，而不是和母亲在卧室里。“爸，你怎么还没睡？”

“哦，很晚了吗？”

“都快十二点了。”

“我就这上楼去睡。”

林解放悄悄地推开妻子卧室的门，站在门口看着她。他知道她并没有睡着，但她面朝里躺着，给了他一个不能判断的姿势。她的身上随意地搭着一件丝睡衣，她丰腴迷人的身体曲线毕呈，摆在那里就是一种诱惑。已经很久没有这样看自己的老婆，对他来说，似乎是一个全新视角，甚至，有种偷窥的感觉。他心中不由感叹，自己的老婆到这年纪了仍然是迷人的。这让他的身体有了一点冲动，但他此刻却止步不前，他被她那句“我们分床睡吧”拦在了她卧室的门口。

她知道他在看她，看她的身体。她担心他会走过来拥住她，她知道他要维持一个恩爱的场面，在外面如此，在家里也如此，他已经虚伪到习惯。她担心他这会儿会过来，会拥住她，轻声地问她，到底发生了什么事情。她不想如此面对，她得找一句礼貌而冰冷的话回击他的伪善。如果他现在过来，她应该说什么呢？“这是我最后一次让你看到我的身体。”她心里在想，是的，这是我最后一次让你看到我的身体——在我失去知觉之前。这样想的时候，她假装翻了一下身，她现在是面朝着外面躺着了，丝质的睡衣从身上滑落，她的身体现在是一个性感慵懒的姿势。她想，你好好看吧，这是最后一次。

当然这只是作者我的视角，我的观看，我的想法。也许，康美丽当时并不是这样想的，她只是不经意地躺成了《裸体的马哈》那样的姿势，或者更确切地说是躺成了马德里斯画中那些有着“神秘的性感”的女人的姿势，她并没有刻意地要诱惑谁（林解放，或者读者，或者作者）。那所谓的诱惑的意味，只不过是林解放、读者（经作者的诱导）和作者本人以各自不同的观看角度看出来的罢了。

六

林解放第一次看到康美丽的时候，还是在插队期间。现在回想起来，那个遥远的夏天已经恍若隔世。那时候林解放他们正斜靠在田头的树下休息，身边是通往邻村的土路，康美丽和她的同伴，当时从路的那头走过来，就像是从天边走过来的。这正是平原上的感觉，后来林解放曾对林美丽说过自己的感觉，说她是从天上来的女人。三个女孩子一起经过林解放他们身边。康美丽款步而行的样子，与她的同伴完全不同，即便是在田埂上走着，那姿态也是优雅的，林解放放肆地直着眼睛盯着康美丽。那会儿，他就像个小流氓看到美女那样因为惊艳而吹起了口哨。当她从身边经过之后，他仍然不肯罢休，有一种鬼使神差的力量，让他倏地站了起来。他赶到她的前面，直视着她，感觉像是被点燃一般，顿觉眼前一亮。那是一双周围长满了水草的深潭般的眼睛，正是陕北民歌里所唱的“毛眼眼”，林解放带着点涎皮赖脸地盯着她死看。康美丽被他盯得有点慌乱，神情紧张地说，“你，你，你干什么？”

就是这时候，林解放的嘴角露出了一丝丝嘲弄的笑意。而这一丝丝笑意，让康美丽觉得似曾相识。她的头脑在快速地搜寻着，“我在哪里见过他？”在哪里在哪里见过你，你的笑容这样熟悉，我一时想不起，啊，在梦里，在梦里见过你。她知道不是在梦里，而是在少女时代，在那个郊区小镇的午后，同样的嘲弄似的笑意在那个被批斗的艺术家陶纯的嘴角出现过。当她想到这似曾相识的笑意的出处时，她的脸倏的一下涨红了。林解放这时候说话了，“你在哪个村里插队？我怎么没有见过你？”

老知青林解放和新知青康美丽就这样认识了。

人们通常认为，男女之情是通过深入的了解，交流交谈甚至谈判，然后才逐渐产生的。其实这是一个很大的误会。那只是以婚姻为目的的男女交往，而不是男女之情。是婚姻目的让男女关系变得复杂起来，而真正的男女之情，是单纯的，也是简单的。简单到就只是从看到互相看见，然后把对方从人群中拎出来放在自己的心里，在互相看见的过程中，刹那间有被对方点亮的感觉，心骤然缩紧，呼吸变得急促，目光如探针般地试图刺入对方眼睛的更深处，男女之情就已经产生了。“河里青蛙从哪里来，是从那池塘向河里游来，甜蜜爱情从哪里来，是从那眼睛里到心怀。”林解放和康美丽这一对儿，他们认识之后最爱唱的就是这首歌，那是他们第一次相遇时的共同感觉。

林解放一路哼着“河里青蛙从哪里来”，到邻村去找池塘里的爱情，而那池塘，就是康美丽的眼睛。那时候林解放总是看不够，他很想深深地沉入那个池塘，像一只青蛙畅游其中。当他这样对康美丽说的时候，她的眼睛是潮湿的，一缕淡淡的水汽，使康美丽的眼睛变得更加迷人了。

七

林解放站在卧室的门口，有点进退两难。按理说，他不应该现在来推这扇门，因为就在两个小时前，康美丽说了要分床睡的。但是夫妻之间，在睡觉的问题上，似乎也不存在什么道理的，何况是二十多年的老夫老妻，完全也可以不必把她刚才的话当真。然而，林解放非常清楚，妻子康美丽那句话肯定不是随便说的，她不是随便说话说过就忘的那种女人，也更不会用这样的话作为夫妻周末生活的前戏来制造气氛。他能感觉到她的认真，但是他却不明白其中的缘由。他习惯性地推开卧室门，是让女儿知道他回房睡觉了；另一个原因则是想试探一下妻子康美丽刚才的话到底认真到什么程度，即便是不同床，他也很想知道那是什么原因，到底发生了什么事情。然而当他推开门，看到躺在床上的康美丽的时候，他却有些心虚地迟疑了。

康美丽并没有睡着，她一定是听到了他的脚步声，听到他推门的声音，她卡好时间，在他推开门的时候翻了个身。随着翻身的动作，搭在身上的丝质睡衣有意无意就随身体的转动滑向了一侧。她并没有睡着，她完全可以把睡衣拉上身体，但是她没有，她假装睡着的样子，让自己裸露的身体弯曲成一个性感迷人的姿势。她知道他停在门口看着自己，她心里的意思是你好好看看吧，也许是最后一次。她的姿势是招惹人的，而她的态度，是拒绝的，这是一个成熟女人的完美策略。

林解放站在门口，以审慎的目光打量着妻子的身体，丰满的乳房，略显丰腴的腿，曲线完美的腰肢，卧室柔和灯光下瓷白的肤色，以诱人的姿势裸露着，强烈地刺激着男人的眼睛，进而刺激神经，唤起生理冲动。即便是多年的夫妻，即便他经历过许多女人，但林解放还是很感叹地承认，妻子康美丽依旧非常诱惑人。他在找她的眼睛，身体只是一个姿态，而眼睛才是会说话的，在嘴巴闭上的时候，眼睛就是代替嘴巴说话的器官。但是，他看到那眼睛现在也是关闭着的。如果仅仅是睡着了的关闭也很正常，而林解放看到她眼皮下的眼球其实是在动的，也就是说她并没有睡着，她是故意关闭了眼睛不看。这样的眼睛当然也会说话，林解放听懂了她的意思，那就是说我不想看你。以招人的姿势诱惑，同时用眼睛的语言拒斥，这让林解放更加心虚，摸不着头脑。走上前去还是就此退出来，他有些迟疑。

林解放聪明的大脑在快速地转动。是她发现了他和别的女人的关系？是她的身体出了什么问题？是她自己有了别的感情或者男人？如果是前者，那他现在走近她就是自讨没趣；如果是后者，那他将再次遇到冷冷的拒绝；无论是前者还是后者，他现在都应该退回到书房去睡觉。如果是她身体出了什么问题呢？那他现在最应该做的就是去问候安慰并想办法解决。林解放很快排除了第一个原因，因为若是康美丽对他和别的女人的关系有所察觉，那应该是早就表现出来了，而不是在今天。没有表现出来，说明她没有察觉，或者她不愿意察觉，或者她有所察觉但并不认为这事情很严重。至于第三个原因，林解放以和康美丽二十多近三十年的共同生活中的了解，他确认基本不可能发生。那么最大的可能就是她身体出了问题，但那完美如初的身体似乎又在说没什么大事情发生，仅仅是天热中暑吗？又不至于严重到分床的程度，况且以前她偶有身体不适，表现出的却多是寻求他的呵护的娇嗔与信赖。聪明如林解放，在不到一分钟的时间里，仍然没法得出确定的结论，但他知道不能就这样一直站着把问题理清，他必须选择走近还是退出。这时他的脑子里突然迸出一个词：更年期！难道她的更年期到来了？

林解放小心地走到床边，拿起搭在床头的毛巾被，给妻子盖在身上。他看着她，静静地停了一下。他知道她在装睡，但康美丽既没有睁开眼睛，也没有动一动身子，他能感觉到她甚至故意屏住了呼吸。完成了这个丈夫式的体贴之后，他轻手轻脚地退了出来，带上卧室的门去了书房。

八

父母在晚饭时的表现，已经让林茵觉得蹊跷，往日周末快乐的家庭气氛没有了，她知道父母间一定是出了什么问题。饭后和男友陈青一起去酒吧，喝完酒回来，看到深陷在沙发里的父亲颓然的样子，她有些吃惊，她很想弄明白到底是怎么回事。

这座别墅总共有三层，一楼是客厅餐厅厨房和保姆的房间，二楼是父母的卧室、书房和一间客房，林茵的房间在三楼。她和父亲一起上楼，父亲进他卧室的时候，她上三楼。上楼的时候她似是无意地回头看了一眼，发现父亲停在了卧室门里，既没有回身关上门，也没有再往前走，她觉得奇怪。上楼之后林茵并不急于回到自己的房间，而是把头伸到楼梯口向下看，观察着父母房间里的动静。这行为很像是一个跟踪者对跟踪对象的偷窥，而现在的情形是女儿在偷窥父母的动静。林茵这么想了一下，觉得有点滑稽，但她仍是很不放心地观察着父母卧室的动静。

其实，她已经不是第一次偷窥父母了。林茵从小就是个聪明而又不安分的孩子，当她在青春期里刚开始对男女之事好奇的时候，就通过门缝偷窥过父母的房间；去年她还跟踪过父亲和他的女人，那是父亲公司里的一个模特。一个偶然的机会，她发现父亲开着车接那女孩，林茵打了出租车一直跟到郊外，在一个新建的小区里，父亲搂着那女孩进了电梯间。林茵这种七十年代出生的女子，对这种事情已经见惯不惊，即便是作为知名企业家的父亲有这种事情，她也并不觉得意外。知道了父亲的隐私，但她并没有声张，也没有告诉母亲，只是小心地不让母亲受伤，而她也了解父亲，不会让这种事情影响到他们的家庭。见多识广而且很不安分的林茵，其实是很了解人性尤其是男人的，她自己的观念非常开放，对上一代人的生活，也报以宽容的理解。但是现在父母间似乎出了点问题，她倒有些担心了。

此刻林茵看到父亲站在卧室门里，脚步迟疑不前，她突然对父亲有了一丝说不清楚的怜悯。在外面是那么强大的一个企业家，站在卧室门里，面对床上的妻子，却有点进退两难的样子。再强大的男人，也有他的软肋，虽然她并不知道那软在他身体里的什么位置，但她知道那软是因为母亲。父亲停在那里，几乎有两三分钟，然后她看到父亲进去了一下，又退了出来，带上卧室的门去了书房。也就是说，父亲可能是被母亲赶了出来。

在家里，这是林茵从未见到过的事情。从小到大，她曾经看到父母吵架，看到他们生气闹别扭，但从来没有看到他们晚上不睡一个房间，而且又是在周末，所以她现在觉得父母间的问题似乎有些严重。最近这几年，随着父亲的企业越做越大，他在家的时候并不是很多，但是每次回来，都能看到父母间那种老夫妻式的亲热。周末的家庭晚餐，母亲总是非常用心，她甚至觉得母亲不仅是在照顾父亲的胃，同时也在施展她的女人的魅力。那时候不仅父亲是轻松快乐的，连林茵都能感觉到母亲的温婉温柔和温暖。

而今天家里气氛的变化，实在是来得过于突然，像是有什么意外的事情在不经意间发生了一般。但是事先却并没有什么迹象出现，母亲的情绪变化是在瞬间的，有点猝不及防，有点莫名其妙。不过林茵以她记者的职业敏感，嗅到了这气氛中不同寻常的东西，一定是在母亲那方面，有什么重要的状况出现了。但那到底是什么状况呢？

九

晚报文化记者林茵在郊区的建筑工地，看到了窑址现场和发掘出的东西，用她的笔和照相机记录下来并刊登在晚报上；这报纸被林茵的母亲康美丽不经意间看到了，康美丽的观看与阅读造成了内心不被我们看到的微妙而又强烈的变化；康美丽的变化又被女儿林茵和丈夫林解放看在眼里；林解放看到妻子康美丽对自己的拒绝，但是他无法知道其中的缘由；女儿林茵窥到了父母的异常状况，但她并不知道这一切都是因为她的报道而发生。在这个圆环式的观看关系中，正是眼睛确立了每个人的不同位置，经过观看，然后辨认，最后解释，但是，他们所能理解和解释的，与他们看到的东西之间，却有着很大的差异。而现在，在对面小区的某一扇窗户里，也正有一个窥视者在用望远镜观察着这幢别墅。对面那人高居于他们之上，他看到了什么呢？他所能看到的只是这一家人，三个房间的灯，都亮到了午夜之后。首先是林解放房间的灯熄了，然后是康美丽的，最后是林茵的。但他能够从这窥视中知道些什么呢？他可能理解的，就是这一家人因为什么重要的事情在同一个夜晚处于失眠状态，至于他们是因为同一件事情还是因为各自不同的事情，窥视者现在无法知道。

窥视者冯六六对这座别墅的结构非常清楚，每一扇窗子后面的人他也都非常熟悉。这个嫉妒的情人，架设望远镜原本是为了观察林茵的动静，不过有时候他会把镜头转向别的窗户，当然那是在看不到林茵的时候。长时间的窥视让他获得了一种隐秘的快感，而快感对人的行为具有激励作用，人总是喜欢对能够获得快感的事情反复尝试并浸淫其中，现在，冯六六已经算得上是一个业余的窥视爱好者了。

在人类的道德训诫中，窥视行为是一种讨厌的令人鄙夷的古老罪恶，在许多古老的法律和宗教经典中，相应的惩罚便是窥视者应该被挖去双眼。然而，人类生活中的窥视行为却并不因此就有所削减。实际上，窥视是人类最热烈也最难以满足的欲望之一，是人性中的一种古老本能。人人都曾经历过成长过程中对神秘的异性的好奇，而那大胆者窥视异性的“罪恶行径”，会遭到同伴的嘲笑甚至诅咒，然而那嘲笑与诅咒却常常带着一种邪恶的快意，其实，这快意与被嘲笑被诅咒对象的窥视行径有着同谋的意味。在某种意义上，人人都是窥视者。窥视的本能源于人类好奇的天性。好奇是人类认识世界的一种内驱力——然而，这种好奇之心并不必然地指向认识的有用性，很多时候，仅仅是好奇心的满足，就可以令人欢天喜地。

窥视爱好者冯六六现在越来越多地在品尝他的发现的快乐，而这快乐也在削减着他内心的嫉妒，令他渐渐地能够平和地对待林茵有新的男友的现实了，这是窥视者冯六六的意外收获，虽然这收获现在还没有被他明确地认识到，但他心中嫉妒的火苗已经越燃越小了，这却是一个事实。他看到林茵房间的灯已经熄灭，他知道那大概是她的稿子已经写完，于是他收了望远镜，也躺到了床上。

十

康美丽醒得很早，前一天晚上康美丽就已经想好了，她要到女儿在晚报上写道的那个发现窑场的建筑工地去看一看。康美丽洗漱完，画好了淡妆才走出卧室。偌大的家现在是寂寞的，这是女儿和丈夫睡懒觉的时间，她悄然下楼，在厨房里用微波炉热了一杯牛奶，放了一大把麦片进去，用勺子轻轻地搅动着，脑子里在想那个窑场的位置，考虑她开车过去应该怎么走才最合理。

康美丽今天没有打算给女儿和丈夫做早餐，除了她病倒的时候，这是她第一次不在周末的早晨考虑他们的早餐。这让她觉得有些无所事事，但同时又有一种空落落的轻松。作为一个女人、妻子、母亲，一生中她都在尽着这三个角色的本分，突然在这个早晨，什么都不做，闲得让她无所适从，她迅速地喝完牛奶，在桌上留个字条给女儿，让她起来给爸爸弄早餐，然后开着车走了。

城市像摊大饼似的不断地被擀开，这二十来年，城市的面积悄然间扩大了好几倍，那个原本属于郊区的小镇，现在已经纳入市区的范围，三十多年前需要换三次车走两个多小时的路，康美丽现在开着车，只不过半个多小时就到了。模糊的记忆中昔日的镇子，早已经面目全非，已经从土房变成砖房楼房的街面，到处都可以看到画了圆圈的“拆”字，穿街而过，出镇子不远，康美丽找到了那个正在开挖中的建设工地。

进入工地的过程并不顺利，“施工重地闲人免进”的牌子和尽职的工地看门人一起拦住了她，任她怎么解释，可那个上了年纪的看门人就是不让她进去。后来还是一辆正要驶入工地的轿车里探出一个脑袋跟她打招呼，才得以进入。她并不认识那人，但那人认得她，那是这个项目的业主方的老板，知道她是著名的六八集团老总林解放的夫人。那人很热情地说，“林夫人想视察啊?”康美丽以为他是在开她玩笑，支吾着说随便看看。其实她并不知道，这个小镇的开发，林解放的六八集团也是联合投资商之一。这个名为“汉城风情小镇”的开发项目，在业界被称为创举，包括了小镇建设和周边土地的开发，据说是在为政府解决农村小镇城市化的问题提供了有意义的创新思路，但是康美丽不怎么关心这种大事，所以她并不知道林解放也是这里的投资商。

那片窑场已经被黄色的警示带围起来了，但是发掘工作似乎已经结束，挖掘机和推土机正在工作，她能够看到的只是建筑场面，却并没有她想象中的文物工作者拿着小铲子小毛刷清理的情形。从那翻起的土中，她也看不到通常在发掘现场会出现的两片残瓷三块断砖，记忆中的那些曾经令她脸热心跳呼吸急促的人体部件制作的作品，更是无从寻觅。在现代城市的发展中，历史与文化记忆在快速而巨大的建设中，将被推土机轻松地抹平，更遑论个人记忆了。

康美丽有些失望，当她试图寻回记忆并验证点什么的时候，物证却迅速地消失掉了。那么，那些东西现在被送到了哪里?她能想象的是，可能在某个文物研究机构的库房里，那些研究人员正拿着放大镜，端详着那些物件，冥思苦想地寻求结论。而那尊裸体的白瓷塑像，现在也许已经被他们清洗干净，摆在聚光灯下，被很多目光注视着。她还想到，那塑像现在肯定已经被许多人的手摸过了，那些脏手，那些各怀心思的目光，她觉得似乎都在自己的身体上摸索着。想到这里，她的内心就有些受不了了。

康美丽心情复杂地回到车上，就在她准备发动汽车的时候，脑子里突然产生了一个大胆的想法，她要把那塑像买回来。

十一

双休日的第一天，星期六的早晨，是这一家人的懒觉时间。林解放的习惯是在周五晚上回来之后就关了手机，直到周六的午饭之后。一个月里，能在家享受这种宁静与放松的时间，通常也许只有两次，他不希望被公司的事情打扰。然而睡在书房里的这个周末，让他很不踏实，他的睡眠无法像以往那样持续到上午十点以后，妻子康美丽昨晚的表现来得蹊跷，他放心不下，很早就睁开了眼睛。

书房的墙上挂着一张被放大了的旧照片，那是他和康美丽在插队的村子里那座被称为“庙”的房子前的合影。那座庙，用社会学者的话说，是典型的乡村公共建筑。很早以前，那房子是村人们祭祀的地方，至于里面曾经供过什么样的神，他却并不知道。他们来到村子里的时候，那庙里挂着领袖的画像，村上的政治学习和“早请示晚汇报”的仪式都在里面进行，而当这些仪式化的政治活动不再进行之后，那房子又被改成了磨房，里面安装上了两台被村人们叫作“钢磨”的机器，其实就是一台加工麦子的磨面机和一台加工玉米的粉碎机。林解放和康美丽第一次的身体接触，就是在那磨房里面。他们后来在那房子门前合影，以纪念他们的爱情与青春。林解放现在睁开眼睛，看到的就是那张被放大了的照片。

照片上的他们，青春而又土气，但康美丽的眼睛却是清纯而又美丽的，表情里充满了爱情的幸福。通常人们说眼睛是心灵的窗户，那意思其实是在说眼睛是心灵的表情，同时也是整个脸部的表情，如果没有了眼睛，脸上的任何表情都是丑陋的也是非常有限的，据说没有了眼睛的脸部表情，大约只能传达人内心的十分之一。如果眼睛关闭了，我们就很难从他的表情里捕捉到他人的心灵。前一天晚上，在卧室里看到康美丽向他关闭着的眼睛，就让林解放很费琢磨。现在他看着墙上照片里康美丽的眼睛，他觉得那时候通过这双眼睛，他对她是可以把握的，而这种把握他感觉在昨天晚上突然失去了。

这时候他想起来他们有一次吵架，那是他们夫妻生活中最激烈的一次。那是在几年前，也是在这间书房里，她直视着他的眼睛，当时她有点歇斯底里。“你在外面可以和你的公司你的同事你的朋友你的女人们在一起，回到家里，你又和你的书在一起和你的收藏在一起。那么我呢？我是什么？我该干什么？我为什么活着？”尽管她言词激烈，但那时候，他通过她的眼神，仍然可以把握住她。他知道她是因为单位破产之后在家待着憋出的毛病。但他同时又想到，她该干什么似乎不是他能解决的问题。干什么？为什么？在不同的人之间是无法通约也无法解答的。本质上，人都是孤独的，一个人无法告诉另一个人“为什么”，即便是夫妻也不能，甚至可以说，夫妻之间，尤其不能。她的单位破产了，他原本以为是个可以高兴的事情，因为她一直抱怨工作太累单调无趣，现在正好可以全职在家，而以他的财富，她根本就无须去工作。当她歇斯底里地发作着的时候，他看着她的眼睛，立即就明白了，她不是个愿意做全职太太的人，她需要有事情做，需要有朋友圈子，需要能让她获得成就感和能产生受到尊重的感觉的东西。他动用自己的关系，给她调了一个单位，那正是她喜欢的工作，在一个大型国企的工会图书馆做图书管理员。那时候他对她是能把握的，看看她的眼睛就能知道，虽然他不能回答“为什么”，但他知道“干什么”是她想要的。

现在他失去了这种把握，在这个早晨，他定定地看着墙上的照片，看着照片上她的眼睛，他很努力地想要从那眼睛里读出点什么来，而那照片上的眼睛，能告诉他的却只是单纯，美丽，爱情，幸福。那是那么美丽的一双眼睛，他想起一本书里某个专家给出的美眼的标准尺寸：眼裂长度为二十八至三十四毫米，宽度为十至二十毫米；睁眼时内眦高于外眦，两眼内眦间距为三点五厘米左右，角膜露出率为百分之七十五。专家说这样尺寸的眼睛才有完整的美感。当时他认为那个专家很无聊，眼睛根本就不是个可以用尺子量的东西，他认为专家在这里忽略了脸的尺寸和形状，无论怎么符合标准的眼睛，也只有配在合适的脸上才会有美感，眼睛本身不是标本，而是一个活物。不过此刻他看着照片上康美丽的眼睛，他觉得专家也还是有些道理的，起码康美丽的眼睛符合那美眼的标准。但是标准眼睛却不提供标准答案，林解放伸伸懒腰，他知道自己走神了。他觉得应该起床，去看看妻子康美丽怎么样了，作为一个事业成功的男人，林解放对妻子算是体贴的，虽然能表现他的体贴的时间越来越稀有了。

十 二

现在让我们来研究一下眼睛吧。这个构造复杂而又神奇的东西，在人身体所有的感觉器官里，是最为令人震惊的一个。眼睛集拍摄、录像、存储、输出功能于一体，比人类现有的任何光电一体化的设备都要完美无比。据美国《预防》杂志报道，眼球每小时要登记36000个视觉信号，每天大约是864000个，凭着如此之大的外界信号输入量，人的一生中所学，80%来自于眼睛。眼睛不仅是了解世界的窗口，而且是一个人身体的超级传感器。而且眼睛的功能不需要激活，它从人被造出来的时候就自动进入了工作状态，完全不像其他的器官譬如人的私处那么矜持那么矫情，需要一只苹果来激活，并且还要通过蛇的引诱才知道，而蛇引诱伊甸园中的男女找到苹果，居然也是通过眼睛。蛇通过人的眼睛找到苹果，然后通过嘴巴吃掉，在体内经历了复杂的物理反应化学反应生物反应之后，人的私处才得以被激活。而眼睛根本不需要这样的过程，它直接就进入了工作状态。也许正是因为眼睛进入工作状态的直接性，让我们以为它就是理所当然如此而忽略了对它的关注与研究。1976年，我在插队的镇子上买到过一本《赤脚医生手册》，当时我正处于青春期，主要的精力都用来研究该书中“泌尿系统”和“生殖系统”那两章了，而对五官科的内容视而不见。而现在当我震惊于眼睛及整个视觉系统的神奇复杂与美妙之时，就有一种相识恨晚的感觉滋生出来，但我当时正处于青春期，而那又是一个被禁锢的年代，那时候专注于研究“泌尿系统”和“生殖系统”就有一种雪夜读禁书的身体快感。早我很多年插队的康美丽也有这样一本《赤脚医生手册》，但康美丽与我的研究重点就完全不同，康美丽研究眼睛，那也许是因为康美丽有一双美丽动人的大眼睛吧。她不仅知道眼睑、眼皮、眉毛、睫毛、眼睛，她还知道角膜、虹膜、瞳孔、晶状体、视网膜；她不仅明白近视眼、远视眼、青光眼、色盲、白内障、麦粒肿、结膜炎这样一些眼睛疾病是怎么回事，她还知道眼睛是怎么加工处理图像的，人在一眨眼之间，比如随便地扫某人一眼，那就是一套复杂的晶状体调节、光传播、视像集中、传输处理过程。根据德国人海因里希·伯尔在《女士及众生相》中所做的统计，人的视网膜上大约有超过六百万个锥体细胞和一亿杆细胞，这非常有利于接收视觉图像，并且经过一系列的物理反应化学反应生物反应完成对视觉处理，并能让身体做出反应。美国心理学家在研究男女感情时发现，男女之间，通过眼睛在几秒钟里就可以做出会不会对对方有感觉的判断。他们研究了一万名约会者的资料，大多数人在几秒钟就决定了，一些人甚至只需要三秒，眼睛就把感觉传达到了身体的每一个末梢。康美丽在研究了眼睛之后，就明白了 1967 年的那个夏天，在她并不认识陶艺家陶纯，可以说和他没有任何交流的情况下，当她第一眼看到陶纯的时候，她的身体为什么会产生剧烈的反应。那反应直抵身体下部两腿之间的部位，那个敏感的部位狂跳了数秒，一种莫名的快乐传遍了全身。当时她又激动又害怕。而那一眼带来的快感，竟决定了她的一生。

十　三

眼睛是人感知外部世界的一个入口，同时，也是传达人内部世界的一个出口。怒火，秋波，温暖，激情，忧郁，愁苦，冷淡，欢乐，狂喜，都可以从眼睛里跑出来，让我们知道。眼睛里不仅可以有光线、色彩、明暗、冷热的复杂变化，眼睛里还可以流出水来，那珍贵的水儿被人们命名为眼泪。眼泪是眼睛传达人内部世界时最为外化最为张扬最为夸张的一种方式，同时也是最为复杂最难以琢磨最不易判断的一种表达。诗人写道：为什么我的眼里常含泪水，因为我对这土地爱得深沉。诗人如果不说，你根本就无法知道他为什么总是含泪，当然这是男人的眼泪。相对来说，女人比男人的泪腺要发达得多，女人的泪水当然也要数倍乃至数十倍于男人，这也使得女人的泪水里所传达的意思要远比男人来得复杂。这也就是为什么大多数男人在面对垂泪的女人时手足无措的原因，因为他很难弄得懂那眼泪的意思，因为无法判断，所以无所适从。

康美丽从郊外的小镇回来之后，双眼失神地坐在沙发上，显得非常疲惫。那时候已经是午后，女儿林茵和丈夫林解放交换了一下眼神。林解放关切地问康美丽，“你脸色很不好，是哪里不舒服吗？”康美丽既不看他，也不回答，目光空洞。女儿林茵也上前问道，“妈妈你吃饭了吗？你想吃什么？我去给你做。”父女二人像对待病号一样小心翼翼地试探着康美丽的意思，他们都有些紧张。但康美丽并不说话，她目光低垂下来的时候，正好看到茶几上面昨天晚上放在那里的那张报纸，那个女裸体的白瓷塑像赫然入目。就在这时候，康美丽的眼睛里突然涌出了泪水。林解放和林茵都有些慌了神儿，但他们不知道她为什么而流泪，他们弄不懂她的眼泪是什么意思，父女俩互相看了一眼，面面相觑，无所措手脚。因为眼泪的冲刷，康美丽知道自己的妆已经乱掉，她从纸盒里抽出面巾纸，抹了抹眼睛，然后进了卫生间。

林解放和林茵父女俩，悄声地交换着意见。昨天还好好的，今天她这是怎么了呢？是出了什么事情还是受了什么刺激呢？他们理不出头绪，一致认为应该搞清她上午去了哪里，去做了什么，见了什么人，遇到了什么事情，才好做出判断。

这就是女人的眼泪，莫名其妙，难以琢磨，很费猜疑。甚至，在有些情况下，连流泪的人自己都不知道是为什么流泪的。有时候，女人的泪腺就像管道，需要用流泪来定期清洗以使它畅通，那完全是一种生理性的机械性的需要。然而被那些很在意她的人看到时，他们就要因为这泪水而困扰了。

康美丽从卫生间出来之后，独自上了二楼，进了她的卧室。林解放用眼神示意林茵上去看看。迟疑了一下，林茵走进了母亲的卧室。她看到母亲坐在床边，泪水仍然止不住地涌流。她问她，“妈妈，你到底怎么了？刚才去哪了？出什么事了吗？”康美丽说，“茵茵你出去吧，我没事，让我独自待一会儿。”

在他们相识的三十多年里，在他们二十多年的夫妻生活中，林解放还从来没有看到康美丽这样莫名其妙地流泪。也就是说，三十多年里，他看到过的她的泪水，他都是很快就能明白那是为什么而流的，但现在他感到茫然。林茵下楼来了，林解放看了她一眼，知道她并没有问出什么。林茵小声跟父亲说道，“妈妈不会受什么刺激，精神出了问题吧?”“乱说，能有什么事情啊。”林解放嘴里是这样说，但心里也有着同样的怀疑。听着楼上卧室里康美丽隐约的哭声，他们父女俩就这样心怀忐忑焦虑不安地守在楼下。

康美丽走下楼来是在一个小时之后。她像个没事人似的看着女儿和丈夫，她觉得他们脸上诧异的表情有点奇怪。“你们不去忙自己的事情，都守在家里做什么?”康美丽说。往常，周六的午饭之后，林解放就去公司了，而林茵也会找她的朋友们去玩。林解放试探着问，“你没事吧？怪吓人的。”康美丽回答说，“没事，不知道怎么就是想哭，现在好了，你去忙吧。”

林解放走了之后，康美丽对林茵说，“茵茵，你帮妈妈打听一下，你报道的那个东西现在放在什么地方。”康美丽指了指报纸。

林茵非常疑惑地看着母亲，她不明白妈妈为什么在这时候突然提起这个报道。她是想转移林茵的注意力还是想打发林茵出去？或者，妈妈的情绪变化，她莫名其妙的眼泪，和这报道有什么蹊跷的关系？她回想起来，妈妈的情绪似乎就是在昨晚看到这报道以后起了变化的，当时她只是说身体不舒服，现在看来，并不是这么简单。

“妈妈，你想干什么啊?”

康美丽假装出淡然的样子，“没什么，我就是想看看那个实物，我觉得挺有意思的。”

林茵知道那些被挖掘出来的东西，现在就放在郊区的区文管所的仓库里，但她并没有急于告诉母亲，她只是在确认母亲不会出什么问题之后，才离开了家。

十　四

英国艺术史家、小说家、画家约翰·伯格在《观看之道》一书的开篇写道：“观看先于言语。儿童先观看，后辨认，再说话。”儿童的认知过程其实就是人类的认识过程的原始雏形，成人对事物的认识也脱不了这样的一个基本过程，只是要对约翰·伯格的说法稍加修改：先观看，后辨认，进而探寻，然后说话。无论对于儿童还是成人，眼睛先于头脑，先于感情，先于语言。然而不同的眼睛，对于同一个事物，由观看而引发的辨认、探寻、言语，却各不相同。

林茵关于郊区建筑工地发现窑场的报道和那白瓷女裸体塑像的照片，被这个城市的一百万左右的读者看到了，这一百万的观看者，大致可以分为三类。第一类是绝大多数的读者，他们只是看到了一条新闻，知道了这件事情有些奇特，茶余饭后没话找话的时候可以作为一点谈资，谈论的时候也许还夹杂着些许的揣测、探寻，但仅限于在头脑中进行，当第二天的报纸拿到手上的时候，这则昨天的新闻就已经成了旧闻，隔天的报纸就是旧报，立即就被忘掉了。第二类观看者只有康美丽一个人，她是所有读者中反应最为独特的也最为强烈的一个，她惊奇地看到了自己，身体与心灵都在被震颤着，她想弄明白那个雕像，她想弄明白自己，但是她不说话，或者说不出话，在这个城市里，只有她一个人守着一个巨大的秘密，那是一个不为人知的情感的生理的心理的秘密。第三类观看者是这个城市的一些文物工作者和艺术家，他们同样惊奇于这个发现，他们以职业的方式做着辨认、探寻、研究，进而需要做出判断，那是艺术的同时也是技术的判断，是谁在什么时候创造了这件作品，他用了什么样的材料，什么样的工艺，这作品的价值如何，他又是个什么样的艺术家。他们得说出点什么来。而记者林茵，则要通过报纸，把他们的说法告诉大家。

文管所的仓库里，现在聚集着的是一些艺术家，文物工作者已经退场，因为他们已经做出了结论。经过对发掘现场、埋藏层次、窑场和作品的理化分析，他们判定这些东西最长的时间不会超过四十年，因而也不属于文物的范畴。正因为有了这个结论，所以建筑工地才可以迅速地清理掉现场继续施工了。其实，即便是属于文物范畴，像“汉城风情小镇”这样资金背景复杂的超级大盘，也照样能够迅速地清理现场保证施工。在市场经济年代里，资本强权的推土机可以推平一切。这次的发现虽然不属于文物，但这些作品却让艺术家们产生了极大的兴趣。其中最上心的一个，就是美术学院的雕塑系主任周原。

林茵来到文管所的时候，艺术家们正在对作品品头论足。林茵用心地听着他们的议论，偶尔轻声地问一两句，然后在采访本上做着记录。她注意到美术学院雕塑系主任周原对这些作品的赞赏，周原是省内外知名的雕塑家，林茵是认得他的，她决定就这个发现对周原做个采访。

“周教授，您怎么样评价这些作品？”林茵问道。

“唔，艺术价值很高。”周原回答的时候，目光还停留在作品上面。

“这艺术价值体现在什么地方呢？”

“这是个很复杂的问题。简单地说，从造型艺术角度，它们准确，传神。无论是小物件还是这件完整的人体，都有一种神韵透射出来，很生动，不仅能感觉到作品中身体的力量，而且有一种耐人寻味的精神的力量。但我个人觉得，这些作品更重要的价值在它的材料和工艺上。它的基础显然是耀州白瓷，但是传统的耀州白瓷是比较粗糙的，历史上流传下来的耀州瓷，更多的是日常的生活用瓷，像碗啊盆啊缸啊，因为土质、坯料和工艺的原因，成品的颜色泛黄而且很不均匀，没有发现精细的名瓷。但是这些作品显然是在陶土和坯料的材料中加入了新的东西，工艺是肯定也做了改进，使得成品变得精细均匀，耀州白瓷原本是泛黄的，艺术家显然是利用了它的这个特点，表现出来的结果就是更接近我们黄种人的肤色，比大理石的白色更传神，尤其是它自身的肌理和暗光，让人体的皮肤更真实。我觉得这些作品的材料和工艺非常具有研究价值。”

“您说的这些工艺上的变化，以前没有人做过吗？”

“就我所知，还没有过，所以它们非常具有研究价值．如果能够研究出结果，我想，对陶瓷艺术的发展会是一个很大贡献。”

“照您的说法，那这些作品的作者肯定不是一个普通的陶艺家，而且他们说这些作品的年代不会超过四十年，窑场的地点也就在郊区，以您对全市乃至全省艺术界的了解，你觉得作者会是什么人呢？或者说他可能会是谁？”

“这个我不好妄加猜测。前辈艺术家中，我所知道的知名的搞工艺陶瓷的，一个是陶瓷研究所的陈先生，但陈先生做的作品中很少有人体。另一个是艺术研究院的陶纯。陈先生已经过世，陶先生听说是在“文革”中失踪了。其他还有什么人，我就不是很清楚了。

“美院，或者你们雕塑系会对这些作品进行研究吗？”

“研究陶瓷艺术和工艺，雕塑系是没有这个能力的，也没有这方面的人。我想，艺术研究院和陶瓷研究所应该会对这些作品加以研究。”

“谢谢周教授。”

就在采访的过程中，林茵觉得自己忽然对这些作品的作者产生了兴趣，好奇心和记者特殊的职业敏感，让她隐约地感觉到这些作品背后的那个人可能更有故事，也更具新闻价值。既是做追踪报道，不如就此一追到底。从文管所出来的时候，林茵已经打定主意要查资料搞调查做访问了。

十　五

眼睛还有一种很日常的状态，就是发呆。我说发呆是一种很日常的状态，是指那就像睡觉、观看、沉思、出神一样，是持续的经常会出现的一种状态。想象一下，一只狗卧在太阳地里，脑袋放在两只前爪上，目光空洞地看着前面，而那前面既没有一块骨头，也没有一只散步的鸡或者猫，也许树上有一只蝉在无聊地鸣叫，此外再没有什么动静。让我们想象一下，这只狗这会儿在看什么呢？在想什么呢？它什么也没有看，什么也没有想，所以它眼神空洞，这种样子就是发呆。林茵走了之后，康美丽坐在沙发上，她的眼睛里透出的就是这种眼神儿。发呆是看与想的停顿状态，对于心中无事的人来说，发呆是一种主动的享受状态；对于心中有事却无法开解的人来说，发呆是一种被动的休息。康美丽就这样呆坐着，坐在自己眼睛的空洞之中，渐渐地，她感觉到房子在转，身体在飘。她很用力地眨眨眼睛，但是房子仍然在转，身体继续在飘着。她索性闭上眼睛，听任自己的身体向梦里飘去。

中学生康美丽和其他几个同伴在老师的画室里，每人面前一个小画夹。老师让他们互相画对方，每个人既是作画者，又是模特。画着画着，一低头的时候，康美丽惊奇地发现，自己是裸着身体的，全身一丝不挂地坐着。她羞愧地用手捂住自己的胸部，抬起头看别人时，空旷的房间里只有陶纯在那里画她，他的面前的画架上是一块巨大的画布。她看不见自己，但她感觉到自己的姿势是站着的，屁股下面的凳子不知道什么时候已经消失了。而她再看对面的陶纯时，却已经变成了林解放，但是飘忽不定，又似乎是她中学时期的男同学，又似乎是她单位的男性同事，他们以男人看漂亮女人时的那种渴望的目光在看着她。这让她觉得很不自在。她低下头，在身边到处找自己的衣服，后来终于找到一块被单一样的东西裹在身上。她不明白，自己为什么要给这些男人做模特，她从来也没有想过当谁的模特，可她为什么又变成了一个模特呢？为了抗拒让她觉得非常难堪的模特的身份，她把身上的东西拉得更紧，想要用力地把自己裹住。

康美丽醒了。一个奇怪的梦。她感觉非常疲惫，而身体是空荡荡的，像是里面的东西全都被抽空了一般。她站起来，伸伸胳膊，活动活动腰腿。她觉得茫然，不知道该干什么，起身去了卫生间。她并不是想解手，但还是去了卫生间。在卫生间里，她通过镜子看着自己。

镜子是个奇妙的东西，能让人不通过别人的眼睛而让自己看到自己。当人平生第一次通过镜子看到自己的时候，会认识里面的人吗？会知道那是自己吗？那样的瞬间，人会觉得吃惊吗？而在没有镜子（或者类似镜子的东西）的年代里，人到哪里去借一双眼睛看到自己呢？康美丽吃惊的是她竟然有点不认识镜子里的那个人，就像是人平生第一次从镜子里看到自己，那是谁呢？是我吗？她有些怀疑。镜子里的女人，头发散乱着，面色憔悴，因为流泪变得一塌糊涂的脸就像一个拙劣的画家的调色盘。康美丽一生中都没有过以这样的面目示人的时候，她觉得羞愧，恼怒。但是，镜子里那张苍白虚弱的脸仍然让她失望，她用手在镜子上抹了一把，那张脸立即就变得模糊了。

她不能忍受镜子里的自己的样子。我这是怎么了？怎么会变成这个样子？她这时候才从恍惚中找回自己，她记起来自己下午似乎是哭了一场。楼下的公共卫生间里并没有她的个人用品，她的洗面奶化妆品都在楼上卧室的卫生间里。她上了二楼，在自己的房间里认真地洗脸梳头化妆，一边收拾着自己一边还在想，我怎么会哭呢？是在为什么而哭呢？但她却无论怎么也找不出一个坚实的说得出来的理由。

在人的身体上，眼睛是个神奇的存在，它是心灵的窗户，是一个人脸部表情的核心，同时又像是汽车前脸上的两只大灯，能够照亮世界并且感知世界。而眼泪就是这窗户、这大灯的清洗液，这种由人的身体自带的清洗液比任何的眼睛护理水都要优良，过上那么一阵子，它就会流出来清洗一下眼睛，让心灵能够透过这明亮的窗户与世界对视，让人与人看见，让心灵与心灵互相交流。但康美丽现在觉得眼睛里很空，她审视着镜中的人，然而从镜子里的那双眼睛里，她什么也看不到。

（原出版单位：作家出版社 2011 年 3 月第 1 版）

落　红（节选）

方英文

【作者简介】 方英文，1958 年生，陕西镇安县人。陕西省作家协会副主席，中国作家书画院院士，陕西作家书画院副院长。著有各类作品 500 余万字。代表作有长篇小说《落红》（获首届柳青文学奖）、《后花园》（入围第八届茅盾文学奖）。

十　六

第二天早上，唐子羽和梅雨妃不知道什么时候醒来的。拉开窗帘，但见皎洁的白光扑泄进来，刺得人眼眉发酸，仿佛一百个月亮同时射进来。定睛一看，噢哟，昨夜下了一场大雪！

穿衣开门，但见一片白银世界，闪闪烁烁蓬蓬松松。冬青树变成了白白胖胖的大馒头，槲树的枝丫也胖了许多。只有灌木丛的根部，还依稀显现出淡淡的斑影。门口蹲着两只红色的暖瓶，是服务员悄悄送来的。服务员还悄悄地打扫了梯子间、窗台上、小路面的积雪。从清扫的痕迹上看，这场偷偷摸摸的落雪，足足积了半尺厚。

关了门洗脸，两人礼让一番。唐子羽先洗：胡乱一抹，猫洗脸似的。洗罢便要倒掉脏水，却被梅雨妃拦住，添加些热水自个洗。这个不分你我的小动作又把唐子羽打动了一回。于是就要回报。在她对镜擦脸的时候，他就站在她的身后，拿了梳子替她梳理，另只手则探进她的胳肢窝，把玩她的奶子。

“脸色红润多了，真是个奇迹，一个晚上就恢复了！”

“你真会绕着绕着自我表扬呀。”

“这都是政府多年熏陶的结果——咦，不要涂口红了！”

“为什么不涂？我平常是从不涂口红的。”

“现在就更不用涂了，因为你嘴唇的天然红比口红更耐看。再说你涂了口红，有人想看你的本色，还是要用他的嘴唇给你擦掉。”

说着，就扳过她的身子，嘴巴贴将上去。少不得又滚到床上，温存揉搓了半晌，直到门被敲响方罢。

进来的还是那个小鼻子大眼睛姑娘。她托了一罐乌鸡炖萝卜，外加两张石子馍，一小碟香菜。她笑着说：

“请二位用午餐。”

“我们还没吃早餐呀！”

“现在都快一点了，早餐我们送了三次，热了三次，你们可能太累，我们就不便打扰。”

说到“你们可能太累”时，小姑娘的脸先就臊红起来。梅雨妃脸一吊。小姑娘自知失言，急忙识趣地退下。唐子羽很明白梅雨妃何以吊脸，因为昨天晚上，并未发生小姑娘说的那种“太累”的事。从这一点看，唐子羽还像个老共产党员，在水火无情的紧急关头，仍能坚持“毫不利己、专门利人”的准则——梅雨妃身子病着呢。要是“太累”，她可能感染呢。可是对于唐子羽的这个苦心，梅雨妃并不领情，反倒要重新估价他对她的情谊，猜测他的心并不太真太纯。他或许只是同情她，或许他有了新欢。忽然想到丈夫，在类似昨夜的情况下，丈夫又如何呢？这一点她太熟悉不过了。丈夫当然要做大丈夫，大丈夫想干的事那就一定要干成……想得心里回起春来：还是唐子羽懂得疼人，跟唐子羽在一起你可以撒娇，可以撒泼，可以无所顾忌地说笑骂人，这是多么愉快！

“子羽，你也要注意身体，眼角的纹络这么密了！我父亲就是在你这个年龄生出我的——”

“——打住！”唐子羽把塞进嘴里的一只乌鸡腿拔出来，“不要见了我面就联想到你父亲，这让我想到乱伦的！”

“你怎么这样联想！”

“这太不由自主了。”

唐子羽确实生气了，因为他忽然联想到自己眼下的处境。自己生命中仅有的这么一点诗意，便是认识了梅雨妃。可是眼下这个女人要背弃他，便拙劣地找出一个“像父亲”的借口，这不是精心策划着故意伤害我吗！至少含有这样的意思：你老了，你是我的长辈，我把你当父亲看，你也要把我当女儿看。我唐子羽要你这样的女儿吗？我要的是女人，真正的女人，能够让我心灵充分感受到“我活着”“我像人一样活着”的女人！

其实唐子羽同样误会了梅雨妃。他把她的意思完全彻底地联想到歧路上了。梅雨妃很小就离开了生身父亲，面对一个她喜欢的、年长她十八岁的男人，她联想到父亲，那是再自然不过的事，甚至可以说是本能。对此，唐子羽显然不能准确理解。可见男女之间确实难以达到完美的沟通。

“我错了，我以后再不这么说了，好吗？”

见唐子羽放下筷子，一副罢吃的架势，梅雨妃就站起来，侧了身子，一个美臀偎进他的怀里，双手扣住他的脖颈：

“你呀真是个大男孩！我是你的亲密朋友啊，我是你的爱妃呀皇上！”

说着，她的手从他的背后探了进去。一会儿温柔地抚摸他的背，一会儿又微微地弯了手指，万般奉承地替他挠痒痒。语言其实是限制思想的，语言常常把人与人之间远远地阻隔开来。这时候，形体语言就冲将上来，就对声音语言进行有力的矫正和补充。怀抱着梅雨妃，感受着来自她身上的每一个细小的动作，品味着这些动作的各有所指的不同信息，将这些信息综合起来，得出一个定论——

她是爱我的。

唐子羽一下子晕眩了，泪水出来了。不管他四十五年的生命是多么苍白平庸，不管他经过了怎样的心灵伤害，也不管他在怎样龌龊的泥坑里自找乐子解闷，但是这一刻，因为有了这一刻，纵然这一刻眨眼就会消失，他都可以自豪地说：我到世上走一遭是值得的，我的生命是有一点价值的……

“小梅，原谅我刚才的粗暴吧！你是不知道的，我一直瞒着你的，知道我眼下的遭遇吗?”

“那还算得上遭遇?！不就是收了车、免了职——”

“——你是怎么知道的?”

“这你就不用管了……所以我才叫你来这里。”

唐子羽有点蹊跷，又有点警觉，便将梅抱起来，郑重地放到床上。

“你雇人盯我的梢!”

“也不全是。现在是信息时代，克林顿放个屁，全地球能闻见臭味。”

“两码事嘛。”

“不说这个了。昨夜跟你说了一晚上，想通了吧，你还留恋什么呢?”

“正因为如此，我更不能跟你私奔了……我理解你会舍不得这个国家，我对这个国家也有感情，这是与生俱来的，没有办法的事……可是按你的设计，跑到某个深山当教员……倒是浪漫，可这是一个系统工程，先要拆掉旧工程，然后搞新工程，太烦琐了……”

“你害怕了?”

“有一点吧。”唐子羽咽回一句想说而没有说出的话：拆掉旧工程，弄个新工程，谁敢保证不是豆腐渣工程！恋爱而不涉及婚姻，对青年人来讲是相当苦恼的，中年人则恰好相反——害怕由一个火坑跳进另一个火坑。

这是个问题。明智的办法是：可以仿效中日两国就钓鱼岛的归属问题，暂且搁置起来，留待后人解决吧。

话题就扯到读书上。

因为桌上散乱地摆着一摊书。多数是外文书。中文书有《阿城小说选》，余华的《活着》，丰子恺的《缘缘堂随笔》。翻译小说是屠格涅夫的《贵族之家》。

两人一整天都没有走出小木屋。这就是爱情。如果这对男女是夫妻，一整天不出门，那绝对是煤气中毒了。可见婚姻和爱情的确是两码事。

当天晚上，又下了一场小雪。早上起来，门口照例放了两个红暖瓶，梯子呀窗台呀小路呀也照例打扫了。循着沙沙啦啦的声音望去，见两个姑娘正在打扫场院的雪，其中一个就是送饭的那个小鼻子大眼睛姑娘。看来今天还算起早了。场院自然在别墅主体楼下，两个姑娘扫着扫着，就遥望见了这厢的两个客人，便拄了笤帚，交头耳语起来，耳语之后就是大笑。然后打起了雪仗，追撵得滚倒雪地上四仰八叉哈哈大笑。

“她俩在取笑咱俩呢。不知说的什么。”梅雨妃刷毕牙，喝口水，仰起脖子，咕咕嘟嘟地涮口腔。

“我能猜出来，”唐子羽双手叉腰，“她俩说：‘瞧那两个狗男女，一个奸夫，一个淫妇！’”

“啊呜！”气得梅雨妃一口脏水吞进肚里，“你太可憎了，就算你是奸夫，我可不想当淫妇！”

“这可不是外国。我是很中国的说法。”

“就你能代表中国？那俩姑娘那么纯洁，绝不会说你那号下流歹毒的话。”

唐子羽微笑地看着她，他显然不想把这个问题争论下去。他非常清楚，眼下的他和她跑到这儿来偷情，在人性上是美好的，在道德上是肮脏的。如果翻了船，甚或惹出人命来，闹到法庭上，审判官一拍惊堂木，必定这么说：被告奸夫，被告淫妇，你们还有什么好说的！

“我知道你是故意污蔑咱俩的关系，”见唐子羽仍不吭声，梅雨妃就又说开了，“情太浓了也不好受……你嫌太沉重。”

“你看那——”

面前的几棵树上，每停一小会儿，便“啪嗒”一声，一团雪降落下来，便给雪地上拓出一朵花案来。这是天要放晴的征兆。此时的山下平原，大概到处都是泥浆了。

“缩在屋里没意思，还让人家瞎猜。”唐说。

“后悔了是吧？”梅有点幸灾乐祸。

“走，咱踏雪去，看那个什么鹿池。”

“臣妾听从圣上吩咐。”

二人回屋，唐子羽帮梅雨妃穿上蓝色大衣。出来时，世界正在发生变化：白雾从四山顶上，翻卷着合围下滚，如大朵大朵的棉团。云中的雪落完了，云要下凡了，要下到大地上化成水吗？

唐子羽和梅雨妃相互搀扶着，探着脚尖踏雪，挥拨眉前的迷雾前行。准圆形的谷底，像一个大盆灌满了牛奶，两个人则成了两粒小蝌蚪，在牛奶盆里不知道是游泳呢，还是相贴了身子取暖暖。是要取暖暖，因为树上的雪老往脖颈里跌。

汩汩的流水声，从最里边的小木屋后传来，像婴孩的笑声。

“阿梅，我早就想写一个论文，说不定还能获社会科学奖呢。”

“说出来听听。”

“其实也不是我的创意，是贾宝玉发明的。”

“肯定是那句名言，‘女儿是水做的骨肉’。”

“但他只说了论点，没有具体论证。这怪当时的教育水平、认识水平还低，咱不能苛求他。咱都晓得，水这种物质，有三种存在形态：液态、固态和气态。宝二爷说女儿是水，就等于说女儿是液态，温柔的，随物赋形的。那么水的固态呢？气态呢？水在空气中漫游，你就是把眼睛睁得鸡蛋大，还是看不见水啊。水幻化成气态的云雾，哈，这是最迷人的，它能升华你。可是水变成固态的冰块，那可是又冷又硬，拳大一疙瘩，准能砸死你！而且这种变化太快，根本不用铺垫，令你防不胜防。如果有谁能摸清女人的规律，他准能了解全世界，进而统治全世界。”

“子羽，”梅雨妃一拍他的屁股，“知道我为何爱跟你在一起不？就是爱听你能把牛嘴说到马头上。两个人一堆儿，要是没话说，或者说出来没意思，那不是坐牢嘛。”

慢慢地挪到水边，就见了一个奇观——

一团白雾排着齐齐的茬口朝后退却，极像是某个展览会的揭幕仪式，只是红布变成了眼下的白雾。随着白雾的后撤，一条乌青的河水伸展开去，伸展到百米左右处，被峡谷的一堆乱石头卡住，但见小银练落地，大珍珠溅起，两边的水晶很像是京剧女演员的头饰。

“造化啊，你说这雾多感人！今天，大自然以迎接帝王与王后的规格来迎接咱俩！人——民——万——岁——！”

“你刚说什么来着？把我由妃子提拔成王后了?!”

这句话的暗示意思唐子羽只能装作听不明白，他依然继续欣赏风景：

“你看，就是那堆大石头，堵塞了一个小湖泊，叫‘鹿池’。为什么叫‘鹿池’呢？传说是——”

“——我已用英文记在日记上了。”

“这堆大石头是从左边山头上，于很久很久以前的某年某月某日某时，居然没有给政府打报告，也不到地震局盖章，就擅自崩塌下来！”

梅雨妃一甩大衣，径自前去。脚一打滑，差点栽倒。

唐子羽立刻超上前去：

“雪路很浮滑，小心踏空了！照我的脚印走。”

唐子羽走到前边探路开道，心里有点毛。眼前的那堆石头，在最大的那块石头上，立着一个红柱子八角亭。亭上有对联呢，但看不清内容。正在他猜想那对联应是何等内容才不辱没如此景致时，梅雨妃叫住他：

“唐子羽，你停一下。”

梅雨妃走上前来，指着唐子羽的腰说：

“这是什么玩意儿？”

唐子羽侧勾了脑袋一看，是一条可爱的半寸来长的红尾巴，像红鸟的颤悠悠的尾巴。哦，是红纱巾。他原本是要送给梅雨妃的，可是临到现场，觉得文不对题，送她没有任何意义，就作罢了。

他动手要掏，梅雨妃抢先一把拽将出来。

“啊，”唐子羽有点不相信自己的眼睛，“怎么变得如此鲜艳了？是周围太雪白的原因吧！”

“哪来的？”

“这个我得慢慢给你讲。先说你喜欢吗？喜欢了就送给你。”

“送给我？你舍得？”

“原本就要送你。”

“原本？我要不发现呢？”

“你是咋啦？”

“说，是哪个臭婊子的！”

“你怎么乱骂人？”

“好，我不骂。”

梅雨妃两手一扯，要扯碎红纱巾，但是没能扯碎，就挥手撇了。唐子羽伸手去抓，恰好吹来一股风，刮走红纱巾。

红纱巾升到几丈高，翻个跟头，然后自由地舒展开，像一朵燃烧的落霞，最后一次放出光辉，便一下子跌进河水，冲进石缝了。

“好你个梅雨妃啊！”

“你前天来得那么晚，我就猜有这号事，果然是！卑鄙，卑鄙！”

……

这件小小的偶发事件，弄得唐子羽又灰心又沮丧。早知如此，来的时候就应该当即将红纱巾送给梅雨妃，说明红纱巾的来历，岂不什么误会也不会发生！问题出在他当时觉得送她红纱巾没有任何意义，只能显出滑稽和荒诞。结果没有送给她，反倒酿成一个重大负面意义——他童年的梦想与美好，仅仅作为一种记忆，竟然消失殆尽了。

当然，事情还是说清了，误会还是化解了，两人又和好了。只是，唐子羽再也叫不出“爱妃”这两个字了。虽然几次想叫，都因话到嘴边总觉得不自然而作罢。

唐子羽来的时候，一看人和景，是决心要抛却一切，享受几天世外桃源生活的。眼下不想住了。梅雨妃原本也要跟唐子羽一块儿下山回城的，如今也不积极了。好在她有一个体面理由：她要把图书馆的中文藏书目录里的当代中文小说翻译成英文，还需要两天时间才能完工。

分别的时候，梅雨妃还是强打精神，说道：

“还是老话，我出不出国，就等你一句话。我给你七天时间。”

“我记住了。用不着七天，五天时间就够了。”

其实唐子羽当时就想：这事只需思考一个晚上，就能做出决断。

唐子羽还忍住了一句临别声明：你人工流产的那个孩子，绝对不是我唐子羽的种！没有体外授精的设备嘛。他之所以忍了，之所以心甘情愿地“无功受禄”，原因在于：既然你梅雨妃坚持认为你怀了我唐子羽的孩子，并且认为这种痛楚反倒给你带来某种欣慰，那就由你去吧。她还是对我好啊，至少她巴望给我怀一个孩子、为我忍疼流一回产啊。我若声明孩子不是我的，我对人流毫无责任，她必定委屈气恼，我怎忍心看她委屈气恼呢！如果还有哪个妇女怀了野种无人承认，如果有人承认了便可解除那个妇女的灾难，那我就担当那个人、我就勇敢地站出来背这个黑锅吧！我在主观上是多么想为别人奉献点愉快呀，可我没本事、没能耐啊。

他是步行下山的。因为没有车辆，雪地上只有两行山民们留下的脚印。他不想沿袭现成的脚印，他专挑新鲜的雪路走，这样的走路似乎是检阅处女世界，有一种莫名其妙的毁灭快感。可是忽然，他又不忍心践踏雪地了，他重新踩着别人的足迹了。雪地，多么圣洁，填平了坎坷，涂抹了阴影，就像一篇歌功颂德的社论文章，我们读了，无不产生一种仙山琼阁的幻觉。女人有时候也像雪地一样憩静丰美，特别是女人在做母亲的时候——当然不包括流产的女人。

两小时后，唐子羽出了山口。天空一半是太阳，一半是薄云。地上一半是积雪，一半是泥浆。山与平原交汇处，雪后的景致是如此不同。路两边的村舍，有几十年的老屋，也有才几年的新楼，像一堆堆不同年代出版的砖头般厚薄不一的书籍。不论老屋还是新楼，房檐下都垂挂着玉米疙瘩，看上去像是倒悬的金黄色的松塔。还有一串串的，刺激人食欲的红辣椒。拴在柳树上的羊箭步欲脱，冲着麦田咩咩叫着。狗在雪地上跑出一溜儿梅花脚印，勾着脑袋伸缩着鼻子，警察似的要寻找事端，以显示其化干戈为玉帛的非凡才华。圈里的猪呢，则满足地倚栏蹭痒痒，同时哼哼着一首单调而永恒的，关于太平盛世的无字曲……享受如此这般的田园美景，如此这般的大自然，居然不用买门票，不用花一分钱，这不妨理解为是祖上积了什么阴德。

唐子羽在一个小站上等车，等了十来分钟，等来一辆满是泥点的中巴。几个妇女抱着、拉着她们的孩子朝车上挤，他只好最后一个上去。没有座位了，就站在过道上，弓腰扶住靠背。若在夏天，这样的场合是很难受的，因为混七搅八的人味，就像醉厨子炒臭肉，实在不好闻。可是眼下因为下雪，因为天冷，车厢里反倒像老祖母的热炕，温暖，无忧无虑。

温暖无虑顷刻消失了，因为离城近了，“信息时代”来了。身上的传呼机鸣叫起来，而且几分钟就鸣叫一次。单位的，朋友的，同事的，熟人的，老同学的，竟有毕业二十多年从未往来过的同学……当然打传呼最多的是儿子唐植和老婆嘉贤。他最好的朋友朱大音反倒没打一个传呼，可见只有朱大音一个人晓得唐子羽去了什么地方——其实他也不知道什么地方，他仅能知道唐子羽去见什么人。如此而已。

这些传呼的内容，不妨以标语的形式整理如下：

1. 单位的领导和同志们都关心您，请您速回电话、速回单位！
2. 无官一身轻，生活更自由，归来吧！
3. 您的情人们上街游行了，呼吁您平安归来！
4. 嘉贤和唐植需要您，永远爱您！
5. 再不回话，明天就在报纸电视上打出寻人启事！
6. 嘉贤、唐植与单位的同志们一块儿到公安局，辨认一具今天中午从护城河里打捞出来的男尸……

唐子羽消失了三天，他所生活的城市，在他的同事同学中、熟人亲友中，就掀起了一场声势浩大的“寻唐运动”。可以想见，所有的人都怀着“清明时节雨纷纷”的心情，满脸的吊丧神态。有的路过纸扎店时，就琢磨着给唐子羽选几个好看的花圈。有的索性购买了几亿冥币，要在唐子羽的追悼会后焚烧。而借唐子羽钱的人，则暗暗窃喜，准备带着全家包括丈母娘小姨子去吃肯德基……唐子羽一下子无比重要起来，仿佛他抱着启动核武器的密码箱跳井了！

按一般人的思维，能够活着的时候享受到这么一种待遇，该是何等欣慰啊！可是面对这么一堆寻呼，唐子羽简直气得“肺都要炸了”，这可是他自娘胎里生下来，从未遭受过的奇耻大辱！

他一下子将传呼机扔到车窗外。

他感到奇耻大辱的是：所有人都以为他自杀了，而且是因为丢官自杀的！特别是，当他联想到，所有人都认为那个鸡巴副局长职务，对他唐子羽而言，竟意味着比他的生命更重要时，他实实在在地感受到——双倍的奇耻大辱！

他平日里自以为交了不少朋友，朋友们对他，正如他对朋友们，都是真心实意、互爱有加、散淡多趣的；可是现在，他刻入骨髓地感到了孤独和悲哀，因为没有哪个朋友了解他，就如牛不能了解马一样。

这倒也罢了，在他奇耻大辱之余，他尤感心寒齿冷的是：他们公然认为一具泡成死猪样的男尸有可能是我唐子羽！而且这里边包括自己的老婆孩子……你说说看，这算什么骨肉亲情！别说眼下，我还没有到要死的地步，就算我要去死，我会跳进臭烘烘的护城河里淹死吗？也未免太肮脏、太掉份儿了吧！我的生命虽无“夏花之灿烂”，但若去死，那也要“死如秋叶之静美”。而且我绝不麻烦任何人，我要在我死后相当长的时间，至少在过了一个月或一个半月，再巧妙地让我的朋友们知道——请你们举起斟满了红葡萄酒的夜光杯，庆祝我跨上了开往天堂的高速列车。亲爱的朋友们，不给你们添麻烦——这便是我对友谊的最后的表达方式！我又不是政客，我的脸皮还不是太厚，我不能用自己死后的余威强迫他人隆重集会作秀，来缅怀自己悼念自己。

在打给他的所有传呼中，唯一能让他高兴的是：

“您的情人们上街游行了，呼吁您平安归来！”

当然不是说他真的有很多情人，而是这个打传呼的人，根本不相信我唐子羽因丢官而去自杀，所以跟我开玩笑。

这个人才算是朋友。可这个人是谁呢？很久以后他才知道，是——他的局长！局长明明知道他没有多少官欲，却偏偏提拔了他。所以现在他丢了官，全世界也只有局长一人知道他不会因此而自杀。唐子羽对那个传呼留言再也感动不起来了，唯有的感慨是——杰出的政治家确实是洞察人性的高手。

那么“唐子羽自杀”这一讹传是如何引发的呢？八成是从家里引发的。他两三天没回家，没有电话，家里必定要找人。先找朱大音，朱大音说人跟姚海贵在一块儿。追问到姚海贵那儿，姚说压根没见人。于是找单位——终于知道唐子羽犯错误了，丢官了，因而失踪了。于是爱当官的老婆自然而然地判断丢了官的丈夫肯定“想不开”了……

看来我还得往下活，因为我要雪耻。唐子羽心中兀自发誓道。如果我死了，众口一词地说我是因丢官而死的，我怎能瞑目呢。

唐子羽见外面有一个电话亭，就让中巴车暂停，提前下来了。他要给家里打电话。号码拨完，刚“嘟”了一声，就传来嘉贤的声音：

“是子羽吗？”

他没有搭腔。他不想跟嘉贤搭腔。再说，话筒里传来满屋子的人声嘈杂。大概都是来找他的亲友，顺带着安慰嘉贤。这激起唐子羽的强烈反感。

“是子羽吗？你不吭声，你肯定是子羽，我是你的嘉贤呀！”

当嘉贤再问一遍，唐子羽这才稳了稳情绪，说道：

“如果唐植在的话，让唐植接电话。”

唐植接了电话，“爸”字刚出口，便“哇”的一声大哭起来。

“哭什么哭，没出息！爸爸我还健康地活着，亲自活着。”

“是，爸爸亲自活着。”

“爸爸给你布置个任务。”

“爸爸你说。我以后永远听你的话。”

“那也没出息。你现在要做的是：请咱们家里的所有客人都回去。代我谢谢他们。”

“是，爸爸。”

“然后和你妈一块儿，分别打电话，打给谁呢？”

“打给谁呢，爸爸？”

“你和你妈这几天都给谁打过电话?”

“可多啦!”

“还能全部想出来吗?”

“差不多吧，爸爸。”

“那好，你和你妈再给这些人一一打过去。”

“给他们说什么呢?”

“告诉他们：你的爸爸现在食欲旺盛。”

“好的，爸爸!”

打毕电话，他决定过个半小时再回去，给家里留点时间准备准备。老婆和孩子，这阵子的心情，大概像机场上引颈翘首的，迎接外国元首的，天性爱瞎凑热闹的人民群众一样，只差挥舞三角旗了。作为被恭迎的人物，他理应神采奕奕、面带微笑，频频地挥舞他那不曾影响世界局势的手……只有如此，才不辜负热烈欢迎他的人民群众。

所以他进了一家发廊，先把嘴脸上的毛毛草草刈除干净，因为嘉贤不喜欢他的胡子。然后，将头干洗了一回。出门又进了商店，给唐植买了一个“随身听”。

在进入家属院大门时，心里有点缺憾：这么大的事情，怎么没有通知姚海贵派记者来报道呢？革命要靠自觉，于是他自己在脑海里写了一篇“消息”：

（本报讯　记者　大音王调）“没用的好人”唐子羽先生圆满完成了出访任务，于北京时间11月15日下午5时18分回到他在百陵市的寓所。在他寓所的客厅，举行了隆重的欢迎仪式。随后开始阅兵。男兵女兵分成两列，步声如雷，雄姿英发，崇敬庄严地向唐子羽先生行注目礼。男兵人数1人，女兵人数1人。当天晚上，唐子羽先生出席了盛大的庆功宴会，对宴会上的梅菜扣肉赞不绝口，即席演讲道：“凡爱国者必吃梅菜扣肉。不吃梅菜扣肉者，将不能入党、提干，至少不能当一把手。”他的演讲激起了雷鸣般的，暴风雨般的，经久不息的掌声……

在虚拟的掌声中，唐子羽上到自家门口。门虚掩着。他刚一推门进去，唐植就扑了过来，紧紧地搂住他的腰，说：

“爸爸我想你！”

“儿子我也想你！”

儿子的脸挂着泪花，老子正要替儿子揩泪，嘉贤从厨房里出来了。她系着紫花围裙，笑着说道：

“就说么，你能舍得你儿子！”

唐子羽没有答话，因为他想到护城河里的无名男尸。他只能拐了弯子训斥唐植：

“你怎能以为那具男尸是爸爸呢！”

“我就不信的，可我妈非要拽着我去认！”

嘉贤尴尬地笑了笑，说：

“好了，一切都好了！我正在做你最喜欢的梅菜扣肉，咱今晚好好喝两盅。”

唐家父子进到客厅，见沙发上、茶几上胡乱摆放着影集。影集们皆打开了，共同展览着唐子羽不同年龄、不同季节、不同地点留下的照片。人死后，在过某周年时，家人通常要翻出老照片，以此缅怀亡者。

唐子羽就有些烦，让唐植赶快把影集收拾了。收拾好后，就给他的老师、同学打电话，对着课本，一一标记这几天没有做的习题。刚标记完，厨房里传来锅铲的最后一声脆响，嘉贤喊道：

“二位唐先生，开饭喽！”

十　七

那一晚上，唐子羽与嘉贤免不了床上相扑一回。唐子羽尚未进入佳境，嘉贤便要死不活地来了两次高潮。如此地事半功倍，在二人的房中协作史上，是不多见的。“比新婚还美”，说完这句话，她便手搭丈夫的绿豆奶子，沉沉睡去了。

应该公允地说，嘉贤是热爱丈夫的。当她得知丈夫丢了官，她一下子受惊得半日喘不上气来。她抱怨丈夫太不成熟、太孩子气了，怎么能把开会学习当成儿戏呢？怎么能觉得开会学习没有意思呢？开会学习是做官的专业呀！当官也就这一点没有意思，另一点就是除了见了大官要献出一点“奴相”外，应该说当官在总体上看，还算得上是一个“甜蜜的事业”。

可是唐子羽睡在蜜罐中不知甜，硬是放着光荣不光荣，硬是把蜜罐罐鼓捣烂了！嘉贤草拟了一大篇腹稿，准备就此事严肃认真地批评丈夫，教育丈夫。不是说“好女人是一所学校”嘛，既是学校，就要调动一切手段，将学生往“成器”的方向教育。要提醒丈夫，一定要从这次栽跟头中总结经验，汲取教训，努力工作，认真做人。说不定风声一过，时间一久，人们在回望这件事时，就觉得很可笑（后人在回望历史时，会发现历史的大半都是可笑的），就觉得对唐子羽的处理太严重了，于是就有可能给他“平反昭雪”。要是“昭雪”得及时，要是他的年龄还不太大，那就存在着官复原位的可能。只要有一点点可能，有一点点希望，人就应充满活力、耐心等待。这一点，小平同志的几起几落就是我们的光辉典范。

可惜这样一篇情文并茂，又含历史经验又不乏政策水平的“教育诗”，却急忙得不到朗诵——因为，她的丈夫，前××局副局长，我们的唐子羽同志失踪了！

这一下急坏了嘉贤。当不当官，教育或不教育，已变得微不足道了。最当紧的是要把人找回来，千万不能让他死了！他一死，我跟唐植怎么办？唐植还不大要紧，混几个春夏秋冬，人也就长大了，挖抓一个媳妇，也便有了自己的日子；而我呢？寂寞漫长的后半生怎么办？像我这个年龄的寡妇，只能被六十岁左右的男人选择。这个年龄段的男人，像点样子的没死老婆，死了老婆的又没档次，仿佛全世界的人都在合谋着跟四十岁左右的女人过不去……思维发展到这个境地，就极为害怕起来，就只想一个愿望——

菩萨保佑我的丈夫不要死！

就想起丈夫的很多好处。他最大的好处是：他在家里我就能入睡，他不在家里我必定失眠！要死，也要等我不爱活了他再去死。我活着，你就不具备死的条件，因为你是男人，你是大丈夫我是小妇人，你必须无条件地对你的妻子履行这个义务！你不能这么轻松、这么没良心地一死了之，我为你“三陪”了十六年呐！如果真的是个三陪小姐，你扳指头算算，你得花多少钱！我可没要你一分钱的小费，而且我每月的工资只比你少三十来块钱，你隔三差五地来一帮朋友海吃海喝，你那多余的三十来块钱够塞牙缝吗？不说这个了，账算得这么细也没啥意思，谁让咱们是夫妻呢。只要你不死，只要你还回这个家，我依然是你的好女人，依然“三陪”你到底……

感谢苍天，丈夫没有死，丈夫回来了，丈夫干干净净、风风度度、完完整整地回来了！这完全出乎她的意料，因为她是这么想象着丈夫回来的样子：蓬头垢面、满身血迹、缺一只胳膊断半条腿……可是她猜错了，丈夫依然是她的丈夫，他依然风雅温情、谈笑风生，你就是把眼睛掰得鸵鸟蛋大，也从他身上看不出丝毫的他曾因丢官而想去死的迹象。嘉贤彻底放心了：既然连丢官这么大的事都不能刺激他去死的念头，那么批评他、教育他、帮助他也更不会诱发任何危险了。

“子羽，你还是要向组织上深刻地检讨。”

“我都记不清检讨的次数了。”

“再主动多检讨嘛。”

“有这个必要吗？”

“有哇，多交一次检讨，就多接近一次领导。”

“没意思。”

“意思大得很呢！交检讨的目的不是为了交检讨，交检讨只是个手段，目的在于通过交检讨来让领导对你保持连续的记忆和深刻的印象。”

“莫名其妙！”

“个中奥妙深着哩。你想想，等过上一段时间，领导觉得当初撤你职太小题大做了，就可能重新起用你。”

“绕了半天，还是想当官！”

见丈夫吊了脸，嘉贤就闭上嘴，暂且不教育了。

“嘉贤，我今天给你说个掏心底的话。我对你各方面都很满意，唯有对你崇拜官这一点很反感。”

嘉贤的嘴巴很委屈、很不被领情地噘起来。

“你要说我一点儿不爱当官，也是假的，关键看是什么样的官。如果让我当‘党和国家领导人’，不用你劝，我都会主动地、自费地去上任的。当那样的官，才算是光荣高尚的事业。其余的官嘛，一概是‘奴’，一概是奴才！”

女教育家张口结舌了。

“我亲爱的老婆，你认为我能当上我乐意当的官吗？”

嘉贤气得脸都白了。由于气得过分、气得过了梁，便大笑起来：

“哈哈哈哈，你连小官都不愿当，怎能一步步升到中央？你是魔术师？”

“好，就按你说的去做，我先当个小官。那么当到中央，肯定需要五百年时间。所以你首先要帮我解决的问题，不是先去当小官，而是先找到可以让我活五百岁的长寿药。找到了咱俩都得吃。当然你先吃。”

“废话！如果真有这样的药，那一定在公安部的铜墙铁壁里。”

嘉贤眼看说服不了唐子羽，就决定暂时下课。谁知，她上了一回厕所，酣畅淋漓地出了一堆肥，就又来了灵感。于是她接着上课：

“既然你如此不爱当官，那你就扶助我当官。”

“怎么又转到你身上了？真是愚不可及。”

“你才愚不可及！你整天乱看闲书，都看进狗肚里了！”

“什么意思？”

“你知道中国当年为何要勒紧裤带搞原子弹？因为没有原子弹，中国的腰杆就硬不起来，在国际上就要受欺负。家和国是一个理儿，咱家里要是没有个官儿，就等于咱家里缺个原子弹，你就不怕别人欺负？你反正无所谓，可你忍心看着别人欺负你的老婆孩子吗？呜呜……”

真他妈操蛋，她居然哭了。女人一哭，大丈夫不管是否放弃己见，但起码一点：他不便再反驳了。

况且，你又能拿出什么得劲的话来反驳她呢？

“你要不扶助我谋官，咱这个家……”

“要拿离婚威胁我？”

“你这只是一种理解，比如，跳——”

不说了，可能咽回一个“楼”字。

嘉贤之所以恫吓他，是因为她有一个明确的感觉：你唐子羽既不会去死，也没有跟我离婚的苗头。你不想做复官的努力，又不帮我奔官，那你就别想安宁，我也决不会像往常那样兢兢业业地“三陪”你了。我就不信一个受过高等教育的女人教育不好自己的丈夫！

嘉贤只知道丈夫不会死，也不会跟她离婚，却不知道根子在哪儿。唐子羽不死，是要向世人证明：我不当官我还照样愉快地活着，我要洗掉你们认为我一丢官就要去死的耻辱。至于为何不离婚，那是因为我还没有撞上一个可以让我不顾一切地要离婚、要跟那个她过日子的女人。

就这么回事。

大概第三天早上，天还没亮好，唐植就一骨碌跳下床，换了干净衣服，声称中午不回来吃饭了，因为学校接到有关方面的通知，让学生们集体乘大轿车去机场，欢迎非洲来访的一个黑总统。“我今天可是代表中国！”出门时，唐植自豪地丢下一句话。不说这话倒也罢，一说反倒让他来气：代表中国？挥舞着小三角旗，傻啦吧唧地高喊：欢迎欢迎，热烈欢迎！就这么代表中国？中国五千年文明，单是汉字就有八万多，可你们只用“热烈欢迎”四个俗不可耐的字来代表礼仪之邦的风度！怎么回事嘛，外交部礼宾司的人员怎么那么笨？“请你们另选几个好一点儿的词语，好不？”他下意识里抓起脑海中想象出来的朱笔，如此批示道。过去都是让小学生去欢迎外宾，怎么今天让中学生去？哦，天太冷，小学生撑不住。既然是中学生，就更不应该只会喊叫热烈欢迎了。不是老讲素质教育吗？这是个什么素质！教育部应当抓一抓了。

他和她一块儿吃了早点，分头上班去了。

先说唐子羽。他赶到单位稍稍迟了点，看到院里停了许多搬家公司的蓝色卡车。搬运工满身灰尘地扛着抬着家什出出进进，几个督战的工作人员，脸上一概露出喜气洋洋的，要到解放区去的神情。一问才知道，这是另一个局机关的搬迁。明天，再搬迁一个局机关。

这幢俄式四层楼，由三个局机关共用。在今年度的机构改革中，本楼有两个局保留不变，搬入新建的市政大厦；被精减掉的，唯独唐子羽的所在局。

上到自个局的楼层，穿过走廊，经过办公室主任的房门，见王调研在里面与主任说话。他只好进去，笑着与他俩打招呼。他俩急忙站起身。于是知道，王调研是代表机关事务管理处来受理财产的。办公室主任桌上放着一份《本局现有财产登记册》。

王调研的脸上颇不自在，似有点愧色。但还是勉强笑着握了握唐子羽的手：

“老弟，想开点。其实咱们，都是些麻将骰子之类的小玩意儿。骰子放进社会这个大转盘里，转盘说转就转说停就停，骰子也跟着翻滚，跟着激动。旋转结束了呢？一切恢复成老样子了，那骰子还依然是个骰子，连傅市长也不例外——”

“王老兄，瞧你，”唐子羽笑着说，“你今天的早点吃的是韭菜盒子吧？门牙上还有韭菜呢。”

“今天真冷！”办公室主任慌忙插话，搓着双手，“他娘的暖气也不放了！”

唐子羽与他俩挥手作别，到了局长办公室。

局长兀自一人坐在自个的大套间办公室里。虽然红地毯依旧，但屋子里的气氛，却有些“末代皇帝”的味道。见唐子羽进来，局长的目光僵硬而迟疑，似乎认不清来客。当然还是认出来了。就站起来，伸出双手：

“原来是子羽哇……你恨我吗？”

“你说哪儿话啊局长！”

“我相信你不会恨我，但是我要恨我自己！如果当初不提拔你，你也不会有眼下的闪失。提拔之后，如果能经常敲打敲打你的脑袋，也不至于如此。来，坐。喝茶……哦，整幢楼里都没有开水了……”

坐在沙发上的首长与部下，像两个误车的旅客。

“咱局的情况你都知道了吧？我虽然白努力了一回，但毕竟努力了。”

“知道了局长，三分之一的人分流其他部局机关，三分之一的人下企事业，三分之一的人到人事局接受‘再择岗培训’，培训之后酌情安置。我还是不错的，‘再择岗培训’嘛，知识老化了。”

“子羽呀，如果这次政治学习不出岔子，你的职务就在，可以分流到其他机关，有没有实职难说，但至少级别还保留的。”

“无所谓呀局长，反正级别也是您给的，权当您给了我一只烤全羊，烤全羊终有吃完的一天。只是我不会过日子，牙口又好，吃得太快，三两下吃完了烤全羊。”

“难得你这么达观，好，好。我的情况你可能也知道了，到××部，当巡视员，跟调研员差不多。转一转，看一看，几圈子转的，也就退休了，拉倒！”

“祝贺您局长，实际上您已经开始了第二个童年生活。”

“哟，我怎么没有这么想过呢？你这个唐子羽，干脆开一个心理诊所好了。”

两人大笑起来，笑声使得清冷的房间稍稍有点暖意。

“子羽，我有几句实话送给你，因为你还要工作十好几年。你有个弱点：不懂得社会秩序。咱俩都是大学出来的，为何我当了官——不好意思，这也实在算不得什么官——你当不成官呢？因为咱俩学的不一样。我是工科，专业是‘精密机械制造’；你学的文科，文史类的。按常规判断，文科生更了解人与社会，什么问题、什么现象，都能分析个七碟子搭八碗，看上去最能做官了。恰恰错了！社会是什么？社会是一个巨大的‘机械装置’，人呢？是这个巨大装置上的极其微小的零件。工科出身，也包括部分理科，都能准确定位自己：我是一个零件，我只做我这个零件要做的事情，我只思考我这个零件该思考的问题。总之，概括为四个字——秩序，本分。你们文科生呢，老幻想‘天将降大任于是人’，目光老瞅着万里之外的庙堂。好谈庙堂之事，是文科生一大恶习。一个文科生当了处长，就把主要心思用到考虑局长、市长的问题上，结果反把他本处的工作搞得一团糟。因此你看现在的中国，凡当上官、当稳官、当大官的人，多半是理工科出身……”

“局长，听说您去年的那段风流韵事感人得很呐，能不能发表一点，让您的老部下饱饱耳福？”

“啊哈，哈哈哈哈……我也是人嘛，就连伟大领袖……小唐呀，你我这样的人，老实讲，虽然当初一个学工一个学文，现在却是一模一样的人了。我连一天的‘精密机械制造’都未实践过，如今家里的电器，大小有个毛病，我都干瞪眼。你呢？恐怕谋生的本领连个钉鞋匠都比不上。为何要这么讲？我的意思是：咱们一定、一定要热爱社会主义制度，没有了这个制度，无数个你我这样的人，凭什么吃？凭什么喝？”

唐子羽感到一股强烈的震撼。

“小唐，天下没有不散的筵席，刚才的话，”局长掏出手绢揩拭眼泪，“权当分别时我送你的礼物吧，供你参考吧。”

十　八

告别局长，唐子羽又到各办公室转转，给大家讲了几个他最新收集的黄段子。可是大家都不笑，都说不幽默。可能与大家的心境有关，因为这幢楼，这幢磨损了大家的青春年华的老楼，将在本月底，于一声定向爆破之后，永远从百陵市的地图上消失掉。

唐子羽将自个办公室的一些零碎东西，捆进纸箱里，就下楼回家了。嘉贤尚未下班。他打算做午饭，因为他偶尔来一点操厨的兴致，以博妻小欢心。可是进了厨房，见昨天碗筷未洗，残羹剩汤摆了一案，当下没有了“脍炙人口”的心情。

便呆坐沙发上。有点冷，一摸暖气片，是屁温子。正计划着中午索性下馆子吃火锅时，嘉贤回来了，进门就是一声喊叫：

“唐子羽，我恨死你个狗日的！”

“咋啦咋啦？骂人哩！”

“工会来了个副主席你知道不？如果你帮工会主席安排了他儿子的工作，这副主席能不是我的吗！”

“我还以为谁强奸了你呢。”这是对“狗日的”报复。

嘉贤扑上去就是一个耳光。唐子羽飞扬手掌，但是手掌落下来，却拍在自个脑顶上。

“我妈都没有打过我。”

“你妈当然不打你！这么多年来，你妈管过你吃？管过你穿？你洗过几次衣服？买过几回菜？检查过几回儿子的作业？”

“都没有。”

“那好，把你身上的毛衣脱下来！”

“这大衣可是单位发我的。”唐子羽先脱大衣然后脱毛衣。嘉贤更火了：“你还真的脱？行，有能耐再把毛裤脱了，也是我织的！”唐子羽就真的脱了毛裤，还捎带着脱了毛袜，“这玩意儿也是你织的。”

嘉贤气得嗝儿嗝儿地喘气。

“好像我跟你结婚前，一直光着身子！我可以走了吗？”

嘉贤呜呜地哭起来。此时哭很有必要，关键在于哭的同时，还要抱住男人，男人就不会走。可惜嘉贤只是哭，没有配套的动作。

唐子羽出门，下楼。刚下一层，身后砸来几句话：

“你个骗子！你还骗我两千块钱！钱是让你帮我忙的，你干吗啦？送给你的婊子妈啦！”

嘉贤本来不是要说这话的，或者说不是想把这话说出口的。但是谁也弄不清她怎么就说了出来。

幸好两千块钱还在。唐子羽二反身上楼，将钱掏出来，递过去要嘉贤清点。嘉贤没有伸手，依旧流泪。如果她在流泪的同时，说一句：我不要钱，我只要你——那么现场效果将是另一回事。她的泪水表明他心里就是这么想的，但她还是没有说出口。

唐子羽下楼时，脑后又挨了几砖头话：

“骗子，还我青春！还我青春，骗子！”

真是混账话，你把青春给我了，我的青春给谁了？你跟哪个男人结婚，可以永远有青春？最好别结婚。不结婚连性生活都享受不了，青春完蛋得更快。

不过今天，多了个小常识，知道了“婊子”一词的通常用法：已婚女人称自己丈夫所交往的女人为婊子；恋爱中的女人，称情人所交往的女人为婊子。此时的婊子，未必婊子，颇类似阶级敌人的用法。

街上很冷。虽有大衣，但是单衣单裤，又精脚丫子穿皮鞋，不冷就不正常了。他依旧朝巷口走去，一路走一路想着红军长征，想着爬雪山过草地。其实人生的每一个日子，不都是在爬雪山过草地吗！

他给朱大音打去电话，朱说他现在浪娜酒店某楼某房间，请唐去。唐说兜里的钱不够打车。

“碰上小偷啦？偷得好，否则，我怎么向你表忠心？你等着别动，车来接你。”

十五分钟后，朱大音乘着一辆白色本田来了。见面就说：

“跟嫂子闹矛盾啦？我想跟谁闹还没法闹哩。”

上车后，朱又说：

“嫂子刚刚给我打来电话，说你今晚上要是不回去，她就跟唐植一块儿煤气中毒。”

唐子羽不相信嘉贤会那么做的。她这人，非常非常喜欢活着。但是他痛恨她威胁他的方式太残暴：唐植也不是我单方面的，也是你亲生的呀。

“有车了，牛逼！”

“哪里，我要是有车，你肯定第一个知道。这是酒店老板的，他给我开了间套房，住三个月，给他十五幅作品抵账。不付现钱的。我原本不答应的，可是步园里的那个破屋，冬天实在难熬啊！”

“你生来是消费社会的。”

“总统是不是人？咱是不是人？总统能住的房，咱也能住，都是人嘛。”

车到酒店时，唐问朱借点钱，朱便抽出一叠，“啪”地分了一半，也不点数，潇洒地塞进唐的大衣兜里。唐还是掏出来，一点，一千七百元，这才装回去。朋友再好，账算要清楚。

上到酒店五楼的一个大套房，就是有里间和外间的套房，压根不是什么总统套房。一看，外间用几张桌子拼了一个书画案，画面上的一只老虎，尾巴毛即将画完。

朱扒着唐的耳边：

“我没告诉她你要来。”

“谁?”

朱大音“嘘”住。唐子羽第一反应是梅雨妃来了。但是可能吗?

“有你在，当然该你……”

说毕，朱大音连抱带推地将唐子羽拥进里间，退步带上门。

就看见，里间的双人床上，睡着一个女人。那女人的头发，噗啦在枕畔；被面凹出迷人的腰部曲线，跟他在小木屋里见到的梅雨妃的曲线一样的迷人。

唐子羽首先的反应不是激动，而是愤怒。梅雨妃是这种人？真的是嘉贤说的（猜的）婊子？这朱大音实在该……车裂！

他尽量克制住自己的愤怒，挪步到床边。细细一瞧，这睡着了的女人不是梅雨妃，而是长得很像梅雨妃的潘小姐。

他的愤怒消失了。但依然不舒服，很不舒服。于是他退出门外，也对朱大音耳语道：“我要去买毛衣毛裤。”说着又把脚抬了抬，让朱看他的光脚丫子。

“这是该我服侍你的事，”朱大音照旧对唐子羽耳语着，“楼下就是商场，我去给你买，你就放心地去，那个……快活吧。”说着又是连抱带推唐子羽。

“不单单买毛衣，我还有其他紧火事。”

“是不是嫌潘小姐跟我在一起了？这种人你也在乎！”

“开啥玩笑，我能在乎这个！”

“那你快去快回。”

唐子羽一进电梯，就兀自骂道：简直人伦丧尽！心里特别生朱大音的气，虽然是个妓女。你口口声声说我是你的领袖，领袖睡过的女人你怎么也敢睡！你有没有王法？懂不懂组织纪律？他理智上当然清楚，妓女是谁都可以睡的，就算朱大音不睡，牛大音马大音熊大音也会睡的。问题是我跟你朱大音的关系不一般啊，咱不说领袖不领袖的，你起码是我唯一喜欢的朋友吧，你怎能这般毫无顾忌！你骗我、你偷着睡她我管不着，可为何要让我看见呢？你为何不在接我来之前，让她避一避呢……

朱大音与潘小姐不知何时勾搭上的。总之，这件事对唐子羽是个伤害。伤害的程度，并不亚于他跟梅雨妃的芥蒂、他跟嘉贤的吵架。他很清楚他这么做太过火，可是性格如此，他没法改变。他非常珍爱友情，而友情就是纯洁、洁白的同义词。他真想现在就把臭钱还给朱大音！

世上到底有没有纯洁、洁白？

他到商场里买了一身中档的保暖内衣和一双棉袜子，进更衣室穿好，出来进了一家西餐馆，点了一张意大利馅饼和一碗加州牛肉面。吃罢，餐馆里独坐一会儿。出来后，不知去哪儿了。还有哪个朋友呢？脑仁想得发麻，还是想不出个合适去处。现在回家？太早了，也太丢面子了。还是等一等，挨一挨，挨到嘉贤再去捞一回尸吧。

他晃荡到19路车站牌下，无聊地抬头，阅读站牌上的站名。看见“长天墓园”四个字，这才猛然想起，自己曾在一个莫名其妙的场合，莫名其妙地买了一块墓地。

去看看墓地吧！

就来了一辆中巴。他跳将上去。虽然天冷了人不多，他还是径直走到最后排坐下，闭了眼睛，竭力不让大脑去想世上的任何事，权当大脑被福尔马林药水浸泡着。

中途上人了。从说话声音听，是一对姐妹，分别带着各自的孩子。两姊妹拉着闲话，数落着各自婆婆的不是。他不想听。他现在很害怕女人说话，何况是数落婆婆的话。偷汉子的话他都不想听。

但是两个男孩子的对话，引起他耳朵的兴趣：

“烈士鲜血染红的？是打仗时，提一个桶，等烈士死了，赶快把血接住染的吗？”

“不是，是象征的意思。”

“什么是象征?”

“……”

唐子羽睁开眼睛，见小男孩拽着大男孩胸前的红领巾，眼睛里充满了对于大男孩的羡慕与敬仰。小男孩五岁左右，大男孩十岁左右。成年人相差五岁不显眼，孩子相差五岁，那几乎等于相差两个世界了。

“哥哥，把红领巾送给我!”

“你太小了！等你上学了就有。”

“我不！我要!”

一个要一个不给，争闹声打断了他们母亲的说话。还是母亲出面，将事情协调了：

“让弟弟暂时戴上，下车时还你。”

小男孩戴上红领巾，脸上的幸福无以言表。这是一种真正的幸福。真正的幸福与金钱、地位、名声无关，与季节、运气无关,甚至与爱情、与社会制度无关。幸福只与年龄有关。幸福永远藏在少儿的眼睛里……

唐子羽再次闭上眼睛。这一闭，就闭回了自己的少儿时代，闭出了美丽的风景和动人的声音。冰块破碎春动大地，麦苗与油菜花，像两只不同颜色的火焰，呼呼作响照亮了天与地。千万个童声齐歌，随风铺排而来——

让我们荡起双桨，
小船儿推开波浪，
海边倒影着美丽的白塔，
四周环绕着绿树红墙，
……
红领巾迎着太阳，
阳光洒在海面上，
水中鱼儿望着我们，
悄悄地听我们愉快歌唱……

歌声在花海里翻飞，以致唐子羽听不清丝毫的外界声响了。当中巴车颠簸了一下，他睁开眼睛时，那两对母子早已不知何时下车了。

到了去长天墓园的岔路口。车停他下，但觉一股凉风迎着嘴脸泼来，身上的肉猛地往骨头一阵紧缩，生怕骨与肉分开了。几分钟后，当他走了几步路，那种骨肉分开的感觉开始淡化。举目南望，太乙山峦上，起伏奔走着一条雪龙。在山的脚下，在树林的根部，在房顶的北檐，在所有的阴影里，还寄存着一些零散的雪，点缀着泥点和鸟粪的雪。太阳依旧美观刺目，也很鲜亮，只是不大温暖，好像它从来都没有温暖过、热烈过。

上完台阶，进入墓园。唐子羽远远地望见了自己的领地。他兴奋起来，所谓“如归”，大概就是指他此时的兴奋状态。可是奇怪，整个墓园虽然增加了一些新住户，但是分布并不均匀，主要集中在唐子羽的领地周围。他担心自己的领地是否还存在。

“连这个地方都有人挤兑我、不容忍我，我非把他挖出来不可。我要敲碎他的骨头！”

走到实地，他放心地笑了。没有谁侵占他，只是那些人比他性急，提前跑到这里睡懒觉了。

这些性急的人把唐子羽的领地合围在中间，空出属于他的位置，恭候他随时“如归”。

“我要检阅一下我未来的邻居都是些什么人。这些人将对我未来的生活质量产生重大影响。这确实重要，不亚于择偶。”

他开始读碑，读了正面读背面。

西边的墓碑，也就是说，如果唐子羽睡到这里，他的脚将要抵蹬的那个人的墓碑。此碑标明，躺在这里的主人，曾经是某个税务局的一名副科长。如此小的官阶，也要刻上墓碑。

——唐子羽评曰：这个副科长也许不曾贪污过、敲诈过，但其职业总让人起疑心。有必要请阴间的纪检部门，派人出来，与阳间的纪检部门联合组成调查组。公布调查结果，以释众惑。

南边的死者，是个医生，贪婪人生九十二个春秋。

——子羽评曰：医生活得越久，杀的人就越多。法律不会追究，反倒让他享受巨大尊敬。这个死者，医术高明，只是不肯将长寿秘诀奉献出来与众生共享。请此医生活转人世，接受千百万患者的批评教育。

东边的长眠人，是邮政局的一个投递员。

——羽曰：此职业人称信使，大家都喜欢。但要除过送唁电的时候。

北侧的睡者，是个酒店的女老板。

——曰：这是商人里的一种，有时，可能也兼职老鸨营生。

检阅完毕，唐子羽心里很不高兴：前后左右四个邻居，就有三个让他心烦，所以我不能死，我要是长眠这里肯定不舒服，像生了一身疥疮似的。

看来得继续活下去，至少有了一个新的人生目的：重新寻找一个比较安生比较干净的地方吧。死也好活也罢，权利不是掌握在我自个手里嘛。你瞧全世界，几十亿人呐，有几个心不烦的？还不都是撑着活嘛。你们凭什么撑着活？还不是凭了脸皮厚嘛。为什么非得要我一个人脸皮儿薄呢？太不公平了！

一想到还可以活，唐子羽似乎吸了一口大烟，身子就来了些精神。活着，总得有点意思才行。什么有意思呢？当总统不错，可是总统的指标太少，比买彩票中大奖还难。亿万富豪也挺好的，也时不时地要点小国总统才能要的威风。可是亿万富豪也不是谁都可以鼓捣成的。看来，也只有每隔几年谈一次恋爱，也只有这类“非常男女”事业操作性大。

于是，唐子羽又走到那个女老板的墓碑前，细读碑文了：

吴修莲（1948.2—2000.5），云梦人。幼时与母相依为命，盖因父去台湾矣。小学毕业，因出身被迫辍学，随母盲流秦岭山地。遍尝人间疾苦，不坠青云志向。自修取得硕士文凭。创办乾元餐饮有限公司，任董事长兼总经理。逾富逾俭，口碑满城，出资在秦巴山地建希望中学五所。因病早逝，呜呼苍天！为百陵市第五届人大代表、第六届政协委员、第七届政协常委。

不孝男孙望安　泣立

人生这一辈子，辉煌也好，平淡也罢，总有点什么可资记载、可圈可点的吧。就比方这个名叫吴修莲的女人，不知密封了多少悲欢离合爱恨交加荣辱沉浮，怎么就被“不孝男”如此一段干巴巴的文字打发掉了！

唐子羽甚为感慨，下意识地用袖子掸了掸镶在墓碑上的小玻璃框上的风尘。于是就见了一副光明俊秀的容貌：双眼皮，剪发头，显然是三十岁左右的照片。而且很奇怪：她的嘴角分明抿得紧紧的，却是一个微笑的神韵。哦，原来她的左腮上有个酒窝儿，才使得她的表情无论怎样严肃，也照样给人以她实际上是个爱笑，也愿意给所有人笑的印象。如今，已很难看到这样的真笑了。明白了，这是一九七八年左右才会出现的笑。现在不多见了。尽管现在，只要你肯出钱，就有医生给你手术两个酒窝。

这么好的女人，我方才，怎么怀疑她可能兼职老鸨营生呢。

唐子羽忏悔着，同时深鞠一躬。

他又读一遍碑文，觉得“不孝男”不大谙熟碑文体例（可能请人撰写的），行文有商榷修订之处。另外有两个疑问：一是得什么病死的？也许是什么妇科病，刻碑上不雅；二是这个名叫吴修莲的女子，嫁了一个姓孙的男人，这姓孙的男人现在是活着还是死了？抑或是离婚了还是没离婚？墓碑竖插在中间的位置上，证明她将永远孤零零地躺在这里。

真是可怜……

吔，怎么看不清了？唐子羽抬手一摸眼睛，双眼潮湿了。

——你生前，我连你的面都没见过，我凭什么要为你流泪呢？

唐子羽觉得滑稽可笑。可是两行热泪，还是淌到腮上。

——难道我到你的乾元酒店里吃的那顿饭没有付你钱？这是绝不可能的！我唐子羽虽说无德无能，但平生从未白吃过谁，除了公宴。你酒店的饭菜不错，只是价钱高了点。就说唯一的那次光临吧，我见菜单上有个“月光堆雪”，很好奇地点了一份。结果端上来一尝，竟是一盘凉调白萝卜丝！十八块钱呐。十八块就十八块吧，反正我一分不少地给你清账了，我确实没理由为你流泪嘛。

可是两股热泪依然如管道渗水般流个不住，其中一股还拐进嘴角，咸咸的。

——你要是真喜欢有人来哭你，给你的“不孝男”托个梦好了，何必无缘无故地让一个陌生人为你洒泪呢。

泪水还是不止。这便由不得唐子羽相信宿命了。难道上辈子真的欠了这个长眠人的什么情分？

他索性转过身，自己给自己挠了一通痒痒，才勉强把自己搞笑，眼眶也才慢慢地干涩起来。

他掏出纸笔，写道：

此块墓地转让，价格面议，垂询电话（略）。

他捡起一块石头，将字纸压在自己的墓地上。这肯定保存不久。但是——生活经常因“但是”二字发生巨变——你能断言不被人发现吗？你能断言那发现的人就不渴望得到这块墓地吗？你能断言就不会引来许多人争购吗？这许多人又会派生出怎样的好运啊！

总之啊，这难道不是一个巨大的“商机”吗？这难道不是发达前的征兆吗？

只是眼下……

他靠着“信使”的墓碑，满目的混沌苍茫，忽然想到梅雨妃。呃，大体上还算个可爱女人。她陪我来过这里，不容易啊。好像记得，她当时还放了个屁，余香尚在呢。

于是唐子羽也想放个屁，想以此来回忆梅雨妃、怀念梅雨妃。

可是很遗憾，他虽然努力了几次，终究没有努力出一丝微响。

“唉，朕呀，混背啦。”

（原出版单位：长江文艺出版社 2002 年 2 月第 1 版）

步步高（节选）

李春平

【作者简介】 李春平，1962 年生，中国作家协会会员。曾在党政机关工作十年，在上海从事职业创作十年，现系安康学院中文系教授。迄今为止，创作和出版小说作品 400 多万字。2005 年 1 月，出版长篇小说《步步高》，被誉为“中国第一部关注执政智慧和领导艺术的长篇小说”，获得陕西省首届柳青文学奖一等奖。

第三十章

贺建军正式跟古长书谈到了顾晓你提拔的问题。古长书知道的，顾晓你在市委办人缘很好，工作也很出色，文字能力算不上优秀，但有一个很大的优势，就是同事们都很喜欢她，领导也喜欢她，说明她的团队合作精神是很强的，这种人容易赢得他人的信赖与支持。按说，顾晓你最理想的岗位还是在办公室，如果提拔为市委办副主任确实是一个比较好的选择。但古长书不能让她到政府办来，不能让她跟他在一起，那是会出事的。虽说他们之间的男女私情早就没有了，但在一起工作，就很容易旧情复发。即使不会出现旧情复发的事，顾晓你大大咧咧的，有时甚至会因为一个玩笑，一句不经意的话，让别人看出来他们关系不薄，这就是潜在的隐患。鉴于这种顾虑，顾晓你后来还是被安排到妇联任副主任。

公示期间，顾晓你专门来到古长书办公室，恭恭敬敬叫了声古市长，然后顽皮地笑笑说：“我想向你了解一个情况。”古长书说：“什么情况?”顾晓你说:“这次提拔我,是你帮忙的吧?”古长书说:“没有。提拔你是你自己努力工作的结果,与我没有任何关系。也许我不在这个位子上,你还提拔得快些。”顾晓你甜蜜地一笑,一双眼睛深情地看着古长书,说:“别这样说。你肯定在里面起了作用,我要说的是,非常感谢你。”古长书显得很坚定,说:“不用感谢我。我可以给你透露一个机密:汪书记走时有过暗示,他对你印象很好的。你本来具有这种能力,你的能力又得到了领导的肯定。所以你就提拔了。”顾晓你说:“我知道汪书记对我印象不错的,可你不同意,那也不行的。”古长书说:“我会不同意吗?那么多常委,我反对也无效,我只有一票,一票反对算不了什么。”

两人很久没有这样交谈过了,都忙着,没有时间,也没有机会。在办公室里谈话也太正规,是纯粹的工作性质。顾晓你就端庄地坐在古长书对面的沙发上,隔着一张庞大的办公桌,不能靠近他,只是远远地看着他的脸。顾晓你站起来,走近桌子,脸上放射出迷人的光彩。顾晓你说:“我老公出差了,这几天我一人在家,闲得无聊。”

古长书听出了她的言外之意,但他假装没听懂,说:“现代人的时间是最好打发的东西。你可以看看书,或者找朋友玩玩,还可以上上网。”

顾晓你说:“那就你陪我聊天吧。不过,你是市长,市长可能去陪一个普通女人聊天吗?”

古长书说:“你这话对了一半。如果我不是市长,我会陪你的,还要跟你亲热。可我是市长啊,市长就要有个市长的样子。市长是一个崇高的职业,崇高的职业决定了崇高的使命与理想,我必须要对得起这个称谓啊。”

顾晓你说:“可市长也是凡人啊,也要动凡心呀!”

古长书半开玩笑地说:“说句实话吧,作为一个正常的男人,面对秀色我也蠢蠢欲动,有时恨不能天下美女供我一宵之乐。可作为一个市长,又不能越雷池一步!如果没有这点自律精神,我还当什么领导!”

顾晓你并没有表现出不快的意思。似乎古长书的这种回答也在她的预料之中。她听明白了，古长书是在拒绝她暗示性的邀请，便不再说这事了，话题又回到她任职的事情上来了。她试探性地说："我任职的事，假如公示之后群众反映不好怎么办？"

古长书说："那就说明你不合格。或者说你不是理想的人选。"

顾晓你明知故问："那会怎么样？"

古长书说："那你就在原单位好好干，暂时不能提拔了。公示的目的，就是为了广泛听取群众反映。"

"告诉你，不会这样的！"顾晓你轻描淡写地笑了笑，显然她对公示这一关是充满信心的。这些年她一直勤勤恳恳任劳任怨地工作，与上上下下的关系都非常和谐，为此她付出了不少努力，所以她并不担心自己。可毕竟是未知数，也难说没有暗中作梗的人，想想也有些后怕，便说："要是当不上，那多丢人啊。"

古长书说："不丢人的。上任之后干不好才叫丢人。有许多人上任之前雄心勃勃，好像有一身安邦治国的本事没处使，结果搞得一塌糊涂。我想，你不会让大家失望的。"

顾晓你说："我一定不会丢人的！"

金安市要进行政治体制和扶贫模式改革的消息还是从市委组织部传出去了。纷纷扬扬地议论着，说贺建军和古长书上台后要从干部制度上开刀，还说这主要是古长书的政治图谋与政治理想。这事才刚刚启动，一传播出去，就迅速成为机关干部议论的核心问题。有一天，顾晓你给古长书打电话说，下面议论很厉害的，有人拥护，也有人观望，但不少人都认为这是一件好事，也是一件难度很大的事。古长书说："也有人骂娘吧？"顾晓你说："这个我倒没听到。即使有人要骂，也是私下骂骂，心里骂骂，发发牢骚，你德高望重，绝不会公开骂的。"古长书听出顾晓你在调侃，问她还有什么反响没有，顾晓你说："市委一些干部都在为自己的未来考虑着，担心他们会下台或者下岗。"古长书说："那也没那么容易。这个过程不是一蹴而就的。我们不是要搞乱干部队伍，而是要进一步稳定和理顺干部队伍。只是要通过改革，让不称职的领导下去，让能干的干部上来，让机关的闲人离开机关，减轻财政负担。可现在方案还没出来，大家都不必担心的，好好工作才是第一要务。”顾晓你说：“我也是按你这样的话在传播你的思想意图的。”古长书笑笑说：“什么话。又顽皮了不是？”顾晓你嘿嘿笑了笑，说：“市长大人的话，在这里当然是最高指示了。”古长书放下电话就想，有人为自己的前途和命运担心了，可能找他的人就更多了。人们向来都说命运掌握在自己手上，可在官场，命运的一半是掌握在领导手上的。所以他特别喜欢上海关帝庙的一副对联：“事在人为，休言万般皆由命；境由心造，退后一步自然宽。”横批是“德圣古今”。

这天是古长书四十四周岁生日，这是昨天晚上左小莉告诉他的。如果不是妻子提起，他自己倒忘记了。他的生日除了顾晓你之外，没有任何外人知道的。以前每年这天，顾晓你都要给他打个电话，祝他生日快乐。也许顾晓你也忘记了，到午餐时候顾晓你才想起来。她给古长书发了个祝贺生日的短信，附带了一则笑话：“某孕妇身怀六甲时，其夫还要与之过夫妻生活。儿子出生后，就用指头连连捅着父亲的脑袋说，我这样戳你，你痛吗？”古长书笑笑，把短信删除了。他想这些创作短信的人真是想得出来，总是在挖空心思逗人一乐。没当市长之前，古长书手机的短信很多的，他觉得很烦，当了市长倒没人给他发短信了。

刚刚合上手机，古长书便接到了工业局长何无疾的电话，他问古长书晚上有没有时间，想跟他汇报一下近期工作。接到何无疾电话，古长书的第一反应就是：也许他知道我生日？是碰巧，还是专门调查过？大家都习惯在干部履历表上填写阴历出生日，要知道一个人的生日太容易了。这天左小莉提前准备了一些菜蔬，准备把贺建军叫来，再把黄骏叫来，几个人喝两杯小酒。可事不凑巧，黄骏有事回到深圳了，贺建军到省委开会去了。古长书本来不想在晚上见人的，可何无疾说是汇报工作，他就不好推辞了。自从古长书当副市长后，何无疾对古长书真是一心一意的，几乎是一步一个变化。当了常务副市长后，何无疾就自然而然地把古长书当靠山了。何无疾在外面有句口头禅：“古长书是咱们工业局出来的领导，是咱的哥们儿！”而古长书当市长之后，何无疾就把古长书奉为神仙尊为上帝了，在局里开会时，动不动就是“长书说的”，“长书指示”，好像他跟古长书就是亲兄弟一样。外界也有不少人认为，何无疾跟古长书的确关系不一般，私人交情是很深的。何无疾自己也是这样看的。而在古长书的心中，何无疾就是一个很差的人。尽管确实对他不错，也非常尊重与佩服他，但不能因为对他不错就掩盖了何无疾本身的缺陷，一个人的平庸无能不是通过关系和对领导的态度来改善的。所以，何无疾找他谈什么事，古长书都是冷冰冰的，热不起来。即使哈哈一笑，也是礼节性的，只是出于对工作的态度和上下级之间的起码的礼节。可这并不能阻挡何无疾对古长书的那份热情。

古长书每天下班都很晚，他的司机经常在办公室打着瞌睡等他。这天古长书六点多才回家。七点多钟，何无疾来到古长书家里。此时古长书正在一人独饮，见何无疾去了，说，来得正好，我们喝两杯。何无疾好像拎着什么东西，手提包里胀得很饱满，他走过去扫了一眼饭桌，见只有几个简单的菜肴，笑笑说：“堂堂市长过生日就这样清冷？”古长书说：“你来了就不清冷了嘛！你说说，你是怎么知道我生日的？”何无疾坐下去，说：“那天我在局里查阅干部履历表时突然发现的，就记住了，心想一定要亲自给市长祝寿。”左小莉说：“才多大呀，还祝寿呢。”左小莉说着起身，连忙从橱柜取出碗筷和酒杯，给何无疾斟酒。何无疾夺过酒瓶，说：“左老师，我自己来，我在你们家一向是随便的。”左小莉就把酒瓶递给了他，说：“也是的，老朋友了，自己斟酒。”

两人喝酒是很难起兴的，一瓶酒喝到一半，古长书就不想再喝了。何无疾从包里取出一包东西，用塑料袋装着，往饭桌上一放，说：“古市长，这是我给你的生日礼物。不知道给你买什么纪念品合适，就干脆不买了。我是个直性子，就直来直去吧。”

古长书说：“让我先看看是什么。”说着古长书就打开了塑料袋，是五叠百元现金，上面打着银行的捆条，一共是五万元。古长书恨不得拍案而起，开口骂娘。可他忍住了。他把钱往何无疾面前一推，说：“拿回去吧。何局长，如果你把我当领导，当朋友，那你就别害我。”

何无疾说：“怎么成害你了？难道说这是给你行贿？我们是朋友，谈不上贿赂的问题。”

古长书说："可不是行贿又是什么呢？"

何无疾说："我这就不是行贿。我只是想表达我对你的敬意。"

"你知道吗？就是这五万块钱，可以把我们双规，也可以把我们送进地狱。这是从廉政建设的大原则上讲。"古长书说："从小的方面讲，我会认为你是在污辱我，是小看我！从另一方面看，我这个市长当得不称职啊，你都能这样看我，这样对待我，把我跟那些贪污腐化的官僚们划为一类了，我还算什么市长？"

左小莉在旁边看着，不时地瞅瞅那些钱，也瞅瞅何无疾的脸。

何无疾说："古市长，你这不是伤我面子嘛！"

"不对。你是在伤我的面子。"古长书说："你自己拿回去吧。否则，我明天就召集全市处级以上干部大会，把你这笔钱拿到大会上去亮相。这可不是威胁你，也不是吓唬你。你这样做，不觉得是充当了一份教材吗？"

何无疾知道古长书的强硬个性，说得出来就做得出来。何无疾见古长书满面阴云，这才意识到对他的判断失误了，古长书不是他想象的那种人。在何无疾与古长书的交往中，以前他也经常送他一些烟酒之类，古长书感到很为难，收下不好，退了也不好，就只好收下。对于古长书来说，收下实在是一种无奈之举。可何无疾的位置并没有任何变动，几个重要部门局长的位子都是何无疾觊觎的对象，但每次人事调整，都没有何无疾的份儿。何无疾便认为是自己给古长书送少了，古长书看不上。所以这回，他就瞅准生日这个机会，搬来了重型炮弹，送上五万元，希望一炮就把古长书攻下来。下次干部调整，何无疾就能得到一个有权有钱的好位子了。而他万万没有想到，会遭到古长书的严厉拒绝。但何无疾毕竟是惯于做这种事的人，他几乎跟市委市政府的许多领导都熟悉，也经常跑动。无论是对方拒收还是收下，他都看得很正常，他在这方面真有一颗平常心。所以，他的尴尬瞬间从脸上掠过，稍纵即逝了。他自嘲地笑了笑说："我何无疾今天做错了事，你批评我好吧！反正你是市长，要打要杀任你选。总之我错了！可我再错，咱们还是朋友吧？"

古长书给他递上一支烟，又端起最后一杯酒，两人喝了。酒真是个好东西，它连接着饮者的情感终端，酒一喝，气氛马上得到了缓和。古长书说：“对，咱们还是朋友。我也希望你能理解我。”

何无疾说：“其实我知道你是个清正廉洁的领导。所以你拒绝，我没有感到意外。”

古长书把那捆钱给他装进包里，恢复原状。然后说：“可你这样做，却让我感到意外了。我们是同事，是朋友，你就更应当了解我。”

古长书也是个剑胆琴心的人。之所以这样说，是想从心理上拉近与他的距离，不要让他产生仇恨。古长书早就明白，一些干部送礼送不出去的时候，不仅意味着友情的丧失，而且意味着仇恨的产生。

古长书是很少亲自送客出门的。这天晚上，何无疾出门的时候，古长书破例把他送到楼下，这是对他失去面子的一种补偿。何无疾也感到很欣慰，心里好受了许多。回到家里后，左小莉笑逐颜开对古长书说：“你说何无疾哪来那么多钱，一次出手就是五万？我们家一向省吃俭用，这么多年了，存款也不到十万呢。”

古长书说：“你以为他的钱就是他的工资收入吗？往往能够大手大脚给领导送钱的人，十有八九，他的钱就不是从正路上来的。他是工业局长，局里再穷，企业再困难，这些人都有办法从里面弄钱的。”

左小莉说：“看来一个市长要弄钱的话，真是太容易了。”

古长书说：“那是的。如果我稍稍放开一点，一年收受一百万是小事一桩。一届市长当下来，少说也有三四百万。其实好多领导最初都不是贪官，都是下面一股风地送，逼上梁山，心一软就收下了，收着收着就失去了控制，什么党性原则全忘记了。还有的就更贱，几千元钱甚至几百元钱，就能改变他们的意志，忘记一个共产党人的信仰。可悲啊！为什么没有多少人敢给我送？就因为他们知道我不是那种人，送我也不会要的。一个领导，影响着一个地方的社会风气，也影响着一个地方的政治风气。因为人们自觉不自觉地要拿最高行政长官来比较自己的行为。这两种风气，搞好都很难，搞坏是太容易了。”

左小莉靠近古长书坐下，拍拍他的肩膀，用称赞的口气说：“老公还是个不错的人。我们家就从来没有收过别人的钱财。”

古长书斜了一下身子，指指酒柜说：“可我们也收了不少烟酒，我便算不上真正的清官了。可不收那些烟酒，我可能就成为真正的孤家寡人了。老婆，做人难啊！”

左小莉说：“如果你都算不上清官，那可能没多少清官了。”

“还是有不少清官的。民间的一些传言，夸大了腐败程度。政府的一些总结，夸大了廉政程度。这两个极端都是不对的。”古长书说：“你说我们这种人，出身于贫苦人家，读了大学，当了官，有了很好的职位与收入，无论是社会还是人民，对我们都不薄啊，我们有什么理由不好好为人民工作呢？为什么还要贪呢？抛开什么政治理想不谈，仅凭最基本的做人的道德与良心，我们也应当好好干。”

左小莉点点头。她常常从古长书的只言片语中受到启发。古长书所说的凭道德与良心做事，她就有同感。现在确实有一些国家工作人员，面对社会与民众，已经谈不上什么道德与良心了，一分的付出便想得到十分的回报。他们总想过得比别人好，他们喜欢攀比，从来就没有知足过。一比就觉得不如他人，于是就不择手段地敛财。本来是一个春风和煦的环境，却硬让他们搞得乌烟瘴气了。

古长书生日的这天晚上，夫妻俩就这么交谈了很久。为了使古长书能够好好休息，早在去年，儿子就和他们分床了，跟保姆在一个房间睡觉。即使夫妻俩天天在一起，他们的夫妻生活也不多。主要是古长书太累，只能保持一周一次的频率。左小莉倒是越发主动了，常常挑逗古长书。两人说话间，左小莉的手就压在了古长书的小腹上。古长书由她抚摸，也不动作。左小莉说，“人家都说三十如狼，四十如虎。你好像不如以前了嘛？”古长书说，“这话是说女人的。三十如狼，四十如虎，站着吸风，坐着吸土，躺着吸被褥！”左小莉嘻嘻一笑，说，不吸被褥，就吸你。

过了几天，黄骏从深圳来到金安。回来之后就去找古长书。黄骏说：“市长大人，你怎么把何无疾得罪了？”古长书说：“没有啊？你说说，听到什么了？”黄骏说，他在深圳，何无疾就给他打电话，说了生日那天送钱的事，说是搞得他很难堪，何无疾害怕古长书从此对他印象不好，专门请黄骏来给古长书解释解释。古长书只是笑，说没什么没什么，大家能理解就行了。不过，黄骏也说，何无疾这样做确实欠妥，一次送五万块钱，什么意思？我们的古市长是这种人吗？古长书说，你别给我戴高帽子，再好的关系，钱我是不能收的。我古长书还没到见钱眼开的地步。黄骏说，好像他成天都很忙的。古长书说：“他是瞎忙。别人十天能办好的事情，他就要忙一个月。一种没有效率和效益的忙，我从来都不认可。”黄骏深有感触地说：“是啊，内地这种现象是很突出的。”古长书说:“你信不信？我就是要改变这种现象！”黄骏说：“我信。”

第三十章

顾晓你任妇联副主任的公示期已满。还算顺利，不少人都认为她还不错，没有什么不良反映，更不存在什么反对意见了，于是正式走马上任。有人说在官场中，从科级到副处是最难的一步，这一步既然踏上了，当然就很高兴。现在大家都时兴提拔之后请客，顾晓你也未能免俗。不过她做得很低调，只是把市委办原来的同事们请到家里喝了顿小酒，她说得很客气，这些年来同志们对她帮助很大，大家从来没到她家里吃过饭，眼下她要离开市委办了，所以请大家来聚聚，表示感谢。所以今天请大家来，是为了她们的这份情缘，而并不是因为提拔的原因。这话听起来就很入耳了，不至于让别人觉得她狂妄或沾沾自喜。其实顾晓你心里还是沾沾自喜的，充满了阳光。从科级到副处级了，也都三十多岁的人了，人生就这么一次副处，不高兴就说不过去。

请了原单位的同事，再请古长书和贺建军这两位本市最高党政领导。但这事她做得更谨慎了，她先跟古长书商量的，古长书没有提出反对意见，说我好说，就看贺书记。如果他去，我就去，他如果不去，我就不好去了，我想他是会去的。顾晓你说，如果他去了，你不去怎么办？古长书说，这不可能。果然，顾晓你去请贺建军，贺建军很愉快地答应下来，说我还没喝过你的酒呢。定下日期那天，顾晓你又突然提出，干脆就不请外人了，请你们两家人，另外请妇联主任一家人，每家三口一齐到。于是，左小莉和儿子，赵琴和儿子，都到了顾晓你家里。古长书很快意识到顾晓你越来越精明了，她是借用这个机会，要让她的上司——市妇联会主任看看，能请动市委书记和市长两家人的，就是我顾晓你。这无异于在向妇联主任展示她的政治背景和政治威慑力量，是为以后的工作打开局面而铺路的。那意思也很明白，即使我是个新上任的副主任，可也别小看我，你当主任的将来也不敢对我怎么样。僧面佛面都明摆着，你可以掂量掂量。从另一个角度上讲，她也给妇联主任找了一个联结领导关系的纽带，提供了一个跟领导打交道的机会。事实上，妇联主任是很少有机会接触贺建军和古长书这样的一把手的。几家人同时在一张桌子上喝酒，本身就是一种体面。妇联主任也求之不得，所以她自始至终都满面春风。说早就听说顾晓你是很有能耐的，现在成了我们单位的新领导，有了你这样的助手，我就不愁工作搞不上去了。

顾晓你顺利上任，古长书也感到很欣慰，觉得顾晓你还比较争气。他专门给省委副书记汪洋打了个电话，汇报了一下顾晓你任职的事。毕竟这是汪书记走前关照过的，一定得有个回复。古长书在电话里特别指出，顾晓你在公示期间反映还不错，希望她能成为我们市里的一个出色的女干部。汪书记说，这孩子能说会道的，在妇联比较合适，也许给她提供了一个发挥作用的舞台。古长书还就当前工作做了简单汇报，因为汪洋是省委副书记而不是副省长，作为市长的古长书也不宜多讲，党委系统的事情有贺建军汇报的，古长书只能顺便说说，不能让别人觉得他做事越位，手伸得太长。他还特别补充了一句，详细情况贺书记给你汇报，我们还要写一个专题汇报材料，报省委省政府。汪书记说，你们大胆干吧，至少我个人是非常支持你们的！

也就在古长书给汪书记打电话半个月后，市委组织部关于改革干部任用制度的方案拿出来了。许多政治体制中暴露的问题正是源于干部人事制度的弊端，因此，干部人事与人才制度改革将成为政治体制改革核心。而人事与人才制度改革，必然带来政治体制的深层转变。他们的改革方案先在常委内部传阅，分别提意见和建议，然后上常委扩大会研究讨论。这个方案根据中组部的相关文件精神，参照近几年来全国各地在任用干部的先进经验，吸纳了外地的一些成功做法而起草成型的。总体方案分为几大块：一是《金安市干部禁用试行办法》，规定凡是在工作期间群众反映强烈，有行贿受贿索贿行为的，不论数额多大，一律禁用；在现任职务中，三年内无所作为的，一律禁用；在现任职务期间，不顾具体情况，劳民伤财，脱离本地实际，大搞政绩工程的，一律禁用。禁用办法一出台，就一石激起千层浪，有人说这是一个创举，也是一个奇闻。古长书在常委会上有个解释，我们通常都在研究哪些干部可以提拔，我们现在就是要来个逆向思维，专门来研究哪些干部不能提拔，不能继用。这是限制平庸无能的干部走上新的领导岗位的一个措施。

二是《金安市干部档案填写试用办法》，主要内容是：凡是干部闹矛盾，诬陷他人，行贿受贿索贿，打架斗殴，欺上瞒下（如向上级部门或领导虚报实绩、浮夸等等），欺上压下的，都要写入档案。彻底改变档案填写粗放，抓大放小的问题。用档案体现干部的个人品质和政治素质。以此作为考察干部德才的重要参照标准之一。这是规范干部行为，实行廉洁自律的一个监督性的措施。这也是一个新生事物，也遭到了一些常委的反对。说这太过分了，又不是老子管儿子。太细了会搞得人人谨慎，人人自危。

这天的古长书红光满面，西装笔挺，显得特别气宇轩昂。加之这两年有点发福，凸显出一些王者气质来。古长书说：“我们的目的就是要让大家谨慎，因为我们的一些干部太不谨慎了，太不自觉了，他们在许多时候，丧失了一个共产党员的原则立场。”进而，古长书很具体地指出：“我们向来管干部只管大的方面，比如给予党纪处分了，受了表扬了就写入档案。可是，他污告领导，污告同事会写入档案吗？他打击报复下属会写入档案吗？在搬迁、收缴农业税、计划生育工作中，有些干部的做法非常粗暴，下面很反感，会写入档案吗？我们有一个乡长，省长下来检查工作，他竟然不惜借了两万块钱，来装饰农家大院，伪装成扶贫成果，说农民过上好日子了，直奔小康生活了，居然把省长哄得非常开心，他还为该乡争取到了五十万元扶贫专款，是从省长基金中拨出来的。事过一年之后，这位乡长提拔为某局局长时，他像传经送宝一样自己说了真相，还恬不知耻说现在领导都是哄出来的。因为过去了，县里也没再追究他的责任。而且居然说他是个能人。这样的事情会写入档案吗？常委同志们，你们想想啊，通过这些劣迹，我们足以看出这种人的政治责任心和使命感是多么薄弱，他根本就没有把老百姓的利益放在第一位。而他所考虑的，就是如何应付上级，如何应付检查，如何让自己尽早提拔。敢于在报表上、在汇报上弄虚作假的人，他就已经丧失了一个做领导的起码资格。以前我们习惯于既往不咎，下不为例。现在不行了，我在这里给大家提供一个信息：这位当乡长时哄过省长的局长，已经让他停职检查。县里为了保持脸面，可以对他既往不咎。可我古长书不会对他既往不咎的。我必须对他一查到底！敢骗省长，就敢骗市长、敢骗县长。”

古长书此言一出，常委会顿时炸开了锅。除了贺建军、纪委书记外，其他人都不知道竟有这样的事。他们气愤，惊讶，也觉得荒唐可笑。他们也从古长书的脸上看出了他的强悍和坚定不移的意志。

政协主席提了一个问题：“古市长，我有一个疑问，在档案上这样做，会不会让干部们觉得，档案用来记录污点的？由此引起干部的不安？”

古长书说：“档案本身就是用来记录一个人的生活历程的，也就是一个人的人生记录。可我们现在的档案管理并没有发挥这样的作用。可是，要在提干时，却有人去篡改档案。可见，我们的档案没有发挥应当发挥的作用，反而被一些别有用心的人利用了。我们这样做，是为了加强档案管理，使档案成为个人的形象照片，同时也是监管干部的一个措施，促使我们的干部随时随地都保持一个良好的形象。”

继而，又有人提出一个问题：“可是，这档案的填写谁来负责？”

古长书说：“各区县各乡镇都成立相应的档案管理委员会和干部评审委员会，负责评议干部和填写档案。单位领导的档案要上级部门评议和填写。这个事情要做就做大、做细，看起来是务虚，实质上是以虚促实。这样做，不会增加财政支出，不会增加执政成本。可话说回来，任何一项措施的出台，都不可能是十全十美的，没有缺陷的制度是不存在的。我们不可能把干部队伍中存在的许多问题都一次解决好。这一点，大家不要抱任何幻想。但是，作为一级政府和执政者，我们要为建立健全一个圆满的干部体系而努力。”

还有一个《金安市干部公开选拔制度》，将原有的干部任用制度进行了修改补充和完善。一个重要的变化是，对一些重要部门和人才紧缺的部门，要全面实行公开招聘，而且不局限于本市范围内。可以将抛出范围扩大到全省甚至全国。

会议通过的第四个文件是《金安市国家工作人员辞退制度》，一个核心内容是：凡是违犯了党纪国法，而又没有直接触犯刑律交由司法机关处理的干部，直接辞退。不再保留干部身份，财政不再发放工资，也不再给予党纪政纪处分。这份文件整整讨论了一天时间，因为太硬了、太重了，有人说很可怕，有恐惧感。贺建军说：“不知大家看到没有，我们对一些干部党内警告处分，或政纪处分，能起到什么作用？伤不到他的皮毛，有人根本就不怕！过段时间他又再犯。这说明什么？说明我们对干部的处理太轻了，老百姓对干部也太宽容了。你宽容他，你迁就他，你保护他，可他并不自觉，并不自律，反而一味纵容自己。以后，我们要取消对干部的党纪政纪处分，采取直接辞退的办法。”

第五个文件是《纪委干部实行垂直管理的决定》，决定凡是纪委干部一律划归市纪委垂直管理，各县区的纪委（包括反贪局）一律变成市纪委的派出机构。这是针对现行体制的一些弊端而改革的一项重要内容。同级党委下属的纪委和反贪局，给他们的监督管理带来了一些不方便的因素。他们的立案调查往往受制于地方党委，在一些盘根错节的关系面前放不开手脚。而在同级领导干部的监督方面，有的已经丧失了监督能力。垂直管理后，各县区的纪委书记不再是同级党委的常委，而是由市纪委直接任免，工作人员由市纪委统一调配。他们拥有更大的立案调查权，以确保他们工作的独立性。

常委会整整开了五天，这是金安市历史上最长的一次常委会，也是讨论问题最多的一次常委会，这些运筹帷幄的决策者们精力都高度集中，甚至有些紧张。因为每一份文件的出台都关系到对干部的评价、处理和任用的问题，而且一部分内容是没有参照物的，是真正意义上的创新之举，它具有开拓性和创造性的意义，同时也具有一定的政治风险，来不得半点马虎。

几份重要文件通过之后，在正式下发的同时，上报了省委省政府和相关部门。金安市委市政府召开了市级机关科级以上干部大会，市委书记贺建军、市长古长书和人大常委会主任都做了重要讲话。他们都围绕一个主题：加强对国家工作人员的监督管理，建立一套完整的用人制度和辞退制度，彻底改变长期以来干部队伍好进不好出的现象，实现任用干部的公正、公平、公开的“三公”原则，真正把能够代表人民群众根本利益、代表先进文化发展方向、代表先进生产力的干部提拔到领导岗位上来，积极稳妥地推进社会主义政治文明进程，加快经济建设和脱贫致富步伐。古长书的讲话非常振奋人心，不时地赢来阵阵掌声。他有一些很精彩的论点，比如说：“当国家公务员确实好，地方再穷，也拿着国家的薪水，而且收入稳定，衣食住行无忧。可是，谁想过多少，如何对得起这份薪水？正因为有的同志对不起这份薪水，长期以来我们的干部管理体制没有大的变动，所以一些干部安居而不乐业，在位不谋其政。既然你对不起这份工作，党和政府就有权把这个饭碗收回来。”“一些干部没有自我反省意识，错误一犯再犯，这里犯了，还调到其他地方任职。这种情况不能继续下去了。我们给干部提供的犯错误的机会太多了，可就是有人不知道改正错误。今后凡是发现失职行为，不再有什么党纪政纪处分，不再有什么批评教育，一律自动辞职。“现在一说办事就是伸手要钱，而不办事的最好理由就是没有钱，并不是每件事都需要钱才能办成的。问题在于，有的单位，给了钱也办不好事。这种领导要他干什么？你干不好，可以让干得好的人来干。这很公平。”“在政绩问题上，我们不能从一个误区走入另一个误区，我们坚决反对不切实际、劳民伤财的政绩工程、形象工程，但并不是不重政绩。政绩在衡量一个干部的能力和水平上，非常重要。对干部的要求就是德才兼备，

‘德’体现一个人的综合素质，‘才’体现一个人的个人才能，就是看政绩。凡是符合本地实际的、真正造福于人民群众的政绩，我们是鼓励的、支持的。如果以反对政绩工程、形象工程为借口而碌碌无为，便是不作为的表现。你不干事，要你在那里干什么？你成天混日子能够产生生产力吗？”这些话都像一个个鼓点，敲打在干部们的心上。好多干部没有目睹过古长书的演讲风采，这回见到了。那威风、那阵势、那气度，果然名不虚传。

然后，全市浪潮式地层层传达，层层落实。各县区有线电视台对大会实况进行了播放，金安市电视台轰炸式地全天候播放市委市政府的几个重要文件。于是，一场声势浩大的政治体制改革风暴在金安市席卷开来，引起了剧烈震荡。人们议论的焦点在于，许多内容都涉及干部作风的好转，涉及良好的健康的政治风气，涉及干部的切身利益，更涉及五百多万金安市老百姓的切身利益。

有人欢呼，有人担心，有人骂娘。有人说古长书是政治杀手，有人说他是铁腕治市，也有人说他是冷面政治家。但所有人都承认，古长书确实是个厉害的政治角色。尤其是对那些大错不犯，小错不断,成天在酒桌上晃荡还伸手要官的平庸之辈,无疑是当头一棒。可喜的是,并没有出现最初担心的人人自危的恐慌局面。因为危机感的普遍增强,大家工作更加认真了,效率更加提高了,机关作风有了明显好转。毕竟大多数干部还是不错的,他们对自己的工作还是有个恰当的衡量的。最终为自己的出路忧心忡忡的,还是那些能力差,通过各种关系进入干部队伍的人。

然而，就在全市上下大张旗鼓地传达落实市委市政府的几个文件的时候，金安市汉阳区又发生了一起特大交通事故。一家私人客运公司的客车，核定载客三十人，却乘坐了四十六名乘客。从金安市出发去省城，开车不久就翻车了，造成十五人死亡，三十多人受伤，司机也死亡。经查，驾驶员血液中的酒精含量达二百一十毫克，相当于喝了八两白酒。超载和酒后驾驶是造成事故的直接原因。贺建军和古长书都迅速到达事故现场指挥抢救伤员，当事故原因汇报之后，古长书愤怒了：“又是超载，又是酒后驾车！”

回到市里，贺建军用质问的口气问古长书："怎么回事？几个月之前，不是在全市设立了安全检查站，专门检查酒后驾车和超载的吗？这么快又出了这么大的事故？这个事故，要一查到底，是谁的责任，谁就要负责！必须把责任落实到人头上！我们不能看着这些生命活生生地死去！"

古长书也难受啊，他也没想到会发生这种惨重的事故。古长书说："我来牵头吧。马上召开市长办公会，成立事故调查小组。"

贺建军说："公安局的唐浩局长恐怕难辞其咎吧？这事是他一手负责的，他是怎么搞的？"

古长书说："不只是他，还有汉阳区公安局局长，汉阳区交警大队队长，交通局局长，和检查站的工作人员。他们都难脱干系的。"

于是，由省市两级有关人员组成的调查小组紧锣密鼓地展开调查工作。古长书任组长，而唐浩却是副组长。因为唐浩是公安局局长，按照处理这类事故的惯例，公安局局长必须成为调查小组的成员之一。

去年，在全市范围内建立"酒后驾车和超载专项检查站"，确定这事由公安局负责。局长唐浩随即召开会议进行部署，并在全市九县一区同时建站。汉阳区是金安市的市辖区，市区在各大交通要道的出口上建站五个，每个站安排两名交警负责日常工作。在通往省城的公路上设立的检查站他们叫作一号站，也是最重要的一个站点。调查表明，在发生事故的当天，一号站的两名交警因头天夜里打了一通宵麻将而在站里蒙头大睡，来往车辆自由出入，完全失去了检查的作用。从检查纪录上看，这天上午的检查情况为空白。也就是说，如果检查人员只要能查一查超载和酒后驾车情况，就可能阻止这场车祸的发生。

在全市范围内设立检查站，是古长书的主意，是直接针对超载和酒后驾车而设立的。工作人员的职责非常明确。古长书以为，要杜绝这类安全事故并非难事，设立检查站就好了，除市区内的城市交通外的各个交通要道的出口，来往车辆必查，这个规定就算很过硬了。可是，偏偏就有这种严重失职的人，上班时间在站内睡觉，致使酒后驾车的超载车辆自行通过，由此导致了惨祸的发生。

这家肇事的私人客运公司的老板和检查站的两名工作人员被刑事拘留，汉阳区公安局局长和汉阳区交警大队队长被停职检查，金安市交通局局长和主管客运的副局长被停职检查，金安市汉阳区交通局局长和主管客运的副局长停职检查，肇事客运公司罚款十五万元。如果按照以前处理这类事故的标准，除肇事的私人客运公司的老板和检查站的两名工作人员被刑事拘留外，不会追究汉阳区公安局局长和交警大队队长的领导责任，也不会追究交通局领导的责任。可这次，是按照金安市刚刚出台的几份文件的原则来处理的，出了任何事故都必须落实到人，都必须有人负责。不再像以前那样，把死伤者一安抚就万事大吉了。人们都清楚，汉阳区公安局局长同时又兼任着金安市公安局副局长职务，在金安市也属于重权人物，动他一根毫毛都是很难的。他停职检查的消息一公布，反响就非常强烈了。一向很硬的公安局局长唐浩紧张起来，写了一份检讨给市委市政府，希望有一个好的态度来争取领导和民众的理解。

调查组的工作表面上已经告一段落。很显然，这次调查组的主要人员都是公安系统的，要让他们来调查唐浩局长的工作情况，很难查出真实情况的。更何况，唐浩身上也有着耀眼的光环。两年前，他曾经因为破获一个系列杀人大案而受到公安部和省政府的通令嘉奖，并成为省劳动模范。他利用公安局局长的特殊位置，在金安市的人际关系上构筑了一道钢铁长城，防护能力是非常强的。所以，古长书调查时就多了个心眼，提前就打了埋伏，兵公两路，一路公开调查，一路秘密调查，让省上下来的调查人员另走一路。

表面上，事故调查的工作已经停止，但省政府安全办公室下来协助工作的调查人员还在继续进行着。为了工作方便，他们没有出现在事故调查小组的公共场合，更没有亮出他们的身份，公安局局长唐浩就更不知情了。他们的调查结果表明：金安市“酒后驾车和超载专项检查站”建立后，唐浩局长只随着市政府的检查组去过一次，此外从没过问过检查站的运转情况。更严重的是，汉阳区五个安全检查站所用的十个检查人员，竟然全是临时招聘的合同警察，其中的三名是唐浩亲戚，是唐浩亲自写条子安排进去的。合同警察以前在金安市警力严重不足时使用过，但由于素质太差，惹祸不断，粗暴执法，群众意见纷纷，在金安市早已禁止使用。汉阳区一号检查站那两名被刑事拘留的交警，就是唐浩写条子安排进去的亲戚。此前他们都是依仗唐浩公安局局长的权势欺行霸市的小商人。

这个调查结果让市委市政府感到意外，也是唐浩本人万万没想到的。金安市立即召开常委会，并邀请人大常委会主任李修明列席参加了会议。会议认为，唐浩利用职务之便，安排三名亲戚进入公安队伍，其中两名肇事者已刑事拘留，另一名应立即辞退。鉴于公安局局长唐浩同志所犯错误的事实，建议自动辞去局长职务，由公安局现任政委接替局长职务。会议一致同意此事向全市通报，并向社会公布。

这个决定非常突然，没有一点缓冲的余地。贺建军、古长书和人大常委会主任李修明三个人亲自来到市公安局，召开由全体干警参加的紧急会议，贺建军在大会上宣读了市委的决定。所有干警都感到无比惊讶。而当时在场张罗着会议的唐浩顿时脸色煞白，差点没有控制住自己的情绪，只有瞬间突起的惶恐和愤怒。可他的情绪最终还是没有控制住，在古长书宣布散会时，唐浩突然指着古长书的鼻子大骂起来：“古长书，你做事太绝了！我不辞职，看你把我怎么样？”

古长书拍案而起：“你不辞职，那就撤职！”

古长书是第一次拍桌子，无论是当县级领导的时候，还是当市级领导的时候，他都没有愤怒到这个地步，他也没有拍桌子的习惯。现在他拍桌子了，他就是要压倒唐浩的嚣张气焰。

唐浩声嘶力竭地呼喊起来：“我要告你违犯组织原则！不是这样处理领导干部的！我要告到省委去！”

古长书坐下了，非常冷静地说：“欢迎上告，最好告到中央去！”

唐浩的吵闹和古长书的拍桌子，引起了一些骚动。但古长书“欢迎上告”的此言一出，会场马上就安静下来了。大家都不约而同地感到，公安局这样的重要部门竟成了地震区，成了政治体制改革开第一刀的地方。以前，市委市政府领导，都对公安局局长是礼让三分的。大案要案破不了，唐浩自有破不了的理由；一些地方治安混乱，地方黑势力猖狂，唐浩也有理由，说任何地方都有坏人，坏人总是抓不完的。即使你抓完了，还要产生新的坏人。总之，上级要让着他，宽容他，理解他，支持他。就连个别公安干警，在外面都是盛气凌人，说话都是大口大腔的，说全市最牛皮的局长就是唐浩。现在这一切都改变了，警察的身份开始归位了，警察跟其他干部没什么两样，你就是为人民服务的。你的职责就是保一方平安，而不是高人一等，更不能为非作歹。

贺建军为了稳定干警情绪，延长了会议时间，要求全体干警在新的领导班子的领导下，团结一致，共同开创全市公安工作的新局面，同时他借此机会就金安市近期进行的政治体制改革的主要内容做了讲解介绍，并着重指出，建设社会主义政治文明，是我市政治体制改革的最终目标。我们为了保障绝大多数普通老百姓的切身利益，而影响到少数干部的个人利益，因此必然会遇到障碍和阻力，这些障碍和阻力有显性的，也有隐性的，它来自于个别利益受到影响的干部身上，也会来自于某些领导的观念上。可我们相信，有绝大多数民众的支持，任何阻力都不能阻碍我们前进的步伐，所有困难都是能够克服的。

很显然，贺建军这番铁骨铮铮的话语，是为了突出政治思想和施政理念，表明这次提出的改革措施不是停留在口头和文件上，而是要动真枪实弹，对唐浩的处理就是落到实处的一个明证。

处理唐浩的风波还没平息，古长书就接到了自称是两姐妹写给市政府领导的信，信中说：

> 市政府领导：我们是姐妹俩，是公安局局长唐浩包养了三年的二奶和三奶。唐浩是个什么东西？是典型的流氓，贪官，腐败分子，也是一个缺乏诚信的人。长期以来，我们约定，他每月给我们姐妹四千元钱，已经有三个月没给了。我们多次找他，他都以各种理由为借口推辞。对他这种缺乏诚信而又腐化的人，我们希望组织给予严肃查处，同时也请组织督促他把该我们的钱给我们。
>
> 唐浩的二奶（大红）和三奶（小红）亲笔

古长书看了信，啼笑皆非。他马上签了几个字："荒唐！此件请建军同志一阅。"贺建军看后，也签了几个字："可笑！此件转纪委王书记处阅。此件的真实性有多大？你们分析研究一下，再定。"

第三十二章

就在唐浩辞职的半个月后，贺建军就接到了省委汪洋副书记的电话，问唐浩辞职是怎么回事，贺建军把情况详细讲了一下，说他是引咎辞职。我们要求干部，特别是领导干部必须对自己的行为负责任，唐浩就是要为他的行为负责任。贺建军知道的，唐浩是由公安局副局长提拔起来的，而且是从汪洋任市委书记不久就提起来的。唐浩这人有个特点，讲工作思路头头是道，有板有眼，加之相貌堂堂，给人的第一印象特别好，很容易让人对他产生好感。就像有的商品，看起来卖相很好，其实是劣质的。汪洋把他提拔起来后，唐浩一直把汪洋作为政治后台，平时狂妄自大。他像吃了发酵剂一样，自我膨胀得非常厉害。除了市委书记和市长的话，其他领导的话他都可以不听。可实际上，汪洋本人并没有充当他的后台，对他的工作并不很满意，只是唐浩一厢情愿地把汪洋当作后台罢了。面对唐浩的处理，贺建军本以为汪洋会有什么想法，没想到汪洋却说："你们的做法很好。这事可以上省报。我们的干部队伍，确实到了应该彻底整治的时候了。"

这无疑给贺建军和古长书打气撑腰了。贺建军马上打电话给古长书，转达了汪洋的意见，古长书对汪书记的支持表示感谢。古长书说："说不准唐浩现在正在省委呢，可能是找汪书记诉苦吧。"

贺建军说："那也没用的。汪书记在金安时，已经很迁就他了。一个公安局局长滥用职权，不严肃处理，必将后患无穷。"

古长书说："有些干部的自律意识是越来越差了，你迁就他一步，他就会让你迁就第二步。你给他一次改正错误的机会，结果成了他犯错误的机会。由此下去，他便以为组织是软弱无能的，反过来他又会看不起组织。"

贺建军说："你说得很对。"

古长书说："所以我们这次要给一些人颜色看看。老虎不发威，以为是病猫！"

两人聊了一阵，贺建军说有事，就挂了电话。古长书打开电脑，想看看金安市政府网站上的新闻。在唐浩辞职的新闻上，市民反应之强烈出人意外。全部留言者都是非常支持和赞成的，有人说为金安市除了一霸，实在大快人心。有人说敢于向这样的公安局局长下手，让我们看到了新一届政府的希望，我们对金安市的未来充满信心。还有一个叫"知情者"的网友留言说：唐浩是个十足的贪官，三年前，我家汽车失窃，请他督促下面尽快侦破，给他送五千元钱，他毫不客气地收下了，结果案子还是没破，让我丢了汽车还丢了钱。这条新闻给网站都带来了火爆人气，两天之内点击率达五千多人次，留言达一千多条。金安市政府网站从来没像这样火爆过。这使古长书真切地感受到，政府的决策，只要顺民意，合民心，百姓是会从内心拥护你的。之所以老百姓对政府还有许多抱怨，是因为政府的工作确实缺欠很多，打击腐败的力度不够，用人制度混乱，政治空气混浊，导致出现了一些昏官庸官贪官，而关系到人民群众切身利益的事并没有得到很好解决。这就急需创造一种清明的、健康的政治环境。这次实行大规模的政治制度改革，就是要从政治的高度、从对党和人民利益负责的高度来解决政治体制问题，从而推进政治文明。

刚刚平静下来几天，纪委书记就向贺建军和古长书汇报一个紧急情况：那封大红、二红写的匿名信属实，她们姐妹确实是唐浩包养的二奶和三奶。她们姐妹现在住在金安市内的连体别墅也是唐浩给他们买的。纪委准备立案调查，建议对唐浩实行双规。贺建军表示同意，让他们马上同省纪委取得联系，请求人力上的支援和帮助。

第五天，一切准备就绪后，他们对唐浩家里进行了突击搜查，然而，除了价值五十多万元的烟酒和一件文物之外，其他一无所获。办案人员打死都不信唐浩家里没有巨额资金，但搜不出来，便无可奈何了。情况汇报到贺建军那里，贺建军说："继续找，哪怕是挖地三尺，也要找出钱来!”

按照常规的搜查，办案人员确实已经尽力了。房间的各个角落，包括墙壁的痕迹处都刨开过，冰箱里的食物也解冻过，还是没发现什么。后来把所有的家用电器都拆卸了，从一台电脑的主机里发现了三张存折，从显示器里找到两张存折，涉案金额达四百多万元。是改革开放以来，金安市抓出的最大的蛀虫。

唐浩的毁灭让所有知道他的人都吃一惊，也让贺建军和古长书这两位政治体制改革的先行者感到欣慰。因为如果不是改变对干部的传统处理办法，唐浩这种人是无论如何也挖不出来的。他不但会一直在局长的位置上干下去，还有可能提拔重用。政治环境的改造与净化，必须依靠强有力的政治手段。而政治手段的采取，都必须通过制度的建立在“人”上做文章。

政治改革方案调动了干部的政治热情和政治情绪。从官方到民间都注意到，全市各级干部，从来没有像现在这样关心过政治，也从来没有像现在这样积极参与政治生活。他们关心的焦点在于，如何把个人理想与百姓利益更紧密地联系在一起。最低的要求是做一个负责任的干部，其次是要做一个好干部，较高的要求是要做一个堂堂正正的、有政治头脑和党性原则的优秀干部。古长书给他们讲政治的时候就这样讲，不要认为，不想当官也就不谈什么政治，政治是当权者的事，这个看法是不对的。政治离我们并不遥远，政治也不是个空泛的东西，与我们每一个人的生活与工作都息息相关。从这个意义上讲，每一个人都是政治载体，也是政治生活的终端。这么一讲，大家都豁然开朗了。全市机关干部用三个月时间贯彻落实市委市政府的几个文件，增强了他们的紧迫感与危机感，以前那种“一杯茶，一支烟，一张报纸看半天”的悠闲的机关生活不存在了，闲人开始找事做，忙人寻思着如何把手头的事情做得更好，更具有开拓性和创造性。在一些县直机关，领导对下属打击报复的事屡见不鲜，现在也不敢了，因为害怕举报而记入个人档案。大明县委的领导总结说，金安市的这次改革举措，就是要教育广大干部成为一个政治上可靠，思想上端正，作风上廉洁，人品上正直，工作上扎实的人。三个月来，全市共处理科级领导干部五十多人，自动辞职的处级副处级干部八人，辞退一般国家工作人员近二十人。

在各县区处理干部的过程中，一般都由他们自行决定，不上报市委市政府的。但是，汉阳区对一个干部的处理却成了一个特殊案例。这个干部是学物理的，在统战部上班。五年来，他都是每天到单位报到后就走人，常常迟到早退，大部分时间都在家里待着。他喜欢搞小发明，而且沉醉其中。五年来，他一共取得了三项家用电器专利，其中一个专利卖了十五万块钱。所以，大家对他很有意见。说他拿着国家工作，却不给单位办事。他是个知识分子，也不善于交际，几年前就提出要调到科技局工作，都因为关节不通而未能如愿。这次，单位把他作为辞退对象上报人事局，准备辞退他。但汉阳区政府考虑到他有发明成果，所以特别请示了市政府。古长书得知此事后，了解了一些情况，据知道内情的人反映，这个人平时性格孤僻，单位领导也很少给他分配工作，加之统战部本身又是个不太忙的单位，确有不少闲人。所以他就大多数时间待在家里搞自己的发明去了。古长书说："这是个人才。不仅不能辞退他，而且要保护他的热衷于发明的积极性。我们有专门的科研机构，拿着国家的科研经费，却拿不出什么科研成果，人家不是科研单位的，却拿出了成果。是好事嘛。依我看，他成天不上班，也比成天上班而碌碌无为的人强！别看有人成天上班很认真的，你要问他干了些什么事，他一件事也说不上来！其实就是浑浑噩噩地瞎混。对干部的评价，最终要看他的工作实绩。这位干部的工作安排说明了什么？说明我们的人事部门用人不当。造成人力资源的浪费，也是一种失职行为。自改革开放以来，我们天天在讲人尽其才，才尽其用，结果讲来讲去，有的地方还是一句空话！一些地方需要人才，而另一些地方恰恰把别人需要的人才闲着。这怎么能实现人力资源的合理配置呢？"

古长书当即给汉阳区区长打了电话，责成他们尽快把此人调到科技局去，尊重他的个人选择，让他的爱好职业化。少一个干部不要紧，多一个科研人员是好事。古长书还提醒他们，这次实行的干部辞退制度，是针对极少数问题干部而制定的，是为了形成一种激励机制，建立一个良好的健康的政治生态环境。比如说，有的人只拿工资不干事，而且惹是生非；有的人品质恶劣，又没触犯法律；有的人极度狭隘，猜疑心重，对领导和同志起黑心，告黑状，做黑事；等等，这些害群之马就是辞退对象。可他们在公务员队伍里，毕竟是极少数。所以，我们绝不能把辞退机制扩大化，将这个制度变成整人的工具，就从一个极端走向了另一个极端。如果利用辞退制度来处理个人恩怨，打击报复他人，我们也将严肃查处，让其付出同样的被辞退的代价。就此，古长书专门写了一篇文章，以“本报评论员”的名义，发表在《金安日报》头版头条上。各区县都把它当作文件学习。

这项工作能够得到很快推进，古长书非常感谢市人大的默契配合。说具体一点，就是李修明的支持。比如受到处理的那些局长们，他们都是人大代表，要处理他们，必须履行必要的法律程序，这就要看人大的态度了。如果人大态度暧昧或动作迟缓，这些事情很难快刀斩乱麻地进行。一旦拖泥带水，就会惹出麻烦来，上上下下打招呼的、说情的，都会出现。集体决策就会在摇摆中受到质疑。从现在的结果表明，他们对李修明的顾虑是多余的，李修明确实是个顾大局的襟怀坦白的人。这也让古长书真正理解了，市级各大领导班子必须要有一个合理的格局，实现优化组合。如果大家心口不一，各行其是，七撬八裂，党委和政府的许多工作是很难顺利开展的。班子团结了，心齐了，凝聚力也就产生了。所以，古长书时常到李修明那里去坐坐，以一种谦逊的姿态跟他相处，聊聊工作，说说家常。这便成了情感的黏合剂。

李修明下乡视察工作时淋了雨，发了重感冒，古长书专门给他送去特效感冒药，这药是黄骏从国外带回来送他的，他就转送给了李修明。李修明在感动之余，越发觉得古长书是个了不起的人，他总是善于把日常工作变成政治工作的一部分。既沟通了心灵，也沟通了工作思路。李修明喝了药，躺在病床上，拉着古长书的手说：“长书啊，做事，我没你那样大刀阔斧；做人，我没你这样周到细腻；做官，我没有你这样威风凛凛。所以，我得向你学习。”

古长书说：“老领导太抬举我了。”

李修明坦言："前些日子处理公安局局长唐浩，要让他自动辞职，作为人大常委会主任，我自己都捏了一把汗。因为我知道，唐浩从省委到省公安厅都有关系，跟市里的个别领导私人交情也不错，你敢向太岁头上动土，不是开玩笑的。没想到这事办得这样利索，竟然滴水不漏。"

"还是得力于你的支持，"古长书说，"我也认真研究过关系问题。其实，我们的许多干部都有各种关系的，怎样看待和分析这些关系，也有一个立场和观点问题，有一个对关系的价值判断问题。关系只是一种情谊，但不能同流合污。比如我是一个市长，有些干部跟我关系就很好。但这种很好是建立在工作和友情上的，正因为我们关系好，他就更应当对工作负责，对我负责，他更不能给我添乱。如果他对工作不负责，对我不负责，他就破坏了这种关系。我能原谅他的毛病，但不能容忍他的错误。他如果营私舞弊，或者犯了其他严重错误，我决不迁就他，纵容他。反而我可能对他更严厉。如果仅仅因为关系，就去包庇一个人的错误，去姑息迁就，这种领导就是典型的昏官，就是在养虎为患。李主任，不知你发现没有，这次处理唐浩，跟他关系很好的个别领导，并没站出来帮他说话。这至少能说明两点：第一，他们知道说情也是白说，正气一旦强硬起来，就是压不倒的；第二，表明他们还有一定的政治原则立场，认为组织对唐浩的处理是应该的。"

李修明点点头说："你分析得很对。下一步的工作重点有什么打算？"

古长书说："政治体制改革是一个重大课题，要深入持久地开展下去，一刻都不能放松。要营造一个良好的清明的政治生态环境，以此推动工农业生产的发展。工业生产上，我们需要一个很有开拓创新精神的工业局局长，我想在全省范围内招聘一个。农业方面，粮食生产比较稳定，但难点是贫困人口的脱贫致富问题，我还是想实行搬迁脱贫。把扶贫资金集中起来使用，将那些住在深山里的农户搬迁到公路边上，这可能是一条出路。"

李修明说："这是一个好办法。可是，住在深山里的农户很多，需要确定一个杠子、一个标准。不然大家都想搬迁，也是问题。”

古长书说，有关细节他已经考虑好了。搬迁要符合一定的条件：比如，离公路二十里以外的，子女就学困难的，土地瘠薄的，吃水用煤困难的，粮食产量极低的，家境贫寒的，每年要吃国家救济金的，人均年收入不足三百元的。也就是说，生存环境恶劣，不适宜农民居住的地方，都要有步骤地搬迁。按照这个条件来划分，也就不多了。前些年，古长书在任市委秘书长时，曾提出过这个方案，汪洋书记也在工作报告中提到过，但未能得到最后落实。

李修明非常佩服古长书清晰的工作思路，对自己想要做的工作明明白白。他表示，要亲自带队下去，深入农户搞调查。市级各机关都要派干部下去，进行前期调查工作，把底子摸清，做到心中有数。

随后，古长书把自己的想法向贺建军做了详细汇报，又在农口部门召开会议，进行了全面研究部署，确定整个工作由金安市扶贫经济开发办公室负责落实，市级各部门抽调人员参与前期调查摸底工作。第二周，各单位抽调的两百多人全部在市政府礼堂集中，古长书对即将出发的下乡干部做了一个简短的讲话，古长书说：“据我所知，在座的大多数都是从农村出来的，说到底还是农民出身。可你们现在日子多好过啊，是国家干部，是大学毕业生，是共产党员，吃着皇粮，拿着薪金，你们的家都安在城市里。在你们老家的村子里，你们就是精英人物，是能够撑起家族门面的人物，你们的家人都为你们是国家干部而骄傲。你们是家族的光荣，是村里的光荣，也是大家的光荣。可是，同志们啊，你们知道吗？有许多跟我们同样是农民身份的人，也就是为你们能走出深山而骄傲的人，却生活在极度贫寒之中，他们的生存环境极其恶劣。这中间，有我们的叔叔，有我们的婶婶，有我们的兄弟。政府一年又一年地扶贫，可并没有把他们从贫寒中真正解放出来。作为市长，我问心有愧，心急如焚啊。同志们，我们应当齐心协力伸出手来拉他们一把啊！你们这次下乡，走的是全市最苦的地方、最远的地方，是调查摸底，也是访贫问苦。为了这些人不再受苦，你们是要吃许多苦的，要流许多汗的。在这里，我向大家表示感谢，我给大家鞠躬了！”

这番话说得大家为之动容。这时候的古长书没有了市长的威严，而是在语重心长地诉说。大家看到了，他表情是那样复杂，情绪是那样激动，内心是那样焦虑。古长书给大家鞠躬后，会场上响起了热烈的掌声。有人一边擦拭泪，一边鼓掌。有人感叹说，古市长太厉害了。他就是能一把抓住我们的内心，击中我们情感中最脆弱的地方。

然后大家分兵十路，一齐出发了。以前下乡活动也不少，干部们走了就走了，回来了就回来了，市委市政府领导总是高高在上，只管发号施令，从不跟他们见面的，不少时候，干部们带一肚子怨气下去，装一肚子酒回来。但古长书打破了常规，他就是要用亲切感人的话语为他们送行，让他们从心灵深处去感受自己肩负的光荣使命，去感受“党和人民群众的血肉联系”这句话的朴素意义。以此激发他们的扶贫热情，让他们干得开心，苦得开心，也笑得开心。

市里下去两百名干部配合县区搞搬迁户调查摸底，为期半个月时间。在调查走访期间，不少干部都把自己身上的零钱捐献给了贫困农户，有十几元的，有几十元的，也有几百元的。总共捐献了一万多元。这并不是领导的号召，而是在一个小组内，有人一带头，其他人都积极响应，一个小组又影响到另一个小组，于是形成了一股风尚。人大常委会主任李修明，把自己身上的一千多元钱，拿出整整一千元，分别送给了三家农户。李修明说，这些钱在我们身上起不了多大作用，但在贫困农户手里，就可以稍稍改善一下生活窘境。虽不能拯救他们，却能让他们感到温暖。

市妇联一共去了八名女同志，顾晓你带队。她是自从当副主任以来，第一次带队出去工作，她把这事看得很重要，看成是考察自己领导能力和工作态度的机遇。下乡后，她们兵分两路，跟当时乡政府的干部深入农户，每天早出晚归。乡政府没有招待所，她们只好跟女同志搭铺，两人挤一床。在调查摸底进行到尾声时，一件意想不到的事情发生了。妇联的女士们在返回的途中出了麻烦。她们走的羊肠小道就只有四五寸宽，稍不留意就会摔倒。副主任顾晓你走在最后面，一边叮嘱前面的人，自己也小心翼翼地走着。大家边走边说说笑笑，忽然不见了顾晓你的声音。有人往后面一看，发现突然间顾晓你消失了。原来她一脚踩滑，从光秃秃的山坡上滚了十多丈远，只见坡下有杂草在晃动。大声呼喊她，也没见回音。大家吓住了，就开始顺坡往下找。由于坡陡，无处落足，走着走着又摔倒一个，幸好没有滚到沟底去。后来大家手拉手，慢慢往坡下移动，每人都经过了一番摸爬滚打的折腾，直到杂草丛生的沟边，才把顾晓你找到。

顾晓你没有摔死，可摔得比死还难看。面目全非，满脸是血，身上许多地方都划破了。她们齐心协力把她扶起来，可她不能站立，可能是脚摔断了。幸好同行的有位副乡长，就由他背着顾晓你，顺着小沟的毛毛路往下走，背后都沾着顾晓你身上的血。走了二十多里后，副乡长都背得哭笑不得了。忽然发现手机才有信号了，这才跟当地乡政府取得联系，去了几个男干部去接替他，轮流把顾晓你背到卫生院抢救。

顾晓你是翻滚下去的，摔得远，落得轻，沟边的杂草增加了阻力。腿上骨折了，还有一些外伤，但没有生命危险。卫生院的女大夫责怪说："真是的，都怀孕五个月了，还要到这种地方来。你们去的地方，乡政府的人都没去过。她这样滚下去，肚子里的孩子是保不住了。"

那个副乡长身上的血，原来是顾晓你下面流出来的。同事们感到很惊讶，顾晓你有孕在身，平时也没看出来。如果早知道她怀孕五个月了，她们一定会阻止她下乡的。三十多岁的女人，算是高龄产妇了，怀一次不容易。要是这次留下后遗症，是会影响生育的，以后怀孕就困难了。由于乡下医疗条件不好，便从县医院叫了辆救护车，直接把顾晓你送进了市人民医院，救护车行驶在路上时，顾晓你就无可奈何地小产了，大夫在车上进行了紧急处理。

市妇联主任和顾晓你的丈夫都在第一时间赶到了医院。看到她丈夫焦急的样子，妇联主任一个劲地向他表示歉意，说都是我做得不好，是我派她去的，可我不知道她怀孕了啊。顾晓你的丈夫也是机关干部，是通情达理的人，他说这种意外是谁都不愿看到的，算她命大，没出大问题，也是万幸了。别的我不操心，就是怕她身体吃不消。不一会儿，贺建军和古长书先后赶到了医院，专门看望顾晓你。贺建军说："有的女同志别说怀孕五个月，就是刚刚怀孕，她们也不会下乡去的。你倒好，怀孕五个月了，也不给同事打个招呼。又不是私生子，瞒什么呢?”贺建军此言一出，大家轰地一笑，贺建军又转了口气道：“你精神可贵，我要代表市委市政府向你表示感谢。”

顾晓你一直躺在病床上不说话，贺建军说了这番话后，她就不住地流泪，不知道是为之感动还是为失去孩子而伤心。她丈夫不停地给她擦拭眼泪。古长书看了看顾晓你，他的表情变得疼痛而复杂起来。他当即吩咐医院，一定要竭尽全力，让伤者身体得到全面恢复，不要留任何后遗症。院长说，请市长放心，我们一定尽力而为。并提出马上给她安排一间特护病房。

（原出版单位：春风文艺出版社 2004 年第 1 版）

城市门（节选）

王 海

【作者简介】 王海，陕西省作协副主席、咸阳市文联副主席、中国海洋大学驻校作家、咸阳旅游形象大使、咸阳文学院名誉院长、陕西书画院咸阳分院名誉院长。主要作品有小说集《鬼山》，长篇小说《老坟》《人犯》《天堂》《城市门》，电影剧本《城市门》《司法所长老秦》。《城市门》2012 年荣获陕西省“五个一工程”奖。

钓 鱼

一

锣娃天天在县城十字口钓鱼，有时蹲几天揽不上一件活。他没精打采地回家，媳妇黑花给他做好饭温在锅里，他吃着饭总说运气不好。黑花不再怨他，他在外面也苦，好在老赵在家里搭灶给她交饭钱，每当锣娃埋怨自己，她劝锣娃这是咱的命，穷命。锣娃每天早出晚归，她可怜锣娃本是一个庄稼人，却进城当了市民。进城后，他啥手艺也不会，只能干些下苦的活，那下苦的活也是天天坐在十字路口等来的。

去年村里土地被征用，村子整体搬迁到县城边，家家盖了两层、三层楼房，手里有了钱的村民天天烧得睡不着觉，有人买了车，有人进城大把地炒股，有人在宾馆里黑明昼夜地赌博。锣娃在外做生意，腊月里回了村。黑花知道锣娃被人骗了钱，一气之下把锣娃赶出了家门。

那天锣娃回家，悄悄给母亲说了被人骗钱之事，母亲心里害怕，她怕黑花和儿闹伙，她说不敢让黑花知道受骗赔钱的事。锣娃睡到半夜守不住，给黑花说了实情，黑花就把锣娃从炕上蹬下去了。锣娃光着身子站在地上冻得打哆嗦，黑花不给他衣服穿，他不敢吭声，怕惊吓了娃，他摸黑跑到母亲房里，母亲哭着跟黑花讨要了锣娃的衣服，锣娃穿了衣服躺在炕上哭了。

锣娃说："我娶下黑花像要了个后妈，这日子咋过呀！"

母亲怨儿："钱在你手里，咋能让人骗走呢嘛？"

锣娃说："我只知道钱在中间人账上打着，我拿着密码，他们咋能取走呢？"最近城里钢铁短缺，有人说他能搞一批钢材，锣娃在城里认识一个朋友正好要钢材，他想那边有货这边要货，他一转手就可以赚钱，对方让他给中间人银行卡上打五万元保证金，锣娃就按中间人给他的卡上打了五万元保证金，他打了款更改了密码。中间人给他说，只要你和卖家签合同，买家就付款提货。他打了五万元保证金，天天等着和卖家签合同，一周过去卖家迟迟不闪面，他打电话关机，去宾馆找人，房里已人去房空，他急忙在银行查那五万元的保证金，那五万元早已被人取走，他方知受骗立即向公安报案。公安局听了他的情况说："最近上当受骗的人很多，大都是你们这些刚进城的城市农民，他们知道你们卖了地手中有钱，设着法子套你们，你们一定要当心呢。"

母亲问他："你没问那卖主是哪里人？"

"他说家在道北住着，我找遍了道北没有这个人。"

母亲怨他："人家说他有钢材你就信了？"

"我看了他的货单，人家确实有货单。"

"那存货在哪儿呢？"

"他说在省城。我真傻！我没想到去省城看货。我看人家长得人模人样，西服领带的，咋会骗咱乡下人！"

"贼没尾巴难认。"母亲说着坐起来。

"我真傻！我当时去省城看看他的货，或许就会看出他的破绽来了。"

"那你咋不去呢？"

“我怕花那十几块钱路费么。”

母亲听后咳一声：“你看人家二怪和媳妇开个那小商店，那日子过得多滋润……”

黑花早上起来，站在母亲门口骂锣娃，锣娃躲在母亲房里不敢出来。太阳老高了，锣娃硬着头皮开了房门，黑花抓住锣娃把他推到门外，随手关了头门。街上的人听见闹伙都来看热闹，锣娃可怜地站在门口不知向何处去。

娶黑花时，媒人说黑花歪，是父母惯大的娃，二十五没嫁出去就是因为歪没人敢娶。锣娃母亲知道儿的缺陷说：“歪了能当家能管住锣娃。”谁知黑花歪得出奇。

锣娃和老母亲相依为命，因为腿跛，三十多岁才找下了黑花。锣娃娶了黑花特别疼爱，新婚晚上，年轻人去他家闹房，他护着黑花，宁愿自己挨打不为难黑花做事，闹家们打锣娃是让黑花疼爱呢，锣娃被打得满炕滚，黑花就不依了，给耍房的人掉脸子，拿笤子疙瘩打耍房的人。村里耍房的人没见过这样的歪媳妇，就用棍子吓唬打锣娃，让黑花给大家个笑脸，谁知黑花发了火，夺了耍房人手中的棍子，从窗户扔了，耍房的人就都走了。黑花护着锣娃，锣娃就更爱黑花了，锣娃三十岁娶媳妇，知道媳妇对他是多么重要。在地里干活，春天他说春困人乏，让黑花坐在地头歇着；夏天黑花怀孕显怀了，他怕黑花热，让黑花坐在树下乘凉，自己在地里晒得像个水牛；秋天他说地里虫子多，怕虫子咬着黑花，不让黑花进地，让黑花在地头帮他看衣服；冬天里村里的地被征了，村子要搬迁，政府发放补贴让村民自找住处，他借住在丈人家。黑花坐月子时已搬进新居，锣娃就天天守在黑花身边侍候着。母亲有时看不惯，就骂他，他只是给母亲赔笑。母亲就不骂他了。她常说：我是为娃们活呢，只要你两口子恩恩爱爱，做老人的也就省心了。时间长了黑花就长了脾气，开始絮叨锣娃，后来就骂锣娃了。锣娃有事回来迟，她不问锣娃去地里还是进城了，她不满意不高兴就骂，锣娃总把黑花当娃看呢，从不还口，更不敢动手。黑花骂累了，锣娃心疼地给黑花端一杯水过去，他怕黑花口渴。母亲看在眼里怨在心里，但只要黑花不和她上墙，两口子的事她不管，她也管不下。

黑花再闹却天天进灶火做饭，给全家做着一锅可口的饭。锣娃母亲常在人前夸黑花，“她歪是歪却顾家，晌晌进灶火做饭，我娘俩天天吃现成饭。”

晌午，母亲给锣娃去送饭，锣娃就哭了。母亲说：“你也甭难受，她是歪，但她天天给妈做饭，你也有错，咋能让人把那么多钱骗去呢……”

二

天天钓鱼回家的锣娃却没有发现家里的变化。锣娃吃过饭就回屋睡了，他要养足力气第二天去干活。家里因为有了老赵，院子干净了，灶上锅台亮堂了，就连炕上的被褥也比以前平展了。

早上黑花送走了锣娃，她就格外地勤快，打扫完院子，她会洗头换一身亮丽的衣服，她虽然长得黑，但长得端正，老赵说她黑得好看，黑得健康。

锣娃被黑花赶出家门，开始黑花还允许母亲给他送饭，后来就不让给送了。锣娃吃饭没个着落，村里人见他可怜，到饭时东家叫吃一口，西家叫混一顿，晚上睡在家门口。有人怨他，楼上有出租房子，黑花不给你钥匙，你砸开一个房子睡在里面去，这么冷的天你睡在门口，让人看着恓惶。锣娃说他不放心家里的门，他睡在门口还能看门。媳妇对他这样，他依然牵挂着这个家，有人给他出主意，街上有饭馆，你在饭馆挂账天天在饭馆吃，给她整一河滩让她去结账，一个男人家还能让媳妇整成这样！锣娃说：“娃要上学，楼上的空房还没租出去，我不敢胡整。”

村民见过歪媳妇，但没见过像黑花这样歪的媳妇！有人去找黑花，责怪她不该这样对待锣娃，要不是锣娃你能有钱，能有这座楼，这一切都是因为有了锣娃你才有的。她说：“我是他媳妇，我不管这个家就完了！”她听不进任何人的劝告。她认为家里的一切都是她的，包括锣娃被人骗走的那些钱。天下没有这样的歪理。

有人把锣娃受罪挨骂的事给村长说了，村长很生气，就去找黑花。黑花见村长来了，她开了门，黑花招呼村长坐在院里，村长在院里对站在门口的锣娃说：“你想吃啥进灶火去取，我在这里看谁敢挡你！”

有村长在院里站着，锣娃有了胆量，他进灶火找了两个蒸馍，剥了一根葱吃起来。锣娃吃完了两个馍一根葱，村长说：“这是你的家谁不给你吃，你就砸了她的锅；谁不让你睡，你就收拾她。”

锣娃说：“对！对！”

村长要走，锣娃跟在村长身后，村长说：“你待在家里，看谁敢再欺负你。”

村长走出门，锣娃跟在村长后边也出了门，村长说：“你跟我干啥？你就待在家里，她不敢再给你关门了。”

村长走了，锣娃依然跟着他，村长就生气了：“你跟我干啥，我回家去，你跟我干啥！”

锣娃说：“你走了，我不敢在家待。”

村长说：“你不敢在家待，我待你家像啥话，那是你的家。”

锣娃不敢回去。村长很生气，“你是锅里扶不起的面条，我真想踢你一脚。”锣娃以为村长要打他，吓跑了。

锣娃跑了，蹲在门口像一条受伤的狗不敢回家。

锣娃母亲见儿可怜，抱着孙女去求黑花。母亲说：“我是活天天呢，过去，多大的苦难我都受过，你让我儿回来，让我去替他受罪……”

黑花从母亲怀里接过娃问：“你天天吃得好不？”

锣娃母亲说：“好着呢。”

黑花问：“没饿着你没？”

锣娃母亲说：“没么。”

黑花说：“妈，我的心思你还不明白，你不让他受点罪，吃点苦，他不知道过日子的艰难。我知道你心疼儿，我更心疼我娃她爸……你这次饶了他，他下次能把我娘俩卖了。现在没地了，不像前几年有几亩地，坐在家里好坏饿不着。你老了，撒手走了，我和他的日子还长着呢……”黑花说着竟落了泪。

锣娃母亲被儿媳的话感动。她说：“我这一生前半生是为他父子俩活着，后半生是为儿孙活呢。只要你们以后日子好，我啥苦都能吃，啥罪都能受……”

三

锣娃在县城十字路口蹲了几天，没钓到一条鱼，他感到对不起黑花，一个大男人家竟养活不了她娘儿俩，还要她为日子操心。他坐在路口默默掉泪，就想起他家原先的那几亩地，有地的日子多自在，把种子往地里一撒，一年到头有吃喝。他祖辈务农不会做生意，他没有张伍那人见人怕的瞎人胆量，没有二怪和铁锤的精明，更不敢去炒股、耍赌，他和更多的城市农民一样，只有去下苦力，凭气力养家糊口。他真不知往后的日子怎么过……

锣娃在门口受了几天罪，黑花见他恓惶，就又收留了他，黑花说：“不要怪我心硬，我不教训你，你咋会长进，家里的钱咱盖了这幢楼，剩下的钱你一把打水漂了，楼上的房子又租不出去，你说以后的日子咋过呀？咱现在没地了，你再也没有那几亩地一头牛，老婆娃娃热炕头的舒心日子了，我们得像鸡一样天天去寻食过日子。别人说我歪，歪得不近情理，那都是大风里说宽话呢。你没钱没吃的了，人家帮了你今，帮不了你明。只有我自己知道咱家没钱的难处，自己脚上的鞋大鞋小只有自己知道……”

锣娃心里难受，听着媳妇的责怪他打自己的头，他说：“我不是人，我是猪脑子，比猪脑子还笨。我明天给咱挣钱去，挣钱养活你们娘俩。”锣娃早上真的挣钱去了。他早早地起来，蹲在县城的十字路口钓鱼。这天他找到了活儿，一个建筑工地要一个拉砖的搬运工，他虽然腿脚不灵便但有的是力气，他现在没有钱了，就剩下力气了。工地干的天天活，他每天都能挣五十块钱。每天家里有钱进，黑花心就稳当了。黑花在家里也不闲，在打字部打印了小广告，在城里到处张贴推销她家的空房子，希望有人能租她的房子。

黑花在家歪了一阵，慢慢不闹了，日子还得往前推。黑花人虽歪，歪得有本事，歪得在理，锣娃他妈不怨她，有这样的歪媳妇，锣娃的日子就有望了。锣娃他妈见两口子和好了，她心里高兴，她也要帮小两口去干活。一天孙女睡了，她挟着一卷小广告出了门，她要上街帮黑花贴小广告去。她在一个电线杆上贴了广告，忽听有人一声喊，她知道是城管喊她。黑花曾告诉她，“你贴广告甭让城管看见，有人喊你就跑，让人家抓住没收广告还要罚款。”老婆听到喊声扭身跑了，她心里害怕，慌不择路横穿街道而过，不慎摔倒，一辆小车刹不住车，就从老婆身上压了过去。锣娃从外边被叫回来，他妈咽了气。黑花哭得很伤心，她说日子刚顺当，她妈该享清福了却走了。

村里乡亲扣了肇事者的车，肇事者提出私下解决，锣娃也同意，他不是有意伤害，母亲横穿街道违章，也是不对。但锣娃提出几个赔偿条件，肇事者不同意，提出先埋了人再说，他知道埋了人事就好说了。锣娃不同意，他知道埋了母亲事就不好说了。黑花同意肇事者意见，先安顿母亲的后事。安顿了母亲的后事，黑花要带肇事者到交警队去，她啥不谈只拉肇事者到交警队去，在去交警队的路上，肇事者答应了锣娃原先提出的所有赔偿条件。

锣娃母亲人走了，但街上贴的小广告还在，一个老板模样的人按小广告上的地址找到了锣娃家。他看了家里的环境非常满意，黑花害怕失去这个客人，一间房每月只要一百五十元，客人说比别的房子便宜，当场预付了半年的房租。黑花很高兴，早早给锣娃做好饭带了酒，酒刚打开客人搬家来了，车停在门口，车上放了很多东西，有电视机、电脑，还有录像机。锣娃看见客人搬家进屋，放下筷子去帮忙，帮客人把东西搬上楼，锣娃请客人下楼一块喝酒，客人不客气就下来了，客人喝了酒，说以后就叫我老赵。姓赵的是南方人，在县城做建材生意，开了个建材超市，雇了好几个员工。锣娃很佩服南方人，人精灵又会做生意，锣娃说他以后要跟老赵学做生意。老赵很有礼貌喝了几杯酒就上楼去休息，锣娃送走老赵，自斟自饮，喝得很痛快，因为高兴黑花就让他多贪了几杯。

锣娃出门后，家里没了男人，黑花做饭很简单，有时中午不开火跟娃吃两个馍，喝一碗开水就过去了，等着锣娃晚上回来再好好吃顿饭。

晌午黑花刚给锅里下了面，老赵下楼，黑花说：“吃面，吃一碗面。”

老赵不客气，说：“来一碗！”

黑花给老赵舀一碗面调好送给了他，老赵吃了面，她和娃就没得吃了。她到街上买了一把面回来，老赵见她买面回来，说：“我把你娘俩的吃了，真不好意思。”

黑花说：“没事，住在一个院子就是一家人，面就在咱家门口，我出去就买回来了。”

老赵很过意不去留下五元钱，黑花不要，老赵把钱放在桌上走了。

晚上锣娃回来，黑花给锣娃说了。锣娃说：“咱不占人家便宜。明退人家两块钱，他如果不收钱，你中午给老赵做一碗捞面端到房子去。”

老赵几天没回来。这天中午黑花正蒸馍，老赵回来了。黑花看见老赵回来，跑出去拉住老赵给他塞了两块钱。老赵不要，把钱放到窗台上楼去了。黑花看见说：“你晌午甭出去，在咱家吃饭。”黑花做了捞面给老赵端了一大碗。老赵很过意不去，把饭端下来坐到院里吃，吃了一碗面，他说香，又喝了一碗面汤，老赵说：“嫂子，我跟你商量个事。”

“甭叫我嫂子，我长得黑，没你年龄大。”老赵就笑。

她问：“你说，啥事？”

“我想把灶搭在你家，我一顿饭给你五块钱伙食费，我回来你给我把饭做上咋样？”

黑花说：“一顿饭要不了五块钱，三块钱就够了，我吃啥你吃啥，你甭嫌我家饭粗。”

“不会，只要是嫂子做的饭，我都爱吃。”

黑花不愿多拿客人钱，说：“三块钱。”

老赵说：“五块，我有时不会按时回来，你要单独做。”

晚上黑花给锣娃把老赵的想法说了，锣娃说：“好事，做一个人的饭是做，做两个人的饭也是做呢，不就是添一勺水吗?”

自从黑花答应给老赵做饭，老赵中午顿顿在家里吃，有时晚上回来很迟，却不要黑花给他做饭。开始黑花做好饭留在锅里等老赵回来，老赵几次晚上回来不让她做饭，她就不再给他留饭了，只有老赵要她做饭时她才会做。锣娃在城里钓鱼打工，媳妇在家给老赵做饭，两人都有了工作，每天有收入，两口子不再吵架了。黑花常说：“我那人太实诚，就不是做生意的料。张伍、铁锤那么精明的下海都赔了，我却把活命的钱给了他，幸亏我把这楼房盖了，不然我娘俩连住的地方都没有了。”

老赵每每听到黑花的诉说便说：“你们北方的男人不会做生意，满地是金他们不会捡。”黑花对老赵很敬佩，她有时做饭时偷偷给老赵碗里卧两个鸡蛋，老赵很感激却不吭声。老赵在周末或过节时给娃会买些吃货或者玩耍的小东西。那天老赵给黑花买了一个东西却不让黑花打开看，让她回到房子看。黑花在房子打开看了，出门红着脸问：“你给我买那干啥?”

老赵只是笑。黑花说：“我有那东西，我不戴嫌麻烦。”她不知老赵怎么看见她没戴乳罩的，南方男人心真细，锣娃跟她结婚几年了，从没关心过她的事，她当姑娘时就不喜欢戴乳罩，戴上乳罩拘束，人身上难受。

老赵说：“我给你买的是名牌，戴上好看，人也舒服。”黑花觉得和一个男人谈她自己私隐穿戴的事感到很害羞。

“你不要给我买了，我要戴自己会买……”

四

锣娃钓鱼去了，家里就剩下黑花和女儿，中午黑花要陪老赵吃饭，她会给老赵做一顿可口的饭菜。人家出钱搭灶，他不能让人家吃亏。“晌午吃啥呀？你想吃啥我给咱做啥。”

老赵正在洗脸，听到黑花的话说：“做麻食，你们叫那胡撕耳朵。”

“好，我给咱做麻食。”麻食也叫胡撕耳朵，做这饭，不能少了木耳豆腐和粉条。有了这几样食物，味就提起来了。黑花进灶火泡了木耳洗了粉条，然后买了豆腐、黄花菜。黄花菜也要泡一泡，泡开了鲜嫩上口，她和了面窝在盆里，停一会揉一揉，面就越来越软，越来越有筋度。面揉到三光（即手光、面光、盆光）时可以擀开，不要擀得太薄，太薄了就成面片片了，擀到女人的小拇指厚，先切长条再切成小蛋蛋，手心带着面扑把小面蛋蛋揉得更圆，然后用大拇指压住小面蛋蛋在案上轻轻一搓，麻食就做成了。搓成的麻食不能粘在一起，粘在一起就成了面团，搓好的麻食要撒上干面扑，然后和干面扑合起来。这样的麻食像团队聚在一起，随时准备英勇地跳进滚烫的开水锅里。

这个时候一边烧水，一边可以炒菜，粉条、木耳、黄花菜可以一锅炒。待锅烧开，可以把麻食汆进滚烫的锅里。待烧到一定程度，扔一把青菜到锅里，第三开、四开麻食就熟了，可以把炒好的菜倒进锅里，记住切不要忘了给锅里打两个鸡蛋，那白是白黄是黄的鸡蛋絮絮不仅好吃，还好看。

特色小吃麻食做成了，黑花欢喜地要去叫老赵，忽然一双有力的手从背后抱住了她的腰……

当老赵第一次这样抱她时，她惊慌得说不出话来。她怕锣娃知道，锣娃为了全家能过上好日子，天天蹲在十字路口钓鱼，晚上锣娃回来她不敢面对锣娃，她觉得自己做了见不得人的事，她愧对锣娃，晚上她主动殷勤地躺在锣娃的身边，让他兴奋得睡不成觉。当老赵再次从后面抱住她时，她心就不再慌了，她说："不要……小心我娃他爸回来。"

老赵总是不吭声从背后紧紧地抱住她，娃在房里哭了，院里有了声音，她才手忙脚乱地推开他的手。一天，她忽然觉得老赵这样的男人很会揣摸女人的心，每次从背后抱住她，都会使她亢奋而激动。她不再害怕不再恐慌，锣娃回来，她不再殷勤地躺在他的身边，像做错事一样求得他的谅解，对他百依百顺了。

老赵的手不安分了，他从背后抱住她的腰，一只手会向下游走，一直弄得她什么活也做不成，只想让他像锣娃一样把她压在身下。她不能这样地放纵自己，他有锣娃，锣娃那么辛苦地为这个家劳作着。但他经不住老赵那游走手指的挑逗，她呻吟得出了声，老赵就去解她的裤带。

她惊慌地说："不行，娃一会儿就醒来了。"

老赵的手就停了，顺从地坐在院里的低桌旁，等候她把专为他做的麻食端过去。娃哭了，老赵帮她在房里抱孩子，坐在院里逗着娃乐，等着和黑花一起吃饭。黑花很感动，端一碗饭坐下说："在家里我从来没受过这待遇，每次吃饭都是娃她爸先吃，他从不问我吃没吃，吃好了没有。农村人没有你们城里人这样会关怀人。"

"你们现在也是城里人。"

"人住进城里了，骨子里还是农民，还是农村的习惯和乡俗。"

老赵吃着说："香！香得很。外边再好的饭店也做不出这味道来。"老赵吃了一碗又要第二碗说："少舀少舀，半碗就行。"但黑花还是给他舀了一碗，硬要让他吃了这一碗。

吃了饭娃睡着了，黑花把娃放在炕上就再没心思干活，她坐在灶火墩上想心事儿。老赵进来说："快洗，洗完了我有事呢。"

"你有事你走，我不想洗，我没心思洗了。"

老赵出去关了头门，见黑花还坐在灶火墩上问："你今咋不急着洗碗呢？"

黑花说："你把人弄得心慌慌的……我看见你就洗不成了……"

老赵抱住黑花，把她从墩墩上抱起压在灶台上。黑花觉得很不舒服，说："你就不能把我抱到炕上去……"

忽然有人敲门，黑花喊："你快，快呀……"门越敲越急，黑花推开老赵说："你上楼去，我去开门，你上去等着我，我一会儿就上来……"

老赵向楼上跑去，黑花在灶火向外应了声："谁呀？就来了！"

黑花跑出去开了门，二怪媳妇刘盈扑进来，她边走边说："过不成了，过不成了，我稍没留神他就出去了，就到洗头房找那些红嘴唇去了。"

"他找红嘴唇去了，你到洗头房找去，到我这干啥来呢？"黑花埋怨地说。

"我找了个遍没找见，我气，我气呀……"刘盈愤愤地向黑花诉说。

“你气，你快找他去，你到我这气有啥用?”黑花催她快去找二怪。

“街上一街两行的洗头房，我知道他去了哪家？况且那种事一会儿工夫就完了，我现在找他还有啥用。”刘盈显得很无奈。她又说：“现在有些人挣钱没脸了！把门面房租给了那些人，现在街上到处是洗头房，是洗头吗？里边都干的见不得人的事。娃慢慢都长大了，娃长大了咋办呀！非学坏不可……这要放到过去在乡下，谁家染上这事，定是儿子娶不下媳妇，女子嫁不了人。你看看现在人变成啥了……”

她说着坐在院里小凳上喊：“妹子给我倒杯水，我喉咙冒火呢。”黑花心里也正冒着火，被她这一闹伙火是压住了，但心里烧得很。

黑花端一碗水递给刘盈，刘盈拉黑花坐下说：“这种事嫂子给谁也不好说，只能给你来说说。你说妹子，咋能把男人那心思给灭了，叫他守着自己的老婆?”

黑花很为难，她没法给刘盈过这个方子，她心里正烧着火，老赵在上边等着她，她哪有心思来给她过方子，她说：“嫂子你先回去，过会我去找你聊。”

“你有事?”

“没……事。”

“看你急得像要那事似的，锣娃没在，你急也是白急。”

老赵一会儿要上班去，黑花心里的火又烧起来，她不知如何把刘盈推走。“嫂子，你先回，快去找二怪哥去，妹子还真有些事。”

“要出门？嫂子给你看娃。”刘盈不想走，她想和黑花多坐会儿。

黑花进房子推一把娃把娃弄醒，娃醒来就哭了，黑花抱起娃说：“妈抱你转转去。”黑花抱娃要出门，刘盈跟着出来。黑花急于把刘盈送走，让她不忍心的是老赵，两人弄得正欢势，被她强行推开，老赵躲在楼上一定是火烧眉毛的急。

黑花带刘盈出门，发现二怪站在商店柜台里，刘盈看见二怪一愣喊道：“你挨刀子的，啥时回来的？我找了你一条街……”

刘盈骂着偷视着黑花，黑花站在门口急着想回家。刘盈喊：“妹子，你抱娃逛去，嫂子给你看门。”

黑花本想折回去，已由不得她了，硬着头皮向前走去。二怪把刘盈接进柜台问：“看见没，老赵在不？”

“在！肯定在楼上，我叫那么大一会儿她才开门，我肯定把他俩的事搅黄了。”

二怪说：“可怜锣娃，老实的锣娃，一天只知道钓鱼，你在城里钓鱼，人家在你屋里钓鱼呢……”

刘盈说：“我有一个办法，给锣娃家里再介绍一个住户，人一多，他俩就不敢张狂了。”

他俩正说着，黑花抱着娃又回来，刘盈揪住二怪的耳朵骂道：“你以后还敢去找红嘴唇不？”

二怪求饶：“不敢了，不敢了……”

黑花看见刘盈整治二怪，说：“饶了我二怪哥吧，他再也不敢了。”

“你咋又回来了？”

黑花说：“娃睡着了。”

刘盈走出商店给黑花说：“二怪刚才收账去了，没给我打招呼，我以为他找街上那红嘴唇去了。”

走到门口，黑花停住说：“他没找就好，你把他看得那么紧，他哪有空去。”

刘盈说：“娃睡着了我陪你说话，我给你说，男人是个贱货，你要盯住他，他们干那事老练得很，只一会儿工夫，一时看不住就被街上那些红嘴唇勾去了。”

黑花进房里去放娃，刘盈在院里坐着等着她，楼上的门开了，老赵衣着整洁地走下楼，刘盈说：“老赵才走？”

老赵说：“我买包烟。”

刘盈说：“二怪在商店呢，我要陪妹子说话呢。”

黑花在房里摔了东西说：“我要陪娃睡觉！”

刘盈追出去喊老赵：“你要啥烟，我给你去取。”

老赵买了烟要走，二怪问：“今咋走这么迟？”

老赵说：“失睡了。”

刘盈给二怪说：“你听说了没，前头巷子一家客人在主家媳妇跟前骚情，被主家男人捶了一顿，差点打断了腿。”

老赵没回家，径直向城里走去，老赵走后，二怪惊惊地问：“谁家的事？”

“你说谁家的事，我吓唬老赵呢。”

二怪笑了：“我以为谁家真出了这事。”二怪说：“你给咱看商店我到街上转转，看有客人租房没，给锣娃介绍过去。咱俩挡了今挡不了明，再有个住户，他俩就不敢了。”

刘盈说：“你不能去，我去。”

二怪不敢吭声，乖乖地留下。刘盈刚走出去，二怪说：“我要干那事也是几分钟的事，你看也看不住，我不想干那事，拉我也不去。”

刘盈说：“你这种人，我是看透你了，才不能让你出门。”

“你前脚走，我后脚就去找那红嘴唇。”

“你敢！小心我打断你的腿。”二怪笑着把头缩进肩里。

刘盈在外转了一圈领回来两个女子，说这两个女子在附近商场上班，要合租一间房，她推开锣娃家门喊：“妹子！”

黑花很不高兴地从屋里走出来：“干啥？”

刘盈说：“我给你找了两个租房的女子。”

黑花对刘盈已很不悦，她说：“谢嫂子操心了，我家不租房子。”说完进了房子。

刘盈讨个没趣，领两个女子去商店，她给两个女子倒茶水说：“甭急，等她男人回来再说。一定租给你俩。”两女子好奇怪，人家主人不同意你着什么急，这条巷子里到处是空房子，在哪租房不一样？她俩要走，刘盈给两个女子手里塞一包锅巴说：“你俩甭急找，天黑你再来找我，他男人就回来了。”

两女子走了，二怪说：“咱这是不是操闲心？”

刘盈不知从哪蹿出一股火气说：“我这份闲心非操不可。”

五

这天在院里吃罢饭，老赵问黑花："你咋会找锣娃这样的人，他是个跛子，年龄比你大多了。"

黑花说："我爸我妈就守我一个娃，惯养我，我从小脾气大，长大就没人敢娶我了，长到二十五岁还没嫁出去。那年锣娃村上征地，他三十多岁还没找下媳妇，我妈说我过去锣娃就能分十几万元了，就答应了这门亲事。我和锣娃见面后，他又老又跛我哭着不嫁，母亲说你过去就当家，十几万你一辈子花不完。结婚后，锣娃看别人下海做生意也要去做，我就同意了。当时我不同意就好了，他说投资大赚得多，盖过房剩下几万元他都带走了，个把月他双手空空地回来了，几万元被人骗得精光。我当时真后悔不给他钱就好了。我骂他打他羞辱他，他就像根木头不吭一声，他现在天天在城里十字路口钓鱼，我可怜他又恨他……"

老赵很同情锣娃，这个没出息没能耐的男人，却守着一个使人百看不厌的女人。黑花长得很丰满，上上下下都凸显着女人的风采和健美。她更是一个持家的女人，有她在家里，他的生意会越做越好。他问黑花："如果有一个比锣娃更好的男人想和你过日子，娶你，你舍得锣娃吗?"

"娃还小，我舍不得娃。"

"如果把娃带上呢?"

"那他会疯了，娃是他的命，他说再苦再累看见娃他就不知苦和累了，娃是他的心头肉。"

老赵说："那个想和你一起过日子想娶你的人就是我。"

黑花惊异地看着老赵，从凳子上抬起来说："你……甭取笑我了。"

老赵说："我说的是真话，我想带你走，我想把小超市搬到省城去……我结过婚，但那女人不是过日子的人，天天上街招摇过市，晚上不是打麻将就是去唱歌跳舞……我们离了，我一个人到北方做生意来了。我不求别的，只想找一个知冷知热的人，回家有一顿可口的热饭就行了……如果你还不放心，我们回老家去，我家在浙江，你去就会知道，比你们这里好多了。”

黑花凝视着老赵，她仔细地分析老赵的每一句话，颤颤地说：“我不敢，我放心不下娃。”

“我给娃留一笔钱，让娃上学，上高中考大学，只要你肯跟我走。”

黑花又坐下说：“我心里乱得很……”

老赵说：“你一点不歪，你很温柔……”

黑花也感觉到了，她以前常给锣娃发火、骂他，自从认识了老赵，她就不歪了，也不训斥锣娃了，变得像个女人了。

这天，老赵没有回来，第二天老赵还没有回来，黑花在家门口不时地观望，她心里乱如麻，她有心跟老赵走，丢下吃奶的娃怎么办？谁来管？锣娃又怎么办？谁给他做饭洗衣服？他有心不跟老赵走，没地了，凭锣娃那本事，她得窝窝囊囊和他过一辈子。如果不认识老赵她就这样跟锣娃混一辈子了，她认识了老赵，老赵改变了她，使她知道人生是那样的有滋味。她喜欢老赵，喜欢老赵的富有、豪爽，还有那身永远使不完的力气，是他在锣娃那里从未尝试过的一种快乐。

老赵连续两天没回来了，她心里是那样的恐慌，她知道老赵一定会回来的，但他这样迟迟地不回来使她心里很不安，她不敢想象如果老赵不回来她会怎么办。她在家里坐卧不安，她无心吃饭，只是不由自主地在门口、在街道张望。

二怪和媳妇见黑花天天心神不安地在门口张望，刘盈问她：“妹子，等谁呢？”

黑花说：“我弟一会儿要来，我怕他走错门。”

“娃她舅又不是来过一两次，还能走错门？”

二怪和刘盈在商店看得清楚，老赵几天没回来了，着急发骚的黑花在家按捺不住了。

刘盈给锣娃家找了两个年轻女住户，给锣娃说了，锣娃说要和黑花商量。刘盈知道只要和黑花商量这事肯定吹了，黑花绝对不会让家里再住人。那天早上，锣娃经过商店为难地给刘盈说：“谢嫂子一片好心。老赵说人杂他就要搬走，他住咱这里图的就是个清静。”

二怪早已知道结局，怨刘盈多管了闲事。晚上锣娃回来，刘盈挡住他说：“你在外面天天啃干馍，晌午这顿饭你回来吃，在家里吃着舒服。”

锣娃说：“晌午吃饭那阵鱼最多，待一上午就等那一会儿，揽不上活一天就白等了。”

二怪和刘盈听着生气，他们无法阻挡黑花和老赵的鬼混，又无力劝解锣娃晌午回家吃饭，他们看着不安分的黑花像发情的草驴在家里坐卧不宁，他们束手无策。

老赵终于回来，他穿一身笔挺的西服向这里走来，黑花远远看见就回了家。二怪说：“她回家一定在头门背后站着，你不信去看。”刘盈就去门口看，差点和黑花撞个满怀。

刘盈忙说：“走错门了，走错门了。”

她回到商店给二怪说：“你猜的准得很。”

二怪说：“老赵一回家她家的头门就关了。”

刘盈说：“她不会这么性急，我们在这坐着，她就不怕乡亲们耻笑。”

二怪说：“女人到了这一步，就像着了魔，脸都不要了，她还顾及啥呢？”

老赵走进锣娃的家门，头门果然关住了。刘盈说：“她像在门背后站着，那么快的就关了门。”

二怪说：“我说过，她在门背后站着，一点不会错。”

刘盈惊问：“你咋对女人，对黑花这么了解？”

二怪说：“你酸性又发了，是女人都会那样，只是黑花更特别一点。”

黑花关了门随老赵走到院子，她问：“咱晌午吃啥？”

老赵说：“我啥也不想吃，我要搬家，我要搬到省城去。”

黑花心里慌乱起来，她赌气地去灶火做饭了。她早已想好，这几天她冷静想了，她离不开老赵，他要跟老赵走。她盼星星盼月亮地把他盼回来，他没问候她一句，她是多么的想他，他却那样的不理解她，她委屈得进灶火哭了。他要走了，她想给他做一顿他最喜欢吃的麻食，她极快地和面、揉面，她忽然发现他走进了灶火，她没有理他，却多么希望他从后面抱住她，她等待他的拥抱，她觉得背后的每一个毛孔都向他畅开着，她手里的擀面杖在案上停顿了，她仿佛等待了很久很久，她的期待变成了一个可怜的失望。她彻底地失望了，她双手在案上运动起来，手下的面团在擀面杖的挤压下变得越来越薄，她忽然怀疑自己的眼力，刚才他是否走进了灶火，她欲转身，一双有力的手从背后缠上了她。她什么也干不成了，浑身没有一点力量，她迷糊地感觉到她的衣服被人解开，胸罩掉下来，她身体的大门就被打开了。一种亢奋冲向脑际，他问："你跟我走吗？"

她喃喃地说着仿佛已不由了自己，"我跟你走……你走到……哪里……我跟着你……"

"你不后……悔……"

"不……后……悔……你慢点……我要死了……"

六

锣娃钓鱼回来，锅里温着热乎乎的馍和小菜，锅底是黄豆稀饭。他回到房子，房子里格外干净，被子叠得有棱有角；他和娃的衣服洗后叠得整齐放在炕角。他觉得黑花这一段时间对他越来越好，他觉得对不起她和女儿，她们跟着他吃苦了，他愧对她们，但他有信心使她们过上好日子。

女儿乖乖地躺在炕上睡着了，他抚摸着女儿红扑扑的脸蛋笑了。每天回来，他一看到扑着要他抱的女儿，心情爽了，就不觉得累了。他发现炕上有一封信，他拿起，信封上写着："娃她爸收。"他觉得很好笑，黑花从来没给他写过信，今这是咋的。他小心地打开。他先看了落款，落款是黑花。

娃她爸：

我对不住你们，我跟老赵走了。咱家太穷了，穷得让我看不到好日子的前景，我不知道往后的日子咋过呀。等我以后有了钱，我再回来看你。老赵过意不去，给你和娃留下一万元压在被子底下，你给娃买奶粉吃。我走后你不要找我，找也找不着，我以后还会回来的，你把女儿管好，娃的奶瓶放在桌上。

黑花

锣娃感到天昏地转，黑花和老赵跑了，他拿起信冲出房子，他跑出门不知道在哪里去找黑花。二怪和刘盈在商店见锣娃慌张地从家里跑了出来。问："锣娃咋咧，出啥事了？"

锣娃说："我媳妇……黑花……跟老赵……跑了。"

"跑咧？"刘盈惊惊地问。

二怪从商店跑出来问："啥时跑的？我俩咋没看见呢？"

"真的跑了，跟老赵一块跑了，这是……她给我和娃……留的信……"

锣娃把信送给二怪，刘盈从二怪手里抢过信看了，惊得说不出话来："我咋一点……没看……出来呢……"

二怪说："那两个家伙贼得很。一大早你刚出门，老赵叫人就拉着东西走了，太阳落山时我看见你媳妇出了门，一个人没抱娃，我以为娃睡着她逛街去了，谁知她丢下娃跑了。这女人心咋这么硬……我一点都没看出来。"

刘盈喊："娃呢？"

锣娃哭丧着脸说："娃还睡着呢。"刘盈急忙向锣娃家里跑去。

锣娃在确定媳妇和老赵跑了后，坐在门口哭了，"那没良心的走了，剩下我和娃咋办呀……"村长听见锣娃凄凉的哭声来了，他把锣娃扶起来，搀进屋里。男人的哭声是苍凉的，女人听见锣娃的哭声都哭了。有人上楼看了，老赵房里的东西没了，只剩下一张床和一个空荡荡的拉链衣柜。

黑花跑了，锣娃再也没法钓鱼去了，他流着泪抱着娃整天在门口转悠。二怪和刘盈看着害怕，叫锣娃到家里来吃饭。一天锣娃说，我不等她了，我要把女子养大。他抱着娃在村里给娃寻奶吃去了。

张伍回来了。张伍下海做生意赔了钱就成了街上的混混，身后跟着几个人，常给人打抱不平，替人追款要账，他听说老赵拐走了锣娃的媳妇，声言要帮锣娃找老赵算账。他给乡亲们敬烟有人不接，有人接了他的烟等他转过身去就扔了。张伍没了他妈就很少回村来，关于张伍的传说很多，有人说他被人砍了手，有人说他被人打断了腿，但见张伍今天浑全地回村，乡亲们知道那都是传说。

锣娃听了张伍的话说："我这事不要你管。"

张伍说："过去咱是一个村的，搬进城里是一条街上的，我不管谁管你。那个姓赵的肯定跑不远，他在县上开的是建材超市，客户都在县上他能跑哪去？只要你愿意，我敢打赌，保证给你把他找到，不收你的钱。"

锣娃说："你要为我好，就不要管我的事。"

张伍碰个没趣，不愿再和锣娃说话。他走出门看见二怪和媳妇，他说："锣娃活该，连个媳妇都守不住，活在世上还有啥用。"

二怪不敢吭声，刘盈说："那媳妇平时就不安分，想不到丢下娃跑了，心咋那么狠呢！"

张伍说："我想给锣娃帮忙，把他媳妇找回来，锣娃不让我管。"

"他没那福气。"

"老赵走不远，不在县里就在省城，他在县里待几年了，客户都在县里他能跑哪去？人家不让我管。"

二怪说："你真能把老赵找见？"

刘盈不许二怪说话，她说："滚你的去，张伍兄弟能行得很，啥事办不成！"

张伍怨恨地说："我在外边干事，村里有人瞧不起我。现在这社会，你安安分分地干事干不成，有钱的能盖金王殿，没钱的连肚子都填不饱。那些有靠山有背景的开发商盖一座楼就赚几百万，老百姓干一辈子能挣几个钱！各人有各人挣钱的来路，各人有各人的活路。有些人瞧不起我，我还瞧不起他呢！”

刘盈问：“张伍兄弟，你说老赵和锣娃媳妇真还在咱县上？”

“他不在县上就在省城，我抓他们一抓一个准。人家不要管，不要我管我就不操那份心了。我觉得他可怜，是乡亲不收他的钱，人家不让咱管么。”

刘盈问：“你咋找老赵？”

“我手下几十号兄弟，他们眼界宽得很。县里省城都有人，我说话保证能把老赵找见。”

二怪说：“锣娃不让管，你是白操心。你走你的阳关道，他走他的独木桥，他没那福气。”

张伍掏出烟送给二怪，二怪不敢接。刘盈说：“兄弟给你敬烟呢，看你那样子。”

二怪急忙擦了手接过张伍的烟。张伍说：“我这烟没毒，有些人不敢抽，他们有求我的时候。那次铁锤在城里挨打，不是我出面那些人能抓住？”

二怪说：“是，是。”刘盈看二怪一眼，他不敢再说话。

张伍进城下海赔了生意，不学好做了欺世霸盗的黑帮，母亲知道后就气死了。张伍说：“我妈不在了，我回来的次数就少了，但这毕竟有我的窝，我得回来看看，不回来乡亲们会说我把他们忘了。”

张伍走了，二怪骂道：“土匪黑社会，总有一天要被公安局敲了头。”

刘盈说：“你骂人家还抽人家的烟？”

二怪说：“这是好烟，起码得几十块钱一盒。”

刘盈问：“你说张伍把老赵一定能找见？”

“按他那说法，我看能，咱把这事给锣娃说一下，说不定是一条路子。”

锣娃听了二怪的说法直摇头，他说：“人心走了，把人找回来有啥用。”

二怪说：“说不定她是一时糊涂，她一见你一见娃心就软了，就会跟你回来。”

“那我去找找她。”锣娃说。

二怪说：“你咋不让张伍去找呢？”

锣娃说：“咱是正儿八经的人，咋能跟那些人打交道呢？真的找到了，她不愿回来，给我抬个尸首回来咋办？那些人能办好事，也能办坏事，我不能让那些人给咱帮忙。”

二怪说：“要找就快去，甭老待在家里，你这样待在家里非待出病不可。”

锣娃说：“娃咋办，我抱着娃去？”

刘盈说：“娃给我，你没打听到黑花的影星，你甭抱娃去。”

锣娃说：“铁锤媳妇正坐月子，你给铁锤说说话，叫我女子每天在那吃几口奶，甭给娃老喝奶粉。”

“你走你的，娃的事有我和刘盈呢！”二怪说。

锣娃听了二怪的话，在家里再也坐不住了，要去找黑花。他提着铁锨要走。二怪说：“你拿锨干啥？”

“我没事在省城钓钓鱼。”

二怪怨他说：“你到大城市去以为在咱县上，夹一把锨往十字口一蹲。大城市不兴这个，你扛一把锨城都进不去。”

锣娃放下锨说：“手里没个捉拿，空手在街上转悠像个二流子。”

二怪说：“那你就拿一把泥刀吧。”

“我只能干小工，技术活干不了。”

“那是个捉拿，你是去找老婆，还真给人家干活去？”

锣娃提着一把泥刀走出门说：“这像一把凶器。”

二怪说：“凶器也好，晚上可以防身。”

二怪看着锣娃走了，刘盈说：“他这样就是找着黑花，黑花也不一定跟他回来。”

（原出版单位：太白文艺出版社 2011 年 7 月第 1 版）

沉重的房子（节选）

高　鸿

【作者简介】 高鸿，1964 年生。中国作家协会会员，陕西省工艺美术大师，陕西外国语学院客座教授，陕西文学院签约作家，咸阳职业技术学院《新叶》文学期刊主编。出版著作有长篇小说《沉重的房子》《农民父亲》《血色高原》《青稞》，中短篇小说集《二姐》《银色百合》等。

上　卷

四

茂生的爷爷是晚清秀才，解放前做国民党科员，主管县里的档案工作。爷爷一辈子积德行善，很少得罪人。解放后家里在县城的几十间房子被没收了，在塬上的几百亩良田被没收了，在北沟的几座山林被没收了，他带着家眷来到妻子的娘家，被定为地主。胆小的爷爷抱着一箱子古字画跳崖自杀，留下两个尚未成家的儿子，天天接受贫下中农的再教育。茂生的大伯四十多岁才跟西塬上的寡妇结了婚，大妈的男人死了，留下两个孩子，无法生活。大伯从小吊儿郎当，除了喜欢做银活，把自己收拾得干干净净，在女人面前显殷勤，家里却什么也不干。大妈来之前茂生的父亲跟大哥一起住，后来他便搬到破窑里了。茂生的母亲茂生妈是跟外婆逃荒而来的，到塬上后病得走不动了，饥寒交迫，被父亲收留，成了一家人。

那时父亲已经三十多岁了，还没碰过女人。母亲的到来无异于天上掉下个林妹妹，让父亲足足幸福了一阵子。无奈这个纨绔子弟跟他哥一样，不谙农事，人又邋遢，因此被认定是要打一辈子光棍的。

茂生母亲是南方人，不习惯北方生活，但在那个年代，能保住性命就很不容易，容不得她适应不适应。那孔破窑父亲说不会住多长时间的，房子一定会有。母亲盼了二十多年也没把房子盼来。眼见得孩子们一个个长大，大儿子茂民已经二十岁了，跟他一样年龄的人都抱上了孩子，家里一贫如洗，来人连个歇脚的地方都没有，媳妇来了怎么住？

豆花的二女子麦娥看上了茂生的哥哥茂民，麦娥跟茂民从小耍大，没上过学。她聪明贤惠，端庄秀丽，茂民早就看上她了。豆花也觉得茂民人不错，就是家里太穷，不忍心女儿受罪。大女子秋娥嫁到西塬上，光景倒是不错，整天跟女婿斗气，三天两头往回跑，回来后就送不走，成了豆花的一块心病。因此，豆花条件不高，只要茂民家能修起三间瓦房，就把女儿嫁过来。

茂民咬紧了牙，暗暗发誓：一定要盖起三间瓦房，把麦娥娶回来！

那时的生产队是记分制，所有男劳力只要出工，每天都是十分。妇女七分。未满十八岁的孩子三分。茂民拼了命干活，到头来跟别人一样，只能分到不足全家人三个月的口粮，哪有什么钱盖房子？于是他利用工余时间上山采药材，柴胡、黄芩、甘草，堆了一院子。

黄芩多生在阳畔山洼，一簇簇地开着紫色的小花，比较显眼。但要拨开荆棘重重的灌木林攀上去也不容易，茂民的手上到处是伤痕，脸上也是一道道口子。柴胡长在陡峭的地方，牛羊吃不到才能长大。柴胡长着竹子一样的叶子，一节一节很好看，但混在草里不易被发现。特别是多年生的柴胡，更是可望而不可即。

有一次茂民为了采一棵多年生的柴胡，爬上了高高的悬崖，手没抓牢，从山上掉下来，挂在一棵杜梨树上救了一命。麦娥有时也偷偷地跟他去采，回来后累得吃不下饭，母亲还以为病了。麦娥说，茂民哥，你不要采药了，太危险。我不要房子了，随便在哪弄个窝我也愿意。茂民说这怎么行？房子是一辈子的大事，我们一定要在结婚的时候住进去。

那时药材很便宜，辛辛苦苦整一天才能卖几角钱，就这还被队长发现了。队上成立了割资本主义尾巴小组，药材被当众点燃，茂民被五花大绑在大会上批判。由于绳子勒得太紧，胳膊上都流血了。麦娥跟在人群里，双眼溢满了泪水。

采草药盖房的计划破灭了，茂民盖新房的梦想却没有破灭，相反更增强了他的决心。

茂民曾经学过几天木工，听说公路沿线要拉电线，需要很多横担，于是便和红旗、二胖商量，偷偷地接了一批活。加工横担是体力活，工钱很便宜，全靠量大才能挣到钱。几个小伙子干了一个月，夜以继日，终于完成了任务。就在这时，不知谁告了密，说黄泥村有人搞资本主义，上面来人一调查，人赃俱在——这可不得了，比那次挖药材的负面影响大多了。

麦娥见到茂民的时候简直不敢相信，他瘦得皮包骨头，浑身是伤。

三个人被带到公社的大院里关了三天，天天被吊起来打，然后组织各村批判。批判的时候让人把搞横担的事情编成三句半，要他们在台上给大家说。二胖记不住台词，被人打得眼睛像熊猫一样。他们三个人在台上那么一站，每人脖子上挂一块牌子，上面写着“打倒走资派×××”，眼睛周围被涂上了白色，嘴染得血红，像个小丑。三句半编得很搞笑，台下的人笑得前仰后合，台上的他们心里暗自垂泪。而最难受的还是他们的亲人。

茂民在头几天差点昏倒在台上。连日来加班加点干活，吃不饱睡不好，身体早就垮了，哪里再经得住这样折腾？台下黑压压一层人，叽叽喳喳像一锅滚腾的开水，四处乱溅。批判会结束后，麦娥就会不知从什么地方钻出，拿出早就准备好的白面馍和罐头瓶子，里面是晾凉的糖水。母亲用酒轻轻地洗掉他脖子上的瘀血，茂霞端来了热水给他洗脚。茂民白天没有流泪，现在却止不住了。母亲说我娃想哭就哭吧，这没什么丢人的！茂民默默地在心里说：“亲人呀！我一定要盖起房子，让你们过上幸福的生活！”

五

村里人有事没事都喜欢蹲在老槐树下说东论西。那棵老槐树极高极高，极老极老。没有人知道这棵古槐的年龄，二胖爷爷说他小时候老槐树就是这个样子了。岁月在它的身上留下了深深的刻痕，几个粗大的枝丫似乎已经枯死，第二年却又能冒出嫩绿的幼芽，一簇簇地摇曳着，和树干形成鲜明对比。老槐树的中间已经空透，里面能藏七八个孩子。从树心往上看，可见茂密的树叶和刺眼的阳光。喜鹊在上面编了好多窝，引诱着孩子们上去掏蛋；成百上千只麻雀把这里当成了家，叽叽喳喳地叫着，呼啦啦飞走了，呼啦啦又回来了，树上是它们的世界，很热闹。老槐树很粗，七八个小孩合抱不住；树冠很大，似乎覆盖了半个村子，干枯的枝丫直插云霄，在茂生幼年的心里是那样的高不可攀。

那时人民公社正在大干快上，老槐树下是社员们学习语录的好地方。几百名村民聚集在树下，听队长关宝拴传达最新指示。大家群情激昂，喊声震天，树上的小鸟扑棱棱全飞了。天还没亮，洪亮的钟声便会从老槐树下传来，大家披衣戴帽，趿鞋挚锄往树下跑，生怕上工迟到了。白秀的男人不在家，两个孩子缠着她，老是一路小跑地边系扣子边梳头，成为队长训斥的对象。白秀长得很好看，细细的脖颈上一头微微泛黄的长发，脸蛋白得像三月的梨花，携露带雨，散发出一股不同寻常的味道。宝拴平日里喜欢训人，批评的重点是女人，特别是年轻貌美的媳妇更是他重点批评的对象。白秀人长得漂亮，衣着也很特别，身体凹凸有致，腰肢一扭一扭，像剧团里的演员，走起路来胸部晃来晃去，让男人心跳脸红。豆花说她是狐狸精变的，专门勾引男人。天阴下雨人们不上工，便能听见从她家飘出来的歌声：

我站在圪梁梁上哥哥你在沟，
看中了妹妹你就摆一摆手……

茂生和红卫一群孩子不知道事情曲直。往往白秀在前面走，他们便在后面喊：

村里有个女妖精，
一天到晚想男人；
想了男人睡不着，
躺在床上乱呻吟……

白秀的脸变得通红，低低地骂着“绝死鬼”的话，加快了步伐，扭着细腰，逃也似的匆匆离开。孩子们哄然而笑，泪珠在眼眶里乱颤。

晚上茂生、红卫等孩子在槐树下捉迷藏，直玩到昏天黑地，被大人拽着弄回去。月亮上来了，斑驳的阴影就落了下来，细细碎碎的，有一些神秘。不知是谁倡的头，大家便心照不宣地往白秀家走。

四周静极了，大一点的孩子于是就学狼叫：“——呜呜呜”，听得人毛骨悚然，于是就听见压抑的孩子哭声，接着像被什么东西堵上了，想来白秀也吓破了胆。听大人说她小时候跟几个孩子围在一起玩，狼突然把中间最小的一个叼走了，后来她一听人说狼就尿裤子。

月亮越爬越高，孩子们心满意足地回去了，梦中还在嘻嘻地笑。

福来家就住在老槐树下。每年夏天，老槐树像撑开一把巨伞盖住半个庭院，弯弯的槐树虫一扭一扭地在细细的丝线上舞蹈，猛不丁落在脖子上，冰凉。福来的女人豆花与邻里的几个媳妇坐在树下，围着槐荫说长道短。斑驳的阳光挤过叶隙落在一张张生动的脸上，她们一会儿窃窃私语，一会儿哈哈大笑。白秀永远是她们谈论的话题。她的男人回来了，她们会窃窃私议，晚上有人听见白秀的啜泣声，一定是男人打她了。如果有一段时间没看见他回来，她们便怀疑男人一定在外面有了相好，不要她了。白秀的婆婆很厉害，她早年丧夫，一个人把儿子拉扯大。儿子做工后被留了下来，成为村里第一个吃公家饭的人，婆婆很骄傲，整天一副青青的寡面孔，媳妇从来不敢正眼看她。

白秀的男人很少回来，回来也不多待，亲亲孩子，看看老娘就走，甚至不过夜，这就给村里的妇人们无限遐想的空间。眼见得槐树绿了又黄，黄了又绿，白秀男人回来的次数越来越少，他是啥模样，大家甚至记不起来了。

盛夏的时候，老槐树便伸展开无数只手臂，密密麻麻的叶片间开满簇簇槐花，黄中泛白，郁香弥漫庭院。一帮孩子立于树下，站成排，然后听一声喊，大家争先恐后往上爬。茂生总能在最快的时间内爬到最高处，然后俯瞰整个村落，看家家炊烟缭绕，玉米金黄一片。槐子是一种中药，茂生于是大把大把地折了下来，晾于院中，待晾干后拿到医药公司，总能凑够下半学期的学费。槐花还没熟的时候有孩子就上去摘了，被福来一顿臭骂，连滚带爬地从树上下来。有一次，茂生为了摘一朵枝梢的槐子，不小心从树上掉了下来。树下是瓷实的路面，他双目紧闭，耳边生风，觉得下坠了好长时间，却落在一团绵软的东西上。原来白秀正好路过，她一个箭步上前就将他揽在怀里，自己同时也被砸得倒在地上，好长时间不能下地。想起这些，茂生脸红心跳，从此远远看见她就躲了起来。

树下有口井，深不见底，有时仅能在上面看见一小块镜片似的东西在晃。井索有一百多米长，盘在那里厚厚一圈，光溜溜的冒着热气。每天天还没亮，小鸟便开始唱歌，闹哄哄地能把老槐树抬起来。天放亮后井台上就热闹起来。男人们排着队绞水，木桶撞在井壁上发出沉闷的声音。这是一天最轻松的时刻，大家肆无忌惮地开着玩笑，说着小孩听不懂的浑话。白秀站在那里，脸上红一阵白一阵，想走又不能走，大家便嘻嘻哈哈地给她添满了水，看她扭着细腰一闪一闪地晃。福来没有儿子，看见男孩便要摸“雀娃”，孩子们嘻嘻哈哈地东跑西窜，最后还是让他摸了。福来很高兴，这一天在地里大家便能听到他的笑声。有一次茂生跑到井沿上，他要摸“雀娃”，茂生不让，说咋不让人摸你的“雀娃”？关福来看了一眼身后的白秀，脸涨得紫红，半天没说出话来。白秀说：“憨娃子，你咋跟大叔说话哩？大人跟你开玩笑——你一满憨着哩！”

太阳热辣辣地照着，树下凉快极了，成了孩子的乐园。躲在树洞里捉迷藏已经不再稀奇，顺着树洞爬上去看书，才是一件最惬意的事。茂生常常在上面忘了吃饭，从艳阳高照看到月明星稀。晚风习习地吹过，槐虫不经意地落在脖子上，凉凉的蠕动着。知了声声，小鸟悄悄地躲在树荫里休息，四周静极了。远处的喇叭声时隐时现，很悦耳。于是他们就趴在树杈上数小卧车，一辆，两辆……惊诧于那么高的一点空间，人在里面怎样坐？里面又坐些什么样的人呢？老槐树成了孩子们对外瞭望的窗口。

有时，歌声袅袅地就飘了过来，凄婉而哀楚：

正月格里正月正，
正月十五挂上红灯，
红灯挂在哎大来门外，
单等我五哥他上工来。
六月格里二十三，
五哥放羊在草滩，
身披蓑衣他手里拿着伞，
怀来中又抱着放羊的铲。
九月格里秋风凉，
五哥放羊没有衣裳，
小妹妹我有件哎小来袄袄，
改来一改领口，你里边儿穿上……

太阳很好的午后，暖暖的日头便肆无忌惮地落下来，角角落落都明亮起来。

这时，远远的玉米地里忽然一阵乱动，细看时，一个男人正对女人动手，女的很不情愿，却又无可奈何的样子，抵抗一阵就倒下了，孩子们很吃惊，以为是有人在偷生产队的玉米，于是溜下槐树，直奔玉米地。走到跟前的时候大家都傻眼了：原来是白秀和关福来“打架”，两个人滚在地上难解难分。福来很费力地喘息着，白秀的衣服都被扯开了，发出好像很痛苦的呻吟……孩子们赶快往家里跑，告诉父亲自己看见的事，被父亲重重地打了一巴掌，不让乱说。小孩就委屈得直哭，为白秀愤愤不平。

六

茂民的房子没盖起来，却并不妨碍他跟麦娥的爱情。

春日的山野，上工歇晌了，他们躲在树林里拉话；夏日的沟渠里，他们躺在草地上看星星；冬日的黄昏，他们一起依偎在瓦窑里，麦娥看着那日渐消瘦的脸心疼得流泪，泪水流进了那张干燥饥渴的嘴唇。麦娥把那双粗糙的大手放在自己的胸口，闭上了眼睛……茂民变得异常紧张，一双手在麦娥的那里颤抖得不行，呼吸越来越急促。那双手痒酥酥地在她的身上游走，变得越来越不老实起来。麦娥脸涨得通红，紧紧地抓住了它，不让再往下走……麦娥说哥呀，我要留给你在那天晚上的，现在做了怕对你不好。茂民说我难受呀！麦娥说我也难受呀，可是哥，我们现在不能。麦娥说着都哭了，茂民看得心软，就把手取出来了。两个人紧紧地抱在一起，直到听见凤娥喊吃饭，方才分开。

豆花其实也知道自己男人在外面的事情。多年来，别看她每天挺着个大肚子，其实一年过不了几次夫妻生活的。男人需要这个，自己又不能经常给，他是村里的红人，以前曾当过会计，深得女人喜欢。有女人愿意跟他，说明他有能力。只要不带回家来，豆花睁一只眼闭一只眼。——不信？换个男人试试，看人家不剥你的皮！再说自己的肚子也太不争气，居然一连生了十个丫头！她都觉得有些不好意思了。但豆花不能容忍福来跟白秀在一起鬼混。——白秀是什么东西？她配得上自己的男人吗？——呸！于是，她跑到白秀家把她的锅台砸了，白秀的脸被弄了个稀八烂，老槐树下就成了她们经常打架的地方，围了一群观战的娘们。豆花边骂白秀是臭婊子，不要脸，边骂着关福来家的祖宗八代，把福来的脸也弄了个满堂彩。她说福来先人如果不亏人，就不会在这一代断了香火，尽生十个丫头！——看来是要绝门绝户了！关福来恼羞成怒，抡起膀子就打，与婆娘疯了似的缠在一起。

白豆花做女子时人长得漂亮，十里八村都知道。那一年黄泥村扭秧歌，她就看上了打飞锣的福来。福来白白净净，还有一副好嗓子。福来早听说过她的厉害，敢跟男人打架，把嫂嫂都逼得跳了井，在北塬上是出了名的，没想过要娶她的。白豆花可不好惹，遇集的时候在大路上堵，上工的时候在地里截，后来在一个下雨的日子硬是把自己献给了福来。

豆花是挺着大肚子结婚的，拜堂的时候都弯不了腰，一屁股坐在了地上，惹得人哈哈大笑。她身材虽有些变形，却依然好看漂亮，显得很富态。白豆花爱说爱笑，口无遮拦，是个性格开朗的人。婚后头几年一鼓作气，连着生了仨丫头。也许自己没有男孩，看见谁家的男孩都喜欢。

“天上下雨地下流，小两口打架不记仇；白天吃的一锅饭，晚上睡的一个枕头！”豆花与福来打架刚开始还有人劝，等事情过去了，人家夫妻还是好夫妻，劝架的人却要遭殃了！豆花会找当时拉架的女人算账，说偏向了自己的男人，是不是跟他睡过觉？因此后来他们斗阵，围观的依然很多，却很少有人再上前劝阻。两个人打得没精打采的时候，就被闻风出来的女儿们拉回去了。

豆花平日里待人很好，不管谁去她家都热情招待。因为喜欢男孩子，茂生从小在她家就受到不一般的待遇。为了让他多在自己家待一会，豆花有时会把他藏起来，让茂生的母亲疯了似的四处寻找。过年的时候豆花家弄了很多好吃的东西，也不会忘记给茂生吃，他们会把茂生留在家里过年，任茂生母亲多么不情愿。晚上睡觉的时候豆花要搂茂生，茂生不让，豆花于是在他睡着的时候悄悄抱进被窝，一对大奶子把他堵得喘不过气来。

豆花是个直肠子，刀子嘴豆腐心，跟人好弄事，过后却不计较。有一次她去队里偷庄稼，被人发现了紧紧追赶，便一蹦子跑到茂生家，让茂生妈把她藏起来。茂生妈不答应，两个人便吵了起来。追来的人问她为什么偷庄稼？她说是茂生妈让她偷的！茂生妈气得差点背过气去，豆花弃了偷来的庄稼，嘻嘻哈哈地走了。第二天茂生妈看见她还一肚子气，她却嬉皮笑脸地上来打招呼。

靠卖药材盖房子不行，茂民便在冬日的夜里去后山里砍木材。那时林子看得不紧，只要下苦，几十里山路把一根根杨木扛回来，木材便是你的了。但毕竟是偷偷摸摸，没有人会在光天化日之下行动的。茂民通常会在人们睡觉前拿了绳子，一个人沿着曲折的小路上山，回来后天就快要放亮了。第二天还得下地，队里在平整土地，搞冬日大会战。妹妹茂霞有一次也要跟着去，弄了一根半路上扔了，茂民回来后又去扛那根椽子，上坡时饿得发昏，回来后人们都吃早饭了。关队长找到家里，要他注意影响，否则全部没收。

茂民有一段时间再没有去。

其实准备的椽子已经差不多了，就缺几根檩子。瓦是队里拆旧房便宜处理给他的，只要打上几面墙就可以把房盖起来。是啊，辛辛苦苦准备三年了，茂民都二十三岁了，因为房子的问题一直没有结婚。豆花都等得不耐烦了，说茂民再不盖房子，过完年便把女儿嫁出去！

那一年的冬天特别冷。

北风夹着沙尘，把能卷走的都带走了，地上光秃秃一片惨白。

一冬没下雪，空气干得能点着火。茂民感冒了，咳嗽得很厉害。母亲给他熬了姜汤，喝后感觉嗓子舒服多了。麦娥让他这几天不要出去，好好休息，等过了年再做打算。麦娥说别在乎我妈的话，她有口无心，说过就忘了，不会当真的。茂民却不这样认为，看着麦娥日渐憔悴的脸他就心疼。茂民知道，麦娥其实也很难受。订婚都三年了，还没结果，村里人早就说闲话了。可是没房子，什么时候才能与心爱的人住在一起呀！

麦娥用自己攒的钱为茂民扯了一身涤卡料子，找人裁了，做好后拿来让茂民试。茂民长这么大还没穿过新衣服，激动得不知说什么好。麦娥围着心爱的人左看右看，好像不认识他了。茂民被他看得都不好意思了。麦娥说，你把这身衣服穿出去，一定是全村最俊的小伙子！茂民说留给我们结婚的那天穿吧，麦娥看着他只是笑，美滋滋的样子怎么也看不够。

临近年关的日子天一直阴着，看来要下雪了。

腊月二十三日的那天，零星点点地飘起了雪花。天还没亮，茂民怎么也睡不着，早早就起来了。大雪封山最少要几个月才能开路，檩子还缺两根。茂民觉得不能再等了，于是拿了绳子一个人悄悄地走了。

雪越下越大，不一会便辨不清路了。

小时候经常走这条路砍柴，不知道走过几百回，因此茂民是不会迷路的。进山后茂民有些后悔，漫山遍野一片苍白。这样的天气，砍了又怎能扛回去呢？可是既然来了，就不能空着手回去。茂民瞅准了一根直溜的白桦树，不费什么事就将它砍断了。大树夹着雪块倒了下来，携一股凌厉的寒风把茂民推了出去，借着树枝的力量，可怜的茂民被高高地抛了起来，落下几十米深的山崖……

一天没见到大儿子，母亲有些坐不住了。天擦黑的时候父亲也开始着急了。雪下得这么大，人们都待在家里，他能去哪里呢？茂霞跑去问了麦娥，麦娥也急了，说一整天没见茂民，也不知道他去哪里了。这孩子平日里不串门，村里相好的几个伙伴都成家了，已很少来往，然而父亲还是挨门挨户去问，都说没见。

一股不祥的预感冲上心头。

都说父母不给儿女操好心，遇到什么事情总往坏处想。茂民的父母也是这样。父亲在雪地上不停地徘徊，一院的积雪没心情打扫。母亲开始小声啜泣，眼睛红红的，谁劝也不听。麦娥与茂霞跑到村头等了半晌，还是没有音信。

父亲决定带人去找。

茂民在一瞬间被抛在了天上，随着雪花在天上飘……

雪花多美呀，随风而舞，无忧无虑。雪花有家吗？雪花没有，大地母亲便是她最终的家。雪花是不需要房子的，走到哪里住到哪里。我们的茂民也不需要房子了，他要回到大地的怀抱，回到人类最终的家。

茂民被树枝弹起的时候他的梦想便在这一瞬间得到实现。茂民看见沟畔上有一个老人在对自己呼唤，他知道那是爷爷。爷爷当年也是从沟畔上下去的，抱着他认为最重要的东西，毫不犹豫就跳了下去……爷爷说孩子，我苦命的孩子，不要再造房子了，为什么一定要花那个精力？

人类一开始不是也没屋子吗？几十万年的时间就住在洞穴里，一代代还不是传了下来？爷爷曾经造了很多很多的房子，造那些房子的时候耗费了我毕生精力，最后你们居然连一间也住不上。“良田万顷，日食三升！广厦万间，夜卧八尺”——唉，人哪，其实都是这个世界的过客，匆匆而来，匆匆而去，一辈子争来争去的东西，眼睛一闭都不是你的了，要那做甚？……爷爷的身后站着奶奶，奶奶一脸慈祥，笑眯眯地向他伸出了双手。奶奶跟爷爷一辈子没受过罪，衣来伸手，饭来张口，家里的用人把什么都做好了，用不着她操心。爷爷死后，奶奶被押上了高高的戏台，接受贫下中农的再教育。三寸金莲的奶奶如何站得了那么长时间？一天没下来就昏倒在台子上，被人泼了一盆冷水才醒了过来。第二天奶奶又站在戏台上，满头的银发在寒风里飘舞。奶奶在台子上站了三天后被人从上面抬了下来，两个不孝的儿子跪在旁边不能过去。奶奶看了他们最后一眼，什么也没说就走了。奶奶死得很干脆，没给人留下什么话柄……奶奶说，孩子呀，别费那么大的事情造房子了，那房子造好了你不一定能住得上。我们那么多的房子现在不都被旁人住着吗，你还造房干啥!?

在爷爷奶奶的指引下，茂民向着那个方向飘了过去，下面是深不见底的悬崖，雪花在悬崖上空飘舞，营造出一种梦幻般的仙境。

雪雾随着树枝的舞动而蔓延开来，遮住了茂民的视线，爷爷奶奶离他越来越远，越来越远，声音也变得虚无缥缈，渐行渐远……这时，茂民突然听见母亲的呼唤声。母亲在灯下为他缝衣服，睡了一觉醒来，她还在那里忙针线活，第二天一睁眼，就能看见她在锅台上的身影。母亲一年四季都在忙，永远有做不完的活……母亲说茂民呀，我娃快回来，就要过年了，房子先不要盖了——都是你大没本事，害得我娃遭这样的罪！作孽呀作孽……这时麦娥的身影也出现了，麦娥敞开胸襟，露出一对丰满而诱人的乳房……麦娥泪流满面地说：“——茂民哥，你不要走，我现在就给你吧!”茂民正想说话，旁边来了两个凶神恶煞的怪面人，手里拿一根铁链，往他的脖子上一套就拉走了。茂民拼命地呼喊着：“麦娥，麦娥，——救我!”麦娥的身影也不见了，身子随着沉重的铁链向无底的深渊坠去……

天亮的时候人们在扇子崖下面发现了已经僵硬的茂民。茂民的嘴里塞满了泥，七窍流血。根据地上的迹象，人摔下来后做了挣扎，一直爬到沟底的小河边，河边有一摊血迹。

“——我苦命的儿呀！”母亲长啸一声，昏了过去。

七

麦娥疯了！麦娥在见到茂民后，狂喊了一声茂民的名字就昏了过去。醒来后就嘻嘻哈哈的，又哭又笑。麦娥把衣服都烧了，光着身子跑出来，谁也追不上。春娥说你把衣服穿上，这样多丢人呀！麦娥说你个不要脸的，留着身子给谁呀！——给茂民吗？茂民死了！死了！茂民不要我了，不要我了——呜呜呜……

茂民下葬的时候穿了那套新衣服。父亲开始不同意，说人已经死了，穿这么好的衣服糟蹋了，不如给茂生留着，母亲坚决不同意。活了二十三年，茂民没穿过一件新衣服，现在终于穿上了。茂民的肩膀被椽子压烂了，结了黑黑一层痂；嘴里填满了泥，手里抓着一把衰草。茂生想把泥抠出来，却怎么也弄不净。茂民的脸色很平静，除了没血色，像睡着了一样，一点也不怕人。茂生抱着哥哥的尸体放声大哭。

一个月前，哥哥同他一起砍柴，一路上还给他讲了许多道理。哥哥说我们家成分不好，父亲一辈子也没做成什么，我们住在那样的破地方，受村里人白眼。现在他已经老了，我们不能靠他了。我们一定要把房子盖起来，让父母享几天清福。茂生知道，母亲这辈子最大的心愿就是能够住上明窗净儿的房子，哪怕一间也行，只要能遮风挡雨，这辈子就算没白活。

哥哥说我们一定要满足母亲的这个心愿，尽快把房子盖起来。

哥哥从来没跟他说过那么多的话，那天却说了一路。

“——哥哥呀，你是不是有什么预感？那你为什么不告诉我呀?!”

围观的人都落泪了，妇人们甚至哭出了声音。

黄泥村笼罩在一片悲凄凄的气氛中，迎接新年的来到。

过完新年，村里照例是要弄秧歌的。往年的秧歌，都是茂民起的头，麦娥、茂民在前面领舞。老一辈的秧歌头关福来随着女儿的长大，早就让出了这个位置，秧歌是年轻人的舞台，充满着无尽的激情与活力。

一到正月，村村都要闹秧歌的。劳苦了一年，唯有这几天才是他们真正的节日。爱热闹的人早早就承了头，收拾锣鼓家伙，抬到老槐树下咚咚锵锵地敲，不出一袋烟工夫，打牌的、喝酒的、剪窗花的、纳鞋垫的便都放下了手中的活计，纷纷到老槐树下集合。平日里不爱热闹的人也唱了起来，把正月吵得红红火火。

秧歌在村里转几圈就成形了，只要秧歌头带队，后面的人跟上就行了。成形后的秧歌一般先在老槐树下打场子，全村的父老乡亲都出来看热闹。紧接着就能听到邻村的锣鼓声，掌伞的一声喊，大家便敲锣打鼓，先给他们送去请帖，然后秧歌进村，挨门挨户地送。接秧歌的一般都是村干部，先在村里比较宽敞的地方打个官场，生产队按礼节送上大洋十元、香烟两条、水果糖二斤不等，收贺礼的一声唱，大家喝一声彩：“——好！”秧歌便按着帖子到各家各户去了。

因为离得都不远，平日里大多认识，因此进了家门也不陌生。院子大点的大家就使劲扭，户主的赏头也重，通常都是半斤水果糖、两元大洋并一包香烟，大家同样喊一声“好！”户主很高兴。遇到院子狭隘的人家，年轻人便不好好扭，唱曲的也不好好唱，主家的赏头也少得可怜，通常就是大洋一元或香烟一包。

外村转完了才回到本村送秧歌，程序是一样的。有时还没送完，邻村的秧歌也到了，队干部就得出门迎接。一个正月下来，如果没有四五个村子互送，这年就算没过好。

送完各村送政府。第一站当然是北塬公社。公社干部每天都留守在院子里等各村的秧歌，边观摩边选定能够代表北塬去县城参加正月十五的秧歌大会演。黄泥村的秧歌除了锣鼓喧天，更有能够代表鹿县特色的飞锣。——五个年轻人头扎英雄结，身穿羊皮袄，脚扎软黑靴，五人“嗬！”的一声吼，旱地拔葱就跳了起来，在空中同时击响手中的铜锣，舞姿飘逸，令人眼花缭乱。鉴此，改革开放以后，政府对民间娱乐更加重视，黄泥村曾多次代表鹿县参加地区举办的十五秧歌大会演，同著名的安塞腰鼓、洛川蹩鼓、宜川胸鼓一起登台亮相，赢得阵阵掌声。

每年的秧歌大会演在地区所在地榆城市进行。各路诸侯汇集于此，锣鼓喧天，旌旗猎猎，大家各显神通！——安塞腰鼓气势雄壮，豪迈粗犷似雄鹰展翅；洛川蹩鼓东蹦西跳，左冲右扑，如古代士卒拼搏冲杀；黄龙猎鼓气势宏大，威武壮观；宜川胸鼓生气勃勃，英姿潇洒……此外，还有那深沉豪放的志丹扇鼓，热情奔放的子长唢呐，铿锵有力的黄陵霸王鞭，刚柔并济的吴起铁鞭舞，文雅秀丽的甘泉莲花灯，等等，淳朴大方的动作里无不透出陕北人的聪明才智和憨厚耿直！

然而茂生家的这个正月却是在伤心与绝望中度过的。整整一个正月，母亲都没有走出家门。父亲佝偻着身子不停地转出转里，一副魂不守舍的样子。茂生兄妹也很少出去，村里的锣鼓喧天与他们一家人无缘。

送秧歌的时候，福来拿了一把伞在前面领路。福来边转动雨伞边即兴编唱，到什么地方唱什么歌。当初豆花就是被他的那副嗓子征服了。

秧歌到了茂生家的时候，大家心情很沉重，茂生的父母坐在窑里没出来。母亲脸上垂泪，难过地睡在炕上，茂霞坐在母亲的身边不说话。

福来边走边唱：

羊肚子（那个）手巾（哟）水上漂，
唱上（那个）小郭解心焦。

一根（那个）甘草（哟）顶不上个门，
好娃娃走了（呀）人心疼！

大红（那个）果子（哟）二人尝，
你把妹妹（呀）搁在了半路上……

整个冬季好像都阴着天，初春的阳光扫去了人们心头的阴霾。大地苏醒了，村民又开始了一年的劳作。

生产队给茂生家批了一院宅地，宅地坐落在一片坟地前面，与关宝拴家相邻。茂生的父亲周崇德不谙农事，却有一手漂亮的泥水活。不管谁家修地方，他都去给帮忙。一把泥页在他的手上左挥右撇，一晌午便把一面大墙泥好了，又快又光。好的泥水匠干活干净利落，泥坯抹得又薄又匀，泥一点也不会浪费，活干完了身上干干净净。不会干活的人手忙脚乱，泥用了很多，墙还没有泥完，自己浑身都是泥巴。这就好像一个茶饭好的女人在和面，面和好了手上干干净净，盆里干干净净，让人一看就知道是个利索人；不会和面的人手上和盆上粘的面比和起来的面还多！周崇德一辈子不知帮过人家多少忙，这回修地方了，村里自然帮忙的不少。茂民准备下的木料足足可以盖三间厦子，没檩子也不要紧。

地基动工后的第一天便出了问题。

宝拴的老子躺在地上不起来，谁说也不听。后来，他索性抱了床铺盖睡在那里了。谁要动土，便让先把他埋了。

宝拴老子八十岁了，人老就糊涂了，他硬说茂生家的地方修在他家祖坟前，碍了他家风水。老汉主意很硬，谁劝也不听，工程就这样停了下来。

福来说宝拴狗日的你是队干部，应该给村里带好头，咋就仗势欺人哩？宝拴于是就给父亲做工作，父亲不理他。宝拴说你要是还睡这里我就不管了，让人家把你埋了算了。宝拴老子说埋就埋吧，他早就活腻了。宝拴说那我把你的棺材现在抬来，让人家埋，省得我再费心！说完就拿起一把铁锨，让儿子们抬棺材。老人一看儿子跟他来真的，有些睡不住了。毕竟，他还不想死。如果宝拴都同意埋，人家肯定是敢动手的。老人说日你妈！你就盼我死哩！说完便自己爬了起来。

地基开挖后才发现下面是空的，有一些陶陶罐罐的东西，并挖出一些人的骨骸。崇德把骨骸用布包了，然后烧了香，送到一个偏远的地方去了。厦子只用了一个月就盖起来了。搬家的那天来了很多人，几乎全村的人都来了。

吃饭的时候麦娥来了。麦娥披头散发，衣衫褴褛。茂生妈一把抱住她，失声痛哭起来，弄得大家都没心情吃了。

房子不大，一张大炕占了一间半屋子，另外一间半做灶房。茂民走了，茂华出嫁了，剩下四个孩子，屋里显得宽敞多了，可惜茂民没这个福。

豆花已经来闹过几次了，拉着抑扬顿挫的腔调整晌整晌地哭，说茂民把她女子耽搁在半路上！茂生妈受不了这个，便跟豆花论理，豆花把茂生妈一把就推倒了，两个女人厮打起来。

茂生回来的时候母亲已经被送往医院，他真的难以相信，平日里待他那么热情的豆花居然会对母亲下手，并且下手还那样重。豆花打人后跑到娘家躲起来了，害怕茂生兄弟找事。茂生后来见到了她，豆花痛哭流涕，说我不是跟你妈寻事，我是心里难受才这样的呀！你要是恨我你就打吧，我让你打。茂生捏紧了拳头，面对曾经像母亲一样对待自己的豆花，怎么也下不了手，嘴角都咬出了血，眼泪顺着脸颊流了下来。豆花掏出手绢要给他擦，被他用力一推，就坐在了地上。

…………

九

茂生家的房子着火了！火光映红了天空。

因为村里放电影，孩子们都不在，茂生妈只顾得抱了几床被子出来。待村人赶到时，火光冲天，已经没法收拾了。

火焰像狞笑的魔鬼，伸出长长的舌头舔噬着这一切，发出“噼噼啪啪”的声音。那凝结着茂民鲜血与生命的椽木在烈焰的炙烤下发出痛苦的声音，锥子一样深深地扎在茂生母亲的心上。

人们从家里提了水桶，对着窗户往进泼水，火焰像一条毒蛇吐着红红的信子，喷出有毒的烟雾，熏得人睁不开眼睛。茂生父亲头发都烤焦了，衣服也烧着了，大家忙把他拉了出来。

火光中，大家看见麦娥不知从什么地方冲了出来，手舞足蹈，又跳又唱，人们惊呆了！

鸡叫的时候，火终于被扑灭了，房子已成了一堆灰烬。大家怀着复杂的心情离开了。

茂生妈欲哭无泪，呆呆地在那里坐了一晚上。

“——作孽呀！上辈子不知作的啥孽！我亏什么人了，老天为啥要这样对我!?”暗夜里，一声声凄凉的声音回荡在小村的上空，搅得大家不能安宁。

天亮的时候茂霞终于扶起了母亲，突然发现母亲的头发一夜间全白了。

哥哥离开后母亲病了半年，刚刚缓过气来，灾难又接踵而至——如此沉重的打击有几人能够承受得了!?

一个严酷的现实又摆在他们面前：房子没有了，一家人哪里去住？

寨子的北头有一个旧庙，庙里供的是关老爷的神像。黄泥村大多数人姓关，他们自认为是关羽的后裔，因此在那里给他供了神位。

寺庙在三十年代曾风光一时，远近几个县的关姓人氏都来这里祭祀。庙宇的后面原来有一座很大的院子，里面全是仿古建筑，很气派，曾经是黄泥村人的骄傲。每年的正月十五这里都有庙会，有戏班子前来助阵，因此很热闹。后来“文化大革命”要求砸烂一切，关爷庙也未能幸免。茂生还能记得墙上的壁画是三国演义上的故事，画得惟妙惟肖，也不知是什么人的杰作。茂生的爷爷曾经给寺庙捐献过银元，使其得到很好的维护，这也是黄泥村人一直感激他的原因。物是人非，高老爷苍天有灵，如果知道他的后人落魄至此，以庙为家，不知做何感想？

一场秋雨一场凉。

才过白露，已是寒气袭人了。屋漏偏逢连阴雨，房子烧完了，一家人总不能住在露天地里。于是在福来的倡议下，他们搬进了关爷庙里。

经过“文革”的洗礼，关爷庙早已失去了往日的尊严，变得满目疮痍，千疮百孔。周崇德从灰烬中拣了一些瓦片，把上面瓦了一遍（瓦在此为动词，指用泥浆把房顶抹一遍，然后再搁上瓦），一家人就搬了进去。庙门的台阶很高，也很陡，下面便是茂生家原来居住的沟渠，与村中隔沟相峙。一棵柏树弯弯扭扭地把头探了下去，在空中改变了方向，蓬蓬勃勃地长了起来，树冠已经覆盖了整个庙宇。

庙里不大，仅能置身而已。好在茂生家也没什么家什需要摆放。一张土炕盘在神位的后边，在庙的后面开了一孔烟囱，让人想起西游记里二郎神追孙悟空时的情景，茂生哑然失笑——谁说庙堂背后就不能有烟囱？二郎神如果见了，当会重新认识那件事情。

由于庙门正对着沟畔，四周又没其他建筑，晚上的时候风便打着哨子在门外徘徊。半夜的时候门没关好，“嘭”的一声就开了，茂娥吓得钻在母亲怀里不敢出来。

夜静得怵人，母亲一闭眼便隐约听到唱戏的声音，先是很模糊，后来那声音便越来越大，越来越大，好像有许多人，“叮叮锵锵”，有打有杀……母亲猛地坐起，点亮油灯，那声音便戛然而止，消失得无影无踪了。可是躺下后不久，那声音便又响了起来，“叮叮锵锵”，“叮叮锵锵”……一股森森的阴气回荡在庙梁上，发出“呜呜呜”的声音，像是一个生命垂危的人发出垂死的呐喊……后来，茂生的父亲说他也能听到什么声音，一到深夜就会有很多人跟他讲话，都是一些古代的装扮，声音沙哑乏力，空洞沧桑，让人不寒而栗！于是午夜时分他便会在睡梦中大声呐喊，或是走出庙门，跌跌撞撞地到下窑转一圈，然后摸索着回来睡觉，醒来后什么也不知道……后来，茂生妈便频繁地梦见茂民回来了。……茂民佝偻着手，从嘴里一直往外掏泥，泥越掏越多，越掏越多，把人都埋住了……

有一次她梦见茂民回来了，趴在外面的柏树上不能上来，要母亲拉他一把！茂民浑身是血，手里抓着一把衰草不放……母亲说孩子你快把那撮草扔了，抓着树就爬上来了！茂民说那草不能丢，那是他的救命草！母亲递给他一把锄头，要他捉住，茂民努力地向前伸手，伸呀伸的，就是够不着锄把！母亲急得满头是汗，急急地喊茂生快来，却怎么也喊不出来，声音好像都被空气吸走了，眼看着茂民离开柏树跌下悬崖，母亲心急如焚，却毫无办法……那梦是如此的真真切切，以至母亲都信以为真了。她于是一跃而起，跌跌撞撞地把门打开——一股寒风裹着沙砾袭了进来，老人一个趔趄便坐在地上，躺在炕上睡了几天。

这样的日子挨过了秋天，凛冽的寒风便携着大雪如期而至。庙宇的顶上秋天没漏，一家人都觉得托了关老爷的福。进入严冬，千疮百孔的庙墙如何抵挡得了强劲的北风？感觉屋里比外面暖不了多少。缸里的水晚上结了厚厚的冰，第二天做饭砸不开来，把缸都砸烂了。没了缸，大雪封路，水挑不上来，一家人于是就吃雪水。满满一簸箕雪倒在锅里只能消一点水，但是这样的劳动却充满了乐趣，久违的笑声在屋里响了起来，兄妹几个脸上红突突的，乐此不疲，白皑皑的雪地上到处都是他们的脚印。

这一年的冬天特别冷。

三九的时候，家家的瓮沿上都结了冰，庙宇里更是滴水成冰，冷得人受不了。母亲的手上全是冻疮，肿得像发酵的馒头，上面全是横七竖八的裂痕，每天还在增加新的伤口。茂生兄妹的手脚也冻烂了，痒得都挠出了脓。如果再住下去，全家人会被冻死的。更为奇怪的是自从他们住进了关爷庙，全家人就没有平顺过：母亲上台阶的时候扭了脚踝，脚腕肿得老高，疼得不能走路；父亲在沟里拾柴，连人带柴从坡上滚了下去，幸亏茂生及时赶到，把他背了回来；茂霞去村里磨面，套牲口的时候骡子惊了，拖着她跑了很长一段路，腿被牲口狠狠地踩了一脚，鲜血直流……父亲于是请了阴阳先生来营造（做法事）。阴阳先生说庙里的风水太硬，一般人是伏不住的，你们赶快搬走吧。

沟渠的下窑自从他们搬走后，被人圈上了牲口。窑掌的后半截已经塌了，留下前面盘炕的部分。墙上黑得发亮，像是烧过木炭的炭窑，但厚厚的黄土却可以保护人不受寒风的侵袭。

地方不住人就显得更荒凉，顶上的建木不堪重负，已经被压得变了形，好像马上就撑不住了。窑帮上新增了几道裂痕，眼看就要塌下来。但就是这么个破地方却可以避风挡雨。特别是冬天，只要烧热了炕，哪会有这么冷呀！

茂生与父亲于是把旧窑拾掇了一下，一家人又搬了回去。

雪下下停停，下下停停，太阳终于露出了容颜，温度却下降了好几度，冷得人不敢出门。才过了腊八，空气中便弥漫着一股年的气息。家家的碾盘上铺满了黄澄澄的小米，毛驴戴着眼罩在那里转到天黑，间或发出一声长长的嘶鸣，惊起碾边觅食的鸡婆。

硬米经过细碾后再跟玉米面相合，经过一夜的高温发酵，然后摊出酥软金黄的黄馍馍。在那个困难的年代，这是粗粮细作的最好办法。

摊黄馍馍的时候手法要快，一个人同时照看三四只鏊子。因为没有油，便用一块带膘的猪肉（最好是猪尾巴）在上面一擦，鏊子“吱”的一声，趁势便把发好的米面糊糊浇了上去。摊黄馍是一件很累人的差使，烟熏火燎，炝得人睁不开眼睛。因为没有麦面，所摊的黄馍要应付一个正月的来人客去，因此家家做得都比较多。女人一坐下就是一整天，有时夜深了还没完，下一个用鏊的人已经等在那里了。

摊黄要用上好的干柴才能保证速度，因此每年的这个时候男孩子都跑到很远的地方拾干柴。

福来家没有男孩，拾干柴的任务便落在女孩子的身上。凤娥经常跟茂生一块去，路上走两个多小时，到了山上女孩已经累得走不动了，哪有力气拾柴？茂生于是把自己拾的给凤娥分一些就够她背了。

孩子们去的时候跳跳蹦蹦，回来的时候走得异常艰难，往往天黑尽了才能回来。有时实在走不动了便扔在半路上，回来吃点东西再去。豆花知道茂生对凤娥经常关照，于是在摊黄的时候有意在里面加一个鸡蛋，等茂生来了便看着他吃掉。有时茂生不肯，豆花便会生气，拿手绢包了，塞进他的口袋。

米面黄酥软酥软，回到家里还热腾腾，咬在嘴里舍不得咽。

软米经过细碾后也要与玉米面混合，然后放在热炕上与硬米面一块发酵。第二天一家人便会起个大早，把发酵好的软米面搁在案板上反复地揉搓，然后做成窝头的样子，把豆沙包进去，用孩子们捡的梨叶衬在笼布上蒸。那时候农村很少有白糖，就在豆沙里搁了糖精，甜丝丝的好吃极了。软糜子面除了包软馍外还用来炸年糕。“热腾腾的油糕热炕上坐”，是陕北人待客的最好食品。

做米面很有讲究，同样的材料，不同的人做出来的味道大为不同。有的人会发酵，黄米馍又坚又韧，松软可口；软馍馍金黄金黄，香甜细腻，令人回味无穷；有的人茶饭不好，做出来的黄馍又酸又硬，比玉米馍还难吃，一番工夫便全白费了，这个年一家人便过得不舒心。

孩子们最为兴奋的是蒸白面馍的那天，屋里热气腾腾，白雾缭绕，炕上的人几乎看不清楚。一股浓郁的芳香溢了出来，走进院子就可以闻到。新媳妇进门，这一天便要看本事，白馍捏得好不好，蒸出来的馍白不白，绽得好不好，都有很多讲究。劳累了整整一年，唯独这一天可以放开肚皮吃一顿白馍。于是有些人便夹了辣子，香得直醉在心里。“白馍馍蘸辣子，神仙也想吃。”要是再有上一块猪肉，那简直就是真正的神仙日子了，一般人谁敢奢望？

然而并不是所有的人家都有资格享受这种生活的。茂生家今年便不需要受这些洋罪，因为他们家的粮囤里总共也没几颗粮食。队里管仓库的是茂生的老舅，他偷偷地把发了霉准备给牲口吃的粮食拿出来一些，帮他家渡过难关。发了霉的粮食蒸出来的馍又黑又酸，咬在嘴里粘在牙上取不下来，吃得人直吐酸水。就这也没有多少，仅够一个多月就没了，前半年一家人只好吃野菜度日。

这个年，茂生家是在辛酸与泪水中度过的。

十　一

白秀的男人后来接走了母亲，又接走了孩子，没有再回来。听说他在外面成家了，不要白秀了。大家常常看见她在老槐树下哭泣，哭得人心颤。晚上的时候还能听见她的歌声，凄凄戚戚：

听见哥哥唱着来，
热身子扑在那冷窗台。
拿起一根针来想纫一根线，
泪珠珠遮住院就看不见。
双扇扇门单扇扇开，
叫一声哥快回来……

人们都劝白秀再走一处（改嫁），白秀摇摇头。天下男人都是那熊样子，她不找了。

豆花结扎后，对福来加强了管理，晚上不让他一个人出去。她警告白秀：要是再敢勾引她男人，让公安局来逮捕她！

福来不去了，白秀的生活便有些艰难，常常一个人揭不开锅，有一次昏倒在老槐树下，正好茂生路过，把她扶了回去。

自从那次从树上栽下来被白秀救了，茂生总觉得欠她点什么，于是只要在家的日子，他总会给她挑水。

记得小时候经常去白秀家，白秀那时刚嫁过来，丈夫还没抛弃她，她的脸上经常挂着微笑。茂生去了白秀也像豆花那样对他好，把自己舍不得吃的好东西拿出来给他。后来她有了自己的孩子，丈夫常年不回来，白秀觉得害怕，就让茂生晚上给她做伴。茂生那时已经开始上学了，多少明白了一些事情。他觉得白秀很可怜，白秀那么善良，男人为什么要伤害她？

晚上睡不着觉，白秀就给他讲故事。因为不识字，她讲的都是一些鬼魂狐怪的故事：毛野人吃娃，红眼掸掸绿头发……吓得茂生直往她怀里钻。白秀喜欢听茂生给她念唐诗，她不一定能听懂，只说好听。茂生念："远上寒山石径斜，白云生处有人家。停车坐爱枫林晚，霜叶红于二月花。"白秀便捂着胸口笑："天上哪有人家呀，都是哄娃哩，想不到书上也有这么哄人的话。"茂生就给她解释，结果越解释越黏，最后他就不解释了，让她按照自己的意思去理解。白秀说狗娃，婶就喜欢你念书的样子，让人看了心疼。有一次她给孩子吃奶，把整个胸部都露了出来，茂生看见了，脸就红了。白秀哄娃睡了，拿了茂生的手放在她的胸前，让他摸她那里。茂生触及那软绵绵的东西，像触电一样赶紧把手取了出来，脸涨得通红。白秀说茂生呀，长大了要不要媳妇？茂生说不要。白秀说你哄婶子哩，哪有男孩子长大不要媳妇的？白秀说茂生呀，你长大了娶什么样的媳妇？茂生红了脸，说不知道。白秀说你一定能够娶到漂亮媳妇的。不管什么样的媳妇，你一定要对她好才行！女人栖惶着哩！男人如果不疼她，她就在这个屋里没法活了。说完眼睛就红了起来，看着茂生傻傻地笑。

后来，茂生长大了，去得很少，也不可能再给她晚上做伴了。白秀有几次要留他吃饭，他不肯。茂生知道，她的生活也很艰难。有一次茂生帮她劈柴，出了很多汗，衣服湿透了。白秀让他把上衣脱了，用毛巾给他擦背。一边擦一边唱着那些酸曲，听得他心里难受。

茂生说婶你别唱了，白秀就不唱了。

白秀擦得很认真，擦完后又给他擦脸。茂生不好意思，说我来吧，白秀就把茂生的上衣给洗了。洗完上衣白秀说把你的裤子也脱下来，上面全是泥，婶给你一块洗，茂生不同意。白秀说茂生你长大了，嫌弃婶了。你小时候来我家，经常给你洗衣服哩。——喏，这是死男人留下的衣服，你能穿，换上吧。说着不由分说就替他脱裤子。茂生说你先出去吧，我来换。茂生只有这一条裤子，平日里洗了就没衣服穿了。经常都是晚上脱下来洗，第二天不管是否干了都要穿上身的。白秀说你小时候我还摸过你呢，还怕婶看见？茂生唰地就红了脸。白秀忍住笑，出去了。

…………

秋后的连阴雨下起来没完没了。涝子里的水早就溢了，在沟渠形成一条河。茂生家的窑洞连日来往下渗水，窑里已经汪洋一片，没法进去了。茂生妈说他大呀，这窑看样子不敢住了，你看中间都裂开口子了。崇德说不敢住怎么办？天阴下雨的，我们到哪里去？

让人忧心忡忡的事情还是发生了！

那是一个晚上，雨已经停了，茂生上学不在，茂霞半夜起夜，发现窑顶往下溜土，建木发出咯咯吱吱的声音，像一个不堪重负的老人，声声喘息。茂霞惊叫了一声，父母全醒了。没顾及穿衣服，赶快叫孩子们起来，茂霞拉着茂强，父亲拉着母亲，一家人冲了出来。刚出门口，窑就爬了下来，轰然一声，伴随着弥漫的尘土，发出沉闷的声音。

“——茂娥没有出来！”茂生妈突然哭了起来。大家看时，就是不见茂娥！母亲当时就昏了过去。

茂霞、茂强拼命地喊着，哪里还有茂娥的影子！

第二天一大早人们就开始刨土，刨了一天也没见茂娥。原来窑洞经过雨水的侵蚀，已经与上面的泥土混在一起了，实实在在地塌了个严实。茂生兄弟不放弃努力，夜以继日，直到第三天才找到茂娥，人早已断气了！

可怜的茂娥才活了八岁！八岁了，没穿过一件新衣服。身上的那件夹袄还是茂生小时候穿的，后来又给了茂强。夹袄补丁摞补丁，已经看不出原来的真实面目。母亲夏天剥了里面那一层，给她做单衣；冬天的时候给夹袄里添了套子（棉花经反复使用后已经没有弹性，俗称套子），便成了她的棉袄。茂娥曾经想穿一双塑料凉鞋，看到村里的小姑娘已经穿上了，她就跟着人家踩脚印，说这样她也能拥有凉鞋了。茂生答应过妹妹等她上学了就给她买。茂娥已经开始上学了，背上了母亲用麦秆给她做成的书包，蹦蹦跳跳很高兴。茂娥是骑在哥哥姐姐的肩膀上长大的。茂生经常驮着她去这去那，小妹妹看见什么都好奇，总有问不完的话题。由于小时没奶，营养不良，茂娥的头显得很大，瘦瘦的肩膀好像已经无法承负，跑起来不小心就跌倒了。茂娥喜欢唱歌跳舞，经常被大人堵在路上，不唱一首歌，不跳一曲舞就不让她回去。她很仁义，很少跟别的孩子淘气，是个人见人爱的小姑娘，就这样没说一句话走了！

队上腾了一间饲养室给茂生家住。

饲养室的后面是羊圈，左边是牛圈，右边是骡子和马、驴住的地方，臊味远远就可以闻到。晚上刚刚入睡，一声刺耳的驴叫刺破了夜空，全家人就再也睡不着了。更为难堪的是那满圈的牛粪、驴粪，熏得人吃不下饭，一吃就恶心。茂生的母亲更是躺在床上水米不进，瘦得就剩了一把骨头，一个多月没起来。村里人都说她可能活不了多长时间了——经历了这么多事情，是谁也受不了。没想到一个月后，茂生妈居然奇迹般地坐了起来，开始吃饭了。

豆花那段时间可没少来，还拿了十几颗鸡蛋。来了就坐在炕沿上陪茂生妈拉话："多好的一个女子呀，又俊，又仁义。害得我们家芳娥也经常流泪，说她晚上都梦见茂娥了。——你说一块耍得好好的，咋说走就走了呢？”豆花这样说着，茂生妈就开始流眼泪，豆花也跟着抹眼泪。后来，茂霞都有些讨厌她了，一来就说令人伤心的事情，让母亲每天泪水洗面。

晚上吃饭的时候白秀来了。白秀端来了一碗热腾腾的羊肉，要茂生妈趁热吃下。茂生说你哪来钱买羊肉的？白秀说她娘家兄弟来了。

自从搬到饲养室，白秀也经常来。她来了就帮茂生妈做事情，拉些不沾边的闲话，从来不提茂娥的事情。

白秀还没走，豆花来了。看见豆花，白秀跳下炕就走，被豆花拦住了。豆花说我刚来你就要走，是不是我有狐臭，专门勾引人家男人?!白秀红了脸，说你来你的，我走我的，跟你有啥关系？豆花说怎么就没关系了？你走到哪卖到哪，黄泥村的男人都快卖遍了，还说跟我没关系!？茂霞很生气，说你们要吵到村子里去，别在我家喊叫！说完便把她俩推了出去，把门关上了。

不一会儿，外面就传来了白秀的哭声。

十 二

…………

茂生高中毕业了。村里在县城上学的不少，经过预选，就剩了他和凤娥两人。都说茂生学习比凤娥好，一定能够考个好大学。一些人就开始拍马屁，说茂生继承了他爷爷的血脉，将来也是个文化人。凤娥喜欢茂生，村里有人知道，都说考上了是天生的一对，就是豆花那样的丈母娘让人有些扫兴。

茂生家的事多，经常请假。预选后甚至一个多月都没有再去。考试卷子和复习资料都是凤娥给他带回来的。北塬乡一直没有开英语，高考的时候却要考这个。县一中的学生都学过，因此参加预选的时候二百多学生只留下了十几个，还是严重偏科。他们于是开始自学。凤娥一直在学校有老师辅导，茂生就不行了。凤娥于是回来又给茂生教。豆花虽然没想着两个孩子将来会怎样，但还是喜欢他们在一起学习的感觉。于是不管熬夜到几点，她都会给他们煮一些鸡蛋，熬稠稠的稀饭，等孩子休息了自己才去睡。是呀，生了十二个丫头，就看老六能不能有出息。

…………

那时队里已经包产到户，各家都有自己的承包地。乡上开始发动农民致富。春季的时候，茂生在自留地秧上了烟苗子。烟苗长势很好，眼看就可以移苗了，却在一个晚上被人连根铲掉！有人看见宝拴家的老四红卫晚上从茂生家地里走过，茂生于是就去问红卫。红卫看茂生的样子，知道事情已经败露，然后坦然地说是他铲的。茂生说你为什么要铲？红卫说老子想铲，你要怎样？茂生原想可能是福来干的好事，没想到是红卫，更没想到红卫还是那个态度。红卫看着茂生，摆出一副盛气凌人的架势。他说茂生，别看你考上了高中，你们家注定还要穷不知道多长时间，靠那点烤烟发不了，你还是回到学校念你的书去吧！让你大看好那几间房子，别再塌了！

不提房子还罢，一提茂生就想起了茂民，为了房子连命都搭上了，最后却被人付之一炬！茂娥被活活地塌死在下窑里，惨哪！说话间茂生便摸了一块砖头，照着红卫的头就拍了下去。红卫没想到茂生会打人—— 一块要这么大，还没见过茂生跟谁打架。小时候他们兄弟几个经常欺负他，也没见他动过手，因此他断定即使他再过分，茂生也不会把他怎样的。茂生拍了一下红卫就应声倒下了，头上冒出了鲜红的血液。茂生看见砖头已碎成两段，手中的那块上全是血！——红卫躺在那里一动不动，看来是死了！

茂生丢下砖头，扭头就跑。

十　三

…………

茂生跑到了县城，没敢停留就登上了南去的班车。好在身上还有准备买塑料薄膜的十元钱，他一下子就来到了关中。

一路上都在提心吊胆，生怕前面有警察挡路。每次有人上车，茂生都会惊出一身冷汗。城市不敢去，那里肯定有通缉海报，弄不好一出站就会被逮捕。车子到了关中的时候看见许多人收麦子，茂生听说这里每年收麦的都是麦客，大部分来自河南，于是就瞅了个地方下车了。

陕北的麦子还没黄，这里却已经割得热火朝天了。茂生去了一个村子，看见一个老头，问人家要不要收麦的。老头上下打量了他一番，茂生心里就开始发毛：莫非他已经认出我了？看来农村也不能待的。正准备离去，老人淡淡地说了一句："看你这样子也不像是受苦的。当麦客很累的，你能受得了这罪?"茂生松了一口气，说我收麦子能行，在我们村都是劳动能手哩！老人说你从什么地方过来，茂生不敢说自己是陕北的，就随口说了一个地方，老人顿时眉开眼笑，说我的祖籍也在那里，只是多年没回去了。看来咱们还是老乡啊！于是就带他回家，弄了一盆水让茂生洗，问他饿不饿？茂生一天没吃东西了，饿得发慌。茂生说我身上没带钱，不能白吃你家的饭。要不等收了麦子再从工钱里扣。老人说我们是老乡哩，咋还这么客气。于是让老伴和了面，不一会就端上了细长的面条，茂生吃得满头是汗，浑身的疲惫也一扫而光。

老人姓黄，家里雇了一个麦客，甘肃人，是个上了年纪的人，但是干活很实在。麦熟一晌，前几天还有些绿的庄稼几天就熟透了，麦穗憋得胀圆，鼓鼓的颗粒就要跳出来了。黄老伯正准备再雇个人，抓紧时间把麦子收完。

甘肃麦客回来很晚，一进屋先洗脸，然后端了个老碗埋头吃面，头不抬眼不睁，看来饿极了。老麦客约有五十岁的样子，焦黑的面孔，满脸沧桑。黄老伯说这是老刘，晚上你们住一个屋，明天开始你们就在一起干活吧。老刘冲着茂生笑了笑，像父亲一样，一脸的慈祥。老刘说这么小就出来挣钱了？茂生说我不小了，都十八了。老刘说我们家二小子跟你同年哩，还在上学。大小子都快三十了，还没有结婚，女方家嫌咱没地方。农村人苦焦呀，一辈子能修起地方的有多少？现在家里的地方已经修了一半，这料庄稼收下来，回去就可以有成果了。老人说话的时候目光透亮，有一种深深的成就感。

第二天一早他们就进地了。太阳还未出来，微风吹过，一股浓郁而熟悉的味道扑面而来，麦浪滚滚，像一匹硕大无比的金色绸缎，闪烁着细腻而柔软的光芒，真想在上面好好地睡上一觉。老刘说这会干活不受晒，但不出活，因为早晨有雾气，麦秆是皮的，费力费镰；中午太阳最毒，人晒得受不了，但手下出活，麦秆一碰就断，镰也省得去磨。茂生知道他是个老麦客了，不由心生敬意，埋下头就干了起来。

早饭的时候老刘已经割倒一大片，茂生却还在地头上。老刘说不着急，一开始不习惯，慢慢就熟练了。太阳刚刚升了一竿子高，就把热浪滚滚地抛了过来，仅有的一点晨雾也被它卷走了。

中午的时候茂生觉得有些眩晕，太阳白得发黑，像一根根灼热的银针穿透人的皮肤。麦田间蒸起腾腾的薄雾，袅袅娜娜，远处的大树好像也在跟着摇摆。汗水在茂生的额头上形成一个雨帘，成串成串地往下滴，眼睛都快睁不开了。嗓子在冒烟，腰疼得直不起来。最为糟糕的是把手弄烂了，怎么都觉得用不上劲。老刘劝他到树荫下休息一会，他不好意思。眼看得那边半块麦田都快完了，他这里才割了一小块，麦茬高低不平，后面遗了满地的麦穗。老刘说在家里没干过活吧？茂生说干过，干得少。茂生在家的时候也帮家里人收麦，但大多的时候是姐姐父亲拿镰，他与茂强拉麦子。茂生越急手就越不听话，不小心把手割破了。老刘替他包扎了，说你别割了，把我割下的往一块抱，凑起了就装到车子上。晚上回去的时候黄老伯问怎么样，老刘说小伙子干活挺卖力，这样下去几天就完了。茂生觉得很惭愧，拿一样工钱，凭什么让老刘承担自己的那份劳动？于是他对老刘说自己不想干了，老刘说你嫌工钱低？茂生摇摇头，说我觉得对不住你。老刘拍拍他的肩膀，说一看就知道你是个老实娃！都是出门人，谁没个难场？别说这样的客气话了，早点休息吧，明天起来还要干活哩！

就这样，茂生在黄老伯家干了三天，黄老伯又给他们介绍了村里的其他人。十几天后，村里的麦子一镰镰全倒下了，茂生与老刘也建立了深厚的友谊，两个人甚至以叔侄相称。

第二天一早两个人就上路了，老刘给茂生说了自己的详细地址，要茂生有空来他家玩。并约好明年的这个时候还来这里。

茂生心里暖烘烘的，身处异乡，能遇到这么好心肠的人真不容易呀！

离家已经十多天了，家里也不知乱成什么样子，母亲肯定又躺在了床上。茂生突然觉得自己很自私，事情既然已经发生，大丈夫男子汉，一人做事一人当，大不了一命还一命。但一想到大哥与小妹已经殁了，自己再被判个死刑，母亲一定会难过死的。现在跑在外面她虽然担心，毕竟知道我还活着，不会太伤心的。最让他难受的是再有一个月就要高考了，十年寒窗，一家人辛辛苦苦地供养自己，现在却连进考场的机会都没有了。自己一生的希望就这样破灭了，一家人的希望也破灭了！茂强从小就不爱学习，初中能毕业就不错了，别指望他会有什么出息。

自己一时的冲动，带来了这么严重的后果，茂生有些后悔了。

晚上的时候，茂生来到一个县城的郊外，在一处废弃的旧屋里住了下来。旧屋外是一片草滩，蚊子成群结队而来，叮得他脸上全是包。暴晒了一天的土地热烘烘的，有点像家里的热炕。一闭眼，红卫捂着脸站了起来，头上的血直往出冒，溅了他一脸；红星拿着一把镢头来了，跳到房上就刨，一会工夫房子就被刨塌了，母亲哭着从里面冲了出来，被宝拴拦在门口，不让出去……

一晚上都在做噩梦，天亮的时候他才迷迷糊糊地睡去。

茂生想进城找份工作，又不敢。每天去镇上吃饭也是天黑以后才去。饿了一天，狼吞虎咽地吃上一顿，然后迅速离开，惶惶如丧家之犬，不可终日。

（原出版单位：上海文汇出版社 2007 年 2 月第 1 版）

夏日残梦（节选）

周瑄璞

【作者简介】 周瑄璞，女，1970 年生。中国作协会员，陕西省作协理事。著有长篇小说《人丁》《夏日残梦》《我的黑夜比白天多》《疑似爱情》，中篇小说集《曼琴的四月》。在《人民文学》《中国作家》《十月》《作家》《芳草》等杂志发表多篇中短篇小说。获第三届中国女性文学奖，第三届柳青文学奖·新人奖。

美的，未必就是真的，
真的，又未必就是美的。
你到底要什么？

第一章

爱情是世界上最没有法则没有道理的东西。
一分付出一分收获的理论，用在爱情上成立吗？

一

方小柠匆匆地走在街头，不知什么时候，路灯亮了，黄昏变得迷离暧昧，周围行人如潮水般涌动，不晓得来自哪里又流向何处。她觉得自己是这潮水中的一个小旋涡，湍急而身不由己，当她走到钟楼盘道时，钟楼在几束灯光的照射下显得金碧辉煌，让人忘记它白天的灰暗。方小柠看着这不真实的辉煌，想她还是喜欢钟楼白天的灰暗和寂寞，而这种由灯光热热闹闹地烘托出的华丽张扬，似乎离她太遥远。是啊，遥不可及的。报话大楼的《东方红》乐曲响起，七点了。方小柠加快脚步向车站走去。一辆开往她家的公交车进站，她跑了起来。跨上车后，她气喘吁吁地靠在售票员的工作台上。

她回到家里，电视里正在播天气预报。三岁的儿子坐在小凳子上，趴在床边经营着一堆玩具。丈夫陈自伟在公用厨房里做饭。飘来炸带鱼的香味，不知是谁家的。她倒在床上侧身躺着，与儿子边交谈边一同玩儿。一个多月前刚入幼儿园的儿子喋喋不休地诉说着幼儿园的故事。她专注地听着，一会儿故作惊讶，一会儿又点头赞同。这是她从书上学来的，对待孩子的鸡毛蒜皮就要这样，让孩子觉得你重视他的一切。方小柠自孩子很小的时候便附加一项内容，在孩子说到节骨眼上时，亲亲他，这让孩子更受鼓舞，说起来更是眉飞色舞。

“开饭开饭。”陈自伟端着两盘菜进来。她赶忙起身收拾写字台，到公用厨房端回稀饭。

写字台便是他们一家三口的饭桌，真正的饭桌被合起来放到了衣柜与床之间的四十厘米的过道里。过年过节家里来人时才派上用场。而开衣柜取东西时，还得将它拿出来。

反正就是十五平方米的房子，得好好合计才能使地方变得大些再大些。

晚饭很简单，两个菜几个馒头，一小锅稀饭。一家三口边吃边聊。《焦点访谈》后，陈自伟拿起遥控器关掉电视。这是他们家的习惯，大多数时间在八点前关电视，小孩子长久看电视一对眼睛不好，二是没完没了的电视连续剧、言情片对孩子的精神也是污染。更何况今晚方小柠还有活要干。下班时她到印刷厂拿回了兼职校对的报纸毛条。今晚又要开夜车了。

窗外是生机勃勃的春天，房内，方小柠俯在写字台上校对。孩子早已在陈自伟的故事里睡着了。他躺在床上，看着妻子俯在写字台上的背影。因为在自己的家里，方小柠没有了白日的优雅姿势。她脊背弯曲，胸部抵在写字台边上，用一种最懒散、最不修饰的姿态趴着。陈自伟两次走过去，从身后抱住她轻声问，完了没有。她打他的手，早着呢，你睡你的。有些撒娇，有些厌烦，有些理直气壮。

她校对完已是十一点，洗漱后，她脱衣上床。儿子在两人中间，酣睡得像个天使，她轻轻抚摸他令人心疼的完美小脸。丈夫的手掌伸向她的脸。他并没有睡着或因目的没达到而操着她的心，耳朵醒着在听她的行动。

“快睡吧，明早要上班，前天刚开过会，不能迟到的。”

她试图用冠冕堂皇的理由推掉丈夫每次晚间的接近。然而每次她都以失败而告终。男人在床上是不达目的誓不罢休的。

她经不起他的软磨硬泡。

早上，方小柠赶在七点前起床，将简单的早点收拾好后叫醒丈夫和孩子。在彻底叫醒他们的五分钟里，她吃完早餐，穿上外套，在镜子里匆匆地照一个没有化妆的脸，与父子俩告别后，便出门了。给孩子穿衣收拾，送幼儿园是丈夫的事，因为他离单位和幼儿园都近。

八点整，方小柠踏进办公室。她是一家杂志社的校对，这家每月一期，在这个城市没有多大名声的杂志社共有两名校对，她与一个五十多岁、身材矮小、行为拘谨，说话时不停地有用手指擦两个嘴角的半老头。方小柠称他为田老师。田老师与她除了校对外，还分担着杂志社的其他杂事，如收发报纸来信，统计差错等。随着精简机构、裁减人员的风声愈紧，不断有事务落在他们的头上。“干吧干吧，”田老师每每先起身关起门再回身小声对她说，“咱兼得越多越不能裁咱们，校对就咱俩了，再裁怎么工作呀，明显不符合校对规范嘛。”他是个事事都能跟有关政策、规范联系起来的人。

说实话，这份工作还是较轻松的，校对一期杂志他们两个一个星期内完成，其余时间便是坐班。如果没有太大的理想与渴望的话，这是一份还说得过去的工作，尤其对于七年前还是个流水线工人的方小柠来说。

然而偏偏方小柠是个有理想与渴望的人。一年前，方小柠联系了一家周报的兼职校对。钱，对于她来说是很重要的，其实在这个社会，钱对谁不重要呢，她用劳动换取每个月几百元钱是踏实的。

她在办公室无所事事地熬到十一点，三个小时内接了几个无关紧要的电话，又打了几个更加无关紧要的电话，看了几份永远是一个面孔的晚报，将茶由苦喝成甜，喝成白开水。她背上包出了办公室，走出门口挂了十几个在外人看来莫名其妙的牌子的院子。她要到印刷厂送毛条。几分钟后，她来到大街上。这条她每天路过的大街阳光明媚，美女如云。似乎全城的美女都来到这里展示自己的青春，不知她们有没有工作，以何为生，是本地人还是前一小时才来到这个城市，但这一切越来越不重要，在这个日益物质化的新潮冲击下的古老都市里，重要的是她们每天都在这条全市最繁华最时髦的大街上出没。这足以让所有男人觉得生活是多么的美好。丈夫曾对她说，他无数次在这条大街上勃起，结婚前这样，结婚后仍然这样。而此刻，她的丈夫，某局最年轻的一个中层干部正道貌岸然地坐在办公室里，也许正在学习有关文件，也许正在与年轻上进的入党积极分子谈心，也许正在会议室里打着他那炉火纯青然而令人恼火的官腔汇报自己学习“三讲”的体会。

春天，春天彻底地来到这个古老得有些压抑有些沉重的城市。苍老灰暗的城墙砖缝里长出嫩绿的青草，多年的大树绿叶繁茂，整个城市如发育的少女变得丰满而蓬勃。方小柠喜爱这个城市的春天，因为短暂的春天之后，是漫长得令人知足的夏天。

夏天，甜蜜的夏天。在方小柠的心中夏季是个多姿多彩，充满浪漫回忆的季节。

古老伟岸的城墙，爽朗泼辣、北方独有的夏季的风，吹动着二十五岁的方小柠艳丽的衣衫及洁白的短裙。二十五岁，是个可以恰如其分地穿短裙的年龄，有天真无邪，有成熟矜持，一切都合适而令人挑不出毛病。是盛开的，有着馥郁芳香的花。一个年近五十的红透香港的男歌星说，我永远是二十五岁。而方小柠也想说，我愿永远是二十五岁，是二十五岁夏天里的方小柠。

二

认识丁西安是在方小柠二十一岁的夏天。她的一切似乎都从夏天开始。

那时的方小柠是一家大企业彩电流水线上的工人，与三十几个二十岁左右的女孩一同戴着一样的白帽，穿着一样的白褂，每天十几个小时地坐着插件。送元件的库房管理员要找一个人，却在流水线上转了两圈也找不到，她抱怨地说，咋都一个样。最后只好大声叫那个女孩的名字。

当时彩电很热销，好似全国人民都将买彩电当作人生的头等大事，方小柠她们厂的彩电成为免检产品，要凭票才能买，那张票在市面上卖千元以上。那时她们单位很多人家都买了几个放起来，给自己正上高中的女儿或儿子将来结婚用。方小柠她们几乎每天加班，干到晚上七八点，每人发一块直径二十厘米的烤蛋糕，上面粘着几粒杏仁、花生米。于是，偌大的车间里飘满蛋糕香，这使得年轻的方小柠在以后的日子里见到那样的蛋糕便倍感亲切。这些女孩子们每月的工资奖金加起来超过自己的父母。女孩们衣着时髦，在郊区那一带很有名，女孩子们成为男孩子竞相追求的目标，每晚甚或深夜她们下班走出厂门，便有一群男孩子等在那里。

那时的方小柠便融入这几十个女孩中间，然而她过于沉默灰暗了。她瘦小单薄，学生头，不化妆，仿佛与身边的女孩子不协调。像所有被乡下的祖母或外祖母带大的女孩子一样，她敏感早熟，心事繁多，行为诡秘。比起周围女孩子有着更多的梦想及对生活更高的期待。而这样的女孩，多半都爱好文学，在这个爱好中寄托她变幻无尽、纷繁莫测的心事。她的高工资大多用来买书，放到自己床头的一块小木板上，放不下了，她便想买个书柜，父亲说，我给你做一个吧。那时，她的父亲还在，和母亲一样是一个中学里的教师。于是一个简易书柜放到了她与弟弟的单人床之间。

她试着写一些小文章，花呀鸟呀，天呀雨呀，暗恋呀啥的，寄出去不见发表。那时报刊上有人提出小女人散文这个说法。这不奇怪，没有那么多阅历，没有更丰富的生活，没有更宽的知识面，甚至没有到这个城市以外的地方走一走看一看的可能，怎能写出大散文呢。

父母的一个同事说，我给你介绍个老师指点一下吧，他好像是我弟弟的同学，我见过一面，人很热情，但他不在本市，一两个月回来一次，得等机会。这个人值得认识，他是个有名的记者，得过全国新闻奖。

五月的一天，在一个星期天上午，方小柠见到了丁西安。这个城市里也许有几百个叫这个名字的人。见到他之前，方小柠稍稍地想过，他也许与父母身边的人一样，文绉绉、酸溜溜的，也许戴副眼镜，言行得体。

方小柠清楚地记得，那个上午，她乘车来到城里，在飘着淡淡芳香的初夏天气里来到那时全市唯一的一个肯德基店门口，仿佛全世界都在唱《恋曲 1990》。她低头检查自己的长统袜，并没有扭，也没有在车上挂脱丝，只是有些向下滑。这让她有些不适。鞋上还有一点别人的脚印，真让人丧气，她将手伸到包里，准备拿点卫生纸擦一下。

“嗨，方小柠吗?”一声洪亮的问话。她抬起头，见一个红脸大汉站在身边。她吃惊而又疑惑地点头。“我是丁西安。”那人俯视着她，一笑露出洁白的牙齿，夹克衫里是黑色的 T 恤，牛仔裤在膝盖上磨出一个隐约可见的洞，光脚穿一双球鞋。她在生活中没见过一个近四十岁的男人这样穿法，然而却十分得体，无可挑剔。

“真巧，今儿是我的生日。”他见面熟地领着方小柠进了门。

他们坐在二楼中间的一个位子上。整个二楼除了在墙角坐着一对母子便是他们俩。

他询问她的工作、父母、家庭。他的话很多，说话似乎不经考虑，随意发表自己的看法。把她当个孩子般问来问去。方小柠如实地回答，似乎他的眼睛有非凡的穿透力，他一眼能看到人的内心，对他不能有丝毫作假。

“你应该学点什么，这对你今后的发展很重要。你还太年轻，现在是很好的机会，依你目前的状况，学自考吧，不太受时间限制。”他不由她发表意见，自顾自地说，“唉，你们现在多好，年轻，条件好，比我们强多了。我们那会儿下乡，干活，累得贼死，吃顿好饭高兴得跟啥似的。”他自嘲地笑着摇头，洁白的牙齿上似乎散发着牙膏的清香。

那一天，方小柠相信了一见钟情，她觉得这个词好像专为她设计，为她在十年前的一个五月的上午而预定的。那一刻这个词像电视台最好的节目一样镶着金边，带着花瓣上滴落下的露珠金灿灿地来到她的生命之中，从此她在那条流水线上插件时觉得自己跟那些女孩子不一样了，她幸福而又了不起。在这之前，她暗恋车间里分来的一个大学生，一个戴眼镜的小白脸。流水线上至少有十个女孩在暗恋他。他挑了一个车间公认的美人，一个杨柳细腰，嘴有些歪，脸有点黑，心眼有点坏的女孩。总之她在方小柠的眼里除了个子高挑除了特爱打扮外，没有什么比得上自己。她为此苦恼了很久，可是自始至终，她不曾与那个小白脸说过一句话。只知道他是正牌大学生。大学生在工厂里是令人羡慕的。

而从那个上午之后，她怀揣着多么大的一个秘密呀，她爱上一个比她大十八岁的男人，一个属于另一种生活的男人。于是她再一次审视自己的生活，自己离他太远太远。他的一切都是那么洒脱自如，他闪着夺目的光彩照耀着自卑的方小柠。以至于那天她没有勇气拿出自己的习作。她诚实地说，她写的文章太浅薄幼稚，没有必要给他看，今天能认识他很高兴，但愿他以后对自己多多指教。

他又是那种洞察人心的宽容的笑。似乎理解她的每一句话每一个想法。

一个星期后，她收到一封信。她看完信后幸福地捂在胸口。她没有想到他还会记着给她写信，在信中他谈对她的第一印象很好，只是有着与年龄不符的淡淡的忧郁。他鼓励她趁着年轻多学知识。

星期天她便照着报纸上的广告找到城里参加了自学考试的辅导班。她感到自己从此踏上了一条与他缩小差距的道路。

她每天晚上到十几里外的学校听课，自然因为加班她每天迟到。下课后在夜风里等电车，在心里将他最近的一封信从头到尾再过一遍。他每一封信的每一句话，每一个用词她都揣摩来揣摩去，期待它们有特别的含义。

三

已经快八点了。整个印刷厂校对室只剩下方小柠一个人，她的头有些胀，颈椎有些疼。十几盏日光灯照着她，脸上的皮肤干巴巴的，瞬间感到它们松弛地耷拉下来，像老太太的脸一样一褶压一褶塌方似的掉到下巴以下。她放下笔，用手捧住脸，双手真切地感到脸上的皮肤依然光光的，紧绷绷的。她仰靠在椅子上闭上眼休息，嘲笑自己的神经质。

有时她也想不通自己为什么要硬撑着做这份兼职，辛辛苦苦一个月看这个周报十六块大版，挣来四百元钱。她与丈夫的生活缺了这四百元照样过得去，有了这四百元也好不了多少。然而一年来她执着地撑着。因为，暂时她还没有寻找到比这件事更能寄托她进取精神的事情。她的信条是人应该踏实努力创造生活。而拿什么创造，一个除了基本文字之外再无任何技能的，过了三十岁的女人，对梦想的追求，对现实的不满意，对命运的不甘，拿什么寄托？除了奔走于单位、家里、印刷厂的校对室外，她没有别的生活。她除了静如止水的外表下缤纷的内心世界与紫色梦幻般的回忆外，她还有什么？

她走出校对室已经八点多，晚春的天完全黑了下来。她走上大街向车站方向走去。这是她一天里最放松的时刻。空气中弥漫着淡淡的芳香，路边的大树在喧闹的夜晚静静地等待发芽。街上美女穿梭，像各色公交车上的广告一般，她们紧跟时代，不断更换包装，目的是相同的，让更多的人注意自己，喜欢自己，从而买自己的账。

夜开始了，温情脉脉，神秘莫测的夜张开她柔韧而幽长的触角，温情抚摸苍老的都市，抚慰每一颗敏感孤独奋争不甘被各种欲望撑得饱胀的心灵，轻声而执着地低语着某种挥之不去的旋律，散发她那老也捉不住但总又丢不掉的诱惑与暧昧。

车迟迟不来。陈自伟和孩子一定在家等急了。他们也许仍在等她回去吃饭。她说过吃饭不用等她可他们每次都等。每当她走到自家楼下，看到自家唯一那扇窗透过窗帘发出淡淡的光，她便从心底里感到踏实与幸福。她爱这个家，爱家里那两个男人，一个三十多，一个三岁多。他们都牵动着她的心，连着她的喜怒哀乐。

陈自伟几乎没有什么社交活动，除了上班，他便是回家，朋友也有限，像所有本分的男人一样，他除了认真工作外，便是十分顾家。记得他们刚结婚时，他发了一些手提包、羊毛衫、小闹钟之类的东西（他们单位总会发一些诸如此类没来由的东西），他摆了满满一床，等待方小柠回来，像个等待大人夸奖的孩子般，她一进门便拉着她看。

车终于来了，乘客不多，她意外地坐上了座位。车穿过闹市区，方小柠感到这条大街有了流光溢彩的现代感。钟楼如一个晶莹剔透的大玩具。商场尽情地将她的富有展示给你，同时又明白无误地告诉你，想要这里的东西吗？拿钱来，我只要你的钱袋，其余一切不感兴趣，你张王李赵也好，光脸麻脸也罢，都不重要。夜晚使一切变得美好，建筑物掩去了斑驳的褪色变得富丽堂皇，人儿，尤其是女人在夜里化了妆显得诡秘娇媚。这一刻的城市是个物质堆砌出的大商场，人们拿钱可以买到自己想要的任何东西。这一刻是恋爱的时刻吗？方小柠突然问自己，此刻的人们还需要爱吗？还需要那种宁愿舍弃一切而只要那个不可替代的人陪在身边的爱情吗？这样想着时，车已经出了城门，城外安静暗淡了许多。她的心也落寞了许多。

车门打开，上来一对男女，那男人方小柠认识，她最近正想找他，他还欠她六千元钱。这个可恶的老花，又换了个女人。两人与年龄不相符地搂在一起站在离方小柠不远的地方。他似乎听到老花在女人耳边说着醋熘普通话。明眼人能看出，正经夫妻，三四十岁的人绝不会在公开场合又搂又抱。售票员给老花递票时，蔑视地斜他一眼。

方小柠打心眼里讨厌他。三年前，在一个新闻培训班上，从她看到他第一眼起便讨厌他。方小柠看男人的眼光极为挑剔，且固执地相信直觉。而老花那如鹰的双眼在大圆桌周围一扫，便盯定了方小柠。在很多场合，方小柠都会引起人的注意。尤其那时，她刚生完孩子，正在哺乳期，胸部丰满，白白胖胖如奶油蛋糕。下课后，他主动找方小柠套瓷。出于礼貌，方小柠回答了他几个无聊至极的问题。他趁机递上自己的名片。上面有一串大得吓人的头衔。方小柠费力地在上面找出他的真实身份，一个周报的美术编辑，说白了是画版的。他用醋熘普通话介绍了他的神通广大，他认识省上的谁谁谁，市上的谁谁谁，这个局，那个局的头头脑脑，好像他是从政的而非画版的。有时他的口气让人觉得他刚跟那些人拍肩搭背地分了手。而方小柠分明在街口见他大口地吃着肉夹馍，现在说话时嘴里还有腊汁肉的味。真是要命，方小柠在心里暗骂着，脸定得平平的毫无表情，想以此使他知趣地离开。

这个城市不知有多少这样的男人，身处的单位文明得不能再文明，然而丝毫影响不了他们。他们平日接触的人，从事的工作不能不算体面，然而永远改变不了他们的卑微烦琐讨人嫌。他们伸出来与你握的手不论春夏秋冬永远都是凉冰冰、汗津津的。他们的家，要么是租来的民房里凌乱不堪，半房间都是炉灰，要么是漂亮的单元房里有一个洁癖的苛刻得使他不敢在她眼皮子底下与别的女人打招呼的妻子。这样的男人永远有着在年轻女性面前表现自己的欲望，他们要么是单身，要么妻子除了没完没了地洗一切东西对其他事一概不感兴趣。而他们满足不了的欲望便想在其他女人身上施展。他们浪漫多情，乐观执着。像老花，在方小柠面前没得过一个好脸。然而他不屈不挠。他竟然下课后在路上等着方小柠，继续他的夸夸其谈。在过马路时，他伸出手拉方小柠露在外面的胳膊。这使得一直沉默的方小柠十分恼火。

那次的学习班对方小柠来说漫长又无趣。谢天谢地，总算结束了。然而，他的电话又来了。人竟然也来了，这使得方小柠很没有面子，来单位找他的人多是洁净而高雅的。他这次谈的却是正事。想通过方小柠的爱人让其下属企业在他们报纸上打广告，如果看不上他们报，别的报也行，市内各大报他都有人。他真是神通广大，每个人与每个人曲曲弯弯的关系他都能明察秋毫且都要用上，他给出方小柠的价也很诱人。

钱又不烫手，看不上人别跟钱怄气，方小柠想。于是她回家问了陈自伟，被一口回绝了，陈自伟说，我没有那么大权力，我只是这个局里的一个副处级。全局比我职位高的人有四十多个，下面企业的头还比我高半级，不见得给我面子。再说，就算他们做了广告，可扣也得给他们，最后落到咱的手里两三千，值得吗？别人知道了影响不好。我听到风声说要提拔我呢。

没办法，总是他有理，总是他清高，两三千都看不上，这可是方小柠两三个月的工资呢。在挣钱上，方小柠总要比她的丈夫灵活得多。

老花消失了一年多，突然有一天，他风风火火地闯进方小柠的办公室，问她是不是与某工艺厂的厂长是亲戚。天哪，他好像知道全世界所有的事。

“现在他们厂出了一批产品有小小的纰漏，外行人看不出来，如果按次品处理便宜极了，咱们稳赚。”方小柠只得服他，尽管她讨厌他。但他如今分明再没有以前那种黏黏糊糊的套瓷了，只是想与方小柠合伙挣些零花钱。他的角色转换非常地快，这是他们这类人身上可爱的地方，干什么就是什么，他们往往还有一种为了实现理想、达到目的而百折不回，不怕吃任何苦受任何麻烦的劲头。这是方小柠所欣赏的人生态度。于是她同意找她那个亲戚。

但自打父亲去世后，几年没有来往，现在为了挣钱去找人家，方小柠迟疑了。老花及时打电话催她，好像他一准知道她的犹豫。他在电话里源源不绝地说了二十分钟，我们不是白用他，给他回扣，现在这个社会这很正常……方小柠断定那端的话筒上一定沾满了他的唾沫星子。她忙说好好好。于是试探着问给自己怎么算。电话那端爽快地说，给你最少按八千，挣得多了还会多些。事情果然很顺利，回扣两个字好像是干这事的通行证，尤其是与公家打交道。她的那个亲戚，方小柠记得应该叫他叔叔的，对于回扣的兴趣自然比几年没见的方小柠兴趣大得多。老花倒手将那批货转给别人，据他说别人付了一部分款，她亲戚的回扣全部给了，送到方小柠手里的只有两千。“没办法，我的只有三千，别人答应三个月内一定还清。”他一脸痛苦地说，“先花着，钱一到手我立马给你，咱们这关系，老哥绝不会坑你的。”他把胸脯拍得通通响。方小柠半信半疑，不，根本就是完全怀疑。但事已至此只好吃哑巴亏。

老花果然再没露面，五六个月过去了，他再不与方小柠联系，好像从未发生过什么事。

从别的学员口中听说，那次老花一把挣了三万。一个星期之内，他利用方小柠落入自己口袋两万元。

方小柠在黑暗中盯着老花的背影，过了她家的站，她没有下车，她倒要看看老花到哪里下。这个该死的家伙，一直到终点才下车，这里离方小柠家已快五公里了，在城市的边上。

老花与那个和方小柠年龄差不多，长得还蛮漂亮的女人相拥着下了车。你瞎了眼了，啥男人找不来，方小柠远远跟在二人身后，一边骂一边想那女人是干啥的。她平生第一次跟踪人，觉得既刺激又好玩。两人在前面搂抱着不紧不慢地走，方小柠也只好放慢脚步，她脚下绊着半块砖，差点摔一跤。二人上了一幢二层简易的半边楼。进了第四个房间，她注意到是老花从腰间取下钥匙开的门。灯亮了，窗帘拉上。

五分钟后，方小柠离开了这个地方。她断定，这是二人同居之处。这么晚了，老花不会再回家。老花的家不在这里，他住的是他妻子单位分的房，听他吹嘘得很大很阔气。想必错不了，他妻子单位是富得流油的。

第二天上午，方小柠给老花挂了电话，单位人说没来，她问他今天会来吗？对方说不知道，他想来就来了。方小柠说，请你转告他给一个姓方的打个电话。老花自然没打。方小柠也不会打他的传呼，他是不会回的。

当她打第四个电话时，已是下午三点，老花接的电话。问好后，方小柠问，你打算把欠我的钱欠到二十一世纪吗？老花呵呵笑几声。放心，老哥不会亏待你的。很快就会还你，我最近又做成一笔生意，可以小挣一把……方小柠挂了电话。

其实近两年来，她一直在犹豫要不要这六千块钱。她觉得追着他要太掉价，不要又有些不甘心。如果老花他赔了，她可以不要，而他赚了却还哭穷。他完全掌握了她爱面子的弱点，这在培训班时已经被他看出。陈自伟责怪她当初没有与他签合同。这岂是能签合同的事吗？即使有合同现在能作为凭证去告他吗？对那样的人来说，不能公开的合同，作用又有多大呢？

等等再说吧，他现在有把柄在我手里，方小柠想先放一放算了，最近头绪也太多了。

四

星期天，方小柠到弟弟那里，她完全没有回娘家的概念，自从母亲两年前再婚后，她很少回来。

弟弟永远是正干家务的样子，弟媳妇手脚涂着一样的红指甲油，穿着漂亮的家居棉布衣裤在摆弄一条刚买来的裙子。

“姐，怎么样？我昨天才买来的，你穿一定也很好，来试试。”她拉方小柠坐下，将裙子往她身上套。

“我自己来自己来。”方小柠关上房门换上这件有些紧身的连衣裙，“不行不行，”她往下脱，“穿了这条裙子，糖葫芦身材暴露无遗，看见没，这裙子只适合你们这些小年轻穿。生过孩子的人是穿不成的，唉，不服不行了。”她走过去打开房门。

“哎，小桦你休息会儿，别让姐看着老是你干活。”弟媳妇笑着快人快语地向弟弟喊着。弟弟一跃而起，做了个武打动作，还冲二人做个鬼脸。他似乎永远都是个孩子。“应该多干，锻炼锻炼他。”方小柠说着，心里却酸酸的，他几乎每次来都是弟弟在干活。而弟媳妇那双手细细白白，涂着完美的指甲油。真是个会享受的人。这让已经嫁人的母亲大为不满，每次都向方小柠抱怨小桦太笨太老实。方小柠劝母亲，现在都什么年代了，你还看不惯，两人不管谁干，只要他们过得好就行，你别瞎操心。假如我们家自伟像小桦一样，你是不是会很高兴，一样的道理，别那么狭隘。是啊，女人何时能摆脱这样的狭隘战胜自己的琐碎呢？即使她母亲这样的知识女性也不能超脱。她每次回来都提醒自己，别看不惯弟媳妇，他们二人一个愿打一个愿挨，弟媳妇也是个思想单纯的人，二人相亲相爱，弟弟揽所有的家务都心甘情愿，这不是很好吗？

她走进自己的小房间，这是弟弟结婚时留给她的房间，保持着当年她在家时的原貌，单人床，写字台，简易书架，淡蓝色窗帘。一切都如从前一样。

这三室一厅来得多么不易啊，父亲为此付出了生命。

三室一厅，是多少普通人的梦，父母自然不例外，他们一家四口住两居室时，父母成天念叨着房子房子。已参加工作的方小柠和上高中的方小桦住在一间九平方米的房间里，两张单人床、一张桌子已将房间占满，再挤下父亲做的简易书架简直人就无法落脚。当父母单位分房时，一家人兴奋了好久，因为父母足够条件分三室一厅。分房的每一个进展都让一家人高兴地围在一起讨论一番。甚至设想着如何装饰，购置家具，方小柠与方小桦设计着各自的房间如何布置。但分房的最终方案公布后，父亲的名字却向后排了几名，得不到那为数不多的三室一厅了，只能是两室一厅。父亲看完榜又找完领导后，脸色铁青地回到家，当天晚上便突发脑出血，在送往医院的路上去世了。

方小柠的外婆、舅、姨们呼天抢地地驻扎在学校领导的办公室里。最后分得了三室一厅，取得了父亲再发一年工资、母亲拿全补贴不再代课的权利。在搬进三室一厅的时候，全家人都哭了，本来设想的装修、设计都免了，水泥地，白灰墙，是整个楼里最简单的一家。每天，母亲、方小柠及弟弟三个人躺在各自的房间里，家里死气沉沉。

弟弟上了大学后，家里更冷清了。不再代课的母亲业余时间多了起来，开始练剑练拳练气功。每天早早晚晚跟一群老太太在一起。家，好似成了方小柠一人的家。除了上班，她便待在自己房间里复习自考课程，要么便是读丁西安的来信及给他写信，这成了她生活中最重要的事。

他的每一封信她几乎都能从头到尾地背过，思念积压太多的时候，她便打电话，大多时间他都不在。然而他只要回来便会想办法找到她。有一次晚上下课后，听值班的老师说刚才上课时有个中年人来找他，这么高的个子，值班老师手举得高高地比画着，说是他在外地，只回来一天，找你父母帮着修电视的，他明天就走了，他说，他家就在附近。老师向东边的一片平房指了指。

方小柠听他说过，他父母家就在这附近。方小柠沮丧地向车站走去，他明天就走了，而她明天要上一天的班。方小柠又转身往回走，走回学校旁边的那条巷子。她要找到他，她一定能找到他。那条巷子曲曲弯弯很长，她似乎拐了五六个弯，在黑暗中只要见到人，他便问这里有没有住着个姓丁的老人，他儿子是省报记者。最后，她被一个光着膀子乘凉的小青年带到一个门前。防盗门后的房间里正开着电视，她在门外叫声丁老师，从一片蓝光里站起一个高大的身影。唉哟，是小方吗？丁西安往身上套着衣服穿上拖鞋走出来。走到门外又回身进去拿了钱包及钥匙。

走出巷子，丁西安还在惊叹："你真不简单，竟敢在那么黑的巷子里转来转去找人，我们这里可是有许多不法之徒。"他任何时候都不忘调侃。

"我以为你会在学校门口等我。"方小柠有些抱怨地说。

"是想等你，在学校被你们老师像查户口样盘问一番，哪个单位的，找你啥事，问得我直冒冷汗，如果放学后那老师再跟你一起出来，看我这个图谋不轨的中年人又在等你，准得向公安局报案。"说这话时，他们正好走到公安局门口，他宽容地笑笑，"没关系，知道你在里面上课，知道你好好的就行了。"他们一直走到下一个站。

"来，坐下喝些饮料，车来了随时可以走。"这样一个看似大大咧咧的男人，心里却想得很周到。

夏夜的风凉爽清新，洒水车过后有一股淡淡的甜味。方小柠永远记得他那夜的眼神，明亮清澈含着宽容疼爱的笑意，像个恋爱中的大男孩。他用吸管喝可乐的嘴让年轻的方小柠想入非非。她尽力不去看。

时间过得那样的快，大钟表的《东方红》乐曲再次响起。十一点，开来一辆电车。

"你得走了，这是最后一班车。"她上车时，他用大手礼节性地在她后背上拍了两下。"好好的，我会给你写信。"他像哄孩子般。

末班车快速起步，逃命般窜出公交站，她从后窗看到他仍在礼节性地挥手。

一个月后的一天晚上，方小柠下了课走出那个巷子，见他推着一辆自行车站在一棵大树下等她。他让她坐上他自行车的后座，骑上便走："赶快离开这儿，这儿任何一个人都认识我，他们一看，就会说，这家伙从小不是好东西，上小学便追女孩，如今这么大岁数还恶习不改。”他有将尴尬化为调侃的能力。

那个夏天，因了他在巷口的等待而变得如诗如画，每晚方小柠走出巷口都要看那棵大树，尽管她知道他只能二三十天才能在那里等她一回。那个夏天对于二十多岁的方小柠来说，如神话中的仙女挥舞着长裙施展了甜蜜的细雨沐浴着她，她坚持自学的动力仿佛来自于他。夏天结束时，有一天晚上，他送她一个笔记本——方小柠当时觉得他很土，只有他们这种年龄的人才会送人笔记本。打开本子，第一页上写着：夏天真好。

她盼着自己快些成熟，快些强大起来，好配得上他。然而那时的她那么年轻幼稚，甚至是那么的愚昧无知，这让三十多岁的方小柠时常回忆起来觉得可爱又可笑。二十多岁的女孩子对待爱情总是盲目与痴迷，以至于不曾想到用任何的心计与技巧。而爱情，是需要掌握些技巧的。不是要去算计对方，而是要争取更多的爱，保留自己更多的尊严与神秘。方小柠向来认为，尊严是女人的生命，没有了尊严，一切无从谈起，连爱情，也变得如刷锅水般无任何价值，为了某种要命的尊严，她宁可一日日忍受着心中有时候是无法再忍受的思念，她告诉自己，从此，在他眼前消失是最好的办法。

不论如何，她应该感谢他。那几年，是他牵着她的手，引领着她，在人生的路上行走。使她由一个无知的女孩变成一个空灵恬静有悟性的女子。为了缩短与他的差距——当然，这差距也许是一生都无法缩小的，而努力探求人生，追逐爱情，那几年她得到的其实已经太多，像他说的，交他这样的大朋友会使她的人生处事，以至她的成长都走捷径。与同龄人相比，她有着更多的心理优势。二十多岁的年轻人谈婚论嫁时计较、对比着想到的物质及其他东西。她为他们感到悲哀，因为他们没有爱情，只好计较爱情以外的东西。与他相处一天，会比与毛头小子相处一月一年还要有情致。他是酽茶，用上好的紫砂壶盛着，淳厚浓郁回甘无穷，当你细细回忆时，只有无尽的缠绵，淡淡清凉的甜。而那些最漂亮最帅最酷最会玩深沉的小伙子，也只能是速溶咖啡或全脂奶粉。

这样的爱，一个女人一生遇到一次足够。不必要多，那太奢侈。

方小柠每日将这份爱在心中辗转反侧地回忆，设想。她很知足。人常说婚姻和爱情是两回事，她有过那样灿烂得能够照亮一生的爱情，如今又有平实宁静的婚姻，这还不够吗？尤其是陈自伟，方小柠认为他是现代社会最合适，最让人放心的丈夫。已经这么多幸福，还奢求什么呢？有时夜半醒来，方小柠在昏暗中望着陈自伟与儿子沉睡的脸。她摸摸这个，摸摸那个，真实地感到他们在她的手掌心，在她的身边。

今天早上，方小柠可以晚去单位，她将儿子送到幼儿园后，回到家吃饭，收拾出门，像每天出门前一样，她吸着肚皮戴收腹带。不知有多少过了三十，已经生育过的女人在早上出门前要勒上它们，以期自己还像小姑娘般有着杨柳细腰。尽管已经过了三十，方小柠仍会常有小女孩般的幻想：一个仙女出现在面前对她说，你是如此勤劳善良、正直纯真，我可以满足你一个心愿，你尽管说吧。面对这个问题，不同年龄的方小柠有不同的愿望，童年在乡下与奶奶生活时，他只是想要一只漂亮的文具盒，而过了三十的方小柠却想对仙女说，让我长高几厘米，将腰腹上多余的脂肪转化到乳房，那我就可以说是个完美或接近完美的人了。亲爱的仙女，别说人都有缺憾，把缺憾留给别人吧，我要的是完美。她心里笑着自己，走出家门。

同单元的宋大妈仍在用拖把拖走道、楼梯。你们都上班，忙，我在家又没事，她每次在方小柠不好意思地与她打招呼时便这样说。这是个又高又胖的七十岁的老人，一对巨大的乳房垂下来，夏天时，她每天下午要坐在只关了一扇纱门的房里用一盆温水擦上身，用手托起大乳房擦着肚皮，因为那下面最容易生痱子。宋大妈的几个孩子都成家走了，节假日才回来，老伴前几年去世了，她一贯爱干净，每天，方小柠一家与另一对小夫妻上班走后，她便拿着抹布擦楼梯扶手，擦公用厨房、公用厕所的门、水池边沿。尤其将自己的灶台擦得锃明瓦亮。陈自伟及方小柠二人对宋大妈很尊重，毕竟，她给他们照看门户，就连他们的信件、来往客人她都帮着关照到了。

方小柠他们住的是舅舅单位的房子，舅舅可怜他们结婚后没有房子住，便在自己单位给分到新房后赖着不交旧房钥匙，又给房产科的人行了小贿，他们便住了进来。

方小柠近来上班不骑自行车了，不知自行车已在车棚里被人扔到哪个角落了。自从两个月前骑车摔了一跤后，她便不再骑了。那天，她骑着车子正下一个大坡，从旁边一条小马路上急奔出一辆黑色轿车，她措手不及忙捏闸，后面也正在下坡的一辆自行车撞在她的车身上，巨大的惯性使她的自行车飞了出去，人仰面朝天地摔到地上，后脑勺重重地磕在马路上。那一瞬间她好像失去了知觉，她就那样仰面朝天地躺了有一二十秒钟，等她坐起身来时，黑色轿车及身后的自行车早已不见了，身边的自行车一个比一个急地冲下坡，只有路边几个锻炼回来的老人关切地看着她，却不敢近前。她伸手摸摸后脑勺，一个大包，硬生生地疼着，她庆幸自己意识还清醒。她扶起自行车，骑着上路了，她一直后怕，万一马路上那时有一块石头、砖头、三角铁什么的，她会头破血流，甚至会失去知觉。太可怕了，自己有个三长两短，孩子怎么办，他那么小，失去了妈妈的照顾，他将寸步难行。她再次意识到孩子是她全部的爱与寄托。是啊，这世上最需要我的是那个三岁多的男孩子。陈自伟离了我照样过日子，也许还会，哦，肯定会找一个比我更年轻漂亮的女孩。女人可以守寡，带孩子，而男人呢？从没听说哪个男人守寡带大孩子的，他们会迫不及待地再婚。方小柠从小一起长大的一个女伴得肺结核死了，不足百天，她那曾将她爱得要死要活的男人便又结婚了，不足三岁的孩子放在了姥姥家。

方小柠骑着自行车竟然哭了，她忽然觉得生活是这么珍贵而美好，为了儿子，她一定要好好活下去，活得健康活得漂亮精彩，为儿子创造个美好的未来，成为儿子的全部依托及骄傲。一整天，她后脑勺的包都在尖锐地痛着。但她全顾不得。下午她早早溜出办公室，等在儿子的幼儿园门口。接到他后，她将儿子紧紧抱在怀里，一路上几乎是将他抱回家的。儿子摸着她后脑勺的包安慰她，她的泪又出来了。

此时的方小柠已上了公共汽车。夏天真的来了，拥挤的车厢里开始闷热。有一个男人在她身后挤。她身子前倾，让他过去。然而那男人停在她身后不走了。一会儿，那个男人的身体贴到了她后背上，方小柠腰际下方感到了一个勃起的东西顶在那里。她不用回头，知道准是一张凑得很近的瘦脸装着若无其事地看着别的地方。方小柠在心里狠狠地骂了两声，环顾左右找地方躲开。几乎每个夏天都能在车厢里碰到这样的下流坯。近来的教科书上欲将他们归类为心理有问题，而他们压根儿就是流氓罢了。十五六岁时，方小柠便在车厢里遇到过这样的男人，那时她和那个还活着的女伴一起乘车，她吓得不敢动。一个五十多岁、干部模样的男人将方小柠拉到自己身边，厉声呵斥着好似也是这样一张瘦脸的男人。这种车厢性骚扰的人好像都长着一张黄瘦的脸。

方小柠挤到一边去，那个男人又向车厢中部挤去。十几年前，那个干部模样的男人告诉方小柠，遇到这样的事你便叫，或者告诉司机、售票员。但她从没有叫过，即使她现在已经结婚，生了小孩，熟悉了男女的全部内容，早已不是那个羞怯胆小的少女，但她仍不愿叫，她怕满车人异样的目光。她怕无耻的男人反咬一口。她害怕、躲避着一切丑恶的东西。

忽然，车厢中部一阵骚乱，一个女人的叫骂声瞬间爆发：“你妈的×，你留着你老婆在家生蛆哩，打老娘的主意，不看看你姑奶奶是干啥的。”全车厢的人都看见，一个身材高大的女人揪着那个瘦男人的头发，一只手拿着一只高跟鞋，一下下敲在那张瘦脸上。到站后，那个男人捂着脸落荒而逃。全车人一阵哄笑。那女人弯腰穿鞋，仍在骂骂咧咧。

方小柠心里一阵快慰，自己为什么就没有勇气这样做呢？下车时，方小柠路过那个已恢复平静一脸高傲得像什么事都没有发生过的女人身边，她真想拥抱住她说，大姐，好样的。是啊，对付这种人，这是最好的办法。

五

这几天，杂志社分外热闹，他们在市内各大报纸刊登了招聘启事，招十名编采两名校对来充实队伍。现在，报刊业竞争日益激烈，他们杂志社再这样四平八稳是活不下去的。这连最保守，一切求稳的社长也认识到了。

下午快下班时，已经少有人报名了。方小柠敲开领导的办公室。她也想报名参加考试，应聘编辑的职务。她说明了自己的想法后，南方口音的副主编立马回绝了她。

“这是不可能的，小方，我们这次是对外招聘的，招进来的人没有正式指标，不享受咱们分房医疗这些福利的。”

“可我是本社人员，我可以跟他们一样参加每一道关的考试，我认为我的能力是可以当编辑的。”

“自然，能力是一方面，可是，校对离不开你，老田马上退休了，而且，校对在新闻单位按国家政策是工人编制，是不可以当编辑的。”

“我即使考上编辑仍可以按工人编制，这对我来说是不重要的。”

“事情没有那么简单，小方。”

这样的结果是方小柠所没有预料到的。她以为她能够参加考试，只要能考试，她便能考上，她有这个自信，当校对这几年来，她似乎也精通了编稿，有些狗屁不通的稿子，她和田老师在校对时简直是重编一遍。虽然挡住了很多错，但也令一些人有所不满，一个编辑曾告诉过她，校对就是校对，只校错别字就行了，其他的责任有我呢，我是责任编辑，理应负责。也许是自己的心理作用吧，她觉得这话里含着一种盛气凌人的压制。

我并不比他们差的。方小柠向来在心里这样想。

杂志社不断有不相干的人干了记者、编辑，干了后并不认为自己离这个职务的要求有差距。方小柠校对时看到他们错别字满篇、文理不通的原稿，只能与田老师关起门发些牢骚。

田老师对这些似乎不太生气，他见得多了。他在这个杂志社待了十多年，啥稀奇古怪的事没见过。自创刊以来，他便干校对，在这之前，他是政府部门一个档案管理员，还干过文书。纵然他文字功底再好，但他太老实本分，这样的人如果不是默默地将校对干到退休才有些奇怪呢。

方小柠可不想一辈子干校对，她渴望过得更精彩些。而校对这个职业与更精彩的生活似乎差距大了些。从杂志社的招聘启事见报后，她便打起了这个主意。她不走谁的后门，她也没有后门可走，七年前她硬碰硬地考了进来，今天，她想再硬碰硬地考上编辑。然而她这回却碰在墙壁上了。

今天的碰壁使她很伤心，尽管她思前想后认为只能这样，副主编也许关系户都安排不完，怎么会对你一个只在工作时间有礼貌得体微笑的年轻女性给予关照呢。

不论怎样自我安慰，方小柠仍然觉得失望而沮丧，为自己的天真而难过，她总认为工作兢兢业业自会得到领导的赏识，是金子总要发光。可笑，太可笑了。方小柠嘲笑自己，她无心干什么，她想起了丁西安。这是她内心每天必修的功课，几年来，没有一天不想起他。方小柠想，也许她的心里主持思念的那根神经早已长了茧，或是疲惫不堪。一个有家、有孩子的女人天天在心里思念另一个人，这是怎样的境况。尤其结婚六年来，她从没有给他打过一个电话，尽管两个人的单位相距不足两公里，尽管多次拿起话筒，尽管有许多时刻她几乎控制不住自己，要马上见到他，但每一回，她最终克制了自己。这使她每当看到电视剧里那些婚外恋的女人在半夜里给情人打电话要见到他并且真的见到了时，就感觉那是瞎编，难道那女人生活在真空里吗？

但今天，此刻，她是那么想见到他。每当她在有困难、困惑时，她首先想到的不是丈夫，而是他。丈夫对她多是批评、否定、挑剔、苛求，而他，更多的是先安慰，再分析，再出主意，再鼓励。让人觉得这世界上有了他在身边，你什么都不用怕，不论你做错什么，不论你有什么莫名其妙的念头，不可理喻的要求，稀奇古怪的想法，他都能答应或者答复你，最起码能理解你。她好像是一棵粗大的有浓密阴凉的树，可承受风雨、烈日、打击，而对树荫下的你依然体贴而温情的。而年轻的男人年轻的丈夫，他们心情好时自是天下太平，但若他们遇到了点挫折，一定是天昏地暗的，好似到了世界末日。他们是漂亮、张扬着几片大而无用树叶的观赏植物。

方小柠最终克制了自己没有打电话，她安慰自己，别太难过，这样的思念不是第一次了，每次你都觉得自己要承受不了，但你每次都战胜了自己。爱情固然重要，但自尊心更重要，对一个不愿意娶你为妻的男人，即使你心里有汹涌澎湃的爱情，也要装得静如止水，这是你保持自尊的最好办法。想想那个夏天吧，你如何从幸福的峰巅跌至痛苦沮丧的谷底。

是啊，二十五岁的夏天，是方小柠终生不忘的。

那个夏天，丁西安完成了他的驻站工作，正式回到这个城市。而方小柠也在前两年的春天经过公开招聘，考到一家杂志社任专业校对。这样两个人的单位相距不足两公里，只隔着一堵城墙。那时的方小柠刚结束一场不太像样的恋爱，类似这样不太像样的恋爱方小柠有过两次，总找不到感觉。她渴望那种至死不渝、只为爱情不为别的、只要爱上这个人其他的都可以不计较的恋爱。

那个夏天，方小柠认为自己是世界上最美丽而幸福的女子，因为她的身边是世界上最优秀的男人，起码那时在方小柠眼里是这样的。他似乎拥有她心目中优秀男人的所有长处，他让方小柠觉得她是为了今生遇到他而生的。那几个闷热的黄昏，接到他打来的电话，方小柠会迅速在卫生间里冲个澡，洒上淡淡的香水，穿了真丝短裙上衣、棉绸裙子——一种最柔软舒适，容易拉近人与人之间距离的装扮，下楼打一辆出租车。当出租车司机一路上讨好地与她搭讪时，她心里会如调皮的孩子一样想，你怎知我揣着怎样的幸福与神秘，去和一个比你好一万倍的男人幽会。

她走进那个晚饭后有许多老人坐着乘凉的院子，上了没有一点灯光的二楼，走进那间照样没有灯光的办公室，当她在暗中坐在他身边时，他触到的是光洁的肌肤，及淡淡的芬芳的躯体。她得意自己穿过夏季闷热纷繁的几公里而身上没有任何汗味，只手心有一点汗也在一楼的水池下细细地洗过了。她将得到的是世上最优秀的男人，而自己也应奉献给他一个最好的女人。她想她永远会记得那个夏季的无数黄昏，一个走南闯北历尽坎坷风雨的男人如何俯在她身上愉快信赖而无所顾忌地像个孩子般呻吟，然后在他长久地与她携手攀上欲望顶峰后二人舒展而疲惫地躺着，假如她来时是冰而此时融化为水，自然他也由冰而成了水，两块冰化为一汪亲密交融不分你我的水。“你像个精灵，让人销魂。”说这话时，他仍拉着她的手。那一刻，她的确感到自己已变成长了翅膀的精灵，快乐地飞上了天堂。即使那个夏天永逝，留在方小柠心里的永远是他拉着她的手的那些黄昏直至深夜。

等他们装作若无其事，好似五分钟前刚进去拿了个东西一样谈着工作、天气从那幢楼里出来时，乘凉的人早已不在了。夜已变得凉爽多了。

当然，多数时间，他一个人在办公室待到深夜，临近十二点方小柠给他办公室打电话也能找到他。电话里，他们谈一些生活琐事，互相关照几句对方，大多时间是沉默，长长的，足以让人幸福得流泪的沉默。除了电波的声音，二人都知道两颗心在跳动。唱个歌吧。方小柠知道此时自己是个可以随便撒娇的孩子。于是电话那端就唱，咱们见个面面容易唉呀拉话话难……唱完又说，现在咱是拉话话容易见面面难。

每过几天，方小柠便会接到一个电话，那端的人说句甜水井见便挂了电话。甜水井并不是西大街那个需要曲里拐弯才能到的地方，而是西华门大钟表下，不知怎么就选在这里，把这里叫老地方俗气了些，丁西安随口就叫了甜水井，她也喜欢甜水井这个名字。每当她从单位走到甜水井，便见他骑着个大破自行车在路边等她。当她向着他走去时便想，我愿他用这大破自行车将我带到任何地方，沙漠或荒原，冰山或极地，只要有他在身边，哪儿都行。

大凡与中年人相爱的年轻女子，到了某一个时刻必定会打他家庭的主意，猜想他的妻子，窥视他的婚姻。方小柠也不例外。她的矜持使她克制自己不去问。然而心里却总像只小兔般突突地跳着这个念头。有一次，两人并肩走着，她趁其不备，冷不丁问：“你为什么不回家，礼拜天也不回?”他立即警觉起来：“小孩子家，别问大人的事。”当他意识到自己语气太冲时，用大手搂住了她的肩膀，疼爱地拍了几下。

方小柠从此不再问，她努力不去想这些事情，她告诫自己不可奢望不属于自己的东西。至于今后自己会怎样她不敢多想。她能感觉到这个如此成熟而理智的男人非常珍爱在意自己，这就足够了。

似乎在夏天快要结束的时候，星期天的一整天，两人都待在他的办公室里。夕阳满天时，他出去买饭，办公室里只有她一个人。她见他的抽屉开着一条缝，使鬼使神差地拉来，她惊叹于一个男人的抽屉如此整齐，于是他像发现了奇妙机关的孩子将他的三个抽屉都先后拉开了，一样的整齐有序。她无目的地用手触摸着抽屉里的东西，采访本，获奖证，照片，文件，按类分得有条有理。她的手指像受了某种诱惑与牵引，似乎执着地要发现什么，终于她在一个抽屉的最里面发现了一个绿色塑料皮小本。她拿出来，看到上面写着“离婚证”三个字。她忙打开，上面贴着丁西安的照片，写着他的名字，她在上面寻找日期，发现是一年以前的。

她听到走廊上传来他的脚步声，忙将一切东西放回原位。

当他走进门时，她靠在窗前。逆着夕阳的光，他发现她神色异样。

“怎么了，这样看着我，怪吓人的。”

“你去了这么长时间，我一个人很害怕，天要黑了。”她像个惊慌无助的小动物。

“真是个孩子。”他放下手中的饭，走到窗前将她揽在怀里。她紧紧地拥抱住他，脸贴在他厚实的胸前，便流泪了。

“你怎么了，我出去买个饭你像换了个人似的。”

“天黑了，我又得走了。”她流着泪说。她抱着他，不愿松开，在最后一抹夕阳的照耀下她紧紧地拥抱着他，她脱掉他的衣服及裤子，几乎是强迫着他与自己做爱，他分明是力不从心了，这是他们大约十小时内的第三次，那一刻他像个贪吃的孩子。童年时奶奶少见地煮了一只鸡，她怕睡到明早鸡会不见，便硬撑着到后半夜，吃得肚子难受。而此刻，她突然渴望自己是聊斋里的女鬼，吸净他的精气与魂魄，哪怕从此离他而去，也会使他永远魂牵梦萦于自己，因自己而神不守舍。然而她知道这种可能几乎没有，他不是那种因女人而想不开的人，他得相思病的几率几乎为零。这尤其让方小柠忧伤而无措。就像这场无望的做爱。

“你今天很累了，不用送我了。”她关切地俯在他的面前，在黑暗中睁大眼睛冷艳地看着他。

“你还没吃饭呢。”他分明发现她眼中的哀怨与嘲讽。

“我突然不想吃了。”她匆匆忙忙地走了，像赶在午夜十二点前逃离王宫的灰姑娘，她怕自己现出原形。

她回到家便钻进房间。这一夜她都没有睡，睁着眼直到天亮。她感到自尊心受到了致命的打击与伤害。一个像模像样地与自己恋爱的男人，将离婚的消息瞒着自己，这意味着什么。她感到自己的爱受到了极大的嘲弄与污辱。世上绝大多数女人一旦爱上一个男人，都会将与之结婚作为最终目的，最后归宿，最大期望。女人可分为高低贵贱，性情可以有各式各样，而唯有这一点，恐怕是相通的。他丁西安难道不懂！他不可能不懂，一个四十多岁的男人，一个洞察了人生多半风景揭开了一连串谜底的男人，一个聪明出众、才华横溢的男人，他什么不懂！正因为他懂，所以他隐瞒了这一事实，他知道年轻的方小柠一定梦想与之结伴走完人生之路，所以他不告诉她。他会不会还有别的女人？有一个或几个他愿意让其知道自己是个离婚男人的女人，她不敢再想下去，她不想用一些不好的推断去想他，但她由不得自己，在这个彻底不眠的夜里，各种想法如阴暗角落里的毒菌迅速蔓延，占领了她的每根神经、每条血脉，她像是被巫婆的咒语控制一般，无助地任由所有阴暗世俗，琐碎古怪的念头在她体内横冲直撞。

早上起床的时候，方小柠已经做出决定，从此不再找他。如果他找了自己呢？到时再说吧，先观察一段时间再说，也许他很快会告诉自己的。恋爱中的女人总是这么愚蠢和自作多情。

几天后，他果然来了电话。说最近城墙上已不是很热，尤其是傍晚，风一吹，凉爽极了。下班后你到甜水井，咱们先吃饭，吃完饭上城墙。他不由她发表意见，便挂了电话。他总是这样，好似他可以主宰一切。平时，方小柠会醉心于他的一切主张与安排，好似沉醉在他的手掌心她便可以心满意足。而今天，她有些愤愤不平，凭什么呀？你可以将我像玩具一样随意召唤，摆布，就因为我爱你吗？她站在窗前，看着窗外哗哗作响的白杨心里气愤而伤痛。假如我不去呢？不去赴约，也不打电话解释，下了班径直回家，任他在狗屁的甜水井等到无望。哦，不，不，假如那样，对他是毫发无损的，对一个四十多岁的，可以说经历了人生多半坎坷不平的男人来说，即使我从此在他生命中消失，他也不会有哪怕半天的伤心与失落，而自己可不行，假如今天不去赴约，自己又会一晚上睡不着，后悔、焦虑、痴狂，也许会在午夜一点要满世界找他，一定要见到他一颗心才会回到心房。

她乖乖地去了大钟表下，她不愿将那里再叫作甜水井，当她看到他的身影并向他走去时，大钟表悠长沉稳地敲响六点钟，她突然觉得那是命运向她鸣响的警钟。她怀着一颗受伤害的心来到他身边。当她像往日一样坐在他自行车的后座上时，她仰着头，久久地盯着他的背影，他的后脑勺，她努力挑他的毛病，找他的短处。然而，他在她的眼里愈发地完美。她突然害怕自己会失去他。她仿佛看到全世界的女人都发现了他，像发现一个稀有宝贝、珍稀动物一样地发现了他，毫无疑问地爱上了他，全世界的女人啊，都站在面前，任他挑任他拣。

不，他只能是我的，是我一个人的，我捷足先登，我幸运地认识了他。我们已经书信来往，心照不宣了几年，情感之花在这个夏天盛开。他应该只爱我一个。她从身后抱住了他，生怕他突然间从她的世界里消失。

以后的几次约会，方小柠都比从前表现得更加投入，她相信自己看他的眼神是世界上最纯情最缠绵的。她不断地想，这样一个优秀的懂得做人原则懂得谈情说爱而又洁身自好的男人在现实世界里已经不多了。我不应该就这样从他的生活里走掉，或是这样毫无结果地谈什么鬼恋爱，女人恋爱的目的是结婚，而所有的女人是看重这个结果的，我要的是地久天长。

而怎样向他开口成了困扰方小柠的一件大事。一个二十五岁的女孩要想说服一个中年男人与之结婚无论如何不是件轻松事，现在想来，那就像一个三四岁的孩子向大人提出人生设想一样可笑。

经过一阵痛苦的思索，她决定用最古老的方式向他表白，那便是写信。她为这封信将自己在房中关了整整一个礼拜天，写了撕，撕了写。当彩霞满天的时候，丁西安约她上城墙，她带好这封信赴约去了。

（原出版单位：花山文艺出版社 2002 年 1 月第 1 版）

死囚牢里的陪号（节选）

徐剑铭

【作者简介】 徐剑铭，1944 年生。先后任《西安工人文艺》执行主编、《西安晚报》副刊文学编辑。1986 年蒙冤入狱，在“先囚牢”做“陪号”一年半；出狱后以“自由撰稿人”身份卖文求生；2001 年冤案平反，恢复工作；2004 年退休。现为中国报告文学学会会员、中国旅游散文学会会员、陕西柳青文学研究会常务理事。

一

号子里恃强凌弱的闹剧几乎天天都有，我却安然无恙，“不红不坎”的角色让我过得很超脱，既不遭人欺侮，更不会为虎作伥，混入欺侮人的红头之列。

但我也想过：这种状态能维持多久？

没人欺侮我，一是因为我出身底层，本身就有些“闲人”气质，混在闲人中间，这种气质就是一层保护色；二是因为我有文化，他们认为我能替他们写状子（说真的，我以前还真没正儿八经地给人写过状子）。靠这两个“因为”真的能永远地镇住他们么？我的“闲人”气质是外在的，内心却对闲人充满鄙视；我有文化却不显山不露水，没能让他们看到真功夫。生活在如此险恶的环境里，我该如何保护自己。我可不想沉冤未雪就毁在这伙盲流手里。

入狱第十天，我出风头的机会来了——

那天下午，黑脸张管打开号门，让郑国兴出来。奇怪的是，郑国兴刚出号门，张管用手指着我说：“你，也出来一下。”

我又不是那小子的同案——呸，同案那不成了强奸犯了——管家叫我做甚？

我和不是同案的郑国兴一起走进管教室，一位穿着法官服的人将一份判决书递给郑国兴。郑国兴哆哆嗦嗦地接过判决，看了一会儿，小脸立刻变得煞白煞白，冷汗一滴一串地从脸上渗了出来：“啊，十五年？我……我连碰都没碰那女娃一下，就……就要敲我……十五年……”

那法官平静地说：“你还可以上诉嘛。”

郑国兴又哆嗦了一下：“我……我不上诉……不敢……”

法官说：“上诉是你的权利。别怕，法律有规定，上诉不加刑。”

我也是第一次听到“上诉不加刑”的规定。

郑国兴用那双小老鼠眼惶然地望着张管和我，哭也似的说道：“上诉……上诉，我拿啥上诉吗？我又写不了状子……我不上诉了。十五年就十五年吧……”

我真是见不得一个男人家窝窝囊囊的熊样，可又觉得这小子的确有些冤枉，于是便板着脸说：“为啥不上诉？该是你的权利就得用。大不了维持原判嘛。”

黑脸张管说：“你写不了状子，不要紧，有人替你写嘛。”说话时，他朝我瞥了一眼。我这才明白，刚才他为何叫我也出来。

郑国兴抹了一把汗珠，结结巴巴地对我说：“徐哥，不，徐叔，你能帮小侄一把么？”

没等我回答，黑脸张管便挥挥手，说：“回去回去。叫叔也罢，叫爷也罢，回号子再叫去，磕头都值！”

回到号子，郑国兴真的扑通一声跪下了：“老叔吔，你就替我写个状子嘛！十五年，官家也太狠了！”号子里的盲流把公检法统称“官家”。

十天的日夜相处，我已对郑国兴的案情有了比较详细的了解——

这小子是本市南郊一个工厂里的工人子弟。父亲早逝，当工人的母亲带着他和他的一个妹妹艰难度日。偏偏这小子又不爱上学，初中没毕业就被学校撵了出去。母亲养活不了他，便凑了钱让他在本市著名的旅游胜地大雁塔下支了个烤肉摊。按说生意还算可以，但他那副一看就知道是个窝囊废的尊容，让那些痞子们有恃无恐地逞强使赖，天天都有人大吃大喝后一文不付扬长而去。他不敢追着人家要钱，他怕，怕人家砸他的摊子，更怕人家打他个腿断腰折。他只有忍气吞声，小老鼠眼上常常挂着几滴苦泪。

一天晚上，他的一个小学同学来了，身后还跟着一个满脸凶气的家伙。那同学对他说："这是马哥，外号二郎神，大雁塔一带，马哥镇着哩！"

郑国兴一听"二郎神"，小眼顿时闪出光亮来。他常听那些混混们说："千万别惹二郎神那一杆子人，那小子黑得很哩！"

郑国兴连忙沏茶倒水擦凳子："哎呀，马哥，你咋舍得光顾兄弟这小摊呢？快坐快坐，兄弟这就给你烤肉……"

"二郎神"个头不高，但膀大腰圆，黑脸庞上阴云密布，大概是因为额头上有一块蚕豆大的刀疤，在闲人中便得了个"二郎神"的绰号。这家伙年纪不大，仅比郑国兴年长三岁，却是个进过少管所、劳教所也蹲过大牢的老盲流。打架斗殴，撬门扭锁，欺行霸市，啥坏事都干过，的确是城南地区的一霸。

郑国兴孙子似的侍候着"二郎神"，大把大把的烤肉，一瓶接一瓶的啤酒，送到"二郎神"手里。"二郎神"酒足肉饱后，问："生意咋样？"郑国兴立马泪眼婆娑地回答："唉，说不成，说不成！兄弟没本事，是个坎头子啊！"

"二郎神"小眼一翻，又问："咋？得是有人要咱的欺头？"

郑国兴欲言又止，只是不停地摇头叹息。

"二郎神"抡起一只空啤酒瓶，狠狠地在地上摔了个天女散花，拍着桌子说："兄弟，从今个起，你就是我的人了，谁敢在这儿撒野，哥就给他个白刀子进红刀子出！"

郑国兴等的就是这句话，此刻他恨不得给"二郎神"磕个响头："马哥，有你当哥的这句话，兄弟死活跟定你了！"

“二郎神”拍拍郑国兴的肩膀，说声：“哥认了你这个兄弟了……”随手朝桌子上甩了一张五十元的大票，摇摇晃晃地走了。

自此，郑国兴成了“二郎神”团伙中人。有了“二郎神”撑腰，郑国兴也神气多了，再有混混们来白吃，郑国兴便拉下脸来要账：“唉，伙计，都是道上的人，‘二郎神’是我大哥，你总得给个面子吧？”

这一招还真灵，混混们一听“二郎神”的名字，立马就掏票子。

郑国兴觉得自己找到了靠山，对“二郎神”简直敬若神明，无论啥时候，只要“二郎神”召唤，他立马就屁颠屁颠地跟上走了。

事情发生在一个落雪的夜晚。

那天郑国兴没有出摊，不是因为下雪，而是“二郎神”叫他。

“二郎神”、郑国兴，还有个外号叫“花狗”的闲人，聚在一家饭馆里喝酒。饭馆的对面是一个剧团。三个人从黄昏直喝到晚上十点多，郑国兴扶着醉眼蒙眬的“二郎神”走出饭馆。恰在这时，马路对面的那个剧团的大门内走出一个身材高挑的姑娘，大红的纱巾在灯光下一闪，“二郎神”小眼就直了。他对郑国兴说：“去，把路那边的那个妞给我截住。”

郑国兴胆小。虽然马路上人影寥寥，可让他去截一个女人，他还真怯。他颤颤地说：“马哥，算……算……算了吧，你喝高了……”

“二郎神”抬腿就朝郑国兴屁股上踹了一脚：“放你妈的屁！快去！”

郑国兴一个踉跄就下了马路沿。他不敢再看“二郎神”，只好硬着头皮走了过去。

那姑娘似乎在等公交车。郑国兴凑上来，结结巴巴地说：“跟我……走……走吧。我，我大哥叫……叫你呢……”

那姑娘愣了一下，很快意识到自己遇上坏人了，身子一扭，便想走开。

“哎……哎……”郑国兴喊着，伸出两条胳膊，拦住姑娘的去路。这时，“二郎神”和“花狗”已走到了他的身后。

“二郎神”嬉皮笑脸地对姑娘说：“走啥哩嘛，天这么冷的！”回身又对郑国兴说：“给妹子叫辆车嘛！”

郑国兴急忙走开，到马路上挡了一辆出租车，并打开了车门。

姑娘要喊，但“花狗”一巴掌上去便捂住了姑娘的嘴。“二郎神”在姑娘身后一推，姑娘便被推进车内。

郑国兴坐在司机旁边，问：“马哥，上哪?”问话时，他的心口突突地跳。

“铁匠庙。”

出租车朝着大雁塔东边的铁匠庙村开去。一路上，郑国兴先是听到那位被劫持的姑娘挣扎中的响动，后来便是嘤嘤的哭啼。郑国兴虽然也属于闲人之类，但这样的事他却从未遇见过。他有点可怜那位姑娘，但“二郎神”既然下手了，他敢放个啥屁呀？那出租车司机显然是个见过场面的人，一声不吭地开车，后面的事他看都不看一眼。

车在铁匠庙村一个农家院子前停下来，郑国兴付了车钱。“二郎神”冷冷地对司机说：“啥事都没有！”

司机说：“当然，啥事都没有。”

郑国兴看见，姑娘被红纱巾紧紧地捂住了嘴。“二郎神”和“花狗”连拉带拽地将姑娘劫持到小院靠西边的二层楼上。

郑国兴这时已从最初的惶恐中走出来，他尾随着三人身后也上了楼。刚才拦截时，他已经发现那姑娘的确美得让人心跳，此刻，羊落虎口，他竟然也生出非分之想……他曾经看过“花带”，那种事真他妈刺激！这回，就是不让俺尝鲜，看看也过瘾哟！想着想着，下身便难过起来……

“二郎神”手里晃着一把明晃晃的刀子，皮笑肉不笑地对姑娘说：“妹子，放聪明点，陪哥们玩玩就让你走人。不然……”

姑娘花容失色，捂嘴的纱巾虽然取掉了，嘴却喊不出声来，大颗大颗的泪顺着娇俏的脸庞滚滚而下……

“花狗”一把撕开了姑娘的上衣，又用刀轻轻一划，姑娘的内衣裂开了，露出雪白的肌肤和一双高耸的乳峰……

只一眼，郑国兴便几乎昏了过去。

在整个案件的过程中，郑国兴得到的“最高奖赏”就是这一眼，用号子里闲人们调侃的话说：“你狗日的也算给眼过了个生日！”

没等郑国兴清醒过来，“二郎神”便恶狠狠地说：“滚出去，到门外头给我把个亮子！”

郑兴国没敢再看第二眼便低头走出门去。

门从里面反锁了。

铁匠庙村在乐游原上，地势很高。时值夜半，雪虽然停了，但北风如刀，吹得郑国兴浑身直打哆嗦。

“二郎神”和“花狗”轮番折腾，姑娘痛苦的呻唤声、哭啼声令人惨不忍听。

郑国兴再度陷入惶恐之中：妈呀，这俩狗日的要是弄出人命来，我咋办呀？

他想逃离现场，可他不敢。他想起“二郎神”的警告：谁敢坏我的事，咱就是白刀子进红刀子出！

他只能像狗一样，站在门外，为主人“把亮子”。

就这样，他在寒风凛冽的塬上，当了两个多小时的把门狗。

他毕竟是个小闲人，又是从花带上看到过却从未实践过男女之事的童男。听到屋里折腾出来的响声，他于惶恐中也时不时地“潮起潮落”。这时，他就会从心底诅咒：狗日的‘二郎神’，狗日的‘花狗’！

凌晨二时许，“花狗”打开房门，将惨遭蹂躏的姑娘推出来，懒懒地对郑国兴说：“马哥说，让你把这妞送出去。”

郑国兴点头哈腰地说：“知道了。你歇着。”转身又对姑娘说：“走吧，妹子。”

郑国兴在前，泪流满面的姑娘紧随其后，从塬上的小路走到灯火迷离的大路上。

郑国兴说：“你回去吧。别难过，妹子，就是那回事了。我……我可没欺侮你……”

大路上人迹寥寥。雪还在下着。

姑娘怯怯地说：“深更半夜的，我咋走呀？”

郑国兴心软了：是啊，这里离城还有七八里路，这二半夜的，又下了雪，一个女娃咋走呀？要是再碰上“二郎神”一类的闲人，女娃还有活头吗？

“要不，我送你到城里？”郑国兴说。

“大哥，你还是个好心人。”姑娘哽咽着说。

郑国兴摇头：“羞先人哩，我算啥好心人吗？好啦，你别哭了，我送你。”

郑国兴领着姑娘，从南郊乐游原下一直走到城里。城里的街道也是冷冷清清，既没有夜行的车辆，也没有开门的店铺。于是郑国兴对姑娘说：“干脆，咱到火车站去吧，那里有通宵食堂。”

姑娘点头。

在火车站广场前的通宵食堂里，郑国兴买了两碗馄饨、一笼包子，自己吃也劝姑娘吃。姑娘说她吃不下去。郑国兴好说歹说，姑娘总算喝了一碗馄饨。

一路断断续续的交谈，郑国兴对那姑娘已经有了初步了解：姑娘是本市西郊一家大工厂的子弟，高中毕业后在家待业，因天生丽质，又酷爱文艺，便想报考文艺团体。那天，她是到那家剧院去找一位老演员为她做辅导，没想到一出剧院就遭到歹徒的劫持……

姑娘是个颇有心计的人，她大概看出了郑国兴的懦弱，便强忍着悲愤，拿出一副凄凄楚楚的神情，央求郑国兴送她。她要套出这群恶狼的踪迹。

天性怯弱而又好色的郑国兴正好中计，一路上，他不仅说出了自己的真实姓名，而且也暴露了那两个同伙的身份。

“妹子，你凭良心说，哥没有动你吧？哥也是让人家逼的。‘二郎神’和‘花狗’都是南郊的恶霸。哥也看你可怜，想救你，可哥惹不起他们呀！唉……哥在大雁塔下卖烤肉，你啥时候来，哥都招待你。咱……咱也算交个朋友嘛。嘿……嘿……”郑国兴龇着一嘴黄牙，讨好卖乖地对姑娘说。

姑娘凄凄切切地说：“我知道，大哥是个好人。我一定去。”

吃完饭，天已经快亮了，郑国兴将姑娘送上早班公交车，恋恋不舍地与姑娘告别。

当天傍晚，郑国兴在自己的烤肉摊前被警察铐住了。推进警车，他看见车上坐着那位冷如冰霜的姑娘……

“二郎神”和“花狗”当夜也落网了，领着警察去抓人的正是郑国兴。

……

我让郑国兴站起来，严肃地问他：“你在号子给我讲的都是真的吗？有没有胡编？”

“没有。绝对是真的。有一句假话就不是俺妈生下的！”郑国兴赌起咒来还有点硬气。

“那好，我来替你写状子。”

当晚，我趴在床沿上，写出了我入狱以来的第一个上诉状。

没进过监狱的我，一直认为，凡关进监狱里的，绝没有什么好鸟，不是魔鬼也是痞子。所以我对为罪犯辩护的律师从来没有好感。我甚至无知地认为：为罪犯辩护就是出卖良知。

但是我也被关进了监狱——并且是在明知自己无罪的情况下……有了这种蒙冤入狱的切肤之痛，我顿时幡然醒悟：被关押的人犯也是需要有人为他们辩护的。辩护是为了防止天平的倾斜。

可我不是律师，对法律所知甚少，号子里连一本法律的书也没有。我只能凭着我对社会、对人生的理解和二十多年写作的文学积累去写。也许，这也会自成一家呢！

手头已没有了以郑国兴名义写下的状子，只记得大意是这样的——

一、我是一名待业青年。我在自谋出路的过程中屡屡遭到邪恶势力的欺凌。我曾向公安机关寻找保护，但结果却令我失望。为了维系我赖以生存的小生意，我投靠了刘柱（“二郎神”）。投靠他的目的也只是想借他的恶名少受点别人的欺侮，并没有与他结成犯罪团伙的愿望。我承认，这是一个错误甚至是罪恶的选择。但这也是一个弱者的无奈。正是这种无奈的选择使我陷入了这一案件中。我承认我在此案中是有罪的，但希望法院在定罪量刑时能考虑到我涉案的背景。

二、一审法院在认定事实上基本清楚，但却忽视了一个重要的环节，那就是，我所做的一切都是在刘柱的胁迫下发生的，不代表我自己的主观意志。事实上我是极不情愿去干欺侮人的事的，我自己就饱尝了被人欺侮之苦。我并不奢望法律能做到“胁从不问”，但胁从毕竟也应划在受害者之列，毕竟是可怜的弱者。

三、本案的定性是强奸案，我承认我是涉案人员。但强奸罪的主体理应是违背妇女意志的性行为，可我自始至终没有与受害人有过任何肉体的接触。

四、我送受害人，一是出于对她的同情，二也是她主动要求的。法院应考虑到我对受害人的同情与保护。

五、此案得以在一天内破获，与我主动向受害人说明我的身份有关。这至少说明我不是惯犯。被捕后，我不仅如实交代了案情，而且为公安机关带路，使两名主犯当天归案。法院应考虑到我的认罪态度是好的，且有立功表现。

上诉要求：一审量刑过重，请求改判。

……

郑国兴的上诉状递到二审法院之后的第十二天，二审判决下来了：郑国兴由原判的十五年改为八年。

我在监所里“一炮打响”，因此声名鹊起，不久就听到有人称我为“圣手书生”——这绰号是从《水浒传》上借来的。我很不以为然。

二

“陪号”当了三天，在与号子里的人日夜厮守中，我很快就了解了这些人的案情，于是便真正地理解了什么叫“号子里无秘密”。你想：十几个大男人同居一室，牢门一关，与世隔绝，这些人从早到晚啥事不干，大眼瞪小眼，寂寞无聊中唯一可以打发时光的事，就是陕西人所说的“谝闲传”；而不管是被判死刑的重犯，还是罪行较轻的“陪号”，在看守所这个地方一律称“人犯”，相互之间互称“难友”，乌鸦不笑猪黑，说起自己犯案的过程也无须遮遮掩掩，更不会像对付公检法那样千方百计地狡辩。所以，这没迟没早的海谝便让我了解了他们的案情和他们犯罪的诱因。

初进号子时，号子里的七名死刑号分别是——余泉军，即“大差市市长”，古城“著名”扒手。据他说——可能有些吹牛，行窃五年，没有翻过把。这次是因赌博被捕的，事情本不大，但他在分局号子关押期间，充当牢头狱霸，指挥同室的人将一名“坎头子”人犯活活打死，被判大刑后转到这里。余泉军吹他偷人的本事大得了得：只要下手，绝不落空。在分局号子时他曾对管家说：你们只要放我出去三天，我保证给所里创收十万元。管家问，凭你的啥？余泉军做了个掏包的手势，管家骂一声，滚，说是靠你这么创收，俺们都该关进号子了！

张春远：户县秦渡镇人，犯杀人罪被判死刑。他的故事颇具悲情，后面我将单节讲述。

李禾民：户县人，杀人犯。他在号子里已蹲了将近三年了，案子反反复复，判了又改，改了又判。他自认自己无罪，在号子里心态很平静，生活不仅完全可以自理，而且还常帮别人抄写个上诉状什么的。我说他字写得不错，他说是在号子里练出来的。

姜进九：本市郊区某中学教师，据说还是市级优秀教师，既能教语文，又能教外语。法院认定他奸淫女学生十七名，六年前判死刑，但他拒不认罪，不停地上诉，申诉。我看过他写的状子，果真是一笔好写，但我对这种人实在找不到一点同情的感觉。即使原判事实有误，可他自己也承认有两名女学生与他有奸情，是自愿的，是爱情，真是厚颜无耻。

马龙贤：某纺织厂工人。我在外面时就看到过关于他作案的报道，题目好像是《夜幕下的魔影》。说他经常在深夜里埋伏在一条偏僻的小路上，拦住上夜班的女工或晚归的女学生，实施暴力强奸，先后有八名妇女受害……他在号子里很少说话，只承认自己因失恋而憎恨所有女人，他要报复。这是个变态的狂人。

还有一个二十多岁的小伙，奸淫幼女四十多名，小伙看上去有些腼腆，但所犯罪行令人发指。

另一个二十来岁的死刑犯就值得人同情了：他是郊区农民，因邻里纠纷发生打斗。他的父亲用棍打死了邻家男人，小伙主动出来，一口咬定人是他打死的，与老父无关。小伙子替父顶罪，自愿领刑伏法，而无怨无悔。在号子里神态镇定，只盼早日上路……

看守所里“铁打的营盘流水的兵”，隔三岔五有人被拉出去执行；有人被改判甩走，而外面又不断有人被推进来。俗话说，河里没鱼市上看。走到大街上你能看出谁是罪犯？可到这里，抬眼就是一群，伸手就是一把。

陪号们多为经济犯，多数都在为自己喊冤。

我在死囚号老老实实地蹲了三天。第四天，我的“职务”再次得到“提升”——我成了六排的“小自由”。

生活中常常有些事让人啼笑皆非！

我是个毛病很多的人，最大的毛病就是自由散漫。我曾对法官说过：“如果法律上有自由散漫罪，你判我十年我绝不喊冤！”自由散漫是官场之大忌，所以我这一辈子当不了官，最高职务是当过车间里的小组长，带过十八名学徒工。我算了算，论官品大概也应排在十八品之后。就这，也因我的自由散漫而很快被撤了职。任职时间是十八天零四小时。

如今，我身陷囹圄，在自由遭到囚锁的地方却当上了“小自由”。

“小自由”是个什么角色？查遍天下七百二十行也找不到它。它是看守所里在押人犯担任的一种临时性职务。关押我的这个看守所据说是旧社会建的监狱，一共有六排房子用来关押人犯，每排都是一个独立的小院，院里有二至六间号子。我所在的那一排就是六间号子，每间号子按十人计算，一排就要关六十个人。这是个保守数字，如果碰上“严打行动”，一间号房塞进二十个人的时候也有。排里的看守员是两班

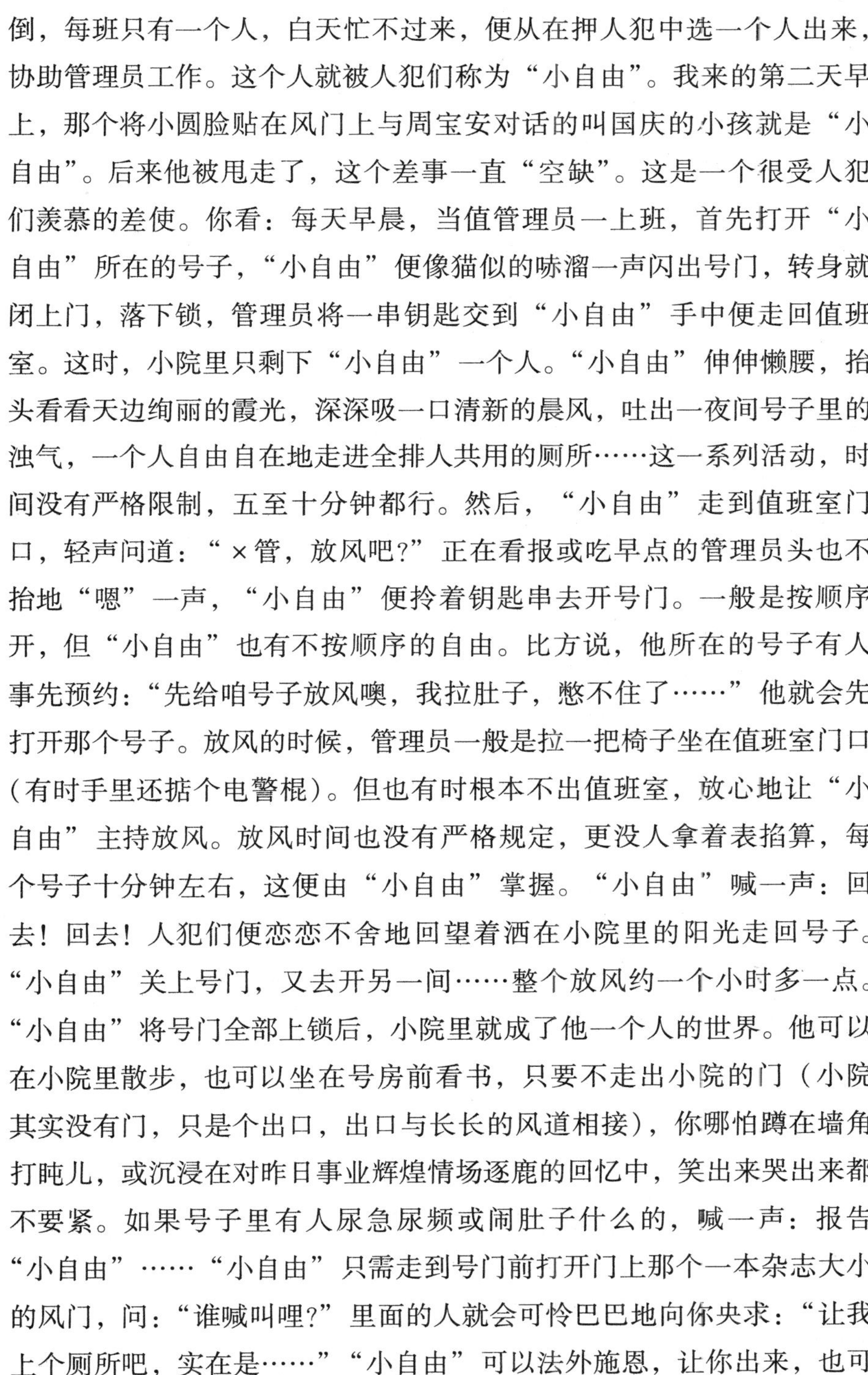

倒，每班只有一个人，白天忙不过来，便从在押人犯中选一个人出来，协助管理员工作。这个人就被人犯们称为“小自由”。我来的第二天早上，那个将小圆脸贴在风门上与周宝安对话的叫国庆的小孩就是“小自由”。后来他被甩走了，这个差事一直“空缺”。这是一个很受人犯们羡慕的差使。你看：每天早晨，当值管理员一上班，首先打开“小自由”所在的号子，“小自由”便像猫似的哧溜一声闪出号门，转身就闭上门，落下锁，管理员将一串钥匙交到“小自由”手中便走回值班室。这时，小院里只剩下“小自由”一个人。“小自由”伸伸懒腰，抬头看看天边绚丽的霞光，深深吸一口清新的晨风，吐出一夜间号子里的浊气，一个人自由自在地走进全排人共用的厕所……这一系列活动，时间没有严格限制，五至十分钟都行。然后，“小自由”走到值班室门口，轻声问道：“×管，放风吧?”正在看报或吃早点的管理员头也不抬地“嗯”一声，“小自由”便拎着钥匙串去开号门。一般是按顺序开，但“小自由”也有不按顺序的自由。比方说，他所在的号子有人事先预约：“先给咱号子放风噢，我拉肚子，憋不住了……”他就会先打开那个号子。放风的时候，管理员一般是拉一把椅子坐在值班室门口(有时手里还掂个电警棍)。但也有时根本不出值班室，放心地让“小自由”主持放风。放风时间也没有严格规定，更没人拿着表掐算，每个号子十分钟左右，这便由“小自由”掌握。“小自由”喊一声：回去！回去！人犯们便恋恋不舍地回望着洒在小院里的阳光走回号子。“小自由”关上号门，又去开另一间……整个放风约一个小时多一点。“小自由”将号门全部上锁后，小院里就成了他一个人的世界。他可以在小院里散步，也可以坐在号房前看书，只要不走出小院的门（小院其实没有门，只是个出口，出口与长长的风道相接)，你哪怕蹲在墙角打盹儿，或沉浸在对昨日事业辉煌情场逐鹿的回忆中，笑出来哭出来都不要紧。如果号子里有人尿急尿频或闹肚子什么的，喊一声：报告“小自由”……“小自由”只需走到号门前打开门上那个一本杂志大小的风门，问：“谁喊叫哩?”里面的人就会可怜巴巴地向你央求：“让我上个厕所吧，实在是……”“小自由”可以法外施恩，让你出来，也可以骂一句："就你屁事多，不行！"然后"啪"一声关上风门，继续蹲在太阳地里想自己的心事。……这中间，如果有"跑风道"的——监所里的另一种特殊职务，任务是在前后通达的风道上传递信息，一般是由在这里服刑的犯人担任——或公安局的人拿着提审犯人的条子来，"小自由"看看条子，打开某一间号门，喊一声："××，提审！"××就应声而出了。

"小自由"一个白天都在小院里呼吸着自由的空气，直到傍晚，才被管理员关进号子。

你说，这"小自由"是不是个美差？如果把这排的管理员比作一个企业的总经理，"小自由"就相当于总经理助理。牛着呐！

不过，黑脸张管叫我出来时，并没有说什么"小自由"不"小自由"的，他只是淡淡地对我说："最近，生产任务比较大，你出来招呼一下。"

"生产"就是糊火柴盒。我在二室时干过。

让我招呼"生产"？这么说来，我又成了生产调度兼质检员了，不，还有材料员，身兼三职，我在工厂可没混到这个职务上。

高中兴趴在我耳朵上问："你来了才几天，就混成小自由了？给哥说实话，是不是里头有人？"

我摇摇头，断然否认："没有。我一个写文章的人，会跟这里有啥交情？"

这话是实情，我在这里的确没啥"人"。但我自入监以来所受到的"礼遇"却使我隐隐感到：毕竟时代在进步，知识正在得到人们的重视——尽管是监狱。

我虽然酷爱自由，但自由前面加个小字却总觉得有些腻歪，好像是戏曲舞台上的三花脸。

高中兴神色冷峻地提醒我："为啥叫小自由？就是你的自由只能在这个小院之内，千万不可跨出小院门半步。你瞅见么，岗楼上有拿枪的哨兵，你敢跨出半步，当兵的就敢朝你开枪。记住了么？"

哦，"小自由"，你的自由也真的是够小了！

但再小也是自由，是自由就应当珍惜，何况在这个特殊的环境里。何况，煌煌阳光，浩浩春风，即使在这样的小院里，也同样温情脉脉地抚慰着我这伤痕累累的心灵。

于是，我干得很认真，很卖力。我们排糊的火柴盒很少有让火柴厂退回来的。排里的几位管理员对我越来越信任。

我的“小自由”身份使我有了比较多的独处的机会。我常常一个人待在小院里放飞我的思绪。我望着早晨的流云，黄昏的落日，大墙外的一抹新绿，号房上的一片落叶，风道上的一阵清风，岗楼上的一缕灯光……而沉思。思索生命的意义，于是，对生命的热爱，对自由的渴望，便在思索中汩汩流淌，冉冉升腾……

一晃两个月过去了，我在小院看到大墙外升起一片浓浓的绿色，白杨树的叶儿在风中哗哗作响，柳树袅娜的枝条如诗如梦……而我亲手翻过的两块花地上，一簇簇红的、黄的、金色的小花，也蓬蓬勃勃地绽开了，开得十分艳丽而浓烈。

我已经说过了，那叫太阳花。

我蹲在太阳花前，我在被她感动的同时，也感到了一缕怅然。

我不明白，为什么检察院在明知我没有犯罪的情况下，却死活要将我推上公堂，关进监房？我究竟得罪了哪路神仙？中箭落马，我竟不知射手是谁？箭从何方来？我自信我是个激情洋溢的人，从十几岁开始写诗作文，我的作品说不上多么精彩，但也绝没有亵渎文学之神圣！我一腔热血，钟情于文学事业，忠诚于人民，此情天日可鉴！我年方不惑，正是一个男人生命的黄金时段，却被无端地打入“冷宫”，“出师未捷身先去，常使男儿泪沾襟”，命运，真的是会捉弄人么？

开庭这么久了，为什么宣判却杳如黄鹤，难道法庭查明的事实还不能证明我无罪么？

监所里有阳光洒进来，有蓬蓬勃勃的太阳花在阳光下怒放，可真理的阳光呢，法律的阳光呢？

当然，我不会就此沉沦，但这种心灵的支撑究竟啥时候是个头呢？水天茫茫，岸在何方？

“小自由”，一个非驴非马的称号，一个哭笑不得的差使！

但我还是要感谢给了我这顶“桂冠”的管家。“小自由”不仅给了我享受阳光春风的机会，也给了我更多接触形形色色人犯的机会。

讲一个我在当“小自由”期间遇到的一件惊险又让人匪夷所思的事——

故事发生在一九八六年七月十号。看守所规定，每月的十号是探监的日子。这一天探监的亲友将衣物送到看守所的接待室，然后由“劳动号”用三轮车转送到各个排，由看守或“小自由”检查后再转给人犯。

这天，我一面给各个号子轮流放风，一面接收、转递探监者送来的衣物，忙得晕头转向。挨到十一点多，放风结束，这一排七间号子的门全部落锁，我才松了口气。刚想点根烟抽——这是当上“小自由”后的又一个“特权”！忽然，我听到三号监房内有人怪叫了一声：“报告管理员！”我回头瞅瞅看守室，值班的黑老张不在，他不在我就拿事，于是我走到三号室，打开门上的风门，问：“喊什么？”

一个小盲流把脸贴在风门上，惊恐地对我说：“号子里少了个人！”

什么？少一个人？我心里猛一咯噔，急忙用钥匙打开号门，喊一声，“都站好。”然后用目光清点人数。

这号子关了十四个人，我知道。可我的眼睛告诉我，现在是十三个，果然少了一个。

我“咣”的一声关上号门，又落了锁，转身就朝厕所跑。因为这个小院，除了几间号子外就是一个厕所，空荡荡的小院连棵树也没有。

厕所里没有人。

我这时才真的紧张起来，少一个人犯，这还了得！我快步走到小院门口，我想找管理员汇报。猛然就想起了高中兴的警告：你的“自由”的范围只在小院门内，多一步，岗楼上的哨兵就敢朝你开枪。我只好倚在水泥门框上，顺着长长的风道向前张望。不大一会儿，值班的黑张管龙行虎步地从前面走过来。

“张管，三号室少了一个人。”我说。

“嗯……”黑张管猛地一愣：“少一个人？”

我又重复了一句：“是少了个人。”

这一瞬间，我看见黑张管那茶色镜片后的双眸蓦然一闪，扬手在自己的脑门上狠狠地拍了一下，嘴里含混地骂了一句：“把他家的……”转身就朝前面飞跑。

我想，他肯定是想到了什么。很有可能是，他刚才曾与那个失踪的人擦肩而过，而在擦肩而过的瞬间他曾有过一丝疑虑却并未在意。所以，当听我说少了一个人时，他脑海中电光石火般地想到了那一幕。

趁这机会，我又回到三号室门前，打开风门，向里面的人发问：“知道谁不在么？”

号长——一个因盗窃被关进来的小伙说：“知道。就是那个‘花案’嘛！”

号长又嬉皮笑脸地说：“那小子是昨天才进来的。一进来就叫伙计们‘修理’了一顿，打得那货尿了一裤子。花案都是没种的孬孙！”

号子里其他人也凑过来，七嘴八舌地向我讲了“花案”的事——

那小子是河南人，一个月前才从老家跑到西安来打工，投靠在一个远房亲戚门下。那远房亲戚在城里开了个小杂货铺，正好缺个值夜守店的，就将他留下来。那小子晚上在店里没事，就彻明连夜地看电视。一个从偏僻山村来的小子，看到电视上那些红男绿女搂搂抱抱的场面，先是惊奇得不得了，后来就躁动得了不得。他在号子里对人说他当时的感受：“我日他娘！这世上还有这么好的事！”后来，一看到电视上有接吻的镜头，床上的戏，他裤裆里就支起个“棍儿”来。

三天前的一个晚上，他又在店里看电视。正看到热闹处，“嘭嘭嘭”，有人敲门。小家伙不耐烦地吼了一声：“店都关门了，敲啥敲！”

门外是一个女娃儿脆生生的声音：“老板，俺家停电了，买根洋蜡行不？”

一听到是女娃的声音，这小子立马软了下来。他拉开门，说：“你进来吧。”

女娃进来了，一进门惊呼了一声，“哎呀……”身子便侧了过去。

为啥？这小子一人守店，天热，浑身脱得只剩下一个小三角裤头，而且还撑起了“洋伞”。女娃看到了，咋能不一惊一乍的。

不过，据那小子讲，那女娃也不是个“好鸟”。就算是大热天，你出门买东西，咋能只穿一身背心短裤呢？那女子一侧身，就把一个白生生的脊背亮给了小伙。背心领口又低，胸前那对“小鸽子”呼之欲出……小伙子顿时看得呆住了。女娃十六七，小伙十八九。夜半无他人，小店独厮守……小伙子的“洋伞”撑得更高了。女娃转身，看小伙望着自己发呆，骂道：“看啥看啥，快取洋蜡嘛，瓜样子！”

下面的这个情节，肯定是号子里的盲流们的演义，查无实据，权且照录——

小伙：“洋蜡卖完了。”

女娃说：“卖完了你叫我进来干啥？”

小伙指指下身：“这儿有一根，你要不要？”

女娃说：“要。你掏出来看看，尺码够我就要……”

我之所以认定这里面有演义，是因为我想起来了，那个小伙我见过。他是先一天中午被送到这一排的，瘦麻干兮又可怜兮兮的一个山里娃。管理员问他话，他身子不停地哆嗦着，一句囫囵话也没说出来。由此可以推断出，那些调戏妇女的流氓语言不会出自他的口。

但是，他却的确做出了粗暴的举动，他把那个女娃强奸了！女娃一出店门就进了派出所。于是他当晚就被抓捕，次日就被送到这里。

号子里的盲流最瞧不起的就是“花案”分子，而最感兴趣的也是“花案”分子。当晚，老盲流们将他痛打一顿后，连夜“审讯”，并且逼着他讲作案细节。随后，老盲流们便对他说：“你知道你犯的啥罪不？”

小家伙一脸迷茫地摇头。

“嘎嘣……砰……”老盲流比画了一下，“挨枪子哟！”

据说，小伙当场就瘫了下去。

但是，就是这样一个没种的山里娃，在号子里只待了一晚，次日竟从森森高墙内失踪了！

黑脸老张管回来了，一脸的沮丧。看来他没有追到逃犯。

看守所一下子就变得森杀起来。

下午的放风取消了。

看守所所长来了，手里牵着一只狼狗。那狼狗在三号室转了一圈，径直进了厕所，出厕所后，又在院子里转了一圈，随后在院中间的水管旁边伫立片刻，一声低哑的吠叫后，顺着风道朝前面窜去。

这是一条训练有素的警犬，从它的行动可以推测出那个逃犯的行动轨迹：从号子出来，到厕所解了手，然后在水管洗衣服（看守与警犬走后，我果然发现，水池中有一件脏兮兮的裤头）。正洗衣服时突发奇想，于是，放下正洗的衣服，不声不响顺着风道向前走去。

从我们这一排到监所的二道门，大约有一百米，是一条宽约五米的风道，风道平坦敞亮，无遮无掩，两边是监房，四周是高墙，墙上有持枪的武警。平时，风道上哪怕有一只苍蝇飞过，岗哨上的武警也能看见。可那天是探监日，风道上来来往往的尽是转送物品的三轮车，可能会影响哨兵的视线。可问题是，这一百多米的风道，一个空手的人又怎能晃悠到前面呢？再说，二道门上有岗哨，二道门外还有头道门，门上也有岗哨，明晃晃的枪口下，怎能让闲杂人大摇大摆通过呢？当然，一出头道门，情况就复杂了：门口有上千口子探监的人，乱哄哄的，谁也不认得谁，混进个人是很难辨认的。

那小伙怎能走出风道，又走出二道门，再闯过头道门的，这是一个难解的谜。总之，他是成功地完成了光天化日下的越狱行动。

杀人不眨眼的混世魔王魏振海也是从这个看守所越狱的，但可以肯定地说，他没有那山里娃走得“潇洒”。

那天，天还没黑，看守所四面高墙上所有的探照灯都亮了，亮晃晃的如同白昼。

我这个“小自由”也早早地被关进号子。

晚上九时左右，死囚号的门打开了。陶副所长站在门口喊我，问：“你能认清那小子的模样吗？走，跟我们出去一趟。”

我赶忙回答：“不行。我认不清。他是昨天才进来的。”

搜捕逃犯，责任重大，我不敢随便应承。

此时，我在二室的“难友”李国政也早已调到死囚牢当陪号了，只见他“忽”地站起来：“报告所长，我认得。我跟你们去！”

陶副所长打量一下，点点头说：“走。”

胖子李国政抓起衣服就朝外走，临出门还回头冲我笑了笑。

我心里骂道：笑㞞哩！我这个“小自由”都认不清，你能认清？

深夜两点，号子门响，李胖子回来了。

我问胖子：“找到人了？”

李胖子笑得像个弥勒佛：“找到个㞞！”

我说：“你小子真胆正！认不清人，你就敢接这差使？”

李胖子说：“我说你们这些文人呀，真他妈书读成呆子了！你想想，追逃犯是他警察的事，追上了他有功，追不上他倒霉，与咱㞞相干？咱跟上不是能混吃混喝么？看看街上的夜景也算散散心么！嘿，今天晚上兄弟算过了个年。满街的花裙子，俊娘们儿，白大腿，真他妈过瘾！警察给咱把好烟供上，一根接一根地抽，抽得嘴都麻了。警察到夜市吃饭，他们吃啥给咱也得来一份，光啤酒我就喝了五瓶。美！”

李胖子一通神吹，惹得号子里的人直流口水。

书真是把我变成呆子了，我怎么就没想到这个理儿呢？不然，这个“年”是该我过的呀！

很长时间，我都在琢磨那个逃犯的事，至今也没琢磨透。我们平常所听到的越狱故事，基本上都发生在劳改场，看守所里光天化日大摇大摆的越狱者恐怕闻所未闻，何况逃走的又是一个呆头呆脑的山里娃。你说这事该怎么解释？

想来想去，只有一种解释稍稍接近情理，即：心理状态。

我不是心理学家，我只是瞎想。

你想，那山里娃从未进过监狱，他根本不知道监狱的戒备有多么森严。他听号子里人说，他犯下了杀头之罪，于是他就想跑。那天他正在洗裤头，看到院子里车来人往，很乱，就想，咱还是回吧。于是就朝外走。风道上有三轮车来来往往，他想，既然车能走，人当然也能走，于是他就朝前走。走过二道门，他大概连站岗的武警看都没看，因为他大脑一片空白，或者说，只有一个念头，回家去……他走过去了，接着又过了头道门……我想，一旦走出监所，他大概会从迷茫中蓦然清醒：噢，我出来了！然后仓皇地钻入茫茫人海……

这是他成功的奥秘：无知给了他从容。就是人常说的“憨胆大”。

我说的心理状态还包括另外的一层意思，那就是看守所里执勤站岗人的心态。

据说，这个看守所在旧社会就有。新中国接管过来，关押过数不清的人犯。其中既有国民党的将领、高级特工，也有杀人越货的江洋大盗、土匪毛贼，更有甚者，这里还关押过不少共产党的要员，当然是那些运动中被打成叛徒、内奸、反革命的人……历时四十年，多少手眼通天的人物都在这里经受过牢狱之灾，可谁也没有去冒大白天越狱的险。因为那是根本不可能的事！而这种“不可能”也会在站岗放哨的哨兵们心中形成一个牢不可破的观念，这些人做梦也不会想到，大白天会有人晃荡出狱！因此我想，当那个山里娃从风道上走过时，高墙上的岗哨肯定看见了，但他不会想到这个人正在越狱；二道门的岗哨当然也看到有人从身边走过，但他的脑瓜也根本没转那个弯；至于到了头道门，即使哨兵脑瓜转了一下，也会被另一种念头所冲淡：难道岗楼上的人没看到么？二道门没看见么？不可能！既然人家不吭声，此人出门必有道理……须知，跨出头道门就是车马喧嚣的长街，这里的哨兵只要有瞬间的“意识流”，逃犯就成功了。俗话说，老虎都有打盹的时候，何况哨兵！哨兵不说，就是那位资深看守黑张管，不也是与逃犯擦肩而过时打了个“盹”么？究其原因，我想也是因为他被那个几十年铸成的“不可能”的惯性思维搞迷糊了。

这种解释不敢说全对，但应当说有一定道理。不然，你怎么理解这件事？

当然，那天是探监日，客观环境也帮了那小子的忙。

至于那小子以后是否被抓回来了？我不知道。

声明一下：我讲这个故事绝没有想教唆他人越狱的险恶用心，况且你想学也学不来：天生的愚昧而造成的“无知者无畏”是根本学不出来也装不出来的。谁要想试试，准吃家伙！

现在我要讲一个令我怦然心动的故事——

那是个初冬的清晨，雾很大，直到监所管理员上班，我从号子出来，小院里还弥漫着飘袅的雾气。我正准备给号子里的人放风，突然听到院门外风道上有人喊了一声：“小自由！”

我知道这是“劳动号”在喊我——再说一遍，劳动号就是判过刑后，留在看守所服刑的犯人——他大概是要通知我去领糊火柴盒的材料。

我刚一转身，就见黑脸张管从管教室一个虎步跨了出来，再一个虎步就冲到了劳动号的面前。只见他用手指着劳动号，怒气冲冲地喝问道：“你叫谁哩？你算个什么东西？‘小自由’是你叫的吗？人家是什么人？你是啥货？人家多大年纪，你多大？没教养的东西！”

“劳动号”站在风道上，顿时呆若木鸡……

其实那一刻我也惊呆了。我万万没想到，这位冷面黑脸的老张管竟然对别人叫我“小自由”这么愤怒！连我自己都早已麻木了，老张管却认为这是对我人格的亵渎。他在用他的权力维护我——一个落难的小知识分子的尊严！

老张管余怒未息地踅回了管教室。

我在缥缥缈缈的晨雾中，向着管教室的方向，默默地弯下了我那从不在世俗权势面前弯过的腰……

三

每个月的十号这一天，是在押人犯的家属到看守所为身陷囹圄的亲属送东西的日子。

人犯们称这一天为“清明节”。

第一次听到这个说法，我曾问高中兴：“为啥要叫清明节？”

高中兴说：“这还用问？你是文人这道理还不懂？家里人来了，只能送东西，不能见人，不是跟给死人上坟一样么？”说这话时，高中兴声音有些发颤，眼眶里闪着泪花。

想想也是：亲人们揣着一颗揉碎的心，或顶风冒雪，或沐雨踏霜，或顶骄阳，或披晨雾，或携儿带女，或扶老褰婴……匆匆赶来。天不破曙，便凄凄惨惨地在看守所外排队等候。候至看守所警官们上班，打开一扇小窗。犯属们眼噙泪水，用颤抖的双手将人犯们换洗的衣服、看守所允许送的几种食品和用具递进小窗，抹一把辛酸的泪便转身离去……谁不想见一见自己的亲人啊，哪怕只望一眼！然而，高墙巍巍，电网森森，咫尺天涯，望穿秋水啊！

称这一天为祭奠亡灵的“清明节”，是人犯们酸楚的自嘲自慰。

尽管如此，这一天仍是人犯们翘首，掐指算计的日子。

每到这一天，号子里的秩序特别好。人犯们天不明就爬起来，换上一身干净的衣服——明知不能相见，却要精心装扮——静静地坐在床板上，一道道期待的目光凝望着黑色的牢门。只要牢门铁闩一响，全号子人犯的心瞬间都提到咽喉尖上。一旦牢门打开，负责传递物品的“劳动号”将收盛衣物的竹筐朝地下一放，喊一声：×××，被传唤的人便惊喜地答一声有，触电似的从床上站起，一步跳下来，顾不得查看衣物，只从“劳动号”手中接过亲属们自己填写的送物清单，直愣愣地望着那上面的签名，泪水便潸潸而下……当“劳动号”催着他在“收物人”一栏签名时，不少人一时竟双手颤抖，不知该怎么签，似乎忘记了自己是谁……

一九八六年九月十日。

这是个秋高气爽的日子。

上班的时间一到，死囚牢的门便打开了。早在门口等候的我闪身出门，又随手拉上了铁闩。

为了防止比“小自由”的自由更多一些的“劳动号”给号子里的人捣鬼，如递条子、过草（倒烟），监所新近规定：家属送物，“劳动号”不得直接进号子，由他们将东西送到每排的门口，再由“小自由”传给号子里的人犯。这么一改，我的任务就更大了，忙不过来，加上两月前“清明节”那天发生的人犯越狱事件，我更怕忙中出错了。于是我对管理员老张说："张管，国庆节刚过，估计今天来送东西的人多，我一个怕忙不过来……"

黑张管沉吟了一下，说："那你就再叫出来一个。"

"叫谁？"

"你看吧。"张管转身进了管教室。

我再次打开死囚牢门，将大胖子李国政叫出来。现在这小子已成了我的忠实伙计。

我俩一边一个，靠在六排的水泥门墙上向着长长的风道张望。

风道上拐进一辆三轮车。

李胖子顿时激动起来："俺老婆肯定是第一个，每个月都是。嫂子呢？"

我平静地说："她该上早班。估计得下午来。"每月的这一天，我老婆也是风雨无阻，可她在厂里是三班倒，我曾写信告诉她，不要请假，来早来晚没关系……我在号子里记着她倒班的时序呢。

三轮车在每排都要停一下，从车上卸下一袋袋东西后再向前走。

车到六排，李胖子忙迎了上去。

蹬车的"劳动号"一边朝下卸东西，一边念着名字："李国政，万……"

李胖子颤声答道："我！我！我！"慌不迭地从"劳动号"手里接过袋子。

我将另一个袋子里的东西倒进竹筐，向五号室走去。

号门打开，全号子的目光齐刷刷向我投来，我像法官一样威严地喊了一声："万小鱼！"

万小鱼身子蜷缩着靠在里面的墙角，听到喊声，两眼霎时发直了，一动不动。

号子里的人齐喊："万小鱼，叫你哩！"

"你他妈的装什么傻！"

万小鱼依然没动，仿佛整个人都凝固了。

我又喊了一声："万小鱼！"俯身从竹筐里向外掏东西。

有人朝万小鱼的屁股上踢了一脚："你他妈的装死啊！"

万小鱼这才如梦方醒，眼睛直愣愣地望着我："嗯，嗯，叔，你……是叫我哩？"说着他从床板上爬过来，那泪水像雨点一样顺着蜡黄的小脸淌了下来……

我清楚地记得万小鱼入狱的情景——

下午。犯人已经开过饭，管理员小杨正准备下班，前面送来一个新犯人。

这是个十八九岁的小伙，圆脸，小眯缝眼，张口露出一排黄黑的牙齿，穿着一件不知从哪儿拾来的老鼠皮一样的破工作服。一看就知道是个农民娃，一副可怜兮兮的神气。

他好像懂得监号的规矩，一来就蹲在地上，小眼睛眨巴眨巴望着管理员。

管理员问："你叫什么名字？"

"小鱼，万小鱼。"浓重的渭北的口音颤颤索索地。

"干啥坏事了？"

"偷、偷人，公安局说是盗窃哩！"

"家在哪？"

"蒲城。我不好好念书，我大打我哩。我跑到西安，跟俺一个乡党翻到人家厂里，偷了人家的铜。卖了。我，我才分了十来块钱。"

小杨管被这小子的神气逗笑了："你分一毛钱也不行。"

万小鱼慌忙点头："嗯，不行，不行。那是做贼哩么。"

随后，他又可怜巴巴地说："报告管理员，我、我还没吃饭。"

杨管对我说："问问劳动号，看还有啥吃的没有？"

我走到风道口，朝后面伙房喊了一声。不一会儿，"劳动号"拿了两个黑蛋儿过来。"就剩两个这了。"万小鱼双手接过来，急忙往嘴里塞。

小杨管对我说："一会儿关进五室。给里面交代一下，不要欺侮娃，娃怪可怜的！"

万小鱼关进三个多月了。这三个月，我一直在负责接收传递物品，我知道：从没有人来给他送过东西。而每到这一天，万小鱼总是躲在墙角。他知道不会有人给他送东西，而又怕看到同室的人接到东西时的喜悦。

万小鱼从我手里接过送物单，仍然泪眼巴巴地说：“叔，你不要哄娃?!”看到单子上的签名，这才讷讷地说:“是、是我大，是我大……”

“快签字。”我说。

拿起笔来，他又愣了，望着我问：“叔，我签啥?”

“签你的名字‘万小鱼’!”

万小鱼趴在床沿上，握笔的手在颤抖，嘴里不停地念叨着：“我签字……我叫万小鱼……我大又要我咧!”

签完名，万小鱼双手将送物单递给我，央求道：“叔，你给我大捎个话，我学好！学好!”

轻叹一声，我说：“瓜娃哩，叔跟你一样，见不到外面的人!”

关牢门的时候，我看见万小鱼一脸木然，一脸泪水……

两辆运载衣物的三轮车在风道上来来往往，蹬车的“劳动号”兴冲冲的，像给自己盖房娶媳妇一样。我和李胖子忙得头上冒汗，可我心里却很舒坦，毕竟我们是在为难友们传递亲情啊!

二号监房有人使劲敲门，并大声喊叫：“报告管理员!”

我急忙打开二号监房的风门：“谁喊哩?”

监房里站着一条高大壮实的汉子，年纪二十五六岁。他扒着风门急切地对我说：“老兄，你把门开开，我给管理员说句话。求你了。”

这汉子叫王新民，商州黑龙口人，在西安以捡破烂为生。据说西安城里有数百名商州破烂客。渐渐地，商州“破烂客”形成集团，白天捡破烂、收破烂，夜间则结伙翻墙越院，盗窃工厂、单位的财物。而在商州“破烂客”团伙中，王新民还算个头面人物哩!

张管坐在管教室门口，显然听到了王新民的喊声，对我说：“让他出来。”

王新民走到张管跟前，哀哀切切地说：“好张管哩，求求你：到外面去跟俺妈说句话。叫她老人家下一月不要来了……”说着，早已在眼眶打转的泪水悄然落下，“她都快七十岁的人了，几百里路，爬山越崖，来弄啥么？咱羞先人呢！咱是个啥货嘛！贼么！”

双手抱头，王新民蹲在地上，孩子似的嘤嘤而泣。

一向严厉的老张管沉吟不语，好半晌，才幽幽地说：“你先回号子吧。”

王新民站起来，泪眼汪汪地望着老张管，哽咽着说：“张管，一定请你……把话捎到。”

张管低着头，向他扬扬手，示意他先回去。

张管叹息一声，起身朝前排走去。

死囚牢放风的时间到了。

沉重的铁镣声在院子里响成一片。

“劳动号”给了我一双农家人自己做的布鞋，说让交给重刑号的张生芳，是她老婆送来的。那女人不认得字，没填单子，也没留话。

我看见张生芳正拎着镣绳呆呆地站在死囚牢门外，脸上没有任何表情。入狱几个月了，没有人给他送过东西，他也根本没抱任何希望。

这是一个地道的关中农民，满脸皱褶记录着生活的沧桑；又瘦又高，个头足在一米八五以上；一双手伸出来像两把大蒲扇，浑身的骨骼都向外凸突着，青筋暴露，肤色黝黑，活脱脱的一个古猿人！目光中流露出来的是愚昧混沌。自进号子来，他很少与人交谈，号子里的人也懒得搭理他。但我却从断断续续的交谈中知道了他的犯案经过——

他是西安东郊灞桥人，村子在一个三岔路口。他家很穷，除了种庄稼，闲下来的时候就到河滩给人家捞沙子。今年五月的一天黄昏，天上下着蒙蒙细雨，他从河滩上往回走。走到三岔路口，迎面走来一个三十岁上下的女人。那女人向他问路，一开口就听出是外地人。雨烟茫茫，三岔路口除了偶尔飞驰而过的车辆，很少有人。那女子开口就叫大叔，声音甜甜的。其实张生芳年仅三十九岁，看上去像五十开外。女人甜甜的叫声在这空旷的路口，暮春的烟雨中传入这个老实巴交的中年汉子耳朵里，竟如一声雷响，顿时震塌了张生芳心灵中凝固的堤岸，一股浊流竟夺路而出……他明知道那女子所问的那个村子离这里很近，只需向北走上十几分钟就到了，可那股带着邪恶的浊流却让他于灵魂出窍中给女人指了个反方向……那女子说声谢谢大叔，踩着水花走了。张生芳愣了一会儿便迈开长腿走上了一条泥泞的小道。

雨，越下越大了。那女子按着张生芳指的方向拐上河堤，蓦然发现，那位指路的“大叔”正朝她迎面走来……

河堤上，柳树下，暮色中，雨地里，张生芳像老鹰抓小鸡一样完成了对那位迷路女子的施暴……

第二天清晨，张生芳的大门被几名警察一脚踹开了。

张生芳颤颤巍巍地走出屋门，双臂前伸，双手并拢，连声说道：“是我来！是我来！是我……”

张生芳被警察押到村口时，围观的村里人几乎个个满脸疑惑：“吩人咋跟个木头一样，还能干吩瞎瞎事？”

张生芳一审被判死刑。

我把那双布鞋递给张生芳，说：“这是你老婆送来的。”

我看见张生芳身子抖了一下，系镣的绳子倏然落地，镣链发出一串叮当的声响。

他用双手攥住那双皮鞋，嘴角蠕动着，却没有吐出半个字来。

他像一根木桩，直直地站在死囚牢门前，双手紧紧地攥着那双鞋。

这时，我看见他沟壑纵横的脸上，有大颗大颗的泪珠滚滚而下……

数日以后——九月二十七日，张生芳“上路”了。先一天晚上，他穿上了那双鞋，那双鞋伴他度过了人生的最后一个晚上。第二天临出号子时，他用湿毛巾把鞋面鞋底仔细地擦了一遍，再穿上，跺了跺脚，上路去了。

天高云淡。一架银鹰在晴空盘旋。听说，这是民航局新近开办的环城游览机。

在院子里放风的人犯们仰首凝望着晴空上飞翔的银鹰。

哦，此刻，那些自由的人们，偕妻携子，乘坐在游览班机上，俯瞰着这座千载历史文化名城，尽享着生活的乐趣。天籁之声，天伦之乐，在秋阳丽日下，如神曲洋洋洒洒……

他们会想到、看到，在古城的一隅，还有一块与自由隔绝的世界么？

李胖子拍着我的肩膀，问：“老兄，有何感想？”

我惨然一笑，说：“想起苏联一个电影名字：《自由，一个甜蜜的字眼》！”

“嘁！”大胖子摇摇头，“知识分子想得就是多。我他妈的这会儿只想我老婆！”

……

下午，送东西的渐渐稀少。

与六排毗邻的五排，管理员下午不在，老张管一个照看两个排。他嘱咐我招呼六排的放风，自己则主要守在五排。

招呼完本排的放风，所有的牢门都上了锁，院子里只剩下我和李胖子。我从口袋里摸出两支烟：“兄弟，过把瘾。”

李胖子问：“从哪弄的？劳动号？”

我不想瞒他，也没必要，他不会点我的炮的。我说：“你嫂子今天送来的。”

我老婆是下午三点多来的，我想她肯定找人替她上了半天班。

李胖子一仰脸：“噢，明白了，嫂子真有办法！”

“她懂啥，还不是听从这里出去的人说的。”

其实这办法很简单，监所对探视者送的东西是有限制的，许多东西必须在监所前面接待室现买现送，如白糖、奶粉、橘子粉、肥皂等。但号子里潮湿，经常会有人犯因受潮而浑身生疮，所以，探视的家属可以从外面拿蒜给人犯送。我不知道妻是听谁说的这个招儿：将蒜掰成碎蒜瓣，里面塞上两盒烟，装到塑料袋里，用绳子将袋口扎紧。前面接待的顾不上检查袋子，而后面又是我负责检查。这招“蒜里藏烟”的把戏竟屡屡得逞。不过，妻每次要在烟盒上写上几个字：“还是戒了吧……”

我也想戒，可是，在这苦闷的日子里，烟是无言的朋友啊！

李胖子说：“抽烟的人都他妈没出息！”

我承认。

忽然，隔墙传来老张管严厉的呵斥声：“哎，还不快回去，看啥哩！”

有人应对，显然是在押人犯，但声音却异常强硬：“咋？长眼睛还不让人看？”

老张管咚咚的脚步声。

“回去！”

人犯更加强硬的叫喊声：“我长腿着呢，你推我干啥？”

“你朝那边楼上看啥？”

“想看啥看啥！”

自入监以来，我还从未见过人犯敢和管理员顶撞的事，这小子，真够横的了！

我向大墙外张望。

大墙东邻，不知是哪个单位，东西走向盖起了一幢新大楼。中间一个窗口正对着看守所五、六排，南面靠西的一个晾台也可以俯瞰看守所。（这幢大楼给监所带来不少麻烦，后面还有故事。）

此刻，最高一层的窗口上站着两个人，不，应当是三个：一个年轻妇女，一个白发老太太，那少妇双手举着一个一岁上下的孩子。

隐隐约约，能听到那少妇急切的叫喊声：“妈、妈，那就是他爸，就是的！”

老人喊：“我怎么看不清！你把孩子举高点，让他看，让他看……”

少妇一时情急，两手夹起孩子，竟举出窗外。那孩子的小脚乱蹬，“哇”的一声哭了起来。

又是老张管的声音，是冲楼上的少妇喊的：“不要命了你……”

少妇忙将孩子收进怀抱。

老妪的白发在秋风中飘动……

老张头又在呵斥五排的人犯：“回去、回去！”声威显然比方才弱了许多。

“你急啥？”人犯还在顶牛，但气势也显然不似前时。

老张管恨恨地“嗯”了一声：“什么人嘛！”

人犯又硬硬地顶了一句："有血有肉的人！"

终于传来牢门上闩的声音。

老张管步履蹒跚地走回六排管教室，从兜里掏出一根雪茄烟，划了三根火柴，却没点着……

夕阳渐渐隐没。

老张头默默地朝我挥挥手："你俩回吧。"

我和李胖子走回死囚牢。我怀里抱着一摞书报杂志，那是报社的朋友送来的。

满号子的人都有一种兴奋的神气，而唯独有一个陪号在蒙头大睡。

我知道：那位老兄，今天没有收到亲友送的东西。

"咣——当！"死囚牢黑色的牢门上锁了。

空旷冷寂的院子里传来老张管远去的脚步声。这老头，平日走路虎势腾腾，脚步声咚咚响，而今天却显得疲惫无力……

监所"清明节"，一个令人心碎的日子！

四

问世间情为何物，直教人生死相许！

死囚牢里找不到答案。因为，这里关过不少因夫妻反目而男儿一怒，夺去妻子性命的"无情之人"。

郑华良是一个让人很难理解的人犯——

郑华良，二十七岁，安徽人，前几年到陕西打工谋生，在渭河南岸一个小镇子上被当地一家农户相中，被招为倒插门女婿。婚后，有点剃头手艺的郑发良在岳父的资助下，在小镇上开了个理发店。生意不算太差，日子也还能过得去。但是，郑发良没有想到，倒插门女婿在当地是受人歧视的。乡邻们的歧视倒还罢了，岳父一家人，特别是媳妇的歧视让他心力交瘁。"小子无能，改祖换宗。"就是乡里人嘲弄上门女婿的口头语。妻子一开口就骂："有本事你跑到俺屋弄啥来了？上俺的门就得听俺的吆喝！"店里挣的钱全归媳妇管，郑发良想买包烟，和朋友下个馆子喝两口，就得孙子似的哀求媳妇。郑发良本来就是个烈性汉子，这样装孙子的日子让他心里憋满了“火药”，他知道迟早有爆炸的一天。这一天，老家来了个远房表弟，郑发良就想请表弟下馆子，一是让表弟开开洋荤，二是显摆一下，自己在这儿混得不错！但是，任他磨破嘴皮，媳妇就是不出银子。郑发良终于爆发了。他抡起一把椅子就朝媳妇砸去。“好小子，你敢打老娘！”媳妇躲过椅子，杏眼圆睁，指着郑发良破口大骂……郑发良一口恶气冲牛斗，一步窜进后屋，操起一把菜刀，大喊一声：“狗日的，老子宰了你！”媳妇眼见情势不妙，夺门而逃，郑发良发疯似的追上去，在媳妇背上猛砍一刀……

郑发良的媳妇没死。不仅没死，而且后来还亲自到看守所来给郑发良送过东西——那东西是我亲自传到郑发良手里的。郑发良听说是媳妇送来的东西，扬手就扔到了地下，又狠狠踏了一脚。塑料袋破了，一袋子白糖撒了一地。

但是郑发良却被判了死刑。郑发良接到判决后凄然一笑，说：“判得好！我不上诉。”

听管家说：郑发良死就死在他那牛脾气上了。案子从侦查到逮捕，再到判决，郑发良死死咬住一句话不改口：“我就是想杀了她！”虽然人没死，但杀人的“故意”是他亲口承认的。没办法……

真的“没办法”么？

郑发良在号子也坦然承认：“我就是想杀了她。我受够了！”

我对他说：“如果你不说呢？事实上你也是一时情急，是夫妻之间斗气而造成的伤害嘛！”

“咳，下那软蛋弄啥？我就是想杀了她嘛！男子汉大丈夫，敢作敢当，就是这回事了！”

郑发良被拉出去枪毙的时候，扑通一声跪倒在死囚牢门口，用戴铐的双手抱拳施礼：“多谢诸位大哥大叔的照顾！”

我说郑发良的行为让人难以理解，号子里另一个杀人犯石柱儿却瓮声瓮气地说：“咧有啥难理解的，活泼烦了呗！跟我一样。”

石柱儿也是一个因夫妻反目而杀人的死囚。不过，他没有郑发良坦荡，他杀人的真实动机从来不对人说。

但石柱儿的故事惊心动魄——

那是一个电闪雷鸣，风狂雨骤的夏夜。

少陵原上走着一个人。

一道闪电划过荒原，闪电的光亮照出了这个人的轮廓。

这是一个年轻的汉子，个头不高，却肩宽背厚，脑袋硕大如斗，头上的短发钢刷似的直立着；他的上身赤裸着，酱紫色的胸膛上，凸起两堆腱子肉疙瘩……这种形象，人们大概只有在举重、摔跤类的竞技场上才能见到。

那汉子手里拎一把刀，一把普通的切菜刀。此刻，这刀面如同他赤裸的上身一样，沾满了血浆。

他是从苞谷地中间的小路上走来的。当他走到通往原下的大路旁时，突然停下了脚步。他呆呆地站在交叉路口，像是在思考着什么。忽然，他冲着夜雨苍茫的少陵原发出一声撕肝裂胆的吼叫：“娘……”吼声过后，他甩掉菜刀，扑通一声跪倒在泥浆横流的土地上，用那硕大的脑袋死命地捣向大地……

磕罢头，他站起来，用熊掌似的手背抹了抹牛铃似的双眼——那眼里已分不清是雨水、是泪水，抑或是血水了，双手提了提裤腰带，嘴里恨恨地吐出一句脏话：“球噢！”猛地一转身，踉踉跄跄地折回了他来时的小路。

原上有个村子叫铁匠寨。

铁匠寨在如此凄凉的雨夜早已褪尽了灯火。然而，寨子南头一个孤零零的小院里却还有一缕亮光。小院里住的是当地派出所驻在寨子里的一位老民警。

那汉子走到小院门口，用拳头将院门擂得山响。

老民警冒雨打开院门，那汉子一头便撞了进来，喊了声，“叔吔”，便径直走进小屋。

“石柱儿，这是咋咧?”老警察吃惊地打量着满身血水的年轻人，惶然地问道。

那个叫石柱儿的年轻人将手中的菜刀咣当一声甩到桌子上，瓮声瓮气地说："叔吔，娃把人杀了！"

老警察似乎还未回过神来，对年轻人说："胡谝哩！俺娃老实得跟牛一样，咋能杀人吗？你甭吓唬叔噢？"

石柱儿牛眼一瞪，说："叔，真的，不信你到俺丈人爸家看一下，血喇喇躺了一地哩！你是咱这儿的警察，娃是来投案的。"

老警察这才意识到事情的严重性！

老警察坐下来，点了一根烟，又扔给石柱儿一根。老警察吸了几口烟，站起来，拍着石柱儿的肩膀说："柱娃子，就算有这事，俺娃也甭怕。你找叔，就算你自首了。吃了么？叔给你弄点吃的去。"

黎明时分，一辆警车呼啸着驶上了少陵原……

莽汉石柱儿一刀连夺四条人命！

两具尸体在屋里，是石柱的媳妇翠巧和她娘；两具尸体横在当院，是翠巧的姐姐和姐夫。

只有两个人案发时在现场却毫发未损：石柱儿的老岳父和石柱儿两岁的儿子。

这起凶杀案轰动县城。长安县公安局的人说：这是本县三十多年来最大的一起凶杀案。然而，对凶手石柱儿的审讯却是县公安局遇到的最简单的事。

石柱儿有问必答，对所犯罪行为供认不讳——

"石柱，你岳母、你媳妇、你大姨子和她男人都是你杀的么？"

"还能有谁？都是我杀的。"

"为什么要杀他们？"

"狗日的都看不起我，骂我是烂吆马车的，除了吆马车球事都干不了……我饭量大，骂我是猪；我睡觉打呼噜，骂我是牲口；翠巧跟我结婚三年多了，两年半都在她娘家住，死活叫不回去。那天我吆上马车去接她，她跟她妈合着伙骂我；她姐她姐夫拿着棍把我朝出撵。狗急了都跳墙呢，我就拿刀把狗日的都砍了！"

"那你为啥不砍你丈人爸和娃呢？"

石柱儿低头叹气，喃喃地说："丈人爸可怜我，从不说我坏话；娃小，娃可怜！”

“你连杀四命，难道不知道杀人偿命的道理？”

“知道。老戏上唱过‘杀人偿命，欠账还钱’，咋不知道？”

“你不怕死？”

石柱儿闭目摇头：“乱子惹下了，怕有㞞用？”

证据确凿，案犯又供认不讳，县公安局、检察院移交法院审理；法院又根据案件管辖范围（案情特别重大）移交市中级人民法院审理。

不久，石柱儿被砸上脚镣，从县看守所转到市看守所，关在死囚牢里。

这石柱儿大字不识几个，却是个戏迷，听说在县看守所临上囚车前，竟扯着嗓子吼了句秦腔《斩单童》：“吼喊一声出帐外，不由得豪杰泪下来……”警察朝他屁股上猛踹了一脚：“找死啊，你！”石柱儿一个爬扑便栽进了囚车。

死囚牢里，石柱儿只唱秦腔，闭口不谈往事。

石柱儿转到我们号子时，光着个膀子，披着件灰布衫子，手拎着镣绳，脚脖上没有裹镣套。沉重的铁镣已将脚踝磨出了血。进号子后，是我让一个陪号帮他用破布缝了个镣套，帮他套上他说：“已经惯了，不疼。”

石柱儿不爱说话，也不参与号子里的人的闲扯。他每天都盘腿坐在木板床上，用吃饭用的小木铲儿敲着明光发亮的脚镣，摇晃着大脑袋唱秦腔。他会的段子不多，来来回回就那么几个老段子，从早唱到黑。

初时，号子里的人烦他，骂他：“叫驴嗓子，吼叫㞞哩！”

石柱儿牛眼一瞪：“你再骂一句……”

对方一看他那一身疙瘩肉，心里便怵了。谁也不愿死到这冷娃生坯子手里，只好由着他吼了。

石柱儿却并不霸道。没人惹他时，他只是摇头晃脑地唱着秦腔，目不斜视，也从不管别人的闲事。表面上看来，他唱得很投入，但你仔细看他的表情，听他的声调，似乎内中有一种让人说不出的味儿来。“老了老了实老了，十八年老了我王宝钏……”“世人都想把官做，谁是牵马拽镫的人……”

石柱儿的饭量的确大得吓人！黑面蒸馍一顿能吃十几个，玉米面糊糊汤七八碗下去填不饱肚皮。有人问他：“石柱儿，在外头赶车时，一顿吃多少？”石柱儿说：“牛肉泡，碗里掰三个馍，手里再夹四个。有钱时再弄瓶啤酒。”

众人大笑，骂道：“牲口！”

石柱儿不恼也不笑：“农民么，不能吃哪来的劲？”

人犯们闲扯时，总爱诉自己的冤枉，动不动就骂公安局、检察院、法院。石柱儿却不。他既不喊冤，也不骂谁，闭口不谈案子，也不谈往事。

两个月后，中级法院判决下来，石柱儿被判死刑。

看守所管理员问石柱儿：“上诉不？”

石柱儿凄然一笑：“四条人命！上谁的诉？”不过，他还是自言自语似的问了一句：“当初，俺叔不是说过，投案自首能宽大么？”

管理员也一笑：“宽大也得有个尺码，不等于宽大无边嘛……不过，你还是有权上诉。”

石柱儿摇摇头，拎起系脚镣的绳子，扭头就走。

石柱儿每天还是坐在床上唱秦腔，我知道他家就在传说中的王宝钏住的寒窑附近，他唱来唱去也离不开老戏《红鬃烈马》中王宝钏的唱段。一个粗壮的莽汉捏着嗓子唱旦角，听得多了，实在让人生厌。于是我便对他说：“小伙子家，不能老唱旦嘛，凄凄凉凉的多没劲。”

石柱儿问：“那我唱啥？就会这几段嘛。”

我说：“秦腔的特点是慷慨悲壮，应当唱花脸，黑头，唱《斩单童》。”

石柱儿来了精神，身子向前挪了挪，说：“《斩单童》我听过，过瘾。可我没记下词，叔吔，你会不，给我教两句。下回蒸碗我给你。”

“我不要你的蒸碗。我问你：怕死不？”

石柱儿茫然地说：“怕有啥用。不怕。”

我现在已经想不起来，我当时出于什么样的心情，是想嘲弄这个莽汉，还是想借此发泄我的积郁，总之我给他出了一个近乎荒唐的点子。我说："对，怕也没有用。是这样，哪天你被押到刑场上的时候，你唱一段《苟家滩》；当行刑的人把枪口对着你的头时，你唱《斩单童》。时间短，两句就行。你敢不？"

石柱儿说："球啊，命都没了，有啥不敢的！你给我教。"

我给他教的《苟家滩》也是一段花脸戏，那词是：

王彦章打马上北坡，
新坟更比旧坟多。
新坟里埋的是汉光武，
旧坟里埋的是汉萧何。
青龙背上埋韩信，
五丈原前葬诸葛。
人生一世莫空过，
纵然间一死怕什么？

石柱儿兴奋地说："美美美！就要这词！还有两句呢？"

我又唱《斩单童》：

大料想唐营里无人敢斩，
敬德儿你送爷早上西天！

我嘱咐他：最后这两句一定要在枪响前唱出来。

石柱儿抖着脚镣，爬到床里边找纸和笔，让我一句一句地说，他边重复边记。很多字他不会写，也不问我，画个记号就算记下了。

从那天以后，他不再唱旦了，翻来覆去地唱我教给他的那两段花脸。

我也是无聊中找乐子，并没想着让他唱着秦腔去挨枪子。但是石柱儿却很认真，很投入，一再对我说："我上刑场时一定唱，一定！"

又过了二十多天，省法院裁定下来了：对石柱儿执行死刑！

石柱儿接到裁定书后只说了一句话："可怜俺娃了！"

依照常规：裁定发下的第二天，死刑犯就要上路了。

那天晚上我在号子里值后半夜的班。

我在昏黄的灯光下读雨果的《悲惨世界》。深秋的寒风吹得院子里的电线发出呼呼的响声。

石柱儿是个憨吃闷睡的家伙。平日，这时的石柱早就鼾声如雷了，可今晚，午夜已过，石柱儿却还没睡着，一双牛眼呆呆地望着屋顶。

说真的，从石柱儿进号子第一天起，我就隐隐约约感到有哪些地方不对头：一个四肢发达而头脑简单的农村小伙，一刀连杀四人，果然仅仅是因为被人骂躁了而鲁莽从事么？职业养成的习惯使我总是想探究一下其中是否另有隐情。可这小子平日闭口不谈往事，使你无法走进他的内心世界。后来，有一件事坚定了我对他的猜疑。

有一天，中午正吃饭时，石柱儿忽然叹息了一声："也不知道俺娃现在谁养活哩。唉……"

一个陪号说："谁养活着哩？连是谁下的种恐怕你也不知道吧？哈……哈……"

石柱儿脸霎时变得十分难看，甚至有些狰狞。他默默地啃了口黑蛋子，端着碗走到盛汤的大盆前。那个嘲笑他的陪号正趴在大盆旁边的床沿下低头吃饭。石柱儿一言不发地走到那人身后，扬起戴铐的双手猛地砸了下去，那铐子正好砸在陪号的面门上，陪号顿时血流如注。

号子里乱了。几个陪号冲过去，将石柱儿推开。号长向外面大声喊报告。管理员进来，问清情况，怒气冲冲地说："狗日的反了你了！给他上床板。"

紧接着便有两个"劳动号"搬着块床板冲进来。

上床板是对在押人犯最重的惩罚：一块床板上钉三个铁环，呈三角形；人犯被摁倒在上面，仰面朝天，两手摊开，左右两环各一个硬铐铐住两只手；两只脚并拢，铐在另一个环上……那情形有点像被钉在十字架上的耶稣。当然这种惩罚手段不常用，用也时间不会长，因为你总得让他吃喝拉撒尿嘛！

石柱儿在号子里常常被人取笑，却从不气恼，为什么听到一句他儿子不知是谁的种的玩笑话就恼羞成怒并下此狠手呢？

他杀妻的背后必有隐情，我想。

“人之将死，其言也善”。在生命即将结束的前夜，石柱儿会不会对我道出他心灵深处的隐情呢？

试试看，要不就没有机会了。

我站起来，拍了拍石柱儿的脚脖，小声地问道：“睡不着？”

石柱儿“嗯”了一声，身子挣扎着向上一挺，脚镣哗啦一响，人便从床上出溜下来。

石柱儿凑到我身边，蹲下，神秘地说：“叔，有烟么？娃明天就上路了，你就让娃过个瘾吧！”

我从贴身的衬衣里摸出一支皱巴巴的烟，石柱点着，贪婪地吸了两口，然后便用一种平常从未见过的期期艾艾的眼神望着我。

我从这奇异的眼神中似乎读出了什么，于是便说：“傻小子，都到这时候了，还有啥不能说的？”

石柱儿愣了愣神，幽幽地说：“我也是这么想的。明天，枪一响，咱就见阎王爷去了。有憋屈，说给阎王爷听呀？”

夜深了，号子里的人犯们都在各自的梦乡中遨游，而即将跨入地狱之门的石柱儿却牵着我的思绪，回到了少陵原上那凄凉、残酷的现实中去……

石柱儿和翠巧都是少陵原上人，两家相距十来里路，自小定的娃娃亲。三年前，两人结了婚，婚后不到一个月，石柱儿的父母双双撒手归天了。

翠巧是个俊俏女子。俊俏的女子一般都心高性野，而石柱儿却是个只会赶马车的莽汉。翠巧嘴边的话总是：“球本事都没有，就一身蛮劲！吆马车能吆出个万元户来？跟上你算倒了八辈子血霉了！”石柱儿知道自己没文化、没本事，只好任由媳妇辱骂。骂够了，媳妇一扭屁股就回了娘家，常常一住就是十天半月不回来。回来了也死活不跟石柱儿睡一个床。一身蛮劲的石柱儿对媳妇一点办法也没有。

结婚半年后的一个晚上，石柱儿赶着马车从南山回来。离村子不远了，觉得尿憋，便将马车停在路边，站在苞谷地边上“放水”。忽然，石柱儿听到苞谷地里有人说话，听声音是一男一女。狗日的准是在苞谷地里干瞎瞎事哩！于是石柱儿便蹲下来，想听个稀罕。

男人的声音：“啥时候咱到你屋整去，野地里不受活。”

女人“哧哧”地笑：“你不怕那牲口把你阉了？”

男人傲气地说：“就哕瓜棰闷种？借给他娃个胆，他敢！”

石柱儿霎时间脑子里“嗡”的一阵轰响……他听出来了：那男人，是本村村长，他本家五叔，那女人竟然是自己的媳妇翠巧！

石柱儿一股黑血朝上涌，他大吼一声：“好狗日的！”拨开苞谷秆子就冲了过去……

村长站起来，翠巧也爬起来了，慌乱地穿衣系扣。

惨淡的月光照着村长那张威严的脸。

“碰上了也好。就是这事了，你看咋弄？”

村长阴冷的口气就像平时在村里开群众大会讲话那样。石柱儿从小就怕村长那张脸，更害怕听村长讲话。村里开会，村长往台前一站，脸一绷，村里准有人要倒霉！石柱儿说他一生见到的最大的官就是村长五叔。

石柱儿顷刻间便瘫软下来，刚才冲进苞谷地的那股英武之气顿时荡然无存。他慌乱地说了声：“我……我尿呀……”转身逃了出去。

翠巧从此回了娘家，再也没有回来。半年过去，有乡党捎信过来了，说翠巧生娃了……

“那就不是咱的种！”石柱儿痛苦地低下了头。

“既然这样，为什么不离婚？”我问。

“离婚？丢人不丢人？咱连个媳妇都守不住，叫乡党们咋笑话咱？”

“那就告村长嘛！”

石柱儿的大脑袋摇得拨浪鼓似的：“村长的腰粗得跟碌碡一样，咋能告倒人家？再说，他还是我没出五服的叔哩嘛！”

这小子，既自卑懦弱，又想尽力维护他那点可怜的自尊，叫我还有啥可说呢？

“那你为啥要杀你岳母一家呢？”我问。

“唉，还不是一口恶气憋在肚子里出不来嘛！”

“我明白了：你本想杀村长，可你没那个胆，见了村长就尿小尿，你就把气撒到你岳母一家人身上了，是不？”

石柱儿点了点头，又说：“也是赶上了。我本想把俺媳妇接回来，过去的事我认了，谁让咱是烂吆马车的呢！可那货死活不跟我回。我掂了把菜刀是想吓唬她，可你猜那货说啥？唉，羞俺的先人哩！”

“她说啥？”

“那烂货说：‘明给你说哩，我就是跟村长睡了，回数多得很！娃也是村长的种，把你叫哥哩！’我最怕的就是让旁人知道娃不是我的种，你不言传，我吃个哑巴亏算了……可咧烂货偏偏把话挑明了。这叫我咋活人呀！我一下子就火了，狗日的，我不敢收拾村长还不敢收拾你了！我抡起菜刀就砍，我丈母娘上来挡我，也叫我一刀送走了。她姐、她姐夫掂着棍朝我扑过来。我心想，反正就是反正了，抡起刀把他俩也放展了……老丈人来拉我，我说：‘大，没你的事，快跟娃睡觉去。’”

石柱儿杀人的事让我浑身直起鸡皮疙瘩。

我问石柱儿：“杀了人，明知要抵命，为啥逃到半路又回来了？”

石柱儿挠头，一脸的哭相：“好俺叔哩，咱一个烂屃农民娃，又不识字，出了门两眼一抹黑，一辈子除了吆马车跑的这方圆几十里，哪儿都没去过，往球上跑呀！就算跑出去，靠啥本事养活自己呀？迟早还不是叫人家抓回来挨枪子么？唉，我也想明白了，这世事是灵人的世事，像咱这号瓷棰楞种龟子屃，活着也是被人耍的猴，死了倒零干！”

石柱儿的这番“警世通言”让我惊诧不已！

我还想问石柱儿一个问题。

“石柱儿，你媳妇跟村长的事，公安局审你时，你为啥不给他抖搂出来？”

石柱儿说：“说那有啥用？扳不倒人家还给自己惹一身臊气。说自己老婆养汉，自己不成了王八了吗？”

我当时真想对石柱儿说：你这是愚昧。当初你就应当告村长，退一步讲也可以同翠巧离婚。你应当运用法律武器维护你的尊严，而不应当……可又一想，对于一个天一亮就要被押上刑场的死囚，说这些有什么用呢？只好等着自己恢复自由后，把石柱儿的事写出来给世人提个醒儿吧！

但是，第二天早上，当石柱儿即将被押出死囚牢的那一瞬间，却出现了个令我十分尴尬的场面——

石柱儿手提镣绳，缓缓走到牢门口，猛然又转过身来，朝着我双膝落地，凄然地说：“叔吔，你可千万不要把我昨晚说的事写到书里去！丢人呀！”

“哗啦哗啦”的镣声由近及远，终于消逝在凄厉的秋风中。

奇怪的是：石柱儿没有在当天被处决。他是被转到了四排的另一个死囚牢，在那里待了一个晚上后才被押上刑场的。后来，我调到了四排死囚牢，号子里的陪号笑着对我学了石柱儿那晚的“表演”：那家伙一晚上都在唱秦腔，唱的就是我教给他的那两段。他说他一定要在刑场上唱出来。号子的人说：给你脖子上套的有喉绳哩，你一开口，喉绳一提，你就没音了。那家伙便有些迷惑了，说：“死呀死呀，连个秦腔都不让人唱了……”

不管石柱儿临刑前唱没唱秦腔，刑场上的枪声还是准时响起了。枪声宣告了这个鲁莽而愚昧的农家子弟二十七岁生命的结束……噢，想起来了，那个安徽来的郑发良也是二十七岁。虽然他们不是同一天上路，但命运的捉弄何其相似，而结局又何其相同！

问世间情为何物？能有答案么？

五

死囚牢最亮丽的风景是在夏天：外面赤日炎炎似火烧，里面，人犯心内如油浇；窗子上四台老式风扇呼呼吹着，人犯们好像仍感觉不到清爽，于是一道让“外面”的人根本想象不到的独特的风景线就出现了：

所有的人都脱得一丝不挂，生命之根赤裸裸地在监房里恣意招摇。这情形在公共澡堂里可以看到，可澡堂里的赤裸是为了洗浴，而监号里的赤裸则完全不同：主意识里是对炎热的反抗，潜意识里则是释放心灵与肉体压抑之苦。

对这种“阵势”，起初我很难从众，虽然我也是个很不拘小节的人，可毕竟在文化人圈里混了多年，多少顾及些斯文。可是，当我看到那位《广告报》的主编章渔和我们的号长，当年也曾风光一时的皮包公司经理高中兴，都面无赧色地行走在赤裸者的行列中时，心便有些动摇了。

我问高中兴：“你说，我也脱光？”

高中兴喜眉笑眼地说：“脱么。你这些知识分子就是假斯文。没看这里啥地方嘛！脱！”

赤身裸体的章渔神态从容地在号子里散步，那玩意儿左摇右摆，悠悠哉哉。他说：“人之躯体乃父母所赐，有什么见不得人的？展示人体美是西方美学的灵魂。在这种地方，一切伪装尽可以剥去，淋漓尽致地展示自我，太他妈棒了！”

号子的人，包括几名死囚犯都嚷嚷：

“脱吧，都是男人，谁还没见过啥？”

“男人生出来就是精球打的炕面子，死了也是㞗朝天喀，脱！”

“脱，就当这是澡堂子……”

经不住众人的撺掇，我喊了声：“脱就脱！”伸手拉开系在腰间的绳子（那绳子是那位已经在雨中上路的杀人犯李禾民用戴铐的手为我缝制的），仅有的一条短裤便哧溜一下落了地。

“这就对了嘛，男人嘛……”高中兴笑着说。

可我还是下意识地用手去捂那个地方，这动作大概是太拙劣，引得号子里一阵哄笑。

“得是怕雀儿飞了？哈哈……飞不出去，有电网呢！”

“得是小娃的鸡鸡，怕老猫叼走了？嘿嘿。”

哄笑声驱散了我的怯色，我松开走，学着章渔的样子，夸张地迈开双脚，在号子里“游街示众”。

有人提议：“请姜老师来段荤的，就讲那个，‘二大吔，我捂不住了。’”

姜近九咧着嘴笑，问我：“想听不？”

我说：“听大伙的。”

姜近九把锃亮的脚镣轻轻抖了一下，身子前倾，像老师在讲台上一样，开讲了——

俺村里有个女子，人长得蛮心疼，就有些缺心眼，又没文化，人称瓜媳妇。瓜媳妇的男人在新疆当兵。那年夏天，男人来了封信，瓜媳妇认不得字呀，就想起去找他二大。二大知道不？就是他男人的二叔。二大正在自己家后园子浇地哩。手扳着辘辘从井里往上绞水。夏天么，就像现在这天气，二大脱得精光精亮。瓜女子一头撞进来，二大慌了，伸手去就把老二捂住了，“哎，这女子，你跑这儿弄啥？”瓜媳妇说：“二大吔，你看你侄娃子来了信，我认不得字。你给我念一下行不？”“行么。把信给我。”二大一手捂住老二，一手拿起信来读。信很长，五六页纸，念完第一页再翻第二页就很不利索。瓜媳妇说：“二叔，是这相，我替你把吩捂住，你给咱念快些。”“能成么。”二大松开手，瓜媳妇就替她二大把那害货捂住了。信还没念完，瓜媳妇就喊叫开了：“二大吔，你念快些嘛！我捂不住了！它蛮往起翘嘛！”

“哈哈……”号子里的笑声有些夸张。

“姜老师，吩瓜媳妇是你村的？得是把你也叫二大呢？”

“胡谝哩！我咋能干的吩事，乱伦嘛！”

“你还‘抡’得不乱？十七八个学生娃都叫你抡倒了！”

这样的戏弄，姜近九根本不在乎：“男人嘛，有几个不花心的？”

……

性是男人们永恒的话题，号子里尤其如此，谈起女人，这里的人无遮无掩，无羞无耻，尽情地展示自己在征服女人的历程中过五关斩六将的辉煌。不过，我总怀疑其中吹牛的成分居多。高中兴就对我说过：“盲流嘴里有大话，没实话。他在钟楼说，你到草滩听。别当真，听个热闹就行。”

那个已被处决的胡大毛在号子里说过：“判我盗窃，敲我的头，我鸡巴还真有点冤。要是判我搞女人，我这头真该敲十回了。”

胡大毛说他拐卖了七八十个川妹子，没有一个不是他“先尝后卖”的。就是入室行窃，如果发现室内只有一个女人，他宁可不拿人家财物，也要对女人下手。有一次，他从窗子钻入一户人家，没想到脚一落下，就听见一个女人的叫声：“哎哟，死东西，给你配的有钥匙，你跳窗子弄啥？把老娘的脚踩疼了。”胡大毛立即就明白了：这女人把自己误当为她的情夫了。这等好事，岂肯放过，胡大毛迅速脱掉衣裤，游鱼似的钻入女人的被窝。那女人将他紧紧抱住，胡大毛使出浑身本领，将那女人折腾得“人欢马叫”，心肝宝贝叫个不停。天快亮时，精疲力竭的胡大毛从床上下来，准备撤退，忽听那女人说道：“宝贝，人都让你玩够了，东西就别拿了。俺家穷呀！想玩你晚上再来嘛。”胡大毛惊奇地问：“你他妈知道我是贼？”女人笑曰：“俺一伸手就知道尺码不对，不是俺的人。不过，你真棒！”

胡大毛讲这些事时，眉飞色舞，嘴角上挂满涎水。

姜近九是号子里的人发泄性饥渴的对象。他搞女学生的故事几乎天天被人提起，逼着他一遍遍地讲“细节”。我对这个老家伙心存厌恶，每当他讲这些故事的时候，我总是躲到一边，和章渔聊些时事之类的话题。但我却听到了他一遍又一遍重复着的辩词：不是我诚心要搞女学生，是我老婆不能用了嘛。她有病，不到四十岁就出现严重的性冷淡。别说弄那事，平常碰一下他的手她都要骂我。我是人，性欲旺盛的男人。现在没有窑子院，我咋办？眼前放着一大群青春美丽的少女，不弄她们我弄谁？活人不能让尿憋死，男人不能让×憋死，对不对？其实我这样做是完全可以理解的，弗洛伊德讲，性欲是人最基本的生理本能，人人都有权利满足自己的性需求。人的性本能冲动是：对快乐的追求，使人肆无忌惮选取一般人所禁止的事情，作为自己享受性快乐的对象。弗氏还说过：文明的东西是我们不幸的主要根源：如果我们放弃文明，退回到原始状态，我们会更加幸福……

我对八十年代初飓风一般传入中国的弗洛伊德哲学体系所知甚少，只知道这个十八世纪游走于欧洲大地的奥地利老头是研究以性本能为核心的精神分析专家。他的名字，他的著作，基本上是随着改革开放之风进入中国的，一来就倾倒了以大学生为主体的众多青年人。我不知道现在有多少人真正读懂了弗氏理论（反正我不懂），但“性解放”这个让国人听来就变颜失色的名词已经成为一种潮流却是不争的事实。一九八三年夏天的那场大逮捕，公开打出的旗帜就是消除精神污染，所抓的人多数都是跳贴面舞的，照裸体像的，搞现代美术展的，而这些人无一例外的是弗氏理论的崇拜者。

高中兴更听不懂姜近九的理论，但他是个红脸汉直肠子，每听到姜近九为自己辩解的原理，高中兴便骂：“老牲口！”

抛开“老牲口”讲的弗氏理论，“老牲口”也道出了一些实情。他的确是个身材壮实、精力旺盛的人，他肩宽背厚，胸口上长着一溜胸毛，但面色黑里透红，毫无憔悴之色……“老牲口”睡在我的左侧，夜深人静时，我常听到他发出轻轻的怪声，稍一留神，就会发现他正在搞“自娱”活动。书上称为手淫，号子里的盲流们则有更形象的叫法——“砍椽子”。而夏夜赤身而卧时，又发现他那架“高炮”经常冲天而起……

我这部书里，写到的有关性犯罪的人和事似乎很多。必须声明一点，我绝没有渲染色情、诲淫诲盗的意思。事实上，从 1983 年的清除精神污染运动以来，政府对性犯罪的打击力度加强到了极致。拿死囚牢来说，有不少杀人犯都改判了，而强奸犯却很少改判，几乎是“杀无赦”。

但是，“老牲口”却真的从“枪口”下脱逃了——

国庆节过后不久，姜近九被带到前面院子。临出号子时他对我说：“肯定是终审裁定下来了。放心，我死不了。”

大约半个小时后，我倚在小院的门框上向风道上张望，果然见姜近九回来了，顺着长长的风道向我走来了——不是，不是走来，是“飘”来。壮实的身躯飘飘荡荡，摇摇晃晃，像是腾云驾雾的神仙，又像是醉归山门的花和尚。他离开小院时，风道上叮当叮当的铁镣声音撒了一路，可他回来时，风道上寂静无声，只有一个飘飘荡荡的身影。在他身后，有一名管家跟着，他那晃动着的粗壮身影，几乎遮严了管家。

我忽然明白了："老牲口"改判了！（重刑犯一经终审改判，当场就会砸开铁镣，卸下手铐）而一个戴了六年沉重铁镣的人，一旦卸掉大镣，身子就会"飘"起来。武侠小说中，侠士们就是用脚腕负重练轻功的。

按照那阵子"严打"的标准，姜近九枪毙十次也死有余辜，但姜近九却由死刑一下子改到了无期徒刑。

我相信像他这样一个乡村教师没有什么强硬的后台——有后台也不至于在死刑牢子蹲六年，可他又是凭什么"枪口逃脱"呢？

姜近九被甩往劳改场前一天晚上，我和他有一次交谈：

"难道，一审认定的你奸污十七名学生都是假的么？"

"全是真的。何止十七名，我带过的班，漂亮女子都让我弄遍了。"

"那二审怎么会改判？我看了裁定书，见上面认定你只和两名女学生发生过关系，并且有一个还定成了通奸？"

"嘿……这就是时间的魔力。没听说过么，时间可以改变一切。人更是这样。人是从哪来的，又往哪去？答案很简单：从娘的子宫里来，朝荒郊野外的坟墓里去。这就是人的生命过程。在这个过程中，时间改变着人的一切。"

"别来虚的，说时间怎样帮你逃脱法律的制裁？"

"这不简单么？从一审判下来起，我天天喊冤，死不认账，又隔三岔五地给法院写上诉，呈申诉，搅得他们不敢对我下手。六年过去了，我不用算都知道，我弄过的那些女娃都长大了，最小的也十八九了；农村娃结婚早，有的已经成了娃他妈，有的已经扛起了大肚子，最不行的也失急慌忙地找对象呢。我强烈要求法院重新核实当初给我定罪的证据。证据不就是女娃们的证词么？可这会儿，娃他妈的娃他妈，大肚子的大肚子，找对象的找对象，有谁会把屎盆子朝自己头上扣啊！全他妈翻供了。嘿嘿……法院问，当初为啥那样说，娃们说：派出所逼的，吓唬的。一准是这么说。女娃翻供了，法院敢敲我的头么？”

“那为啥还有两个没翻供。”

“一个是被派出所当场从我被窝里拽出来的，没法翻；另一个……嘿嘿……”

“另一个就是你常说的，爱上你了，愿意让你搞？”

“哟女子疯得很哩！几天不弄她，她就找上门来了。一晚上都玩的是‘将军不下马’。累！过瘾！”

“你不觉得你太放纵了吗？”

“是。性就是纵欲嘛。人生一世，球头子上痛快了，死也值啊！”

“可你为此毁了一生啊？再说，你虽然保住了性命，可无期徒刑大概要伴你走向坟墓吧？这以后的日子，没有女人，你咋熬？”

姜近九沉默了……

“老牲口”姜近九走后，号子里又来了个当“陪号”的。这时，天气凉了，号子里那道晃着老二“游行”的场面不见了，可那人来的第一天便赢得一个绰号：“大叫驴”。

那人叫靳年利，四十岁上下，个子不低，但身板精瘦，戴副白边眼镜，俨然是书生模样。有人问他为啥事进来的，他开口便说：“球上的事。花案。”

高中兴说：“爽快！”

听到人夸爽快，那人就更爽快了，干脆当场脱下裤子恨气地说：“我他妈真想把这家伙一刀剁了去！”

“哇！真是个大叫驴！”不知谁呐喊了一声，众人便朝爽快人的胯下望去，果见那胯下之物尺码惊人，虽蔫溜溜地低头垂吊，却不减男人威风。

死囚犯刘小健拎着大镣凑到靳年利身边，用手一比画，大声报告道：“一拃不够，两拃有剩，标准的驴屌。”

号子里又是一阵夸张而放浪的笑声。

号长老高说：“笑啥？哟也是爹妈给的，家伙大，女人喜欢嘛。”说着便让靳年利穿上裤子，坐下来说话。

靳年利说他是西安某系统医院的人事科长。有个女人告他强奸，公安局一查，竟然查出他和三十多名女人有性关系，就把他抓了。可是，该给他定什么罪呢？告他强奸的女人经公安一审立马露了馅：公安问她，一共强奸了你几次？她说，五六次吧？在什么地方？都是在他办公室；什么时间？晚上……公安局的人恼了，问：你傻呀？明知道他在那个时间那个地方要强奸你，你还三番五次地送货上门啊？强奸罪不能成立，可他搞了几十个女人却是落实了的，属于道德败坏，流氓成性，必须严惩不贷！于是他就蹲了半年多号子。花案分子既是号子里人犯取乐的工具，逼着一遍遍地讲作案细节，又是发泄积郁的对象。靳年利为此受尽了折磨。管家几次为他调号子，也改变不了他受辱的境遇。这次调入死囚牢，他想好了，一进门就来个裸体亮相，不遮不拦地承认自己是"球头上惹的麻烦"。他也总结了，在这种鬼地方，你越羞羞答答、斯斯文文，越受人欺侮，今天这个精彩亮相、"袒露宣言"果然奏效，片刻间便拉近了与其他人犯的距离。

靳年利在号子待的时间很短，不到十天他就接到判决，以流氓罪判刑十年。又过了十几天，就甩走了。因为，靳年利表示不上诉。

我问靳年利："为什么不上诉呢？"

靳年利指了指胯下之物："让它歇息十年，等出来就成了废物了。"

我理解了靳年利的隐衷，他对我说过："我是有点花，利用职权，搞过几个小护士之类的。可后来搞了那么多，就不全是我的事了。爹娘给咱安了驴大个家具，女人中间也传话呢。有些不安分的女人就找来了，缠着要跟你上床，说一辈子享受一回大家伙，没白活……我这人面软，你说，女人偎到你跟前了，伸手抓住你的老二了，你咋推得开？后来我真的招架不住了，半年都不敢碰俺老婆。我这才知道，皇上有三宫六院七十二妃子也不好招呼，伤身子哩！农民说得好：那是阎王洞，不是米面瓮！受不了，真受不了！"

尽管连呼受不了，靳年利还是夸赞女人，他说："女人其实比男人仗义。男人常干些落井下石的事，女人却敢作敢当。这次查出了我和三十多个女人有关系，女人却说：是我愿意的，我想跟他干那事！唉，要不是女人仗义，我少不了要挨枪子。”

“不是有人告你强奸么？”我问。

靳年利愤愤地说：“咻是个婊子。她找我不全是为寻找刺激，而是搞交易。她让我帮她调工作，我调了；她又要我把她男人也调一下，我就烦了。我一个小科长有多大权？我骂了她婊子，叫她以后不要再找我了。她就告我强奸，真他妈婊子！”

章渔问我：“大叫驴不上诉，又宣称要剁了那物件，应当算啥？情殇？还是性疲劳？”

我说：“应当是后者吧？”

号子里的人没有性疲劳，只有性饥饿。每天放风的时候，人犯们总爱仰着脖子朝大墙外那座楼上看。那楼上已经住上了人。只要看见晾台上有女人的身影，人犯中便有人眼睛发直，嘴里发出“噫噫”“啧啧”的轻叹。老张管看见了，就骂：“嗯……好东西哟！”挥手便把人犯往号里赶。

古人曰：“久居幽兰之室，不闻其香。”相反，久居污浊之地也不闻其臭。初来时，我对号子里的重刑犯有过厌恶甚至愤恨。可时间一长，也就麻木了。不仅麻木，而且还多了几分同情与理解：人嘛，谁都有管不住自己的时候……

号子里天天都讲色情故事，我也讲过。我讲的段子都是从别人那里趸来的。前年秋天，省作协在咸阳开理事扩大会议，晚上没事干时，一伙作家朋友就聚在一间屋里开谝。真是八仙过海，各显神通，主题离不开俩字：情、色。路遥不爱说，也从不讲故事，他给这些故事定名为“金黄色的故事”；贾平凹每天讲一段，他其实是“抛砖引玉”，撩逗大伙开讲的兴趣。不久，会上讲的那些段子便陆续出现在他的作品里。他在利用素材方面是高手。

我在号子里讲的段子是听咸阳一位作家讲的——

农村放露天电影，苏联的片子《这里的黎明静悄悄》。演到一群女兵在河里洗完澡时，银幕上出现的全是女人的脊背。一个农家小子赶快跑到银幕后面。过了一会儿，他垂头丧气地回来，对伙伴们说：“外国女人咋跟中国女人不一样，前后长得一个屎样子！”

凡是有关情与色的段子，总会引来人犯们的笑声。笑声使阴沉沉的死囚牢多了一些生命的本色。

对苦难最好的排遣莫过于笑——哪怕是含泪带血的笑！

敢在苦难中制造笑声的男人，是风情万种的男人！

七

我调到四排死囚牢的第四天（一月十九日），就遇上死囚接裁定的事，依照惯例，死刑犯今天接裁定，明天就要被押上刑场，伏颈就戮。

那天接我们这个号子裁定的是王小兵、程新华、秦纪功。号子里还有三名没有接裁定的死囚，管理员一上班就把他们调到另外一个号子去了。看来，我们这个号子将是王小兵、程新华、秦纪功人生的最后一个“驿站”。

王小兵是先一天从临潼县看守所押到这里来的。这小子五短身材，粗壮结实，顶着个大光瓢头，一副憨头憨脑的样子。他一进号子，就引得号子里一阵窃笑——

号子关闭时，王小兵愣了一下，猛然用手拍打号门，大声喊道：“管理员，管理员！”

送他进号子的管家打开风门，问：“喊啥呢？”

王小兵说：“你给临潼看守所打个电话：我在那边还有五块二毛钱、一串钥匙，让他们下回给我捎来。”

管家“噢”了一声，“啪”地关上了风门。

号子里的人就笑了。谁都明白，郊县看守所转来的死囚，来了就是准备枪毙的。死到临头了，这小子还想着他的五块二毛钱和一串钥匙呢！真是傻透了！

陪号温祥问他：“兄弟，你知道五块二毛钱到了阴曹能买几个糖葫芦么？”

“哈哈……”人犯们放声大笑，“能买两串。自己吃一串，再给媳妇嘴里塞一串……”

“还是买肉夹馍解馋……哈哈。”

王小兵拎着镣绳，呆头呆脑地望着众人：“你……你们说……啥哩?”

“听屎不懂，得是?”死囚犯秦纪功用戴铐的手摸了摸王小兵的光头，“鸡巴头还蛮亮的，就是心眼不够用。”

我对号子的人说：“让小伙先坐下嘛。坐下，坐下！坐下来给大伙谝谝，为啥事把你从临潼搬到这儿来了?”

号子的人把话都说到这个份儿上了，王小兵还是没有反应过来。坐到床板上后，这小子便开始讲他的案子，讲得有声有色。

王小兵犯的是花案，这个案子和前面讲的曹水龙的案子很相似——

去年夏末秋初的一个晚上，王小兵和村里的两个哥们到镇子上看电影。走出放映场，三个人便尾随上了一个姑娘。行至乡间小路，王小兵一步窜到姑娘身前，用一把水果刀拦住了姑娘：“妹子，陪哥几个玩一会……”

三个痞子将姑娘挟持进到苞谷地里，用王小兵的话就叫“有福同享了一回”。

三个痞子轮番发泄后，那姑娘已经昏了过去。但是，那晚月色朦胧，月光下，王小兵回头看了看躺在苞谷地里的姑娘，衣衫扯破后裸露的胸乳又撩起了他的淫欲。

王小兵说他在部队上当过兵，练过拳脚，回村里很快就成了痞子中间的老大，“在俺那片，兄弟镇着哩。”于是他对两名同伙说：“你俩先回去!”

一个同伙说：“咋？你还想……”

“滚!”王小兵一脚踹在了同伙的交裆上。两个同伙跌跌撞撞地离去了。

这时，那姑娘已经醒了过来，站在地上掩面哭泣。

“妹子，哭啥哩嘛！女人嘛，迟早就是这回事了。起来，哥送你回去。”

姑娘站起来，双手捂住胸口，抽抽搭搭地径直朝前走。

“妹子，你真的回家呀？你看这月亮多好，陪哥再转一转嘛。”王小兵说得甜甜的，手中的刀子却晃个不停。

失神落魄的姑娘在王小兵的威逼下再次屈服了。

王小兵装得像情人似的，搂着姑娘在月夜里漫游。走到一个麦场就把姑娘推倒在麦秸垛上……王小兵竖起三个指头，得意地说：“晚上放了三枪！”

“那女子就那么听话？”有人问。

王小兵涎水顺着嘴角流：“乖得很！我想咋弄咋弄。”

秦纪功说：“你狗日的是要死在裙带下，做个风流鬼呢，划着啦！”

“死？”王小兵抹了抹嘴角的涎水，呆头呆脑地望着秦纪功，“屌大个事嘛，咋能说到死？”

“就是屌大个事！这年头，小头害大头，为屌大个事挨枪子的多啦！”

看到王小兵一脸的惊恐，我像哄小孩似的说：“小伙，不怕。你可能死不了。咋说，咱还是当过兵的，政府会给你留个面子的。是吧？”

号子里的人随声附和：“对，应该给娃留个面子，死不了。”

王小兵居然相信了这“美丽的谎言”，脸上的惊恐消失了，对着号子里的人说：“咱这号子的人好，不像俺县上，进来先修理一顿。咱这儿不打人。等到天黑咧，我给弟兄们唱歌。”

真是想不到，这小子傻大黑粗，憨头呆脑，又淫荡歹毒，却真的会唱歌，而且唱得挺在行。当天晚上，他站在号子中间，戴铐的手放到胸前，俨然一副歌星的派头。“想听啥，你随便点。”王小兵一脸自信地宣布。有人点民歌，有人点流行歌曲，王小兵张口就来，唱得是字正腔圆，没有丝毫荒腔走板的痕迹。

当晚，王小兵就赢得了“骊山歌星”的雅号。

多多少少，我为这小伙感到惋惜，不仅是因为他歌唱得不错，更是因为，小伙太年轻，只有二十三岁……

这次上路的，还有一个比王小兵更年轻，十九岁的程新华，不是因欺凌女人，而是为保护女人而“英勇献身”的，这就更令人哀叹了！

程新华是西安某厂的学徒工。去年他找了个女朋友，在东郊纺织城上班。小伙子虽然粗野，却不乏痴情，经常骑自行车接送女友上下班。有天晚上，他在约定的地方等候女友，一直等到下班的人走尽了，也没见到女友的倩影。第二天，女友主动找到程新华，说她昨晚被本厂一个小青年纠缠，差点遭到凌辱。程新华闻言大怒："告诉我，这小子是谁？在哪儿住？"

在女友的指点下，程新华当晚即埋伏在那个小青年出入必经之地。当那个小青年骑车路过时，程新华一个箭步跳上去，一脚踹倒车子，一顿拳脚相加，那小青年爬起身扶起车子落荒而逃。程新华"杀得兴起"，哪里容得手下败将逃走！从腰间抽出事先准备好的大棒，追上去，劈头盖脸地砸过去，将那小青年打了个车仰人翻，当场毙命。

程新华找到女友，傲然地说："我把那小子干掉了！"

女友顿时骇然，少顷便失声痛哭："你……你怎么能杀人呢？"

一身男子"豪气"的程新华，从女友的哭声中顿然醒悟："真的，我这不成了杀人犯了么？"

"女人找男人干啥？"程新华在号子里一再宣传自己的哲学，"不能保护自己的媳妇，算个啥男人！"

号子里的人取笑他："才谈了几天嘛，谁知道人家要成谁的媳妇呢？"

"说不定那天晚上就是跟别人约会去咧，把你娃闪咧，日弄你呢！"

每听到这些话，程新华就露出迷茫的眼神。

我劝过号子里的人："别这么说孩子，给孩子留个梦想吧。"

秦纪功是睢宏献盗窃团伙的第二被告。我和睢宏献在一块床板、一条褥子上睡了二十多天，对秦纪功也算有所了解。但是，见到他，还是觉得有些出乎想象。秦纪功比睢宏献大两岁，白净面皮，眉清目秀，外表看很像个知识分子，说话也多少带点文气。如果说睢宏献是个彪悍武生，秦纪功就应当属于文弱书生。如果不是在死囚牢，不是拖镣戴铐，谁也不会想到这小伙会是个"大盗"。

秦纪功的陪号叫温祥，三十多岁，据说是个公司老板，因"诈骗"

而入狱。他和秦纪功从早到晚形影不离，一是“责任”，二来也是二人谈得很投机。

十九日一早，管理员便将几名陪号叫到东院管教室——四排的死囚牢在四排的西院，西院只有两个号子，所以没有单独的管教室，由东院的管教们统一管理。管理员对我们说：“今天发裁定。你们白天晚上都要注意，特别是晚上，值班时要四个人一班，千万不能出事……”

这一天，又是一个雪花纷飞的日子。

九时左右。号子的风门打开，程新华、王小兵被传出去。

“发裁定了！”人犯们窃窃私语。

当王小兵走出牢门之后，秦纪功便让温祥帮他从枕套里取出一套崭新的毛呢中山装，一件白衬衣，匆匆地穿过脚镣手铐的羁绊，为自己穿戴整齐；又换上新袜、新皮鞋，系上一条红布缝制的腰带。

温祥一面按照秦纪功的要求帮他换衣服，一面小声地安慰着：“你能改判，肯定能！”

旁边的陪号也言不由衷地插话：“能改。你的案情比案三、案四都轻嘛……”秦纪功对陪号们的劝慰只是苦笑着摇头。

过了一会儿，镣声响处，程新华、王小兵蹒跚归来。

“改了吧？”陪号们问。

“改了。改在明天‘上路’！”程新华随手将裁定书扔给陪号们看。

王小兵颓然坐在床板上，像一只泄了气的皮球，嘴里不停地念叨着：“哎哟，屌大个事，就要敲人的头呢！敲就敲嘛，还要把人弄到省城来……”

上午放风的时间到了，秦纪功刚刚走出监房，迎面就遇上了专管送传票的管理员。

“秦纪功，接裁定！”

秦纪功拎着大镣朝前院走去。

死囚牢的厕所在东院，路过风道的时候，我看见睢宏献从六排院子走出来；三排也有个系镣的人走上风道，温祥悄声告诉我：“那就是贾维安，案三。”我没有看到贾维安的脸，只见到一个背影，是个虎背熊腰的中年人……真没想到，这一案的判决书厚得像“一部小说”，而发裁定用的时间却很短，死囚号的人犯们还在院子里散步，秦纪功就回来了。

秦纪功上身的中山装敞开着，腰间的那条红腰带在茫茫白雪中显得格外醒目。

温祥凑过去，问秦纪功：“咋样，改了吧？”

“喊……”秦纪功凄然一笑，摇摇头，便朝厕所方向走去。

是有意还是无意，我不得而知，反正是挪步的瞬间，秦纪功向着东方抬了抬头。

就在这一瞬间，我看见，秦纪功扑通一声，双膝落地，跪倒在雪花如毡的地上，挺着脖子，仰面望天。

我急忙抬头，顺着秦纪功的目光，向东方望去。

如果纯粹写小说，我应当避开这个情节，因为文学最忌重复。但是，这是我目睹的真实，尽管这个情节在前面已经出现过，我却无法避开——

还是高墙外那座新落成的住宅楼，还是那个曾经站过不少人犯家属的晾台，——我老婆不久前来信说，秋天的时候，她也上过那个晾台，并且看见了我。看到我一个人在院子里转悠，她不由想到了《红岩》上的华子良。她流泪了——晾台上又出现了三个人，一个是青年妇女，一个是白发老妪，一个是两三岁的孩子……

北风凛冽，雪花飘飘。晾台上，老妪的白发在风中飘动；那年轻女人将孩子双手举起，女人身穿孝服，头上缠着白色的孝带；而她双手高高举起的孩子，却浑身上下都被白布裹着，小脑袋上是顶白色的帽子，腰间系着的孝带被风吹开了，长长的带子在风雪中飘飘摆摆，像一串白色的蝴蝶上下翻飞。

迷蒙的风雪中，我听到孩子的哭声隐隐传来……

风雪迷蒙中，已经看不清那老人和妇女脸上的神色了，但是，我猜想，泪水也早以糊住了她们的双眼！

院子里的人——包括站在管教室门口的两位管理员，全被眼前这一幕惊呆了！

这一瞬间是多久，没人知道，反正我的大脑是一片混沌。直到我看见跪在地上的秦纪功捣蒜似的在地上磕了三个响头，管理员用有气无力的声音喊了声：“回去吧。”我才清醒过来。

磕过头后，秦纪功扭头就朝死囚牢走，没有听见他的哭声，更没有听到他呼娘唤儿的叫声，他甚至连头也没回一下。

但是我却忍不住回了回头。

……白蝴蝶般的孝带还在风雪中飘摆，年轻的妇女已脱下头上缠着的带子，飘飘长发遮住了双目；那位老太太向空中伸着双臂，仿佛要将儿子揽在怀里……

终于听到一声凄厉哀婉的叫声：“儿啊……”

黑色的牢门砰然关闭了，隔断了凄怆的呼唤，也隔断了漫天风雪。

秦纪功回到号子倒头就睡。中午开饭时，温祥帮他打了饭菜却没有叫他起来。

王小兵泥塑似的坐了一下午。

只有程新华，一副满不在乎的神气，“黑蛋子”照吃，稀面汤照喝，嘴里仍是那句英雄般的宣言：“男人嘛，连自己媳妇都保不住，算啥鸡巴男人！”

傍晚，号子里悲凉的气氛有些缓解，有人就问程新华：“你一口一个男人，一口一个媳妇，老实说，弄过女人么？”

程新华说：“没有。俺媳妇说，现在不敢，丢人哩！等结了婚，随便弄……”

“噢，闹球半天，娃还是个童蛋子？咻你还叫男人？给你说，没弄过女人的男人不算男人！”

一番调侃让十九岁的“童蛋子”一头雾水，挠着头不知道怎么对答。

我觉得那孩子不应当受到如此奚落，无论如何他总比王小兵强得多，他的鲁莽酿成悲剧，但他的纯真与痴情却值得人们为他掬一把同情的泪。

调侃他的人叫黄木风，是一个从农村出来闯荡社会又混入农民企业家行列的诈骗犯。说他诈骗也多少有点冤，他并没有多少骗人的本事，只是欠银行贷款还不上而被银行告上法庭的。

出于对程新华的同情，我觉得应当敲一敲这个盲流老板了：

“哎，你说人家娃算不上男人，你呢？”我也是用轻松调侃的口气说话的。

不料，一句话问得小老板脸红了：“徐哥，你……给兄弟留个面子行不？我服你还不行么？”

黄木风脸红什么？

黄木风在三排一室和我一块待过，在那里，我曾目睹过一场闹剧。

黄木风在号子里最爱吹的就是他的小媳妇，说小媳妇是因为他在家乡的农村里有媳妇，还有两个孩子。混上老板后，他也学着城里的大老板给自己找了个女秘书。女秘书来了没有三天就和他上床了，所以他称其为小媳妇，二房。小媳妇年轻漂亮，黄木风说起来就眉飞色舞，说她跟七仙女一样。更令他陶醉的是，小媳妇虽然是城里人，却从不嫌弃他这个农村稼娃，对他是百般体贴，千般温柔，万般忠心。他也舍得为小媳妇花钱。他承认，欠银行的钱还不上多半是因为他在小媳妇身上投资过大，但他愿意，坐牢也无怨无悔。

“俺吶小媳妇对我太忠了，我临被抓的时候，她流着泪对我说，你放心，我一辈子都是你的人，今生今世都等着你！”这话，黄木风重复了不知道多少遍，每次都激动得小眼闪光。

但是号子里的人却发现了一个问题：黄木风自入狱以来，半年多时间，来看守所送东西的总是他的乡下妻子，那小媳妇一次也没来。

黄木风对此的解释是：“她得招呼公司的事，还得为我活动，顾不上嘛！”

闹剧是在睢宏献接初审判决的前一天晚上发生的。

那天，号子里又调进一个人，来人是黄木风的同乡，当地镇子上有名的“混混”。

黄木风听说过此人，但从未和他打过交道。

那天晚上，黄木风照例海吹他的小媳妇。那个混混听着听着就发问了：“你说的是谁？得是鲁花花？”

号子里的人早就记住了这个名字，于是便有人说：“对，他媳妇就叫鲁花花，你认得么？漂亮不？”

那混混咧嘴一笑：“认得不？你问问她本人，看她身上哪一块没有咱的手印？给你说，吩是个鸡，我手下的几个弟兄都玩过，而且是随叫随到。”

正在兴头的黄木风一听立即勃然大怒：“你妈才是鸡！你算个啥鸡巴东西！”说着一步跨过来，揪住混混的领口就要打。

那混混却嬉皮笑脸地说：“要打捶是不？在这儿打，展不开，明天放风时咱再练。我说鲁花花是个鸡，那她就是个鸡，我都玩了八十回了。咋，你不服气！”

睢宏献一脸坏笑地说：“这样吧：你说她是你媳妇，那肯定都睡了多少回了；你说她是鸡，也弄了八十回了。口说无凭，吹牛谁不会？咱现在做个背对背的考证。你到那头，你留到这头，我给你俩出几个题，看看谁答得对。这一下就明白了。”

这种事自然能撩起闲人的兴趣。于是人群自然分成南北两摊。题是睢宏献出的，写在两张纸条上，问的都是女人隐秘的部分。分别是：大？小？稀？密？几颗痣？在哪长着？最后一个问题是：叫床不？

五分钟后，两边的人集中到一块，混混和黄木风把“答案”交到众人手里。号子里立即爆发出一阵放荡的笑声：

“哈……哈……都是一百分，一模一样！”

那混混得意得直晃二郎腿。

黄木风脸色由红变白，白得像一张纸，最后声嘶力竭地大喊一声：“我日她妈……”颓然倒下。

我在号子里从未揭过黄木风的“老底”。只是看他太欺侮小孩子，才旁敲侧击，给他提个醒。

黄木风果然老实了。

天渐渐黑了下来，号子里的灯却迟迟不见闪亮。这虽然不算停电，但像这么晚还不开灯，也是少见的。估计是电路出了故障。

黑暗中，传出秦纪功的声音：“骊山歌星，明天咱就一路走了，今晚给伙计们唱支歌吧。”

王小兵好像也从白天的惊惧中缓过来了，他拖着从临潼看守所带来的半步镣，走到墙根，很自信地说：“哥们说，唱啥？”

谁也无心欣赏一个即将被处死的人唱歌，陪号们说：“随便唱吧。”

王小兵清清嗓子，轻声地唱起了号子里囚徒们自编的歌——

钞票、钞票，
是谁把你制造？
搅得世上乱糟糟，
男人为你坐监牢，
女人为你……

“扯淡！”秦纪功狠狠地骂了一句，“你又不是为钞票翻把的，唱个屎！换个好听的。”

王小兵搔搔头，想了想，又唱起很流行的歌曲《北国之春》。

一曲终了，我有些恼火了：真是“商女不知亡国恨，隔江犹唱后庭花，这小子真的不知道明天是他的死期么？

“我说‘骊山歌星’，都啥时候了，还唱这？你还是来点带感情的吧！”我冷冷地对王小兵说道。

有人附和：“对，能代表你此刻心情的。”

王小兵调整了一下情绪，接着唱道：

妈妈呀，妈妈，
儿叫一声妈妈，
高墙内泪如雨下，
……

秦纪功再次打断了王小兵的歌声。大约是因为上午，高墙外白发老娘和妻儿伫立在风雪中为他送行的凄凉情景，至今挥之不去，此刻，他几乎是用哭腔对王小兵说："兄弟，这不是舞台，是牢房。咱们明天一拉出去，枪一响，就成了鬼了！白发的老娘就没儿了！想想老娘，看看自己，你能不能带着自己的真实感情唱一遍……"说到最后，他的声音完全喑哑了。

黑色的牢房。

一个没有灯光的冬夜，一群"君问归期未有期"的囚徒围着三个即将被处决的死囚，抖动的镣声发出瘆人的音响。镣声响处，一支揪心裂肠的歌飘出铁窗：

想当初，儿像脱缰的野马，
乱踢翻踏，不计生华，
妈妈呀，高墙外，你格外期盼，
泪血染白发，
……
妈妈呀，妈妈……

忽然，王小兵"哇"的一声号啕大哭。

死囚牢里哭声叹息声，响成一片。

窗外的高墙上，传来武警的厉声呵斥：

"不许唱！"

"谁在唱？"

喊声未落，灯亮了。

午夜，死囚牢里，一盏昏黄的灯光下，我打开《打赌集》默默地翻看着……

和我一块值班的另两名陪号在号子里轻轻走动，不时发出幽幽的叹息声。

三名即将上路的死刑犯都钻进了被窝，我不知道他们今夜可会入梦，如果入梦，又会梦见什么……我不忍去看他们。

鸡鸣声隐隐传来，牢外，曙色微露。

秦纪功、王小兵早早就起来了。王小兵坐在床边发痴，秦纪功则和陪号温祥窃窃低语，像是在交代后事。

天亮了。透着窗口，但见天仍是阴霾重重，空中飘着沙粒般的雪花。

号子外响起一阵急促的脚步声。号子里的人都静坐着，所有的目光都投向黑色的牢门。

“咣！”死囚牢的门打开了！

门外，枪刺在寒风中闪烁。

所长威严地喊了声：

“程新华，出来！”……

程新华站起来，扭头望了我一眼，嘴角嚅动了一下，却没有吐一个字，身子一摇一晃地走出牢门。

牢门关闭的那一刹那，我看见程新华被两个“劳动号”摁倒在门外停的一辆架子车上，另一个驾车的“劳动号”拉起来就跑，那架势，活像乡里人把牲畜运向屠宰场。

随后，秦纪功已站起来，主动走到门口。崭新的中山装系上了扣儿，掩住了腰间的红腰带，雪白的衬衣只露出一个白边。他平静地站着，像一位等待花轿迎娶的新嫁娘。

第二个被传出去的果然是秦纪功。

号门再次关闭时，门口只剩下了王小兵一个人茕茕孑立，形影相吊。

王小兵不安地来回踱了几个半步——他戴的是从临潼看守所带来的半步镣，这种镣在这里没有见过，镣链很短，抬腿只能挪半步——然后停下来，呆头鹅似的望着屋顶，忽然就发出了一通自言自语式的感慨：

“唉，我把这𡳞事也想开了，死咧就死咧，没啥！就是叫咱乡党把咱笑咧：这货，死到女人的×上了！”

这番“醒世恒言”惹得号子里的人面面相觑，不知该笑还是该哭。

直到王小兵被拉出号子，“劳动号”才来送早饭。这顿饭比平时晚了至少一个小时。

我一直弄不明白：为什么每次处决死刑，监所里都要推迟早饭时间？被处决的犯人连“最后的早餐”也不让享用呢？老戏上，对死刑开刀问斩前，还允许家属前来祭桩，给犯人喂吃喂喝；电影上也演过，清末民国时期，犯人在押往法场的途中，亲友乡邻或同情者可沿街摆上祭桌，放些酒肉，犯人想吃想喝可以伸手去拿。为什么到了今天，连两个黑蛋子馍、一碗稀汤、三两片咸萝卜，也舍不得给这些奔赴黄泉的人呢？难道我们真的穷到这个份儿上了么？

温祥说：“这还不简单，让你一吃一喝，拉往刑场的路上闹着要屙要尿的，咋安置你？饱着饿着都是枪响见阎王，何必给人民添麻烦？”

[原出版单位：中国（北京）五洲传播出版社 2011 年 3 月第 1 版]

沉　浮（节选）

向　岛

【作者简介】 向岛，原名甘明学，1962年生。曾在陕西咸阳市政府等行政机构工作，2006年“半路出家”开始写作，现为自由撰稿人。中国作家协会会员。发表中短篇小说《声名飞扬》《斜阳》《两个人的圣诞》《双套结》等多篇，出版长篇小说《沉浮》《抛锚》。

陆天翔早上上班看完桌子上的文件夹就翻报纸，翻完报纸照例打开电脑。这似乎已成为一个当然程序。电脑里有叶青发来的邮件，是早上上班前发的。他一看，吃了一惊：

> 红霞那里出了件事，人命关天。我也是刚知道。红霞情绪很激动，我也不知道该怎么办。我让她找找你，你帮她出出主意吧，她在长宁也没有别的可以帮她的人。她要联系你的话，你也注意点儿，不要被别人发现，免得事情复杂化和给你带来什么不好的影响。我上午开会，随后电话告诉你详情。

陆天翔连看几遍都弄不懂到底出了什么事情。开头的话让人以为红霞是否遇害了，接着看她还活着，只是遇到了麻烦。那么，是她犯罪了？又不像……陆天翔正在寻思，叶青的电话过来了。他赶紧关了办公室门，问道：“到底怎么回事儿？把我都弄迷糊了。”叶青说：“单位里早上一上班就开会，我是溜出来给你打电话的。早上那阵子是怕上午脱不开身，没法给你打电话，就匆忙发了邮件的。先长话短说吧，红霞的男朋友坠楼死了，是在姓孙的给她的那套房子出的事。红霞这几年跟她父亲闹得很僵，她也没法回家去跟他商量。她现在住我们另一个同学家里，情绪很不稳。到时她跟你联系。由于牵扯到姓孙的，你们顶头上司，所以红霞要见你的话你得小心点，别让人知道。我想来想去只有你可以帮她出点主意了。”

给陆天翔打电话的是叶青说的她的另一个女同学。电话一接通她先神秘地说：

“陆哥，你跟前有人没有？现在说话方便吗？”

“没有，你说吧。”

“红霞说她的情况叶青跟你说过，是吧？她现在就住我家里。”她说话的口吻试探、犹疑，带着许多不必要的客套。又绕了半天，她说：“要是方便的话，你晚上过来一趟可以吗？由红霞跟你具体说说，好不好？”接着她很神秘地告诉了她家的住址。

吃罢晚饭，陆天翔打的往西郊的印染厂去。这个厂子在长宁西郊的临平镇，早几年已亏损倒闭。前些天下过的雨还在街上汪得一摊一摊的。陆天翔记得这一条街上大概还有什么拖拉机配件厂、农机修造厂等企业也早都不行了。企业一不行，就像人把日子过烂了一样，一片晦暗。街上的路灯有一个没一个的，昏暗的灯光下，只看见路边堆着的一大堆垃圾，顺着街道又遗遗拉拉地在蔓延发展，看样子要没完没了地拉长阵势。城市的郊区总是有一些这样的被人遗忘的地方。城建啊、卫生啊、绿化啊等等的金子都贴在了闹市区那些城市的脸面上，剩下这些城市的屁股没有人管，就成了这个样子，不城不乡的，真还没有偏远农村清爽。出租车在坑洼不平的街道上行驶，不时地绕开水洼、绕开垃圾堆选择着路面。路面上不汪水的地方，泥土已变成厚厚的尘土，车子一碾过去，灰尘扬得老高，更显得混蒙蒙的一片。

陆天翔下了出租车，进了印染厂家属区的铁门。铁门开了一扇，另一扇闭着，歪歪斜斜欲倒未倒的样子。门一侧有一个小门房，里面坐着几个年龄大的人在聊天，看见人进去也不问。一进门看见院子里排列着几座四五层高的家属楼，侧面对着大门。看那陈旧法，当是七八十年代盖的老房子。从家属楼的阳台里透出一些约略的灯光，家家阳台上都塞满一些乱七八糟的杂物。陆天翔先是找到楼号，又辨认了半天才看清了单元门上已经模糊的编号。楼道里没有灯，陆天翔用打火机照亮往上爬。楼梯窄、陡，楼梯边又用很粗的铁链子锁满了自行车，一不小心就会碰上。到了四楼，敲左手的门。开门的应该就是叶青的那位同学，背着光只看见她瘦、高、黑，也似乎比实际年龄要大得多。她压低声音问道："你是陆大哥？"

"嗯。"陆天翔点点头。

她把陆天翔让进屋里，在他身后关上门。光线暗，陆天翔不小心踩上了门口的一堆鞋子。他问："要换鞋吗？"

"不用不用。"她说，挤到前面领路，"进来吧，在里面屋子。"

陆天翔跟着她往里走。这屋子总共也就四五十平方的样子，显得很局促。陆天翔被领到靠里的一个很小的房子，里面支了一张比单人床大一点又不够双人床尺寸的床，已剩下只可以开门关门的一点儿地方了。

"陆哥，麻烦你了。让你这么老远赶过来。"说话的人无疑就是褚红霞。陆天翔第一眼看她，觉着和照片上见过的、和叶青给他无数遍描述过的那个褚红霞绝对不像一个人。她靠床头坐在被子里，身上穿一件红色的大圆领毛衣，显得衣服里面空荡荡的。黯淡的灯光下，只看见一双大眼睛和一副清瘦苍白的脸。头发一把扎在后面，因为有些头发没有归拢进去而显得凌乱。

"没事儿。"陆天翔在床边坐下来。这屋子里能坐的也只有床。

这时候她那同学端了一杯水，拿了一包打开的本地产劣质烟进来。她把水杯递到陆天翔手上，又从烟盒里拿出一支烟递给陆天翔说："陆哥，你喝水吧。给，抽烟。"

陆天翔忙找地方放杯子，却发现这屋子连个床头柜什么的也没有。那姑娘忙说："我去端个凳子来。"转身拿了个小圆凳进来。

陆天翔看看那个盛水的搪瓷杯子，边上磕碰掉了不少瓷。他记得当年上中学住校时用搪瓷碗吃饭，那翻卷的边总是不好洗净，以后他看见搪瓷制品就总有一种不洁的感觉。他不想喝水，只好抽烟。他不好意思掏出自己的烟，就点上姑娘递给他的烟。这烟味儿真呛。不过，在这样的环境中抽着感觉挺合适的，能把心里头那种堵的感觉稍稍疏通一点。

褚红霞端坐在床上，低着头，手指头不住地动来动去，大概在考虑怎样来表述她要说的事情。她那同学倚门站着。大家谁都不想说话或者暂时还没有找到要说的话，气氛一时间沉寂了。她那同学在门口站了一会儿，就到另一个屋子去了，从那边传来嘀嘀咕咕的说话声，大概是她的父母。

“唉，”褚红霞长叹了一声说，“陆哥，要说是我害了张鹏。对了，我那男朋友叫张鹏。叶青走的时候我已经跟张鹏好了，她走那天，我还拉着张鹏一起到机场送她了。托运行李什么的都是张鹏跑前跑后办的，叶青她妈当时还夸奖张鹏有眼色呢。张鹏家是陕北的，这几年在长宁开一个小装潢公司，做得还挺不错的。”褚红霞说着眼泪流了下来，陆天翔能看出来她在竭力控制自己的情绪。顿了一阵，她接着说：“出事是在三天以前。那天我们说好一起吃晚饭，现在想起来就像该出事儿一样。他那几天生意特别好，一个活没干完，就又接了两样活。他打电话给我说，咱们吃饭稍微晚一点，等他把那一家活赶完再吃，这样明天就可以干另一家的了。我就一直等着他。他干完活已经九点多了，我们去烧烤园吃的烤鱼。他那天特别兴奋，说下面这两家活一做，今年的成绩就很不错了。照这样下去，再过一两年，等我们结婚时买一套像样的房子应该是问题不大。吃完烧烤就十一点多了，他叫我到他那儿去，他租的房子也在河南边，离我住的地方很近，我们经常就在他那儿聚。我给张鹏说，老孙出差了不在，还得几天才回来呢，干脆住我这儿算了，他一想也就同意了。我的这种情况在跟张鹏相好后就原原本本地给他说过，他不但没嫌弃我，还为我这几年的委屈、为我供弟弟考上大学的事流了泪。他说他爱我不管其他，他一定要多挣钱早早跟我结婚，让我摆脱这种对别人的依附。”红霞说着啜泣起来。

“我是前一天才给老孙打的电话。他说他人在深圳，再要一个星期左右才能回来。谁知道他那天晚上就回来了。他拿钥匙开门的时候是十二点多了。他提拔以后，上电视多了，怕人看见认出来，所以每次都是十二点前后过来的。我跟张鹏那时候躺在床上还没有睡着，我们俩穿好衣服，你看看我，我看看你，简直傻了一般。由于门反锁着，老孙在外面打不开。紧接着电话就响起来，在静夜里声音特别大，没完没了。我一看来电显示，是老孙站在门口用手机打的，就不去接它。我给张鹏说，要不，你先藏起来？张鹏说，不行不行！藏不是个办法？我说，那就这样子不动，他能把我怎么样？我又不是卖给他了。张鹏一个劲儿摇头说，不行不行。电话停了一下，接着又响起来，响得人心焦。看样子这姓孙的今儿是进不来不罢休。张鹏说，你去开门吧。说完就朝厨房走去。我想他先藏一下也好，稍停了片刻就去开了门。老孙一进来，关了门就推搡着我，声音压低但恶狠狠地说，搞啥鬼呢？搞啥鬼呢？我早都发现你在外面有人了。边说边到处转着把客厅、卧室的灯打开，四处搜寻。他一个一个房子看过，又到卫生间看，再下来就往厨房去，我的心一下子揪紧了。这时候我听见了从厨房里边传来似乎很遥远的啊——的一声叫喊，其实要说只有半声，就被一声闷响打断了。不好了，张鹏出事了！这回不等老孙开灯，我就从他身边挤进厨房，抢先打开灯。厨房里面已经没有了张鹏，窗子开着。我扑到窗子跟前，头伸出去往下看，楼底下惨白的路灯下，张鹏蜷曲着身子摊开手脚躺在地上，头周围是一摊黑乎乎的东西……老孙把我揪进来，关上了窗子。我大叫了一声，扭身就想下楼去看张鹏到底咋样了。老孙追上来，扯住我的衣服一把就把我抡倒在客厅的沙发上，一甩手就重重地抽了我一个嘴巴，咬牙切齿地说，你干的好事！我伏在沙发上只是一个劲儿地哭。他大概知道我已经没有力气往楼下跑了，就以极快的速度把屋子里所有的灯都关掉。那么矮肥的人，你都想不到他能有那么敏捷的动作。关了灯，他就蹲在我跟前，把头埋在沙发里，呼呼地出粗气。他显然也意识到了问题的严重性。”

褚红霞已经泣不成声。陆天翔这会儿已经适应了屋里光线的暗淡。他看了看褚红霞，见她一脸的憔悴和超出年龄的沧桑，怎么也和叶青给他看过的照片上那个大眼睛、尖下巴颏的姑娘联系不起来。她仰靠在床头上哭着，削薄的身子一起一伏，细长的脖子两边陷下去一圈，锁骨很突出地撑在毛衣底下。她接着往下说：

“张鹏肯定是看到厨房外面有天然气管道，翻出去想抓住，谁知却没有抓住。我真后悔，过后想了有一百种可能都不至于是这种结果。我们一直不给他姓孙的开门，他又能咋？大不了第二天我走人就是了。话说回来，就是开了门，我俩站在他姓孙的面前，他还能把谁吃了？再退一万步讲，就是真的让张鹏跑，我也拉住他的手，等他抓好天然气管道，安全逃离了再开门也行啊。张鹏整天搞装潢，爬高沿低的，动作可利索了。……可是，事情偏偏就这样出来了。我真的能把心悔烂。

“老孙那时候只是蹲在那里一根接一根抽烟。我哭了一阵，好像明白了这个现实已经不可更改，就坐起来对他说，你不要挡我，我这下也不哭了。但我得下去看看，不管他死活我总得下去看看呀！他一屁股坐在地板上，死死地抱住我的腿，带着哭腔说，你不想想，从四楼掉下去的，底下都是水泥地面，还能有个人……我说，就是他死了，你也让我看他一眼呀！说着就要起身往出冲。他从背后死死地抱住我，往沙发上一仰，我就势倒在了他的身上。我恶心地拨开他那短腿，坐到沙发上，忍不住又哭了起来。他扑通跪到我面前，双手扶在我膝上，哭着说，反正这事已经发生了，人肯定是没有了，闹出去对谁都没有好处。你说咋办吧？咋样都行，我听你的。黑暗里也看不清他是在真哭假哭。我只是一个劲儿地要下楼去。他死死抓住我的手晃着说，小亲亲，你听我的，这反正不是个小事。我都半百的人了，混到这份儿上容易吗？算我求你好不好？

“这时候只听楼底下有人失声大叫了一声什么，接着是一阵杂沓的脚步声，似乎好多人在往跟前跑，楼道里也不断地有咚咚的脚步在往下跑。听声音已有好多人围在了那里，嚷嚷成一片：

“‘是小偷吧？’

“‘也太胆大了！’

“‘活该！’

“‘看看还活着没？’

“‘早都死了。你没看脑浆都流空了。’

“‘真恶心。保安报案了没有？快叫人来处理……’

“‘不知是从几楼掉下来的？’

“……

“夜静了。楼下的说话声在楼上听得一清二楚。我又哭了起来，老孙抱住我，让我别出声。过了一会儿，有两个人的脚步声边往上跑边挨家敲门，老孙用手捂住我的嘴不让我吭气。外面的人敲了一阵，说了句没人，就继续往楼上去了。这种商品楼的特点就是谁也不认识谁，而且许多房子都空着没有住人。底下一直折腾了几个小时，后来响起了警车声，能听清警察忙着拍照什么的，忙活完了，就把人拉走了。又听到一些住户在忙着找石灰什么的，处理现场留下的痕迹和味道……

“我像做着噩梦一样躺在这个猪一样的男人怀里，眼泪似乎也哭干了。眼看着我爱的人就这么死在我眼皮底下，又亲耳听着他被那么多人当作小偷来围观、来议论，在离我只有十几米的地方把血流干，身体渐渐冷却，被人拉走……而我，几小时前还在与他亲热的人，却连最后看他一眼也没有。”

红霞说到这里，又哭了起来。

她的同学进来扶住她说：“好了，红霞，你不敢再这样哭了。看把身体哭坏了咋办呢！”她又对陆天翔说：“几天了，一共就吃了几个鸡蛋。还是硬逼着吃的。每天睡到半夜就哭。”

“那后来呢？”陆天翔问。

“我怎么也想不通张鹏就这么消失了。一个大活人怎么能转眼间说没有就没有了？”红霞泪眼模糊地说，“底下的人都散了。老孙扶我躺在沙发上，给我脖子底下塞上枕头，盖上被子。他爬在我脸跟前说，这事要说出去就复杂了，连你也洗不清白。我脑子里跟炸了一样，我有什么清白可言？我他妈的本来就不清白呀！我把头拧到里面懒得理他。他又说，事情已经发生了，人死了不能复生。咱们现在还是顾活人要紧。你是个聪明姑娘，这个道理你应该清楚的。我肯定不会亏待你，说说你的想法吧。我说，我的想法就是要离开你这头恶心的猪！越快越好。他仍然和气地说，离开可以，但我放心不下你今后的生活，你说个条件吧！我突然想起了张鹏给我看过的他们一家的照片，他父母那又慈祥又可怜的样子。对了，我一个人怎么都好说，张鹏还有父母，还有上学的弟弟妹妹，我得替他们考虑一些才是。我猛地坐起来，把被子甩到一边，盯着黑暗中那张模模糊糊的猪脸说，我说个条件？你长嘴干啥呢？他说，我肯定要把你的生活安排好的，让我说也行，这样吧……他说着不知从哪里拿过来他的皮包，只听拉开拉链的声音。他说，这个卡你拿着，这上面大概还有十几万元，全国各地可以随时支取。说着就把卡递过来。我没有接。他又说，你是不是还不放心？你看……他把自己的手机拿出来，放在我面前拨了一长串号码，然后把手机贴在我耳边让我听，里面一个女声一字一顿地说：您的存款余额是一、十、四、万、七……我没有听完就把他手拨开了。他说，我没有骗你吧，我把密码写给你。他说着就借着手机屏上的微光在一片纸上写下了数字，然后把那纸片和卡一起装进一个小袋子递给我。我还是没接。他就从卧室里拿出我的包，当着我的面把它装进包里。我说，你的意思是不是我现在就可以离开了？他搂着我说，哪里哪里，这样吧，咱们现在出去另找个地方，你也好好睡上一会儿。你在这儿肯定睡不着。我确实一刻都不愿意在这儿停了。我迷迷糊糊收拾我的东西，他先下楼去了，说是在外面等我。我提着装了我衣服的大箱子，背上包，出了小区远远地看见一辆出租车在前面，见我出来摁喇叭。我走过去，老孙已经在车里面坐着，这家伙还是诡。这时候已是四点多了。

“我过后才想到，他怕的就是我独自离开，怕我跟外人接触，尤其是怕新闻记者把这事儿捅出去。出租车拉着我们走了半个多小时，到了西都城南的一家大宾馆，他要了我身份证去登记的房子。我跟他上去一看，是一个大套间房，他让我住在里面的大床上，他则拿了被子躺在外面的沙发上。好不容易熬到天亮，我拿出手机给张鹏家所在的那个村的小卖部打电话，张鹏每次给父母打电话都是打到这里让人家去叫的。我刚摁了几个键，老孙就很警觉地跑进来，挡住我的手问，你给谁打电话？我说，怎么，我连打电话的自由都没有了？他干笑着说，不是这个意思，我是怕你……我拨开他的手说，我给张鹏家里打个电话。他说，你真傻，你这电话一打问题不就复杂了？我大叫，那你说咋办？他想了一下说，这样吧，我来打，我到楼底下去打公用电话。停了一下他又说，你要不相信，咱们一块儿下去。我就跟他下去了。找到了一个报刊亭，我一眼就看见当天出的《晨光报》上多大的标题写着：长宁市一小偷昨夜坠楼身亡，还配有一幅血淋淋的彩色照片。我差点又晕倒了。老孙拨通了电话，过了一阵子小卖部把人叫来了，老孙说，……啊，你是张鹏的父亲吧？张鹏在长宁出了点事，你们家里人来一趟吧。我在旁边都能听见电话里失声叫喊着什么，老孙支吾了一下，说，那好，就这样吧，就把电话挂上，拽我上了楼。我看见报刊亭的人接过老孙付给的电话费用异样的眼光愣愣地看着我们。这个清晨，对张鹏的父母来说太残酷了，也不知道他们先一天晚上做过什么样的梦？

“老孙那意思显然是要等张鹏的后事处理完了才让我离开这家宾馆。他侄女一来我才意识到了这一点。这大概才是他真正的侄女，年龄比我大一些。他以前让我住在他的房子就是以他侄女的名义住的。他一直和我在一起，没看见他给谁打过电话，也不知他是怎么通知他侄女的。很可能在他先从小区出去在出租车上等我那工夫就联系了，这个人确实诡得跟狐狸一样。

“我是第二天晚上四点多逃出来的，又是四点多。老孙的侄女来了以后，两人嘀咕了半天。然后他跟我说，让他侄女这几天陪我好好转转，他有空儿就过来了。说完他就走了。我明白他侄女来是看管我的，怕我走掉。不过，年轻人还是瞌睡多，她跟我睡在一个大床上，开始好像还记得她的使命，老磨蹭着不想入睡，到后半夜就睡得很死。我就悄悄爬起来，拿了我的东西下楼，叫了辆出租车往长宁去。我不知道我要到哪里去，又能到哪里去。出租车在我住过的那个小区门口转了一圈，保安不让进去。小区里面一片安宁，大家都在熟睡，好像什么事情都没有发生过一样。车子又在长宁城里来回乱转，司机显然已经不耐烦了，不停地问我，你到底要到哪里？多亏我是个女的，我要是个男的，估计他早都害怕了。不过，他那阵子大概也怕，不是怕我害他，而是怕我是个神经病，到时候没钱给他就惨了。我看出他的担心，就掏出一张百元币先给他放在面前说，你怕啥，我有钱的。司机这才不叨叨了。我当时想叶青要是还在长宁就好了，后来才突然想起了我现在这个同学，就到了临平镇。我从出租车上下来时都快六点了，想着那么早到人家家里去不合适，就在街上坐到七点多才上来了。”

她那同学倚在门口说：“又不是别人，你早早上来怕啥？那么冷的天，真是的！”

陆天翔一字一句地听着褚红霞的讲述，真不知道该说些什么。他已经不知不觉地连续抽了好几根烟了，那种劣质烟初抽时呛人的味道都感觉不到了。他问道：

“那下来打算怎么办呢？”

“我也不知道啊。”

“张鹏的遗体火化了没有？”

“还没有。我让我同学去火葬场问了，现在就在那里面放着。”

她同学倚在门口插话说：“我已给他们打过招呼了，以亲戚名义留下了我的电话，家属来了火化时让通知一声。”

“他父母呢？”

“肯定是一接到电话就离开陕北了，没法联系，”红霞说，“只有等他们跟我们联系了。”

“老孙这边呢？”

“他一直在找我。我这几天关着手机。他给我发了一长串短信，让我跟他联系。”

红霞又说：“我躺在这里有时候真想不通。我真想跟媒体联系，把这事给它捅出去。让张鹏背着个小偷的名声就这么死了，他能瞑目吗？我这一辈子能平静吗？反正我已经无所谓了，可他姓孙的也别想那么舒服。”

陆天翔说：“真的那样做了好像也没有多大的意义。再说，人家也未必就摆不平。可咱自己……”

褚红霞半天不吭气。

“那你说就这么认了？”她突然很泄气地说。

陆天翔吸了一口烟说："唉，这事情还真不好说。"

"你可能也知道，叶青一直动员我跟她到南方去。唉，我那时候要跟他去了也就没有这事了。到现在弄得灵魂破碎不说，心也烂了。"

"你现在还可以去的。"

"去是可以去。不过，后半生恐怕就只剩下做噩梦了。"

"你还年轻，后面的路还长着呢，不要这样悲观。反正事已至此，你先在这儿好好歇几天，完了看着把张鹏的后事安排好，对他父母多安慰安慰。"陆天翔这话一出口，连他自己都觉得像是无用的废话，轻飘飘的。人在关键时候劝解别人的话大概都是这样。

看时间已晚，陆天翔说："你们早早休息吧，我先回去了。有什么事让你同学给我打电话。"

红霞下了床靸上拖鞋，她底下只穿着秋裤，裤裆吊得很低，空荡荡的，膝盖上打着弯子，裤管里的腿显得很细。她和她的同学把陆天翔送到门口，她同学拿了手电筒坚持要送他下楼，说楼道里不好走。陆天翔坚决不让。她们站在门口说：

"陆哥，那你就慢走。"

她们没有再给陆天翔打过电话。过了些天，叶青在电话里告诉陆天翔，褚红霞已经到了杭州。在这期间，她在火葬场见到了张鹏的父母，也跟张鹏见了最后一面。她和张鹏的父母一块儿眼看着把张鹏火化了。她一直端着那个小小的骨灰盒，跟张鹏的父母一道坐上了去陕北的汽车，把张鹏送回了他的老家。然后她返回长宁，和她的那位同学匆匆告别，就拿了她简单的行李，又坐上了南去的火车。

离开陕北时，她把那张银行卡留给了张鹏的父母。

再面对沈静仪，陆天翔觉得自己用了很大的努力才调整过来那种不自然。

陆天翔按静仪电话里说的地方来到大树咖啡屋最里面的包间。静仪正独自坐在方桌旁的藤椅里，不住地用手把玩她面前的茶杯。

"来，坐吧。"她拿过来一个早都放在那里的干净杯子倒上热茶放在陆天翔面前。

“谢敏呢?”陆天翔看着旁边一套用过的茶杯问。

“她有事儿先走了。”

“坐在这里跟神仙一样。”

“你不也一样。这几天干脆连班也不用上了。多幸福呀!”静仪说，“对着呢，你就借这机会好好歇它一阵，出那么多力顶啥呢。”

“咳，工作这么些年，可也就这一次利用工作变动上的插空赖上它几天。哪像你们，天天都跟放假一样。”

“到底还是跟放假不一样啊。你天天还得按时去打个到才行。我们要有个十天八天假期就好了，我就跟谢敏陪我父母去漳州老家那边住上几天，谢敏比我还急切呢!”

“就是，是应该了却老人这个心愿。”陆天翔说。他看到静仪乳白的脸上带一点浅浅的红晕，大概是刚做过运动的样子。不过也许是心病，自从上回谢敏跟他讲了那些情况以后，他已经隐隐约约发现静仪乍一看保养很好的面容中潜藏的疲惫。静仪穿了一件米黄色的短袖T恤，袖口那里有一个白色的耐克标志，很别致的样子。许多人的脸总是比身上白一些，静仪的胳膊和脸色一样润白。静仪的目光和他相遇了，他因仔细打量她而不好意思，便说：

“你跟谢敏又去做健身了?”

“对呀!”

“今儿怎么一早就出来了?”

“别提了，我们馆里面这几天弄神闹鬼的，把人能烦死。”

“怎么‘弄神闹鬼’?”

“市里成立了一个什么神城发展战略研究会，谁知道怎么放到图书馆里来办公了，而且就在我们办公室隔壁。你猜这研究会的会长是谁?哼，是秦汉。长宁那一帮什么神呀、鬼呀地不断地来来去去，吵吵嚷嚷的，把人能烦死。谢敏一上班就喊着要出来。她本来就见不得秦汉，这下倒好，在家里躲不过去，来单位上班还不得清静，要往人眼里搡，谢敏说她头都大了。”

“谢敏跟秦汉不好？”

“冷战多少年了，一直分居着呢。”

“噢。”

“他们最初其实也有过一段情感生活，”静仪说，“但没有几年就不行了。起初还是谢敏追的秦汉，秦汉那时老婆刚死，谢敏还是个姑娘。谢敏那时算个文学青年吧，仰慕作家，就走到一起了。这人要仰慕人了也没办法，你说秦汉跟谢敏论自身条件根本就不般配吧？秦汉又瘦又小，那体重大概从来就没有超过一百斤吧，而谢敏却又高又大的。结婚没有两年，谢敏就心死了。咱也没跟秦汉处过事，谢敏把秦汉说得一文不值，说什么自私，懦弱，还有，就是不读书，也从来不在写作上下功夫，却整天想些邪门歪道的事，勉强出的几本书吧，都在家里阳台堆着。这人要是轻看另一个人的品质、能力了，慢慢就会发展到厌恶他的形象，一举一动、一言一行都看不顺眼，有些你觉得都像人身攻击了。比如，谢敏总说秦汉脏，身上有一股味儿。又说秦汉轻得跟一只鸡一样，就是当年刚结婚时她也没有一点被征服的激动感。你说这人跟人过着日子，怎么反而过得比路人还仇大呢？”

“谢敏读书吗？”

“那家伙读得多，尤其对欧美二十世纪的文学，头头是道的。她总说秦汉写的书连文通字顺都达不到。哎，你看过秦汉的书没？”

“翻过，看不进去。”

静仪沉默了一阵，突然说：“不过，谢敏还比我强，她有儿子，学习挺好的。”

静仪说着又低头用手转动她面前的杯子。陆天翔看着静仪手里的杯子没有说话。他知道静仪打电话叫他过来肯定是要说些什么的。自从谢敏那天给他说了那些情况之后，他一直预感到静仪自己会这样做的。

“谢敏那天给你说到我的情况了？”她仍然低头看着手中转动的杯子。

“嗯。”

“唉，”她叹了一声，“按说我内心的苦楚我不愿意让别人知道，尤其是不愿意让你知道。你知道了，还得为我操心。再说也挺难面对的。我都这么些年过来了，也不是一天两天了。那天谢敏给我说她给你透了一些我的情况，我开始还埋怨她，后来又想你也不是其他人，你我认识比我跟谢敏认识早好多年呢，你不但不是看我笑话的人，相反愿意我生活得更好。就想着不如我直接给你讲讲我的情况。”

陆天翔认真地听着。静仪顿了一下接着说：

“我和谢敏有同命相连的地方，但情况又有许多不同。谢敏是为了孩子在维系着她那个家。我呢，你也能看出来，我和老周之间始终是相敬相爱的。尽管前些年他不止一次地劝导我离开他，另组建一个幸福、全面的家，但我一直没有动过那种心思。老周总好像欠我似的，就在其他的方方面面千方百计弥补我，他做得像个朋友，也像个长者，甚至像个父亲，把里里外外的什么心都操了，就是想让我生活得轻松、高兴一些。”

静仪说到这里又停下来，低头用手转动茶杯，眼圈红红的。她似乎有些犹豫，还夹杂着一些羞涩。她要给陆天翔讲的有关自己的事情显然是再三鼓了勇气的。这会儿大概又在考虑怎样表述，表述到什么程度。静仪喝了一口茶水，努力使自己用一种轻松的神情往下说：

“你是八四年那年考上大学的，对吧？咱们那一级承天一中考取了四十多个人，女生只六七个吧，而且还有两个是大专。你知道我们家是七十年代初才安在承天县的，我父亲那一年在承天的那个大军工企业当军代表，后来，就把我母亲和我们几个孩子留在那里，他又继续走南闯北去了。都说你们承天那地方自从埋了武则天，有了那座“姑婆陵”，女人就命硬得没人敢惹了。还有人统计，在承天县当过女书记、女县长的，有多少多少都死了男人。但事实上女人还是不行。承天在外面工作的人多，做大官的，当大老板的，成大文人的，还不都是男人？呵呵，我这是在为自己那年没考上大学找借口了。

“老周那时候对咱们俩是比较偏爱的。当时不少同学背地里不是说什么‘得意门生’‘金童玉女’吗？……噢，你也听到了。你们那一批人考走了，老周对我特别惋惜，一再安慰说：‘不要紧，不要紧，明年再考，一定会考个好学校的。’他还到我家去动员我不要气馁，不要放弃，于是我就复读了。你也知道，老周那时候带着他的儿子，那孩子那时候刚上小学吧。咱们那时候的学生都还很单纯，不光是男女同学之间不大往来，对老师一般更是敬而远之。你还记得那年五一咱们上秦岭，你拉了我一把，我一下子脸红了，我记得你当时比我还脸红。呵呵，是吧？

“有一天语文课老周没来上课，班长给大家说老师病了，让大家自习。后来就听住校的同学说，周老师的妻子先一天晚上到学校来了，闹了半宿，把周老师的办公室都砸了。我当时就很想去医院看看他，放了学就拉上几个女同学买了水果去了县医院，他一个人住在医院楼梯旁一个只有半间大的病房里，脸上满是抓伤，涂满了红药水。我一见几乎认不出他了，眼泪忍不住就扑簌簌地流了下来。我这一哭，其他几个女同学也都哭了。老周说：‘老师为人师表，却连个家庭问题都处理不好。不过，这些问题很复杂，你们还小，弄不明白。老师没事，过几天就好了，你们不要操心，努力学习就是了。这几天欠下的课我会补上来的。’我们几个没待多久就走了，从进门看了他一眼，到走我都不敢看他第二眼。隔了一天，下了晚自习，我往家走时走到离医院不远的地方，又突然决定再去看看他。他脸上的伤已开始结痂，像一条条黑褐色的蚯蚓纵横交叉，红药水的颜色也淡了一些。这一回我敢仔细地看他了，在那张脸上，我又看见了他那亲切和善的目光。接下来几天，上完晚自习，我每天都要去他那里，还带上我妈做的饺子呀、馄饨呀，用保温饭盒热腾腾地提过去，他一天在医院里吃那饭肯定吃不好。我妈那人你见过，跟我爸那种威严截然不同，待我们总是很和善，什么事儿都能沟通。我跟她说了老周的情况后，她也很同情，说你老师身边又没有个人，孩子又小，支持我每天去看看他。

“老周就是在我独自去看他时给我讲了他的身世及婚姻情况。他不是一次讲完的，分了几次。他讲得很平静，也很节制，但却让我产生了深刻的记忆。我至今好像还能记得他讲述时的情景。”

静仪停了一会儿，端着杯子喝茶。

“老周的父亲原是国民党的一个小军官，扶眉战役时受伤回了老家，五〇年底镇压反革命时被处决。那一年，老周的姐姐四岁，老周还没有出生，他是那之后三个月才出生的，是一个‘遗腹子’，长大后在照片上才知道父亲是什么模样。他父亲一死，当时那种政治社会环境，挺着个大肚子的母亲带着幼小的姐姐是怎样的处境可想而知。几个月后，老周出生，见是一个男娃，母亲高兴得哭了，心想他爸也算没有白活一场，有后来人了。老周的母亲是一个十分要强的人，儿子的出生给了她生活的信心，农村里男人干的活她全都干过。她自己吃再大的苦，也不让她的孩子不如人。老周说，他自小穿的衣服在村里的孩子中一直是比较整齐、比较好的，即使是补着补丁，那补丁也整整齐齐。老周从小学习一直很好，为了保证他上学，他姐姐上完小学就不上学了，帮着母亲在农村干活。但等他高中毕业的时候，“文化大革命”已经闹腾好几年了，那时候兴推荐上大学，以他那样的出身，是没有任何指望的。在农村劳动了几年，就做了民办教师。

“老周是七八年上大学前几年就结了婚，上大学时孩子已经几岁了。妻子是他们邻村的。婆媳矛盾在他上学期间就闹得不可开交，妻子动不动就把孩子扔给母亲，回娘家去住。到后来婆媳矛盾愈演愈烈，就发展到妻子撕打母亲。老周见这样子下去也不是长久之计，就提出了离婚。这一提出，妻子娘家人就来了一大帮子人闹事，他母亲也在家里住不成了，就躲到他姐家去。孩子从小是老人带的，一直跟着老人，妻子又跑到他姐家要了回去。后来老周怕影响了孩子，就自己带上。老周在跟我讲到他的这些家事时流泪了，他说，好多人同情弱者，认为他上了大学，有了工作，看不上农村老婆了。可事实是家里的事搅得他一天都不得安生，几乎夜夜从梦中惊醒。‘人都有母，可我的母亲跟人不一样啊！她是在什么样的情况下把我拉扯大的啊……我且不说让她晚年幸福吧，却连个安宁的日子也过不上，真是愧为人子！’老周说到这里已是泪流满面，我当时也流泪了。老周见我这样又笑笑说：‘好了好了，不说这些了。’我是不是说得太啰唆了？老周的这些情况你原来怕也知道些？”

“听说过一点，但具体情况还真是第一次听你说。”陆天翔说。

陆天翔给他们两人的杯子里添上茶水，静仪啜着茶，歇息了一阵（陆天翔能感觉出来静仪讲述这些事情是很累的），又说：

“但就是从那以后，我开始同情老周的命运了。时不时给他们父子送些吃的什么的，还帮过他们洗衣服，拆洗被子。这一年我又以几分之差没有考上，老周那阵子很不安，不住地说都是怪他影响我了。其实我清楚谁都不怪，还是我自己不行啊，火候不到，每次都差那么一点。你也清楚，在高考线上挣扎，人的那种心身压力，可真不轻松。我当时说啥也不愿意再重读了。我父亲那阵子又动员我当兵，我想自己都十九、二十岁的人了，像你们这些都在上大学了，我这时候才去部队从兵娃子当起，我才不去呢！就那么在家待了几个月。年底的一天晚上，老周突然急急忙忙地到家里来，说县上要招一批干部，让我准备复习考试。他来时还带了一沓干部必读、政策法规汇编之类的书，是他从县里找这个那个借的。他一再说，以我的条件，军人子弟，高考又差一点，条件上绝对没问题。他怕我不重视，又说，不过竞争是很激烈的，轻视不得。还说，他有个同学这回就参与这事，只要我考得好，就不会被挤掉。我那几个月在家没事，才一下子逮住了机会似的，整天捧着外国小说看，看得都不知身在何处了。《安娜·卡列尼娜》《战争与和平》《静静的顿河》《约翰·克利斯朵夫》等大部头的书都是在那时候一字一句啃完的。见我一副大不咧咧、迷迷瞪瞪不灵醒的样子，他临走时又再三叮咛：那些书以后有的是时间看，先放下它们，好好复习，你一定要考好，你一定能考好！之后，又打过来好几个电话询问我的复习情况。那时候县上新成立物价局，我那次被录用为县物价局的干部，可以说是老周一手帮我办成的。我后来知道，他这个轻易不给人开口的人为我找过好多人，还给人送了礼。

“我这人好像成熟得比别人慢，老不开窍似的。起初对老周真没有想过要走到一起，一点都没有。只是觉得佩服过他，又同情过他，后来还感激过他。老周家里那事前后闹腾了有七八年吧，对方一直不愿意离婚，又找人开具这病那病的证明，到九〇年底才终于分开。我有一次见了，他已经瘦弱、憔悴得不成样子。他那时候已是承天一中的校长，承天一中就是在他当校长那几年质量直线上去的。那时你已在市政府上班了？”

“嗯。”

“我跟老周明确这层关系已到了九二年。承天县里一片哗然，许多人说怪不得老周跟老婆离婚呢，原来早就有人了。有的人说得更难听，说早就发现我俩在一块儿怎样怎样。我们家是外地人，在承天又没有什么亲戚，更多的话也听不到。只是我在单位看见好多人在用十分异样的眼光看我。有时候他们几个人在一块儿嘀嘀咕咕，一见我进去，就都不吭气了，气氛尴尬而难受。我姐那时候已在军工厂上班了，她能听到一些话，回去就跟我妈说了。我妈倒是不急不恼。有一天晚上我在自己房里看书，她进来说是找剪刀还是什么东西，完了却磨磨蹭蹭地不出去，坐在我床边问这问那，我只好合上书跟她说话。她问我是不是跟老周有那层意思了？我点了点头。她说，感情上的事，妈相信你自己的选择，我跟你爸不会更多地去干预。妈只是提醒你，有些事不妨多从几个角度去考虑考虑，老周比你大十五六岁，这个年龄现在看倒没有什么，你往后推上十年、十五年、二十年，这个差距就明显地显出来了。就是说，当你三十五岁的时候，他已经五十岁了，当你四十几岁的时候，他已经奔六十的人了。人说的少年夫妻老来伴，这后面毕竟要空出十几年的。到那时候我跟你爸都不在了，妈是怕你孤独呢。我那时候哪里听得进去她那些话呢！

“其实要说起来，我跟老周走到一起，还是我妈在这之前无意中的一句话把我提灵醒了的。那是在这次谈话的一年前，我那时候已经是二十五六的人了。县里好些人给我介绍对象，我没有一个看得上的。其实，准确地说，我根本就没有认真看过人家。后来，我爸部队的同志又给我介绍了几个军队院校毕业的青年军官，我也想都不想就给人家回绝了。我上班以后更加没完没了地看那些外国小说，加上自己有了收入，家里又不要我的，就都拿去买了书。那时候脑子里全都装的是那些外国小说里的人和事，好像自己也掺和到人家的生活里去了，压根儿就没有在这土地上生存一样，一副不食人间烟火的样子。我总觉得我这人成熟得慢，就是直到后来，直到现在，我好像都没有成熟，一直生活在一种幻想之中。不过，话说回来，我要不是这样，生活恐怕早都是另一副模样了，怎么也不会跟老周维持到现在。我妈有一次跟我开玩笑说，介绍这个那个你都看不上，该不是心里有什么人了？你看的那些书妈连听都没听过，那可不能当日子过呀！那些书我爸我妈他们的确是没看过的，我爸幸亏不知道书里的内容，否则，一定又要教训我接受资产阶级的东西了。我妈这么一说不要紧，倒猛地提醒了我，我这么样难道真要往三十开外长吗？我在等谁呢？我长那么大，跟我说话最多的男人就是老周了，我上班后还经常到他那里坐坐的。可是，'丈夫'这个概念却真的没有和他往一块儿联系过，一次也没有。

"现在想来，我当时怎么就傻里傻气地顶住了那么多外界的压力。我跟老周结婚就是在九二年的暑假，办完了手续也没有举行什么仪式，就一块儿到大连去旅行了一趟。咱们那些同学也是后来才陆续知道了来坐一坐的。"

陆天翔说："我是九月份开学以后才去的。那时你们刚搬到学校那套一室半的住宅楼里。"陆天翔见静仪完全沉浸在自己的讲述中，都不忍心去打断她。

"对了，"静仪说，"你看我们那时候家里确实连什么家具都没有吧？"

"好像就是。"

静仪静默下来。陆天翔知道，她下面要讲的东西也许更沉重。过了片刻，静仪才又鼓起更大的勇气一般说：

"尽管外面那阵子说什么话的都有，但我跟老周结婚前却是一张白纸。长达七八年的折腾，他的身体确实已很虚弱。我们结婚的第一天晚上就没有成功，他沮丧极了，一个劲儿地砸自己的脑袋，说：'我把你害了，我把你害了。'说完，就抱住我痛哭。那一夜，他给我细细地说他那些年情感上受的折磨。他前妻看到跟他闹，上硬的不行，又想用软的感化他。村里那帮人还把他们硬劝到一起，从外面锁上门，说是睡一晚上就好了。农村的人是不是经常用这种方式劝和夫妻关系？但他那一夜硬是没有去动她。他说，他的心已经伤透了。以后，就是宁肯手淫，他也克制着自己不去动她。慢慢地，他连那种事想都不想了。在大连住了一个星期，我们白天在海边散步，晚上也总是要到海边去逗留到很晚才回到住处，我们似乎在逃避宾馆里的那张床。我们隔壁住了一对也是新婚旅行的年轻人，他们则恰恰和我们相反，白天晚上钻在房子里不出来。那房子隔音不好，常常到后半夜还传来一次又一次的戏闹声，声音很大。夜晚的海声哗哗地喧响，加上隔壁那一对年轻人无休止的欢声笑语，老周整夜整夜地睡不着。临回来的前一天晚上，我们才勉强有了第一次——那也是我们迄今唯一的一次。他用纸擦着我身上流出的血，手都在颤抖。‘傻女子，你还是第一次？我想你看了那么多西方小说呢……你为什么要是第一次呢？’说着又用拳头砸自己的头，呜咽着说：‘我这一生对不住两个女人，一个是我妈，一个就是你。’他妈没等他那场婚姻大战结束就去世了。

“我们的新婚旅行就这样结束了。这以后，我们把什么办法都想了，看了无数的医生，吃了数不清的这药那药，都没有效果。后来，就又轮到我长年失眠，也成了个药罐子，一年四季吃中药。嗳，时间要说也挺快的，一转眼，就十年过去了。这期间，老周调到市教育局了，我们也从承天县搬到了长宁。到长宁以后，房子大了，老周就主动提出和我分床睡，我知道他是怕我难受。但他晚上常常要悄悄过来看我盖好没有，帮我掖被子，并轻轻地摸我的发梢，我知道他也睡不着。他以为我睡着了，其实我根本就没睡着，但我不愿意让他发现我醒着，就一动不动，几乎每次眼泪都要从我紧闭着的眼睛里涌出来。他的确像个兄长更像个父亲，在其他方面千方百计地呵护我……也就是从那时起，我发现我的失眠症已越来越严重。

“我前面也说了，老周的确不止一次地跟我说过让我考虑另组一个家庭。说实在的，我的心里也不是没有过波动。但我这人好像害怕人也厌恶人。单位里也有过几个要说不错的小伙子，时常半真半假地套近乎，不知怎么非但不喜欢，反倒很讨厌。你说我这人是不是有病？我似乎已经很惰性地习惯了老周给我的这份生活。工作的调动，还有职称什么的，都是他帮我办好的。嗳，我的这些事要讲给别人，他们一定会认为是天方夜谭吧？”

“很经典的天方夜谭。”陆天翔笑笑，故作轻松地说。

“我原来以为自己早已超越了许多世俗人的眼光来看问题了，后来却发现远不是这样。五一放假期间那事儿谢敏跟你说了，我那天确实失态了，好在还不是当着老周的面，要不他会怎么想呢？他这一辈子也够苦了，多不容易啊！老周抱着孙子的那份亲昵和他不自觉地流露出来的幸福感，让我一下子觉得自己在这个世界上算个什么呢？我的确一无所有。原来想着自己拥有跟老周这份独特的二人世界，可突然看到人家老周其实更有自己血脉相传的东西。原来想到自己还有父母，可父母眼看着一天不如一天了，他们要不在了，我会更加孤独的。”

陆天翔发现静仪的眼睛又一次湿润了。

“所以，世界上没有我这么幼稚的人吧，成天摆出一副超凡脱俗的样子，实际上是在逃避最基本的现实。”

静仪的声音哽咽了。看得出来，她在努力使自己回到平静。

“当然，”静仪说，“我说这些不是说我嫁给老周后悔了，我到现在也不后悔。一个人有一个人的命，我的命恐怕就是这样，早就注定了的。想想那十年一晃就过去了，后面的时间也不会太慢吧，这不很快就该到了‘老来伴’的年龄了嘛。”

“你才多大，就说什么‘老来伴’啊？”陆天翔说。

“呵呵，没想到，今天跟你说了这么多，跟谢敏也没有说过这么细的。我是怕你上次听了谢敏那些话，把我的情况想严重了。这不还跟以前一样，好好的嘛！在中国，毕竟是生存问题大于其他问题啊！有多少人连生存都没保障，不是比我还苦吗？什么激情啊，幸福啊，就让我永远从书中去体会、去理解吧，呵呵。”

陆天翔看见静仪又像从前见惯了的那么淡淡一笑，觉得心里更不是滋味，差点不能自持，他把手按住静仪放在桌面的手上，紧紧地攥住，半天才说出一句：

“我真的不知道你内心里这样苦。你呀，太亏待你自己了！”

静仪突然伏在陆天翔的手上，嘤嘤地哭了起来。陆天翔看着她起伏的肩膀，僵了一般地坐在那里。

“好了，你先走吧。我也马上回去。”静仪抬起头看看表说，用纸巾沾着眼睛。

陆天翔几次想说点什么，但真的不知道再说些什么好。她用两手把静仪的一只手紧紧地捂住，依然呆呆地坐着。因为周老师的关系，他这些年在长宁不说主动去了解静仪，关心静仪，反而是在有意无意地躲着她。

“那你也早点回去。吃完饭好好休息一会儿。噢?”他搓着她的手说。

“嗯。你先走吧。一会儿下班街上熟人就多了。”

陆天翔坐上出租车，又回到了长宁的现实当中。现实就是一切，单调，乏味，枯燥。现实就是你甚至不敢和静仪坐同一辆出租车回去。

陆天翔拿出手机，上面又收到了叶青发来的几条短信。他阅读着这些短信，突然觉得，和静仪相比，他在情感上奢侈得近乎无耻。

市委书记刘崇庐的遗体告别仪式只隔了不到十天举行的。同样的长宁殡仪馆大厅，情景已截然不同。殡仪馆里的租用花圈已被省市有关方面租完，其他部门要送的花圈都得到城里的花圈店去买。花圈大战先一天就开始了。一时间，各花圈店断货，纷纷增雇女工，加班加点地赶活儿。花圈也理所当然地涨了价，要花圈的得先交了订金才可以在预定时间里拿到东西。拿到的花圈就驮在小车顶上，满街是纸花晃动。国家有为大人物举行国葬的规格，长宁城里的这番景象也的确够得上“市葬”的规格了。

孙晋廷是以市级领导的身份参加丧仪的。文明办作为一个部门还得去一名副主任代表这个部门。按说陆天翔排在老六，是轮不上他去的。单位里平常一些出头露脸的事总是他前面的几个人抢着去。但这回前面的几个老同志却推来推去，都不愿意去这场合，就落到了陆天翔头上。

陆天翔自己也说不清是出于一种什么心理，他反而有点想去参加这个遗体告别仪式，想去最后看看刘崇庐的模样。他已经有一年时间没有当面看见过刘崇庐了。

陆天翔坐在驮了花圈的老坦克桑塔纳里往殡仪馆去。自己不开车的时候，越发发现这汽车声音浊重，像个哮喘病人一样，按寿数早属于超期服役了。花圈在头顶上被风吹得哗哗地响。车子一上北原，驮花圈的汽车在路上排了几公里长，大家都是来参加同一个活动的。好不容易进了殡仪馆大门，市委办公室一大帮人马在那里帮着卸花圈、往花圈上贴纸条和负责登记。有几个交警在专门指挥车辆，卸完花圈的车子一律不让在院子停留，绕花坛一圈再转出去。大概是大厅里放不下了，花圈就往院子摆，院子里一下子也成了花圈的海洋。风一吹沙沙地响成一片，花圈上贴的纸条，像风地里男人胸前飘动的领带一样。等待参加仪式的人三个一堆五个一伙地在院子里抽烟说话，有的无疑在说着什么笑话，毫不遮掩地一起笑。陆天翔签了到，领了一朵纸扎的小白花，捻在手里，也扎进一个熟人堆里谝闲传去了。

等了有一个多小时，市级领导的车子陆续到了。领导们被工作人员招呼到休息室去，领导们的车子则停在休息室门前的停车场里。又过了一阵，三辆挂省直机关牌号的黑色轿车驶了进来，长宁市的领导蜂拥到休息室门口迎接他们。

陆天翔没有看见高万年从哪里冒出来的，突然来到了跟前，碰碰他的肩膀，伸出手说："陆主任，你也来了。"

陆天翔说："噢，高总也来了。"

高万年很不自然地笑了笑，掏出软中华烟递给陆天翔一支，又给旁边站的几个人一人发了一支。自从萧市长走后，陆天翔这还是第一次见到高总。不过，眼前的高总跟以前判若两人的样子，蔫得跟霜打了似的，面容憔悴中夹杂着沮丧，远不像过去那种迟早都神情得意、趾高气扬的样子。像这样见了人主动凑上来而且给人发烟，对高万年来说，简直就无异于太阳从西边出来一样。

"老哥还一直说到文明办去看你呢。唉，一天到晚忙的……你也不到公司来了。”高万年说。

陆天翔笑笑，说：“高总是大忙人啊，怎么敢去打扰呢！”

高万年做出亲昵的样子拍拍陆天翔的肩膀说：“看你把兄弟说的，再忙，还能没咱弟兄们谝闲传的时间？”他一笑，眼神里显得很疲惫的样子，眼角的鱼尾纹密密麻麻。陆天翔过去的印象中他总是保养很好，似乎从没有发现这些东西。这才不到一年时间……

高万年又说：“这样吧，最近找个时间，咱弟兄们一块聚一聚。人你定，我做东。怎么样？”

“呵呵，行么。”陆天翔淡淡地敷衍道。他觉得高万年显然是有点没话找话。高万年那里的确是一年四季天天有饭局，只是已没有必要请他陆天翔了。萧市长在的时候，陆天翔倒确实是隔三间五被邀请的。萧市长一走，陆天翔不当市长秘书了，不说见不着高万年个人影，就连个声气儿都没有了。陆天翔心说，如今调查组正在调查，我真是没吃过饭了，别人把牛拉走了，我去你那里拔橛子啊？

这时候市上领导陪着省里来的领导进了殡仪大厅，工作人员招呼大家也都进大厅去。

陆天翔对高万年说：“高总你先进去吧，像你们这些头面人物都要往前面站呢。我们稍等一会儿再进去，站到后面就行了。”

高万年说：“咱算什么头面人物。我也不急，等一会儿再进。听说小荷现在搞得不错嘛！”

“谈不上不错。小打小闹，混口饭吃而已。”

“我原来一直舍不得让小荷走。后来看人家主意已决，怕把她的事情影响了，就只好让她走了。小荷一走，大兴可就少了一个顶梁柱啊。”

“你们那儿人才多得是嘛！”

正说着，市委办一名工作人员手里拿着一个排位次的名单跑过来，喊道：“高总，高总，到处找你呢。快进快进！”

高万年和陆天翔握了手就进去了。后来在高万年被关起来以后，陆天翔回想起他对高万年的印象时，怎么也想不起来他当初踌躇满志的神态，而只是清晰地记得在殡仪馆院子最后一次见面时他这副憔悴疲惫的面容，还有这个匆促而又冰冷的握手。

陆天翔进去的时候，大厅人已站满。沉沉的哀乐声在大厅里回旋。大厅前面的横幅上写着“沉痛悼念刘崇庐同志”，横幅下面悬挂着刘崇庐一米多高的黑白照片，照片前是覆盖着鲜红的党旗的刘崇庐遗体。花圈贴着大厅的墙壁放了一圈。陆天翔跟着人流，进了门顺着墙边留出的人行道往后面走，身子不时擦得靠墙的花圈唰啦唰啦响。他在后边找了一个地方站了下来。

遗体告别仪式由解市长主持。省委组织部一名副部长做生平介绍。会场里很肃穆，只有前面家属站的地方不时传来隐忍着的啜泣声。那位副部长是外地口音，说话一字一句颠得很开。生平介绍照例是分三个段落，前面是简历，中间一大段是讲政绩，最后一段是评价。他说：“刘崇庐同志的一生，是勤政为民、积极奉献的一生，是勇于改革、开拓创新的一生。他的不幸逝世，使我们党失去了一位好党员、好干部，使长宁人民失去了一位好领导、好公仆，使我们大家失去了一位好同志。让我们化悲痛为力量，在党中央的指引下，按照省委的工作部署，肩负起刘崇庐同志未竟的事业，忘我工作，努力奋斗，把长宁市的社会主义物质文明建设和精神文明建设全面推向前进。——刘崇庐同志安息吧！”随着生平介绍的结束，家属的啜泣声越来越大，以至于哭成了一片。

接下来是遗体告别。省上领导、市级领导一个一个隔得很远，缓慢地走到遗体前鞠躬。然后继续缓慢地绕遗体一周，再和家属握手表示安慰，之后走出大厅。领导们腿上都像灌了铅一样，走得沉重、缓慢。照这样的速度，轮到后面的人不知要到何时？陆天翔后悔站得太靠后了，在这个地方一站恐怕就得几个小时。好在省市领导的告别进行完以后，其他的人就渐渐开始简化程序了。鞠躬变得越来越敷衍，后面的人干脆就连腰也不弯了，只是一个跟着一个地从遗体前走过去，而且走的速度也越来越快。

黄老头是什么时候进到大厅、站在人群中的，许多人确实没有注意。中国人过红白事都是人多而乱，除了头面人物外，一般人谁也不管谁是谁。陆天翔跟大家一样，也是听到了一声哭喊才惊愕地抬起头的。

这个细节是当时在场的人过后你一句他一句才拼凑完整的。因为当时大家都低着头，确实没有人去过多地注意别人。黄老头仍然是一头白发，穿着那双发黑的白色跑步鞋。他排在遗体告别的行列中，走到能看见刘崇庐面容的地方，突然停住脚步，双手抱拳喊道：

"刘书记，刘老弟，你怎么走到老哥前面去了？"

黄老头喊完，接着就"嗨嗨嗨嗨……"地放声哭号起来，还真的是老泪纵横。哭号了几声，又突然"哈哈哈哈……"地大笑起来。这时候大厅里还有一少半人，大家先是一愣，接着就嗡嗡了起来。家属那边的哭声也止住了。几个工作人员这才灵醒过来似的跑了过去，拉了黄老头往出走。黄老头边往出走仍不停地"哈哈哈哈……"，直到出了门，那"哈哈哈哈……"的笑声仍然从院子传来，过了好一阵才渐渐远去。殡仪大厅过了半天才又回到原来的程序。

（原出版单位：河南文艺出版社 2008 年 8 月第 1 版）

叶落长安（节选）

吴文莉

【作者简介】 吴文莉，女，作家、画家。西安市文联创研室副主任，中国金融美术家协会理事，陕西省作协、美协、书协会员，西安市作家协会副秘书长，中国国家画院刘大为工作室画家，鲁迅文学院第十一届中青年作家班学员，陕西文学院签约作家，西安市政协委员。曾获第二届柳青文学奖。

一

郝玉兰嫁到白家时西安城刚解放，白老四前头娶的两个老婆都死了，头一个死时他隔了一年多娶了第二个，第二个死了，白老四只隔了一个月就把郝玉兰娶进了门。两个女人一人给他丢了个儿子，大林刚十一岁，二林还在扶着墙学走路。

尽管郝玉兰在娘家就知道他比自己大十八岁，进白家门的时候，她还是咬着大辫子呜呜地哭了。

郝玉兰的爹娘没出一个月就拿白老四的五十个大洋彩礼，在老东关外买了个半旧的小院搬了进去。从河南逃荒到西安后，郝玉兰家一直住在小东门城墙上挖的矮土窑洞里，六七年间已让雨水泡塌了好几次。

小东门里尚勤路五号是白老四的家，也是他卖粉条、酱油的杂货铺子，那是他一九四二年从河南逃荒来西安卖了两个金镯子开的。铺子是有着两米多长门面的三套间，从进门到最后一个屋有十米长。白老四、玉兰和二林住在最里间，大林住在小阁楼上。中间屋堆放货物，门面房支着货架做生意。

玉兰的娘把郝玉兰嫁给白老四就是觉得他有这个铺子，咋说也是生意人，而且铺子还用了两个伙计，玉兰才十八九岁就当老板娘哩。谁知头几年白老四生意还不错，娶了玉兰第二年生下女儿白莲花，他就破了产。

新中国成立前白老四的生意主要是小东门跟前的住户和南头鸭子坑的姑娘们，平常人家一斤酱油半斤醋、几斤粉条就付了现钱，鸭子坑的大茶壶和姑娘们却爱赊账，买得多送到门口说声："记上账，到整数一块儿结。"他老实，就拿账本记上。头几年鸭子坑生意好，过十天半月就结了，西安快解放时要账就越来越难了，旧的账不结新账照样欠。等玉兰进了白家门，鸭子坑姑娘们的生意更不好了，不欠账的倒成了奇怪。白老四的钱全置成了货，货又全赊了账，手上竟没一点钱能进新货。眼看小铺子越来越空，他天天翻着账本怪玉兰不是旺夫的命，又后悔给老丈人的那五十个大洋，她不敢犟嘴，知道他打人狠哩。

有家姐妹俩也来赊欠，玉兰嫌老四不管大小户都欠着，劝他上门要。人家吐着瓜子皮说："钱嘛，俺还没赚上哩，不如你在俺姐儿俩里挑一个，睡上几晚上不就结了？你媳妇长得再好看也只有一个味道，你就不想尝尝别的?"白老四的脸像块红布，只好回去了，和玉兰又怄了场气。

白老四的铺子终于关门的那天早晨，玉兰刚生下的女儿还没出满月，她说："老四，咱不敢再借人家的账了，还不了可得吃官司哩!"老四还没说啥，外边远远有人声在闹，她问："咋了？外头鳖翻潭一样。"伙计说："四叔、四婶快来看！解放军开了十几辆卡车，把鸭子坑的姑娘们往火车站拉哩。大茶壶和老头子还捆着呢!"白老四突然用变了调的声音说："完了，全完了！这些个王八孙儿把咱坑了！欠咱的账跟谁要?"

郝玉兰也醒过神，把小女儿往床上一丢就冲出去了。拉着姑娘们的大卡车正缓缓开过去，好几辆连在一起，每辆车上都有解放军拿枪看守，她挤进人群仰头找着。捆得结结实实的大茶壶和老鸨们被几个解放军押着到了近前，头垂得很低。郝玉兰冲出人群大声叫："权小贵！你欠俺的粉条钱还没给哩呀！疤拉眼！你也欠俺的钱呀！”车上的人都看见了她，没一个人说话，权小贵和疤拉眼像没听见也没看见一样低着头，她终于大哭起来：“那是俺家的血汗钱呀！你们就是挨了枪子也得还俺的钱！要不俺一家人咋活呀！”

她没跑多远就让人拉回来了，白老四还耷拉着头坐在家门口发呆哩。

郝玉兰和白老四卖了门面房还了钱，搬到锦华巷才听人说鸭子坑真是个大黑坑，不光是白老四的杂货铺，不少饭店、裁缝店都让他们坑垮了。

白老四觉得自己像骡马一样，走一天路就是为傍晚时候活的。顺着锦华巷拥挤窄小的巷子走到一半，在茅房门口问一声“有人没?”理直气壮得像自家茅房。撒完憋了一路的尿，带着说不出的快活，有意放慢脚步和四邻老乡们打着招呼，这是白老四渴望的。他并不急着立刻回家，他知道巷子最后头，他的孩子们和老婆玉兰总在透着煤油灯光的小屋等自己哩。

锦华巷家家门口都盘着黑乎乎的小泥灶，这会儿呛人的柴火把小巷笼得烟气腾腾，有人“咳咳”起来。一家几代十来口人住一间小土屋，当然憋屈得很，不论早晚人们就爱在老城墙砖垒的门槛上一蹲，热热闹闹拉着家长里短。干了一天活的人们几乎都在巷道里，吃饭时一人一个比脸还大的老碗，老少一起呼噜呼噜地吃，家家饭也都差不多，不是熬白菜就是苞谷糁菜糊涂。

谁家的小妮在哭，白老四用不着停下脚也听出来了，她的牙掉了，流了点血。修鞋的张歪脖在哼曲剧：“小苍娃我离了登封小县，一路上受尽了饥饿熬煎……”白老四跟着唱腔边打拍子边慢慢往家走。

“回来啦?”说话的狗蛋嘴里并不停，边吃边招呼。

“你都端上碗啦。”白老四和街坊们招呼着往家走，光棍柱子笑着说：“四叔，你不知道人家夜里太累啦，咋能不赶着早早吃饭哩？——大哥，你打了一天铁还长劲啦，和嫂子弄啥哩？昨天咚咚一晚上，让兄弟我一个人咋睡得着哩?”巷子太窄房小墙薄，在这儿住谁家也没秘密。

男人还没答腔，蒋狗蛋媳妇先嚷嚷开了：“龟孙子！胡说啥哩？那是俺家逮老鼠呢。”光棍柱子不紧不慢接一句：“下回把老鼠赶到俺家，让俺也打一回!”

锦华巷的人干啥的都有，修鞋的张歪脖和化玻璃吹琉璃嘎巴儿的老关爷是两隔壁，会打铁的蒋狗蛋天天带着细身长腿的小媳妇在广济街干活，箍瓮的王大瘸子、编笼的柱子平时没活干也会去钉锅补窟窿。能在西安城走街串巷挣钱，都算有手艺能养家糊口的能行人，就连坐在游艺市场给人缭补丁、吹糖人也能混日子。大多数人连这些也不会，就在火车站、马路边拉架子车送货，照样拉扯一大家子人。

白老四也是拉车的，赁了个半旧的架子车送酱油、甜面酱。这个活儿送得多就挣得多，所以白老四卖命一样地干。只是太辛苦了，天不亮就得出门到东新街架子车行领架子车，再到酿造厂拉上三大瓮酱油、甜面酱顺城墙根走，一路给小供销社、大食堂送。天麻黑才能拉着架子车赶到酿造厂交回大瓮，到架子车行还了车，才摸黑回锦华巷自己那个小黑窝。

白老四没进门就听见老五白西京在哭，他进屋时玉兰正挥着锅铲指挥白莲花往锅里倒菜，老四白东京穿着鞋蹲在床上不知在弄啥，二林趴在床沿写作业。白老四心烦起来，他啥也没说，步子比平时重了。全家人在屋里，地方就显得太小了，偏偏灶边放着一大筐湿棉线，把半间屋都弄湿了，他吊着脸说：“咋不晒干就放屋里啦?”

郝玉兰边给锅里添水边说：“老四回来啦，今天晚了，你别跟个客人一样光站着，给我把那摞子碗递过来。”她只顾支使白老四，没看见他的脸已经吊得很长了。

“我像个客人？有我这样的客人？天不亮就出门，天不黑严回不来，就是个驴你也得让我卸了磨喘口气吧。你天天在家弄啥哩？看这一家子乱七八糟的，孩儿饿得直哭你还等着我给你递碗?”白老四越说越气，抬脚在筐子上踢了一下。郝玉兰不答应了，把锅铲往灶台上“咣”

地一丢，冲到白老四面前说："咋啦，咋啦！谁歇着啦？你像个驴想喘气，我大冷天在河里泡着，现在骨头缝里还疼呢，想让人伺候，就多拿点钱回来再当老爷吧！"老二二林依然写着字，白西京也还在哭。老四白东京早悄悄地溜下了床，白莲花低头忙着收拾灶台上的黑瓦碗。她的手有点抖，不知道爸和妈今儿会不会打起来，会不会摔这些盆盆碗碗，白莲花小心地踮脚尖把黑瓦碗往灶台最里头推了推。

郝玉兰说的是白老四最不爱听的，要命的是她说得一字不错。他一个月磨烂几双鞋，挣的钱还是不够一家六七口人糊口，就算他这头驴不卸磨不喘气也总是接不上茬。郝玉兰仗着身板壮实人又勤劳就手不闲地干着，下河洗油线、背菜、拉坡，打能找到的各种零工，一分一毛地攒着，又一毛一分地买成粮食。这样日子一天天过下来，大人小孩碗里没稠的也总有稀的，一天没三顿总有两顿也过了七八年。

"你能蛋！我还不尿你哩，天天就会掂着秤去借面……锦华巷还有哪家你没借过？你……你个借面精！谁娶你也当不上老爷！"白老四气得头上青筋直蹦，说话也结巴起来。

实在接不上顿，郝玉兰就掂着秤挨家借粮，白老四发了工资就得先还债。他不满极了，认为每顿吃少点，晚上再吃稀点就能解决粮不够吃的问题，人家不都是这样子过的？还是玉兰不会过，弄得日子这么难场！她回嘴说孩子们长身体、老四在外边出大力不能亏嘴。

"中了吧！我借面你没吃？嘴里吃下去，上趟茅房回来就不认账了！"她不依地回嘴。白老四说不过玉兰了，他掂着门后边的馍篮砸了过去，里面却跳出来半个苞谷面馍。女人挨打在锦华巷不是啥新鲜事，有被打急了的女人冲到巷道里大哭，男人追回来再打。郝玉兰挨打却从不跑出去，她会破口骂人，从白老四的十八代祖宗骂到白老四的爹妈，还要骂白老四前边的两个老婆，外加那个一只眼的媒人。白老四不会骂人，就更使劲地打她。

隔壁老梁木匠听见老白家传来了吵闹声，竖了耳朵听着，他隐隐觉出是为了下午的事和那个馍。老四照例要吃点干粮顶顶劲的，可只有半个馍了，老婆玉兰还不依地说，你挣那点钱还要天天吃干粮？白掌柜的，下回你到家是不是让俺娘儿几个站门口，像迎接志愿军回国呀？

接着就是一阵追打声，还夹着郝玉兰的哭骂。“白老四！你打死我吧！呜……跟你这几年我没过一天好日子，你不如打死我，也省得吃苦受累还得挨打！”没啥回音，只听见东西打在身上的“啪啪”闷响。郝玉兰平时叫他“老四”，亲亲热热的，隔三岔五吵打起来，那个“白”字加上就成了“白老四”，一字一顿有些恨恨的意思。

老梁头“呼”地站起来，心在突突地跳。他看看桌上的窝头，后悔收下它，害得白家女人挨顿打。他想去劝劝，刚出门就停住脚步，他好像还没和白老四说过一句话哩。夜静了，站在巷子里，叫骂声就听得更清楚了。天太寒了，老头不禁打了个寒战。

“大爷，一会儿就好了，”对门老宁站在自家门里说，“打到的媳妇揉到的面，玉兰再能干也是个女人哩，跟男人抻着脖子骂，不打她打谁呀？大爷，别操心啦，谁家不闹个仗？”

“女人咋啦？”门里头老宁媳妇接话了，“大黑，明儿让你爸给你做饭吧。别吃女人做的饭才算本事呢。”大黑咯咯笑，老宁有点下不来台，跟老梁头点点头把门关上了。老宁说得不差，这会儿吵闹果然到了尾声，老四已经停了手开始生闷气了，郝玉兰照例开始从头骂起了。

“我的命咋恁苦哩呀！老天爷哩！呜……那个一只眼的老娘们儿，收你多少钱给你做媒来哄我！俺娘贪财让我跟了你这个挨刀的，比我大十八岁还穷得叮当响。呜呜……我跟你没吃过好的，没穿过好的，倒是打挨得不少！……白老四！你屈不屈良心呀！……”哭声里夹着老四沉沉的叹息，几个孩子才敢“妈呀，妈呀，别哭啦”地小声叫着。郝玉兰擤了几下鼻涕，哭声渐渐止住了。

老梁木匠一直在门口呆呆站着，听着动静不大了才缓缓回屋。长安早蹬掉破衣裳烂被子，在床边斜趴着睡着了。

春天的雨说来就来，虽然不大可沥沥拉拉总不见停，锦华巷的人们怕下雨。巷子狭又是下坡，见下雨那积水就灌进巷子了。

老梁头租的房在锦华巷最里头，地势最低，只一会儿的工夫就见门前有了积水，水面越来越高，他在门口码上两个大沙袋，水还是渗进了屋里。长安看对门老宁和媳妇一块儿往外舀水也赶紧学样儿，爷儿俩一前一后撅着屁股忙活，簸箕在泥土地上划出闷响，门外“哗哗”的雨声和锦华巷几十家人一齐舀水的场面让长安觉得好玩极了。

门口的积水夹着一股的臊臭味，老梁头暗暗叫苦。整条锦华巷只有一个没顶的茅房，茅坑又没盖，隔三两天有骡马大车来淘粪，遇着下雨或农忙，拉粪人就会多隔几天才来，粪水和雨水就会漫起来顺着下坡积在老梁头的门口。

老梁头赶紧又搬来几块大石头垒在门口，才发现屋里漏得像在下小雨，又慌忙拿盆拿碗来接，可用的家什都用了，漏水的地方却太多了。

二

一九六一年，西安的冬天特别冷，人们都说好些年没遇过这么冷的天了，隔十来天下场大雪，竟像是冬天过不完一样。城墙根的积雪成月不化，上面落着一层草木灰。能干的活儿少了，人一天吃的饭可不少。白老四家那窝孩子只觉得饿，可家里连隔夜的粮也没有。郝玉兰的娘得了心口疼的病，她不吃药，说只要金玉媳妇别再怄她就行了，又给玉兰哭说没人管她。玉兰来接，她挎着小包袱就来了。

白莲花上四年级了，每天心里都很恓惶，她怕妈说算啦！吃都没有还上啥学哩！妈又快生了，她再饿也绝不声张，只默默忍着，争取多擦灶台洗衣裳，没事抱着白梅花不让她哭，好给妈分担些让她不要心烦。白东京、白西京正在七八岁上，放学不能出去玩就很着急，除了屋檐下吊的透明冰溜子啥吃的也没有。夏天多好，逮只知了烤烤也有一丝两丝的肉可以香一香哩。

“哥！你学我的样子，这样把腰扎紧就不饿了！”白西京对白东京说，白东京扎了扎说：“不顶用！闻见没，隔壁木匠家又做饭了，他家一天吃三顿饭哩，连早上也吃稠的呢！”玉兰打断他的话：“长安吃早上饭是要和他爷做木匠活哩，你们哩？吃饱了去淘气，饿着不能动还省事！”说是说，玉兰的眼圈红了。

白东京不吱声了，白西京看到外婆坐在床上正打盹儿就说：“俺俩不干活不能吃饱，那俺姥姥也不干活，妹妹白槐花和白梅花也不干活，凭啥还吃苞谷面饼子呢？”玉兰恼了，扬起扫帚说：“看我撕了你爱咬人的嘴，苞谷面饼都是几天前的事儿啦，还天天提！你姥爷带了三个饼，一人掰一块，你们俩吃太快一眨眼没了，倒来眼气你姥姥和两个妹妹！人家吃得慢你也咬！”白西京到白莲花跟前小声说：“姐！咱三个的饼就是掰得小嘛！”白莲花瞪他一眼，他才住嘴。

第二天大早，玉兰蒸了一锅红苕，穿上所有的厚衣裳，又把一个包袱皮包在头上给娘说：“娘，你操心看住这个小的，中午把红苕给白莲花、白西京他们仨一人吃上两个，再给喝点热水就中了。”玉兰娘问：“冰天雪地的，你这么大早出门干啥去？”

“老四说长乐坡上地都冻了，车打滑缺拉坡的人，俺想光等天晴也不是个事啊！这天也不能洗油线，俺去给人家拉坡挣几个！”玉兰娘一下子坐了起来：“你说啥？大雪天光走到长乐坡就得两个小时！你身上还怀着孩子，不中！”玉兰继续给脖子上缠着干净的棉纱充做围巾。

“娘，家里除了这锅红苕可真是啥也没有啦！晚上就得饿肚子了。俺知道路滑会小心！”

“那都是男人干的活！老四不是说连男人也嫌天冷路滑不去啦？他刚出门你就走？回来他又打你！”玉兰娘跳下床拉住玉兰的手脖子。屋里地方小只有两个大床，老四、玉兰和白槐花、白梅花睡在最里头的大床，挂了个灰色的布帘子挡住，老大大林当兵走后没了音讯，门口灶台边的大床上就空出了地方，玉兰娘来了和二林、白东京、白西京睡在一起。白东京和白西京醒了，白西京支起了身子说：“娘！我是男的！我去！”白东京也说：“我也是男的我去！”玉兰说：“想去等长大点再说吧！”她拾起地上的麻绳就出了门，一股寒气冲了进来，玉兰娘赶紧给白东京、白西京把被子掖紧。

今天长乐坡上过的架子车不太多，可是雪太厚，路面上的雪结成了冰壳子，所有的车都得找人拉坡，她就一直有人叫帮忙，根本没停下来。过了晌午玉兰给几个此地炭客把炭拉到坡下，掸掸雪一屁股坐在路边的石头上休息。

郝玉兰两腿胀得厉害，肩膀让麻绳勒得热辣辣作疼，拉坡出的一身汗湿透了棉袄，这会儿冷风一吹不禁打了个寒战。她的肚子随着心跳动了两下，在雪地上一步一滑地拉坡时她没觉得咋样，这会儿鼻子却发酸了，心里念叨：可怜的孩儿，你跟妈一样饿了吧？

一只老鸹在玉兰眼前一闪就飞到远处的树梢上，那儿有个黑乎乎的大鸟窝，玉兰仰脸看着心里一动，想起屋里那一窝孩子了。

拉炭的架子车主都拿出干粮和水吃喝起来，玉兰啥也没有，见树上的积雪白盈盈的就伸手捏了几把放嘴里。一个炭客叫她："女子！一块儿来吃点馍吧！光拉坡，一句话也不说！"她不好意思地扭过头，那几个穿着黑粗布棉袄的男人都像她爹一样年纪，"女子"是陕西人叫女孩最亲的叫法，她一直用布包着头，人们只紧着拉车赶路都没看出她怀了大肚子。这时她隆起的肚子让几个老人有些吃惊了。"你这女子真胆大，刚才要知道你有身子，打死俺也不敢让你来拉坡！女子，家里难得很吧？几个娃？"一个老汉问。

玉兰小声说："五个。"她不愿把前头那两个儿子算上，老人递过两个裂着口的包谷面馍，她没接。老头说："拿上！拉车钱不少给你的！咱是本地人，家里有地，年年不管多少都打着粮呢，不比你们河南来的人，没根没基靠手吃饭。"

玉兰慌忙说："大伯！俺是怕吃了你的馍你就没了！"老头呵呵笑了："我带了几天的干粮呢，也不在这两个！拿上！"玉兰这才双手接了，捧在手里连声谢着。

"你吃，你吃。"老汉慈祥地看着她，玉兰掰了一点点放进嘴里，馍被冻得又干又硬，但毕竟是粮食呀。玉兰边吃边把另一个包在怀里，准备留给孩子们。其他几个老汉也从馍口袋里掏出一个半个的递在她手上，黑的豆面馍，黄色苞谷面馍，黄白的两搅面馍。一堆裂了口的干馍捧在手里，玉兰眼泪下来了："谢谢，叔……"她嘴里含混地说着，这都是老人们从嘴里省出来的啊！

老汉们赶着车走了，玉兰含着眼泪抬头望天，灰蒙蒙的天上啥也没有，她下决心一样心里说：“俺要让孩儿们吃饱！把他们养大成人！俺再也不想过这苦日子啦！”

这一天玉兰总共挣了六毛四分钱，还不算几个拉炭老汉给的那几个馍！玉兰心里狂喜，一点也不觉得冷，地是滑的，她给鞋上用草绳绑了几道，虽然走得笨点也滑了几跤，但都不碍事。她反复想象着把钱拿回去一家人的喜悦，走起路来格外有劲，全忘了白天肩上挂着麻绳，一走一滑使尽全力拉坡的艰难了。这些钱能买一大口袋红苕呢，再加上老四今儿的工钱，还能再买上几斤杂和面，她盘算着心里只想唱几句，她不太认字，但从小听的戏文却是一个字也没忘，爹到现在没事也爱哼上几句，说现如今咱从老家带来的就剩下河南戏啦。

“……谁说女子不如男！……”郝玉兰很少这样大声唱戏，远近一片白茫茫，只有她一个人边走边唱，这时她的豪情就是那个女扮男装的花木兰了。

晚上，老四大发雷霆骂她不要命，玉兰没怎么回嘴，倒是他自己越来声越低。玉兰奇怪了，借着白莲花学习的油灯看他，老四居然眼睛里含着泪！玉兰心里一暖，用胳膊肘轻轻捣捣老四小声说：“让孩儿看见笑话！我去拉个坡你有啥难受的？看这天也快晴了，不会有啥事的！”老四看看趴在床头学习的两个孩子和坐在床上玩的三个孩子，拉住她的手站起来往门口走，小声说：“你出来！我有话说！”玉兰吃惊地赶紧跟他出门。

寒风在狭长的锦华巷里打着旋，拉出“咝咝”的哨音，老四拉上玉兰踩着雪到老梁木匠做活的空地上。玉兰还没让老四这样亲密地拉过，心里热烘烘的。男人又高又瘦的后背有些弓了，后脑几根白头发支棱了出来，再过两年老四就五十了！玉兰心里有些酸酸的。

“玉兰，你……就别去了吧！你这样干让我这男人咋有脸活哩？……我白天去拉坡，下午吃过饭再去送酱油，日子还能过去！”白老四盯着女人的眼睛低声地求着。

没见丈夫说过这么多贴心话，郝玉兰感动了，老四不光是打人也懂得疼人哩，她摇摇头说：“你放心，我心里有数呢！你像骡子一样拉着架子车，要是连夜里也不闲，那不就活活累死了？眼瞅白西京、白东京都大了，咱日子也该好了！我拉坡挣几个，生孩子刚赶上年关，也不至于大过年借粮呀！”

白老四握着玉兰的手，觉得手粗粗的热乎乎的，他拉起那手举到眼前，看不清有没茧子。玉兰羞了，抽回手说：“看啥哩！越老越成精了！”

“俺过去当少东家的时候，咋没娶上你呢，也好让你跟俺享几天福，现在当上拉架子车的骡子啦倒有运气娶上你！……玉兰儿，你跟俺是亏了。可俺当初真没坏良心哄你，俺跟媒人说俺的年纪和大林、二林的事儿了，是媒人为了挣那两块袁大头骗的你。……俺悄悄看过以后知道介绍的你，……心里也怪高兴怪不安的，知道委屈你啦！”

“中啦！中啦！都上辈子的事儿啦，还说啥呀。人家都说你看着年轻不显老，长得又好。看俺娘后院的三妮儿也是让那个媒人哄的，给找个有羊痫风的，不犯病好人一样，犯病了不知道哪一次就过去了，想想也后怕，媒人当初要是把俺和三妮换换，俺可倒大霉啦！”

老四拍拍她说：“当初真是三妮给俺也不要！光那一嘴大马牙俺都不愿意，俺这骡子也不是给谁都不挑的哩！你听好了，明天不准再去了！等天一开春，这孩子生下来也有三四个月了，你再出去干活，俺再累也就这么几个月，能熬过去！”

说是说，玉兰还是没忍住。一天多挣六毛钱，一个月除去没拉上活的几天也能挣个十五六块钱，穷人命贱，放着现成钱不赚，又不是傻子，也不见得会出事，第二天玉兰还是拎着麻绳出门了。昨天被麻绳勒过的肩膀又红又肿，尽管又垫上不少棉纱，拉上架子车依然疼得钻心，她噙着眼泪一步一挣缓缓拉着车子，眼前是老四把自己的手举到面前的情形：“幸亏媒人没把三妮和我介绍错，要不就完了，真是想干也没心劲哩。”

郝玉兰拉了一个来月的坡，家里的情况好多了，她每天拿回家的钱比白老四还多，这还不算赶车人给的馍。开始玉兰娘和老四还反对，见她也没啥事又犟不过她就由她去了，家里太需要她那份钱了。像是计划好一样，玉兰和老四两个人挣的刚好够七八口人嘴里嚼的。

玉兰娘说，俺来这儿住了这一俩月也该走了，看把玉兰累的！白老四心里高兴嘴上没说话，玉兰说倒还不算太累，拉坡还能歇歇哩。老太婆说，那俺就再住几天吧，西珍那个懒鬼就得天天给你爹你兄弟做饭！哼！她就是不如咱河南人勤快！我都后悔死啦，当初不该让金玉娶个西安人！老四背过脸去小声说，河南人里也有不勤的！玉兰赶紧别过脸装没听见。

到了腊月又是一场大雪，到处都是耀眼的白色，地还是厚厚地冻着。玉兰拉完坡回家，走过一个菜园子，路边一堆雪下面星星点点有绿色露出来，她用脚踢了踢，露出没太冻上的萝卜叶和萝卜缨。玉兰眼前一亮，这不是天生的好菜？这么大一堆够吃三四天哩！不远处有个菜园子，房子空着没人。“肯定是从地窖挖出萝卜去卖，这些萝卜缨子不要了！”她心里嘀咕着，丢了太可惜了，于是拿麻绳捆成一大捆，她穿得多身子又笨，捆好了先呼哧呼哧喘个不停，只好站直身子深深吸了几口气，才把那捆一人来粗的萝卜缨子丢在右肩上，一步一滑回家了。

天麻麻黑了，长安挎了空篮子缩着脖子往家走。有人叫：“长安！”他回头一看，顺着城河边走来一个圆滚滚的雪人，肩上不知扛了啥东西，也落着厚厚的雪，脚底下绑了两块大木板，走得像只鸭子。长安没认出来：“谁叫俺呢？……是玉兰大娘？”

“不是我是谁？干啥去哩？”玉兰把萝卜缨顺势丢在路边大口喘着粗气，走了两个小时快到家门口倒没力气了，只觉得两腿沉得抬不起来，像穿上了铁鞋一样。

“俺爷叫俺给人家送个风箱，才回来。”

玉兰一屁股坐在雪地上：“长安，俺走不动啦！你上俺家让白西京、白东京给俺把菜抬回去吧！”长安一使劲把菜扛上自己的肩膀，吃力地对玉兰说：“俺给你扛回家！别叫他们了！”玉兰笑了：“你还真有劲啊！白莲花和你一样都十一了，她还是不中！”

长安不好意思地笑了，等了等不见玉兰起来，说：“玉兰大娘，咋不走哩？”“俺走了一天啦，这会儿站也站不起来了，你先回！还是让他们来接我！——你拿点萝卜缨回家下锅吧！”

老郑媳妇上茅房出来，看长安、白莲花和白西京扶着郝玉兰就问：“咋了？”白莲花哭着说：“俺妈到长乐坡拉了一天坡，又扛了几十斤萝卜缨子回来给累住啦，走不了路啦！”老郑媳妇忙上前架住玉兰：“你咋是个二杆子呢！怀了七八个月了吧！你身板再好，也不能仗着年轻不要命吧！”玉兰硬挤出笑说：“家里实在是没一点吃的啦，俺不出去干点活，下个月老八孩子一生，又得一两个月不能出门啦。”

“你要是累死了，人家上边那两个都成大人了倒没啥，你下边这五六个咋办呀。再不敢没命地出傻力咧！”老郑媳妇摸摸她小肚子说：“我看肚子都下来了，你的日子没记错？怕是这几天要生了吧！”“没错！还有一个月哩。”玉兰想了想说。

“俺哥厂里有加工劳保手套的活，咱锦华巷不少媳妇都让我给她们揽活呢，我嫌她们手笨不想管闲事，要不我给你揽点在家里做手套，又挣钱还能看娃？”老郑媳妇问。

玉兰没想到这样的好事能找上自己，兴奋得语无伦次：“嫂子！你让俺说啥好哩？……俺看人家都找你怕你为难没敢张嘴，谁知你……你可给俺帮了大忙了！”她说到最后声音带了哭腔觉得眼睛发酸。

老蔫见她捂着肚子往回走，忙问：“玉兰，你没事吧？你家老四让俺给捎个话，酿造厂让他给咸阳送咸菜疙瘩和酱油，回家得到后半夜啦，让你和孩子们先睡哩。——玉兰，你的样子看着不大好哩！”

“没事！累的啦，睡一夜就中啦。哪年过年老四送的这吃吃喝喝的东西都闲不下来！”她嘴边挂着笑，脸色却苍白。

晚上，玉兰梦见自己正拉着坡，总走不到头，她觉得肚子很疼很疼，可正上着坡不能放下绳啊！要不一车的货就滑到坡底下了，人家让赔可咋办哩？她急得想喊，肚子却疼得厉害，气也出得紧了，她张着嘴喊不出声音，一挣就醒了。她清醒了几分钟就发现真的肚子在疼，用手一摸，下身已经有血流出来了！

郝玉兰有些高兴地想，孩子在年前生了，过年刚好坐个月子，过完年就能出门干活了！她推了推娘，可娘翻个身又睡过去了，白莲花也缩在被窝里睡得正香，身上盖满了衣裳。郝玉兰支撑着下了地，在一堆鞋里随便捡两只趿拉上，咬牙坐在灶台前生着了火。就着灶膛里微弱的火光，她发现柴火筐里只剩几把生火用的柴草，一根小木柴藏在里头，她心里骂："死白东京买的柴火呢？给他一毛钱连一天都没烧够！"用那根小柴和几把柴草，她在阵痛的间隙勉强烧了半锅半温不热的水，又忍着阵痛把剪子放在锅里洗了洗。

火渐渐熄了，玉兰忍不住疼了，心里念叨着："你是娘的好孩子，就别让娘受罪了！等会儿锅里的水凉了，你生出来拿啥洗你哩？"

玉兰坐在矮凳上不住打着寒战，头上和胸口却冒着虚汗，她的双腿又像傍晚时一样沉重，肚子坠疼，像有只手在里边拧她搓她！而且越来越快，连一丝停顿也没了！郝玉兰张着嘴无声地呻吟着，抓住灶台抖着双腿坐在地上，她疼得直吸凉气，顺手抓住身后的门板，这时一股热流冲了下来在地上积成一摊，她忍不住侧头看了看那血水："中啦！俺的孩儿快生出来啦！"她更使劲地抓紧那门板，要从里头抓出力量一样。终于她的心一松，一直憋着的一口气长长吐了出来，她生了一个女孩。

这时白莲花醒了过来，她迷迷糊糊借着灶膛的火光看见娘坐在门口，斜靠在门板上，她一激灵爬起来问："妈！你咋啦？"

"快看看，是个小妹妹，连哭都不哭哩！太小了吧！"玉兰微弱地在黑暗里说。

三

小东门差不多算是河南人在西安的地盘，西安话有人说，但更多是地道的河南话，人们平日嘴里哼哼的、戏班唱的都是豫剧，河南梆子。

"西安这名儿都像是蒙着土，你伸袖子掸掸——下面就是上好木料！老天爷偏心这帝王都呢，要不八百里秦川咋就年年旱涝保收？西安，它吗儿人都能收留，甭管你是穷人阔人。小兔崽子，爷爷告诉你，在西安你只要手不闲地干，总有嘴里的食儿！"这话老梁头给长安说了不少遍。

他对西安的一切都很满意，只是觉得见老乡次数太少，再就是不能听到正宗的河北梆子。离开老家后，当了十几年的西安人，这点乐子已不复存在了。

老梁木匠病好了点能下地走路了，他就先去看了看老方头。拖着步子回到锦华巷时，突然听到了悦耳的河北梆子，有个旦角正在唱花腔，没等老头琢磨出来咋回事，就变成一个操着标准普通话的男人声音。老梁木匠立刻停下来，怀疑刚才那声音是幻觉。老郑见他呆呆站着就问："大爷！咋咧？"

"刚才，我听有人唱戏呀，还是河北戏呢！"老梁木匠有些拿不准耳朵听到的东西，"唉！这几年耳朵是越来越不顶事啦。"

"哦！那是孩子听广播调台呢。怎么，您想听俺让他调回去？"老郑给孩子示意了一下，果然刚才那花腔又唱起来："我穆桂英又领帅印……"顿时，老梁木匠有点热泪盈眶了，十几年啦，能和老方头们说说话已是外乡人的慰藉了，如今儿时就听惯的戏文又流淌在耳际，这耳朵竟已背了，双脚走道也不利索了。他想着，冲老郑挥挥手就拖着步子走了。

老梁头坐在灶台前拉着风箱做饭，长安走到他身边，老头没听见还盯着灶膛的火出神，背弓得虾米一般，脖子上的皱纹像龟裂的干渴土地。

"爷爷！我回来了！咋不等我做饭呢？"长安亲昵地把手搭在老梁头肩上，大声对着他的耳朵说。那肩头瘦得好像没有一丝肉，骨头尖尖突起顶着长安的手心。

"啊！你下学了，早点吃饭，吃了饭还得做活。明儿又过星期天，该去卖活儿了！"老头装出有精神的样子。长安说早就准备好星期天卖的活儿，有人结婚订了雕活，今晚上做得了，明儿人家来取呢。您忘了还是你接的活呢？

老梁木匠停了拉风箱的手，努力地想："是吗？我好像记得有这么回事！"他拿起盐罐准备丢下锅。长安忙拉住他的手，舀点菜糊涂尝尝说："您放过盐啦，再放就和前天晚上一样吃不成啦。"老梁木匠站在旁边点点头。

长安开始雕一个柜门把手，睁大眼睛拧起眉头的样子一下让他想起长安的娘，他叹口气，不知咋了，现在心里再没有宁静了，总想着过去的人过去的事儿。老梁木匠又想起老郑家广播的事儿，随便哼了一句。长安见爷爷猛然唱起戏来，忍不住笑了，问爷爷是不是想和老方头儿闲聊了。

“不是哩！我下午才去过！在老郑家听见戏匣子里放的戏文。他还说那叫广播，我看黑黑的，这么大个小匣子嘛！”老头比画了一下。长安抬头看看依旧低了头去刻那个木把手，一只活灵活现的蝉已经看出来了，他要屏息刻那几只细长的足。

“俺不领兵谁领兵……穆桂英领了那帅印呀……”老头接着唱起来，自己也觉得奇怪，平时吗都爱忘，唱起老戏却一字不落，这可是十几年没听过的呀！

长安干完活到锦华巷口的水站挑了两桶水回来给爷爷擦澡。老梁头脱得精光，长安给大木盆里放了个小板凳，他颤颤地扶着长安的肩才坐进去，光脊背比下午长安看时更觉干瘦，像虾一样弯，肬条骨一根根立着布满了老人斑。长安用手撩了点水到他背上，老头打了个冷战。长安问他是不是水冷，老头摇摇头说搓吧。老头背上又皱又干的皮肤像油布一样浮在骨架上，松松垮垮的，肋下和肘后的干皮一拉一大把。他轻轻用布擦着衰老的背，下不去手搓它。老头儿等了一会儿见长安只轻柔地在背上擦来擦去，骂道：“小兔崽子，出工不出力，再使点劲吧！”长安说还没泡透呢，老头笑了，我又不是个干虾米还要泡透！你搓几下就早早自个儿洗洗睡觉了，明儿一早还要上学呢。长安为难地说：“这么皱，咋敢使劲哩？你忘了明儿是星期天！”老梁头儿又笑道：“你只当这脊背是个搓板，你就在上头把手巾搓洗净就是啦！”

星期天长安天擦黑才挑着没卖完的东西回来，胡乱吃了几口饭就又埋头鼓捣起来，拿板子又锯又钉，说做个小匣子，又拿铁丝线在窗户外头比画。老梁头想瞧仔细一些，长安却小心翼翼把啥揣进兜里。第二天下午，长安一回来还是又敲又忙活的，老梁木匠沉不住气了问：“长安，你要再不说这是个吗，我就把它送给对门老宁媳妇了啊，她说想要个放针线的小匣子呢。”

长安说：“你闭眼睛坐床上，别睁眼啊！俺给你变个戏法。”老梁木匠脱了鞋上床，刚闭上眼就听见奇怪的刺刺啦啦的声音，锐利刺耳，他骇得睁开眼。长安满头大汗在门外竖起来的铁丝上忙活着，嘴里还嘀咕：“老郑伯说这会放戏呀!?”老梁木匠明白了点，突然从黑乎乎的木匣子里传出悦耳的京戏声音，婉转的音调在小屋里回绕，把老梁木匠的心都熨得平平展展的。

“长安，我的好孩子哩！有了这个宝贝，我就是入土了也不再惦着吗啦!”老头喜不自禁，跳下床抱着长安笑着，长安也激动地说：“看我能吧！我就说我能行!”老梁头闭了眼睛，半张着没剩几颗牙的嘴入神地听戏，突然抖着嗓子学了一声。

老宁站在门口撩着烂麻袋说：“叔！你还真有兴趣哩!”长安把他让进屋。老宁说：“叔，俺舅家拆房有根木梁想卖，听你昨天说家里的木料没了，你想要俺就领你去说一声?”老梁头大喜说，瞌睡就给俺个枕头！马上拉上老宁去看。

果然是挺粗挺大的一根木头，真的不错，也的确很便宜，要五十块钱。老梁头谢过老宁舅说：“俺手上只有三十块钱，不够咋好哩?”老宁舅爽快地说：“那就欠二十块吧。今儿你把梁拉走，下个星期天再给钱！街里街坊十来年了，外甥媳妇老夸你孙子懂事，没少给她劈柴呢。”

老梁木匠找了四个棒小伙顺着城墙根抬回家，怕丢了让人家抬进屋，屋里小又吊着吊铺，横竖都放不下，左右试了一回他只好把大半根放在屋里，小半根从门口伸出去，像门大炮。他的脸一下有了喜气，一连几天都喜滋滋的。那之前好多天没见他这么高兴，那以后也再没见他从心里透出来地笑过，长安也不自禁地觉得兴奋起来。老梁木匠念叨：“长安啊，咱爷俩把这根木料的活做好了，身儿就翻过来啦!”

他的耳朵更背了，戏匣子要放到最大声，他没事还要拧一拧：“好好的，做吗儿不唱了呢?”其实那声儿已是震耳欲聋了。

老宁媳妇嫌声大说：“老梁叔，把戏匣子放恁大声，想让整个锦华巷都听哩？见天一个女人在里头捂住嘴唱的啥？”老梁木匠大声问：“吗？你说吗？”老宁媳妇又大声说一遍：“声儿太大了！又听不清唱啥！把戏匣子关小些！”

他竖着耳朵琢磨了一回大声问：“说谁大啦又说谁小啦？长安吗？他过年就十五啦！”老宁媳妇见他打岔小声嘀咕：“真聋！”他却瞪起眼睛说：“你说谁聋？”

西安的秋天总是雨水多，下场雨天就凉一些。老梁木匠家的面瓮又空了，他下狠心从寿衣袖子里抽出十块钱，原打算这些钱等哪天干不动再用，办丧事买坟全指靠这点钱啦。眼下却不行了，活人都饿着还考虑吗买坟呢？

锦华巷的房子屋顶全漏得厉害，家里到处放着接雨的盆，老梁头连碗也用上了。他屋的墙上满是漏痕，当年为迎接大儿子来西安糊的报纸早破旧黄黑得不像样子，大片大片让雨水泡得剥落了，露出黑黝黝的土胡基墙。外边小雨沥沥拉拉总也不停，就有人担心土墙的房子会让雨水泡塌，趁雨下得小一点，上房铺层油布压几块砖。

老梁头却顾不上这个，他只想着赶紧找人买点黑市粮，家里已经是断炊了。老方头拉着破烂架子车，领他去火车站买黑市粮票，说那儿比小东门鬼市还能便宜些。

“老方头啊！长安早上天不亮就起来干活，再去上学，下午放学回家胡乱吃点又做活儿，俺咋忍心让孩子不时闲地做活，还填不满嘴呀！”老梁头说着，眼睛不知咋的就盈满酸泪。老方头找不出话来劝他，只叹了口气。

老梁头和老方头分了手，垂着头拖着步子溜城河边回家，觉得从没这么难过！他把手叉到袖子里取暖，一阵风吹来他打了个寒噤。城河边女人们在捶洗油线，把河水也砸出了热热闹闹的声响，小树林支棱着干枝杈，越发显得干冷凄凉。他双手触到的胳膊干瘦多皮，没多少热气啦，人死也就这样吧？

十块钱又够吃多少天呢？他叹息着。

锦华巷里还是湿漉漉的，自家门口还积着的雨水尿水，泛着难闻的怪味。长安已经在家了，老梁头打起精神说：“你不是给东木头市的食堂修风箱去了，咋回来这么早?”说完他后悔了，这么大点孩子，已经干得要累死啦！

“我在食堂见了人家才买的铁皮炉子和烧的煤，炉子上坐了个洋铁的长嘴水壶，炉子边上放了一堆蜂窝煤，圆的，上边有十来个圆孔，是用来上下对齐出气的吧?”长安凭着做风箱的经验判断。老梁头自言自语地说，老天爷也想饿死咱爷俩哩，连小食堂也有了洋铁桶和搪瓷盆，现在又有了不用风箱的蜂窝煤！老天爷真真想饿死咱爷俩哩。长安一下子害怕了，后悔说出这话，老头脸上却连一丝悲哀也没有，出了会儿神就叹口气接着干起活。长安也赶紧支起三脚吊锅熬起胶来，地上堆起的三摞子木板等着拼缝上胶了，那是只木盆。爷爷不用圆周率也能保证盆子滴水不漏——何必用那么贵的搪瓷盆呢?

一连两个星期天都不晴，长安每天起床第一件事是先看大梁在不在，第二就是看天，现在连一块能做活的木板儿也没有了。这些天他和爷爷打地铺，上个月床板就做成风箱卖了。长安下了吊铺，看见大梁像根炮一样伸出屋外就先放下一半心。锦华巷静静的，对面老宁媳妇正叫小儿子起床上学，棉絮一样的厚云朵已推到天边，露出湛蓝的天空了。长安见爷爷醒了高兴地说：“天晴啦！俺去学校请个假，下午回来一块儿把大梁锯成板子，您不是要去八仙庵找两个帮手劈木板吗?那就快去吧！”

老梁头也高兴了，摸摸索索起来，嘴里喘着气抱怨这个活他是再也干不动啦。长安端着尿盆上茅房，几句话的工夫，刚才还空无一人的锦华巷便热闹起来，茅房门口排了六七个人，他只好端了尿盆排在后边。有人上茅房时间太长了，又有人不自觉，当妈的上完直接让没排队的闺女上，长安比平日耽误了时间。

老梁头哼着河北梆子，拖着小步子到八仙庵等木匠。太早了，来揽活的人还没来，他顺便到八仙庵后边转一转。那儿原来是个乱坟坡，现在常有旧铁货、木材在这儿卖。他见了根和自己家差不多的木梁，一打听，人家说二十八块钱。老梁头的脑子嗡了一声，耳朵里清清楚楚响着："二十八块！二十八块！"眼前出现十几天前老宁舅说五十块钱的样子——才两个多星期木材就大跌了！这不是白背了二十块钱的债？他闭闭眼想定住神，双腿却瑟瑟打起抖来，两手也抖个不停。他游魂一般往回走，有熟人叫他："老梁叔！"他没听见一样径自拖了步子，嘴里竟念出了声："这不是白白背了二十块钱的债？"

长安跟老师请假回家说要做活哩，还没进门就见伸出半截的湿木梁在大太阳底下有条细缝，他打个主意从这里下锯。一推门，老梁头躺在地铺上，老宁叔在边守着，眼睛有点红："长安！都是我多事儿帮你爷买木头。才买了俩星期就跌成这样！他听说木头贱了就病了，俺对不起他呀！你爷走到巷口就腿软了，坐在老吕家门口再也扶不起来啦。唉，俺现在就给俺舅说说去！"

老梁头躺在地上张着嘴，像睡着了一样，满是老人斑的脸上很平静，胸口却不停起伏。长安小声叫他，老梁头闭着眼睛嗯了声，他用手顺爷爷花白的头发摸摸并不烫。长安心疼起来，顺势跪下用脸贴住了爷爷的脸，觉得有热乎乎的东西流下来，抬起头发现老头的眼角也是湿的。突然，老梁头动了动，咕哝着，长安忙把耳朵贴在他嘴边："俺成了老窝囊废啦……净拖累你……没让你过一天好日子……"

晚上老宁捎话来，他舅说木材掉价这么厉害，剩下的二十块钱就不叫老梁头给了，权当三十块卖给他。老梁头千恩万谢了好半天，老宁媳妇忍不住说："谢啥哩，让您老害了这场病……"他忙打断她说："是俺夜里没盖好，光照应木梁了，怕人偷了哩！"老宁媳妇见长安给她鼓腮帮子，知道他的意思，掩口笑着不说了。老梁头怕她不信又说："这不俺就好啦，要找人把木料锯开呢。"话没说完就喘起来。

出了门老宁小声说："长安，你小心点，你爷的情况不好！"长安睁大眼睛直直盯着他没吱声，老宁媳妇推他一把说："你这孩儿是吓傻了吧，别怕！好好给他看看，能好的！"老郑听说老梁头病了，也来看望，听见这话就说，是啊，该看看！长安为难地支吾说，没钱了。大家都不说话了。

老梁头在屋里叫："长安！长安！你来！我给你画个图，算算这个梁该咋劈开！"可是过了好几天，老梁头还是没法下床。

"长安呀！你说俺是不是快死啦？你可咋办呢？"

长安挣开他的手说："你咋会死？你不是好好的吗？你得吃饭！你几天都不吃咋行哩？"老梁头叹口气闭上眼。"长安！有钱难买老来瘦，小兔崽子！咳！你别瞪着眼只盯我看……上学去吧！等俺好了照样做活卖风箱！咱这身儿……还是能翻！"老梁头咳起来，长安给他喂口凉水压了压："爷爷！我寻思……不上学了！"

"你再不走就迟了……"老梁头支着脖子说，一阵头晕上来，忙又闭上眼。长安终于说："爷爷！你……是怕没钱买粮就故意不吃饭？"老梁头嘴角抖了起来，好一会儿才说："别瞎猜了！"

长安到了学校直接找到老师："俺想退学哩，上不成了……"

"啥？你学得那么好，做啥要退学？你爷让退的？"班主任老师大吃一惊，别的老师们也开始惋惜。"家里困难吧？眼下国家困难，家家都一样，不行让你老师到家里劝劝？学得那么好，回家可惜啦！"戴眼镜的男老师拍拍他，长安突然委屈得想号啕大哭，觉得热辣涌在鼻腔和眼睛里。

操场上同学们在玩，不时发出笑声，远处沙坑里几个男同学嬉笑着打成一团，滚爬在沙子里。梁长安终于忍不住了，眼眶里热辣的东西夺眶而出。铃声响了，同学们从操场上退潮般向教室跑去，长安背过脸去，顺手抹去眼泪。空荡的操场上只剩下他一个人，他蹲在树下大哭起来，不知过了多长时间，两天没吃过一点粮的空胃揪得疼起来，长安不由扑地呕吐起来，却啥也吐不出来。他挣扎着想站起来，一阵干呕涌上来，他头晕眼花了，天空、白云和身边的树飞快地旋转。长安闭闭眼睛走到沙坑边，潮湿的沙上有无数脚印。他蹲下身子，抓起一把沙子狠狠捏在手心，细细的沙子却水一般流泻出来，再张开手时只剩下一点沾在有汗的手上，在太阳底下有亮光轻轻闪着。他看到手心有泪打在上面。他把沙子抓到沙坑里又一点点抚平，像埋葬什么。长安渐渐止住哭，专注起来，直到沙坑平整如镜。

长安不敢说他退学了，老梁头也没问，爷儿俩在小黑屋里闷不作声像两个哑巴。

锦华巷的人都知道老梁头病了，老宁老蔫们没事就来望望，老宁媳妇说，大伯你咋不听戏啦？俺给你开开吧？老头半天才虚弱地摇摇头，小声说了句啥，她看看长安，他说："俺爷问你不嫌吵啦？"她赶紧捂住嘴咽下哭声，一个劲摇头。老郑媳妇知道郝玉兰和老头平常很亲就专门跑去送信，果然她抱上白牡丹就来了。郝玉兰从兜里拿了张油馍放在板柜上说："大伯，有羊油哩！老香！"

老梁嘿嘿笑了，虚弱地说："你也来啦？还带着小闺女！让孩子吃，俺吃就糟践啦！这两年把长安拖累得不轻，再不能浪费粮啦！"玉兰说："咱瞧瞧大夫去？"老梁头坚持自己没病，他说他是吃住了，得空空肚才好哩！玉兰说："大伯，你要好好吃饭好起来才中！要不撇下长安指望谁哩？这世上他就你一个亲人啦！"

郝玉兰留了五块钱，长安流着泪说："俺咋办？大娘，俺害怕呀！"郝玉兰说："甭怕，有俺哩，你爷是看开啦。他不想活你有啥法儿？得大病的人，大夫都让用葡萄糖粉冲水喝，人还能维持些。俺这就去买！"

老梁头喝了葡萄糖粉还是不吃饭，精神却好了，他摸索着找出前几年在小东门鬼市买的麻钱和古钱，拿布蘸着油细细地擦，一个上午在烂被子上就排好了三行亮晶晶的古钱。

"爷爷，你也歇歇。把水多喝些，快点儿好吧！"长安哄着老头。老梁头把眼皮抬了条缝轻声说："少放些，比粮还贵哩，买这做吗？"长安故意把筷子在碗里搅得"当当"响，抽出筷子舔了一下说："真好喝，怪不得一块钱一瓶！"老梁头像被捅了一刀似的，眼睛一下睁大了。长安一惊，老头哆哆嗦嗦问："你说吗儿？你小子真狠呀，你杀了我吧！"长安捏着筷子呆呆地站在床边不知说啥好。

老梁头好像耗了所有体力，又闭上双眼，不再理长安了，干瘦的胸膛还激烈地起伏着。长安回过神蹑手蹑脚放下筷子，老梁头长长吁出口气，喃喃说："一块钱！你玉兰大娘得泡在冷水里洗多少油线！——疯子还没有信儿？那么大个人能到不了家？”

老梁头真想吃饭时，肠胃却不适应粮食了，吃啥吐啥，大便全成了清水。长安卖了几样木活，捏着最后几张钱没敢买茶叶箱子做活，把葡萄糖粉第二瓶、第三瓶地买回来。老方头看了说：“你爷爷日子不多了，七十三岁，阎王爷叫他呢！他想吃吗儿你想办法让他吃吗儿，我还有点钱。”

爷爷想吃吗儿？长安立即想起一样吃食——西大街的德懋恭水晶饼。

水晶饼有十二块钱一斤也有八块钱一斤的，爷儿俩很多次经过时，老头都会看看店名说：“长安，这是西安有名的点心铺子哩，想不想吃一个？”长安总是摇头，老梁头就咂咂嘴说：“咱爷俩总共买两个，你半个我半个，今儿一个明儿一个，咋样？”长安总抵挡住诱惑，爷俩也从没尝过。他使劲抽了自己一耳光，那时为啥想省钱不点头呢，哪怕一次爷爷也算吃过水晶饼啦。

老梁木匠闭眼睡着，听到长安一个劲叫就嗯了一声，可他还使劲推：“爷爷！爷爷！你看我买的啥？”那声音高兴极了。他强睁开眼，长安手里托着一张麻纸，上面是两个水晶饼。点心心儿是又细又甜晶莹透明的一大块儿，鲜艳的青红丝儿镶在里边，外边的皮儿一层层雪白细薄如蝉翼，托在手上，别说吃，光看看心都是颤的。老梁头低头就着长安的手瞅了一会儿，长安催了，他才下个狠心咬下去蚕豆大小一块再递给长安，他眯眼看着长安，嘴里慢慢嚼着品尝着。长安说：“再吃呀，里头才是馅哩。”

老梁头示意他也吃，长安刚一摇头他就作势不吃了，长安只好也咬下一小块儿。老梁头这才笑着用手摸摸孙子的头，小声说：“爷爷没白疼你，没想到俺老了得你的济啦！”

第二天，玉兰打好白面拌汤，又特意打了个鸡蛋花才给老梁头掂到锦华巷，老梁头居然撑着喝了小半碗！长安高兴地说这下爷爷好啦！玉兰也高兴，说明天俺还给你打白面拌汤。老头却摇摇头，冲玉兰伸出瘦得皮包骨头的手，玉兰赶紧两手抓住。老头的手微微打着抖，声音也打着颤："玉兰，俺不让你送吗饭，俺要穿着你做的鞋进棺材哩……俺不在了长安就没人能指望啦，你……你……能不能替俺把长安……"他挣扎着要跪，玉兰死活揪着他不让，老头说，不成，俺不信你能答应。玉兰哭着说，大伯，俺答应啦，答应啦！

郝玉兰走了，老梁头不再提买木箱板做风箱，倒是要讲过去的事。长安不想听他说，觉得他喘着气说一句歇一句很吃力。老梁头却眯着眼睛说："头些年你不是找着让俺说？"他说的过去已经说过了，长安听他说在老家办丧事要咋样咋样，心里不寒而栗了。

"安儿，你可记得——摔老盆要一下摔碎才见孝心哩！"

"安儿！你知不知道？棺材底下要放麻钱，面朝上，放整齐才好哩……俺的棺材还没做好？"老方头前几天就找人来做棺材了，大梁已经拉到后院剖成了板，老梁头躺着也能听见拉锯的声音。

老宁媳妇说，快点做吧，俺看老头不中啦！老方头长叹一声说，他就等着棺材做得呢！

再有一天棺材就做好了，早上长安刚醒就听见老梁头在翻找东西，只见他站在板柜边伸手在摸，两只脚脖子又黑又细，两条腿又抖得厉害，肩膀垂溜着。他头上的头发已经全白了，因为在床上躺得时间太长，后脑勺压扁了，像一把破烂的鸡毛掸子。

"爷爷你能下地了，找吗呀？"长安忍不住爬起来扶他。

"怎么没啦？"老梁头手里提着他的寿衣和郝玉兰给他做的鞋，头晕似的闭闭眼睛，太阳穴上蚯蚓般鼓起的血管在跳。长安扶他重新躺下，折腾了好一会儿他才低声说："寿衣里头，钱都没啦！"长安不知他为啥问起钱，随口答道："在这儿呢，钱放你枕头下面了……"边说边摸出纸包说："四块六，爷爷，咱只有这么多钱啦。"

老梁头双眼一下张得很大，平日蒙在瞳仁上那层薄雾似的东西也放亮了。他直直瞪着空中看不见的东西点点头，好像头太重脖子太细，就那么轻声"噢"着上下晃了几下。

老梁头挨到晚上就死了，棺材刚刚做好还来不及上漆。长安呆呆地跪在老梁头的身边，脸上流着泪。他的丧事办得很艰难，连锦华巷最穷的孤老太太王老婆也颤巍巍拿出一毛钱给长安，让给河北老头买块坟地。长安把稍像样的衣裳都给他穿到里头，外面罩上他准备多年的寿衣，又在他身子下面朝上放了三十多枚麻钱。

长安摔碎了他叮嘱一定要摔碎的瓦盆，一头栽在地上昏了过去，老宁媳妇哭着说这孩儿以后可咋办哩？老方头把他扶到车上，他才缓缓醒过来。车是租的，车主说巷太窄坡又太大，车进不来只能停在巷口等棺材。没有人叫，锦华巷的男人全出来抬棺材了，老关爷、蒋狗蛋和王大瘸子都默默扛着棺材，老吕叼着烟头走在前头，小声说慢点慢点，让老头慢点走！老方头撒着剪好的纸钱，喃喃说："老哥！下辈子别来人世受罪啦！俺快去找你了……你收好这钱，叫个红角听听河北梆子！俺们没法给你请戏啦！"

长安迷迷糊糊靠在棺材边儿上，眼睛直呆呆的，突然他紧紧抱着棺材把脸贴在上面呜呜哭起来，压抑的哭声让吱吱扭扭的车扯得很长很碎，坐在车后边的几个男人也开始一把把抹泪。长安把老梁头最爱的收音机也放进了棺材，没了天线不管他咋摆弄，也调不出清晰的声儿。一路上刺刺的电流声从棺材里传出来，伴着长安的抽泣。棺木下到坟穴的时候长安发疯了！老方头们往棺材上抛撒黄土，他让老吕和老宁按着不能拦，就挣着身子伸出腿踹了老吕一脚，口齿不清地惨叫："别埋！松开我！别埋呀！"

渐渐，黄土埋没了白惨惨的棺材，长安眼睁睁看着黄土填满坟穴，又逐渐堆起个小土包。原来地是平的，人一躺进去就多出一堆土，这不是爷爷？长安想着双眼模糊得看不清坟了，忙紧闭了双眼让盈着的泪流出来，再看还是一堆湿润的黄土。老郑不知从哪儿挖来一棵手脖粗细的柳树，示意长安栽在坟边儿。

埋人要立碑，长安在大馒头般的黄土坟堆前头跪着，听见老宁和老方头说碑、刻字啥的。他呆呆地跪着，哭哑的嗓子里已经没啥声儿了。泪风干在脸上，是一大片皴裂的道子。老方头跟他商量弄块木板写上名字先立在坟上，日后再弄好的碑石。梁长安没说好也没说不好，伸手从裤兜掏出最后的两块多钱递给老方头。

快入冬了，风呼呼地刮着，头顶上的干树杈子发出噼噼啪啪的声音，坟场里静悄悄的，除了长安断断续续的哭声，只有偶尔传来一两声老鸹的叫声。天灰蒙蒙的有了些雾气，早上天边还有些亮光，这会儿倒黑严实了。

老方头拉着长安要走了，他却双手揪着没过膝盖的干草枝号啕着不肯站。这时一阵风忽地旋过来，把地上正烧着的纸钱灰吹得二人多高，轻轻飘进林子里。地上带火的纸钱也飘了起来，只一下就把长安的裤腿烧着了！大伙忙上来扑打，叫着："老木匠，放心走吧！"

长安停住哭专注地盯着地面，将熄的烧纸堆冒起半人高的大火苗，只一瞬就恢复了平静，他忍不住高声叫起来："爷爷！爷爷！你是不是看我来了，你说过人死了要有舍不得的东西，是要回来看的！"长安大喜过望，推开给他扑打火苗的人们，径自追赶飘飘悠悠往坟后飞去的纸灰。

"可怜的孩子，你爷爷看见你了，你这么个样让他多心焦呢。"老方头和玉兰流着泪，死死扯住长安的手脖，玉兰对空中叫："大伯！你好好走吧，俺答应你啦！别不放心了！"

"傻孩子！你爷爷受了一辈子罪，这下再不忍饥受累了，是好事呀！咱回吧！"老蔫忍不住红了眼圈来拉他，老宁两口子和老郑媳妇早哭出了声。

回到锦华巷，玉兰说俺河南人讲究要在门口放盆水再横把菜刀，让长安进屋时迈过去，免得把坟上的晦气带回来。看刚才下葬时的情形，老梁木匠怕跟着长安回来了呢！老郑媳妇也说，西安也有这讲究呢，都说女人阴气重会带不干净的东西，长安毕竟才十四还是个孩儿哩！

长安听了嚷嚷起来："凭啥不让爷爷回来，我巴不得跟上我呢！"他坚决不从刀上跨，老方头干脆和老吕架着他进了门才算罢。长安挣扎着跪在矮床上，抓着老梁头打了无数补丁的衬衣，咬在嘴里呜呜咽咽哭了起来。

（原出版单位：河南文艺出版社 2007 年 2 月第 1 版）

都市挣扎（节选）

韩晓英

【作者简介】 韩晓英，女，1972 年生。中国作家协会会员，鲁迅文学院第十八届高研班学员，中国散文学会会员，陕西省作家协会会员，咸阳市第七届政协委员，咸阳市渭城区作协副主席。曾在《延河》《飞天》《青海湖》《延安文学》等省级刊物发表小说、散文 80 余万字。

农历十月，有微微的凉意。汪然和林夕提一张小竹椅，一只塑料水桶，两人一副雄赳赳的做派就来到了江边。汪然说，江边钓鱼既要会选地方落钩，还要会挑时候，不同季节，鱼的活动时间和区域都是不一样的。他懂得那规律。小时候一律是拿竹竿钓鱼。什么时候开始用起了钓具，而且还海竿、手竿齐备，他自己都记不清了。他说最显本事的是下水摸鱼，穿条大裤衩，腰上系一个竹篓，往水里泡一阵子，就会从草丛边或石缝里，神奇般地摸出半篓鱼来。他说，鱼和人之间就像是一种磁场关系。

地方不用找也不用选，每次回乡来钓的老地方，小石桥角上。雨季已过，水浅浅的，用钓竿试了试，不足一米深。第三根钩的钓饵还没有上好，第一根钩已经有动静了。汪然慌忙搁下手中的蚯蚓，严阵以待起钩。

浮标往水下沉的时候，他用力一拉。

那个激动呀。第一条鱼上得这么快，这么大，这么顺畅，几乎出乎他俩的意料。

汪然掏出手机给他老姐打电话。

你猜，猜一百遍看你猜不猜得出。他的目光亲昵地望着在水桶里欢快游弋的大鲫鱼，恨不得捧到手里亲它几口。

老姐在他的提示下立刻猜出来他又在江边钓鱼了。只是对他说的钓起的足有半斤重表示了怀疑。这么快就能钓上半斤重的鱼？

鱼一条接一条地上。有一阵子令他手忙脚乱。大概一个来小时，就钓起了大大小小三十几条清一色的鲫鱼，这些鱼儿像是来赴他的约会似的，令他有一种梦里遇见满地黄金的感觉。

太阳下山后，几丝寒意趁机溜来，浮标像是被催眠了，很少再动。汪然倒也不急。上来的鱼远远超出他的意料。此刻正好挪出心思来想想这些鱼怎么打发。

怎么打发其实并不需要想太复杂。出门之前，他心里本就有过一个念头，钓上几条像样的鲫鱼，给老母熬一碗鲜鱼汤。这里的鱼是最好吃的。况且是他亲自钓上来的鱼，流进母亲嘴里的味道想必就会更好。他之所以事先没有发表这个宣言，是对自己已然生疏的钓技实在没有多少信心，即使在父亲含了几分不快试图阻止他时。

林夕的目光长久地停留在水桶中的鱼儿身上，突然生出一股忧伤和悲戚，而且越来越强烈，挥之不去。她想，水中的鱼儿捕捉钓饵，是一场游戏还是一场战争？胜利者依靠的是勇敢、聪明还是才智？或者是它自己心中的幸运？

水桶里的鱼儿还在游动着，有几条已经翻白，奄奄一息。她似乎看到了它们正在弥漫的悲戚，水变成了鱼的泪。她想，在人生的河流里，面对钓饵，自己是条怎样的鱼儿？又将捕获怎样的命运？

这次的华东之行，短短十天，采集、收获到的思想和感动是她三十多年来人生阅历、生命体验的总和。如果说有什么遗憾的话，那就是两人为人处世的不同。汪然每到一处，总是喜欢尝试新的口味，而林夕总是寻找以前习惯的味道，因为口袋里的银子不允许她去做过多的尝试。那天他们去杭州老店奎元馆吃他们的看家面——片儿川，片儿川是浙江颇负盛名的一种大众化面食，它的得名是源于这种面食的烹饪方法：先将笋片、肉片与雪里蕻菜用沸水氽煮，再加上手工制的面条烧煮而成，因为“氽煮”的“氽”，在杭州方言中与“川”同音，所以叫片儿川，听起来很有名。汪然吃得很香，可是林夕还是不习惯那个味道，只是大概充了个饥。晚上在去湘潭的火车上，两人手里的现金都花完了，钱包里只剩下一张银联卡，林夕早早就饿了，搜遍所有的口袋，现金只够买一碗康师傅面了，汪然问都没问她一声，就自己泡了吃。林夕难过地发现，他早已习惯了一个人生活，根本就没有照顾他人的意识。说起来真丢人，其实她并不是要争这一碗方便面，只是觉得有点不对劲。因为在家里，每当什么吃的只有一份的时候，秦文斌总是坚决表示他很饱或者他根本就不喜欢吃。

回到老家后，汪然带她去看他年已八十的老姑姑，去的时候什么都没带，林夕说买点东西，可他说没必要。饭时，汪然的表兄嫂请他们去镇上最大的餐馆吃饭。本来多年没回去，去看老姑姑应提着礼物，最好再给老人家留点钱，也应该请表兄嫂们吃饭，但是……

林夕说，你不是视金钱如粪土吗？现在知道没钱的尴尬了吧。

汪然牛头不对马嘴地说：舜把天下让给善卷，善卷说，我自立于宇宙之中，冬天穿毛皮，夏天穿粗布，春天耕种田地，体力足以胜任劳作，秋天收获的粮食，足以填饱肚子，日出而作，日落而息，在天地之间逍遥舒适，我要那么多钱做什么?!

返回的途中，汪然一直都在闹情绪。

火车上，他说，林夕，一路上我都在想，也许你会慢慢爱上我，可任凭我怎么努力都没用。我知道，你根本就不爱我！

这次带林夕出来，说实话，自己稍微动点心思就可以得到她，但是面对她那双清澈如水、无限纯净的信任的眼眸，他怎么都做不出违背她意愿的事情，他需要时间，他要征服她，从内心深处彻底征服她，使她心甘情愿向他献出一切，他有这个自信。他相信这只是时间的问题，因为他想得到的不仅是她那充满诱惑的身体，还有那颗敏感而多情的心。

这一趟华东之行除了方便面引起的那点小不愉快之外，他对她可以说是呵护备至，关爱有加，即使是在单独相处的时候，也对她秋毫无犯。林夕心想，自己到底没看错人。这样的人，她怎么死活就爱不上呢？虽然她坚信，这个世界上不会再有另一个人比他更懂她，更能接受她的梦想。她也坚信，这个世界上不会再有另一个人比他更能审美她的精彩和灵动，更能激活她的无限的潜质，更不要说给她以补充和提升了。但是，通过这十天近距离地相处，她认识到汪然是一个自由散漫惯了的人，除了文学之外，对生活，他没有明确的目标，他不在文学圈之内，不是文学界通常意义上所说的作家，他只是一个自由灵魂和细腻多情的生活者。他的眼神永远严厉而散淡，游离在他自己的躯壳之外，更游离在大众的世俗生活之外，谁都不可能真正了解他。

这样的人，仅适合做老师和朋友，根本就不适合在一起过日子。

这些年来，他周游流浪在每一个他想涉足的地方，在任何地方最多待不过两年，比如说在一个城市邂逅几个志趣相投的朋友，凭热情合伙做一些文化产业；或者给一个城市策划几个开发项目、制作地图；或者合伙办一份杂志、应邀给企业做一些宣传策划及演讲什么的；要么就是在哪个他认为契合的地方给导演写剧本；要么就是跟某个企业家去国外旅行，那都是一些人们想去的好地方。无论他去哪里，她都毫不怀疑那是出于他生命的需要。他的生活中充满了不确定的因素，永远没有定性，除了湖南湘潭市车江镇父母的家之外，他没有一个真正意义上的属于自己的家，从来都是一个旅行包，走到哪里，愿意停下来，哪里就是家。没有相对来说较为稳定一点的工作和收入，甚至不知道明天要去哪里。这种一直在路上、永远都不知道下一站在哪儿的生活方式，林夕刚开始接触还觉得新鲜精彩刺激，充满着挑战。一段时间之后，就觉得不可思议。生活中充满着不确定的因素，这种没有安全感的生活方式对她来说简直就没法适应，而女人是最需要安全感的。她知道汪然喜欢她，但她更知道他喜欢过很多女人，迄今为止，包括燕儿在内没有哪个女人能长久占据他的心。所以她一直坚持着与他的距离。

在回陕的火车上，林夕在上铺，汪然在下铺。临下车前，他们有许多话急着想说，却苦于离得远，就只好躺在卧铺上互发短信。

这次的华东之行值得我用一生去怀念，感谢你给予我的这份美好。

生命中有这样一个知己，真好！林夕由衷地说。

值得用一生去怀念的是此行构成并激活了伟大而不朽艺术的岁月和事件。

冯天毅做梦都没想到会在机场碰见汪然和林夕，这令他非常恼火。早就听老蔡他们说……他还不相信。机场这一幕使原本不确定的事情就那样活生生地摆在了他面前。难怪他找林夕谈话，许诺只要她答应回到总部，副总的位子就是她的时，她毫不动心。原来……

林夕来到公司后，他对她印象非常好，这女人不但有着非常难得的管理才能，她的身上更是有着一种令男人无法抗拒的魅力，她其实长得并不是特别漂亮，但是很有味道，很讨男人喜欢。有段时间，他甚至打过她的主意，但是秘书刘萍萍一天把他看得死死的，使他无可乘之机。后来，他把林夕作为心腹安插在杂志社的核心位置，本意是想通过她随时了解杂志社的动态，掌控汪然。岂料，她却成了汪然的铁杆追随者。自己这个冤大头倒是在给他们提供资金和场地培养感情！他宁可让投资杂志社的近百万元资金打了水漂，也绝不能容忍今天这样的结果出现。他迅速召开董事会，决定把杂志社搬回总部，并提议任命路子帆为公司副总，主管杂志社的事情，任命老蔡为副总，主管生产。既然老总都在会上提出来了，谁还会有啥意见？全部举手通过呗。至于汪然和林夕，去留听便。

许许多多的历史学家，常常用尽毕生精力考证国家一段历史的变更，一场战争的引发，一次暴力的出现，一位不同寻常人物的演变，其实背后往往很简单，为了讨好一个女人，为了征服一个女人，为了赢得一个女人。说来说去，就是为了一个——我爱你，女人，会改变人类世界一个时代，一个进程。爱，在男人身上，就是这么柔，柔得会把世界都搅得昏天黑地；而女人的刚和柔实在不如男人来得鲜明、绝对、纵情。女人却一手制造着男人刚柔的血浆。过去，现在以至将来。

可以说《中国商潮》杂志因女人而起，也因女人而败，女人难道是祸水吗？

机场相遇一事，尽管冯天毅一再叮咛刘萍萍回公司后不要把这事说出去，但她那张嘴就跟广播一样，不出一天，公司中层都知道了这件事。路子帆心想，哼！说什么去寻找投资方，谁知道是不是借此旅游？不知是城府极深的汪然迷惑了她？还是他另有打算想重起炉灶拉林夕入伙。这丫头毕竟还很单纯，社会经验不足，又是个理想主义和主观意识强烈的女人，在她倔强、善良而单纯的心眼里世事皆无瑕疵，世人皆属良民，以点滴之秀盖其全，谁还都说不得。关系不近谁操你那闲心？执迷不悟的结果是你自己承受！关别人啥事？他心里揣测他俩双双华东之行是怎样的心境？他并不怀疑林夕，他是对汪然这人没把握。他认为汪然属于那种离不开女人、一见女人就动心、自信所相识的女人都会爱上他的那种危险男人。

在公司全员大会上，当路子帆听到任命自己为公司副总兼《中国商潮》杂志社总编时，他嘴角的那丝得意想忍都没能忍得住！哈哈，想不到，我路子帆也有今天！真是风水轮流转，今天到我家啊！这下好了，杂志社一搬回来，我看你汪然还怎么在这待?!

路子帆回家后，嘿嘿笑着忍不住把这喜讯第一个报告给老婆冬梅，没想到冬梅倒是比他沉得住气：她说，笑什么笑，你别高兴得太早。冯总既然能如此轻而易举地任命你，当然就能轻而易举地撤掉你。

路子帆涎着脸说，那就在他没撤之前先乐一乐嘛！他给自己泡了一杯茶，坐在书房的椅子上，忽然很想拉上一曲，好久都没拉二胡了，这些日子一忙，就把这个老朋友给忘了。

路子帆心情好时，拉出来的曲子音质清脆响亮，曲调也显得欢快、轻松，那些声音四处流淌，好像清灵的泉水一样，他也因此看到了没有灰尘的阳光，还有许多金色的蝴蝶，到处飞翔……他特别喜欢拉《洪湖赤卫队》的曲子，曲调时而婉转，时而表现出淡淡的哀伤，余音绕梁，三日不绝。坐在沙发上做十字绣的冬梅停下了手中的活计，默默地看着老公，好几个月都没有听到他拉二胡了……

一入冬，路子帆的鼻炎又犯了，虽然感觉很难受，但是他一天假都没请。自从被迫留在总部后，他受够了那种凡事插不上手的不被需要的感觉。现在，冯总开恩，不但没有辞退他，反而委以重任。他路子帆是知恩图报之人，拼了命都不能辜负领导的嘱托和信任。又怎会因这点小病小痛影响工作！他每天两点一线奔波在家与公司之间，在办公室稳坐如山，思考、策划、自学企业管理。上进得要命。但公司业务依旧开展得很缓慢。产品销售是公司当前的关键，一个企业的产品开发、质量和销售是三个硬环节，开发使产品的生命得以诞生，质量使产品的生命得以延续，销售使产品的价值获得应有的回报。蝶翅画目前在国内尚属新生事物，这种用特殊材料和特种工艺制作而成的工艺品按理说是稀之又稀，人见人爱的。可咋就打不开市场呢？是时机未成熟？还是销售环节出了问题？这一股脑的疑惑砸在他的脑子里，混乱极了，怎么也理不清头绪。

这天，冯总安排他带人去省城把杂志社搬回总部。

林夕到写字楼时，里面还没有一个人，她走到面向马路的那面巨大的落地窗前，哗的一下拉开了窗帘，眼前一栋栋高耸入云的楼房，像大幕拉开时的布景一样，突兀地显现在熹微的晨光中。从八楼的窗口看下去，马路上一辆辆汽车就像一只只甲壳虫一样在慢慢向前蠕动，这个城市新的一天又开始了。

杭州之行对陷入困境的杂志社来说没什么实际意义，等于是借此机会出去旅游了一圈，回来后，汪然又去想别的办法了。林夕昨天就接到了冯总的电话，说今天派人过来往回搬。她站在窗前发呆时，路子帆和老蔡带领着一帮人进来了。

林副总，冯总给你说了吗？路子帆的眼里满是挑衅和嘲弄。

说了，搬吧。林夕知道迟早会有这一天的，只是没想到会这么快。

路子帆率领着公司化妆品车间的一帮男女工人，就像率领着一帮来替他出气的哥们。他手一挥，给我拆，小纪你带几个人往下搬桌椅，小刘你负责搬电脑。他居然拿出化妆品车间一件蓝色的大褂套在身上，挽起袖子，腿一抬就上了靠窗的桌子，他先去撕扯那面落地窗帘，是啊！这出戏总算是演完了，这个大幕早应该卸掉了，他路子帆盼这一天盼了多久了！你只要看见他身上那件蓝色的褂子就知道他为此准备得多么充分。

路总，这隔档上的牌子拆不拆？

拆！都拆！路子帆感到从未有过的痛快。既然我不能留在这里，那这里还有存在的必要吗？眼前这林夕和汪然当初精挑细选的乳白色的巨幅落地窗帘，被路子帆三下五除二撕扯下来，在撕扯时见那白色的珠子拉环不听指挥，他竟气急败坏地往下拽，直拽得珠子哗啦啦撒落一地。

林老师，我在楼下看着装车，你慢慢收拾。老蔡看得有些不忍，找个借口下楼去了。

他们拔电话线、网线，搬电脑、盆景，摘墙画，拆桌子，搬凳子……三下五除二，干得真是干脆利落。两个工人脚踩在门口的吧台处，歪戴着帽子，嘴里叼着香烟，神气十足地正往下卸中国商潮杂志社的牌子。瞧，他们的表情和动作是多么讨好新上任的路副总啊！他们是多么理解路副总此时此刻的心情啊！他们表面上又说又笑，心里一个比一个解气，一个比一个痛快。凭什么我们就该待在嘈杂、拥挤的车间，凭什么你们就能坐这么漂亮的写字楼？

这些人中唯有小纪慢吞吞的，他一直在注意林夕，当看见她在慢条斯理地整理自己的东西、显得很平静时，提到嗓子眼的心总算放了下来。

小纪其实是不必为林夕担心的，这种情况下，她又能怎么样呢？幸亏汪然不在，否则都不知道会闹成什么样子！

所有的窗帘都被卸了下来，所有的办公桌都被拆了开来，所有当初从总公司拉过来的盆景、花卉都被重新打包，所有的电脑、电话、传真机、复印机都被装箱。电话线、网线、各种线路横七竖八，绊得人险些摔跤。文件、信封、文件夹、办公文具盒乱扔一地。

唯有那面镶嵌在走廊、用厚玻璃专门设计的椭圆形的“为世界提供一个了解中国的视点”的形象墙醒目地矗立在那，就像是在看一场闹剧。

林夕站在自己办公室的门口，见放在墙角的那株一人高的粉紫色的盆景连同办公桌上的那盆米兰已不知去向，那是她最喜欢的两株花草，也就是它们把她的办公室和别的办公室区分开来，一看就是一个知性女人的工作间。板台和板椅早被搬了出去，墙上那幅“淡雅若兰”的条幅一角已脱离墙壁，一角形影相吊挂在那里……她和汪然辛辛苦苦跑遍了整个省城，燕子衔泥般布置的这层写字楼，里面的一桌一椅、一花一草无不倾注了他们全部的心血、智慧和梦想。没想到瞬间就一片狼藉，就像一场还没有深入做下去的美梦，顷刻间支离破碎，一地残渣。

林夕做梦都没有想到自己会拥有如此现代而又高档的单独的办公室，并且她还是这层写字楼的第二负责人，这个没有进过正规大学校门的女人，却每天要给来这里上班的本科生和研究生安排活干，这滋味真的是太爽了！她原本是在无事可干的情况下，只想在本市有个班上而已。她闲不住，待在家里不但脱离社会，而且还无人欣赏。一个生动的女人没有舞台和机会被人欣赏那是多么无趣的事情啊！她根本就不想丢下孩子去省城上什么班，没想到进华泰后被他们连哄带骗弄过去，偏偏就在她误入歧途后却发现其中竟别有洞天，就把这事当了真，兴趣和灵性猛然大发，继而就投入了真的感情和心血，怀抱着才华横溢的一腔热血，准备开创她的事业，在她呼风唤雨准备大展宏图时，那个梦却像肥皂泡似的突然就破灭了。

是啊！结束了！一切都结束了。

她来到电梯口，见那些工人正在往下运办公家具，他们一个个看起来那么大快人心、兴趣高涨，桌子、椅子、抽屉、橱柜等家具一个个就像被警察擒拿归案的嫌疑犯一样，被他们连推带搡、趔趔趄趄、歪歪扭扭、磕磕绊绊地往电梯里推，那本来就不怎么结实的家具不是这儿碰了一只角，就是那儿掉了一块漆，看得她心生生的疼。她想，即使是冯总也不愿意看到眼前这一幕，拿家具撒什么气呢？

一出电梯，老蔡靠墙站着，脸色蜡黄。

林老师，你包里有糖吗？老蔡有气无力地说：我，难受得很，低血糖又犯了……

哦，没有，我马上去买，你先坐大厅休息一下，我很快就来。

林夕怕胖，从来拒绝吃糖，因此包里从不装糖。看老蔡难受的那个样子，她顾不上再想别的，急急忙忙跑到附近的小超市去买糖。尽管老蔡这个人在公司颇受争议，但是，他从来没有为难过林夕。而林夕对人的判断从来就不是人云亦云，她只相信自己的直觉。

通常情况下，老蔡的兜里都会装几颗糖，以备病情发作时救急。可今天，出门时因为心里乱却把这事给忘了。按说出现今天这样的局面，应该是他和路子帆盼望的。但是，当这一切真的发生时，本已如愿的他心里却没有一点胜利的快感，心情反倒很沉重，他说不清是因为什么，只是觉得很不舒服，而这不舒服就像是传染源一样，本来只是心里不舒服，却没想到连身体都不舒服起来。

老蔡嘴里塞了颗救命糖，把林夕买的那包阿尔卑斯糖塞进兜里，就坐公司车先回去了。那辆货车载着那些被卸掉胳膊腿的家具，就像是载着一车俘虏般大获全胜地扬长而去。

见林夕提着包一个劲儿地往前走，路子帆急忙说：

……你……等一下，小纪的车要去科普馆拉几样标本，过来后咱一起走。路子帆终究也没找出个合适的称呼来，想叫她林副总好像已经不合适。想叫她丫头，又觉得没那么近。

林夕听到这话头也没回。

小纪跟在她身边悄悄说：林老师你待会儿还是跟我的车一块回吧，冯总只说是往回搬，并没有说你的去留，你要是今天不一块回，他回头倒打一耙也说不定。

谢谢你小纪。林夕说，等就等吧，反正总得回泾水。

小纪去科普馆了，林夕去会所的物业处，放弃某种权利似的认真地把办公室钥匙放在了桌子上。她坐在王子会所前的花坛边，入冬天气，太阳明晃晃的虚假地照着，一点也感觉不到暖和，她再次抬头看看B座801室的阳台，那被汪然命名为“读风轩”的半圆形阳台，已被刚才那一伙人扒掉了缠绕着、装扮着它的紫藤，此时丑陋地裸露在阳光下，就像是惨遭遗弃的少妇。

再见了801，再见了——我的梦开始的地方。林夕的心感到从未有过的痛。

会所大厅，两位门迎小姐在开着中央空调的玻璃门内，穿着紫色的拖地长裙，高贵地、优雅地站在旋转门的两旁，恪尽职守；会所前方的保安用标准的手势规范地指挥着前来消费的款爷停车，有条不紊；马路上的车辆排着长长的队伍，像一长串蜗牛一样在慢慢往前蠕动……这个世界依然如故！谁也不知道这幢摩天大楼里刚才发生了什么？一如林夕现在也不知道701室或者901室此时正在发生着什么一样。

林夕坐在车里，突然感觉到非常非常疲倦。这半年多来，她太累了，累得现在一句话都不想再说。车还没有驶出省城，刚才还好好的天和地突然就翻了脸，刹那间，天上寒风呼啸大雪纷飞，地上飞沙走石，路滑难行。小纪被迫减速，这辆轿车就像一艘孤帆，趔趔趄趄、走走停停，艰难地行进在这场突如其来的暴风雪之中……

回到泾水市后，路子帆、小纪他们带着工人们在卸家具。林夕去冯总办公室，她必须得面见冯总，不管她以后还在不在这个公司干，她都得去面对这一切。令她万万想不到的是，冯天毅就像是专门在等她一样，款待她的是他手里拿的那份《华阳报》，他指着上边一条消息对她说，看看，你看看这个，说不定汪然就是报纸上的通缉犯！

当听到冯天毅说汪然可能就是在逃的通缉犯时，林夕顿时惊愕得竟然找不到一种合适的表情来挂到自己脸上。

一个人想要做到所有的表情都是自觉的，那的确很难。绝大多数时间，人们都把一些表情强迫在自己的脸上，实在就不那么容易辨认了。因为表情这东西还没有被列入消费范畴，即便像林夕这样不得不每天要用，却也不能到消协请求打假。久而久之她也不在乎那表情的真假了。她很想问问，怎么会把汪然和通缉犯生拉硬扯在一起？但看到冯总那神情，她忽然什么都不想再问了，什么都不想再说了。一个人一旦对他曾经那么欣赏、那么重用的人持这种怀疑态度时，你还有什么可再说的？彻骨的悲哀悄悄袭上心头，泪水情不自禁涌满了她的眼眶，这酸涩的液体浸泡着她隐隐作痛的心。

从公司出来后，地上已经积了厚厚一层雪，风刮在脸上像刀割一样，林夕戴上羽绒服上的帽子，迎着逆风，侧着身子慢慢往回走，腿像灌了铅一般沉重，挪到家门口时，她取下帽子，拍了拍身上的雪，从包里摸出钥匙打开房门。此时，她只有一个念头，那就是快点把自己扔在床上，每当她遇到什么自己消解不开的事情时，第一个念头就会想到床，她会尽快把自己扔在床上，迅速潜伏进睡眠里，因为人只能在睡眠中失去思想、失去记忆、暂时忘掉一切痛苦。一觉睡醒之后，痛苦、烦恼、焦虑和无奈多半就在睡眠中被消解掉了。因此，床是多么温暖多么可亲多么舒服多么安全多么可靠多么忠实啊！躲在床上，就像躲进了母亲的子宫般舒适安全。唯有床，唯有床可以沉默着抚慰她，接纳她，而不刨根问底问她为什么？快点让她上床吧快点让她上床吧！当她打开房门，急切地投奔她的床时，却没想到秦文斌和谭丽丽正赤条条地躺在她家的床上。

这个电影、电视剧中常出现的镜头怎么莫名其妙地会突然出现在自己家中？林夕下意识地揉揉眼睛，确信这一切是真的时，震惊得一下子竟不知道如何面对，也不知道该怎样布置自己的表情，就那样愣愣地、呆呆地傻瓜似的站着，有人类的思维，却丧失了人类的言语能力和人类的行为能力。人生的痛苦，莫过于此，少顷，她像尘埃一样无助地跌坐在了地上……

在这一天之内，她耳闻目睹了人生最富闹剧色彩的几幕。

谭丽丽像电视剧中的镜头一样，穿上衣服夺门而出。奇怪的是，秦文斌并没有像剧中人那样跪下来请求她的原谅和宽恕，他穿衣服时的样子不但不惊慌，反而简直、简直可以称得上从容。

他冷静地坐在沙发上，点燃了烟，冲着坐在地上、思维暂时短路的林夕一字一顿地说，离婚吧，我知道你不会原谅我的！

什么？离婚？你和她躺在家里的床上，在我的大脑一片空白，什么反应都没有做出时，你……你……你竟然要离婚!?你竟然要离婚!

林夕抓起包夺门而出，她得想想，仔细地想想，她的生活究竟是怎么啦？走出家属院大门，雪还在漫天飞舞，林夕茫然地站在街上的十字路口，她甚至忘记了戴上帽子，任凭寒风刀割一样刮在脸上。不知道自己该往什么地方去？只好漫无目的地慢慢往前走，不知不觉竟来到沣河边，纷飞的大雪覆盖了早已结冰的沣河，到处白茫茫一片。

人在倒霉的时候想要跳河连河都冰封了！以前看到影视作品中人一旦遇到麻烦时总爱往河边跑，她还觉得不真实。现在，当她自己来到沣河边的时候，她才发现这是极有可能发生的事，尤其是你居住的城市有这么一条河的话。冰封的沣河沉默着，林夕面对着沉默的沣河，关掉了她的手机。此时，她只想一个人静静地待着，谁也不见。她不明白这几样事情怎么会同一天发生在自己身上：她投入了满腔热情和信心的事业，刚刚起步却被连窝端回总部；她全力追随的上司被怀疑是通缉犯；她的老公和她的女友躺在她家的床上；她的生活一团糟一团糟！这到底是怎么啦这到底是怎么啦？她得好好地想想好好地想想，但是大脑却不听指挥，思维就像是被冻结了一样，一片空白。她的眉毛上、睫毛上挂了厚厚一层霜。披着一身的雪站在河边，没有思想，没有意识，没有知觉，远远看上去就像一个雕塑。

汪然回到王子会所准备上电梯时，却被保安告知总部已经把杂志社搬回去了，林夕把 801 的钥匙都交到物业处了。他略感吃惊却也在意料之中，只是没想到会这么快。他想，自己本就是个散淡之人，生活是流浪写作。用我，我是这样，不用我，我也是这样。他想象得到，这件事对林夕和杂志社招聘的这帮壮志满怀的充满梦想的年轻人的打击有多大。他一连给林夕打了十几个电话，一直关机，他跺着脚徒劳地一直在继续拨打，恨不得让中国电信逼她开机。毫无办法的他只好打的往泾水市赶，现在，他只有一个念头，那就是见到林夕，至于见到她说什么呢？他还没有想好，他只知道，自己必须马上见到她，马上！一路上他都在想林夕为什么要关机呢？他不敢把自己的担心说出来，更不敢接着往下想。现在，林夕一关机就像人间蒸发了一样，他甚至想直接去她家里找她，唯一去过的那次，还是开家庭舞会时晚上被她接去的，他根本就没有记住地方。下了车后，汪然像一只困兽一样来回踱步。忽地，他心头一亮，林夕会不会去沣河边呢？尽管这样的天气去沣河边实在是有些荒谬，但人在毫无办法的情况下，也只能相信直觉了。

汪然踩着咯吱咯吱的积雪顺着河堤路向沣河边走去，在以往他们去过的离橡胶坝不远的地方，终于看见林夕一动不动站在那里。在大雪中这苍茫辽阔的沣河边上，她看上去弱小得就像是电线杆上那只瑟缩的离群的孤燕，他疾步走到她跟前，一把将她揽在怀里，她的脸颊冰凉得他就像是挨到了冰棍上，林夕额前的刘海已经被雪混着呼出的热气结成了冰凌子，他双手捧着她的脸，想用掌心里的温度焐化她脸上的那层霜。以往这个叫作林夕的骄傲的漂亮女人，此时是多么的憔悴啊！往日瀑布般的黑发散乱地蓬松着，脸色灰暗，嘴唇苍白。汪然心中瞬间涌起一股疼惜的暖流，他拍掉她身上的积雪，揉搓着她冻得冰棍一样的双手，把自己的羽绒服脱下来给她穿上，拥着她向公路走去。林夕顺从地偎着他，一路上一言不发。

回到汪然的公寓后，房间里暖气很足，他给林夕脱掉外套，又用热毛巾给她擦了脸，林夕坐在沙发上，始终不肯开口说一句话。看她那架势，他猜测肯定是发生了比搬回总部更为严重的事情。林夕不说，只是坐在沙发上默默地流眼泪，汪然坐在她的身边说，哭吧，哭出来你会好受一些。林夕悲伤地、虚弱地靠在他的肩上，就像是一个无助的、受了委屈的孩子，眼泪无声地一个劲地流淌。汪然不停地拍着她的肩抚慰着，一种类似于父兄一般的情感在他的心底奔涌，他说好啦好啦，燕儿跟姐姐回老家去了。今晚你就住这，好好睡一觉，一切都会过去的。他把她扶到床边，安排她睡下后，自己抱了被子去客厅的沙发上睡。

林夕听话地乖乖躺在床上，闭上了酸涩的眼睛，她想尽快入睡尽快入睡。迷迷糊糊中，她梦见自己回到老家了，以往，每当她累了，倦了时，她就会像一只折翅的燕子飞回老家，在妈妈温暖的土炕上和院子里那棵大皂角树下休憩、疗伤，从而汲取新的力量。可是，这次回家，眼前的景象使她悲痛欲绝，梦中，院子里的皂角树竟没有在春天应有的时节发芽长叶，它默不作声，任风在它盘虬卧龙似的枯枝上肆虐，发出折枝的巨响——这个从小伴随着她成长的皂角树已在风雨之中倒下，无名的伤痛让她痛苦不已，像是失去了挚友，失去了精神的寄托，更失去了长久的彼岸。她几度冲出房门，以满面的泪痕为它祈祷，祈愿它能重拾岁月的茂盛，让她得以在它豪壮的记忆下休憩，疗伤。她在流泪，她听到了皂角树的呻吟。她的心竟至痛不可抑，呼吸也愈见急促，终于，在梦中哭喊出声。

汪然躺在客厅的沙发上一直抽烟，听到林夕梦呓中的哭喊，就跑到她床前，见她的双手正压在胸口上，头发散乱地不知是被泪水还是汗水沾在脸上，正闭着眼睛摇着头痛苦地在梦中呼喊，又喊不出声。

林夕你醒醒，醒醒，你肯定是做噩梦了？他拨开她脸上散乱的长发，把她的双手放好，给她掖好被子。听老人说，人睡觉时双手压在胸口上就会做噩梦。林夕醒了，迷迷糊糊睁开眼睛看到汪然，就伸开双臂一把搂住了他的脖子，在他的耳边急促地说，你别走了别走了！勒得他喘不过气来。一股热血轰地一下涌上他的头顶，他的脸被动地贴在她的泪脸上，身子僵硬着一动也不能动，就这样僵持了一会，旋即，汪然掰开了那双紧搂着他的手，对着她一字一句地说，林夕你听着，我想要你，真的很想很想。等这一天我等了很久了，从去杭州的第一天开始就一直在等，但我要在你清醒的时候……

第二天林夕醒来时，汪然不见了，桌子上留下一封信。

林夕：

我走了。

也许是前世的约定，让我与你相逢，相识，相知，流浪的心因此变得柔软，生发出相见恨晚、心灵相通的情愫。在情感与理智的较量中，在爱恋残留的余温里，将心痛沉淀。面临情感与道德我进又不能，退又不舍。

人这一生，总会碰到几个特别的人，她不是单纯的朋友，是一种纯粹的精神寄托，因为彼此之间倾注的关爱超出了一般朋友的界限。这是一种超乎自然的，凌驾于爱情和友情之上的另类情感。它终其一生都会盘踞在你的内心深处，你会因此而感谢上苍让你遇见这样一个人，让你不再孤单。在你受伤时，疲倦时，一转身就可以得到她的宽慰。在心底为她留一个小小的空间，固守着一份说不清的情感，和她一同感受触动心灵的瞬间。那些世俗的传统的道德理念因此而瓦解，也许你会因此成为别人眼中的叛离者。

但是，千万不要将这种感情上升为情人的具体行为，让我们就这样纯净地淡淡如水地相处，介于情人与朋友之间。就像两条注定永远不会相交的平行线。一旦有了肌肤之亲就亵渎了这份感情，就会永远失去对方。

从今往后，我不会再对你说，你是我生命中先来的迟到者；也不再念君恨我来早，我恨君来迟；更不再寄情于来世，就这样让我们微笑着彼此欣赏，彼此倾慕吧！不要放纵我们的感情，虽然我很爱你，虽然你也喜欢我。

刻骨铭心的爱情，一生只有一次，人的心不可能是一只箱子，空了可以再装。在这个情人风靡全球的时代，我只想与你做无拘无束、无需言语便心领神会的推心置腹的知己。我能读懂你的一个眼神，一个动作，一声叹息。你能读懂我的一句轻语，一缕柔情，一份心事，舍掉爱过又常在琐碎中刺痛的爱；弃掉恋过又总在忧伤中缠绵的情；把爱藏在各自的心里。穿过生活的喧嚣走进彼此的心灵，用一种双方都能意会的语言进行心灵的长谈与交流。就让我这样安静地不远不近地陪在你的生命里吧。让我在对你身体的渴望之外，在爱未烬的余热里，默默地关注你，静静地倾听你，远远地欣赏你。

有人说红颜知己是成年人的童话，但是，我会让岁月为我们的从容作证，为我们的磊落作证，为我们宁静的心境作证，让我们将这份纤尘不染的情感延续，共同完成一个现实中成年人的童话。让我在对这份感情的誓死捍卫中坚守一份纯洁，在坎坷多变的情路上，为自己树起一道道德的丰碑。

生命就像一棵枯树，在风干得寻不到一点生命的迹象时，我会因为你的存在，而拥有满目的青翠。

那好吧，就这样吧！让我怅然离去的背影，带走对你无尽的牵念。让我永生相拥着这份迟来的情愫，和你咫尺天涯，一同光荣着慢慢老去。

汪然留书

汪然携燕儿离开泾水南归时，很急促，也有几分无奈。漂泊有时候其实并非他的愿望，所以即使它构成了某种风情，邂逅了某缕风景，也常常被一丝苦笑冲淡了快意的心绪。漂泊成性的汪然，不习惯被迎接，更不习惯被送别的场景。每次车票买好后，才在一抹忧伤的驱动下，向几个必须告别的朋友道别。

老同学常风当然是他的必须。因为在近一段时间的交往中，他们的心在日益剧烈地撞击和交融。

常风是泾水市的名流，公认的第一文人，文学艺术界的标志性人物，被市长称为大家。为这事汪然还开过一次令他难堪不已的玩笑。他说市长把坐在台下的人都习惯称为大家，你被他称为大家，非但不表示他对你的认可和尊敬，反而说明他没把你当个人物。

因这个玩笑，他们有一个多月没有交往。后来把交往续上了，还是常风主动拨给汪然的电话，理由来得令他惊讶。

他说他花了一星期，逐字逐句读完了汪然的长篇小说《守望尊严》第二稿。

他说这将是一本有资格进入任何高贵书架，占领一个显著位置的好书。

他说他的眼睛是会向天才睁开的。

和常风告别后，汪然心情倍觉鼓舞，接下来，给郑通一个道别的电话也就理所当然了。郑通是个厚道的文人，在泾水市一所中学做书记。做书记之前是一家大型国企的党委宣传部部长，因为不懂得贪，也不善权术，所以尽管这书记和那部长之间有名和利的落差，他也接受得欣然，或许也有几分无奈吧。

郑通也是他的大学同学之一，那时没有具体的交往。隔绝的这些年里，他一直笔耕不辍，在省市的大小报刊上发表文章，重逢时，展现在汪然面前的竟有近百万字的作品，令他好生感慨和敬慕。感慨他为文的淡泊和恒心，敬慕他思想里不眠的斗志和人格的坚持。郑通对于他的离去一点惊讶都没有，只是淡淡地问：

你的长篇什么时候出？

不知道。

你知道，我对你的作品……

停停停。汪然粗暴地打断了他的话。后面的溢美之词他已从他嘴里听过多次。他丝毫不怀疑他的真诚，但一直觉得领受不起。

好好好，不提了，那你走之前给我最近的创作做个点评总可以吧？

老哥你总是让我难堪，我有什么资格点评你？你的文章好得让我只有佩服的份儿。

汪然你这就不够坦诚了，说真心话，这一年多和你交往，我自己觉得进步很大，不仅文风在变，连思维方式和思想境界都在变。

又来了，其实是你朴实简约的叙事风格在影响我，而你最近的文字又强化了灵动和张力，更着力于文字内在的审美趣味。

是吗？你还是承认我有进步了嘛。说真的，你这一走，我很不好受。

你也懂得伤感呀。汪然貌似爽朗地笑。

没有，只是不知道什么时候还能和你再见面。

那可真不知道。我也不清楚我的下一站是跳入一条急流，坠入一个深谷，还是遁入一间荒野里的茅舍。

唉，我知道你活得太痛苦了。

也没什么，自从我给了自己一个汪然的名字那一天起，其实早就应该知道并接受自己的宿命——枉然人生。

这个道别实在不是汪然预期的。他们不自觉地又进入了一个感伤的主题——我们时代和我们生命的价值。

这个话题是因汪然在《中国商潮》杂志创刊词里的一句话引发的。他说：我们身处一个前所未有的时代。

读过那篇文章的当天下午，郑通专程找到他，坚持要他解释，前所未有究竟指的是什么。他做了很多种积极的诠释：变革和机遇，自由和开放，繁荣和多元，等等。

是不是也包括：这是一个前所未有的，空前轻薄和没有价值的时代？

说这话时，他的目光深邃而伤感。

今天他改了几个字，没有用前所未有，而是用文字记载以来。

所以我们用文字来记录痛苦也没有太多的价值啊。汪然说。

是啊，我理解你说过的一句话，没有什么值得留恋，包括生命本身。

停顿了几秒钟，郑通说，我明年秋季可能有一次远行。

是吗？准备去哪里？

一直没拿定主意，不过今天有决定了。去湖南，去你的家乡看看。

好吧，我期待着。

林夕回娘家的那天，天阴得就像她眼里涌着的泪，随时会落下来的样子。这些年，每当她累了、倦了、受伤了、困顿了时，她都急切地想回到娘家，回到生她养她的那片土地，回到娘的身边。娘家是一个强烈的磁场，是女儿永远的家。娘啊！你可知道，冰天雪地、寒风刺骨，村外荒野尚有你无家可归的燕子，在暮云底下飞来飞去。

在这之前的几天里，天阴着，偶尔飘一点小雪，落在地上很快就化了。但走到距县城不远的榆树沟时，路面已经结了冰，很滑，车加上了防滑链可还是走得很慢，路旁的阳沟里有滑翻的车。林夕坐在班车上，冷得直发抖。听人说，前几天这里又堵车了，整整堵了一夜，附近村子的人提着开水和方便面来卖，一碗方便面就十块钱。把人在车上冻美了。她一个劲地在心里默默祈祷，老天保佑，千万不要堵车。

谢天谢地，总算有惊无险地平安到达村口，林夕下车时，天依然灰蒙蒙的，一看到沟边老家这几间孤零零地矗立在皑皑白雪中的瓦房，她心里顿时一热，提着包疾步向家中走去。村道上的雪被踩成了冰溜子，很难走，可是通往她家的这条小路却十分干爽，这一定是爸扫的，尽管爸并不知道她要回来。

快到坡头时，迎面碰见隔壁院子的霞，霞戴着头巾，手抄在袖筒里，嘟着冻得像茄子一样青的脸，脚后跟噔噔噔地闷着头只管往前走。霞，你走么快，弄社（干啥）去呀？林夕笑着特意用方言跟她打招呼。亲切一下子就拉近了距离。回到老家再说普通话，村上人骂哩。碎（小）姑，你回来了，我六婆在院里挖雪呢。我去买些药。

一下坡，只见院里的皂角树光秃秃的，部分树干已经被时间掏空了，只剩下一层枯树皮支撑着它。屋里伸出窗外的烟囱正冒着缕缕青烟。妈端着脸盆拿着铁勺弯着腰在皂角树下的干净处挖雪。回头一看是她，惊喜地急忙解下围裙跑过来说：

你回来了，也不打个电话，让你爸去接你。

林夕接过妈手里的脸盆说，妈，你咋又挖雪了？

自来水管冻住了，在炉子上化些雪水洗衣服。快回屋，看把你冻的。

推开家门，爸坐在炉子前又在捣鼓那些树根，皮皮屑屑弄得满地都是。见女儿回来，急忙起身笑着接过她手里的包说，小声点，瑶瑶刚睡着，别把娃吵醒了。

妈说，你看你爸把地摆得乱的，成天光知道刻这些没用的破树根……又对林夕说，你快上炕暖一暖，妈给你做饭去。爸嘿嘿笑着，像个老服务员一样又是给她拿柿子，又是给她取苹果。

屋里很暖和，林夕爬上炕，把在班车上冻成冰棍的脚塞进热被窝，瑶瑶睡在炕中间，脸红扑扑的。她轻轻在女儿熟睡的脸上亲了一下，就偎着瑶瑶舒舒服服地躺在热炕上。炉子上烧的水冒着丝丝缕缕的热气，靠墙摆着的桌子虽然油漆斑驳，但是上面摆的暖水瓶、点心盒、茶叶筒、花瓶、镜子等都规规矩矩，很有秩序，墙壁上那个有些年头的挂钟从容自在地当当当地走着……

家——这就是家啊！终于回家了！

林夕闭上眼睛，和衣躺在炕上，困倦渐渐袭来，不知不觉就睡着了。这一觉睡得好踏实，连梦也没顾上做。她迷迷糊糊翻了一个身，隐约听见爸对妈说：你看娃这次回来，气色像不好，不知道啥都好着没？妈压低声音说：小声点，让娃好好睡一觉，在外边不容易……这话把她一路上压抑着的辛酸全给勾引出来了，眼泪一下子夺眶而出，她用被子蒙上头，咬住被角拼命逼迫自己泪水倒流……这一番挣扎倒把瑶瑶给弄醒了，女儿一骨碌爬起来，见妈妈回来了，高兴得直喊。林夕抱起瑶瑶亲热，借机把自己的泪脸在瑶瑶衣服上蹭干净了。

瑶瑶胖嘟嘟的，抱在怀里挺沉。妈说，娃没以前白了，咱这原上风头高得很。爸说，快下炕吃饭，你妈早把饭做好了，就等你俩醒来。咱瑶瑶现在会说话了，早上起床，会看着墙上的挂钟大着舌头问：几蛋（点）啦？

妈做的是她从小就爱吃的煎汤面，每当逢年过节或者来客人的时候，老家都讲究吃煎汤面，尤其是过年时，妈会在年三十就把面擀好，簩细，做一盆辣子油红红的肉臊子。初一早上，用黄花、木耳、菠菜、豆腐、胡萝卜、鸡蛋和大葱做成汤，浇面后再加两勺肉臊子，吃到嘴里，那个香啊简直没有语言可以形容。长大后，走州过县的，什么面没吃过？可最好吃、永远都吃不够的还是妈做的煎汤面。现在，想吃煎汤面了，在泾水市自己家里做，无论配料多么齐全，做的时候多么用心，可就是做不出老妈做的那个味。记得有次哥哥回家说，要不是想吃妈做的煎汤面，暂时还回不来。气得正在擀面的妈抡起擀杖就要打哥哥："煎汤面真比你妈都好?!"

端着这一碗辣子油汪汪，菠菜绿油油，鸡蛋白花花的醇香扑鼻的煎汤面，刚夹起一筷头，林夕的眼泪就忍不住刷刷地往下掉，好像攒在心里的苦楚，全被这碗煎汤面给招呼出来了。她不想在爸妈面前流眼泪，可喉咙噎得实在受不了，那眼泪先是一滴一滴一串一串而后涕泪滂沱，从小声的啜泣到激烈抽泣直到最后号啕大哭。

娃呀，到底咋了？你倒是说话呀？正在下面的妈扔下筷子焦急地跺着脚拖着哭腔喊：你不开口，想把妈吓死不成？我就说咋一进门就看着怪怪的。林夕放下碗筷，泪水像山洪暴发一般倾泻而下。爸拧了热毛巾给她，他看见女儿的眼泪竟像苦胆一样黏稠，这沉淀着她这些年咽下的全部苦水的眼泪，正从泪腺里猛然突围。

爸说，你就别问了，让娃哭出来，哭出来就好受多了。

妈撩起围裙给她擦眼泪，边擦边说：好娃哩，你再别哭了，你不知道看见你哭妈的心就像拿刀扎一样……可她自己却哭了起来，她哭是因为不知道女儿为什么会这样哭，这些年她从没见女儿这样哭过。

在爸妈的一再追问下，平静下来的林夕这才大概说了事情的起始经过，并且端直说她要离婚，原以为妈会坚决反对，没想到妈倒是很理智。妈说：其实，国庆时到你家去，看到摔残了的玉船和缺玻璃的茶几，我和你爸就知道你俩又闹矛盾了，见你不说，我们也没敢问，后来看文斌回来跟没事人一样，心想可能是保姆走了，你们为孩子的琐事闹矛盾，就想着我和你爸把娃带上给你们减轻负担。妈说，当初，你结婚时家里没有一个人赞成这门婚事，十几年了，尽管你从来没在我们面前说过什么，但妈知道你心里的苦，也知道你做出这个决定不容易，你才三十多岁，往后的路还长着哩，别再像妈一样，凑合着过一辈子，过不下去了早离对谁都好……

饭桌上，几碗油汪汪的煎汤面都凉了，坨在碗里，谁都没有胃口吃。一直蹲在地上抽旱烟的爸在鞋底上掸掸烟灰站起来说，吃饭！天大的事来了，饭都得吃！怕啥！你看咱村谁谁谁，离了之后重找的过得好得很！

傍晚时分，妈去撕柴火烧炕，林夕在院子转，院里清冷清冷的，村里家家户户烧炕时的缕缕青烟弥漫在寂静的村子上空，这微蓝的色调和舒展的姿态使她备感亲切，经过晚饭时那一系列痛快的释放，她心里果然舒服多了。转到皂角树下，她久久站着，亲切得像凝望故人一样久久地凝望着它。打她记事起，这棵长在灶房边半硷垄上的粗壮的皂角树不知为何树身倾斜着，就像半趴在硷垄上一样，树身扁平、斑驳、粗糙，她清楚地记得七八岁的时候，她和哥哥就敢摇摇晃晃地走上去玩，那确实是走树而不是爬树。她看见皂角树靠近路边的这个枝干被截断了，上面有明显的斧头砍的痕迹。忙叫来爸问是咋回事。

爸说，今年搞新农村建设，镇上批下钱开始整修村道，这是利民的大事，但咱家的皂角树刚好在规划的路上，村道又不够宽，必须砍掉这棵树。当时我和村里的老人们完全不能接受，这树是咱村的福根。但工程不能不做，不抓住这个机会修好路，以后想再修就批不下钱了。村长看工程没法动，就拿着他家的板斧不顾我极力劝阻去砍。一下午砍掉了这个枝干。第二天早上他那当电工的大儿子爬杆架电线时，那杆竟拦腰折断，人被摔了下来，断了一条腿。从此，没人再敢打这树的主意。

直到现在，每逢盛夏，林夕都要回老家避暑，她喜欢炎炎夏日，皂角树带给她的那份清凉。喜欢一家人搬上小饭桌坐在皂角树下吃饭的感觉，喜欢看孩子们在皂角树下追逐嬉闹……看着这棵饱经风霜的皂角树，她想，这大概是她老了以后常回来坐的地方，到那时，她会被她的孙子辈在阳光下面大声地叫唤惊醒，他们说，奶奶快做饭吧，我饿坏了。

她在心里感谢皂角树默默守护着她的家园，祈愿它能在来年慢慢恢复生机，焕发青春，重拾往日的茂盛。

晚上，隔壁黑蛋过来谝闲传，往地上一蹴，林夕拿出回来时在超市买的果脯等零食给他吃，他拿牙撕开包装袋，一尝说：这有社（啥）吃头？他蹲在地上，吃着纸烟说：

好家伙，这一场雪下哩，路上都是冰溜子。我今跟集去了，回来走到下渠时，邻村二杆子把班车给开到沟里去了，当时把两个人送医院去了，不知是死是活。

爸说，就是，好几年再没下过这么大的雪了。屋里还搭着炉子，早上起来水瓮、油壶、醋壶都冻住了，你六婆半天消不开。

黑蛋说，你看咱村扁娃，刚结婚时，穷得没粮吃，见了人不敢言传（说话），才打了几年工，今在集上榨油，张得很！开钱时从兜里往出一掏一卷子百元票子。

林夕见没别的人来，就说：今晚咋甚没人来看电视？她记得以前每次回家，晚上家里都会来四五个人看电视，女的坐在炕上，男的坐在凳子上或蹲在地上，边看电视边谝闲传，很热闹。爸说，咱村现在基本上没年轻人了，都打工去了，只剩下些婆娘娃娃在家看门。

黑蛋胡谝了一会走了。妈说，他在西安一个建筑工地上背水泥，这次回来，他媳妇霞得了妇科病，说是黑蛋回来给她染上的。黑蛋说，去你妈个脚后跟，我才回来几天，能给你染上?！媳妇说，你成年不在家我都好好的，你一回来我就得了这病，不是你是谁!？两口子前几天打架，为这事闹得不可开交。妈说，咱村像这种情况的还不少，几个媳妇都得了这种病，成天熬药喝，花了几千块钱都治不好。都说是男的成年在外打工，染上了瞎瞎病，回来再传染给媳妇。这些人出去打工，一年半载才回来一次，问题没办法解决，听说大部分都是花一点钱在外胡乱搞，不染上瞎瞎病才怪！

第二天，正吃饭时，与林夕家半亩地相隔的大宝家竟然打起来了，爸妈去拉架，原来，碎宝携家带口去广东打工，一去十年，这次回来给他在新农村买了一院庄子，不打算再去了。他出去十年没挣下钱，回来后不但不给他大（父亲）钱，还问他大要钱，说他走时家里有一头牛，还有二亩柿子树，每年最少能出产五千元，他走了十年，因此问他大要五万元。整得他大把家里仅有的五千元都给了，就这还不行，把他大囤里的麦子全都装走了，连她妈炕上的好被褥都给抱走了。就这碎宝媳妇还揪着公公的衣领要钱，大宝实在看不下去说了几句，碎宝就扑上去把大宝往死里捏，老爷子一看急了，从柴垛上抽出一根木棍就朝儿子头上打去，一棍就把碎宝头打出血了，自己也气得昏死过去，村上人赶紧把父子俩往医院送。

妈说，出了奇了，今辈子没见过世上有这样的土匪儿子，简直就像疯了一样……村干部出面都调解不下。爸说要这样的儿子不如刚生下来就一尻子塌死算了。

这次，她本来是回老家这块净土疗伤的，却没想到村上发生这样的事，看来，现在的老家再也不是她记忆中的老家了。

以前，她每次回家，每逢下雨或是冬天的中午，村上一些大姑娘小媳妇总是爱到她家来和妈一起坐在炕上做针线活，纳鞋垫、织毛衣。妈的针线活做得特别好，常被请去给人家做嫁妆。可现在那温馨祥和的场景再也不会出现了。老家的一切都变了样，涝池干涸了，大树被伐了，村道上再也看不见年轻漂亮的女孩子了。村里姑娘、媳妇、大婶青壮年劳力几乎全部进城打工挣钱去了，只剩下些老弱病残之人。看来，乡村和城市一样，经济大潮冲击着每一个人。

农村的冬天，那可真是老婆孩子热炕头啊！林夕糊里糊涂在家睡了三天，不但把这几年欠的懒觉都给补了回来，而且终于把自己给睡灵醒了。睡灵醒了的她躺在老家爸妈的热炕上，把自己这十余年的婚姻像放电影一样在脑海中没有秩序地反复回放，反复思考。她发现，这些年来，不管秦文斌如何一次次地伤害她，不管旁观者如何一次次地直言相告，她都没有下决心放弃她的婚姻，义无反顾的背后，并不是真的无怨无悔，其实只是她不肯承认自己当初选择的错误，不肯面对自己婚姻的失败，不敢承受将来的变幻，所以总是以个性的隐忍固执加坚韧来承受着。现在，是到该放手的时候了。奇怪的是，几天来，她想到的并不是放手后的惨淡，而是一种解脱和崭新的开始。

这些天，村道上厚厚的积雪白天化开一点，晚上又冻成了冰溜子。电视上每天都播放着全国各地的雪灾情况。村里不断传来附近因雪造成的交通事故。想着自己回老家时泾水市那一摊子事，她在家就待不住了，几次想走，可爸妈都说等天彻底晴了，路开了再走。心烦意乱的她就从爸的书柜里翻出几本书看，爸虽然不再教书了，可还是很喜欢在农闲时节看书，爸的旧书柜从小就是她的最爱，小学三年级时，她就开始在里面翻着看小说、杂志，《聊斋志异》《西游记》《故事会》等，杂七杂八的什么书都看。爸从不限制她。她想，自己如此热爱文学，大概就是受了爸无意中的引导。

看着看着，有这么一段文字吸引了她：“如果在众人六神无主之时，你能镇静自若而不人云亦云；如果被众人猜忌怀疑时，你能自信如常而不去妄加辩论；如果你有梦想，又不迷失自我；如果在成功之后能不忘形于色，在灾难之后又能勇于咀嚼苦果；如果看到自己追求的美好破灭又不放弃，那么你的修养就会天地般博大，而你就是个真正的大写的人。”林夕再三读之，反复体味，知道自己该怎么做了。回来，只不过是见一些故人，聊一些往事，沉淀思想、确定计划罢了。林夕明白，她真正的舞台还是城市。

大雪下了整整一夜，早晨起床后，雪把房门都堵上了，房顶、柴垛、鸡圈、狗舍及远处的群山都覆盖在了皑皑白雪之下，每一根线条都是那么圆润。

天呐，太美了！林夕眯缝着眼睛顽强地欣赏着眼前的美景，连日的小雪造成的泥泞肮脏的路面不见了，村里废弃的窑洞和残枝枯叶都隐藏在了白雪之下，一切都变得那么完整美丽，精致神奇，气势磅礴，远远超出了她的想象，这不食人间烟火的美让她心中油然生出对自然无限的崇拜和折服。这场罕见的暴雪把她压抑已久的痛苦都稀释了。

一个礼拜过去了，天还没有要晴的意思。不能再等了，林夕决定走的前一天晚上，瑶瑶都睡着了，可她还是把孩子抱在怀里舍不得放下。妈说，你放心，娃我和你爸给你看着，你去好好上班，把自己的事情处理好，不要让妈担心……

爸送给她一样礼物，是用皂角木刻的一个根雕。她明白爸的用意。她知道爸要告诉她的是：阳光或是雨露，唯有分享，才能体会到甘甜。果实，自己不该独享，因为成功从不与自私共存。别人的注视与热情，只需在心中铭记，那才是永恒的动力。望着皂角木雕那坚挺的姿势和饱经忧患的纹理，它为她打开了另一种境界的大门，那是一种注视，一种慈爱，一种类似于朋友般的依赖。从此以后，她再也没有到过任何大树下与之相望，遇到挫折竟泰然自若。

听说通往泾水市的榆树沟一直堵路，就连镇上去城里的班车也停了，见女儿执意要走，爸决定步行送她到县城，再慢慢想办法回泾水市。趁瑶瑶还没醒，父女俩就准备上路了，爸穿着厚厚的棉大衣，把妈给她打的包分成两份，用一根棍子挑在肩上。妈从柴垛上抽下来两根棍子说，路上本来就是冰溜子，现在上面盖着一层浮雪，滑得很，你俩把这棍拄上防滑。林夕穿得像个棉熊，拄着妈给的棍子和爸踩着厚厚的积雪深一脚浅一脚地慢慢走出了村道。

回头看去，院子里皂角树的枯枝依然干巴巴的，在冰雪中耐心地等待着属于自己的季节。

清晨，路上一个行人都没有，到处白茫茫的一片，一脚踩下去，雪埋上了小腿肚子，根本就看不清路在哪里。父女俩用棍子探路，凭感觉、经验和路旁的行道树判断着走在路的中央。下了一个坡，在拐弯处，她回头看见妈戴着头巾、手抄在袖筒里还站在院子的皂角树下望着她走的方向，离得这么远，她还是给妈挥了挥手，示意妈回屋去，尽管她知道，妈肯定看不见。

在这银白色的世界中，通往县城的十里长坡连一个脚印都没有。爸戴着棉帽子，穿着棉大衣拄着棍子挑着女儿的行李，像孙悟空护送去西天取经的唐僧一样，排除万难，不畏艰险，勇往直前地在前面踩出一个个歪歪扭扭的雪窝子，林夕踩着爸踏出的脚印慢慢往前走。她回过头去，眯着眼睛，看着她和爸一路上这歪歪扭扭深深浅浅的脚印，心里突然溢满了感动，感谢这个冬天的这场大雪让她有机缘和爸这样走一遭。顿时，多日来的阴霾和乖僻的情绪一扫而光。

记忆中，爸话语不多，也从未和她深谈过什么，但她确信爸和她的心是相通的。在她离开县城去泾水市打拼的这些年，无论是租住在泾水市哪个背街小巷，无论她租住的地方有多么不起眼多么难找，无论把家搬到哪里，有时候连她自己都说不清自己住的地方具体位置，亲戚朋友总是抱怨难找。但经常待在农村的爸来看她时，总是能准确无误地找到她，这时常令她感到惊讶。但爸说，世界上有找不到自己女儿的父亲吗？

她不想再像小时候那样像个跟屁虫一样跟在爸的身后，踩着爸的脚印往前走，她故意抢在了爸的前头，快乐而顽皮地踩出一个个歪歪扭扭深深浅浅的雪窝子，然后回头站在那里，看着茫茫乡野通往县城的公路上自己这深深浅浅歪歪扭扭的串串脚印，不禁大发感慨：这里本没有路，是我林夕给自己踩出了这条路！

结着厚厚冰凌的柏油路在这里有一个优美的坡度，林夕在经过了一个个险些摔倒的预演之后，终于哧溜一下猝不及防一屁股跌坐在地上，不好意思地坐在地上快乐地疼了一阵子。远处，几只麻雀低低掠过，它们的叫声使这个冰天雪地的清晨有了丝丝缕缕的生气。一切都是那么温润、柔和、宁静、悠远。

沐浴着这种智慧之光，她相信自己一定会走出迷途。

（原出版单位：太白文艺出版社 2011 年 6 月第 1 版）

祝君晚安（节选）

裴积荣

【作者简介】 裴积荣，1933 年生，历任吴旗县陈砭中学校长，中共吴旗县委通讯组长、宣传部长，延安地区创作辅导室书记，《延安文学》杂志副主编、副编审。中国作家协会会员。著有散文集《西行阳关道》《我为贫女做嫁衣》，短篇小说集《今夜鄜州月》，中篇小说集《西部女性》《情宫探》等。

第四章 华文章

华文章虽然也是一位历尽坎坷的人物，但他生性乐观，随遇而安。所以他已六十多岁了，仍满面红光，满头黑发，脸庞胖嘟嘟，下颏微微下垂，健康而富态。不像我们已经熟悉的马如龙、吉兴龙、白敬丹那么衰老。

一个人，精力过剩的时候，他才瞅机会寻找异性朋友；一个人，心情舒畅的时候，他才瞅机会寻找异性朋友；一个人闲得无聊的时候，他才瞅机会寻找异性朋友。

“怎么，没找到?”华文章端刀直入地问。

李秋桃点点头。

“你心情很不好?”

李秋桃点点头。

“没找到就没找到嘛，有什么苦恼的?”华文章说，“生不见人比死而见尸好！只要他还活着，今天找不到以后还会找到的。说不准老白是出外旅游去了，玩够了又会回来的。”他拍拍李秋桃的肩膀开玩笑说，

“你不要害怕，舞女是看不上那个干老汉的。”

李秋桃点点头，又摇摇头，眼眶里闪动着泪花。

“你为什么这般愁苦啊？不值得，不值得，那全是自我折磨，慢性自杀，”华文章说，“我们中国人就是这样，老是留恋过去的东西……”

李秋桃说：“你是在追求未来？”

华文章说：“不是不是，我是一不回顾过去，二不设计未来。我只抓紧一个——享受今天。今日有酒今日醉。有一首古诗你知道不？”

李秋桃迟疑地看着华文章，等待下文。

华文章敲敲脑壳说：“你看我这记性，这是谁的诗来！前半首全忘了，后半首是——青史几番青梦，黄泉多少奇才。不须计较与安排，领取今日现在。——这就是我的生活态度！”

李秋桃说：“你妻贤子孝，合家团圆，欢欢乐乐！而我呢，茕茕孑立，形影相吊，就像个住庙的尼姑！”

华文章说：“幸福是自己找的，苦恼是自己寻的。种瓜得瓜，种豆得豆！”

李秋桃说：“你是批评我过去失检点，私通吴仁奇，才招来了今日之祸，其实我是另有所图的。没想到……”

华文章说：“错了错了，你又误会了我的意思。我没有一点点批评你的意思。我还是那个老观点，享受今天，乐在今宵。努力找寻新的欢乐！你一个孤身女人，苦守空房，嫌家中生活太清冷是吧？——我们要学会给生活升温！”

李秋桃说：“你们文化人，真会开洋荤。啥叫给生活升温啊，你是说给生活加点儿火！”

华文章说：“就是让老年清冷孤寂的生活热火起来！”

李秋桃问：“干什么啊？”

华文章说：“谈恋爱。”

李秋桃笑了：“和谁？和你！”

华文章说：“完全可以，只要你愿意，我尽心尽力地奉陪李女士。李女士的开心就是华某的快乐。”

李秋桃说："你就不怕熊桂花扭你的耳朵，那可是一只母熊啊！"

华文章说："你的思路，老走岔道。我只是说谈恋爱，并没说结婚啊。"

李秋桃问："谈恋爱不结婚为了什么？"

华文章说："给生活升温啊！我说过了——乐在今宵。"

李秋桃笑着骂道："你是想玩弄我吗？我而今名誉扫地，玩弄女人你也没心劲儿找我，你那是瞎吣。"扭身便走。

华文章喊住她说："我正在扩大加强我的夕阳红文艺宣传队，你也参加吧！一可锻炼身体，二可消磨时间，填充生活空白。唱歌跳舞你是专门人才，用不着培养！"

李秋桃说："我常在轩辕镇夕阳红艺术队里跳舞哩，只是没有正式参加，我看不上那些搭档，一个个笨手笨脚的。"

"我想叫你到桥山市夕阳红艺术团来当导演。这样我们接近的机会就多了。"华文章的话说得绵绵的甜甜的，很有感情。

李秋桃想了想说："可以。"她扭身就走。

华文章又喊住她问："我家里有电话。你家里有电话嘛！如果遇到节假日，我打个电话你就来。"

李秋桃说："有，白敬丹的稿酬一寄来，我就把电话安装起来了。"

他俩互相记录了对方的电话号码。

华文章目送着李秋桃远去了。李秋桃那屁股蛋子胖胖的，走起路来一扭一扭的，很有魅力。

华文章回到家里，李秋桃的影子老在眼前晃来晃去。他想，年轻时没谈过恋爱，这是人生一大憾事。年老了，补上这一课也是一桩美事。怎么谈呢！突然想到了写诗。华文章平日爱写顺口溜，三句半，在桥山市素有"酸浆水诗人"之称。他想，年轻人谈恋爱常写诗，我何尝不可试试。他想把"给生活升温"这个主题开拓一下，写成一首诗。想了老半天，只想出一句，再也续不下去了。他拨动了李秋桃的电话。电话铃仅响了一次，李秋桃就抓起耳机问："谁呀！"那声音能娇娇的，很有感情。

因为都是老年人，华文章老皮老脸地如实地告诉对方，他想她，害单相思，想写诗，只写出一句就接不下去了。

李秋桃笑着问："你那句诗是什么啊，说出来让我评评。"

华文章说："带着你的笑脸来！"

电话里传来了李秋桃的哈哈大笑声。说："我的脸就像秋天的向日葵，满脸渠渠道道，有什么好看的！"

李秋桃把自己的脸比作秋天的向日葵。这句话就像把堵住泉眼的石头撬起来了。华文章突然来了灵感。他的诗句像泉水似的汩汩汩地向外冒，华文章啪的一声压了电话耳机，接着把他的《给生活升温》往下写——

爱着你的笑脸来，
葵花迎着秋阳开。
皱纹乃是播种爱情的犁沟，
谁能给生活升温，
谁就能在秋天收获情爱！

带着你的笑脸来，
秋桑多汁，
秋蚕多爱。
白发是蚕儿吐的情丝，
有诗与丝织就的锦衣，
何惧冰与霜的侵害。

带着你的笑脸来，
诗花不凋四时开。
莫徘徊，
莫等待，
给生活升温着青春常在；

诗页谱写天章云锦，

诗花壮美彩虹世界。

诗写好后，华文章连读数次，觉得很满意。他觉得这首诗，比他以往任何一首诗都写得好！有特点，有韵致，中央台的《夕阳红》专场如果征集主题歌，他一定把它寄去应征。他想，通过电话把自己的大作快速告诉给自己假设的情人。拿起耳机后，他又反悔了："诗，要置于案头，一字一句地玩味。电话上字音听不准，理解不了，解释来解释去就没滋味了。"他将诗稿另抄了一页打算寄出去。妻子熊桂花回来了。她说："你不是正在扩大你的夕阳红文艺宣传队吗？"

华文章说："是的。"

熊桂花说："我也参加。"

"你那话留着哄孙子吧！你会忘了挣钱？"

"我参加夕阳红，不是为了跳舞，而是为了更多的赚钱！"

华文章不理解，迟疑地看着自己的老妻，好像不认识似的。

熊桂花说："我给你介绍个窝儿。那儿聚集着许多、许多的老干部，全都闲着没事儿干。你去那儿宣传一下准有许多人参加。你去排练节目，我去做生意。你排练节目的人多了，我的营业额也就上升了。"

华文章问："在哪儿？"

"正宫院。我姨姨家。"

"你转弯抹角又想拉扯这门亲戚了！我不去！"

"为啥不去？"

"我不爱去！"

熊桂花恼火了，说："不去也得去。你就爱吃好的，你就爱跳舞，你还爱干什么！"

华文章知道，熊桂花又开始了她的"疲劳轰炸"。急忙指着墙壁说："夫人莫动肝火，我爱干什么，怕你忘记了，我全写在这儿。你听，我给你再念一遍……"

华文章的墙壁上贴着《我爱……》——《晚晴篇》。他每天都嘟嘟讷讷地念着，自读自乐：

清晨我爱打太极，傍晚我爱林间立。
学习气功无别意，疏通血脉除百疾。
健身球儿随身备，灵活十指健双臂。
爱和朋友杀象棋，槽头牵马打死车。
纸牌也是好游戏，谋算韬略显高低。
闲时我爱做小吃，煎炸烹炒常练习。
蒸过大米煮小米，锅碗瓢盆伴老妻。
……

熊桂花猛地插话说："你那不是'伴老妻'，是耍猴哩，出洋相哩！谁会像你把醋瓶子错当酱油瓶子哩，把半斤醋浇在卤肉锅里了，闹得一家子没法吃！"

华文章不理睬熊桂花的啰啰唆唆，继续念——

饭后茶余看影集，秦腔乱弹唱一曲。
写信常过三千句，絮絮叨叨劝子侄。
信口聱牙村妇语，陈词滥调不自知。
傍晚七时开电视，散步提着收音机。
国内国外天下事，为颂春色我提笔。
街巷市井常留意，信口胡诌打油诗。
英雄人物好故事，歌罢春兰赞秋菊。
报刊偶尔登几句，朋友称赞我唏嘘。
写诗自知非才器，自写自诵自乐之。
溪边伫足观鱼戏，柳荫散步炼文思。
风花雪月冶性体，竹菊兰梅壮筋肌。
……

华文章的《我爱……》熊桂花早就听得耳朵结了茧子。未待华文章念完，她就呼喊说：“别啰啰唆唆了，打水做饭！——你快一点，手脚麻利些，服从命令听指挥！”

熊桂花说的“服从命令听指挥”，不是开玩笑话，而是实话。家庭领导权，完全掌握在熊桂花手中。华文章提水回来，熊桂花说：“劈柴生火。”华文章又乖乖地遵命去做。

华文章与熊桂花夫妻生活已经三十多年了。过去虽经过几次斗争，但主导权一直操纵在华文章手中。熊桂花在家庭中的座次一直排在第二位。到了九十年代，孩子们都工作了，都成了家各自独立了，华文章也退休了。关于家庭领导权的争夺战便日趋频繁。华文章说：“你虽然进过造纸厂，也算是个工人阶级，但我是共产党员，你不是共产党员。工人阶级要服从共产党的一元化领导！”

熊桂花说：“现在是改革开放时期。报纸上，广播上天天强调改善党的领导，你怎么充耳不闻呢！”

老两口一个强调加强党的领导，一个强调改善党的领导。在“理论”上这虽仅仅是两字之差，但在实践上就相去甚远了。华文章爱吃面条。熊桂花说：“改善一下，打煎饼。”华文章要吃三顿饭。熊桂花说：“改善一下，吃两顿。”华文章爱吃白菜、韭菜、豆腐、粉条、清淡食品。熊桂花说：“改善一下，吃肉。”以往做炊全是熊桂花一人的事。而今不同了，熊桂花要华文章帮灶。华文章强调他要写诗，没时间，不帮。熊桂花问：“你写的那是丝（诗）还是‘线’？我看连烂麻团还不如。烂麻团废品收购站还回收哩，你那‘丝’谁要！”

华文章说：“高层次人和低层次人没有共同语言。你熊桂花更是个朽木之材，不可雕也！咱们还是各忠职守，你做你的饭，我写我的诗。”

熊桂花说：“我从十六岁就学着给你做饭，已经做了三十多年了。你这个诗人也应该做做饭，体验一下烧锅燎灶的生活是什么滋味！”

华文章灵机一动，说：“很好很好，咱俩换个过儿，你代我写一首诗，我代你做一顿饭！”

这下，熊桂花葫芦将把儿锯了，没嘴儿了。但她有她的招数：做面条只做一大碗。面煮熟了，熊桂花用笊篱搭干捞净，一条不剩。油盐酱醋调好了，坐在沙发上哧溜哧溜吃起来。华文章忙着写诗，听见老伴儿吃饭，自己才动作起来，及至揭开锅，半锅清汤。斗不过就投降，以后熊桂花做饭，要华文章做什么，华文章就做什么，唯命是从！

华文章爱写作，熊桂花很反对，多次阻止无效，她就采取了新招数：一搅二吵三胡闹。华文章被搅得六神无主，思绪不能集中，只好作罢，创作只能在熊桂花出门做小生意去了偷偷进行。

隔时不久，熊桂花又添了新的家法。不许华文章看书看报。“你看那个烂本本有啥用？你看了一辈子报纸起了啥作用，一没捞下官，二没捞下权，三没挣下钱，还不如上街捡破烂去！”

华文章不听劝阻。以后每当华文章读书，熊桂花就开始做戏了。一阵儿“老头子，提水！”，一阵儿“老头子，担煤！”肉买回来了，洗肉、剁肉、剔骨、剁馅儿全是华文章的事。华文章罢工不干。熊桂花拿出了看家本领，一哭二骂三吵架，四走娘家五自杀。左邻右舍好说歹说虽然熊桂花劝解回来了，但她的夺权阴谋却实现了。已经是孙子跟了一长串儿的人了，华文章不愿扩大影响，缴械投降了。

夺权刚停新波又起。熊桂花连续三个月抢先一步，去到老干局把华文章的工资全领走了。华文章这次来了真的。他到老干局提出严重抗议。老干局出纳是熊桂花的娘家弟弟，虽是远房亲戚，但一个熊字没掰破，见了面儿把华文章叫姐夫哩！熊出纳既想偏袒自己的老姐姐，又爱戏逗自己的老姐夫玩儿，软磨硬顶，华文章的“严重抗议”，就像放了个嘘嘘屁连响都没响。

华文章和老妻说理。老妻胡搅蛮缠说不清。华文章泼下来争吵，熊桂花大呼大号，华文章吵不过。华文章生气了，一拳打去偏不偏将熊桂花的鼻子打破了。熊桂花“临阵发挥，大做文章”。她不堵鼻血却胡擦乱抹，一阵儿鼻血抹了满脸。机不可失，时难再得。熊桂花抓起电话耳机发出了紧急呼救信号。

一刹那，儿回来了，女回来了，儿媳回来了，女婿回来了，内孙外孙也回来了。第二次“文化大革命”开始了，华文章上了批斗台，群体声讨。华文章开始意识到他遇到了一个不可抵御的“熊家军”，一个横衝直闯的“狗熊集团”。不投降也得投降，华文章又缴械了。

熊桂花的家庭夺权政变全面胜利。她坐了第一把交椅，牢固地掌握着领导权，华文章退居二线了，不，他进了冷宫。他知道这是历史的必然，这是“家庭周期性解体”的开始。熊桂花的家庭领导权争夺战，带着喜剧色彩兴起，但给华文章带来的却是满含悲剧性辛酸的结局。

华文章问：“我没有一个零花钱，日子该怎么过？”

熊桂花说：“吃饭我全包了，你要钱干什么？”

华文章说：“我要的是零花钱。”

儿说：“酒我买。”

女说：“茶我买。”

华文章说：“我还要抽烟哩！”

最高家务会议宽待俘虏。会议决定，熊桂花每月领回工资来，先交华文章九元钱吸烟费，每天平均三角。从此华文章成了月薪九元钱的退休老干部。华文章爱看戏。一次，桥山市搞地方文艺调演，门票一块五。华文章在剧院门口转了三个圈儿没敢买票。因为买一张戏票，他五天就不得吸烟了。

饭后，熊桂花带着他的俘虏兵华文章去正宫院看望姨夫王幸福。

他俩带的“礼物”都很重。熊桂花提的一个老长老长的荆条筐子。筐子上面用洁白的新毛巾遮盖着。为便于负载，她的腰弯得像一张弓，那个沉重的荆条筐子就压在右胯上，她不堪负荷，走得很快，每走过百余米，就放下筐喘气歇息。华文章挑着担儿，前后都是两个大铁桶，桶面上也有洁白的毛巾覆盖着。他挑得很重，走得很慢，一步一个脚印地往前走。路长知马力，他给人的感觉是，这是个很有内功，很能负载的驮畜。

熊桂花走在前边了，她放下筐儿歇息。华文章追上来了，但他不歇息径直走。待超过一段儿路时，熊桂花又在后边追。追上来了，超过华文章了，她又站下来歇息，等候。看着身边的老年夫妻相伴散步，看着道旁的少年夫妻相依相偎地情语呢喃，看着那些少男少女们倚着栏杆，你戳我逗打情骂俏，华文章问熊桂花：“你看人家，多幸福，咱们呢！就像牲畜！”

“啬死我了，恶心死我了！我一看见那号媚眼媚相就想呕吐！一个光眉花眼的大活人，偷偷地戳尻子抠屁眼那算是干什么哩！”熊桂花说：“咱们这样闹，那才是幸福呢！小时候在我娘家熊掌子，我常和姐妹们这么玩儿，这叫‘狗撵兔’！”

路过邮电局门口时，正巧熊桂花撵到前边去了。华文章急忙放下担儿，跑进邮电局去，把他写给李秋桃的爱情诗发了。再一次夫妻相遇时，华文章埋怨说：“这太累人了嘛，离正宫院还老远哩！”

相传，正宫院是黄帝正妻嫘祖养蚕做绸的地方。王幸福就住在那儿。

熊桂花说：“不远啦！咱老两口再撵三个回合就到了。”

华文章说：“我真不想拜见你姨夫这个人！”

“什么‘你姨夫’，应该说‘咱姨夫’！”熊桂花说，“我真弄不明白你这个人，拿着柏木料子不做棺材做锅盖，不‘装人’偏爱憋气！中国和日本打了八年仗，而今还亲密的太哩！中国和美国斗争了几十年，而今还和好哩！王幸福是我姨夫，我们是挨帮贴底的老亲戚，怎么能老不来往呢！彼此都老了，土埋了半截子了，遇事应该想开些！我们两家不相来往，你算一算多少年了！”

华文章和王幸福的矛盾，细说细叙起来，已经三十多年了。

华文章原名华章。初中毕业填写毕业证书时，他才断然决定在中间加了个“文”字。同学们都说，华章和华文章是一个意思，在中间加个“文”字是放屁脱裤子哩，多此一举。但华文章却为此耗费了许多脑筋。因思想太集中，上学路上被小偷把班务费全偷走了，气得他哭了两天。学生时代的华文章就是这样一个人，他处处喜欢卖弄自己的“文才”，爱谈文说字，爱纠正别人说话时的错句病语，为此他得罪了不少人，同学朋友都骂他是小聪明。

华文章出生于一个小市民家庭。父亲华三学在旧社会领导一个很有规格的私人剧团。这个剧团曾一度名噪陕北，远征甘陇。华文章在小时候就受帝王将相，公臣义仆，才子佳人的影响。熊桂花呢，实实在在的农民出身。她爱庄稼蔬菜，爱猪鸡牛羊，爱锅碗瓢盆。所以华文章追求的，正是熊桂花看不惯的和看不上眼的。过去收入低，生活苦，人人都忙，小两口的矛盾并不突出。而今，收入高了，人也闲了，各追求各的爱好，老两口的矛盾迭起。

初中毕业后，同班同学都被分配在农村教小学了。华文章因为能写能画，能歌能舞，他被分配在桥山县文化馆工作。因为他热情高，干劲儿大，很受文教科长冯鸣轩的赏识，不久，他就被调在县文教科当文书了。

冯鸣轩是个老工农干部，待人诚恳厚道，缺点是婆婆妈妈的，遇事爱嘟嘟囔囔。冯鸣轩对华文章很器重，华文章对冯鸣轩很尊敬，上下级关系密切融洽。

此年国庆节，县政府办壁报，公推华文章当主笔。改稿，编稿，排版，美化，誊清他一人全包了。九月三十日晚十二点，壁报办好了，还留巴掌大一片空白，必须补起来。华文章灵机一动，编了一个灯谜——

一个儿马子没骟，
整天光爱叫唤，
把它拴在车干。
——打本县一干部名

这个灯谜很快就被读者打出来了，他就是华文章的顶头上司冯鸣轩。

这一年的国庆节过得很好，县政府机关大院里连续热闹了好几天。饭场上有人议论——冯科长太爱叨叨，干事们都有意见哩；房间里有人嘀咕——华文章看不起冯鸣轩。没文化的人当领导，确实难啊！一些和冯鸣轩职务相当，年龄相当的老同事，见面后也大声地开玩笑——哎，明天请个骟匠，把你那两个卵卵割了去吧！要嘛你改姓，姓马好了，免得挨那一刀子……冯鸣轩阴沉着脸，有气无力地说：“究竟谁骗谁呀，走着瞧！”

这一年冬天开完全县教师座谈会后，公布教师分配名单时，突然把华文章分配到最边远的熊掌子村任小学教师。

熊掌子是个山区小学，全校不满十个学生，有一个深如地道的旧土窑洞，既是学生教室，也是教师办公室。

一步跌落，华文章很难受，他也偷偷流过泪。经过一段时间的“冬眠”，华文章又恢复了活力。他努力工作，不是一个年级一个年级的讲课，而是一个学生，一个学生单独讲。放学后，学生回家了教师没事干，他就走访学生家长，走访模范饲养员，对全国解放前与解放后农村经济状况社员生活状况做分析比较。这一年正值全国开展反击右派运动。华文章就将自己调查得来的材料写成文章，批判章伯钧、罗隆基、丁玲、陈企霞！

这一年，华文章在地区级、省级报纸上共发表十二篇文章。被聘为《延安报》通讯员。年终的教师座谈会后，他被调到桥山县委宣传部任通讯干事。通讯干事不是一个官，但政治条件要求特别严，必须是共产党员。华文章不是，但他是共产主义青年团团员。桥山县又缺少给报纸写稿子的人才。县委书记法外施恩批准了，华文章这才进了县委宣传部，当了通讯干事。为确定这个通讯干事还上了一次县常委会，比确定一个科长还严肃。

华文章高兴非常，得意非常，踌躇满志。究竟要干什么，怎么干，达到什么目的，方法步骤是什么，下一步该踏向何处？他还没有考虑，或者说他还没来得及考虑。刚过罢春节，他就去熊掌子搬铺盖。

山里人厚道，“丰年留客足鸡豚”。

“华老师教书教得好！”

“华老师思想好，工作积极！”

“华老师有才干！年轻人，有出息，好好干，将来嘛……”

熊掌子群众对华文章的赞美声不绝于耳。群众的赞美声听得华文章飘飘然忽神忽仙。适逢新春正月天，张家请了李家请。烧酒黄酒，猪肉羊肉，酥肉丸子，鸡肉粉汤，吃得华文章直打饱嗝，向乡亲们拜年，腰也弯不下去了，他在熊掌子住了几天了，乡亲们还没有让他走的意思。

他依旧住在学校里那盘小火炕上。每天给他主动烧炕的有他一位名叫熊桂花的大龄女学生。这天，华文章因晚餐用酒过量，睡得较早。他刚睡醒一觉，忽听有人敲门。

“谁？”

“我。”

“天啊，你怎么敢在这时候来呢！”

“快，你快把门开开。”

灯点着了。门开了。进来的是熊桂花。

熊桂花是熊掌子小学的一个特殊学生。我们的国家一穷二白，在旧社会更是文盲遍于中国。刚解放时，人心思上，都急于摘掉文盲帽子，而小学教育还未走上正轨。许多成年人也挤进小学校来读书识字。这时，母子同堂者多矣！熊桂花就是在这个特殊时期挤进小学校门的特殊学生，也因此与华文章结成了特殊关系。

熊桂花母亲早丧，父亲是个兽医。旧社会桥山地区的兽医大都不是学校毕业的科班弟子，也很少有人是拜某一名医为师，经过几年培训而出门行医的。他们很像游击战争、解放战争时期八路军、解放军的军事指挥员，不是学会了再干，而是在干中学，干就是学。熊桂花的爸爸熊万能是个聪明人，他好观察善思考。牲畜有病了，他挖中草药试治。平日里又注意收集乡间的偏方验方。牲畜发情了，他搞配种，又找老骟匠学习阉割技术，渐渐地，他就成了这一方有名的兽医了。他经常出外行医，留下熊桂花一人终日没事儿干，在村庄里东跑西走，以拾野菜、摘酸毛杏为乐。华文章到熊掌子任教的那一年，熊桂花已经十六岁了，还未上学。华文章就主动上门动员熊桂花上学读书。

熊万能说：“女娃娃，学下文化也没个用向。”

华文章说：“看条条，认票票眼明。睁眼瞎子进城去连厕所也找不到！认得几个字，读书看报也方便！”

熊万能说：“都十六岁了，迟了，心杂了，心笨了，学不进去了！”

华文章说：“试试看，能认几个字算几个字。欠人家一文钱的债不还，你心里不踏实，你会感到身上背着债；身上有个虱子不捉，你会感到身上痒得慌。多认识几个字怕什么？不是负担，只有好处，没有坏处。”

华老师的宣传工作做得好，熊万能父女都笑了。从此，熊桂花就上学了。

华文章对熊桂花特殊对待。其他学龄儿童学的是小学课本，熊桂花学的是《农民识字》课本。其他学生上下课有时间，熊桂花上下课没时间，不懂就问，不会就问，有不认识的字就问。熊桂花人也聪明，记性也好。上学第一天就把“一”到“十”，十个数字全学会了，而且做到了会读，会写，会讲，会用。华文章在熊桂花家里还搞见物识字，门上，窗上，墙上，见什么东西就写上什么名字，以方便熊桂花记忆。

华文章在熊掌子的一年时间里，尤其是他将熊桂花拉进学校以后，熊家父女对华老师感激非常，爱慕非常。华老师吃派饭。由学生家长轮流管饭。可有些学生家长忙于干农活，做饭吃饭不按时。熊桂花就请华老师到她家里去吃地软包子、酸汤饸饹、地儿菜合合面、鸡丝馄饨，油糕、凉粉……华老师想吃什么，熊桂花就给他做什么。有时熊万能出门行医了，家里仅有华文章和熊桂花两个人。熊桂花虽说当时刚交十六岁，但个儿长高了，也懂得说情逗笑了。华老师一句平常话，本不该引出一场大笑来，但熊桂花能笑得前合后仰，举止失常，有时，就笑得跌倒在华老师怀里了。一男一女，同做同吃，说说笑笑，就像小两口。

桥山群众习惯早婚，这是百年旧习。解放前的女孩有十三岁就结婚的，十五岁结婚是多数，十七岁结婚已是大龄了。解放后虽说颁布了婚姻法，但在群众中常常有违法早婚的。

熊桂花第一次倒在华老师怀里，华文章一抚摸到这个青年女性的胴体，心里感到热乎乎的一阵慌乱。但他下狠心控制了自己，没敢动手动脚。当时，我们的国家，在处理男女关系问题方面，法纪特严，尤其是教师和学生之间，更是罪加三等。每年的暑假、寒假在全县的教师座谈会上都要处理几个玩弄女学生的教师，有判三年刑期的，有判五年刑期的，也有判八年刑期的。熊桂花第一次倒在华文章怀里，华文章在慌乱中没有拒绝，这就招来第二次，第三次。在熊桂花的多次进攻下，华文章失控了，先是抱一抱，吻一吻，后来越来越不能遏制，竟偷偷地吃了禁果。

有了华老师的点化（主要是影响），熊桂花的生活爱好广泛了。熊桂花偷偷向城市女青年学习。原来是身后背一条“长长的秤杆”，而后剪短了，变成双辫辫了，辫梢上有了红的、蓝的蝴蝶结儿了。在她那黑暗暗的小屋中，有了小花瓶儿了，不时的有山间野花更替。她注意梳妆打扮了，常常对着小镜儿瞄来瞄去。她很喜欢和华老师接近，问这问那。“华老师，这张画儿上怎么单单画一个大公鸡？——谁家没有这个呢！”

“华老师，这张画儿上怎么单单画了个男娃娃，为啥不画成一男一女呢！——重男轻女！”

“华老师，学会算术，除过会算账还有啥用呢！——谁会整天买呀卖呀！”

爱情是学习的动力。熊桂花爱上了华文章，她的学习更上劲儿。她很快就把《农民识字》课本四册全学完了。华文章就给他教算术。熊桂花学习算术很不开窍。华文章从县城新华书店买了一至四册小学生算术课本，打算按部就班地，一步一步地给她教。这时，华文章的工作调动了。

熊桂花深夜突然闯来了。二人虽然是紧张的，但还是热情的，彼此紧紧地拥抱着。

熊桂花问：“你明天就走么？”

华文章说：“走。”

熊桂花问：“不能再多住几天么？”

华文章说：“不能了，宣传部等着用人哩！全县的通讯报道工作由我一人搞。究竟该怎么搞，我心里没数，正发急！”

熊桂花问：“你走了我咋办？”

华文章沉思良久：“过去的事是错误的。咱俩虽说是互相爱。但我的责任是主要的，我的年龄比你大，我又是老师。做这种事很不道德。

我对不起你。今后我回到城里了，你如有用得着我的地方，我一定尽力。你想找个有文化的女婿，你在乡里也找，我在城里也找，如有合适对象，我一定给你上门介绍……”

熊桂花发急：“行了行了，再不要说那些空话了，我就要和你结婚。”

华文章乞求说：“不行不行，我比你整大十岁哩！”

熊桂花说：“大十岁怕什么，我不嫌大，你还嫌小么！你这是虚情假意。你回城了，升官了，一步身荣了，看不起我这个乡里人了！”

华文章说：“你说这话昧良心。咱俩相好以来，谁也从没说过打算结婚的话呀！”

“而今情况不同了，”熊桂花拉过华文章的手说，“你摸摸这儿。”

华文章在熊桂花那柔软的肚皮上，突然摸到硬硬的一块：“这是什么？”

熊桂花说：“你想想它是什么？开始我也很奇怪，后来我就想明白了。我已经四个月没见红了。放了寒假，你走后没几天我就摸到这个了。”

“这下把命要了！”华文章像五雷轰顶。他当下软了。老半天说不出话来。他脑子里想到的是教师座谈会上，一个又一个逮捕犯罪者的镜头。

“你说话呀！……你怎么了？……”熊桂花催促着，“平日讲英雄人物的故事你一套一套的，遇到自己有了事，你怎么一下子就像气球把气放了！”

在具体困难面前，华文章连一点文章也做不出来了。“桂花呀，这下你把我的命要了！你不知道法律。凡出现这号事的，教师最少判三年徒刑。——你把我的命要了，你把我的命要了！”华文章呜呜呜地哭。

熊桂花心软了，也没了主意。她心急：“这样吧，我主动投案。我到法院去，就说这事是我主动干的，要他们判我三年徒刑！——你在监外等着我，不能变心。”

“你那不是主动投案，那是上公堂告我的刁状！不管你是怎么讲的，责任都要落实到我头上。”华文章哭着说。他竟哀痛得语不成句。

“咱们结了婚，不就一了百了么！——你放心结婚吧！婚后你嫌我配不上你，待把娃娃养了，再拖上一年半载，娃娃能离奶了，咱们办个离婚手续，我不会赖着你！你再不要哭了。你一哭我心里就发酸发软，我也想哭了。呜呜呜，呜呜呜！”熊桂花哭着说，“好神神哩，你千万不要再哭了！”

“我刚刚有了一点点进步，你就从腰里砍了一刀，把我一刀两断了！呜呜呜，呜呜呜！”华文章哭着说，“还是我主动投案好，争取少坐两年牢房！结婚不是好主意，你还不够结婚年龄。早婚依然是犯法的！”

熊桂花说：“我把年龄哄一下，农村早婚的多得太哩！”

华文章说：“那是农民。农民违犯了婚姻法，基层干部睁一只眼闭一只眼就过去了，我是干部。我若违犯了婚姻法，团籍保不住，公职也保不住，最后落个‘双开’处分……”

两个青年人，为肚子里那个未出世的小生命愁成一疙瘩了。

华文章说：“那不是儿子，那是个催命鬼！”

熊桂花说：“它迟早非出来不可，这是个定时炸弹，非爆炸不可。究竟该怎么办呢！你说一句肯定的话！”

华文章说：“你爸常到甘肃地面上行医，在甘肃找个人家偷着去生吧！”

“我怕我爸骂我，从未给他漏过消息。他若知道这个孩子是你的，他不气疯了才怪！他会砸烂你的脑袋！这是欺负人的事，这是辱没门庭的事啊！”熊桂花说，“甘肃农民旧观念，重的太哩，他们决不会让别人家的女子到自己家里来生孩子的！”

华文章说：“坠胎。”

熊桂花问：“咋样坠？”

“找个医生，再给人家送些人情。”

“这正好，我姨夫就是医生。”

“他是谁？”

“王幸福。”

华文章问：“是县城里开诊所的王幸福么?”

熊桂花说：“正是他。”

第二天，华文章起身离了熊掌子，村民们一行人送到村外。他刚走过约莫三里地，熊桂花坐在路边一块大石头上等他。她提个红包袱，包袱里装的白面馍，油糕等年食品。路上遇见熟人了——

“桂花，你到哪儿去呀!”

“我到县城里给我姨姨拜年去呀!”

“几时回来?”

“过罢元宵节回来，听说今年正月十五，桥山县城里的秧歌好的太哩!”

临进县城时，华文章从身上摸出三十元（这是他一个月的工资）交给熊桂花，说：“你看病要钱。如果你姨夫万一不肯帮这个忙——医生都嫌这样做伤害人命。你就另找个医生吧！总之这个胎一定要坠掉，留下来人证物证就全都有了。留下他就是杀了我。”

熊桂花虽然是个农村姑娘，没文化，没交际，涉历也浅，但她很会动小心眼，很会来事。打胎，本来是个十分烦难的事情，而她却做得十分顺利且不露痕迹。

“我是给姨姨和姨夫拜年来的。”她一踏进姨姨家的大门就笑嘻嘻的地开宗明义。桂花为人勤快，她帮姨夫打水，帮姨姨做饭，洗衣扫地自不用说，连晚上提脚盆，早晨倒尿盆的事她都抢着干了。一天，姨夫上班去了，姨姨一个人在家，熊桂花觉得解包袱的时间到了。她捉住姨姨的手先是哭。

姨姨问：“你怎么了?”

熊桂花还是哭。

姨姨说：“看这娃，你究竟怎么了？是不是想你妈了?”

熊桂花点点头说：“是的，如果我妈还活着，我咋能做下这号脱底子事哩!”

姨姨问："你做下啥事了？"

熊桂花还是哭。她摇摇头说："不能说，不能说，丢人的太哩！"

"啥事嘛，还不能给姨姨说？姨姨和妈妈一样啊！"

"我怀孕了。"

"啊，你咋能做下这号事？谁的？"

"姨姨啊，事情已经做下了，就看咋样解决呀！不管是谁的，都是咱的祸害。——娃是华文章的。"

姨姨说："就是你们熊掌子那个小学教员！那小子就不是个好东西。在教育科工作时，骄傲自大，写诗骂领导！咱们告他去！"

熊桂花说："他如今调到县委宣传部了，通讯干事——专门给报纸写稿子哩！咱们打胎，不告状。告状是告我自己哩，逼得我走死路！——姨姨想想，一个没结婚就生娃的女子，日后谁要哩？我还有脸见人吗！"

姨姨长叹一声倒在炕上了。

熊桂花说："我这次来，就是要卸这个包袱。我姨夫是个医生，中医西医都会，坠胎嘛，多大一点事，偷偷用两剂药，一河的冰都消了。只要他肯帮忙，这事神不知鬼不觉的就解决了！咱何必大肆张扬呢！何必自己给自己脸上抹黑哩！"

姨姨无可奈何地点点头。

王幸福的大弱点是怕老婆。凡是老婆说的他都唯命是从。有姨姨作后台，熊桂花的事办得很顺利。她正月十二进县城，二月初十就满面红光了。

熊桂花打算回熊掌子去。临起程前她用华文章给她的钱，在街市上买了一只大红公鸡，拿回姨姨家自己做了。吃饭时，熊桂花将两只鸡大腿用碟子端了，双手捧到饭桌前，一只敬给姨夫，一只敬给姨姨！

王幸福心里明白，一语不发。

爱耍小聪明的姨姨，对丈夫做了个画蛇添足的点题："娃是给你下话哩！"

熊桂花的脸，唰的一下全红了。桥山人吃鸡大腿是有讲究的。一是小辈人做了错事向长辈认错；二是儿子订婚，大办不起酒宴，杀只鸡，一条腿敬给女方的首席代表，另一条腿敬给保大媒的；三是亲戚邻里间有了矛盾，犯了错误的一方杀只鸡，用鸡大腿向对方表示赔情道歉！

王幸福大口大口地啃鸡大腿，他吃得心里非常幸福，丝毫没有注意熊桂花感情的变化！

今天是农历二月十二日。这一天正值春分，离清明节再有半个月时光了。沮河岸边的柳条绿了，桥山山洼里已有一些不知名的野花星星点点的开放了。熊桂花，这个十七岁的乡下姑娘，穿着姨姨给她做的蓝亮亮的列宁装，穿着有红格格的昌尼鞋，行走在湿漉漉的河边路上。那鞋面是姨姨买的洋货。那鞋底是熊桂花姑娘自己做的。妈妈死得早，桂花不会针工，这双鞋是在姨姨指导下，桂花一针一线做的。细心的人可以从印在湿地上的脚印印看出梅花针图案。

姨姨把桂花送出县城后回去了。桂花在柏树后边坐了约莫半个钟点又返身进了县城。她到宣传部找华老师。她必须把实际情况告诉华老师，免得华老师悬心。

宣传部一位矮个儿同志说，华文章下乡采访去了，有什么当紧的事，你留个话。桂花想，这号事怎么能给别人说呢！她说："我给他留个条子吧！"矮个儿递过来一张稿纸。留个条子别人偷看了怎么办？有了文化的姑娘，眼睫毛眨了两眨在白亮亮的红格格稿纸上写了下面两句话。

华老师：

我把你的脏物彻底清理了。春天来了，我一身清爽。

学生：熊桂花

桥山县委宣传部坐办公室的那个有文化的矮个儿看不懂这个字条，反问道："你是给华老师拆洗铺盖？"

熊桂花机灵地点点头，暗暗得意。

矮个儿说："乡村小学教学质量就是差。这么大的学生了，连两句客气话也说不明白。铺盖拆洗干净了，怎么能说'把脏物彻底清理了'？——华老师的被褥上屙了一堆屎！"

熊桂花"噗"地一下笑了。

矮个儿又说："要不，就是华文章做贼了。你帮他把偷来的东西销毁了。"

熊桂花的脸"唰"地一下由红变白了。

矮个儿继续逞能卖乖："还有，'春天来了，我一身轻爽'，应该是学生祝老师一身轻爽。娃娃们嘛，哪有个不轻爽的！"

熊桂花问："你也当过教师？"

矮个儿点点头。在熊桂花写的字条儿上签了时间——58.3.21，压在桌面上的玻璃板底下。

熊桂花说："听你谈词说字有板有眼的，我就知道你准定当过老师，而且是教语文的。我华老师评讲作文也像你这么细致。字条没写好，怨我不长进！"

矮个儿说："华文章就没上过中师，没当过中学教师。我是延安师范毕业的，我是从县城中学调来这儿的！"他那神态上表现出高人一等的傲气。

一九五八年的中华大地，被一种云蒸霞蔚的虚假热气所笼罩。这一年共产党对农业、手工业和私人资本主义工商业的社会主义改造已基本完成。农业集体化了，手工业和私人资本主义工商业公私合营了。大跃进、总路线、人民公社"三面红旗"在神州大地上耀日增光，大办食堂、大炼钢铁、十五年超过英国的政治口号写满了书刊，报纸，写满了大街小巷。"六亿神州尽舜尧"。人们雄心勃勃，热气腾腾。幼儿园的孩子们整天高唱着，"……天上没有玉皇，地上没有龙王。我就是玉皇，我就是龙王。喝令三山五岳开道！——我来了！"人们似乎取得了一个共同的认识——政治是历史的火车头，政治运动是促进社会进步和改变"一穷二白"面貌的强大杠杆；只有搞好了政治运动，经济建设不用搞也就自然而然地上去了。从党内到党外，从机关到民众，政治运动，一环套一环。这时，不知从哪儿冒出一个“向党交心运动”，要求人人过关，口号是“交红心、献忠心、无事不可对党言”。

我们的国家开始了一个伟大的时代，华文章也开始了一个春风得意马蹄疾的生命历程。

首先是他遇到了一个好部长。他的名字叫贺常庆。贺常庆也是一个青年得意人物。这一年他刚满三十岁，当县委宣传部部长已经三年多了，上一届党代会刚当选为“中共”桥山县“常委”委员。在这个大跃进的年代里，贺常庆部长有几句很时髦的台词：“宣传干部，要想在人前，说在人前，干在人前；万里江山一念差，不怕做不到，单怕想不到；人有多大胆，地有多大产……”这是他的得意之作，他逢人便讲。贺常庆曾为桥山县提出一个“十三化”的跃进口号，通过县常委会做出决定在全县开展。华文章总结了上一次与教育科长没有把关系处好的教训，对待贺常庆部长事事小心，努力迎合。他将贺常庆的“十三化”发了个消息，题为《乘长风，破大浪，十三颗卫星一起放》在上级报纸上发表了。贺部长非常满意。贺常庆为人和气，很能礼贤下士。每次与华文章相遇，总要跷起大拇指，简洁地说出两个字——“干将”。那“十三化”究竟是什么内容，事隔三十多年，连华文章自己也记不清了，他只记得“男人裤衩化，妇女月经带化，老人敬老院化，幼儿托儿所化，牲畜牙刷化，村村通电话，猪鸡鸭一日三餐化……”——这是题外话。

向党交心运动一开始，贺部长先在宣教口做了大会动员。随后组成工作组，确定以县卫生院为点，重点试办，取得经验，逐步推广。为了便于宣传报道，贺部长带了他的“干将”华文章一起进驻桥山县卫生院。

桥山县委工作组进驻桥山县卫生院后，首先是思想动员，学习文件，接着就是全面检查，人人过关。这天轮到王幸福了。

王幸福五大三粗相貌堂堂，远看确是一条汉子。但他思维浮浅，胆儿小，同事们都笑他体壮如牛，胆小如鼠。在做思想检查时，他做了充分准备——

“我原名叫王生福。旧社会我爸是个乡村游医。我随着父亲学了一点用中草药为民治小病的小本事。解放好，是党送我进专门卫生学校，学习西医。我现在是一个能中能西的医生。我深深感谢党的培养。我深深感到我生活在幸福之中。我就改名为王幸福了……”

王幸福的检查是认真的，只是不能过关。他每一次检查之后，同志们都提一些批评意见。王幸福认真记录了同志们的批评意见，经过修改整理加入他的检讨材料中。他的自我检查材料已有半寸厚了，群众还是通不过。这时，工作组成员华文章讲话了。他指出王幸福的自我检查是皮毛的，浮浅的，不疼不痒的，没有触及思想深处，更严重的问题是避重就轻，蒙混过关。

“避重就轻，蒙混过关”这八个字，本来是华文章将当时的时髦语言信手拈来为自己的发言增添色彩的，没有什么具体所指。但对王幸福却像一块石头压在心窝上了，憋得他喘不过气来。他痛苦地思索了一夜——

“为什么说我是避重就轻，蒙混过关呢！难道我还有更严重的问题没有向党交代么！——这个问题为什么由华文章在大会上提出来呢，莫非他抓着我的什么把柄了么！——”

王幸福突然想到，帮助熊桂花流产是一个严重问题，是一个政策问题，纪律问题，法律问题，华文章为什么会在大会上有恃无恐地批评自己“避重就轻，蒙混过关”呢，他知根知底呀！王幸福又想到了“宣传干部，想在人前，说在人前，干在人前!”对，华文章为什么会备受贺部长青睐呢！他已经把“这事”检讨过了，人家真正做到了“无事不可对党言……”

第二天，王幸福跑到县委宣传部，向贺常庆部长如实讲了他为熊桂花流产的事。

贺部长问：“你知道熊桂花怀的这个孩子是谁的?”

王幸福说：“华文章的呀！难道他还没有向党交心，我以为他已经交代过了，组织上已经知道了!”

贺部长慢慢地说：“是的，他交代过了。组织上已经掌握了！——

我是测验你对党的真诚哩!”

很快，王幸福下楼了。王幸福下楼以后，华文章再没有参加过桥山县卫生院的“向党交心大会”。

华文章的大会发言批判，本来是献殷勤，显积极，逞能，没想到弄巧成拙——小聪明人又犯了一个小聪明的错误。

王幸福的如实交代，为的是下楼过关，大事化小，没想到小事化大，求轻反重——小心眼人又犯了一个小心眼的错误。

华文章被开除公职，判处有期徒刑三年，送往上畛子农场劳动改造。

王幸福被开除公职，注销城市户口，安插在东宫院生产队当医生。

小聪明是一个人的缺点，也是一个人的优点。小聪明使华文章受害，小聪明也让华文章得益。华文章进了劳改农场后，一夜之间，变成了一副巴儿狗形象，听话，乖巧，机灵，勤快。他那笑，热情、随和，很有温暖感。他犯的是“花案”，劳教人员都不把他当敌人看待，即使多接近他，重用他，也不会犯阶级路线错误。他能写会画，能说会道，很快就当了劳改农场的文化教员。每天的任务就是给犯人们读报，教歌子，上文化课。过节日出黑板报，墙报，带队上操，开展体育活动、排练文艺节目等全是华文章的任务。

管教人员高看他，华文章在生活上处处受优待。他是个特殊犯人，重体力活他不参加，还经常受到表扬的犯人，原判三年刑。场部申报上级批准减刑一年。到两年尽头服刑期满了，场部劝他在留场服务一年。华文章左右为难，不留吧，场部同志盛情难却，他不愿拂这班好人的美意。留吧，场部外的生活毕竟自由得多，好得多，更何况还有迫在眉睫得婚姻问题。怎么办？……当时正值国民经济困难时期，灾民遍地。这时，熊桂花来了。

熊桂花瘦了，但精神很好，仍是一种农村姑娘自强不息的个性，熊桂花一见华文章，连手中的铁棍还没放下，就慷慨激昂地做了大段表白——

“我是来订婚的。你一出狱咱俩就结婚。你过去当干部我是你的人，你今天当犯人我也是你的人，你日后当农民我还是你的人。

“过去的事全怪我。你心里莫难过。人嘛，谁也有跌脚打滑的时候。我知道，你而今最难过的是把干部饭碗丢了！你向尘世上看，七十二行哩，干什么不能穿衣吃饭！

“我爸给我提了好几处亲事，有农民也有干部，我一概不答应。我生私娃子的事，全世界的人都知道了。熊掌子人都笑话我不结婚是等你哩！我说‘就是的。华文章是我男人。我要学王宝钏，等他十八年’。有人骂我太傻，有人骂我不要脸！管他哩，走自己的路，让别人说去。凤凰落在梧桐树，后人论短长……

“你受法后，我撵上门去，站在当院里把王幸福那个老东西骂了一顿。我骂他显积极，献殷勤，逞能，把别人向火坑里掀。我姨姨撵出来打我，我跑了！

“我撵到监狱里来看你，是向你献红心哩……”

华文章急忙摆手制止，低声说：“不能不能，红心只能献给共产党。”

熊桂花说：“我把红心献给共产党了，我把身子献给你了，我的身子是你的……”

华文章又急忙制止，说：“快不敢说这种话，别人听见了，会说咱们是流氓！”

熊桂花说：“总而言之，我就是那么个主题思想！你明白就对了，熊掌子到上畛子三百九十里路哩，我没坐车，没钱买车票，我是步行着来的。一路上外省的讨吃的成群结队，还抢人哩！我拉了这根铁棍！这是钢筋的，我把它烧红，在头儿上打了个三角尖儿。路上有人胡盘问我，我知道他是瞎骚情哩，我就把铁棍提起来，把三角尖儿对准他的心窝回答他的话！

“我想给你缝一件新衣服，求遍了所有的亲戚，借不下布票，没有布票，有钱也买不下布。”

熊桂花从提包里取出一个烙馍馍说：“这是纯白面的。是我在家里烙的。共烙了两个。路上饿危了，我吃了一个小的，给你留下一个大的！——你知道不，外客专抢行路人的干粮哩！”

华文章被熊桂花的忠贞感动得珠泪双流。他想，古时候的忠贞女子孟姜女、王宝钏、卓文君也不过如此吧！中华民族真个伟大，尤其是女人，大有燕赵烈士遗风！

熊桂花说：“你莫哭。监狱里生活苦，这我知道。待出了监狱，咱俩结婚后，我吃糠咽菜，也要让你吃好的，把你的身子补起来！”

华文章的眼泪更多了。

熊桂花说：“你说过‘男儿有泪不轻弹’。你今天怎么了！你就不是那种软性子人嘛！你忍着！你打起精神来！你再苦一年时间就出狱了！……”

华文章还在哭。

熊桂花还在劝。

门外忽然响起哈哈大笑声。原来是两位劳教干部在偷听，他们不是“监视”，而是在偷听“洞房秘闻”。劳教干部告诉熊桂花，华文章已经减刑了，已经刑满了，已经是自由人了，而今是留场服务。

劳教干部建议熊桂花就在上畛子劳改农场举行婚礼。

熊桂花当即答应了。

小洞房是劳教干部帮助布置的。那个小洞房真小，长度三米，那个鸳鸯床是活鸳鸯，人一躺上去就发出咯吱咯吱的鸾凤和鸣声，因为那是用门板支起来的。衣服是各人穿的旧衣服。被褥是华文章当劳改犯的旧被褥。小洞房里只有两样东西是新的。一样是熊桂花在山上采来一束野花，一样是劳教干部为洞房编写了一副对联。

两个新人物

一对旧家伙

横批：驾轻路熟

长年钻在上畛子老梢林里的劳教干部，陪伴他们的只有秦直道和汉墓群，生活寂寞，难忍难耐。他们也很想借华文章熊桂花这一对旧鸳鸯新夫妻的新婚幸福来温暖自己的感情。此夜，他们成群结伙来闹洞房。直闹到鸡叫三遍才恋恋不舍地离去。——他们再三再四地向华文章，熊桂花打招呼："我们走了，你们安心睡觉！"其实是明走暗留。这一夜，华文章门外，从未间断过偷听洞房秘闻的。那种"盗听"的认真精神，比监视犯人行动更负责多了，竟连新媳妇的呼吸声也不放过，第二天，上畛子农场，到处都在讲说熊桂花的故事，有真的也有假的……

想到这些，华文章挑着担儿边走边笑。他想，生活真能改造人呀！当年在困难时期的熊桂花竟那样侠肝义胆，而今天在改革开放时期的熊桂花却这般爱钱如命！

熊桂花问："你傻笑什么哩，到姨姨家了！你把身上的尘土拍一拍。"

到了东宫院，熊桂花放下条筐，用手指拢拢头发，掸掸衣服上的尘土，又用手绢揩揩脸上的汗珠，算作她会见客人时修饰仪表。

华文章说："你说，'老年人就不应该打扮'。电视上那些老年人都是老妖精。我每次剃刮胡须，你都骂我是'死漂儿'，'孙子一大堆了，还不知年龄大小'！你怎么也来这一套？"

熊桂花笑红了脸，没理强辩地说："这就不叫打扮，这是讲卫生。客人进门，带去一身尘土大概不好吧！"

一进大门，熊桂花就在院子高声地叫"姨姨！姨夫！"

听见熊桂花在院子里叫"姨夫"，王幸福的幸福感陡地一下传遍全身，连那十个脚趾头都感到麻酥酥的舒服。他急促地隔窗看了一眼，熊桂花身后跟着华文章。王幸福急忙从炕上被子底下摸出那一对淡灰色石核桃来在手心咯叮咯叮转着，笑呵呵地迎向门外。

而今，王幸福出门，手中必须玩那对健身球。每当遇见老熟人，他都要举起它说："这是正宗云南大理石的，不是假冒的也不是伪劣商品，是我三女婿去云南开会时，在出品厂里买的。"玩着那对石核桃，王幸福的心里就装满了"妻贤夫祸少，子孝父心宽"的舒坦。它是家庭美满幸福的标志，是老干部安度晚年的徽章，是革命成功的功勋章。

孙中山“致力国民革命，凡四十年”，落得个“革命尚未成功，同志仍需努力”。而我王幸福呢，圆满的成功了。穿的绫罗绸缎，吃的珍米细面，住的暖窑热炕，享受的公费医疗。按月领工资，上一月的工资还没花完，下一月的工资老干局又派人送来了。夏季有降温费，冬季有取暖费。五月端午，八月十五，春节，原单位还送慰问品慰问，还发请柬约老干部回单位座谈，一个人，能活到这个份儿上，就幸福到顶点了，我还能要求什么呢！人要知足啊！尤其是儿女们都有了适当的工作，王幸福对生活，对社会就连一点点格外的要求也没有了。东宫院住址在桥山半坡上，可以鸟瞰沮水，可以听得见桥山街上的报时钟。过春节时，一位老学究给王幸福送了这样一副对联——

夜眠沮水月
晨起桥山钟
横批：身卧福地

在没有收到马克思的请柬之前，王幸福的心里只有一个念头——玩儿，尽情尽兴地玩儿！玩儿什么呢！作诗作画，他不会；进舞场，唱流行歌曲，那是堕落；想来想去，耍赌最好！玩儿大的，咱没钱那就玩小的。下棋，一盘一角，这不叫赌输赢，那叫收取棋盘费，打麻将，推倒和，一、二、四，偏家一角，庄家二角，庄家自扣四角。这也不叫赌输赢，这叫收取东道主的服务费。还有打花花，闷糊，顶棍儿，收费方法依次类推，一角钱起步就低不就高。

要赌博当然不是一个人干的事，那就约人吧。对象必须具备一个“老”字，老同学，老同事，老朋友，老熟人，还有，老党员，老干部，老革命，老上司，老部下，年轻人一概靠边站，王幸福怕左邻右舍骂他是教唆犯！

插起招军旗，自有吃粮人！

老年人都喜欢幽静，安闲，但并不喜欢孤独。他们也喜欢玩乐，但必须符合自己需要，符合自己特点的玩儿。他们喜欢孙子，但不喜欢搅扰吵闹；他们喜欢交谈，但不喜欢喧哗；他们喜欢比赛水平高低，有输有赢的游戏，但不喜欢借游戏发大财的赌博；他们喜欢儿女勤快孝顺，但并不喜欢儿女平平庸庸毫无进取之心，单为孝顺老人而忙忙碌碌。他们喜欢儿女们在事业上飞黄腾达，但儿女们要离他们远去，他们又会感到孤独忧伤。在神州大地上，白发人已经形成了一个颇为壮观的群体。这个群体增中有减，减而又增，天天都在多种多样的和单一平庸的，司空见惯的和千奇百怪的矛盾中生活着，日复一日。

白发人是一个和谐的群体。在这个群体里，少了些为官为权的相争相斗，多了些怜老惜苦的相亲相近，相汇相融。因为他们已经看到命运的列车接近了终点站。即使往日凝结的块垒，今日也已冰化雪消。他们明白，一旦把眼闭了，从前各式各样的你争我斗全是枉费心机！在离休了，退休了，儿女出外工作了，里孙外孙上学了的时候，在闲得百无聊赖的时候，他们就静中求动！

正是这群人，热情地响应了王幸福的召唤！也不知从哪一天起，东宫院竟变成了输赢大小一支烟的赌博城。大多数都是基本群众，随着日出日落而人聚人散。

王幸福直冲到大门口，热情地握住华文章的手说："文章啊，你的脸怎么黄黄的？是不是看书太多？"虽然他俩年龄相差不多，但王幸福却不带"华"字，直呼其名，表现出做长辈的身份和大度。

华文章点点头。

熊桂花说："整天坐在家里，四门不出，看书，看书，除了看书还是看书，那脸还能不黄！"她对华文章说："你比姨夫小十岁呢，可你看姨夫，红光满面的！"

王幸福说："'书越读的多越愚蠢'！这是领袖的教导。你千万别犯死读书，读死书，读书死的错误。读那么多的书干什么，有什么用？装了一肚子大文化，最后带到坟墓里，还不是沤了土了！"

姨姨也赶来了。她埋怨姨夫说："客人来了，也不向家里接，站在院子瞎叨叨！"

熊桂花说："快哟，看姨姨把话说到哪儿去了！自己的娃娃回来了，算啥客人哩！你就让我姨夫把这个书呆子好好教训教训！”

姨姨捉住熊桂花的条筐问：“快哟，这傻女子，你提来些啥嘛，咋恁重的？”——她误以为那是礼品。

熊桂花笑道：“全是玉米棒儿！”

姨姨问：“你咋提这么多哩？”

熊桂花还是笑。笑够了才说：“我是借你家这块风水宝地来做生意的！这些赌博汉，赌到中午都顾不得回家吃饭！我提这些来，是给他们卖的！！”

“噢！——”姨姨长长地叹息了一声。

身边一个下象棋的老汉看样儿也是个退休老干部，打趣说：“你姨姨高兴的，还以为你给她提来这么多礼物哩！”

耍赌者哈哈大笑，闹了姨姨个大红脸。

熊桂花的条筐里装的全是煮熟了的玉米棒子。一个玉米棒儿售价一元。这群赌汉，虽然大多数是离退休的老干部，老职工，月月领工资，但他们并不富有。市场上买青菜常三分五分地讨价还价，也常为三角五角钱与卖主争得面红耳赤。这阵儿虽然饿了，但花钱并不大方，他们揭起遮盖的白毛巾看了又看，挑了又挑，拣了又拣，还是不买，说熊桂花的玉米棒儿太小。熊桂花说：“今年天旱，这是地里长的，又不是熊桂花工厂里制造的，你莫胡弹嫌！”

买主说一个一元钱太贵，他们只给五角。

熊桂花说：“我到郊区买，本钱就摊五角钱哩！”

姨姨一旁撮合，最后以八角钱一个，一元五角钱俩成交。

这些离退休老干部，老职工，在家里都是有功之臣，吃饭都非常挑剔，常发牢骚，又是盐不咸，又是醋不酸。有一个副县长，要求老妻切洋芋丝儿之前先淘洗一次。老妻嫌麻烦，她老是最后只淘一次了事。副县长说：“没洗先切，这就把土地中含有的茅粪、化肥全都切进洋芋丝里去了。”老妻说：“不干不净，吃了没病。”副县长说：“你这是农民意识。进城多年了，你连一点进步也没有。”老妻说：“没有农民种洋芋，你吃风屙屁去。”

老两口话不投机，先是吵，后是骂，最后是大打出手，上了一次公堂。判案法官立案卷宗上写了“切洋芋丝儿案”。一时间，“切洋芋丝儿案”在桥山市传为笑柄。

从早饭后“上班”，直熬到午饭后，这群赌博的这阵儿什么也不讲究了。手不洗了，口不漱了，挑了一个他们以为此筐中最大的大口大口地啃。吃了一个，再吃一个，为的是占那五分钱的便宜。

吃饱了，需要喝。华文章担的那一担全是绿豆米汤。一碗三角，两碗五角。没碗没勺没筷子。姨姨热情帮忙，取碗取勺取筷子，搅匀了，一碗一碗地舀，一碗一碗地向赌摊上送。忙不过来，熊桂花高声吼叫华文章帮忙。华文章正与王幸福谈到热火处。华文章动员王幸福参加“夕阳红文艺宣传队”。王幸福不答应，他嫌拧呀扭呀的有失身份，他推辞说：“我近来，正热衷于打门球！”

熊桂花又吼起来了：“你听见么！你耳朵里塞进驴毛了！这儿忙得马踏车哩，你还有空儿啦闲话！”

也算是熊桂花有财运吧，她的玉米棒儿，绿豆米汤，很快就卖光了。赌摊上有人和华文章开玩笑——你老婆真会“卖”！

熊桂花是个卖饭的，姨姨还得给她管饭。熊桂花心里暗喜：“这笔生意赚美了！”外甥女和女婿几十年没上门来了，今日突然大驾光临，理应隆重招待。姨夫去买酒，姨姨打鸡蛋，熊桂花帮姨姨和白面。华文章真闲暇在各个赌摊上逛游。

华文章一贯喜好文化艺术，对赌博不感兴趣。他以观看兽斗的心情绕场子欣赏着。青杏树下摆着象棋桌子，四周围了一圈观战者。下棋者胸有成竹，神态严肃庄重，权衡、谋划着每一步棋的利害得失。而观战者却急躁得像热锅上的蚂蚁，他们扯长脖子，耳根旁的动脉血管像蚯蚓在地面上爬行，微微蠕动。他们一个个全神贯注，攥拳怒目，一副拼搏相，好像即将开始争夺一个金钵子。只要指挥者哨音一响，他们就要像猎犬争夺猎物似的冲上去，舍生忘死地战斗一场，仅凭自己的十个手指头就能扒开对方的胸膛。

棋盘两旁有一副对联——

当头炮、海底炮、重重炮，炮打长城内外夺魁首；
跨角马、卧槽马、高吊马，马踏大河上下占鳌头。
横批：知兵好战

华文章看了好笑。他想，我再给你们送一副对联——

舍死忘生，一场厮杀，替木头争夺王位！
呕心沥血，几番征战，为谁家保卫江山？
横批：劳而无功

葡萄架下是麻将桌子，四周也围了一圈掂长脖子的。麻将桌子上的对联是——

条子万子饼子花三副花四副；
白板红中发财缺一门缺两门。
横批：以麻会友

麻将桌上有一个干脑壳，手瘦得就像猴子的爪子。华文章认识他。他经常在街市上闲串，桥山市群众送了他个绰号——街楦子！

街楦子边打麻将边高谈阔论地解说麻将。其实，他是为他和他的赌友们贴金。

他说，爱打麻将的都是英雄好汉！为什么呢？因为麻将就是依据梁山好汉的特点创造出来的，就是梁山泊好汉的代称。条子万子饼子，共计一百零八张，代表梁山一百零八将。因为梁山好汉来自东西南北中五个方位，根据这五个方位各增加东风、西风、南风、北风、红中各四张，共二十张。梁山好汉既有富的如卢俊义等，也有穷的如李逵、武松等，又创造了白板四张，发财四张，合计起来共一百三十六张。

牌桌上有人不相信麻将的数字与梁山好汉的数字弥合得那么巧，四张、八张的低声合计着。

街楦子不理睬这些，他继续解释着——好打麻将的人，称“麻迷”；以麻将相联谊的人，称“麻友”。平日称麻友，一旦上了麻将桌子，那就是“赌博场中无父子”了，这又是梁山好汉的争胜精神。

因为街楦子的解说太啰唆，打麻将的人无心听他的卖弄，他们都是全身心地投入战斗。他们扯长脖子观察着，每揭一张牌都使尽全身力气，好像只要力气使得大，就能揭上来他们最需要的那一张。好像只要全身心地投入，就心诚则灵，必可感动赵公元帅，给他天赐一个全和或自抠。他们像酣战中的公鸡，更像执行任务的警犬，捕捉着每一个可供参考的信息。上手接连打了三万、五万、九万，说明上手是“清缺”，手中不留万子。下手抓牌时漏掉一张北风，始终没有落地，说明下手有一对北风，等候着碰北风。全盘共一百三十六张牌，上岗的五十二张，退役的（打在牌摊上的）是多少张，等待征用的是多少张，他们心中都有数。上手把三饼碰了，下手把五饼杠了，四饼是个空档，他就单调四饼，企图捞个“独赢”。他们的感觉非常灵敏，仅凭拇指或中指的狠狠一摸，就知道是“六条”还是“九条”，是“北风”还是“西风”。偶尔打错一张牌，会使他们气恼万千，割心割肝地疼。麻友反悔一张牌，他们会暴跳如雷，变脸失色地骂娘。甩牌翻桌子者有之，拳脚相向大打出手者有之，伤眼伤头，断手断臂，以故意伤害罪对簿公堂者有之，抓了一张好牌，大喊一声“自抠”，血压升高，脑血管破裂，跌倒在牌桌下呜呼哀哉者亦有之。

凉亭下是打花花牌的。亭柱上有一副对联——

七鬼摇脑冒掀牌；
六神无主滚沟底。

花花牌桌子两边也有一副对联——

单天对、对天单、再给单，一套三；

二家揿、尽手楦、底家揿，单页穿。

华文章看见花花牌上有红的黑的各种图案，忽发卖弄之想。他问牌迷们，“你们常打花花哩，可你们知道这种牌为什么叫花花吗？”

牌迷们无人作答。华文章说：“它是因牌面上的颜色而得名。”

牌场上有一个老头，留山羊胡，相貌清清俊俊，但说话却是女人声。人都称他“老阴阳”。

老阴阳纠正说——

花花牌上，原名应该是“花搳”。第一个“花”字是从颜色和图形而论的，红的黑的，五花八门，花样很多。第二个是“搳”，和搳拳的搳字是同一字。用这个“搳”字，有打来打去，彼此制约，互相管辖，论高论低，比输比赢，显才斗智的意思。如果同用一个“花”字，那就是简单的重复，没有这些在一定历史条件下的意思了。以后人们用“串”音了，统一称作花花牌。

华文章闹了个大红脸。

老阴阳接着说，花花牌的起源是易经八卦，生产活动，生活实践诸多方面。花花牌中以“天”为头。那个“天”，就是易经中的“乾卦”，这从天牌的图案和乾卦的图案一比较就看出来了。花花牌中的“地”，也叫“红眼”“地眼毛”，它是八卦中的“坤卦”，坤卦是地，中间是个断线，也是凹窝，所以用两个红圆点代替。花花牌中的“戏”，通常的说法叫“红五”，这是错误的，应该是“红巫”。它用“三丁”和“六平”两张牌组合起来才是一个独立存在的整体。“三”和“六”结合，当然不是“五”。三是天地人三界，六是六合同春，三与六包容了整个宇宙。它是“巫”的理论依据。“巫”是中国古代的一种“巫”术文化，在民间广为流传，给民众祛疾治病，看阳宅阴宅，预卜吉凶祸福，群众爱它、敬它、相信它。巫术文化是古代的深秘文化，历朝历代的皇上都相信它，利用它。北京城中有天坛，有祈年殿，那都是皇帝敬神求神的地方。一些政治家，军事家，农民起义领袖都相信它，利用它。诸葛亮，刘伯温，徐懋功都是玩弄这种巫术文化的行家里手。我们陕北出的“大顺皇帝”李自成，他请宋献策做军师，宋献策就是个玩弄巫术文化的专家。

巫人没有实权，他不伤害人；有实权的人想利用他，也不伤害他。所以花花牌中的“戏”不吃别的物事，别的物事也不吃“戏”。

“蜮”在古代，是一种害人的动物，它在地上活动，所以“蜮牌”是坤卦的分解组合。“斜六”是水的图案，“黑四”是山的图案，“毛眼”是地的图案。“山、水、地”组成“蜮牌”，因为传说中的“蜮”，终日隐藏在水凹茂草的山林中。

“捭”是纵横巡逻的意思。花花牌中的“捭”是专吃“蜮”的。因为蜮隐藏在水凹，茂草、山林中，捭要除害，就得在空中巡逻。捭是“乾卦”的分解组合。“天”为头，是“纲”。“梅十”是天上的风云变幻，地上的十殿阎君，是巡逻中的治安力量，是“目”。“红八”是大地的形象代表，意为满地红。只有保卫治安的“捭”，吃掉了伤害人畜的“蜮”，纲举目张，才会出现八方人民安康的大好局面。

花花牌中的群“牛”吃群“虎”，单“虎”吃单“牛”，这是生活常识的终结，它也反映了人民爱牛的意愿。

阴阳先生危言耸听地说，别把花花牌看得简单了，它的内容丰富，涉及的社会面广，社会上方方面面的知识都与花花牌的玩牌技术相通。商场上的吃小亏，占大便宜；官场上的打击别人，抬高自己；事业家的想大的，谋大的，干大的；军事家的山后屯兵，欲擒故纵，突然袭击等等，都与花花牌的牌术暗暗相通。一个好的牌手，既要头脑精明，又要熟悉牌经牌术，还要有敢于冒险、敢于担风险的气魄！该扣该掀，切谁留谁，都要认真分析，一步失算，全盘皆输。

阴阳先生说，我给大家讲个打牌的故事。一个牌手是底家。先揭了四张梅十，后揭了四张老虎，又揭了一张天。最后又揭了四张牛。他喜狂了。头家扣了，他决定掀牌。第一掀，头家打出一对戏。第二掀头家打出三红十，二家三天吃了。底家心想，好牌全在我手中，这下赢美了。第三掀二家打出双蜮子，把底家关在门外了。围观者笑着编了一段顺口溜——

四梅十四老虎后带一张天，
又揭了四张牛决定把牌掀。
第一掀一对戏全当没掀，
第二掀三红十打下三天，
第三掀双蛾擦泪不干——
打梅十骂老虎埋怨老“天”！

阴阳先生说得很生动，围观者哈哈哈地笑。

华文章正看得上瘾，熊桂花吼他吃饭了。

姨姨招待熊桂花两口子的这顿饭是“老婆拢手巾”。这是桥山乡下女人的手工绝活，也是面食中的精品。按乡规，新女婿上门去的第一顿饭必吃这个。华文章虽是老女婿了，但因为三十多年不来往了，姨姨仍用“老婆拢手巾”招待他。华文章与熊桂花都咥美了，都吃得满头大汗。

这天，熊桂花探亲没花钱，两口子各混了一顿饭，又捞了五十多元。

以后，她天天下午跑东宫院。这就苦了华文章这个负重运货的脚力。他叫苦不迭，又没处倾诉，就有意拖磨，消极怠工。熊桂花说：“你常给我念诗，鼓励我的干劲哩！今天我也给你念一段诗，鼓舞鼓舞你！”

华文章来了精神，说：“只要你真的懂诗、爱诗，天天给我念诗，我天天给你担饭桶。你念吧！”

熊桂花舔舔嘴唇朗声念道——

世人交友需黄金，
没有黄金交不深。
昔日有钱常来往，

今日无钱断了亲。
君子无钱莫游亲，
游亲贱了自己身。
不信请向世上看，
举杯先敬有钱人。
贫居闹市无人问，
富居深山有远亲
……

华文章问："谁给你教的这首《黄金歌》?"

熊桂花说："街上一个算命先生。"

华文章的诗是强心剂，是还春丹，李秋桃越读越有味，她读了一遍又一遍。她把"给生活升温"像圣经一样反复在心里默念着。她当即有了精神。她冷得发凉的心像春天的桃花似的扑棱棱地开放了。她对着镜子看头发。她突然觉得黑头发不好，白头发好。白头发是秋蚕吐出来的爱情之丝。这种丝能织出锦衣，能抵挡冻与雪的侵害。有锦衣做防卫，什么社会舆论，什么众人诽谤，全可以抵挡。人到了老年，头发就必须是白的。白头发不仅标志着年龄的增长，还标志着思想的成熟，更标志着经历波劫以后的爱情坚贞。她摸摸自己的脸。她觉得皱纹太少，皱纹太浅。皱纹是播种爱情的犁沟嘛！愈多愈深，愈能播种更丰富的爱情。她本想找华文章当面致谢，但是她不敢，她怕熊桂花。熊桂花是一头母熊啊！她想圆成敬华文章一首爱情诗，可惜她不会。她想，不会就学吧，幸好与白敬丹相处多年，白敬丹给她讲过许多写诗，写唱段的基本知识。她想啊想，夜以继日，日以继夜。写了改，改了写，一首答谢诗终于呕出来了。诗名是——《带着你的诗稿来》

带着你的诗稿来
我擦亮眼睛推窗企盼

我抱着京巴狗倚门等待

带着你的诗稿来
诗中有烈酒
让白发人精神激越
诗中有南京北京
让我们远离茅屋
走向大千世界

带着你的诗稿来
诗中有风花雪月
诗中有亭榭楼台
诗能让你我羽化飞升
给身后留下一抹虹彩

诗是通过邮局寄出的，并附了一页小札。最后签上芳名——妹妹李秋桃。

华文章接到李秋桃的诗，心头突然一惊。“没想到，你竟然还会写诗！”他突然觉得精神有了寄托。他想，老是这样饱食终日无所用心多不好，老是给熊桂花当驮畜，有什么意思？我何不用这种互赠互答的方式，彼此促进着写诗！唐宋诗词中，有多少诗是诗人们的互赠互答呀！大诗人用这种方法出版《三叶集》。我与李秋桃为什么不可以出版一本《二叶集》呢？赶死若能弄出一本诗集来，留于后世，也不枉人世上走了一回！白敬丹能留下一部电视连续剧《马萧萧》，我为什么不可留一本诗集？他甚至连诗集的名字也想出来了，就叫作《桥山青，沮水情》吧！

他想今天再做一首。以什么为题呢！李秋桃能写出诗来，我就戏称她小诗人吧！

他又吟出一首——《赠小诗人》

你不把诗当作敲门砖
只用它把生活缀点
你不把诗当作厚禄高官
只用它增添春色绚烂
你不把诗当作灼灼浪言
只用它来自慰自勉
你不把诗当作佳肴美餐
只用它安神催眠
你不把诗当作自我炫耀的玫瑰花环
只把它看作修心养性的伊甸园
小诗人啊你是二青杏
细细地嚼
慢慢地咽
一阵儿甜
一阵儿酸
……

诗稿完成后，他又通过邮局寄给李秋桃。

华文章的第二首诗稿发出后，天天盼李秋桃有新诗寄来。但是等不来，他心里常发急。他想打电话。在家里打，他怕熊桂花起疑心。在街上电话亭打，他没有钱。打一次电话，两天三天就没有吸烟的钱了。他心情烦躁。他想到沮水边走走将这种烦躁的心情再呕出一首诗来。刚出院门，就眺见李秋桃在一棵垂柳树下，笑眯眯地向他打招呼。华文章走过去问：“你在这儿做什么？”

李秋桃说：“等你。”

华文章面现疑惑。

李秋桃说：“真的在等你。我在这儿等了好几天了！”

华文章问：“有事吗？”

李秋桃说："说没事，好像有事，说有事，好像没事。不见面，我火烧火燎地想见你，见了面要问有什么事，我又答不上来！你说怪不？……你呢，你不想我么？"

华文章说："这就是爱情这个魔鬼在骚扰你！"

李秋桃说："我年轻时也谈过恋爱，可能是我忘记了吧，那时也没这么骚动不安！"

"你不听人说，'寡妇想起汉，饭碗丢不拚。'霜叶红于二月花，晚霞更比朝霞艳。老年爱情更真切，更紧迫。"华文章问："我的第二首诗稿你收到了么？"

李秋桃说："收到了。"

华文章说："我等你的第二首回诗呢！我想这也是老年人的一种游戏活动。你一首，我一首，互问互答，既可填补生活空白，也可使消沉的感情活跃起来，有益于健康。写得多了，还可以出集子。说不准呕出一两首好诗来，还可流芳百世呢！"

李秋桃说："你快不要用这个来折磨我了，我就不是写诗的料。我满腹心思，一腔热情，就是变不成诗。就像囤粮万石的农民，把粮食变不成酒一样。"

华文章说："你那首诗，不是写得很好么！"

李秋桃说："好个屁！差点没把我憋死。咱们走一走，游转游转，老站着拉话多拘束呀！"

他俩顺沮水河向下游走。河边青石上，有几个男女娃娃正在玩"打花麻"的游戏。他们将白亮亮的小手交叉拍着，口中念念有词——

七打花麻七月七，
七对鸭子八对鸡；
八打花麻八月八，
八亩地里压西瓜；
九打花麻九月九，
过了重阳过十五；

十大姐，撵小姐，
撵不上，摘椒叶。
……

华文章说：“童年生活真好，可惜我们的童年生活太苦了！”

李秋桃说：“你看见了小孩子，就想到童年生活。我看见了小孩子，就想到了老年生活，想抱孙子。像我这样，没儿也没女将来怎么办呢？瞻念前景不寒而栗呀！”

华文章与李秋桃绕过印月池，进轩辕庙时，守门员要门票。李秋桃急急去买票。华文章拉住她说：“花那些闲钱为什么！轩辕庙里那些景物，哪一样你我不熟悉，看过八十遍了。要问那些古迹的来历，传说，我比解说员还清楚！”

李秋桃说：“咱俩今天，并不是观瞻古迹的，而是借古迹消遣的！”

华文章说：“偌大一个轩辕陵哟，还不够你我消遣么！何必花那些闲钱！那是额外浪费！”

李秋桃随华文章向山上走。她问：“你怎么老是钱、钱、钱的，这就不像老干部说的话！游一次轩辕庙，能花你多少钱！”

华文章说：“饱汉不知饿汉饥。我每天只有三角钱的吸烟钱！连个冰棍也不敢尝一尝！”

李秋桃说：“你的工资呢？”

华文章说：“全交‘家库’统一支配了！”

“什么‘家库’？”李秋桃突然明白了，问：“掌柜的就那么厉害？”

华文章没有回答。

李秋桃说：“那天我在银行取款时，碰见你老婆正存款哩！她见我来了，急忙将存折装进衣兜里了。她存款，你知道不？”

华文章说：“知道一半。我只知道她存款，但不知道她存多少。”

李秋桃说：“女人背着丈夫存款，不道德吧！尤其你老婆，一辈子家属，不挣一文工资，她哪儿来的钱存银行？”

华文章说：“而今人们都讲理解万岁！老夫老妻也要讲理解。我老婆跟了我这个贫花儿，赵公元帅从不光顾她，可怜她一辈子不知道存款折子为何物。她存款，只是为了把存折装在衣兜里温感情。她有了钱，一不会胡支乱花，二不会去干坏事，我为什么要过问这些小事自寻烦恼哩！我还是那个老观点——享受今天……

“我说过，一不回顾过去，极‘左’路线统治中国三十多年，冤狱遍于国中，回忆起来必是一把辛酸泪，于健康无益；二不思考未来，老年人一想到未来就忧心忡忡。为了镇住这种惊恐心理，就必然想到钱。

“许多人认为，离休了，退休了，没权了，就必须把钱抓紧。结果呢几十年的老夫妻，为了钱，终日争争吵吵，有的竟上法庭离婚去了！——我不取这种态度。”

到了一棵硕大的古柏下。那柏枝柏叶像乌云似的笼罩下来，遮日闭月。李秋桃往树荫下走。华文章跟了过去。李秋桃说：“这儿拉话正好！这柏树枝叶就像挂帘似的，里边的人能看见外边的人，外边人看不见里边的人！”

华文章没有答话。

李秋桃说：“你对待钱的态度和白敬丹一样。你们文人都是这样，注重感情，尽管没钱，却把钱不当一回事！”

华文章说：“我怎么能和白敬丹比呢！白敬丹是大文人，高尚文人，著书立说，名芳百世。我是小文人，猫舔文人。我只会借诗文寻乐、凑趣、和稀泥、拍马屁，庸庸碌碌，终生一事无成！”

李秋桃说：“你年轻时候，就不是这种性格。”

华文章说：“是啊，人在世上走，水在石上流，就应该取‘见弯就转’的态度。我年轻时候是个棱角青年，社会是个磨床，把我磨圆了，磨光了，磨滑了。

“这本非初衷，不是我的本来性格，但我今天只能走这条路了。上畛子劳改农场的三年劳改生活，回来后又在熊掌子大队当文书，当会计，当民小教师。农民搞水利水保，我做土方验收员；农民搞科学种田我做农技员，实质上是给大队支书当了十九年勤务兵。三年加十九年是二十二年。二十二年坎坎坷坷的人生道路，使我认识到逆来顺受这种生活态度就是好：不费心，不出力，不吃苦，只要把舌头伸长舔尻子就一切都有了。乐不思蜀。为了享福，刘禅一代天子，竟连皇帝也不愿坐了，我们芸芸众生还要什么人格骨格呢！……

“我爱诗，我就以诗做生活的座右铭。有两句诗：‘高尚是高尚者的墓志铭，卑鄙是卑鄙者的通行证。’白敬丹很高尚，他只能在高尚中死亡。我要是不学会卑鄙，早就成了上畛子墓群里的鬼了，哪会有今天！”

说话间，他黯然神伤。

李秋桃说：“你何必动感情呢！不就是老婆管得太严，不给你钱花么！有人说，有了孙子的女人，屁的本事都没有，单会管老汉，骂老汉；全世界的人她都怕，怕儿子，怕媳妇，怕女儿，怕女婿，里孙外孙全都怕，单单不怕老汉！你就忍了吧！”

华文章说：“不忍有什么办法！骂吧，骂不过她！打吧，那不是捶打的东西！离婚吧，一把年纪了，自己的家族，社会舆论都不允许！我给我写了四句生活格言……”

李秋桃问：“哪四句！说出来让我也享受享受！”

华文章说：“——逆来顺受，相欺不怒；神游狂想，没诗硬凑！”

李秋桃笑得弯了腰。她问：“情绪不好的时候，你也能写出诗来么？”

华文章说：“能。情绪不好有情绪不好的诗。”

李秋桃说：“难怪桥山人都说你是……”她不好意思把下边的话说出口。

华文章问：“说我什么，你说下去啊！”

李秋桃笑着摇头。

华文章说：“你不好意思说，我说。别人都称我‘酸浆水诗人’。我不反对这顶桂冠。‘酸浆水’能发热发汗，能治感冒；能调胃开胃，能健身强体；‘诗人’是一顶高尚的桂冠。就以桥山市和轩辕镇来说吧，有多少老头子？可能超过一万人了吧！但是能写出‘酸浆水’诗的有几个？”

李秋桃笑红了脸，说："你真坦率，赤诚，像个孩子似的，令人可爱！"她伸手去拉华文章，意思要拥抱一下，吻一吻。

华文章严肃地摆摆手说："不不不，我绝没有这个意思。我只是借谈情说爱，调节感情，引逗诗兴，一利健康，二促创作，绝没有肉体方面的要求。"

李秋桃羞红满脸，尴尬地笑着。她从衣兜里摸出两张五十元来给华文章："你把这个拿上。生活上别把自己克得太苦。"

华文章不接钱。

李秋桃说："你怎么又高尚起来了！这是我捐赠给困难职工的生活补贴费！"她硬把钱往华文章的衣兜里塞。她边塞钱边讨好地笑。

华文章不再拒绝了。

李秋桃把钱塞进衣兜后，帮华文章扣好衣扣趁机抱住华文章吻了又吻。

华文章站着没动，既没有欢迎的表示，也没有反对的表示。他的黄脸慢慢地红了。

李秋桃虽已五十多岁了，但她柔情似水，芳心如花。她的特点是爱官，爱权，爱名，爱利，爱出风头，爱在社交场合表现自己；和其他女人一样，她更爱男人，更爱男人拥抱自己。她爱吴仁奇那倾城权势，爱白敬丹那如火才情，爱华文章这亲切的关怀，绵绵的倾诉。热烈的亲吻后，李秋桃对华文章说："你莫羞。我们这样互相逗一逗，热情一下，或许有利于你写诗哩！——这就是给生活升温嘛！"

华文章说："是的，我那首《带着你的笑脸来》，就是在你的挑逗下写出来的。我也需要狂一狂。苏东坡说，'老夫聊发少年狂'；李白说，'我本楚狂人……'；现代诗人郭小川说，'一颗心似火，常发少年狂……'，郭小川不曾高寿，但那不是自身的原因，那是政治的原因。我正想借狂想、写诗来求高寿呢！"

李秋桃说："你有你的幸福呢，你对你的幸福有设想，有规划蓝图。我呢！——唉，我还得出去找白敬丹。"

华文章说："你怎么就这么悲观！每个人的生活都在变，人要学会适应变化了的生活。”他从衣袋里摸出笔记本来，用圆珠笔写了一首小诗，撕下来交给李秋桃。说：“这是咱俩今天幽会的记录，也是我对你的规劝。”

那诗是——

情浮情沉八月秋，
叶绿叶黄水东流。
逝者如斯寻常事，
问君何必恨悠悠！

李秋桃接过诗页来看了，很珍惜地折叠起来夹在梳妆包里。说：“还是用你批评我的话，再批评你吧！——饱汉不知饿汉饥。家对你来说是桎梏，是包袱，可你毕竟还有个家。我呢，我想背这个包袱还求之不得呀！钱锺书先生说得好，家是一个被围困的城堡，外边的人想冲进去，里边的人想冲出来。我想冲进去还没个目标，没个方向。我现在的家和坟墓一样，和古庙一样，冲进去了是一团漆黑，一片冰冷。不做饭吧，肚子饿哩！饭做熟了又不想吃，想发脾气，还没个对象；想请别人把自己骂一顿，揍一顿，请还请不来哩！——所以，我必须把老白找回来，只要他回来了，下跪，叩头我都愿意。人心都是肉长的。扑在怀里的雀儿，他好意思捏死么！”

华文章说：“没想到，你对白敬丹还这般痴情。”

李秋桃说：“彻底坦白吧！我还是为了自己。我受不了这般孤独！‘家’是一个八卦图，其中的内容丰富得很哩！我倒在这个八卦阵中了，你陷在这个八卦阵中了。社会上有多少人一辈子全倒霉在这个‘家’字上了。

“我二十二岁和吴仁东结婚。那时心高气大，一心想向上爬。他想当宣传部长，我想当秦剧团的业务副团长。说来让人好笑，那是多大点官呀！可我两个却都不遗余力、不择手段地争。各种政治场合争相表现，念语录、背语录，争做好人好事，一心给自己捞个红帽子，为向上爬献苦肉计。事不顺心，吴仁东当了武斗队长，高皇山战斗一命归西！——可怜他连一个后人也没有留下！

“我和白敬丹结婚后，生活马马虎虎还过得去。比较理想的是，我俩都热爱艺术，业务上有共同语言。谁知突然事发，这个家庭又被破坏了！”

华文章问：“白敬丹为什么也没留下后呢！是不是你生理上有毛病？”

李秋桃说：“不是，我俩都检查过。老白一生坎坷，肉体折磨，精神压抑都太大，他性萎缩了！我名义上有个男人，其实是守活寡，结婚多年来，性生活没一次令我满意的！”

华文章问：“老白既然没有性功能了，你为什么还要苦苦寻他呢？”

李秋桃说：“夫妻生活，除过性，还有其他方面哩嘛！咱两个没有性接触，刚才一阵拥抱，你也给了我温暖，给了我欢悦！还有拉话呢，谈艺术呢，吃饭睡觉呢！房子里多一个人，气温也升高了，这也是给生活升温呀！——唉，这也是我的一大悲剧！不论是吴仁东还是白敬丹，或男或女留得一个，我的日子还会好过点，可现在呢，形只影单，茕茕孑立啊！我信命了。我生性喜爱欢快，可命运偏要我守庙宇，当尼姑，真是无可奈何啊！以前，陪我玩的还有一只京巴狗，那次配种把狗留在吴家。吴仁奇事件发生后，我不好意思到吴家去寻狗了，也不敢去了，我怕吴家人打我！到街上我都避着吴家人走路！”

下山后，华文章说：“我的夕阳红艺术团需要培训提高，九月九日民间祭黄陵时，想表演一下，眼下还没节目。你能帮我导演几个节目吗？”

李秋桃说：“只要华团长赏光，我愿效犬马之劳！”

分手时，李秋桃久久握着华文章的手，脸红了，眼圈儿湿了。她说：“我那个房子呀，冷冻冻，凉哇哇的，我真不想回去！”

华文章回到家里，熊桂花已拉了车子到郊区买玉米棒儿和毛豆豆去了！他从衣袋里摸出李秋桃捐赠的那一百元钱，心头蓦地泛起一缕难以述说的感情。

刚结婚时的熊桂花，聪明、乖巧，听话，对华文章关怀备至。小两口偶尔犯个口角，过不了两个钟头，熊桂花就全都忘记了。她倒在他怀里，一阵儿叫“华老师”，一阵儿叫“哥哥”，一阵儿又叫“老头子”，直要把他逗乐为止。在农村劳动的几年里，生活苦，姓熊的姑娘有狗熊般的毅力，每天劳动回来终要扛一捆柴火。那几年，年年秋冬之间要搞农田大会战。熊桂花早晨五点就起床，把一天要做的家务活全做完，胡乱吃点早饭就与华文章一起上工地了。那时的劳动不搞承包，因为“三自一包”是“黑货”。但是搞定额，给每人划定土方数量让你去拼老命。华文章小时候生活在城市小市民家庭；长大了上学，从家门进校门，从校门进机关门；在上畛子农场劳改那几年，他当文化教员，也没出过大力。体力差，劳动技能也差，每天的劳动定额完不成。熊桂花完成自己的定额后就来帮华文章。她能刨、能铲、能拉能推，是个多面手，一个人能干两个人的活。熊桂花是什么时候变了性格，变了态度，怒火冲天，变做霹雳圣母的呢？好像是吃上国库粮以后。一是在街上常倒腾小生意，卖桃卖杏，手头有了钱。人愈有钱就愈爱钱。穷舍命，富抽筋。穷人出钱慷慨，富人出一文钱就割心割肝的疼。二是儿女们都工作了，有一群干部跟在屁股后面叫妈妈、叫姨姨、叫婶婶，熊桂花自我感觉良好，优越感冲昏了头脑。三是小市民思想，小市民生活作风的影响。尤其是受了那些街头老油条，街头小瘪三的影响。那是一帮终日在街头玩心计，玩权术专业户。得一文钱便宜就喜不胜收。当一个卫生小组长就趾高气扬。一旦掌握了街巷里收电费收水费大权，那就像得了尚方宝剑，掌握了生杀大权，就老子天下第一了。他们的势力范围仅仅巴掌大，但他们却常常以历史上的政治家、阴谋家自况。秦始皇、武则天是他们的人生老师。汉高祖未央宫斩韩信，唐太宗宫门挂带，玄武门之变，都是他们的政治教科书，他们把权力当作魔方去玩弄人、捉弄人、取笑人，从中渔利，一而再，再而三，无了无休，以此为乐，乐而不疲。

熊桂花文化档次低，抗拒外邪的能力差。她正是受了这批街痞的思想影响才变得这么坏！说她“坏”也欠准确。她哪儿坏呢！东宫院一群离退休老头子，中午吃不上饭，她就把玉米棒儿、毛豆豆、绿豆米汤、素汤面、凉粉等等送去了，真是雪中送炭，这种人能说“坏”么！她好像变得很霸道很搅，很蛮横，常常在家里无是生非。“真是这样吗?”华文章问自己。好像是，好像又不是。这好像是老年夫妻间的撒娇。少年夫妻玩情时撒娇，老年夫妻玩情时也是撒泼，愈蛮愈横就愈爱。偌大一个世界，和我朝夕相处的，不就是这么一个黄脸老婆子么！我何必与她一般计较！我何不超脱一点呢?!

华文章对老妻彻底原谅了。他想，经济是一个家庭的基础，谁掌握了家庭经济的支配权，谁就君临天下。熊桂花思想肤浅，她夺取胜利了，突然变得傲气横秋，动不动发雷霆之怒，这还不是顺理成章的事么！华文章把他和李秋桃的谈话与家庭现状联系起来，为自己写了一个座右铭。

逆来顺受，
相欺不怒。
霹雳圣母发霹雳火，
——让她骂够！

华文章把这个座右铭写成字贴儿，贴在墙上。朋友们来了，他就向客人们宣传。熊桂花听了不觉羞耻，她更为得意了，说：“看，我把我们老华，管得乖乖的！”

朋友们都笑着说：“华文章，而今上了幼儿园了！”

桥山的气温清爽，舒适，给人以温馨美，给人以激越感，给人以追求上进的鼓励。易家们说，轩辕黄帝在桥山定居，是选定了这儿的风水好。而佛家弟子选桥山参禅悟道；帝王将相选桥山避暑，则是看中了这儿壮美的山川，适宜的气温。隋唐五代、宋元明清在桥山地区修造的宝塔、石泓寺星罗棋布。

地处桥山南部的宜君县，就是因“适宜君王居住”而得名。宜君县的玉华宫，是唐太宗李世民派大将尉迟敬德监工修造的大型宫廷避暑盛地。玉华宫内的东宫西宫，都建筑于悬崖峭壁之上。上有青山碧树，下有玉华湍溪，山间飞瀑自天而降银花飞溅，雾霭团团，身临其境，你会有飘飘悠悠忽神忽仙之感。

一位诗人游过桥山写道：“劝君莫羡峨眉美，桥山一游寿如松。”能在桥山安度晚年，乃是人生一大幸福。

初秋的清晨。桥山脚下沮水河边一个满月形的天然草坪。山上翠柏，岸边垂柳给草坪围了一道天然屏风。一群老年人在这儿做晨间锻炼。有做鹤翔庄的，有做一指禅的，有做八段锦的，有做太极功的，有做太阳功的，有做中功的，有做香功的；打太极拳的，追求虚中有实动静兼容；舞梅花剑的，讲究行云流水，圆柔自然。八卦掌稳健刚劲力举千斤，链枷棍风卷残云力劈山岳。华文章把他的夕阳红艺术团也拉到这儿来演练扇子舞。

有几句顺口溜说：“当今社会十大怪，锻炼的都是老太太……”演练扇子舞的三十六名队员中，女性占三十二名，全都是六十岁以上的老年人。在草坪上锻炼的类型门派虽多，但夕阳红艺术团是最壮观的一支。那些端庄漂亮的老年女性，将七色扇子翩翩舞动起来，上下翻飞，形成一道道彩虹就像美女游弋云雾中，俏丽非常。练拳的停止了练拳，舞剑的停止了舞剑，他们以各种不同的眼神、心态，观赏着这支色彩绚烂的队伍。

夕阳红扇子舞招来众多的围观者，他们虽都以羡慕贪婪的眼神观赏着，但评说不一。自恃他们最忠贞、最能发扬革命传统精神者说，看，看那像个啥样子，赤胳膊露腿，脚爹手舞，没一点规矩；眼中发馋，胃里发酸者说，欧风美雨，把老实人也带坏了。当今的电视、电影、小说全都是教唆犯。时装表演上影视，泳装上影视，油头粉面，袒胸摇臀，你抱我吻，全是些下流动作。这类人物的习惯心理是，吃不着葡萄就骂葡萄是酸的；这个花瓶不归我所有，我就把它打碎。深感生活暗淡，生活萎靡努力追求活跃色彩者说，这才是改革开放式的生活，五光十色，朝气蓬勃，老年人也变得年轻了。“文化大革命”时代，全国人穿统一的红卫服、黄球鞋，背统一的“红军不怕远征难”的黄挎包，那才是民族的灾难。当今改革开放的时代，正是人民意气风发的时代，正是人民创造精神蓬勃增长的时代。中华民族的传统美德就是不停歇地开拓美好的未来！要是没有嫘祖娘娘在桥山养蚕抽丝织出绸缎来，我们今天穿的可能还是树叶叶！追求新的美，才是人的天性。只有蜗牛才永远安于现状……

太阳从桥山顶上冉冉升起。万道金黄色的光芒，从树枝的空隙间穿过来，给黄土地上复印出斑斑驳驳的图案。李秋桃来了。她径直走到华文章身边说："华团长，我来晚了一步，咱们开始演练吧！"她边说边从袖筒抽出一把红色折扇。

华文章用手势阻止了大家的演练，又用手势将大家向一堆儿聚集。他说："我们夕阳红艺术团自成立以来，得到了方方面面的重视、鼓励和支持。九月九日快到了。清明节祭祖是官方祭奠，从中央到地方各级行政机关都派代表到黄陵来祭祖先。九月九日是民间祭奠，今年的规模较大，还有港澳台的民间代表参加。咱们夕阳红艺术团过去的节目都太陈旧，今年需要出几个好节目。我请李秋桃女士来给大家做导演。现在请她讲话。"华文章说完，就带头鼓起掌来。

桥山人评价人的传统习惯是注重德性而轻视才干。李秋桃在人们心目中的印象不佳。她一贯好向上爬，好出风头，在两性关系方面失检点，尤其最近与吴仁奇的桃色丑闻，直闹得风雨满桥山。吴仁奇住院，白敬丹出走……华文章的号召失灵。演练场上的掌声稀稀落落。那掌声给人的感觉不是欢迎，不是鼓励，而是奚落、嘲讽。李秋桃很大度。她很坦然地向大家招招手，点点头表示答谢。她开门见山地说："我们今天学习的舞蹈名叫《月儿圆》。主要道具是每人两把扇子。随着舞蹈的需要扇子时开时合。这个舞蹈起源于民间秧歌。参加者可多可少，越多越好。它常用于一场演出的开场。开场时观众拥拥挤挤，演出场地太小。演员们先是手拉着手绕场子向左跑、向右跑。然后用扇子对着观众像打躬作揖似的又笑又扇。这个动作很好，既热情又礼貌，一会儿就开出一个满月似的舞场来。到这时，正式的舞蹈演出才开始了。

"舞蹈的主要动作有摇身摆手，单凤展翅，鲤鱼泳波，鲤鱼跳龙门，鲤鱼摆尾，蜻蜓点水，犀牛望月，双抖翅，风摆柳……

“舞蹈的主要图形是，老龙摆尾，丹凤朝阳，百鸟朝凤（这都是全体演员同台舞蹈）。然后大部分演员退场，只留少部分演员表演喜鹊登枝，春燕展翅，蜻蜓点水，二妞放风筝，五朵梅花，七姐下凡……

“配合舞蹈的主要唱词，我原来编写了一组唱段，你们华团长说不理想。他建议套用孙中山先生的祭陵词——我先来个示范表演——‘中华开国五千年，神州轩辕自古传。创造指南车，平定蚩尤乱，世界文明唯有我先，世界文明唯有我先’……”

李秋桃正演唱得起劲，熊桂花气呼呼地来了。

熊桂花拦住华文章问：“我等你去买玉米棒子哩，你却在这儿弹歌小唱跳舞哩！”

华文章说：“吃过早饭再去买嘛！”

熊桂花说：“早饭后再去买，什么时候煮，什么时候卖呀！误了中午饭那个时节，再给谁卖？煮熟的食品就不能再放了，今天卖不完咋办？”

李秋桃不知道熊桂花就是冲着她来的，插话说：“误了就误了，多大一点事呀！”

熊桂花冲过去说：“放你妈的屁！吃饭事小，什么事大？你靠卖板子吃饭哩，我们靠啥吃饭哩！”

李秋桃自知耍野撒泼不是熊桂花的对手，求和说：“大嫂啊，你怎么出口伤人呢！”

熊桂花说：“咋啦，我说错了么！吴仁奇为啥住院？白敬丹为啥出走？”

李秋桃讨好地说：“大嫂啊，我不曾伤害你，你为何这般无礼呢！”

熊桂花动武了，一扑上去，第一招双峰贯顶。李秋桃急忙双手护头。一招不成，熊桂花连用二招。她提起右脚照李秋桃的腹部踢去，这叫铁蹄闯丹田。李秋桃又急忙用双手捂住肚子。谁知这一护，却把头伸在熊桂花胸前了。熊桂花速来第三招——十指蒙面。她双手朝李秋桃的两边脸蛋抓去。说时急，那时快，刷的一下，李秋桃的两个脸蛋上，留下熊桂花的八条指甲印儿，有六条落指见红。众人急忙赶来劝架。大伙都说，这是熊桂花的不对。李秋桃有缺点，那是另一码事。今天，李秋桃是华文章团长请来的舞蹈教师，熊桂花不应该破坏这一友谊活动，伤大家的兴头。熊桂花从衣兜里取出一页诗稿说："你们看，这是啥？这是罪证！"她结结巴巴野腔野调地念起来了："带着你的诗稿来……我推窗期盼……我骑（倚）门等待……"她问李秋桃："你等急了是吧，还骑在门上等哩！你咋不骑在墙上等哩？"众人都很惊奇。大伙都不曾想到，熊桂花此来，竟带有这样一枚重型炸弹。熊桂花得势了，说："大家再听吧，看这个烂婊子酸不酸，'诗能让你我羽化飞升，给身后留下一抹红彩'……咋呀，你还上天呀？你想把我的老汉拐骗上逃跑是不是？你还跑到身后摸去了，你咋不在前边摸哩？你才摸了一摸（抹），那个东西好摸得很，你咋不多摸几把哩？你还摸着红（虹）的了，是姓华的摸着红的了，还是你摸着红的了？你还想中彩，你还想得奖不？……大伙再听，看这个婊子要脸不，'妹妹秋桃'。请问你姓华，还是姓熊。你和他是啥关系，你是他哪门子的妹妹？……"

李秋桃掂着血脸，深深地眍了华文章一眼，快步走了。

练功场桃色战争爆发之后，华文章冷静地等待着。他等待着霹雳圣母发霹雳之怒。但熊桂花一直压抑着没有发火。她也害怕把弓上得太紧了，一旦把弓弦逼断了，华文章如果抹下老脸，随着李秋桃走了怎么办？他卖绿豆汤米汤，谁挑担儿呢！这个家庭一直处于冷战对峙局面。华文章假装得规规矩矩，大气不出，唯命是从。熊桂花的语言完全是军令："起床——！扫地——！提水——！把米汤担上跟我来——！"

五天过去了，七天过去了，十天过去了！今天是桃色战争发生后的第十三天，华文章的家庭依旧处于冷战状态。华文章心里很孤寂，时有愧感。他觉得他对不起李秋桃。他想见她，想与她长谈，想给她做一番认真详细的解释。熊桂花到郊区采购毛豆豆去了，他想趁机会写封信。几次提笔，就是写不下去。后来他想，还是写诗吧！诗的"含金量重，生命力强。"今天写的诗，三年以后转到李秋桃手中，依旧是有感情。

经过几番思索，他又呕出一首——《我用什么感谢你》

捧一束鲜花感谢您
您的笑比花更甜美
捧一枚苹果感谢您
您的吻比苹果更有味
用絮絮叨叨的语言感谢您
您的歌声比流泉更清脆
我两袖清风一贫如洗
我只有诗
一行诗
两行泪
一行诗
两行泪、泪、泪
点点滴滴，点点滴滴……

诗写好后，华文章反复吟诵多次，主观感觉还不错。他想，李秋桃挨打之后心情一定很不好，一定在埋怨我，在骂我。我何不把这首诗寄出去，一是对她的安慰，二是对我的自责。

熊桂花还没回来，华文章急急下了楼。刚出院门，忽见李秋桃在上次与他约会的那棵大树下站着。李秋桃脸上的指甲伤全好了。华文章快步走了过去，把信交给她，叮咛说："你带回去看。"

李秋桃说："我不回去了！"

华文章说："你莫生气，你听我给你解释。这是误会，也怪我一时疏忽，把诗稿没保管好！"

李秋桃挥手打断了他的话："你再不要絮絮叨叨了。我知道是你把诗稿没有保管严密，难道你会把诗稿拿去，让那头母熊鉴赏、评点，你憨了吗？你疯了吗？——这明明是一场误会嘛！你说那份诗稿有什么不敢见人的东西？'带着你的诗稿来'，这是写诗嘛！你比我年龄大，我自称'妹妹'，这是自谦嘛！有什么不可以的？问题出在那是一头母熊，蛮不讲理！秀才遇上兵，有理说不清啊！……"

看见李秋桃手里提着两个重重的提兜,华文章问:“你提这些是……”

李秋桃说：“我找老白呀！”

华文章说：“你已经找过了，找不到嘛！人游四方走一线之路，大海寻针，你何处去找?”

李秋桃说:“上次去南边,这次我去北边。白敬丹老年迷恋老庄哲学,我先到延安清凉山找一找,再到佳县白云山找一找。白敬丹是陕北志丹县人,我再去志丹县走一走,结婚多年了,我还没回过婆家哩！……”

华文章问：“你现在就走吗?”

李秋桃说：“我在这儿候了三天了。我这次出门回不回来还说不准。到了晚年，能结交你这样一个朋友，也算是人生一大幸事。临别，我终想见见你。今天要是再候你不着，我就走了！”

华文章说：“但愿你能原谅我，今后不要记恨我！”

李秋桃说：“不会的，你的不慎虽然给我带来了灾难，但那不是你有意的，我早就原谅了！”

说罢，提了提兜就走。

华文章说：“我送送你。”

李秋桃说：“那当然好，不知你有没有这个胆量！”

华文章接过李秋桃一个提兜说：“我并非是个弱者，只是到了老年，缺少那种与人相斗的勇气了！更不愿为那点鸡毛蒜皮的事斗个鱼死网破！”

他俩沿桥山脚下的公路朝县汽车站走。刚到延铜线上，就有一辆由西安发往延安的四达大轿车。华文章招招手，司机停了车。车上的女售票员急急跳下车来帮李秋桃提手提包。她把两个手提包全提上车了，李秋桃还握住华文章的手不放松。司机几次鸣号。李秋桃才含泪上了车。车上的乘客都笑了，说：“看这一对老夫妻热火的！真是生姜愈老愈辣，甘蔗愈老愈甜啊！”

送走李秋桃，华文章更感失落了。他转悠到印月湖边，观赏着对对情侣划船。忽然一种诗的冲动涌上心头。他在腹中反复吟诵着，开拓着，修改着，一首小诗，又呕出来了——《送妹妹》:

秋风秋雨中送妹妹
云一重
雾一重
几多忧愁
风雨一程

羊肠小道上送妹妹
山一重
水一重
满腹话儿
一路泥泞

往日
印月湖水
印出妹妹倩影
轩辕柏下
有妹妹的舞姿笑声

而今
苦啊
桥山青石傍
默默站立着只身孤影

华文章很投入地默诵着自己的“大作”，忽听有人很亲切地朗声呼叫他：“老华，文章，文章……”

华文章扭头看，是老熟人寇忠孝边呼叫边急急地朝他走来了。

（原出版单位：中国社会出版社2001年8月第1版）

盛世恋（节选）

唐　卡

【作者简介】 唐卡，诗人、作家。陕西省作家协会理事，陕西省散文学会理事。1990年起用水吉、法莲、芰秋、西夏等笔名发表诗文。出版作品有诗集《沼泽地的吟唱》《在长安》，长篇小说《你是我的宿命》《荒诞也这般幸福》《顶楼的女人》《魔匣，别打开》《你在找谁》《天堂镇》《活佛之死》《莲花度母》《盛世恋》（后改名《私密生活》）。

这个年代，太平盛世，最惊心动魄的爱情也只能如此。

一　郁　闷

从周五下午三点四十的雨下到现在还没有停。整整两天，天就像漏成许多洞的布幔一样，水淅淅沥沥，从白天滴到夜里，再从夜滴到了白天。

这个本来就多水的城市，泡在了水里，湿漉漉，又宛如秋天湿冷的天国。

周冰秋一直耗在床上，从周五下班回到家里就这样。除了到厨房，除了上厕所。

手里拿着《包法利夫人》，爱玛的痛苦伙同这似乎永远也停不了的雨，把她敏感的心也拖到了谷底。

她的心情糟糕透了。

眼泪唰唰地流了下来，在脸颊上未做停留，就滴到了湖蓝色的被单上。她迅速用手背抹着还在喷薄流出的眼泪，又抽出床头柜上的纸巾，轻轻地抹着眼睛和脸庞。她怕古风看见。他这样老派又传统的男子，向来有些大男子主义，一看见她多愁善感地抹眼泪，就嘲笑她，特别是这一年，他们的爱仿佛势不可当地在消减。

她稍稍坐起来点，便可看到古风深深弯向画案的背影。

古风又在画虎，那种国画。他根本不是在创作，只是在临摹。市场大量需要这种画，他应画商的要求，画这种东西。一张给他二百块，而画商拿赝品当真迹，挂在画廊标价是八千。古风画得可谓是惟妙惟肖，运气好的时候，一个月也能弄个一两万块钱。古风感觉志得意满的，似乎得了个肥缺。

他现实得很，什么来钱快就搞什么，所以常常要耻笑周冰秋。笑她傻，笑她太忧郁，也笑她太形而上。

人是容易变的，特别是在残酷的现实面前。钱这种东西把很多意气风发的青年都摆平了，使他们不那么精神和纯粹了。

古风算是这样吧。

但周冰秋不是。

周冰秋最近不知怎么了，总是伤感，想流眼泪。这种阴郁的情绪侵蚀着她的心脏和脑部神经。她的心紧了发紧一般的不适，头也懵懵的。她以为生了病，去医院检查了三次，又都一切正常。这也怪了，只是不舒服。她对生活，不，很多事情都提不起劲，心里空落落的。

按理，她该志得意满。想要什么，似乎就有什么。大学毕业到了个学院的中文系当教师，虽然是不入流的学校，但毕竟是大学。不像她的其他同学，大部分被分到中学，日日坐班操劳。而她，周冰秋，在这个大学，不到七年，就老大的不满意。整天想的就是退休，不愿意去教室，不愿意面对学生。与她同龄的老师都评了副教授，而她还是一成不变永远的讲师。

后来她又想辞职。整天说着，在古风看来，就像每日的天气预报一样，频繁、枯燥又没有花样。

古风不赞成她辞职。坚决得很。因为他们终究是要结婚的，他不情愿两个人都成了无业游民，收入倒不存在问题，但没了社会地位。大学教师是不容置疑的好职业，他不允许周冰秋做傻事。他的建议是，就那样上上班，挣钱的事不用她操心。这又是一个误区。周冰秋从来没想过钱的事，想的是心灵的痛苦。

她始终感到的是内心的苦闷。

苦呀！但该向谁说呢？

不能说给古风，他跟自己距离越来越大了。虽然还有肌肤之亲，可心怎么总是固执地无法靠近，特别是经过两年多的同居，最初的新鲜劲早已消失得差不多，剩下的只是惯性般的依恋了。

周冰秋终于没敢辞工作，她办了停职，应聘到一家文艺出版社，做了编辑，开始没完没了地看文学的东西。

她新鲜了一阵。到一个新的工作环境肯定要新鲜的。

周冰秋属于那种性格敏感的人，有时候一点点事情都要伤感半天。比如一本小说中的情节，比如别人不经意的一句话，或者天气，都可能影响到她的心情。就像这个周末，无休止的雨似乎很配合她的心情。

她想流泪，想哭。有谁能阻挡呢？

她自然不仅仅是为爱玛，为一个异乡的、小说中的女子伤怀动情已不是她这样的成年人该做的事情。

她更多的是为自己。

但又为她什么呢？这似乎根本讲不通。

她二十九岁，未婚，漂亮，有男朋友，而且是不错的男人，有才华，帅气，只是个子矮一些。她应该没有不满意。

古风是她的第三任男朋友，恋爱了两年以后同居在一起。这在现代的都市是既不前卫，也不落伍。没有了最初的惊奇和波澜，好像归入了老夫老妻般的平淡。这样的生活使原本就多愁善感的她有了淡淡厌倦的感觉。

结婚吧，她不想。不结吧，以前又有约定，同居三年，就结婚。周冰秋不晓得自己当初为什么跟古风订这样荒唐的约定，简直是传统意义上的订婚，是飞不掉的结局。

大概因为这个约定，周冰秋心里才有了怪怪的感觉，古风于她仿佛是亲人，而非恋人。当初那种激情澎湃爱的感觉像风一样消失了，抓都抓不回来。难道说爱没有了？周冰秋从心里压根就不愿意承认。她宁肯相信爱情是存在的，是她的爱情。她回避这个难题，不想面对它。

然而，她到底想要什么？爱情还是金钱？

或许两样都想要吧。那也许太贪婪了。她知道自己没有那样的好运气，上帝不可能把什么都满足她。她知道这个，永远知道。

所以，她要爱情。

要爱情。这种想法也很荒唐。

有个同居男友，而她并不满足，足见她是个贪心的女人。

她的委屈是——要爱情。

雨还在下。到中午饭时间了，周冰秋感觉肚子咕咕叫。

她下了床，人虚脱了一样，踉跄地上了个洗手间。有点头重脚轻，眼睛看着墙也在晃。她知道是睡多了，可还是想一头倒在床上。

古风在起居室看电视，他永远都喜欢电视，所有的节目。周冰秋懒得跟他说话，拉了拉烟灰色丝质睡袍，经过了两天，皱得不成样子了。然而她实在没有精神，只想再次倒到床上去。

她刚想转身，冷不丁看到古风倚在门框上怪怪地看她。眼神奇怪，有抱怨，有嘲笑，也有那么点爱怜。周冰秋没有任何准备，她被吓了一跳。

干吗这样看我？

怎么了？不让看？

周冰秋下意识地耸耸肩，懒洋洋地说：没有。你画完了？

画了十张，看来两张要报废。

那也可以呀。好了，跟你不说了，看电视去吧。我头好晕。

古风换了姿势，继续靠着，看着周冰秋的眼睛说：你都是睡的了，不要再往床上躺了，好人也会睡出病来的。

周冰秋懒洋洋理了理头发，没有说话。

看你一脸的病容，简直像四五十岁的老女人，没有颜色，还有点邋遢。

周冰秋白了古风一眼，不再说话，往床上倒去。

古风一个箭步，拉住了还没完全倒下的周冰秋，抱在怀里，喃喃地在她耳边说：

好了，别任性。你知道，再好的人也经不住这样折腾，你这是在折磨自己。

看到周冰秋没有反应，古风继续细声说着：

我是为你好，怎么老是这样。不晓得爱惜自己的身体，还像个小女孩一样，永远长不大。心情放好一些，不要老是心事重重的样子。看你憔悴的，唉。

周冰秋还是不说话，跟谁较劲一样。其实，她只是没有力气，不想讲。

看着她不说话，古风又生出了一些怜惜，手臂紧紧地把她抱住，很自然地去吻她的头发。

周冰秋突然眼泪又出来了，很委屈的样子。然而又不是，什么都不为，如同眼泪总是时刻准备在那里，随时就可以喷薄而出。这种现象很奇怪，她以前不这样。那时候，她冷冷的，不苟言笑，待人也不热情，在外人看来，她是个神秘的女子，谜一样。她几乎从不流泪，遇到什么不开心的事情，在心里默默想一阵就过去了。

她向来不是个性格开朗的人，她的阴郁出了名，特别在她的大学同学梁维仪面前，更显出她的品性来。

梁维仪活泼开朗，白白胖胖的，丰满得让人想起唐朝的杨玉环。她总是乐呵呵的，永远没有忧愁，或者任何不快乐的东西别想挨近她。毕业当年就结婚了，儿子现在已经是六岁了。梁维仪是周冰秋的铁杆朋友，即使许久不见，也知道对方的。何况周冰秋还是她儿子波波的教母。

性格决定命运，开朗性格的梁维仪有着稳定的生活，和睦的家庭，健康的儿子。而周冰秋没有。她始终想要不一样的生活，跟其他人不同，有文学作品里面那样的斑斓，多姿多彩，充满浪漫。

她生活在梦里。

是古风用世俗的一面把她拽在现实中，然而她并不在意，常有逃离和郁闷的想法。性格决定了她的生活，她不写诗，可把自己搞得跟诗人一样——不食人间烟火，抑郁，不想跟俗人打交道。

是她自己挂在了一个特殊的位置，仿佛没有生活在这个叫蓝都的城市，而那五百万人口也跟她没有关系。她心里存有太多的怪念头，复杂而多变，不切实际。

刚毕业那会儿，她试图改变性格，活泼开朗些，多交些朋友，融入年轻人的大家庭。因为想极力改变，那几个月时间，她有点四不像，弄得疲惫又委屈，也没什么效果，大家并不喜欢。对此，梁维仪更是意见很大，说她是卖弄，失去了本真。看来真是本性难移。周冰秋又回到了过去，比从前更甚了。

的确，周冰秋更内向了。她很少跟人来往，她看书，在书里寻找知音。她疏离了朋友，包括生活在一起的古风。姐姐周冰春和梁维仪虽然她还经常见，说的多是生活中的话题，很少有谁能触动她内心深处了。她成了个寡人。

流眼泪成了她的一个嗜好，那些阴郁的东西在她的心里、眼睛里疯长，随时都会跑出来。

她感到自己的郁闷，是内心那种。她把什么都藏在心底。

坦白说，古风还是很宠爱她的。

他画的是传统的国画，在心里和行动上都有着既现代又传统的信息，矛盾和冲突构成了他的处世风格和生活态度。他同意与周冰秋的同居，又强调着三年后必须结婚的约定。他爱着这个女人，对她的郁郁寡欢又不能包容。他想成为优秀的画家，又不去努力，渐渐习惯了这样没有创造的生活。他流入了世俗，过与大家一样的通俗生活。他和其他男人一样喜欢不同的女人，年轻、有活力、漂亮的，所以有时候跟着他那帮画友在一起，即使爱着周冰秋，也会有小小的出轨。对这个他并不自责，这年代哪个男人没有两好三好，守着一个女人是要被笑话的。所以，当他在外面花了一回后，很快就消减了不安，从容地回到家里，继续与他的冰秋亲热。

然而他越来越不能把握他的周冰秋了，这个他还如此爱恋的女子对他不如以前那么亲近了。每天还躺在身边，可不晓得她心旦想的什么，握着她的手，还是抓不住她的心。他感觉周冰秋成了个奇怪的女子。他不想她这么奇怪，但不知道该怎么办。这种感情方面的事情又不能使蛮力，也不可卑躬屈膝地求她。他弄不明白，周冰秋像是在她曾经开启的心门上装了三道锁，而他古风竟没有一把钥匙。他心灰意懒，应该说是欲罢不能。他爱这个女人，他要娶她为妻。

她将是他的妻子。

这是可以肯定的，但是随着约定日期的来临，似乎变得遥远起来。越近越遥远，虽然他们还住在一起。

古风也不是笨人，他知道他们出了问题。他认为这是周冰秋的问题，她不接触社会，还一天天地郁郁寡欢起来。他不喜欢她的状态，对什么都提不起兴趣，外面的世界好像与她没什么关系。这是什么嘛，年纪轻轻，就把生活过成了这个样子。最可怕的是连做爱她也没有了兴趣，一味地埋在书堆里，好似他这个人不存在一样。

但是，他要跟她结婚。这是约定，也是他从未更改的想法。

然而他不想她这样下去，她会连他也拖进萎靡不振的深渊的。

可他该怎么办呢?

他不安，心里也很难受。

不知怎么回事，他们很难进行心灵的交流了。

有个环节出了问题。

问题。

是什么阻碍了他们，古风想不明白。即使抱着她时还是不知道。他心里酸酸的，特别是看到她流泪，就觉有说不出的艰难和无奈。她的泪让他很不好受，也很难堪，他欺负她了一样。他不能理解，只想发火。

常常如此。因为这样，周冰秋的眼泪也变得躲躲闪闪的，她那种委屈，成了无从解释的误区。

古风拿她没办法。男人的力气无处使，而事态又向不好的方向发展，他根本拽不回来。

他不晓得该怎么努力。

此刻他抱着周冰秋，他的女人。然而她在他怀里哭，又是那种奇怪的眼泪。搁往常，他大概又要动气了。突然之间，他感觉到难以名状的悲凉，万般地怜惜起这个女人。他吻起她的头发和凝脂般的脖颈。

他有些激动，下身有着强烈的反应。

他继续吻她，从脖颈向前胸吻去。细致，委婉，冲动。突然想起与他疯狂做爱的小女孩导游卫晓燕。她比周冰秋激情多了。现在不能想她，他调整心情，继续吻去。他想，他爱她，所以才能忍受她无处不在的抑郁，才对她有容忍吧。也许正是因为这个，他在抵挡着卫晓燕狂热的爱。

此刻，他全神贯注地进行爱的前戏。

眼泪无处不在，在这个做爱的前戏里，她似乎处在危险的断面，然而身体还是不可救药地逢迎过去。她甚至不知道自己是为了古风，还是为了自己，还是为了爱情在展开自己美好的身体，还有那个地方。

那种湿润原本是针对爱情的。

是真正的爱情。

然而现在还是湿润得蓬勃而且多情。这令周冰秋很难为情。

眼泪没有了，性事在继续。

伴随着呻吟，颤抖，汗水，和倾泻的精液。

古风心满意足地瘫倒在她身上。周冰秋醒悟过来一般，一把推开古风，奔向洗手间。

她的泪又出来了。

她不该流泪，古风是她的男朋友，与她做爱，她该视之为正常才对。然而，她还是有身体遭到背叛的感觉。

感到异常的委屈。

喷薄而出温度适宜的水冲洗着她光洁的身体，不敢看镜子，她怕。怕看到刚刚做过爱的自己的身体。肉体的欲望还明确地写在那里。她怕。

郁闷并没有因一次长度适中的做爱而减轻，她反而感觉更虚无了。

她不停地洗自己的身体，早已干净了，还不愿意停下来。肌肤都开始发红了，有着少女的光泽。但她并不喜欢。或许她忽略了这个，喜欢的是洗澡这种形式。

古风在门外喊她，叫她吃饭。

她关掉了水。

现实随着古风声音的降临来到了。

她答应着，随即擦干身体，换上那件深蓝色宽肩带长裙。丝质地的裙摆舒服地向下垂着，上身则松紧适度地显示着她美好的胸部。她的短发时尚又不失文雅，散发着淡淡的桂花的香味。

她的身体也散发着南国的桂花香。她的洗发水、浴液、香皂，包括花露水、家里的空气清新剂，用的同一品牌，含有桂花香的。从这方面足看到她的固执。

她所处的城市蓝都，虽在南国，但远离有桂花的地方。她知道有些地方的秋季有绵延不断的桂花飘香，沁润在人的呼吸和肌肤间。

周冰秋乡愁般建立了对桂花的感情，致使她要自己的身体也充盈着桂花的香味。

她要成为那样的女子，别人过目不忘的女子。

这又是她的矛盾了。既然对什么都提不起兴趣，干吗这样处心积虑地打扮自己呢？干吗要运用美妙的体香引人注意呢？这是多么无从解释的矛盾呀！她大概从不愿意想这样的问题，如同成心给自己找茬。有些东西她是不想，也不打算承认的。但它是遮不住的。

表面看她对什么都没兴趣，不想上班，不想踏实地生活，不想与男朋友做爱。她沉郁而消极。但是浑身散发的美妙的桂花香，在不经意的瞬间暴露了她的内心，她的秘密——她内心有强烈的渴望、爱和激情。

她在等待。

这种消极的等待，是那样容易被人遗忘，有时候连她自己都不记得了。她常常被自己忧郁的情绪所左右，一味地消沉，搞得她没有了激情，也没了上进心，过着一种没有心情的生活。她甚至忘了自己内心的渴望。是啊！

她知道自己的打扮不是为古风，也不为某个具体的人。她的打扮是下意识的，是年轻女子的本性。当然，在古风看，虽然周冰秋是美丽的，但这充满诗化的打扮他从来没怎么注意过。什么桂花香，什么香水了。他这样传统粗心的中国人大概总是不大在意这些细小东西的。

也许是这个女人在身边久了，不管是她下意识还是刻意的打扮都显得无足轻重。他要的可是实实在在的女人，一个可以亲近的女人。

就像今天她穿的蓝色长裙，在古风看来就有点夸张，虽然飘逸，但似乎又显得过分的正式和时尚了。他不喜欢自己的女人被太多的人注意，而周冰秋的衣着总会令人侧目。

周冰秋不置可否，但还是挽着古风的胳臂走在了大街上。

古风穿的是烟丝色的T恤，米色布裤子，脚上是老式的皮鞋，头发长长的，扎了个马尾。但不知怎么着，在有着桂花味的周冰秋旁边，帅气的古风显不出什么了。在穿了高跟鞋的周冰秋面前，他显得有些低矮，不那么挺拔。他非常自豪，有周冰秋这样美丽的女人挽着，他的脸上泛着亮光。

在阳光下，周冰秋不像在家里那么阴郁，也许因为刚刚有过的性爱，她的脸上泛着淡淡的红晕，眉宇间也有些昂扬的气息。

他们俩偶尔交谈几句，但她多是沉默着。周冰秋不喜欢在街上嘴巴不停地讲话，那会讨人厌的。

心情好些了吗？古风细声问道。

周冰秋点点头，嘴角笑了笑。

古风继续说道：出来就好了，以后不要太长时间闷在家了。

周冰秋的头发和裙子都随风向后好看地飞舞着，在热闹的街上也是非常让人赏心悦目的。行人很多，他们不时要侧身。

她眼前不远是“必胜客”西餐厅，门口排了二三十人，都两点了，这个店还是这么多人，而它对面的京都回转寿司门前站着两个穿和服的姑娘，时不时给进出的客人九十度的鞠躬。周冰秋不喜欢日本人，但喜欢日本料理，常常一个人或者和女友到这个店。可是古风不喜欢日本的任何东西，包括饮食。

他们选择了街顶头的“毛公”湘菜馆，古风喜欢辛辣口味，周冰秋在这上面很迁就古风，仿佛他喜欢的就是她爱的。然而，说实在的，她怕那种火红火红的剁椒鱼头和油腻腻的红烧肉。她不吃这些东西，但会给古风点上，她喜欢古风香喷喷吃饭的样子。

古风不会照顾女友，也不去想周冰秋的口味，通常点的是他喜欢的，今天也不例外。鱼头、红烧肉还有那种汤菜，他都喜欢之极。周冰秋更多的是吃点蔬菜，还有她喜欢的清炒藕片。

古风吃得红光满面，满头大汗，一副心满意足的样子。而周冰秋吃得文雅，不动声色，眼睛虽然看着饭桌上的菜和对面的古风，神色依然是飘忽不定的。

虽然已经过了饭口，但餐馆的嘈杂还是让周冰秋不时地皱眉头。所有的中餐馆都这样，繁忙而吵闹，似乎永远充满喜庆的味道。周冰秋不喜欢这样的地方，她仿佛是委屈的，在心里，不说出来。就像此刻的不动声色，跟这里很隔膜，也落寞得很。

看着古风，她有说不清的淡淡感伤。

要跟这样的男人生活一辈子吗？真是这样吗？

面前的男人好陌生，仿佛又是熟悉的。她知道，跟这个人生活是踏实而安稳的，以后也许会有幸福，可她心里偏偏要拒绝这种安稳。她不甘心。

爱也爱了，住也住在一起了，但爱情似乎所剩无几了。

但什么样的爱情才是亘古久远的呢？

想到这个，周冰秋不由得叹了口气。

又怎么了？叹什么气？古风剔着右边的牙吐字不清地说道。

周冰秋看了他一眼，眼光游离地躲了过去，笑着说，没什么。

说出这句话，心突然有些不舒服。为什么总要掩藏自己的内心呢？怎么什么都不敢跟他讲？不，或者是不愿意吧。她感觉到了悲哀。两个人走到了这个样子，淡漠得不想沟通。这能不令她郁闷吗？

周冰秋缓缓站了起来，指了指那边走道，表示她去洗手间。古风点头，她拎起蓝色的小挎包向过道尽头走去。

她有着如释重负般的快感。她的嘴角是严肃安静的，可还是有那么两滴眼泪飘出了眼眶。她迅速用纸巾抹了去，很尴尬，似乎受了什么委屈，有谁欺负她一样。

她的郁闷导致了眼泪，而这突然造访的落泪应该说明什么。就像她阴郁的心情，总是在破坏她眉宇间的聪颖和额头的亮光。

这时候，她忘了古风的存在。

她，是独立的。

二　逃　离

古风画的虎在有个画商那里很受欢迎，上个月他赚了两万多。上午他又送去十张，加上上次的他领到了五千块钱。拿着这些轻松赚来的钱，古风从里到外都是笑的。从裤兜取出上个月刚刚更新的诺基亚新款手机，拨起了周冰秋的电话。

哎，你在干吗？事情多吗？古风掩饰不住兴奋，语气欢快地问道。

哦。在看稿子。怎么这会儿打电话来？周冰秋声音淡淡地道。

也没什么。刚领了钱，我们下午去世纪蓝都，你不是上次看上了意大利的远足鞋，我送你。

一千八百八十块呢。没疯吧，突然这么大方？

周冰秋声音提高了一个八度，惊讶地问。

很长时间没送你礼物，应该的嘛。

周冰秋在看北京一个女作家的小说稿，写的是三角恋爱，故事并不新鲜，只是语言还不错。因为这语言她才有一搭没一搭地往下看。把看小说当工作，实在索然无趣。可她对购物兴趣不大，懒懒地说：

那鞋子太贵了，我不想要了。

别这样，我们可以买起的，你不要担心这个。

我看还是算了。我走不开。

好，你不去算了，那我跟哥们喝酒去了，下午不要等我吃饭。

周冰秋觉得古风说话有点赌气，不等她这边说话就挂了电话。放下电话的周冰秋心里空落落的，站起身，走到窗前。

九楼的这个窗户正对着一个中学的操场，现在有个班在上体育课。四五十个学生围着两个双杠，一个老师模样的男人在给做示范，随后一个小巧的女生轻松地完成了老师刚教的动作。她后面的一个戴眼镜的女生就没有那么幸运了，她连跳了三次都没有过关。不停地扶眼镜，看来是太紧张了。周冰秋不愿意看到这些让人难堪的场面，哪怕是陌生人的难堪，她都觉得过意不去。她回到了办公桌前。对面的杨资娉去西安出差了，这个屋子没有了往日的热闹。她走了才几天，周冰秋有点想她，看着她整洁的桌子发呆。

四十二岁的杨编辑，杨资娉，是个离了婚有个十二岁女儿的单身女人。她有洁癖，敌视男人，所有的。但她又是个开朗的女人，爱打扮，人长得也不错，收拾得就像三十多岁。因为她单身，所以无论做什么都有些招摇。她又是直率的，常常不知道因为什么就得罪了别人。有时候她感到很委屈，也给周冰秋抱怨几句。其实，她在社里人缘挺好的，可偏偏选定周冰秋为朋友。周冰秋是个被动性格，人家一主动，她们就成朋友了。况且杨资娉她还是喜欢的。她的风韵，她的爽直，她的坚强。虽说在社里她是个有争议的人，还是把她当了贴心的朋友。

现在她在西安，周冰秋的想念也并非没来由。已经郁闷这么长时间了，她想找个人倾诉，杨资娉是最好的人选。她不能告诉姐姐，或者梁维仪，她们是不会理解的。已经单身了七年的杨资娉准能给她宽慰。她相信她。仅仅因为她一个人带着孩子坚强地生活。不，或者，因为她到现在还热爱文学吧。她总是那么激情，那么理性，那么干净。她喜欢有品位的女人，杨资娉算是吧。

说也奇怪，周冰秋会去想念她，一个仅仅离开几天的同事。她不想看那个小说，也不想做其他事情。拿起话筒，连她自己也没想到，拨的也竟是杨资娉的手机。

那边很吵闹，她好像很兴奋。周冰秋礼貌地问候她，她语气欢快地说着西安的情况，周冰秋根本插不上嘴，索性静静地听她说。杨资娉说了古城墙，说了贾平凹。周冰秋等着她说兵马俑呢，而她最后说的竟是给她买了件大红的绣有五毒的土里土气的裹肚。挂了电话，周冰秋还觉得好笑，那种东西什么时候才有机会穿呀。这个杨资娉，难道想把她打扮成妖女不成。

她收住笑，把那个小说稿又翻了翻，写了个意见，准备下午下班前交主任。这会儿她心里不那么难受了，在电脑上下起了围棋。这是她最为心静的时间，下棋能使她全神贯注。她是紧张，也是快乐的。时间过得很快，仿佛只有几分钟。而这时隔壁的苏林轻轻推开了房门。他摇了摇饭盒，叫她吃饭。

周冰秋揉揉脖子，向他莞尔一笑：时间过得好快，你先去吧，我不饿。

刚刚毕业三年的苏林是个清瘦的小伙子，他耸耸肩，把门轻轻关上。

这时周冰秋才感到眼睛酸痛，拿起桌上的润洁眼药水，仰着头滴了两滴。闭上眼睛，感觉丝丝清凉的液体向眼底渗入。

中午吃什么饭呢？她没有胃口，想了想，找出“川妹子”的电话拨了过去，那边熟悉的声音答应着。她知道不用担心什么，不出半小时，略带麻辣的饭菜就会送上来，一小杯紫菜蛋花汤，这是免费的。其实，周冰秋也不是非常喜欢川菜，只是这个在这里最方便，她不想为中饭跑到几公里以外的上海人家去，虽然她喜欢那里的菜和环境。

等饭的时间有点无聊，她想打古风的电话，一想到他在和朋友喝酒，便不想打了。关了电脑，闭目养起神来。

周冰秋下午把稿子早早交到主任手里，在办公室无所事事。没有兴趣去其他办公室聊天，索性拿了包步行到北京路的联邦书城。

出版社离书城很近，两个街区，步行只要一刻钟。周冰秋是那里的会员，逢周日可以打八折。因为她常去买书，从老板到店员，都认识她，老板许诺，她什么时候来都可打八折。所以她一般不会在热闹的周日去那里。

现在好书不多，周冰秋在文学区看了一遍，只挑到两本书：俄罗斯女作家泰菲的《风雨旅程》和安·兰德的《源泉》。她喜欢这两个女作家。泰菲写的短篇讽刺小说，她一直很爱看。而安·兰德既是哲学家又是优秀的作家，她的书虽严肃但很畅销。她从网上看到她的资料后一直想买她的书，这次买到厚得像砖头一样的《源泉》，她好高兴。这两本书一薄一厚，让她感到不同的分量。但欣喜是同样的。

从书店出来，街上行人三三两两，她抬起左手一看手表，才四点半。她不想这么早回去，既不想去姐姐家，也不想去梁维仪那里。她哪里也不愿意去，一个人在街上闲逛起来。

这天她穿的是赭红色T恤，苹果牌休闲布裤，黑色平底皮鞋。有一种清爽的美。不知不觉她来到唯美化妆品店。这个不大的铺面，东西都是纯正的进口货，周冰秋和杨资娉、梁维仪都是这里的常客。店里的两个女孩都笑容可掬地跟她招呼，说有新品刚到，说着从柜台里拿了出来。

周冰秋微笑着仔细看了看，摇摇头，说她还是习惯用资生堂系列的东西。她买了大包装资生堂桂花味的浴液，眼霜，又要了个紧肤护体液，便走了出来。刚走了几米，就听见店员小米在后面叫她：你上次预定的桂花味的洗发水过两天就可以到货了，对不起，刚才忘了告诉你。周冰秋向她微微点点头，说她下周再过来。

买了好书，又买了这些零碎的东西，心情比在办公室好了很多。而今天也奇怪得很，手机像坏了一样，静悄悄的，不响一声。她几次拿出手机，上面显示的都是中国移动和她设定的樱桃小丸子可爱的图案。是安静了，可有些失落。平和的外表下，她很难心如止水。她竟然是渴望一个男人的。她想要个人陪在旁边，但绝不是古风。

想要一个她爱的人。

怎么又想到这个问题，简直是不可救药。她下意识地摸摸脸，感觉脸有些烫。都谈了三次恋爱，还跟古风同居在一起，可心里依旧是不满足，总觉得他不是自己这一生要的男人。但什么样子的男人才是呢？这是个没有答案的难题。没有答案，所以她心里闷闷的。那种揪心的，难以释怀的东西总在，她无力解决。右手把头发往后理了理，看看日渐多起来的行人，不由得叹了口气。芸芸众生，陌生，熟悉，而她跟他们是无关的。

我在这里没有亲人。周冰秋自言自语道。

她的父母离婚后，母亲一个人住回了南京。父亲找了个年轻他二十八岁的学生结了婚，也离开了蓝都，去了海南大学。周冰秋和姐姐都不能容忍父亲的放纵行为，也不愿意面对与自己同龄的后母。她们几乎与父亲断了联系。而母亲，是孤傲的江南女子，她根本不承认自己遭到了抛弃，固执地认为自己在心里早已放弃了那份感情。然而，她还是失落的。可骄傲的她不需要别人的怜悯，哪怕是女儿。她们之间在分开后也渐渐地疏于联系。

没有了呵护她的父母在身边，周冰秋感觉自己像没有根的草，空落而无所依靠。就如同在这街上，竟没有个可去的地方，一个叫家的地方。

恍惚间，她走到了电影院，买了小厅的票，电影是老片子《走出非洲》。

这个片子她已经看了四遍，每次都很激动，她喜欢女主人公的聪慧、美丽和勇敢，也喜欢她爱的那个情人。美丽辽阔的非洲美景令她非常神往，希望自己有一天也能勇敢地踏向非洲那片土地。

因为是下午场，影厅人很少，寥寥落落分散坐着。在这样的钟点看电影的大多数是一个人，一些闲散的人。周冰秋买了瓶可乐，坐在里侧靠后的椅子上。影片已经开始，一辆古老的火车在荒芜的非洲大地上奔驰，让人激动。周冰秋知道那个女人和她美丽的瓷器就在那火车里，在路途中，她要遇到她以后要爱上的男人。周冰秋太熟悉这一切了。她喝着可乐，让自己陷在剧情里。

看了一个多小时，周冰秋换了个坐姿，她有点不自在，她感到来自左后方时时存在的目光。没有回头看，那太无聊了。眼睛盯着屏幕，他们在亲吻。但她再也不像最初的专心了。感觉那个人在向她靠拢，她有些紧张。不敢回头。

那个人已经坐在她身后，他静静的，她感觉到他的气息。她屏住呼吸，虽然电影里的女人闲适地坐在她美丽的房子喝茶。她太紧张了。身后那个人令她无所适从，熟悉的电影也被看得支离破碎的。她额头和手心都冒出了汗水。

哎，你一个人看电影呢。

后面的男人说了话，听声音很年轻。

周冰秋不喜欢这种搭讪，没有回头，也不吱声。

哎，你也太清高了吧，还不搭理我。

那人手拍了下周冰秋的肩膀，轻轻的。她还是没有回头。

哎，周冰秋，你怎么了？

周冰秋听见那人叫她名字，知道是熟人，这才摁了下额头转过身。一看竟是他们出版社的美编高雄，笑了起来：

你吓死我了。我还以为是小无赖呢。

怎么一个人来看？男朋友不陪你？

他有事情，一个人看也蛮好的。你怎么也一个人？

周冰秋不大熟悉高雄，在社里也仅仅知道彼此，从没在一起聊过天，她很难理解四十岁的男人也会一个人来看电影。

经常一个人看电影的，特别是好片子要独自看才好。

高雄坐在了周冰秋身旁，礼貌地隔了个座位。他人瘦瘦的，白白的，高高的，上身是亚白色短袖，下身好像是土黄色的布裤子。脸上有岁月的沧桑，眼睛深不可测。周冰秋看着他，突然想起了古风。比她大两岁的古风清秀青春，但跟眼前这个男人比起来，有不可言说的浅薄，或者是稚气吧。

周冰秋向他抿着嘴笑笑，又点点头。

现在大家都在家里看影碟，到电影院被视作老土。

高雄摇头：看影碟也是不错的，但好片子还是电影院比较好。你说呢？

也许吧。我喜欢看电影。

哪天到我家看吧，我那里有很多不错的片子。

面对高雄的邀请，周冰秋不置可否，他们毕竟还不熟悉，她礼貌地点点头。

电影在继续，他们的聊天也从电影拓展了下去。电影快结束时，似乎已经熟悉了。奇怪，在出版社这一年多他们竟没说过几句话。高雄邀请她一起用晚餐。这有些突兀，她看看表，又拿出手机，还是那固有的画面，想起古风今天不回来吃饭，所以向高雄笑着点了下头。

与同事单独吃饭，除了杨资娉这是头一次，周冰秋感觉怪怪的，仿佛在进行一场不恰当的约会。

绿土西餐厅。环境非常好，但牛排做得很一般。高雄点的是肉眼排，周冰秋只要了个蔬菜沙拉和罗宋汤，晚上她很少吃主食，怕发胖。

客人不多，他们的位置靠窗很安静，爱尔兰风笛飘过来，仿佛是一种仙乐。服务生穿着干净的制服，站得远远的。这是个聊天的好地方。周冰秋已经放松下来，听着高雄讲有趣的事情。

高雄很兴奋，开始还说电影、音乐什么的，渐渐地竟说起自己来。

他是个离了婚的男人，儿子跟他母亲在北京。他说他怕结婚，怕女人的纠缠不清。这让周冰秋很吃惊，她以为只有女人怕男人的，没想到男人也是如此。她猛然觉得他和杨资娉仿佛是天生的一对，遂不自觉地笑了起来。

高雄使刀叉的动作很文雅，想来经常光顾西餐厅。看周冰秋笑，他并不急于问，而是耐心地看着她，等她自己来解释。周冰秋把一块番茄放在嘴里，耸耸肩，说想起了个人，不相干的。

周冰秋话很少，表现得像个古典的淑女。她发现高雄的手机也没有响过，便问他：晚上也不大去活动吗？高雄说：他关了电话。这个瞬间周冰秋陡然觉得高雄眼神怪怪的，盯着她，要钻进她心里。她心头一紧，尽量平静地笑了一下，轻声说她去洗手间。

照着盥洗室的大镜子，她看到自己的脸升起了红晕，额头上也冒出了细细的汗。眼睛向上抬了抬，笑自己没见过世面，小题大做了。从包里取出牛角梳，梳了头发，然后又补了点唇膏，这才不急不慢地走了出来。

高雄的眼神已恢复正常，不像方才那样直直地看她了，但周冰秋还是不好意思起来，有鬼似的。她无心逗留，便讪讪地说她得走了。

高雄买了单，出来后看着周冰秋上了车才去打出租。

周冰秋心里怪怪的，好像做了什么见不得人的坏事情。她摸了下脸，自己笑了。

车在一环线上飞奔，向她和古风的家。

可她再一次感到那个家的陌生，一个睡觉的地方。她的心从不安的欢快中突然转向，向着她惯常的低落情绪滑落。

任何新鲜事休想改变她的心情，她如此固执地保守那份郁闷和伤感，抑郁无所不在，是她天生的品质。这是不好的。她明白这一点。

到了楼下，抬头看着她家的窗户，还是漆黑一片。没有灯光守候着她，她的伤感又加了份失落。

打开了房门，闻到一股刺鼻的酒气。知道古风已经回来，还喝醉了。这太平常了，她应该有准备的。这一年多来，古风分外喜欢酒，不醉不痛快似的。

周冰秋按亮灯，看见古风的皮鞋东一只、西一只地在走廊上。她摇摇头，用脚把那两只鞋归拢到一起，向里面走去。

古风爬在床上，腿耷拉在被子上。周冰秋不去理他，进到盥洗室，恶臭味熏天，这才发现马桶里满是呕吐物。只觉嗓子有东西要往上泛，赶紧捂住嘴，按下了抽水马桶的开关，接着又冲了一次水，再把空气清新剂在屋子里一阵猛喷，打开了所有的窗户。做完这一切后，这才脱掉上班时的衣服，换上棉质的家居服。

她讨厌喝醉酒的人，但还是耐着性子给古风擦了脸，换掉脏衣服。古风拉住周冰秋的手，说起了含糊的醉话。她厌烦地看着他那丑陋的醉相，心里直反感。给他盖好被单，走出了卧室。

在书房里，周冰秋的心也并不平静。一想到要和这样的男人结婚，就有暗无天日的感觉。以前是怕，今天是绝望。这个男人怎么变得如此粗俗，成了个贪酒的酒鬼。她如何能忍受这样的人？她沮丧得很，在书房里也看不进书，一想到那个屋有个喝醉的男人，她就想逃跑，跑得远远的。

周冰秋心里非常明白，她并不是因为古风喝酒的缘故。他以前也醉倒过，她总是没有怨言细心地给他收拾。大概是她不爱他了吧，否则该如何解释呢？但如果他们之间不算有爱情，那怎样的情侣才是有爱呢？她认为一个人爱一个人，不应该是这样的。她是如此追求精神生活的人，目前的生活让她感到的不是阳光，而是无处不在的绝望。她有点恨自己的苛求，如果能像其他女人那样得过且过就好了。然而，她回不到她们中间，她和她们不是同盟。她是异类。

异类？这个中性词，传统的人排斥它，诋毁它，不肯包容它。可是无论如何，她不想标新立异，但是她本质如此，有着浪漫的天性，骄傲的心，以及固执的理想。改是改不掉了。也许她根本就没想改。

真的想逃离。她感觉心里好闷。她想要爱情。

这时她想到了高雄，觉得有点可笑。

至今，她没有个可思念的男人，她牵挂的。她好悲哀。

她被伤感的情绪所左右，所加深，心情进一步恶劣。双手抱住头，希望借此缓解。她知道是很难的。

不知过了多长时间，听到卧室有了动静，是古风起来了。她赶快拿出新买的《风雨旅程》看了起来。不到五分钟，古风就走了进来。从后边抱住她：

老婆，又用功呢。

说着用他臭烘烘的嘴亲她。她厌烦地躲开，没好气地说：

先去刷牙，难闻死了。

古风嘟囔进了盥洗室，门也不关，就尿起来。那声音直让周冰秋恶心，心想男人怎么都成这样了。

她关上了书房的门，好像把古风永远地关在外面一样。

三 午 后

外面阳光普照，阴面的房间丝毫感受不到阳光。刚开完编辑会的周冰秋回到办公室，打开热水器开关。这个办公室只有十二平，受杨资娉的感染，周冰秋把屋子收拾得一尘不染。她用小喷壶给文竹和吊兰浇了水，为自己沏了杯乌龙茶，这才坐到办公桌前。

她的性格是安静而内敛的，什么问题她很少表现在脸上。其实她的心情很糟糕。自从古风那天喝酒后，这一个星期他们一直在闹别扭。一想起那个晚上，她就不舒服，说起来也真是无聊。

古风一喝了酒就想要她，以前常常这样。那个晚上他依然如此。

他倒是自觉地洗了澡。可当他去抱她的时候，遭到她强烈的反抗。他吃了一惊，连周冰秋也被自己的行为吓了一跳。她对他向来是温和的，从来都安静柔情，即使内心痛苦也不表现出来，委屈都是自己来化解，流些眼泪而已。对古风的要求，她一般不去抵挡，满足他，给他快乐。所以这几年，古风一直认为周冰秋爱他要多一些，她照顾他、迁就他。从来没想过她会反对他。从来没有。就像做爱，他想什么时候就什么时候，什么地方就什么地方，周冰秋不会有异议。今天，她这样反抗，把他从酒醉中给吓醒了。他目瞪口呆地看着周冰秋，想让她解释。而周冰秋什么也不说，背朝他，拿着书在看。他不喜欢冷战，拉住她的胳臂问她怎么了。周冰秋只说累得很，不想做那种事。两个人的脸色都很难看，暴躁的古风气得呼呼的，看着周冰秋，而周冰秋也沉着脸，合上书，一言不发进盥洗室洗澡了。

其实，周冰秋心里很不好受，她没想跟他发生冲突，也不想伤害他。她真的是心里不舒服，不愿意做爱。她没心情。

她知道自己出了问题，从心里在排斥古风。爱情不是这样的。总有一个声音在她心里这样说。她想逃跑。她知道事情得慢慢的，温和一点才对。她不想吵架，不愿意彼此有伤害。不愿意。

温暖的水洗着她的身体，她流着泪责难自己。她在想，不管她和古风以后如何，都不要伤害对方，她天性中不喜欢与人为敌。当然她也明白，她的心在一日日地远离古风，他们的爱在消失。她不晓得该如何挽回。如果爱的感觉失去了，还有可能修复吗？他们该做何努力？

周冰秋做梦也没想到，她在反思的时候，古风会突然闯进来，强行跟她发生了关系。

周冰秋欲哭无泪，她被强暴了，而且是她的男朋友。她吓呆了。而且古风做完这些事，跟没事人一样，到卧室呼呼大睡了。

周冰秋哭了一个晚上，她想不明白。她怕看见古风，第二天一大早没等古风醒来，就离开去上班了。她没给任何人讲这个事，觉得丢人。她只是伤心、绝望，神色有点恍惚。

工作上事情不多，她把自己关在屋里，在电脑上下棋。古风打了电话来，根本不记得晚上的事情，只说去给她买鞋，下午来接她。周冰秋不想跟他说话，说晚上有安排不要他接。没有道歉，古风挂了电话。

周冰秋受伤的心又多了层气愤。这一天，她没有吃饭，高雄打电话来，她也是冷冷的。一个人在办公室坐了一整天，到了晚上八点才离开。

走在熙熙攘攘的大街上，周冰秋感觉她虚弱得要晕倒了。拦了辆出租车。刚报了姐姐家的地址，很快就放弃了，又说了梁维仪的，最后还是改到她自己的家。三番五次改地点，惹得司机很恼火，惊讶地白了她好几眼。

不想其他人知道她和古风的矛盾，这个城市她真是没地方去了。她就像个浮萍，飘荡着，飘荡着。她只有回到她和古风的家。那是她在蓝都仅有的家。她没有选择。

她还没想好跟古风的事情，是好是坏。她没有那么多心计，她主动回去就是某种意义上的妥协。她只是没地方去。

周冰秋一到家里，古风极尽殷勤，又是给她拿拖鞋，又是给她拿冰镇的酸奶。看到他这样，心里酸酸的。看来他记得昨天的事。她没有言语，直接进了书房。

古风跟了进来，手里拿着那双昂贵的远足鞋。如果在以前，周冰秋肯定高兴得跳起来，会搂住他的脖子亲他。而此刻，一切都变了味。那鞋子成了道歉的筹码，具有明确的目的性。

周冰秋看了一眼，没有说话。

鞋子，她没有试，没有说要，也没有说不要。古风尴尬地笑着，一脸的谦卑。周冰秋不忍看到一个男人这样，便说，心情不好，让我一个人呆着，过几天我们再说吧。古风把鞋放在那里，点点头，轻轻地关上房门出去了。

周冰秋陷入了矛盾的思考中，希望自己能果断地解决问题，然而她不能。

她跟古风苦恼地冷战着。一连几天都是这样。

古风要跟她和解，可她不想说话。她宁肯事情拖下去，仿佛拖到一定时候自然有人解决一样。

这是她的性格，不能很快拿出决定，把一个曾经爱的人打到冷宫。说分手就立刻分手，似乎太绝情了。而，在她，也许还没有想清楚。要想离开一个人，实在不是容易的事情。

她真的不再爱古风了吗？她真的可以离开他吗？他还爱自己吗？如果爱的话，怎么能做那样的事情来，如果不爱，又为什么有胶水般的缠粘？她时时都想逃跑，想走，可一旦要行动，她又优柔寡断。她需要时间。让她想明白的时间。

是那个事件把她推到了前沿，否则她还可以慢慢决断。她心里很闷，很痛呀！她并不想跟古风说话。

绝望影响到她的面容，她看起来憔悴而黯淡，连头发都不如平时那样顺滑。

她在做决断，想一个人来，所以连知心的杨资娉、梁维仪都没告诉。看着杨资娉买给她的妖艳的裹肚，也只敷衍着表示感谢。她没有心情。有次杨资娉看她脸色不好，问她，她只说没有休息好，不碍事的。知趣的杨资娉点点头，又摇摇头，忙自己的事了。这期间，梁维仪也打过两次电话，约她吃饭，她都以工作忙给推掉了。

她把自己封锁起来，谢绝了一切倾诉的可能。她认为任何的诉说都没有意义，不会减轻苦恼，反而只能使心情变得烦乱。

每天她按时回去，不再赌气，跟古风不怎么说话，但晚饭还在一起吃。古风表现得有些诚惶诚恐，给她买了几千块钱的手表，每天都煮好晚饭等她，仿佛他们在过一种没有任何瑕疵的家庭生活。

离开的念头总在脑子里，但她只是不忍，怕伤害古风。即使他犯了那么大的错误，她也不愿意伤害他。她对他有兄弟般的情谊。或许对他还有爱吧，她说不清楚。

事情就这样平息下来，像是和好了一样，继续着同居生活。

手表古风强行带在她手腕上，这是某种暗示或者表明了一个立场。在古风看来，他们已经好了，没事了。只是周冰秋比以前还要不爱说话，总不让他近身，这一段时间他们没有做过爱。

周冰秋说不清自己怎么了，为什么不趁此离开，至少问题会解决得清爽些。但是，她也明白，她有自私的一面，不想独自承担生活的重负，她需要一个人来替她分担。她也怕孤独。

我是多么现实呀。她自嘲道。

一切风平浪静了，她的生活，她的同居生活。可干吗还要抑郁呢？生活是她选择的，是她在十字路口满怀迷惑地退了回去，为什么还抱怨呢？然而她是委屈的，选择真是太难了，决定了这边又想着那边，她想要多彩的人生又想要万无一失的生活。然而没有谁能判断她的未来。没有。

每个人都要为自己的选择负责任，可为什么就不能抱怨呢？难道一选择就是正确的？她有委屈嘛。她的爱情，她的痛苦有谁能理解呢？她不认为自己的痛苦是虚拟的，因为这一切的痛她都能切实地感受到。她再也没有从前的平静了。

她渴望爱情。

她期待着有个男人能将她救出。

然而她是被动的。没有人晓得她的内心。

这是个平常又平常的午后。多云，云彩在高高的天空上自由地飘浮。是下班时间，整个大楼静悄悄的，单位的人要么在午休，要么逛街去了。杨资娉开着她那辆都市BABY去大西郊的博雅寄宿学校给女儿开家长会了。周冰秋平时不午休，她上网玩起了游戏。

咚咚。轻轻的敲门声。

谁会在大中午来呢。周冰秋觉得蹊跷。看了看表，马上就两点了，也快上班了。她想，或许有人走错房间也是有可能的。但那咚咚的叩门声又执着地响起。周冰秋站起来，整了整衣服，拢了拢头发，这才打开房门。是一个帅气的男生，他举起的右手正要再敲门。

看到周冰秋，那男子礼貌地问，声音轻柔但又厚重，就像他的敲门：

您是周冰秋小姐吗？

在出版社没有人这样说话，来的作者不是叫她老师，便直接叫她小周。她看了他一眼，这个身高足有一百八十厘米的青年，苛卷的头发蓬松地垂在肩上，清秀的脸上架着一个夸张的黑色板材式的眼镜，很突兀。即使戴着眼镜，那双会说话的眼睛依然很好看。周冰秋忘了打招呼，她走神了。

您是周冰秋小姐吗？

哦，Sorry。我是。觉得您很面熟。

周冰秋脸一红，做了请的手势，把他让进了办公室。

他倒是挺大方，往杨资娉的桌前一坐，似乎知道哪张是周冰秋办公桌一样。

您是？周冰秋坐下后才问道。

看过您所编辑的书，有几本我很喜欢。

他的声音轻快，是纯正的北京腔。

周冰秋笑了笑，不知怎么回答。读者见得多了，往常她总是礼貌地把他们打发掉，这样一个秀气的男孩子，她不忍心拒绝他。何况最近一直心情不好，也希望有个看上去舒服的人说说话。

您是不是很忙？我有没有打扰？

看周冰秋不说话，他有点紧张，问道。

周冰秋摇摇头，微微一笑，说：

没有，下午正好比较有空。您说吧。

因为他您、您的，周冰秋也只好用您，感觉有点拗口。

我本科学医，做五年医生，觉得自己还是喜欢文学，去年考到蓝都大学读白龙克的研究生。您知道他吗？

他曾是我的老师。那我们是校友了。不要再您呀您的，我不习惯。

周冰秋笑着说。

太好了。他高兴地说。

周冰秋不明白他说的什么好，是他们是校友，还是因为不用再说您了。看着他，觉得自己今天分外有耐心。

我早知道你，听说你以前是蓝大的女才子。

那是他们开玩笑的了。周冰秋不由得笑了起来。很久她都没有这样笑过了，甚至忘了她一笑起来，左脸蛋上有个深深的酒窝，也很迷人。

你笑起来可真好看。他由衷地夸奖道。

医生蛮好，为什么要学文。作家是很辛苦的。

这个人有意思，她饶有兴趣地问道。

没办法，我喜欢文字。为此跟父母都闹翻了。他们都是医学院的教授，不愿意看到儿子成为穷苦潦倒的文人。跟他们讲不通，真是麻烦。

周冰秋看出这是个认死理的人，不去深问，只淡淡地说：

开始写东西了吗？

当然，既然连医生都不干了，自然想写出点名堂，写自己想写的东西。

他语速突然加快，笑起来，是那种很明朗的笑：

说了半天，忘了自我介绍，真是有些失礼。我叫袭东篱。袭人的袭，东西南北的东，篱笆的篱。

是笔名吗？很好听。

周冰秋说着，站起身拿了个纸杯给他倒了杯茶，笑着递过去说：我也忘记给你倒水。

他耸耸肩：哪里，不用客气。那是我的本名，是我那文绉绉的外公起的吧。

周冰秋把双手一拍，说道：我想起两句诗，不晓得是不是这个意思——不如随分尊前醉，莫负东篱菊蕊黄。

袭东篱兴奋地用手拍着桌子道：没错，是李清照的词《鹧鸪天》。小时候外公常常说起的。真是知音耶。

周冰秋也高兴地笑着，这年头无聊的人太多了，难得这样开心地跟谁聊天。她还真有点喜欢这个袭东篱。

袭东篱喝了口水，停了停，突然问道：你没我大吧，虽然问女士年龄不礼貌，我还是想知道。

周冰秋脸一红，眼睛往上挑了挑道：

没关系，谁让我们是校友呢。我二十九岁，双鱼座的。

袭东篱拍了下脑门，笑道：你大我一岁。哎，没有结婚吧。

周冰秋气得故意把桌子一拍。

袭东篱敬了个怪怪的军礼，忙说：Sorry。不过说真的，跟你在一起我觉得特别舒服，没有一点点陌生感。不要生气。

说着，他从黑色挎包里取出一沓稿子递到周冰秋面前：这是我的一个小说，请提意见。

周冰秋看了他一眼，故意说道：我可是要看稿费的。

袭东篱忙说：那还不好说，哪天我请你吃饭。要不今天怎么样？

周冰秋急忙摇头：不行，今天有事。跟你开玩笑了，你是学生，怎么好吃你的请。

袭东篱坏坏地一笑：应该的嘛，要不你白劳动了。

说着话他把身子往前一倾，低声道：你真的很漂亮。

一句话又把周冰秋脸给说红了，很快她恢复正常，微笑道：没看出来，你还很会恭维人。是不是经常这样跟女孩子说话？

哪里。冤枉呀。我平时话很少，你真的不要误解。袭东篱有点着急，不安地说道。

没关系了。我会看你稿子的，改天你来电话吧。

袭东篱看她好像不大高兴，讪讪地站起来，把写好的一张字条放在她面前，只说会打电话来的，不等她说什么，就往门口走。

周冰秋也站了起来。

说实在的，周冰秋有点失落。

这时电话响了，也真是及时。是楼上的高雄，约她去看电影，说是《鹅毛笔》。周冰秋看过碟，她喜欢这个片子，但还是委婉地向高雄道歉，说她有约了。

这是第五次拒绝他了，她想，下次他再约她，无论如何都会赴约的。

其实，今天也没什么特别的安排，不过是跟古风吃饭，还有他那几个画友。本来周冰秋兴趣不大，但是古风最好的哥们刘繁的生日，人家还专门来电话要她去。她不可以任性的。那样她会得罪好几个人的。

古风来电话说半小时后来接她。她放下电话，洗了把脸，淡淡地化了妆，一面翻着袭东篱留下的稿子，一面等古风。

袭东篱的小说名字是《K 青年的生活》。看着这个书名，周冰秋觉得仿佛可以看到作者袭东篱的内心。足有十五六万字，沉甸甸的。小说开头第一句便是：K 在外人看来是个呆子，脑子永远有数不清的怪念头。

也许对文字的主人有先入为主的好感吧，她喜欢这个开头。

给自己倒了杯茶，正准备往下看，电话急促地响起。是楼下门卫老张头，问她是不是又要加班。电话刚放下，又像触电一样再次响起。大概是古风到了吧。她喂了一声，那边静悄悄的，没有任何声音。她又喂喂过去，叫着古风。那边这才低声道，他是袭东篱。

周冰秋非常惊讶，有点尴尬。问道：有事吗？是不是忘什么东西了？那边声音也是淡淡的：没有，只是想知道你在做什么？

周冰秋笑了笑说：在看你的小说，刚看了一行，感觉不错。

是吗？谢谢你。

还不回学校？

袭东篱没有接她的话，反而问她：你也不走吗？

周冰秋身子往后靠了靠，想了想说：我在等一个朋友。

她没有说男朋友，是下意识。

那我只有改天请你吃饭了。

好。周冰秋爽快地答应道。

袭东篱的声音轻轻的：那我挂了。

挂了电话的周冰秋脸上泛着笑意，手支下巴，陷入了某种幻想，仿佛有什么好事情要来一样。

思绪飞舞想象的时刻，电话再次鸣叫。这回是古风。他已到楼下。周冰秋飞快地拎起手提包，奔下楼去。

袭东篱还在她想象里，而又去赴男朋友的约会。

她的步子是欢快而雀跃的。

心里有小鸟在飞舞。

四　想起爱情

这个星期周冰秋分外忙乱。

古风那天从刘繁的生日晚宴上回来就莫名其妙地上吐下泻，一个晚上去了六趟厕所。周冰秋被折腾得整宿没睡，第二天早上一看古风都快虚脱了，脸色苍白，眼睛发绿。周冰秋赶快送他去医院。医生说他是急性肠炎，需要输液。周冰秋自然上不了班，打电话给主任告了假，做起了服侍病人的差事。

两天后古风才慢慢恢复，可以吃些清淡的食物了。打着点滴的古风为周冰秋给他做的一切很感动，拉着周冰秋的手，抚摩着，歉意地说：你费心了，你也瘦了。周冰秋抽回了手，有点尴尬：哪里，是你生病。古风侧了侧身子，又道：多亏有你在，看来我们真的要相依为命了。

周冰秋把输液管子挪了挪，不去看他的眼睛：你想得太多了，是朋友都会这样做的。

也许是生病的缘故，古风眼睛有些湿润，拉了拉她的手，轻声说道：

冰秋，上次的事情对不起你，一定要原谅我。一直想道歉，说不出口。肯原谅我吗？

周冰秋被说得眼泪在眼眶打转，手梳了梳头发，淡淡地说：别这样，都过去了，还提它做什么。忘掉它吧。

话虽这样说，但周冰秋的心情还是不平静，她站起来，说去洗手间。转身的那个瞬间，感到古风痴情又牵挂的眼神，然而她心里是伤感的。

周冰秋没有去厕所，她走下楼到了医院的花园。花园不大，三三两两穿着蓝条病号服的病人在有气无力地散着步，而白大褂的医生护士则走得匆匆忙忙，仿佛他们有做不完的事情。一簇簇的月季盛开在中间圆形的花坛里，火红的，淡黄的，可惜有些已经败掉了。翠绿色的冬青里面的树是开着细小但又茂盛的紫薇，紫色的，温和，多情，不那么张扬。周冰秋走在其间，心渐渐平静下来。她没有更多地想躺在病床上的男人，逃避这些不好的情绪。她想起了袭东篱。

这两天太忙，没有时间看他的小说，也不愿意在守候古风时看这个东西，那样有点虚张声势，心也不够纯净。而她是要一个人静静地看他的文字，没有打扰的。

他在做些什么，在想她吗？有了这个念头出现，她脸一红。为什么会想起只见了一面的人呢？为什么对他有亲人般的牵挂？这有些解释不通。在心里反复问自己，这个帅气的青年跟她有怎样的关系？这是一见钟情吗？当这个念头一闪出，她强烈地自责，怎么可以就这样轻易地开始一场恋爱呢？怎么能说爱就爱呢？况且她是有男友的，有牵绊的。她一直以为自己是个纯洁的女子，有着正常的工作，体面的男朋友，过着健康的生活。古风平时也算呵护她，光阴因为这份感情有条不紊地推进着。然而她不满足，常常渴望全新绚烂的爱情，那种能够称为一生一世的爱情。她为自己这些不纯净的思想很不安。

她是如此矛盾，想要爱，也想做个纯洁的女子。她搞不清楚，它们矛盾吗？难道去追求真正的爱情，她就不再是纯洁的女人了吗？这太荒谬了。无论如何，她不想放弃对爱情的理想。

她一再地想起袭东篱，幻想着未来。

然而她也是现实的，尽量收住思绪，转身上楼，照顾她的古风了。他现在是病人，需要她。

周冰秋姐姐周冰春的女儿邓妙语要过五岁生日。周冰春的丈夫邓鸣和她同是市立医院的医生，周冰春是妇科，而邓鸣是外科，有名的一把刀，去年被医院送到德国进修。留下周冰春做留守女士。她们姐妹平时各忙各的，来往比较少，只是节假日才聚在一起。

这天，周冰秋在白牙湾餐厅定了台子，要给妙语过生日。

古风还没完全恢复，他没有来。周冰春在音乐学院的乐器店买了架古筝，她想让女儿学这个。周冰秋笑她，把自己没学过的都想让妙语学。她姐叹了口气说，没有孩子的人不知道责任。

小妙语长得小鼻子小眼的，非常可爱，而且嘴巴乖巧，很喜欢周冰秋送的礼物。在白牙湾当完小寿星后，又送她回幼儿园，他们班上有四个小朋友都是今天的生日，幼儿园要给他们庆贺。周冰春赶回医院上夜班，周冰秋像完成了一宗大事一样，在栽满法国梧桐的胜利路上散着步。

这一段时间她真的累坏了，先是古风的病，后来主任把一本书稿分给她看，而且要得又很急，她三天看了两遍，还写了意见。给小妙语的礼物都是仓促买成的，一个会说话的洋娃娃。她没有时间忧郁了，看来繁忙是治疗坏心情的良药。然而一闲下来，心情还是以前的心情，问题也是以往的问题。如同走在这宽敞美丽的街上，也要想她那些心思。

袭东篱的小说还没有看完，她已知道大体的脉络。她喜欢他的文字，但对他的人生理念不能苟同。小说描述的是个颓废的青年，有才华，有梦，缺乏理想，只一味地寻求快乐和刺激，生活得暗淡不那么轻松。周冰秋认为这种颓废的生活损耗着人的才华，会销蚀一个人的理想。不知怎么了，她固执地认为袭东篱就是这样的人。她是个编辑，知道不能把小说同作者混为一谈，这太弱智了。但面对袭东篱她还是要犯这样可笑的错误。

对待袭东篱，周冰秋加了想象色彩。当然这也不是没来由。她并没有接上他的电话，但从杨资娉给她转述，他打过不止一次。她没有回电话，小说没看完，不好说什么。但不管怎么样，她对他还是心存思念的。

因了他，想起爱情这个词，这有些荒唐，可她就是想到这种虚幻的东西。也许是她太想要一份爱情了，纯精神的，没有杂质的，倾心爱慕。因为爱而在一起。这是她想要的。那种爱到底是存在？还是作家的杜撰？看看周围的人，美好的爱情看似有，再一深究又飘忽不定。

周冰秋知道，从古至今，多少人都在为情所困，他们仅仅是想得到美妙的爱情。她大概也是受了文学作品的影响，一味地想要爱情，认为那比什么都重要，金钱，工作，甚至健康和生命。对爱情的神话般想象，使她总生活在苦恼中，没有满意的情感，没有激情，没有那种魂牵梦绕的爱恋，她感到生活黯淡无光。这也是一种失败。可谁能给爱情定义？什么样的感情才是真正的爱情？又怎么知道这个人就是她这一生所要爱的人？

想起爱情，又不得不直面现实的生活。

生活得继续。她与男友的同居，时时在逼近的婚期。也许她得像许许多多人一样开始没有爱情的婚姻生活了。她知道，那将是琐碎的，平静的，或许也是幸福的吧。可她没有信心。她不能肯定自己真的会放弃对爱情理想的追求，会葬送有着斑斓前程的未来。她才二十九岁，怎么可以？

想起爱情，她没有兴奋，反而更加沉重了。她看到了自己的弱点，自己的优柔寡断，自己的瞻前顾后。爱情还没到，她先吓倒了自己，仿佛那是只猛虎，要吞噬她纯洁的品质。仅仅因为想起，她就痛苦了。

那是和平时不同的痛苦。

是有希望的痛苦。

一贯风流倜傥的袭东篱没想到自己会对比自己大的女人有兴趣。

他想到爱情这个词。

他笑自己傻气。

女朋友不断，周旋在年轻、漂亮、青春可爱的女孩子中间，在他也算是一种乐趣。他很自信，他知道不管是长相还是才华，他都有得天独厚的条件，他总是很优越。有漂亮女生伴在左右，他认为再正常不过了。当然，他从来不去想结婚这样的事情，他认为男人四十岁以后结婚是最好的。也许对婚姻有恐惧吧。他有过不下十个女朋友，他爱过，也心疼过，但总觉得那还不能算是真正的爱情。只能是一次次爱情的预演，小小的恋爱片段罢了。他想要诗人布朗宁夫人那样的爱情，想像罗切斯特那样得到简·爱永恒的爱。他想要的是忠贞不渝，永远的牵挂。这个没给任何人讲过，他给人的感觉是处处留情的风流才子。他也习惯了这样的角色，习惯了被女孩子宠爱。他渐渐地淡化了自己内心的想法，因为现实中女子的多变令人措手不及，他不会在意她们。只是，他想要的爱情仿佛在远离他，或者本来就从未走近他。

他的女友——廖玫，是英语系大二女生，系花。因为有姿色，娇贵又霸道。但在袭东篱面前温柔体贴，像个小猫咪。这个任性的女孩子要求袭东篱在校外租个房子，袭东篱不愿意，他不喜欢永久关系，怕以后给自己惹上麻烦。所以她常常到他宿舍，好在四个人的宿舍，有两个在外面租房子住了，有个是书虫，一天到晚总在图书馆。所以这个空间还是他们的。袭东篱不喜欢两个人腻在一起，常常也躲在图书馆什么地方，或者跟同学去打球。

他喜欢这个姑娘，她娇小丰满的身体让他着迷，性爱上她有活力和激情，使他感到快乐无比。因为容貌喜欢她，因为激情澎湃的做爱加深了这份喜欢。他们交往半年，还不到厌烦的时候。但在这份看似有爱的恋爱里，他始终找不到爱情。有喜欢，但没有撕心裂肺的心痛；有牵挂，但没有魂牵梦绕；有感觉，但不是终生的情怀。大概因为这个，袭东篱才不愿意与她同居吧。他们的关系具有不确定性，具有变化的可能。

真是奇怪，他会因为周冰秋想起爱情。

一想到这个他就有点哑然失笑。都二十八岁了，还真为某个女人付出完全的感情？这会让他那些哥们笑话的。他们习惯了不同的女朋友，习惯有点乱的不确定关系，习惯不谈爱情的做爱，唯独不习惯爱情。然而，大家心照不宣，仿佛心底深处都在渴望一份独属自己的真情。只是大家都习惯索取，不愿意付出了。这就是袭东篱和他的朋友们。

他一再地想着周冰秋这个人。从出版社回来的那个晚上，他竟会失眠。这太令人吃惊了。从小到大，他没有失眠过，不理解什么辗转反侧，夜不成眠。这一晚，他体会了。

不能断定自己爱上了她，但他对她有无法释怀的牵挂。有些东西在他心间，久久地挥之不去。那双弯弯的眼睛，眉宇间散发的忧郁，笑起来脸蛋上古怪的酒窝，以及她浑身飘散出的淡淡的幽香，仿佛是江南或者桂林初秋时节无处不在的桂花的味道。他喜欢这种自然的味道，很江南，很中国。仅这个，他就知道，周冰秋是个了不起的女子，但也是很难有人能理解的女子。她有忧郁，有不安，心中有不能向外人道的哀伤。这个他都知道。

知道就知道。没有来由。

世上有一见钟情吗？如果有，他和周冰秋算不算呢？

袭东篱忍不住问自己。

这一个礼拜，他给她办公室打过几次电话，她都不在，她因为什么没来上班呢？她出事情了吗？这是他第四次打电话突然萌生的不安。这个女人让他牵挂了。他甚至忘记他是为让她看自己的小说认识她的。他们仿佛认识了很久，久得令自己对她的牵挂显得理所当然，丰富而亲切。他没跟任何朋友讲周冰秋，要将她藏在心底。

廖玫来了，给他带来了他爱吃的麻辣鸭脖，还有啤酒。廖玫兴奋地说着她们宿舍女生的事情，袭东篱啃着鸭脖有一句没一句地回应着。

廖玫看出了他的心不在焉，问他，他笑了下，说没什么。

袭东篱坐在床边，就着鸭脖喝着啤酒。而在他对面坐着廖玫不知道什么时候已经到了他这边，从背后抱着他脖子，亲昵地亲他的耳朵。他知道她想那事，女孩子又不好说得直白。袭东篱没说话，站起来在门口的脸盆里洗了手，这才一笑，说校礼堂演电影，是《哈利·波特》，去看吧。廖玫躺在床上，把腿跷得高高的，不搭理他。她穿的是裙子，黑色带蕾丝边的内裤都露出来了，袭东篱看了一眼，没有像往常那样扑到她身上。他站到窗前，看着外边操场运动的学生，一下一下用手理着头发，不再看她。

他是那种有定力的人，最后沉不住气的是廖玫。过了半小时，廖玫终于没趣地下来，站在他身后，双臂紧紧抱住他。任凭再冷漠的男人都经不住女人这样的柔情。袭东篱轻轻转过身，吻了吻她的头发，说，不要再任性了，去看电影。廖玫在他怀里乖乖地点头。

揽着廖玫光滑的肩膀，袭东篱的心情复杂异常，感受着身边女孩子青春洋溢的爱，又想着其他的女人。廖玫瀑布般的长发好看地随风飞舞，不时地蹭到他的脸上，痒痒的，柔柔的。廖玫时时侧过脸，给他一个灿烂的笑，笑得天真，笑得美丽。

这一刻他要命地想到周冰秋的笑，那只酒窝，不由得嘴角有了笑意。他看了廖玫一眼，沉浸在快乐中的她忘记了方才的不快，也没有注意他的表情。

袭东篱没有不安，他继续想着周冰秋，他的周冰秋。

（原出版单位：作家出版社 2010 年 1 月第 1 版）

我只有北方和你（节选）

杨则纬

【作者简介】 杨则纬，女，1986 年生，中国作协会员、陕西省作协会员、陕西省第十届青联委员。2010 年荣获“第二届柳青文学奖新人奖”。先后被聘为陕西文学院签约作家，《华商报》签约专栏作家。已出版长篇小说《春发生》《末路荼蘼》《我只有北方和你》《躲在星巴克的猫》《最北》等。

二十九

我的心态越来越变化……

我需要虚荣，需要的东西越来越多，唯独不再需要食物。从最初的省去晚饭，渐渐午饭也只选一些热量低的食物，后来连早饭也开始计较起来。现在的我发现，我的世界里可以剔除食物这种东西了，无论旁边的人吃着什么样的食物，对我而言，没有比食物更加可怕的敌人了。

当你开始违背一个人类的基本需求，这个世界就开始要惩罚你了。

在这个不长不短的时间里，我终于站立在这个城市里了。我有了相对安稳的工作，除此之外，电影男人和我的关系并没有变坏，我们固定见面，不冷也不热，很好地相处着。所谓很好的意思就是没有越界也没有干涉，彼此得到想要的，不管是身体还是心理上的陪伴。我只能用到陪伴这样的词语，我无法也决不让自己爱上他。他也应该惧怕我会爱上他。爱的力量也许会让我搅乱了他现在的生活。

我拿了他的卡，但是我却从来没有乱刷，我只在每次和他见面过夜之后，才去逛一次商场，看到一件喜欢的东西就刷卡买下来。

我买的礼物一般都不会很贵，我会在下次见他的时候穿戴给他看，告诉他，谢谢他送我的礼物。我说好喜欢这种送礼物的方式，每一份礼物都一定是我喜欢的。

我是一个女人，请你们相信，女人没有哪一个会拒绝浪漫和温情的惊喜。可是我不奢求他能给我这些，我们的感情还没有到需要他费心思讨我欢心的程度，更加不能让我觉得欠了他太多，有时侯女人面对男人的好，会分不清楚是感激还是爱情，很多女人都是这样糊里糊涂地掉进了爱情泥潭里。

若是我心情极度沮丧的时候，我也会靠在他的肩膀上，我们坐在酒店的白色床单上，都不说话。他吸引我的似乎就是这点了，他总是可以恰到好处地知道我需要的，会去考虑我的情绪。

“你为什么不多索取一些？”

“我觉得你给我的已经很多了。”

“你这么好。”

“你不是也很好。”

我不奢望天长地久的爱情了，我唯一奢望的事情就是可以这样下去，有富足的生活，这不是我要的吗？

我从来不试图去了解电影男人的背景，他的家庭，他的妻子，他有没有孩子都和我无关。面对着他，我不需要刻意的伪装，更不需要小心翼翼的奉承，我只需要这么依靠着，不去想那么多。

只是我依旧危机四伏，我感受到自己的岁月，我害怕自己老去，害怕自己的容颜衰减，除了喝酒，我几乎不吃饭了，靠着水果和酒精度日。

在暴食症和厌食症中间，我就不得不休息了。

我决定离开这座城市的那天已经请了长假，收拾了简单的东西，我给电影男人打电话。

那天我们也是去看电影，我们和平时一样，看似认真地看着电影，有些剧情我会紧紧挽住他的胳膊，有时我们低头私语几句。我并没有专心看电影，我一直琢磨着该怎么开口说出结束，这是一种微妙的感觉，因为太过尊重，而摸不出深浅。我思考着是否要把我经历的一切解释给他，我想鼓足勇气告诉他，但我最终还是没有。一直斗争到散场后，也只是简单说了我要离开这里了。

他一声不响，我们还坐在电影院的座位上，电影的屏幕上已经是字幕了，还有片尾曲配合着离场的人群，这很像是曲终人散的结局。他终于开口说了：“好吧。”简单的两个字，像是一刀切了下去，把一切斩断成这个和那个。

我不想继续这么坐下去了，他的回答已经说了出来，我就站了起来。他突然拉住我的手说：“能不能先不要走。”

“你说呢？”我望着他，我已经站了起来，他还是坐着，我也不知道是不是希望他给我一个理由。那样的时刻，我就觉得他的人在我的眼前向后倒退，我们相识中的点点滴滴，难忘的画面就倒叙重演着。

“你……你是不是遇到了合适的人？”

“遇到或者不遇到又如何？”

“如果……如果你还没有遇到，我想试着给你。”

“为什么突然这么说？”

“和你在一起的时候我觉得自己才是我，我不需要和你说很多，你也从来不打扰我很多，我觉得无法失去了。”他说着已经站了起来。

“可是你有家人。”

“可是我想试着改变。”

……

“谢谢你。”停顿了片刻，我只能说出这样的三个字。我还是不想说出我离开的原因，我是一个虚荣的女人，不愿意把自己那样不堪的一幕给他看。

“你别走好不好？”

我拉过他的手，让他随着我的身体又坐了下来，我告诉他，如果我还会回来，我们就试一试。

“你知道吗？谢谢你，谢谢你今晚说的话，也谢谢这些陪伴我的时光，有时候我也不舍得离开，我只是心里生了病，如果我能治愈，我会回来。”我觉得这样的时刻，我应该把真相告诉他，我也只是这么含含糊糊地说着。

电影男人把一张写着我名字的房产证明放在我的手里。

如果不是因为命运，我或许会等着自己好起来。

当我说离开电影男人后，他依旧给了我这么一大间的房子，我必须承认，我被这种用金钱表达的感情打动了。有的女孩跟着一个男人一辈子，也不一定能换回什么。我一直觉得那个时刻对于我的感动是可以拉住我，是可以让我想要和他试一试，可是我没有，在这个城市里，高楼大厦包裹住了我的心，我想要放纵自己却无法放纵了。何况，我们的关系里太多小心翼翼，而我的劣处他根本没有看到。

只是命运是多么神奇，是不是那时候选择丽江，选择和作家相遇就是选择了命运对我最后的救赎？

三　十

我请作家去了我的房间。

小伙子们，还有小姑娘们，不要开始转动你们的小脑瓜了，不要这样子，我知道你们以为我的这句话中意味着什么，但是很抱歉，不是的，不是那样的。这句话里什么意味也没有，是的，只是单纯地请他来我的房间里坐坐，可能除了坐坐我们还会聊些别的事情，喝上一杯什么东西，但不是你们想的那样。

绝对不会是那样的。

我请他来我的房间里，如果说上一次去他的房间我是带着目的性的，那么我已经为了我的想法感到羞愧了，我已经有一段时间看不起自己了。

作家，作家是一个多么特别的男人呀，他的特别越来越显现出来了，不单单是在做爱上，他对我，我也搞不清楚究竟他是不是不想和我做爱，但是起码他和我认识，和我知道的男人都是不一样的。

今天他突然拉着我走进阳光里就表现出了他的这种不同。作家总是有那么多可以令你惊喜的地方，会在平淡的时刻带给你意想不到的东西，他敏感、他神经……只是这样的一切令他可远可近琢磨不透。

而那样的不同令他神采奕奕起来。

所以我叫他来我的房间，绝对不会是为了那事情，我觉得和他在一起，有很多更重要的事情可以去做，比如我们可以一起看个电影。不需要去电影院，就一起在屋子里看电影就好。我已经很久没有看电影了，也很久没有联系电影男人了。我想着他会不会已经找到了新的“陪伴”，即使有，我也没有特别心酸的感觉，此时此刻的我有作家，我真自私，我已经这么快地忘记了电影男人。

是的，我不要再思考电影男人了，我需要和作家一起看电影，多么浪漫的事情，我还想给他讲关于蓝的事情，但是此刻我更想和他安安静静地看一场电影。

于是我就这么做了。

我说：“作家，可不可以陪我一起看电影。”

作家还在生气。

他的这次生气有点像女人，来得没有缘由，走进阳光里他就突然生气了。他还问我是不是在玩他。如果真需要什么人来作证的话，我想上帝都会变成人来替我当这个证人，这会儿我怎么可能有心情去玩他？

我已经当女人很久了，起码有了一段时间，所以我了解男人，他们是不会真的和女人生气的，除非是你伤透了他们的心。但那又是另一回事情了，和生不生气，关系并不是太大。

作家最终还是跟着我去了我那里。我就说，男人不会真的生我们的气，尤其是一个漂亮的我。

电影也是我选的。是一部爱情电影，日本的，近乎孩子气的爱情，有点童话色彩，单调的画面和简单的情节，很适合两个人静静地体味和享受。

我们并排坐在床脚下的地毯上，背部刚好靠着床。电影里刚刚出现女主角的时候我就兴奋得好像孩子。我用我的脚丫往作家的腿上蹭去，用几根脚指头来回动着，在他的腿上挠痒痒，他看了看我，没有表示喜欢与否。

我撒娇地问作家女主角漂亮吗，他不搭理我。

过了一会儿，我知道男主角就要出现了，我又开始激动起来。

我对作家说我不喜欢这个男孩，不喜欢他把头发染得这么黄，我还问他会染头发吗？他的严肃劲头又上来了，坐在那里只是嗯了一声，我再问他究竟会不会染头发，他不耐烦起来，对着我说了句："你可不可以不说话，我们在看电影。"

那时候起，那个严肃的作家就又回来了。那个就坐在我的面前，一言不发只是打字的作家，这会儿变成了一言不发看电影的人。

我觉得无趣，只好转过脸对着电视屏幕乖乖看起了电影，心里却觉得他很帅。我偷偷瞄着他此刻的专注，心里就觉得痒痒的，就想起了他在月亮的下面专注看着我，想起我们在他的屋子里终于做了那件事情，我被动受着他的控制，身体不受控制地一次次享受了高潮。

我一边看着电影一边若有所思地体会着某些不能言说的私密感受，好几次有冲动的念头想要合上笔记本，拉住作家的手。

电影里的故事有点假。

假的原因是因为爱情表演得那么纯，纯的爱情在我看来就都太假。

我才不相信那个女孩会放弃后来对她又体贴又好条件的男人，转过头来，还是爱着从前学生时代的那个男人，而且此时此刻，那个男孩已经活不过太久了。

影片从头到尾我心里就是这么嘀咕着的。到了那段女孩听说自己以前爱着的男孩是因为当初得了绝症离开她时，她毅然摘掉了戒指要求回到他身边的时候，我的心很疼痛，但我的疼痛是因为这个傻女子居然放弃掉了身边这么好的男人。

本来我想要把我的想法说给作家听，但是斜过头，就看见他那严肃的表情，我的心情就没有了想说话的意思了。

我想：看你究竟能沉默到什么时候。我就不相信他能比我还能忍着。

结局是那个男孩死了。

这是今天第二次，我突然失声痛哭。

并且两次的哭泣都是连我自己也没有预料到的。

这一次，是因为我想到了蓝，还是因为我心里委屈，是因为我压制着内心的情欲等着他的主动，可是他只知道板着脸看电影。

“我再也没有办法爱别人了吗？难道我就像这个女孩一样，永远永远就要爱着一个人了吗？”我在心里这么呐喊着，我一遍遍地问着自己，哭得就越发的厉害起来。

作家转过脸来，他凝神看着我。

他就突然俯过身，吻我了。

也弄不清楚是想着蓝还是因为女人生性里的那种做作，我虽然刚刚就有了感觉，但是他真的来了，我又不想这样，我想要躲开。我拼命闭着嘴巴，双手用力推开他。

但是，他这会儿已经完全不是自己了，如果作家还有一点点的清醒的话，我想他就不该这样亲我。

我越挣扎，他亲吻的力气就越大，他亲吻的愿望就越是强烈，我就越是不情愿让他这么亲我。这样的他进我退在起初的时候，是一种说不出的微妙感觉，是女人和男人进攻和保护的原始动作，我其实还是挺享受他的吻，可是美好的感觉令我回忆起他在夜里的喃喃自语。

我想起了莹。

我闭着眼睛，他的嘴巴在我的脸上，他的呼吸在我的脸上，他的心跳也在我的脸上。

我看不见，但是我感觉到了。

他亲的哪里是我，他亲的不是我，我的身体已经很湿润了，我在为了他打开着女人的那扇门，但是他呢，他是用我的身体替代着另一个身体，他拿着我的身体来进入另一个女人的身体。我觉得很羞辱，觉得他分明爱着一个北方的女孩，而我，我不是那个莹，说不定，这会儿的他正在心里想着莹，身体上却要拿我来发泄这思念。

“蓝，蓝，快来救我。”

我从来不会在和男人发生关系的时候叫出蓝的名字，我觉得这样是对蓝的不尊重。换言之，是一种对于蓝的侮辱。我只会在心里悄悄地想想我的蓝，在心里，用真心呼唤着他。

可是这一次，我喊出来了，并且喊得很带劲，好像报复了一样。

是的，作家，你想着别人，那么我也是想着别人的，所以别以为你占了什么便宜，别以为你可以一边亲我一边假装我是别的什么女人，我就要喊出来，我喊的也不是你的名字，我要让你知道自己究竟在做什么，究竟是和谁在一起。

“不，不要，不要这样，让我来爱你，我来爱你。”

我的声音难道刺激了他？他的嘴里这样说着，一边还有着剧烈的喘息声音，呼吸和声音都通过他亲吻抚摸着我。

那天的作家实在太不是作家了，从我们相遇的时候我就觉得他有点不对劲，到后来的他，他居然一下子会说了那么多的话，他似乎真的生气了。作家不是这样的，我认识的作家不是这样的。他更不会要强行亲吻我，更不会去亲吻一个表现出来想着别的男人的女人。

可是这会儿的作家，显然，很显然亲吻已经不能满足他了，他这会儿变成了一头色狼，一头发情的狮子，一只公狗……

我骂他，拼命骂他。

“你……你这个……发情的……发情的杂种，我……我不要……不要你。”

他还在吻着我，他的手也开始动作了。

“我……我……我……不……”

天哪，我那种不错的该死感觉怎么来了，我一心想着要抗拒他，我的嘴里想要发出我不要的命令，我却只有剧烈的喘息和吐不出来的言语。我的眼睛已经享受似的闭了起来，他的手实在很舒服，一次次与我的皮肤摩擦在一起。每一次的触摸，都令我身体的某处一紧一松收缩，这种收缩令我又开始胡思乱想起那天夜里的感觉了，我的身体越来越湿润起来，完全不受控制了。我的心也跳动着令人头晕目眩的，有点喝酒的感觉。不，这种感觉其实比喝酒的感觉要好很多。我的呼吸声音变得重起来。我觉得呼喊着的句子已经完全断开来，变成分割出来的一个个的字，这些断开的字成了一声声沉重的呻吟，混合着我呼吸的声音。

呼……

出气的声音。

嘘……

是呼气的声音。

我都感觉到自己胸部的起伏了。这，剧烈的起伏令胸部抖动起来，他的手还在抚摸着，随着我的颤动和呼吸，先是我的手，当然还有胳膊，接着是腿，它们都震撼起来。

我都感觉到自己身体里的欲望了。它们前所未有地被全部呼唤了出来，我有种要爆炸的感觉，欲望前所未有地放大着、膨胀着，必须抗拒的心情和身体的需要成了最大的矛盾，可越是不行、越是不要似乎越是刺激着某根神经。

不行，我才不要。我努力想要告诉自己，这样的时候不能要，坚决不要。

我根本不可能和一个想另一个婊子的男人上床的。

我要的男人，我的男人必须都是属于我一个人的。

我还在试图着挣扎，试图要用力推开他。可是求求谁，来救救我吧，我的身体不听我的使唤，我的那种挣扎和推拒倒像是女人的把戏，女人想要却偏要装出不愿意的伎俩一样。我推他的力气实在是太小了，我挣扎的方式也很奇怪，看似是挣扎，但好像是挣扎着要钻到他的怀抱里。

我几乎是挣扎着配合着他脱了自己的上衣。

他这个笨蛋，难道没有和女人做过爱吗？还是和他做爱的女人都会自己脱掉衣服？怎么这一次他脱掉我的胸衣还是这么费事？我想我的胸衣扣一点问题都没有，虽然是三个并排在一起的小挂钩，可是要是我自己脱掉它们，我连看都不用看，而且还是反着手就能不到三秒钟就统统都把它们解开来。

而作家，他把我的身体翻过去，他就压在我的身体上面，我因为脑子里是混浊的，所以记不起来他是整个的身体压住了我的身体，还是两条腿跨开在我的腰上，像骑着马那样半坐着。我能感觉和回忆清楚的是，他有一只胳膊狠狠摁住我，被摁得趴着的我，不过是有两只脚在上下地胡乱踢打，但是我的身体还是死死趴着，根本没有怎么移动。他却还是怎么都解不开我的胸衣。

最后他大概不耐烦了，我也早不耐烦了，他不解开它们了。我能说得清楚，这会儿身体径直压在我的身体上面，他的皮肤触到了我的脊背。

滚烫滚烫的肉体。是欲望和欲望的叠加。

我有血液一阵阵涌动着，一股涌到头顶，一股涌到下身，随着他伸过来的手指伸进我的胸衣里，触摸到我的乳房，那种热流更加汹涌地涌动起来，刺激着我的大脑，我的心脏。

我受不了了。

我被这样的攻势弄得受不了。我的下体的跳动已经盖过了心脏的跳动，哪一个女人也不能抗拒这样的折磨。

为什么？

为什么和作家的感觉是这样的？

为什么和别人的时候我都没有这么刺激的感觉。

那种冲动，那种不能抑制，那种从心底涌动着的欲望……我实在想不出来形容的词语，我被压在那里，我在他的撩拨下从里到外熊熊燃烧起来。

要是和别人，别说是这样，就是真正地做爱了，一进一出的也不会让我有这样的快感。我问着自己，感觉却不曾减退，越来越强烈。

但是，我不要和作家做爱。

“我……不要，不……我不要……”我喊叫着，压在我背部的他的身体，随着我的声音和我扭动的频率也跟着我一起扭动起来。

这大概更加刺激了他。

他在我的耳边出着热气，他只是一遍遍说着：“让我来爱你，让我来好好地爱你，我真的要好好地爱你，好不好？”

我被他的手指和声音冲击着，他的肌肤和呼吸像是扑面而来的烟，每一阵的袭来都令我呼吸阻塞起来，我在咳嗽中睁着眼睛，看到这个被烟雾迷糊了的世界。

我不要，不要和一个爱着别人的男人做爱。

我这么想着，但是我的身体却很饥渴，我的皮肤好像发出“嘶嘶嘶”的声音了，它们炽热燃烧得更汹涌了。

作家一遍遍说着要好好地爱我，手开始伸进我的裤子里。

保佑我吧，多亏我穿了裤子，不然这会儿大概我们已经……了。

我用尽身体的欲望来反抗，这会儿我的欲望很大，所以我的力气也很大。

我扭动着身体，企图从他的身体下面钻出来，企图翻到旁边，努力了几次都差一丁点儿就成功了。

忽然。

那种感觉就好像一颗要爆炸的炸弹，嘀嘀嗒嗒的，时间一点点地过去，眼看着就没有时间了，是的，已经来不及了，炸弹就要爆炸了，要炸开了，炸开了，人们已经没有时间来拆除它了，于是人们只好闭上了眼睛，就等待着“砰”的一声后，一切的紧张和害怕都会被炸得粉身碎骨没有踪影。

突然。

定时炸弹的时间到了。

可是炸弹并没有爆炸。

人们睁开了紧闭着的眼睛，还不敢相信的看看周围，有的还会摸摸自己，看看自己是不是已经去了别的世界。

就是那样突然的时间，我以为我们就要……了，我以为我已经挣脱不了了。

但是。

作家突然什么也不再做了。

他的手指从我的胸衣里抽了出来，另一只手的指头也不再动了，不再拼命去解开我裤子上面的扣子，他的身体，那滚烫的身体也从我趴着的身体上起来了。

只有我还什么也不知道，拼命扭动着身体，直到我发现一切都结束了。

空气里是尴尬吗？

我的身体还趴在床上，除了一根细细的胸衣带子外，整个背部都是裸露的。

“为什么？”

作家吼叫着。

“为什么是这样？”

他还在问着。

“你告诉我现在这些是为什么？”

他有点歇斯底里。

“你们女人都是怎么想的？你说，现在女人都是怎么想的？以前都是男人和女人上床后，女人缠着男人，这会儿倒好了，似乎成了我缠着你了？你看，我给你打了多少的电话？

你说说看，我还给你发了那么多的短信，这会儿，倒成了我缠着你了？”

我刚要接他的话，他又说起来了：“你说说看，这个社会是怎么了？究竟是哪里出了问题？上了床后女人不理男人了，倒要男人们来缠着女人？”

“我还想知道这个社会怎么了？男人不就是为了和女人上床吗？好了，都好了，现在我们上床了，现在你已经和我上床了，我不知道你已经把我搞到手了，那么你还要什么呢？”我也从床上跳起来，我们就这样面对面站着，他的上衣也已经脱了，我就穿着一个胸罩，我们赤裸着上身这样面对面，像是情人之间的质问。

他转过身，停了一下，然后大步走到门口。

“砰……”

我觉得这声音连我的心也一起砸碎了。

我为什么要难过呢？为什么要为了一个穷作家难过？一个又穷又满是怪气的穷酸作家，满以为自己很了不起的家伙，我为什么要为了他难过呢？

可是我真的哭了。

我又哭了，像我想念蓝那样哭了起来。

作家，你不是想着别的女人吗？“左岸”的老板甚至以为你写的那个女孩就是我，怎么会是我呢？你在认识我之前就开始写这个关于北方的故事了，是你对于那个叫作莹的女孩的思念吗？

我觉得自己受到了伤害。

我觉得自己疼痛极了。我刚刚爆发出来的欲望，它们随着毛孔涌了出来，这下倒好了，我放出了它们却没有给它们需要的，它们集体受伤了。而我，必须要找到一种方法来安慰它们。

我平躺在床上，我的双手交叉着按在自己的肩膀上，顺着我光滑的皮肤，它就自己滑动起来。我的锁骨很硬，我用两个大拇指用力地摁着它，我的眼泪横着划过我的脸，这样的躺着让眼泪不会淌过脸颊，而是直接坠落在耳边，灌入了头发里、灌入在床单上。我狠狠地用大拇指和锁骨对抗着，发泄着内心的矛盾。

我的手还是没有力气了，继续滑动着，交叉着双臂交会出了一个点，两只手重叠地陷在两个乳房中间，捂住了心脏的一小部分。

我还想要继续随着皮肤滑下去，一直滑到我身体里流淌出欲望的源泉，我要用手指探进去，深深陷在里面，用力把深藏在里面的欲望挖出来。可是它们陷在乳房里面，无法自由地滑动了。

我必须吃东西。就有了另外的欲望盖过了现在的这个。

这会儿，我要找东西来填充。

三十一

丽江丽江，丽江根本治不好我的病，哪里都治不好的病。我要吃东西，只有吃东西才能填补我内心的空洞，只有吃东西才能平复我慌乱的心。

我套了衣服推开了门，我不梳理被搞得乱蓬蓬的头发，也不去理会这会儿我的脸上的化妆品是个什么鬼样子。我径直走出了房间，走出了酒店的大厅，走出那狮子山上一级一级的台阶，这会儿的我已经是轻车熟路了，我已经知道要走到哪里可以买到我想要的东西。我在心里对着自己说话，我说："耐心点，耐心一点吧，很快的，要不了多少时间就能有吃的东西了。"我就是这么地在心里小声地嘟囔着，好像哄我自己的孩子那样。

我一边哄一边让步子走得很快。心里有一面激烈敲打起来的小鼓，鼓励着我走着，到了食品面前，鼓励着我迅速挑选起来。终于搞到了一大包吃的。该死的，我没有带钱。

好在这是我第二次来这里买东西了，老板是个有点色迷迷的中年人，他说他对我有印象。我强调我会如数付钱的，对于造成的麻烦我很抱歉。

我还说我这个人做事情总是这样，毛毛躁躁的。我一再强调，给他们造成麻烦实在是不好意思。我让他们想想，我挑了这么些吃的，在这里放着也占地方，要是统统都放回原位也是需要一些时间和精力的，而且我再跑一趟也不是什么方便的事情，与其这样麻烦倒还不如让店里的小姑娘拿着东西陪我去取钱，反正丽江古城也并不是很大，也用不了太多时间。

老板听了我的话，思考了一小会儿。

他这个家伙，难道不知道时间就是金钱的道理吗？不过好在他表现出了英明的一面，听信了我的话。

小女孩走得很快，抱着那么大包吃的，她的步子轻轻的。

我可不是说我老了，但是高跟鞋这会儿就显示出它的缺点来，虽然能令穿着它的人看起来挺拔，可也着实是要为了这种挺拔受些罪的。

我们就这样一前一后地走着，她走走停停等等我，似乎她是知道我住在哪里一样。

"小姑娘，你知道我住在哪里？"

"你不是说在狮子山上？"她小声嘟囔着。

"难道丽江还有第二个狮子山？"

我继续跟着她走，心情却轻松了很多。从发现没有带钱包到现在，我觉得压力好像有些分散了，刚才那份迫切想要吃东西的心情似乎得到了不小的缓解。

这么一想，我居然轻声哼起了小曲。

我现在回想当时的情节，就在狮子山的半山腰，有一个比较胖的大妈，她每天都在那里支着个小吃摊，就是那种几把小凳子，几块小板子支撑起来的小桌子，方形的那种样式。大妈就坐在一个平底锅的前面，锅里油炸的是串成一串串的小吃，名字我倒是在书上见过，有什么豆腐，还有一种比较特别的叫作血肠……反正花哨的有不少种类。我每天路过那里的时候大妈都会抬起头来对着我笑笑，尽管我从来也没有买过她的东西，可是她依旧很友好。

这就是古城人的朴实和友好。

我这会儿可不是要表扬古城，我要说的是，我当时又走过了那个小吃摊位，和往常一样，我和大妈互相递一个微笑。但重要的是，那时的我可是想要吃东西的呀，我的前面就走着一个抱着一大堆零食的小姑娘，而我却对于就和自己擦身而过的食品视而不见。我想要表达的关键是：说明那个时候的我已经并不是那么强烈地想要吃东西了，或者说，那时候的我已经不再犯病了，那种强烈的想要吃东西的情绪已经得到了缓解。

换言之，如果不是后来发生的事情又搅乱了我的心情，大概回到酒店后的我就不会那么大吃大喝了。

但这毕竟只是假设。

穿过大厅来到我的房间门口。

是作家的身影。

我去开门。

“就把东西放在那里，随便哪里都可以，我去给你找钱。真的是麻烦你了。”

等我转过头拿了钱包。

就只剩下作家了。

“她人呢？”

“拿了钱就走了。”

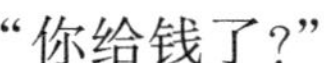

“你给钱了？”

“对不起。”

“多少钱？我把钱给你。”

“我说对不起。”

“多少钱？”

“真的对不起，刚才……”

“好像是一百多是吗？”

“你听我说，我对于刚才的一切真的很抱歉。”

作家只是重复着对不起，他在为了刚才的事情而抱歉。他的抱歉是真心的还是什么呢？他又为了什么而抱歉呢？难道他以为他那样就伤害我了吗？难道他觉得亲吻我几下会有什么问题吗？

“有什么关系，没有什么对不起的，你又没有做什么……再说了，对于我这样的女人，这样一个水性杨花的女人，或者你那样会令我高兴还说不定呢。”我的口气特别的不屑，我故意的，听见他说着对不起，我有种说不出来的心理，是报复吗？是的，我就是要报复，我就是要让他不舒服。

我一边说着，一边坐在地上。

我没有坐在之前我们看电影时的位置，就是可以靠着床尾还面对电视机的那里。如果不是为了看着电视机，那个空间似乎有点显得拥挤了。看起来，这会儿我和他在屋子里显得有点拥挤，我们的情绪里带着不高兴，别看他是来道歉的，但我听得出来他的道歉似乎也不是多么真心，有点情绪化。

我了解这样的情况，两个不痛快的人在一起的时候，一切就显得拥挤了，不是真的拥挤，而是不情愿的气氛让一切都变得不自然了，人要是一旦觉得别扭了，就会看什么都不对劲的。

不知道他为什么会来道歉，但是不可能是他真心觉得自己错了。要知道感情这事，哪里有什么真的对与错。

我猜想他是害怕就这么失去我了。要不就是他的自尊心令他必须要来给我一个解释，更恰当地说，是要给他自己一个解释。

作家。

我想我已经有点了解这个作家了。

虽然这一类人我还是第一次接触，但是我很容易就看清楚一个男人，男人嘛，都是有点自负和自尊的。大概当他摔了门出了我的房间，穿过大厅，我都可以描述他穿过大厅的那种状态，肯定是气鼓鼓的，脸上的肌肉一条条都紧绷着，眉毛也拧成一团。怎么具体形容呢？有点好像鲁迅先生说的那种“横眉冷对千夫指”吧。他的步子迈得比平时要大些，他穿过大厅的时候可能还撞到了什么人，那人被他撞得身子差点歪倒，那人可能有点生气，正想要对着他发火，一转头，看到一个这么气哼哼的人，于是只好小声地说了一句“神经病”。

人嘛，多少都有点欺软怕硬的。

作家继续走，他这会儿已经穿过了大厅的大门，他终于走出了这该死的酒店。

呼吸着外面的空气，他心想着终于呼吸到了新鲜的空气了。他真的是搞不懂自己，怎么会认识这样一个让人恶心的女人，这么一个令人讨厌的女人，他甚至想要对着自己的灵魂发誓，发誓再也不会想起这个臭女人。

他接着走，步子迈得没有之前那么大了。

他的步伐随着光溜溜的石板楼梯慢了下来，你们也可以理解成因为楼梯是石板的，且有些陡而且很光，所以他不得不慢下了脚步。我已经想不起来天气了，即使我刚刚买了东西回来，但原谅我，那会儿我的情绪完全没有在天气上，所以想不起来是不是有阳光也是理所应当的事情。

根据我在丽江生活这些日子的经验来看，肯定是有太阳的，而且这儿的阳光总是特别的明媚。

作家弯曲了膝盖，脚掌落下来，他下了一级台阶，接着另一个膝盖……他就这样下了有好几级台阶了，明媚的阳光成了刺眼的光芒。

“我在干什么？我都做了什么？”作家的心里开始产生这样的问题，很快疑问句变成了肯定句。

“我想要强奸她，是的，我是一个强奸犯。”他在光天化日下得出了这样的结论，光芒让他觉得自己无处可躲。

作家是什么人？他自命不凡，他以为自己是不食人间烟火的圣人。而这会儿，在大白天，顶着烈日，他怎么可能接受自己刚才险些因为欲望做出了那么愚蠢的事情。

对于一个正常的男人，一个心理和生理都没有问题的男人，一个正值年轻力壮的男人来说，面对我这么一个年轻还看得过去的女人，突然爆发了性冲动其实是很正常不过了，没有人会责怪情欲和荷尔蒙在你体内发生的化学反应。

可是，当这样的情况发生在作家的身上时，一切都不一样了，都不对劲了。

于是作家越想越不能接受，越是不能接受就越是焦躁不安，他忘记了自己刚才还决定永远都不要踏入这个酒店了，忘记了自己刚才还咒骂这个女人是一个该死的死女人，忘记了自己是如何愤愤不平摔了门……他决定立刻地、马上地、一分钟也不能耽误掉头回去，他必须要解释这一切。

作家你要解释什么呢？

没有什么好解释的，该发生的不该发生的，一切都自然地发生了。

何况，像我这样的女人，谁会在乎呢？我是说谁会真正在乎我呢？那些男人看似都是那么关心我，会带我去好的餐厅吃饭，会用甜如蜂蜜的语言哄我一笑，会用他们肮脏的钱买来看似闪闪发光的宝石给我，但是他们是真的在乎我吗？要我看来，他们只不过是在乎自己罢了，他们企图征服我，企图在我身上得到他们想要的尊严、希望或者只是性冲动的发泄。

我只是一个玩具。

你们看，作家也是一样的，他连一杯咖啡都不舍得给自己买，他连住的地方都要抠下些钱，可是这会儿，他居然帮我付了那些零食的钱。

一百多块钱！

够他住一个星期还要多的钱。

足足可以吃二十五天的饭。

甚至还多。

虽然我可能连看都看不上这些钱，可是他的心里是这么想的，他一定觉得他帮我买了这些东西，那么我们之间就算是两清了，刚才发生的和现在他的付出，一切就算是互不相欠了。他就是这么想的。我当女人有一段时间了，对于男人的心理我了解。

可是我憎恨他们这样。

我不是一个玩物。

屋子里的气氛依旧很拥挤，我的心情也因为这样的念头而越来越糟糕。我需要一些开阔的地方，我需要一些空气让我呼吸，我需要空间来塞下这些食物。

天哪。这屋子实在是太小了，我总算明白为什么有钱的人要买一个大屋子了。从前的时候我还想过，要是有一个大屋子该怎么去收拾呢？那些角落，那些楼梯，那些家具的背后……灰尘、细菌……但这会儿我总算是清醒过来，人们会觉得压抑，而更大的空间会让人觉得不再那么喘不过气。

我已经坐在地上了。这是一块看似还宽敞的空间，就在床和茶几的旁边。但是心里的压抑让这地方不如我之前选择那样让人觉得舒适了。我于是就站了起来，我站起来后就和作家几乎是面对面了，我是说，我们现在都是站着了，他还在想解释什么，但是我一点也不想听，我可没有那么好心，如果我听了他的解释，如果说他的解释如果成功了的话，那么他就会觉得好受了。

凭什么？凭什么我要让他好受些？

我呢？

可怜的我呢？

三十二

我们站着，我用我的目光迎上他的目光。

然后，他果然就转移了视线。他那就在嘴边的字眼也被突然咽了回去，就好像一个想解释却羞于说话的孩子那样。我得了上风，更加觉得自己充满了底气。

我又看了他一眼，这是我最后一眼看他。之后，我就不会再去费力气，我会假装这个人就不存在一样，我会做自己想要去做的事情。

我踩着茶几旁边两个椅子中的一把，没有脱鞋就踩在上面。高跟鞋因为压强的关系直接陷在里面，我的身体晃动了一下。我早就预料，所以没有摔倒。我想他或者根本不敢看我这里，所以也没有因为我身体险些的这一次晃动来扶我。再一步，我就跃上了窗台。

外面果然阳光明媚。

整齐的屋顶，老旧的瓦片像是等待我检阅的队伍。

我觉得它们因为臣服于我之下而变得那么光彩熠熠。

我一丁点都不饿，但有奇怪的念头在作祟，为了让作家觉得自己错了，为了让他因为我难受，为了很多谁也说不出来的理由，我决定还是要吃。

整个阳台上都是食物的残渣。我吃得上了瘾。我把那些东西当成是安慰品，一口口地塞了进去，它们就一点点地把我心口里的空洞都填满了。

人们之间互相的伤害就是这样开始的，从开始的不经意变成习惯，变成一种戒不掉的瘾。

我能想象作家一次次偷偷看我，他先是这样瞥上几眼，然后他发现我根本就不在乎他的存在，他的自尊心受到了伤害，他就开始肆意地朝我这里望，他先是仇恨满满地狠狠瞪着我，接着他发现了不平常的举动，一个连平时吃豆子都数着颗粒的女孩，这会儿居然拼了命地使劲地吃，还都是些要么膨化要么油炸的垃圾食品。

我猜想他肯定会觉得自己伤害到我了。我猜想男人的那种心情，尤其是有点自以为是的大男人，他们肯定都会疼惜我，因为我的这个举动实在是太小孩子气了。通常孩子在受到威胁和伤害的时候，他们因为自身的弱小，无法对抗强大的事物，于是就只能是拿虐待自己来发泄。

实际上谁说我又不是呢？我就是一个病人，一个希望强大但是还是弱者的病人，一个内心里证明和控制不了自己的病人。

食物已经被我吃得差不多了，除了一些掉落下来的残渣，我连手上包装袋子都舔了一遍。

我知道差不多了，吃了方便面后我就该去完成呕吐这件正事了，外面的阳光开始和我玩起了躲猫猫的游戏，它们就要沉到屋顶的后面去了，我的时间也到了。

我把两只脚分别一甩，鞋子就这样一个又一个飞出了我的脚，轻松极了。我直接跳到了地面上。

我高估了自己，忘记了虽然没有穿鞋子，可是这会儿我的肚皮已经像个小鼓了。

不过还是个不错的着陆。我没有摔倒，只是身体向前滑动了几步，但是很快就稳住了自己。

我去烧水，作家就过来抢我手里的烧水壶。我不理他，自己只是抓住烧水壶的把手，这样一来，作家根本不敢使劲来和我抢，他只好松开手。我拿着水壶放好接通了电源，水烧开了，面泡好了，我吃完了……这一切都在他吃惊的目光中完成了。

不容他说话，我就奔走到洗手间里。

我有勇气在作家的面前狂吃，但用手指伸进喉咙里抠出那些东西，这样的场景我还是不够勇敢，不能暴露给作家。

和上一次催吐还算隔了一些时间，加上我没有吃那些黏稠或者坚硬的东西，所以一切进行得并不是太难。

但我肯定，作家在门外听到了我呕吐的声音。他开始的时候轻轻敲门，之后就没有了，只是用极微弱的声音问："你还好吗？你没事吧？"

呕吐完了。

我吐了几口胃里的酸水。

空气糟糕透了。我趴在马桶的上面，我知道我的身体和这空气一样。我的一只手算是干净的，另一只手沾满了口水和胃里的黏液，还混合着胃里一些呕吐物的残渣。我洗了手，按下了马桶里的水。

作家还在门外叫着，他的声音那么无力，他一定很懊悔。

但是我胜利了吗？

我真的胜利了吗？

我推开了门。我们面对面的。我们的脸几乎贴在一起。我浑浊的呼吸就打在他的脸上，可是我却没有不好意思，也不难为情，我觉得我第一次这样的，如此自然而然地把自己展现在一个人的面前，一个男人的面前。

“对不起。”

我们几乎是同时说的。

我抱住他，他并没有伸手抱我，我其实连同他的胳膊一起抱住了，我抱得很用力了，我用力抱着他，使劲的感觉真好，用尽全力去抱人的感觉真好。

你们，你们又有多少人曾经用尽全力去抱住一个人呢？

你们又有谁曾经勇敢抱住自己想要去拥有的东西呢？

你们假若面对着自己的真爱，又有多少人可以真正勇敢呢？

勇敢。

爱情。

真爱。

“嘘，嘘，求求你，求求你，不要动，也不要说话。求求你，让我这样抱着你，就是这样抱着你，一动也不动的，我们就这样抱着好吗？你听见时光的声音了吗？嘀……嘀……嗒……嗒……你听见了吗？我听见了，空气在我们的周围，一点点移动着，太阳正在缓缓地下降着，下降着，一直下降着，它这样缓缓地掉到了黑夜里，别人都看不到，但是我听到了，我知道你也感觉到了……听着，听着，我们两个人就这么静静的，时间让一切都变得匆忙不堪，看看，我们都累了，可是这会儿我们停下来，我们停下来了，于是我们听到了时光声音，我们就在彼此的时光里，变老也好死掉也好……”

欲望和爱情不是一回事。

从来都不是。

但是欲望可以带给人一种假象，一种假象的爱情。

但是金钱却可以带给人爱情，一种自以为是的爱情。

但是真爱究竟在哪里？

或者人们从来都没有真爱，也不曾需要。

那天，作家说他一定要帮助我改掉我的暴食症。他说他一定能够做到的。连我自己都没有把握的事情，他却可以这么的自信。

可是我喜欢那一刻的那种自信，好像是真爱一般。

四十八

每天那么累，回家后打开门就能看见那把透明的伞，都似乎像是一个安慰。我也会想起那个卖伞的姑娘，我就告诉自己，其实人都是可以快乐地活着的。

发现了做自己的一个特质，好像遇到什么困难的时候，我反而越挫越勇了。从我回来后我一次暴食都没有，每一次当要不能自控的时候，我就鞭策自己，和自己的心对话，我告诉自己已经四面楚歌了，若是再自己放纵，那么我努力经营的一切就什么也没有了。我就真的一直都控制住了自己，我开始看很多外国的节目，从网站上寻找现在比较流行和吸引人们的事情，想着法子往我们的栏目里结合。

这些年，我确实遇到了一些所谓的坏人，但他们也没有说坏到什么劲头上，倒是一些好人一直在帮助我，比如现在的这个台长，当我准备推门走出去的时候，要不是他的那几句突然冒出来的话，我几乎可能会辞职了。我以为他真正对我失望了，或者他有别的利益关系，所以也只能拿我做牺牲。没想到，一直都很严肃的他，居然和我说了那些像是自己人般的心里话，简单的几句话一下子让我从上到下、从外到里温暖起来。

我的努力还是有些成效的，这让我更加有了信心。大家对我的态度好多了，主持人再也没有和我摔过本子，她还主动拉住了我和我说了不好意思这样的话。我像是一个从死亡线上回来的人，一下子大彻大悟，我更加谦虚，从前的坏脾气也随着健身和食物好了很多。那天录完了一个节目后，有人送来了这一期的收视率表，我们的节目居然在台里的节目里排在了第一位。

大家都高兴地鼓掌。

我真心说要请大家吃饭。

“当然要庆祝一下啦。”

“不光要吃饭还要唱歌。”

“别让林薇请客，申请一个什么报销。”

“去吃火锅吧，天反正冷了，然后那个旁边就有 KTV。”

……看着大家的脸听着他们说的话，我觉得这些天没有什么能比得上这一刻了，我差点哭了，不过这个已经算是有点老到的我怎么也不可能真的哭了，那么可真的是一件傻到家的事情了。

那晚吃饭的时候我就一直向每个人敬酒，酒越喝越近，我的心情越喝也越开心。等我们转战到 KTV，我坐在那里，看着里面的一切，想到我的第一份实习工作，那个傻姑娘的我如今已经真的拥有了自己的这些，我是多么幸运，是的，我真的太幸运了。我开始想到我的老师，可惜不知道他在老家过得好不好，我又想到了作家，我拿起手机，很想给他发一个短信。

“你在哪里，我一直想把电脑的钱还给你。”这真是吓死我了。在西安的时候，大家都说西安特别的邪门，说什么来什么，没想到今天在这里也是这样。我看着他的短信，我的眼前就是他的手，那双在键盘上打字的手，那双抚摸我皮肤的手……我收起手机，拿起我的酒杯就灌了一杯下去。有人喊我去唱歌，我拿着话筒。

唱了几句，我突然就想起了那个西班牙的摄影师，当时我们就站在城墙下的夕阳里。原来我也是认识艺术家的，和作家不同的是，一个已经是不同凡响，另一个只是一文不名。我觉得自己的身体都跟着这音乐一起沉下去，很多男人就这么一闪又一闪的在我的眼前，我的世界就这么一页页翻过去了。

“我爱你台长，谢谢你给我的一切，我一定会珍惜，努力工作。”我拿着手机借着酒劲发出了这样一条短信。

那天我真的喝醉了，同事们说我简直是太豪爽了，酒杯抢都抢不过来……

开心的情绪当然很好，但我明白，这样的事情也就这一次，下次我可千万不能再这样了，自己的情绪还是要好好地收藏起来比较稳妥，人和人已经不是上学时候那么简单。不过那一晚后属于我的这个团队，起码我认为又聚集在一起了。

你们有没有料想到我的结局会是这个呢？你们觉得这个结局是不是我不应该拥有的呢？故事当然还没有结束。

我正在整理稿子的时候电话响了起来，电话响起来是件平常的事情，一个陌生的号码，我犹豫了一下接了起来。

“喂，您好。”

“你好，是不是林薇？”

“嗯……您是哪位？”我犹豫了一下，是一个女人的声音。

“我是……你方便出来一下不？”

“麻烦您是哪位？”

“你现在方便说话不？”

“您有什么事情？”我准备要挂电话了。

“我是……我是台长的夫人。”

“啊……什么？”

“我们可不可以出来见面说？”

“有什么事情？”

“你别装傻，给你留面子叫你出来，别给脸不要脸。”

“您可能有什么误会吧。”我被这些话弄得紧张极了。

“我在你们楼下，开白色的CC。我等你十五分钟，下不下来你自己看吧！”

“不管是不是真的，我都应该下去一下，可是会不会这样更加深了误会。我肯定不能告诉台长。”我心里这么想着，但是已经开始整理稿子，准备下楼了。我拿起稿子准备去找我们节目的导演，和他大概交代一下事情，我匆匆往外走着，心里七上八下的，就想上厕所。我把稿子放进一个袋子里，拿起自己的包，套上外套准备去了洗手间给了资料就赶快下楼。

“知道咱们节目为什么一下子上来了?”

“为什么?”

“那还用说，她本来就是台长调过来的，突然走了又回来了，哪有那么便宜的事情。”

“你什么意思?”

“还不是本来准备当台长夫人呀，结果没当成呗。”

“你小声点。”

“这谁不知道的事情，不过其实对我们也没什么坏处。”

“好了好了，你这口红颜色挺好的。”

“我让别人带的，两个色配着才有这样的效果，给你也带两个吧。”

为什么这样的话现在才传到我的耳朵里。我等着她们已经走了，急急忙忙地就往楼下冲去，也不要去管什么稿子的问题了。我下了楼，但是并没有看见白色的 CC，我估计可能是在门外，不是楼下。我刷了卡急忙出门。

我先看见了白色的车屁股，是 3.6 排量的新车。我转过去，车窗户摇下来，一个长头发烫着大卷的女人。我哪里还有时间去端详，直接拉开车门就上了车。她把车开到了一个大厦，停了车后说找个地方坐着慢慢说。

她一点儿也没有刚才电话里的蛮横，声音温柔，说话也很得体。穿着黑色的衣服，稍微有点发胖，当然这也只是相对于现代社会的审美来说的，其实用丰满形容就足够了。一路上开车也不急不躁的，我觉得她不是一般的家庭妇女，应该是有着一定的知识和文化的。我跟着她去了一家咖啡馆，她找了一个相对私密一些的位置。

“你喝点什么？咖啡还是茶?”

“哦，来杯咖啡吧，您呢?”

“行，那两杯咖啡吧。”

“请问要什么口味的咖啡呢？我们这里的卡布奇诺不错。”

“我就要黑咖啡，你呢?”

“我也是。”

等到服务员走了，我一直琢磨着要怎么解释。

“林薇，别好奇我怎么知道你的电话号码的，也别做什么解释，我也不想多听，不过为了我们都好，所以你还是离开吧。”

“您误会了。”

“我自己看到了。”

“看到了什么？您真的误会了，我们什么也没有。”

“也许吧，但是我要你离开。”

“我不知道您听了什么谣言。”

“我说了我是自己看到的，他手机一般就放在电视柜上。”

“您看到什么了？”我自己琢磨着我们没有什么亲昵的照片。

“短信，我用发短信的号码打过去就是你的电话了。”

“什么短信……哦，不是这样的，那天我喝醉了，不是不是，我是感谢台长，我遇到了一些困难，台长帮助了我，我们……”

“你别解释了，我不需要听这些，没有最好，不管有没有，我都要你离开。”

“离开什么？您误会台长了，他真的特别好，我休息了一段时间，您一定要听我说。我中间休息了一段时间，有一些自己的事情，之后我回来还希望可以继续现在这个工作，要不是台长，我就什么都没有了，所以我特别感谢他。”

“既然你特别感谢他，那么你更应该离开了。”

“您的意思是？”

“我的意思就是让你离开现在的工作。既然你们没什么，你就应该可以离开，也算是证明你自己。你不是也觉得他好，那么更应该离开，这样对他也好，他对你这么好，你也不应该给他带来麻烦吧？”

“可是……”

“如果你不走，就是舍不得。”

“我是舍不得这份工作，对我来说。”

“姑娘，我看你也不是那种就想着靠男人当小三的，我现在才联系你也是做了一些调查的，你也有些自己的本事，既然这样，就该明白一些道理。我们有一个孩子，马上大学毕业了，他的生活和工作也都挺好的，从来没有过什么流言蜚语，现在也就几年了，我不想弄出什么事情来。”

她并没有像电视上说的那样，对我又打又骂，相反，说的话都很得体。可是误会是真的存在了。我刚刚好转起来的局面变得没有选择的余地。为什么会是这样？我明明不想破坏别人的家庭，明明想靠着自己的努力却偏偏当了这个“小三”。

我拿着那把透明的伞，在没有下雨的深夜里走着，我知道我已经没有什么选择的余地了。

四十九

我连单位的东西都没有收拾，我买了机票离开了这里。

我想要回家去了，等到了西安，我要去看看我的妈妈，我要请求她的原谅。我知道我输了，我还是只能回来，但是我要让电影男人来西安，这里是我的家，他必须从我的家把我娶走。

五　十

下雪了。

雪花一片片。

雪花很美。

美不过我看着爱人的目光。

美不过我想爱的心情。

没有什么可以比爱情更加美好。

然而美好的东西都只是在梦中的。

作家曾经搂着我。他曾经说过，他说过，写作是他的理想，而他还需要一个什么人，需要一个可以陪他度过余生的人。

“我现在只有北方和你，而我已经拥有了全部了。”

我的指头上套着闪闪发亮的宝石，这会儿，作家的声音令我想起了一篇文章里的某个细节：那个女人在寂寞的时候就转动着手指上那个硕大的钻石，钻石实在很大，总是会歪到一边去。她嫁给了那个有能力送给她如此之大钻石的那个男人。她依旧很寂寞，更加寂寞，她以为她得到了自己想要的东西，而实际上，她只能是在她寂寞的时候，她无所事事地转动着那个硕大的钻石。

就这样，是的，这就是她的生活。

下雪了。

我最喜欢的北方。

我是说，我觉得西安最美的时候就是冬天了。北方和南方的差异不就是这样吗？北方拥有鲜明的四季，在西安，你知道什么时候春天来了，然后，夏天的炎热让你明白究竟夏天应该是个什么样子，还有秋天，树叶全部都黄了，满街道的枯黄叶子，清洁工人才清理过一小会儿，但如果不是亲眼看见他们的劳动，你还以为他们都是在犯懒。接着就是冬天了，西安的冬天很冷，但是冬天是很值得期待的，满城的天空都飘舞着雪花，也许睡觉的时候窗外的世界还是那个刮着冷风、灰暗的世界，可是早上，清晨里你起床伸个懒腰，当你打开窗户，哇哦，这是什么地方，这就是昨晚的那个城市吗？是的，完全正确，这里就是西安。

整个城市都穿上了白色。

白色是多么纯净的颜色呀！

在这个似乎一切都睡着了的季节里，树叶也没有了，花儿也不开放了，街道两旁的花坛里光秃秃的一片，这还不算什么，就连那些树木也变得好像电线杆那样没有生气。冷飕飕的风让人们恨不得把头都塞进衣领里。

下雪了。

你会迫不及待地要穿上衣服，你就要冲出去了，想象着一个银装素裹的城市是什么样子的？想象一下，在一个没有一点儿生气的季节里，孩子们都疯了一样的快活起来，他们连手套和帽子也不要了，他们这会儿才不管是不是充满了冻破脸的冷气，他们的眼中只有欢乐。

你瞧，有的孩子在打雪仗。哦，这边的几个孩子堆了一个雪人，尽管这个雪人其实不怎么好看，它就是两个形状都不怎么规则，类似于球体的物体，就是这样的摞起来。雪人的眼睛是两个煤球，鼻子好像是个胡萝卜，它是一个连嘴巴都没有的雪人，哪个好心的小姑娘，我猜想一定是一个个子不怎么高的北方小女孩，她可能不是那种性格张扬的女孩子，可能平时和伙伴们玩的时候很少说话，但是不见得说她比其他的小孩要木讷，要不这会儿，她也不会想到这个雪人可能会觉得有点冷，你看她把自己的围巾给雪人围上了。

大人们不可能像孩子那样，毕竟一个成年人还在雪地里打滚，这样的行为对于一个大人来说也太不成体统了。但我敢肯定，我肯定即使是成年的人，即使下雪会造成交通的拥挤，即使是带来了很多的不方便，可是大人们的内心其实也升腾起来了火一般的热情。他们想到了还是孩子时候的情况，他们想到了自己和伙伴们砸雪球的情景，想到了一次次的用鞋底摩擦地面就为了滑出一条冰道来，尤其是哪个平时总是挑三拣四的大人一不小心踏着冰道滑倒了，那是多么大快人心呀……

每一个北方生活的人，每一个人都是一样的，如果要是冬天不下雪的话，我是说要是没有了雪那么还算得上是冬天吗？

而西安最美的时候就是冬天了。

虽然每个季节都有属于自己的美丽，可是西安的冬天是独一无二的。

当这个城市都包裹着白雪，那么城墙上也不是例外的，想象一下，本来一座城市里有城墙就已经是一件多么不可思议的事情，这会儿，原本那看似铜墙铁壁一样的城墙，这会儿，它穿了一件柔软的白衣服。

一切都是多么的完美。

在这个冬天里，在我最爱的城市最美的时刻里。

一个男人给了我一颗足够大的钻石。我和电影男就是在那年的那个圣诞节认识的，那年的圣诞节的夜里没有雪，也没有这么明亮的钻石。我一直告诉自己他是爱我的，他爱不爱我不要紧，重要的是他有良好的基础，他买了这么一颗大的钻石给我。和他结婚意味着我的生活可以一直的这么下去了。我已经快三十岁了。我已经没有多少年龄再折腾了，青春易逝，美丽也是有限的，我会很快的变老，皱纹会爬满我的脸颊，一切都会变得好像花儿一样，花儿也会有枯萎的那一天。

我接过他给我的锦盒，我以为他真的会给我期许过的生活。我还以为他会从我的家乡来娶我，可是他说："对不起，我很爱你，可我只能给你这些，我有我的家庭，我无法放弃。"我想起了那个还是生活在大学里的我，我在洗手间里，听到外面的那个男人说，他说他要回家一下。我光着身子一下把他推出了宾馆的门外，隔着那个门，我坐在地上哭泣起来。

为什么那时候的我还是不死心，为什么那时候的我还不明白，幸福是不可能不劳而获的。为什么我一直奢望着男人，一直却不肯承认。

我看了一眼手指上的戒指，我看到了雪花飘在我的手背上面。

很快的，因为我的体温融化成一团水汽。

好像我的眼泪那样，融化在空气里。

我已经足够幸运了，起码我还拥有了这样的一枚戒指，这不是我一直想要的吗？

"那你为什么要告诉我你要试一试！"我用尽全力地喊了一声，我真想用我的声音把他震碎，让他被我撕成碎片。

"对不起。"他抱住我。

"算了，你回去吧，我想自己安静一下。"我不是因为他抱住了我，而是我觉得这种吵闹我已经厌烦了。

"你还会回来吗？"

我看了一眼面前的这个男人，曾经没有奢求的时候，他的脸那么可爱。

"会的。"我笑了一下。

"我陪你一会儿好吗？"

"我自己走走吧。"

我沿着城墙走，沿着西安南门城墙一直走。

城墙还是那个城墙，二十九年前我出生的时候，这个拥有城墙的古城就已经是中国八大城市之一了，再往前追溯的话，这个城市曾经令世界都惊叹……半年前的时候，作家还是一个作家，那时候的他就坐在我的对面，而只是这么一点的时间，作家已经不可能再一次坐在我的对面了。

雪花一片片的，它们静静地飘下来，就这样一点点地落在城墙上面的青砖上。

我觉得很累。

我觉得自己走不动了。

我一点也不开心。

真的。

作家。

我们分离已经有几个月了吧。

秋天已经过去了。

雪花已经下来了。

是冬天了。

作家。

我好想你。

我知道，我现在，如今这时候的我再说想他似乎并没有资格，我是自己放弃了他的。可是，现在这会儿我还能想谁呢？也许当事实摆在面前了，才能令我把一切看得透彻。我是真的爱上作家了吗？是真的？我是真的爱你了？可是我该怎么办呢？究竟怎么办才好？我明明是应该爱着蓝的，我一直都只能爱着一个人，我爱的人是蓝呀，从爱上蓝以后，我就再也爱不了任何人了，我也不会去爱任何人了。

我爱的只是生活呀，只是我想拥有的那种生活，要有好的食物，好的衣服，要在瑞士的大教堂里结婚，要有大克拉的钻戒，要有音乐、鲜花才可以求婚的。但是我该怎么办才好呢？

我怎么可能爱上你呢，我是绝对不可以爱上你的，我为什么要爱上你这么一个人，你有什么资格来让我爱你呢？一个什么都给不了我的人，为什么会让我有这样的感觉，我不可能去爱一个一无所有的人的。那么以后我的生活要怎么办？难道要我为了几块钱去挤公交车吗？难道我会像一个大妈那样挤在菜市场里讨价还价吗？难道我想买一件衣服还要一直存钱吗？

是的。

所以我买了机票直接就离开了云南。

我明白我不能爱你也不可能爱上你。

所以我走了。

我准备去接受现实。现实让我不甘心，于是我又开始幻想，以为自己可以凭着自己的力量，拥有一片属于自己的天空，要不然，还是会有男人会为了我离婚，给我想要的生活。

你只是我触不到的恋人。在我的心里。

可是为什么我的心口这么的疼，为什么要这么的疼痛？我觉得好难过好辛苦，不知道该如何才好。为什么我的眼泪要不听话地一直流淌？为什么我的嗓子里会发出撕心裂肺的嘶吼？为什么为什么，究竟这是怎么了？

都说女子结婚那天是最美的，都说天底下没有丑的新娘，都知道的事情，哪个女人没有想过那么一天，会有那么一天，有个男人，有个有气魄能依傍的男人，像古时对待自己母亲那样毕恭毕敬的请求着，小心翼翼的，期盼着眼前人给自己一个答应。大概那是一个女人一辈子最美丽的时候，那是多么的得意与满足的一刻呀。

天空还是那个天空。

是的，不管是黑了的天空还是顶着个太阳的天空，不管是挂满云彩的那个云南的天空，还是这个飘着雪花的古城的天空，不管是十六岁时的那个天空还是如今这个快要三十岁女人头顶的天空……日子就这么一天天过去着，我或许是变了的，怎么可能没有变呢？

可是只有天空还是原来的那个天空。

那么大那么广阔。

我却不可能拥有那么一刻了。

我想向前走一步，手却是扶着城墙一步也迈不动。

我眼前又浮现出那么一幕：我闻着车厢里混浊的空气，看着夜里睡下去的人们，在这拥挤的车厢里，我决心要离开。我满心复杂地哄着自己，人是要活在现实中的，爱情又是什么东西，我不还是终究要活在现实里吗？女人到了这个年龄了，还有多少岁月能够去挥霍呢？

车厢里的人们寂静得如同死了一般。

我一个人撑直了脖子看着窗外的夜色，山路一颠一簸。

我想，坚决不能过那样的日子，连一个吃鱼的钱都出不起的日子。

心一横，我决定了。

然而一切的一切，我还那么天真的自以为是的。在经历了这么多年这么多事后，我竟然还天真的好像十六岁的女孩子，幻想着男人。那个男人从来就没有要为了我离婚，他从来就没有想过离婚。那么，我是什么呢？

我是什么呢？

扶着城墙的手渐渐失去了力气，沿着一块块墙砖向下滑去。

原来，我是这么的无依无靠。

我终于连城墙也扶不住、靠不住了。

我蹲下来。

在这个冬天的雪天里。

我拿纸巾拼命捂住眼睛，希望眼泪就能被吸附在纸巾上，希望这样假装自己就没有在哭泣了，可是我的嗓子里还在叫嚷着，我于是又伸出手来捂住嘴巴，可嘴里的哭声没有被捂住，眼睛里的眼泪就蜂拥而至。

五十一

我就这么哭了一阵子，蹲在城墙的下面。

我想我根本就没有爱了，像我这样的人，怎么可能有爱，这一定是错觉？

每个人都会有错觉的时候，比如因为自己寂寞，有个人陪着，就会错觉的觉得自己爱上了这个人。

不行，我必须马上清醒过来，我不能这么糊里糊涂地放任自己。

想想我和作家在一起的那些时光。不是很糟糕吗？和他挤在公共汽车上，拥挤不堪的环境，还有那些混浊的空气……还有他的自负和永远放不下的自尊。

不远处的小酒吧里传来了音乐。

今夜还吹着风，
想起你好温柔，
有你的日子分外的轻松。
也不是无影踪，
只是想你太浓，
怎么会无时无刻把你梦。
……

我轻轻地哼着歌，突然想起来，原来这是蓝唱给我的《亲密爱人》。

眼前有一家青年旅馆，一层有一个大厅，有很便宜的啤酒可以供年轻人聚在一起。

那里的音乐听起来那么喧哗，那么温暖人心。

或者是冷吧，我循着那温暖的音乐进去了。

大厅有几个沙发，很多外国的男孩女孩，挤在几个小的沙发上。他们时不时地拿起手边的啤酒喝上几口，嘈杂的音乐声令他们必须贴过脸去和对方说话，或者要手舞足蹈地比画着。这是一个那么小的酒吧，让我想起在瑞士的很多个聚会，或者只是在某个人的家里，就是这样的几个沙发，会放着带劲提神的音乐，以及廉价的啤酒。

小酒吧的一角还有一个桌球的案子，这会儿几个黄头发的男孩正在玩着，其中有一个棕色头发的女孩也混在其中，她的眼睛不知道是不是戴了隐形眼镜，我通常觉得只有金黄头发的人才会拥有那种蓝色的眼睛，那么的清澈。

我更加想念瑞士的那些时光了。

那时候，蓝会带着我玩一种桌上足球。

两个人的游戏，很多人会围在旁边看。有点好像台球。

我就坐在那里，看着一切，仿佛从前的我就在里面。

蓝，是不是每一个人都要有希望才能活着呢？

就好像作家说的那样，写作就是他的希望，而谁究竟是要陪着他的那个人呢？

究竟谁是要陪着我的人呢？

我已经喝了很多的啤酒了，我觉得自己又年轻了。我站起来，拉住一个小姑娘问她洗手间在哪里，她的手向后面指了指，然后她的脸贴了过来，在我的耳边说："在二楼、三楼都有，你上楼梯就能看见了。"我就向后走去，找到楼梯后发现那里有面满是涂鸦的墙壁。

我要写些东西，我一定要写。我转过头去，回到前台，在笔筒里取了一根粗头的水笔，站在充满涂鸦的墙壁面前，我觉得我也是一个艺术家，我曾经就是，现在也是，我曾经还和艺术家有那么美好的故事，那个艺术家就在我的身体里，我们是一体的，我又有那种感觉了。作家就在我的身体里，我也是一个艺术家。

我握得紧紧的，我在涂鸦墙上看着，我瘦小的身体很容易就从楼梯的扶手间隙钻了过去，这面还没有人画过的墙现在是我的了。

我只有北方和你。

故事就这样结束了，一个想要拥有幸福生活的女孩，用她的青春去换她想象中的生活。她真的需要这样的生活吗？她真的可以得到吗？水中的月亮还是雾里的花儿？

她跟着一只流浪的猫咪，她想看看猫咪的生活是什么样的，她好奇的想知道猫咪究竟会去哪里，可是她还是跟丢了，她站在那里，找不到那只猫咪。

追逐了错误的东西。

物质还是梦想？

我拿着笔，无比寂寞地想要写一封信。

我对着空无一字的纸张，心里的酸楚说不出也道不尽。

究竟我要写什么？是对于那些男人的责怪？可是所有的路都是我自己选择的，没有任何人逼迫我，也没有任何人要求我。

从此以后，我只是一只流浪的猫咪，就好像生活在丽江的那些猫咪一样，从一个黑暗跳到另一个黑暗，从这里奔跑到那里，总会在某一天找到一个阳光普照的窗台。在人们发现我之前，晒晒我身上被风霜折磨的毛发，或者我会遇到一个好心人，他们会给我些吃的东西，让我在一小片的阳光里多待一会儿。谁又能说呢，也许真会有什么人收养了我，不管是一个有钱的富小姐还是一个穷苦的老太太，那么，我起码会拥有一个家了，不会在下雨的时候变成一只找不到屋檐的落汤猫。

我想起那夜写在酒吧墙壁上的字迹。

我把面前的纸张揉在手心里，就算我写了很多很多，可是我又能寄给谁呢？

我拼命攥住手心里的白纸。

这就是我心里想说的话。

有些事情的确发生过。

不是吗？

（原出版单位：文汇出版社 2013 年 2 月第 1 版）

小城文化人（节选）

赵　丰

【作者简介】 赵丰，中国作家协会会员，陕西省作家协会签约作家。出版有长篇小说《小城文化人》《龟城》《周家祠堂》，散文集《雨巷》《夏天的故事》《拒绝阳光》《走进心灵的沼泽地》《打开记忆之门》《秋天备忘录》《声音与物象》《孤独无疆》《思想者的彼岸》等著作十余部。

十一

黄全星是咸余县书画界首屈一指的人物。他是县内唯一的正牌美院毕业生，唯一的中国美协会员。他的山水画秉承了北宋时期郭熙的风格，其山耸拔盘回，水源高远，多鬼面石，乱云皴，鹰爪树，松叶拈针，杂叶夹笔。画面变化丰富，用笔方中兼圆，雄壮阔细不一，墨色淋漓秀润。郭熙著有《山水训》，他的“高远、深远、平远”的“三远”理论，影响着黄全星作品的艺术风格。黄全星在郭熙风格的基础上，又兼容了石涛的画风，立意新奇，深沉洒脱。墨色淋漓多变，勾皴点染，干湿浓淡，以山川之形落于笔端，画面苍茫浑厚，生气勃勃。

黄全星的作品，在省内外是有一定影响的，只是他不善交际，不愿融入书画界的圈子，只好冷落在咸余县。如一朵荒僻小径旁的菊花，冷落成泥碾作尘。一生里，他最为痛恨的就是靠着钻营进入文坛的那些人，蝇营狗苟，凭了相互吹捧，居然也成了“家”，当了什么主席，人头狗脸地坐在主席台上。可是，清高总是要付出代价的，在书苑画坛，一幅仓促而就的字画竟然价值几万元。更令他瞧不起的是一些写文章的人，稍有名声，便也挥毫写字发财。其实，他们是连写字作画的常识都不懂的，也滥竽充数成了书法家、画家，这他妈的成了什么世道！有时，黄全星也会恶狠狠地骂人。

是金子，总会有闪光的时候。咸余县寨上乡木家庄有一个叫木国林的人在深圳办企业，这几年发了不少财，就想着用书画来装饰一下企业。他认识不少书画界的名人，但是一见黄全星的画，眼里还是放出光来。他通过老乡的关系把黄全星接到了深圳举办个人画展。黄全星一边办画展，一边为木老板和他的一帮朋友画画。一个月过去，黄全星的画就卖了两万多元，他画了一辈子，也没有卖过这么多钱啊。这是很高兴很开心的事情。可是寂寞总是伴随着喜悦而来的。这不，身边连个表达喜悦的对象都没有。

在深圳，除了木国林，黄全星几乎不认识一个人。可是木国林生意很忙，整天应酬，飞机来飞机去的，几天都不见他的人影。想来想去，他忽然想到那天晚上在夜市上遇到的一个小姐，和他坐在一张桌上吃饭时，对他眉来眼去的。吃着吃着，他们就聊了起来。那小姐问他是做什么的，他说画画儿。她嘻嘻笑着说："那你跟我一样，也是靠笔吃饭的。"黄全星一愣，怎么，她是个记者、作家？看她那单纯的样子，不像啊。那小姐看他发愣，张开红唇哈哈笑了。过后，黄全星才恍然大悟了。她所说的"笔"，是女人身上那个特有的部位啊。

那小姐很会说话，那天吃饭时嘴就没闲，分手时还告诉了她的名字和手机号，他当时就输进了自己的手机。想到这里，黄全星就心一热，掏出手机查看。那小姐的名字叫张丽。他打通了她的手机。

"喂？"那头，传来了娇滴滴的声音。

黄全星一下子想不起说什么了，难道能说我想和你上床？他自己也觉得尴尬，禁不住笑了。"你笑什么？"那边在问，"是不是想请我吃饭啊？""啊，是的，是的。"黄全星这才反应过来，吃饭，这真是一个很体面的借口。很多事情，往往是通过吃饭来搭桥的。

按照张丽小姐的约定见面地址，晚上七点，黄全星坐着出租车来到了一个小饭馆。还是上次他们相遇的那家湘菜馆。黄全星想起那天晚上吃的那顿晚饭。那道青椒炒腊肉菜还真地道。

张丽今天的穿着同那天一模一样，黄色的T恤衫，白裤子，依旧青春靓丽。一见面，她就启开红唇笑着说，原来是大画家啊，怎么这么多日子，才想起我来啦？黄全星支吾着说："忙啊。怎么，想吃什么？"张丽点了个青椒炒腊肉，一个回锅肉，一个青菜，又要了瓶红酒。黄全星皱着眉头说他喝不惯红酒。"本小姐就喜欢啦，"张丽做出不满的样子说，"男人和女人在一起吃饭，得先顾女人啊。你啊，真是不懂事。"黄全星被张丽挖苦了一下，并没有不舒服的感觉，反倒觉得这个女孩真的好可爱。张丽又说："喝点红酒，来点情绪，不是更有情调啊，特别是你们男人，喝了红酒，胆儿就大了。"

黄全星也开了句玩笑："壮什么胆啊，要我去杀人？"他发现这女孩子很招他喜欢，多日来压抑着的情感，一下子放开了。

"杀人啊，看你那样子，给你一百个胆子，你也不敢！"张丽一副神秘兮兮的样子，举起右手，手掌往下一挥，"今天让你杀一个女孩，保证让你刺激，你敢不敢？"

"行了，这种事情，你还是去找黑社会好。"黄全星和她调侃起来，他举起杯子喝了口红酒下去。酒进了肚子，他感觉不是很舒服，就皱着眉头说："就这味道啊，跟马尿一样。"张丽说："是你尿的味道吧。"说着，手伸到桌子下，在他的腿上摸了把。黄全星的头轰的一声，呼吸急促起来了。他从来就没有和年轻的女子坐得如此接近，更没有那个姑娘在他的身上摸来摸去的。他身上的某个部位在蠢蠢欲动，起起伏伏的，喉咙也发起痒来。

张丽问他，黄先生是哪儿人？听你的口音是西北人吧。黄全星说是的是的，渭城人。张丽问你们那儿很好玩啊，听说有泥塑的兵马俑，还有皇上的墓子？黄全星说那都是老皇历了，还有被风吹得遍天的黄土。你没听人说过八百里秦川黄土飞扬，三千万儿女齐吼秦腔。张丽说那好啊，把天都能震塌了，你带我去你们那儿玩吧。黄全星说好啊，明天就去吧？张丽嘴一歪，我爱吃，你们那儿有什么好吃的啊？黄全星说有辣子疙瘩、摆汤面、秦镇凉皮、搅团凉鱼儿。黄全星说着说着，手就伸下去，抖抖的在她的腿上摸了把。张丽眯着眼笑了，拉着他的手往自己的大腿根移动。黄全星抬头四望，慌忙把手抽了回去。

一瓶红酒很快喝完了，他俩渐渐地都有了醉意。醉眼蒙眬中，黄全星发现，张丽妩媚而动情的眼神犹如一江春水，明眸善睐，温柔迷离。他想这个张丽真像外国那幅画里的一个女孩。

这时，两碗米线上了桌，两人埋头吃饭，不再说什么了。吃完饭，张丽眯着眼问他去什么地方。黄全星头昏脑涨的，就说去我住的地方吧。张丽问你那儿能不能洗澡。黄全星摇了摇头。木国林给他找的住处虽然有洗澡间，但前几天淋浴器坏了，木国林又不在深圳，所以没有修。张丽摇摇头说那我不去，没有洗澡间不卫生，就在旅馆开间房吧。黄全星颤着声问安全吗，张丽斜了他一眼，说我们这儿不像你们那儿，安全着呢。黄全星说他对这儿不熟悉，让张丽找家宾馆。

黄全星结了账，他们就起身了。出了饭馆的门，张丽招手要了辆出租，他们就一起坐在了后排。一落座，张丽的头就歪靠在他的肩上，黄全星的心像钻进了一只兔子，扑通扑通地跳着。他的手抖了抖，就贴在了她的腰上。一会儿，司机说到了。黄全星付了车费。他们下了车。黄全星稀里糊涂的，也没看清那家宾馆的名字，就跟着张丽进了门。他掏出身份证，登记了，就和张丽一起进了电梯，来到十八层的一个房间。

关了门，他先上了趟卫生间，然后坐在沙发上。张丽问他："你先洗，还是我先洗？"黄全星想，还没聊天呢，就洗澡啊。他想更多地了解一下张丽的情况。他还不知道她是哪儿的人，有着怎样的经历。只有融通了感情，才能调动起他的情绪。于是他说急什么，才八点多啊，睡觉还早着呢。说完，他自己不好意思地笑了笑。张丽望了他一眼说："你这个人有意思。别的男人一进门，就抱住我又啃又咬的，像猫见了老鼠一样。"黄全星做出一副绅士的样子，不慌不慢地说："那有什么意思。我这个人，你不了解。我觉得，没有感情，上了床也没意思。"

"你们搞艺术的，就是跟别人不一样，"张丽问，"那就说好，包夜啦？"黄全星没有听懂她话里的意思，问："包夜？什么意思？"张丽说："你真是个乡佬，没见过世面。玩小姐有两种，一是打炮，二是包夜。打炮是四十五分钟，包夜就是陪你睡一夜。”黄全星说那就包夜吧，几十分钟有什么意思？“好啊，我也喜欢包夜。省得跑来跑去的。”张丽歪了一下头，说看来你挺喜欢我的，我漂亮吗？黄全星点点头说漂亮，瓜子脸，眼睛挺迷人的。尤其是你的鼻子，小巧玲珑。我不喜欢鼻子很大的女人。鼻子小的女人，才有性感。说完，他吃了一惊。六十多岁了，他从来就没有这样夸过一个女人的长相。难道，那瓶红酒，就改变了他？他贪婪的目光盯住张丽的脸又看了一阵。“看什么啊，想把我装进你的身子里？”张丽开心地笑着。一个女孩子被人欣赏着，毕竟是一种惬意的事情。黄全星壮着胆子说了句暧昧的话：“是我装你，还是你装我啊？”张丽更放肆了，“当然是我装你啦，装进去一摇，你就成了小弟弟啦。”说完，她就要脱衣裳，“那我先洗啦。洗净，让你亲个够啊。”黄全星心里虽急不可耐，嘴里却说别忙，咱俩再说说话啊。

黄全星说他不急，张丽就说起了她的身世。她说自己的家在山西，距五台山不远。母亲身体不好，父亲整天去煤矿背煤。背着一百多斤重的煤筐，要走上四五里路，有的时候还要爬山，一天要走上七八趟。父亲最害怕出事故，瓦斯爆炸、冒顶、塌方，动不动就要人命。父亲常常给家里带剩饭。一个柳条编的篮子装着剩饭，里面有窝头块、馒头皮、碎烙饼什么的，上面盖着一块碎花蓝布。张丽说着，声音哽咽起来。她简短的几句叙述让黄全星感动起来，于是他身体里的欲望一点点减退。

张丽继续说着她的故事：十九岁那年，她被同村的平姐带到了这儿，开始在一家发廊，待了一年半也没有赚够母亲的医药费，于是去坐台了。第一次去的地方是一个小歌舞厅，不收押金。她把自己的第一夜卖了两千块，拿到那两千块的时候，她哭了。她把那些钱一分不少地寄回家里了。半年后，因为坐台认识的客人多，有人说她这么漂亮，干吗待在这种小场子啊，不会到大场子去吗？就这样，她转了场子。为了省钱，她和几个小姐租了一间房。她接了一个又一个的男人，被男人玩了一次又一次。去年她认识了一个小伙子，而且爱上了他，想把自己的一生托付给他。于是，就把宝押在他身上，可是那小伙子是个小混混，玩了她半年就消失了，还骗走了她辛辛苦苦靠出卖青春挣来的三万元。

说到这儿，张丽伤心地抽泣起来。

黄全星被她的身世感动了，止不住叹息了一声。他过去是瞧不起那些做“小姐”的姑娘的，觉得是她们败坏了这社会风气。现在看来，那是他不了解她们。不是男人坏，那些穷人家的女孩子怎么能走上这条路啊？这样想着，他就用怜悯的目光看着面前的张丽。张丽也不迎合他的目光，很伤感地垂着头。黄全星突然问了一个问题，你陪过的那些男人，难道就没有动过真情么？张丽回答道：“陪男人，谈什么感情？和我住在一起的小姐有的被有钱的男人包养过，可是最后都被骗了。这世上，有几个男人是好东西？”她看了一眼黄全星，忽然换了一种迷惘的目光。

黄全星被那种迷惘迷醉了。那种迷惘，正是他需要的神情。他说：“你去洗个澡吧，把泪水洗干净。”转眼间，张丽像个演员似的，转涕为笑了。她的眼里，又流露出那种让黄全星动心的骚味。她撒娇地说：“不嘛，我要和你一起洗。”她起身拉起黄全星说：“黄哥啊，我还没见过你这么好的男人呢。”黄全星压抑下去的欲望又燃烧了起来，心一颤，想着这就是人家说的鸳鸯澡啊。他一辈子还没有经过呢，那该是多么令人销魂的事情啊。但是，他还是扭捏了一番，说：“一起洗？那多不好意思。”张丽一语道破了他的心思：“看你这人，这时候了还装什么正经？哪有不吃腥的猫呢？”

张丽先脱完了衣裳，黄全星看着她魔鬼般的身材，想着自己老婆臃肿的肉体，不禁一阵眩晕，也脱光了衣裳，扔在床上，跟着她进了浴室。一进浴室，黄全星就控制不住地抱住了她，吻着她身上的每一个部位。不一会，张丽就呻吟起来，用热水冲了只有几分钟，她就从正面抱住了黄全星，呻吟着：“黄哥，快呀，我受不了啦。”黄全星抱着她出了浴室，没有来得及擦干身上的水，就和她滚在了床上。

让黄全星羞愧的是，刚才在浴室还好好的，可是当张丽给他套上安全套后，那东西却疲软了，怎么努力也不行。他急出了浑身的汗水，闭上眼悲哀起来。火烧火燎的张丽看他这样子，用手掌抚摸了他那东西一会，还是不行，于是让他到外边去买些春药。黄全星说：“吃什么药？

药有七分毒，我才不吃呢。不行了就算了，年龄不饶人啊。”张丽说：“你这年龄就不行了，还不如七八十岁的老汉呢。”黄全星说：“我愿意这样吗？一个男人那东西不行了，还有脸和女人睡一个床？要不，你走吧。”说着就在衣袋里掏钱。张丽看着他掏钱的手说：“黄哥，不急啊，就是你不行了，也让我陪你一夜啊，说不定睡一会儿就好了。”说着就猫进了黄全星的怀里。黄全星抱紧她，有了一种幸福的感觉。他忽然感觉自己行了，激动地对张丽说：“好了，好了。”说着就欲起身上她的身子，可刚爬上去就又不行了。折腾了几次，张丽也烦了，黄全星沮丧地爬下来，不住地叹息。

一觉醒来，窗外已经透亮，黄全星忽然感觉下边搏动起来，可是身边的张丽已经不见了。什么时候走的，他一点都不知道。这个女孩子，走了也不说声。他感觉自己的大脑昏沉沉的，赤着身子去卫生间解了手，又躺回床上。忽然，他想起了还没有给张丽小费呢。他拿过自己的衣服，在口袋里摸着摸着，突然明白了什么，一下子蒙了。他给一个公司忙活了十天，画了几十幅画。白天，那个公司给了他八千元。放在自己的住处他担心不安全，就装在了身上，没有来得及存银行。那些钱，分别装在两个口袋里。一处两千元，一处六千元。现在都是空荡荡的。他明白了，张丽趁他睡着，把他的钱一扫而空。他疯了似的拿起手机打张丽的电话。那头传来的是：你所拨打的电话已关机。

此刻的黄全星，像个木偶人，嘴巴张得大大的，宛若一个句号。在咸余县，他的一张画才卖三百元啊。八千元，是二十多张画的价值啊。天啊，这个夜里，他什么也没做，就耗去了半年的心血。他仿佛醒悟了，张丽所说的一切是一个又一个的谎言，那是她精心的编造，让他相信她，为她感动。艺术家是天真的，很容易同情人们的谎言，因为他常常在创作中陷入幻想和假设。

这是我一生最浪漫的一夜啊，也是上得最大的一个当啊。我真是个笨蛋啊。笨蛋，傻瓜，痴呆儿！黄全星想着骂着，就扔了手机，伸出五指，狠狠地抽了自己一个耳光，爬在枕头上呜呜地哭了起来。

十 八

县城的行道树上，绿色悄悄隐逝，绽开了枯黄的色彩。有风吹过，便有叶子零零碎碎地飘落。阳光也没了精神，像熬了大半夜的眼，打着慵懒的哈欠。

农历九月十八，是县城的古会日子。古会，也叫村会，是关中南部世代相传的乡俗，日子一般在夏秋两忙之间。说白了，过会就是走亲戚。主人提前酿了黄酒，养肥了猪羊，到跟前磨面灌醋，备瓜果买蔬菜，杀猪宰羊，打扫房屋，清理街巷，隆重的程度不亚于过年，是乡下人又一个隆重的节日。过会那天，每个村子要请一台秦腔戏，加上小商小贩蜂拥而来，杂耍说唱来赶场子，亲戚挎篮提包携礼而来，街巷熙攘，热闹非凡。主客吃饱喝足，赏戏娱乐。咸余县城的古会，自然比乡下热闹得多。四关四街八个村子都在主要大街搭台子唱戏，互相较劲。这天县上部门单位的干部职工，如果没有特别要紧的事情，一到十点就都关了门，到同事朋友家喝酒。

十点多，曲天宇就带着烟酒和水果来到他的前任局长史潜的家里。他家虽说也在县城，但父亲坚持不过会。父亲是民国二十八年从河南逃难落户在县城西街的。父亲说咱们是客户人家，不凑那个热闹，所以每年这天，他就来史潜家。

史潜的家坐落在县城北郊的史家堡。这儿是老县城的西北角。史潜的院墙西边，原来是城墙的角楼，现在角楼的痕迹还在，依着一截旧城墙，角楼的底座依稀可见。角楼下是一道道长满荒草的高土坎，零星地散落着一些年代久远的鹅卵石。坎上隔一段就站立着一棵古树，有柳，有槐，有桑，有柏，都有点残枝败叶的迹象。它们的树叶，在阳光下拖着浓重的阴影。坎间，是一片一片的菜地，地头立着“城关遗址”的标志牌。

曲天宇在史潜家的院墙外站了会儿。他喜欢这样的环境，深深地呼吸着，想嗅出历史的一些气息来。

据县志载，北门西侧，依着城墙原来有座魁星楼。魁星楼执掌着读书人的命运，古人言仰观魁星而得高科，梦魁星之降而夺锦标。世间的人，大多相信魁星可带来好运，能金榜题名。北街的中心位置尚有文昌阁，建筑物还在，只是成了危房，无人进去的。倘若谁家孩子要参加高考，便在它的门前点燃香火。

魁星楼是什么样子，曲天宇没见过。那楼解放后就被拆了。听父亲说，他上过魁星楼，五层高，砖石结构，楼顶成六角形，斗拱飞檐，端系风铃，玲珑雅致。风一吹，铃儿叮当作响，清脆悦耳，让人心静致远。站在楼顶一层，可见涝河风光。那时涝河两岸是片片竹林。

“高楼远眺，翠微流水。那是什么境界啊。”曲天宇的父亲喜欢读古书。时不时的，他的嘴里就冒出几句带着诗意的话来。父亲说每到清晨，魁星楼上就聚集着一群群的鸽子，有白有灰的，一群群扑棱着翅膀绕着魁星楼飞，好像县城的鸽子每天要来这儿做晨起的祈祷。鸽子是有灵性的。北街以及北门外的人都这样说。而父亲的表述却与众不同。他说鸽子是咸余县城的精灵。就凭这句话，幼年时的曲天宇佩服父亲。

一座三间两层小院，单从外表看就弥漫着书香气息。门楼儿典雅别致，顶部呈脊架式，两端向上翘起，垂脊设有高于瓦面的坡水，镶嵌着雕刻精细的瓦头、滴水。两扇漆黑的木门，对称地悬着两个铁制的圆环儿。门楣上方，书写着“终南人家”几个字。史潜是上世纪五十年代的大学生，在师大读过中文系。他喜欢写诗。从文化局长的位子上退下来后，组织县内的一些诗人成立了一个文学团体：桃源诗社。写田园诗，编楹联，搞活动。曲天宇知道，史潜写诗用的笔名叫作“终南山人”。

一丛小朵的月季花缠绕在门楼上，让这门楼在庄重里又增添了别致。曲天宇抓起一个圆环儿，在门上碰了两下，院内的狗就叫了。史潜的老伴给他开了门。史潜已经在院子摆下麻将桌，在小方桌上摆了香烟、瓜子、花生、水果。邵德鸿、林昌浩、席常农几个人早早就来了。他们的家都在乡下，也到史潜家过会。

院子很大，正中搭着一个葡萄架，西墙下是一片细叶竹和花树。一株白玉兰树下，置放着一个旧碾盘。东墙这边，种着月季、玫瑰、牡丹、桂花、美人蕉和蔬菜。蔬菜一畦一畦的，被竹篱笆隔开。每畦的地头，插着一个木牌，上面分别写着：百草园、牡丹亭、群贤居……

曲天宇刚坐下，史潜说上桌子上桌子，邵德鸿、林昌浩、曲天宇、席常农四个人就围在了麻将桌旁。史潜是个麻将迷，但他是主人，还得忙着帮老伴做饭就不能上场子，但忙里偷闲，不时过来瞅几眼。上午的牌局席常农运气不错，到十一点赢了三百多元，曲天宇输得最多，二百多元。打牌，他心理上是怕席常农的，凑到一起总是输。他知道席常农打牌克他，他需要和什么牌，席常农不是对子，就是杠头。要是他坐在自己上头，总是截他的和；要是坐在他下头呢，到他自摸了，席常农就碰牌，到手的胜利就被他搅黄了。今天这一局，他停的牌是夹四饼，三饼和五饼分别都下了三个，按说谁也不会要四饼的，稳和无疑，可是偏偏席常农就把四饼暗杠了。气得曲天宇把牌一推说，好啊老席，晚上你请我洗脚，席常农说洗脚就洗脚，下馆子都没问题。

十一点过了，吴俊超赶来了。邵德鸿说吴县长你怎么才来啊？吴俊超说我哪能和你们比呀，一上班市上就来了人，把他们送走，我到常务副县长崔凯家坐了会，他家也在县城啊，我不能不去啊。这不，我就来了嘛？他家客人多，光麻将就摆了两桌，还有玩扑克牌的，就是没人下棋，所以就赶过来了，和你好好杀几盘。邵德鸿说上午不行了，下午吧，下午看我怎么收拾你。正说着，史潜说吃饭吃饭，于是把麻将扯了，酒菜就上了桌。

史潜的老伴端来一壶黄酒，史潜又拿来一瓶茅台。吴俊超说老史啊你个啬皮舍得买茅台？史潜说哪儿是买的，是儿子孝敬的，他倒了酒，一人敬了一杯。史潜说这白酒就不用敬了，谁爱喝谁喝，我还是喜欢老婆做的黄酒。邵德鸿和席常农能喝几杯白酒的，两人就互相敬了几盅，看别人不喝，也就放了杯子，喝起黄酒来。史潜说常农你别放杯子啊，诗人不能喝酒，灵感哪儿来啊。你要学人家李白斗酒诗百篇。席常农歪着头说，史老师你难道不知道，李白喝的其实是关中的黄酒。要是喝白酒，别说一斗，就是一升也就醉了，还写什么诗？史潜说再喝盅吧，不喝没有气氛的。说着就开了瓶要倒白酒。他的老伴端菜出来说，老史，你别喝白酒，要陪酒我来。吴俊超说老嫂子啊，我说老史怎么最近得了气管炎，原来是嫂子管得严啊。史潜的老伴笑着说吴县长你笑话我呢。

一桌菜还没吃完，史潜的老伴就又端上来一盘索索油饼，这是她的拿手活，饭店里的厨师都烙不出的成色，鲜黄，油亮，看似一张完整的饼，手一摸就散了，一绺绺地提起来，吃到嘴里又筋又脆。每年过会，史潜的老伴就会露出这手绝活。林昌浩边吃边说，我就盼着县城过会呢，吃着嫂子的索索油饼，比什么鲍翅、猴头好吃多了。吴俊超说老林你吃过猴头啊，什么味儿？林昌浩说可不是，常常吃呢，跟老鼠肉差不多。几个人一起仰着头哈哈大笑起来。

吃过饭，吴俊超要和邵德鸿摆棋局，史潜说吴县长你别急啊，让老邵和老林露两手啊，说着就在桌上铺了毛布，吆喝老伴从屋里拿来宣纸和笔墨，要邵德鸿给他画幅画。邵德鸿问画什么呢，史潜说就画钟馗吧，你的钟馗有味道。邵德鸿就提起笔，从眼睛画起，不到半个小时，一幅钟馗镇宅图就出来了。吴俊超连声称赞好，说给我也画一幅吧。邵德鸿收了笔说，吴县长，我早就给你画好了的，在家里放着，改天我送到你办公室去，咱们还是摆棋吧。邵德鸿作画的当儿，史潜就在矮桌上摆好了棋，吴俊超和邵德龙矮桌前坐下了。高桌上的麻将又开始了，只不过史潜坐了方才邵德鸿的位置。

一掷骰子，曲天宇坐庄，一口气连坐了五庄，其他三个人都输了，一下就把上午输的钱赢了回来。席常农说风水轮流转啊，也该天宇疯一阵了。

那边，好像吴俊超输了一盘，嘟嘟囔囔说明车暗马偷吃炮，我的车放在你的马蹄下，你应该提醒一声啊。邵德鸿说两军大战，你死我活，哪有让棋的理啊。正要摆第二盘，吴俊超的手机响了，他接了电话，皱着眉说下不成了，有事了。说完就给他的司机打了电话，让他来接。

吴俊超走了，邵德鸿闲了下来，史潜正要让位子，曲天宇说我有事，邵老师坐我这儿。又说这方位不错的，不是有事，我还舍不得走呢。其实他并没有什么事，就是感觉有点头晕，想着是多喝了几杯黄酒。这黄酒是有后劲的，他忘了。

曲天宇回到办公室想睡一觉，打开门，发现了门缝下的一封请柬和一幅画。打开请柬，是黄全星邀请他参加自己的画展开幕式。展开画，是一株竹子，枝干粗壮遒劲，叶子潇洒飘逸。

小学时黄全星上美术课的情景，曲天宇是一点印象都没有了。也许，他没有美术的天赋，对画画丝毫不感兴趣。他参加工作以后，常常在街上碰到黄全星。起初，是他叫了声黄老师。开始，黄全星也就一副淡淡的样子，目光越过他看着别的什么地方，让曲天宇有点尴尬，可是后来，他就想通了。毕竟，教过了那么多的学生，黄老师哪能个个都能记住。后来，他当了红桥镇党委书记，黄全星一见到他就热情起来，拉住他的手，问这问那，碰见熟人过来，他就说：这是我的学生，现在是镇党委书记。他这才知道，黄全星是认识自己的。听见黄全星介绍自己，曲天宇心里有种不舒服的感觉。在他的印象中，黄老师是一个心高气傲的人，走路时总是高扬着头颅。是的，他应该骄傲。他的作品常常在省市的报刊上发表。曲天宇看过他的画，人物、山水有种禅意，空灵散淡。他认为在省内诸多的画家中，黄老师是出类拔萃的。只可惜，他身居这个小县城，无法获得应有的名声和地位。

曲天宇正沉浸在往事的回忆中，有人敲门。轻轻地，很有礼貌的敲门声。他开了门，正是黄全星。他一脸的笑容，亲热地抓住了曲天宇的手，摇晃着说我从深圳回来找了你几次，你都不在。你罗老师说你要画，就画了张竹子，不知道喜欢不？曲天宇说喜欢喜欢，就抽出了自己的手请他坐下，为他沏了杯茶，说你的这个画展，我一定要参加。我这个文化局长，不参加文人的活动，就是失职啊。在咸余县，你是第一个举办个人画展的吧，可谓史无前例。黄全星眉飞色舞地说：是的，还没有人搞过。所以，我想搞得隆重些。县上的主管领导，我个个都请了。市委宣传部的万部长，主管文化的焦副市长，我正在托人请呢。你是咱们县管文化的领导，那天开幕式上，还要请你讲话呢。他悄声说：你是我的学生，不瞒你说，为请领导我花了不少钱呢。

曲天宇的心顿时不是滋味。他忽然感到，黄老师为自己办展览不是为了艺术，而是在取悦于领导的重视。醉翁之意不在酒，这让他感到有些悲哀。他问书画界的朋友请了没有？黄全星说有啊，都是大腕。省美协的两个副主席，书画院的几个院长，还有市美协的领导。曲天宇委婉地说：我说的是市里面那些实力派画家，譬如蒋正红、沈德敏、唐集言那些名家。黄全星激动起来，唾沫星子都溅了出来，说那些人要出场费呢，一个人至少三千元，比领导还高，不请了，不请了。说实话，他们那两刷子，我还看不上。他们的名声，还不是靠吹上去的？曲天宇觉得，黄老师那个张狂的老毛病又犯了。他努力克制着自己，尽量和蔼地问：那么，你请的那些领导有那两刷子吗？

“领导们可不一样啊，”黄全星的目光放射出光芒，“在中国这个地盘上，领导的一句话就是圣旨。有他们的重视，不愁我的画卖不了大价钱。这些年，我吃亏就吃在光知道关起门来画画，不知道和领导拉关系。画得再好，没有领导重视是不行的。这道理，老了老了，我总算是悟出来了。”

曲天宇从心底长出一口气，悲凉悲凉的。他的身心，像被一条蛇缠着，久久难以舒展。黄老师的艺术，如果也染上了庸俗的习气，那么就只有堕落了。心思不在艺术上，哪会画出什么好作品。他不想再和黄老师谈什么了，于是淡淡地问开幕式啥时候举行？黄全星说这个月十五号，在上林宾馆，那儿的环境不错，很有文人情调。曲天宇嘱咐他，咱们县上的书画家，那天你一定要请啊。开幕式上没有人气，可不行啊。曲天宇知道黄老师和县上的美协关系搞得很僵。他从来不参加县美协的活动，曾公开说美协现任主席邵德鸿的水平充其量就是个小学美术教师。

黄全星沉默了会儿，说：“既然你说了，那好，我就低一下头。可是，人家给不给脸，我就不知道了。”毕竟是自己的老师，曲天宇诚恳地劝道：“一个小县，低头不见抬头见，还是把关系搞好些。”黄全星站起身来，说道：“我听你一回。但你不管多忙，一定要来啊。”曲天宇答应了。

临走，黄全星又问他送来的那幅画曲天宇满意不？不满意他再画一幅。曲天宇说很好很好，你画的竹子里有种骨气在其中。黄全星记下了曲天宇的手机号，再三叮咛着：“你一定要讲话呢。老师辛辛苦苦一辈子，办一次画展不容易啊。”

曲天宇在桌上的台历上记下了画展开幕式的时间，拿起电话给邵德鸿打了个电话。邵德鸿原来在县卫生保健院当院长，退休后和他住在一栋楼上，几乎整天见面。他问黄全星办画展的事情你知道么？邵德鸿说听别人说过。曲天宇说下个月十五号黄全星在天虹宾馆办个画展，如果他去请，你一定要给个面子，另外还要组织县上的书画家们光临。他说：“黄全星毕竟是我的老师，你不看他的脸，也得给我个面子啊。不管咋说，他是咱们县的人才啊。尽管有些孤傲，但文人都有这毛病啊。你千万不要介意。”

邵德鸿说：“天宇，你不知道，上次美协换届时，我就劝说他当主席，可他说县美协主席的位子他看不上，要当就当渭城市的美协主席。那口气大得把我呛得要死。我当了主席后，他碰见书画界的人就说我的作品是小学生水平。这种人，我是敬而远之啊。”

曲天宇说：“老邵啊。既然你当了这个主席，就要虚怀若谷，海纳百川。只有具备了这样的胸怀，才能让人家敬重你，佩服你。你如果不计前嫌，才能感动他。咱们县好多年都没有举办过个人画展了。省市要来很多领导，肉烂，烂在锅里。不能让人家笑话啊。”

邵德鸿沉吟了会儿，爽快地说：“那好。有你这些话，我就不说多余话了。就是黄全星不来请，那天我也要组织协会的会员参加开幕式。”

放下电话，曲天宇又想起来，这样的活动一定要让县文化馆参与。于是，他给董奎打了个电话。董奎说：“曲局长，这样的事情，应该让黄全星亲自来请我。”曲天宇的心一沉，真想说一声，你以为文化馆长是皇上啊。可他还是忍住了，耐心地说：“黄全星这个人，是咱们县难得的人才，就是有点儿迂腐。咱们是文化上的人，要帮扶他一把，回头我让他去馆里。”董奎说那就这样吧。曲天宇正要放下电话，董奎的声音又响起来：“曲局长，馆里成立了个小天鹅艺术团，报名的人很多，我们想在后天搞个开幕式，你要来讲话啊。”提到小天鹅艺术团，曲天宇心就沉下来。他知道，这是董奎借用文化馆的名声，为自己捞钱。所聘用的老师，没有一个文化馆的舞蹈辅导老师。不过，在电话里他不好对董奎说什么，就说好，知道了。

曲天宇又给黄全星打了电话，让他去见一下邵德鸿和董奎。他意味深长地说："黄老师，你敬人一尺，人敬你一丈。再说了，人活着不能老是仰着头啊。那样活着太累了。听学生一句话，你毕竟还在咸余县生活着啊。"黄全星似乎意识到了什么，连声说好好好。打完了这几个电话，曲天宇躺到床上迷糊了一会儿。

十　九

墙上的挂钟已经指向午夜十二时了，黄全星还在画室里作画. 罗老师晚上睡得早，已经醒来几次了，忍不住嘟囔起来："还画呢，不要命了。"这些日子黄全星疯了似的，除了吃饭，就待在画室里。黄全星不耐烦地说："你懂得啥？好好睡你的觉！"距离画展开幕式的日子只有十天了，黄全星掐指算了算，还缺十幅画。省市县出席开幕式的领导每人一幅画，作为纪念品。二十多个领导呢，都需要他拿出自己的绝活来。否则，人家拿回家一看，他是在糊弄人，这不毁了他一生的名声么？

黄全星擅长画米兰。在他看来，米兰纤细、素雅、宁静，蕴含着幽幽的悲伤、深深的孤独和寂寞，凝聚了一种特有的气氛和意味。这种气氛和意味不是慷慨悲壮的，也不是苦闷绝望的，而是一种幽闭无语和顾影自怜，一种非常内在的伤感和孤寂。正因如此，它的审美境界趋于清净和优美，符合中国人内敛的性格和审美感觉。他的画以花鸟见长，而画得最多的当属米兰。每当有人索画，如果人家不特别要求，他就送幅米兰。十年前，老伴看他如此钟情于米兰，就说那就养盆吧。他和老伴在花市上转了转，看中了一盆米兰。六月里，正是它开花的旺季。那盆米兰摆在一个铁架子上，鲜黄的花朵如粒粒金粟，溢出阵阵幽香。它带着一种诗意，一种温馨，像一个纯情的女孩闯进他的心扉。它的花虽小如米，但花香扑鼻，沁人心脾。他买了一个木制的、刷了清漆的花架，小心翼翼地把花盆放在上边。这样，不算宽敞的阳台上，被一盆米兰装饰得有了色彩。画累了时，他就不由自主地走向阳台，凝视着它恋人般的笑容。是的，只有对它上心的人，才会感觉到它的微笑。为了养好那盆米兰，他买了一本养花的书。掌握了盆养米兰的几个特点：其一，要光照好；其二，温度不能太低；其三，要定期松土；其四，给予一定的养分。他按照书上说的给它浇水施肥，既保持湿润，也不积水久湿。果然，它的花期竟然绵延了两个星期。那些日子，他和老伴一有空就走向阳台。在老两口的注目下，它开放得那么热烈，那么安静，而又带点羞涩。他隐约记起，意大利隐逸派诗人萨巴那首以《米兰》为题的诗中有这么两句："生命中的宁静，无一如生命一般。"面对这两句诗，他曾皱过眉头。现在他似乎明白了。立秋前，他给它施了一次肥，是那种稀薄的有机液肥。几天后它的叶子更显繁茂。一个月后，它又开花了，更加惹他怜爱。他的心境因了这盆米兰舒展了许多，温馨了许多。但是，他忘记了一点，米兰怕寒冷。越是娇贵的东西，大约都无法抵御寒冷的袭击。那年冬天，那盆米兰死在了阳台上。他这才翻开书，上边明明白白写着：米兰，冬季应移入室内，室温不得低于八度。站在木架旁，目睹着一个清纯的少女成为一堆枯草，他垂下头默默哀悼。他疑惑着，自己为什么痴情米兰，但却养不活它呢？

罗老师患有风湿病，天一冷就不能动凉水，洗菜、洗碗这些活儿就归了他。可是，自从动了办画展的念头，他就顾不上了。一开始，到了做饭时间，罗老师说："老黄，淘菜呀。"他在画室说："喊什么喊？洗米淘菜，那是妇人的事情。"吃完饭，他搁下筷子就想溜，罗老师说："洗碗呀。"他头也不回说："洗什么洗？中午还要吃，麻烦死了。"后来，罗老师知道喊也是白喊，就自己烧些热水洗菜洗碗。相守了一辈子了，她知道丈夫的犟牛脾气。他不愿做的事情，就是喊破嗓子也没用。

近些日子，黄全星常常感觉到头疼。他明白这是拼命的结果。人常说：人活七十古来稀。养生，应该是他这个年龄的头等大事。可是，潜意识里，他总是觉得自己白白活了一辈子，枉在这世上走了一回。他如果不是待在这个小县城里，无人为自己当吹鼓手，早就扬名美术界了。从美院毕业的时候，国家号召支援大西北，他就响应了号召，放弃了留在南京市艺术馆的机会，回到自己的家乡。这一个抉择，就把他的生活轨迹圈定在了一个小县城，也就铸就了他一生的归宿。年轻的时候，也曾有几次到渭城市工作的机会，其中有一个中学让他去教美术；市美协刚成立时让他坐办公室；市艺术馆让他做辅导老师。这些机会，他都没有抓住，或者说自己轻易放弃了。再退一步说，他压根就没有调动工作的热情。罗老师是个中学教师，他提出的条件是必须跟老伴一起进城，否则就免谈。然而，人家说，你先来啊，爱人的问题以后再慢慢解决嘛。他感到人家心不诚，就婉言谢绝了。

人的一生，命运的改变，往往有许多机会。但是，抉择命运的因素，常常在自我的性格。

渐渐的，黄全星离不开咸余县这个小城了。在他看来，咸余县这个小地方，是适宜人生存的最佳环境。一头连着乡村，一头连着渭城市，处于城乡之间，既没有乡下的清贫、寂寞，也没有城里的喧哗、嘈杂。花花草草，虫虫鸟鸟，鸡鸣狗吠，篱笆炊烟，乡下有的小城里都有。马路楼房、红灯绿灯、大车小车、花店画店，城里有的小城里也不缺。小城意识，小城品位、小城人格，是他乐此不倦的人生追求，也是他的审美理念。寂寞中，他常常这样自我安慰：古往今来的大艺术家，像王羲之，像徐悲鸿，像沈从文，还有周氏兄弟，哪一个不是从边远或者闭塞的小城门里走出来的呢？哪一个没有做出像样的事业啊？中国文化的根，就扎在乡村和小城的土地里啊。

可是老了老了，黄全星却为自己一生的理念疑惑起来。他想不通的是，论自己的画品，绝不亚于当下走红的那些所谓的名画家，可是人家的一幅作品动辄多少万，而自己的画五百元一张都卖不出去。前几年，他把自己最为得意的兰花作品拿到渭城的一家画店里，标价三千元。画店的老板是他的朋友。按他的想法，这是最低价了。哪一幅画，不是用了一个月上下的工夫？然而，过了段时间，他打电话一问，画店的老板说："黄老师啊，来了许多经营书画的商家，都站在你的画前不肯走，打听你的底细，问是不是省市美协的领导，出版过什么画集、著作？一听什么都不是，什么都没出版过，就惋惜地摇摇头走了。也有人自己收藏，出价是五百元。”他气极之下，说五百元，你就替我烧了吧！说完就摔了电话，可是过后，他就又后悔了。钱么，毕竟是好东西啊。五百元是少了点，但是总比挂在那儿强啊。然而既然说出去了，他就不好意思改口了。

渐渐的，黄全星悟出，要成大器，要出名，就要生存在大城市里。大城市眼界开阔，文友云集，你扶携我，我扶携你，你吹捧我，我吹捧你，这样就迈进了名家的门槛。所谓名声，就像喇叭的声音，大多是吹出来的。名声大了，画也就值钱了。悟是悟彻了，该后悔也后悔过了。黄全星长叹一口气，罢了罢了，人常说五十知天命，我都快七十了，还能不认命么？命，这是命。一个人，啥都可以不认，不认命不行。自己的一生既然选择了小城，这就是你命运的圈子，就绕着它走到底吧。他生命的细胞里，已经融化着小城的泥土，小城的空气，小城的灵魂，他无法为自己换一次血了，就让自己的身躯，自己的魂灵，为这个小城做个彻头彻尾的守望者吧。做一个小城的守望者，这虽然有点无奈，有点阿 Q 的精神胜利法，可是也很有韵味，很有魅力啊。趁着还精神着，用在深圳卖画挣的钱办一次轰轰烈烈的画展，把一生得意的作品拿出来让世人欣赏，让艺术家们评价，也算为自己的艺术生涯做了个了断。是非曲直，艺术成就，留待身后由人评说吧。那些名垂青史的大画家，像毕加索，像凡·高，都是在世时穷困潦倒，死后才扬名天下的？我能办一次个人画展，也不枉我黄全星到这个世界走了一圈。

办画展，要装裱画，要租展览的地方，要请客，要搞开幕式，还要“打点”领导和记者，算来算去，自己攒的钱还是不够，他就动员老伴拿出自己的私房钱。一听说要自己掏钱办画展，罗老师坚决反对。她说我买菜都要分分毛毛的和卖菜的计较，你倒好，一出手就是几万元。你是疯了，真是饱汉不知饿汉饥。

这是两口子在床上的情景。黄全星摸着罗老师的头发，苦笑着说：“你个女人家，真是头发长见识短。我要是出了名，还愁没有钱？到时候怕是这屋里都放不下了呢。”罗老师大笑了说：“我可不稀罕你那一屋子的钱，你拿去做个金棺，再做一对金童玉女，陪你去见阎王爷。”

黄全星听老伴取笑他，眼一瞪，一骨碌起来出门了。走在路上他在想，连自己最亲近的人都不理解自己，这是人生最大的痛苦啊。老伴不支持他，他仍然不甘心。过了几天，他把自己的想法给儿子和女儿说了。儿子和女儿理解他，分别给了他一万元和五千元。他的心里这才有了莫大的安慰。

黄全星放下画笔，揉了揉发胀的太阳穴，走到卫生间，用凉水洗了把脸，伸了伸胳膊，做了几个深呼吸，又活动了几下腰肢，走到了窗前。这是一个晴朗的夜晚，深邃的天空布满星星。他望着望着，突然想哪一颗星会是我呢？无论哪颗星，都比人的生命漫长。这样想着，他就放弃了上床的念头，又回到画室拿起了画笔。罗老师又一次醒来。不过，她再也没有作声。这老头子真的是疯了。下辈子，嫁个种庄稼的，也知道心疼老婆。

不知不觉的十天就过去了。秋末的风，吹来一片凉意，空中飘逝着时有时无的细雨。这天是礼拜天。曲天宇吃过早饭，看看时间还早，就在南顺城巷的一个理发店理了头发，步行去了上林宾馆。他走完南顺城巷，向北拐进了骡马巷。过去这条巷是牲口市场，现在许多人家的门前还栽着拴马桩，不过不拴牲口了，在两个桩子上绑根绳子或者电线晾晒衣服被褥。这几年，有些人来这儿收购拴马桩，出的价钱太低，巷子的人不肯卖。

过了骡马巷，便到了东大街。这是老县城的主街，自然宽敞，古色古香。由于创建省级卫生县城，人行道新铺了彩色的地砖。曲天宇的脚步落在上面，有种轻飘的感觉。

上林宾馆的门前架着红色的拱门，上空飘着气球，门口挂着巨额的横幅，上面写着："著名画家黄全星先生艺术作品展"。八个乐鼓手分成两行正在鼓着腮帮吹奏。曲天宇想着，看来黄老师为他的画展，是花费了心血的。

刚刚九点，参加开幕式的嘉宾还没到，只有给黄全星帮忙的几个朋友在门前等待。黄全星看见曲天宇，激动地跑过来，拉住他的手说："谢谢，你来得这么早。我才说给你打电话呢。"他环顾四周，有点吃惊地说："怎么，你是步行来的？你的小车呢？"曲天宇笑着说步行也是锻炼么。整天坐车，容易肥胖，不利于身体健康啊。对黄全星的大惊小怪，他心里有点好笑。

黄全星拉着他的手走进宾馆二楼的一个房子，说这是为领导安排的房间。领导如果提前到了，开幕式还没开始，不能让领导站在大街上啊。你来了正好，替我招呼一下。你招呼客人，我有面子啊。曲天宇说你去忙吧，我在这儿看看电视。

看了会儿电视，九点半了，曲天宇从窗户看下去，零零散散来了几个县上的书画家。十点了，他看见了邵德鸿、林昌浩的身影，就关了电视走出房间，下了楼。

黄全星正在焦急地用手机打着电话。看上去，他的脸色不太好，茄子打了似的。那边仿佛在解释着什么，他高声说着："领导来不了，来个秘书也行啊。"打完电话，他走向曲天宇，说市美协的领导还在路上，省美协的领导说是外地来人了，忙着招待人家。市委宣传部万部长的秘书说万部长下午要出国，来不了了。联系焦副市长的人手机关了。还有咱们的梁副县长，手机也打不通。这么大的摊子，没有领导来，我这老脸往哪儿放呢？他面红耳赤，向曲天宇摊开两手。曲天宇问那咱们县上的文部长呢？黄全星说文部长早几天就给我说了，她今天要参加一个什么考试，那也是个大事啊，实在没办法来。

十点半，终于来了两个县级领导。一个是县人大的女副主任程雪莉，另一个是县政协的副主席周亮。县上来了几十个书画家。曲天宇陪着程雪丽和周亮上了二楼，说了阵话，眼看十一点了，便下楼对黄全星说开始吧。黄全星的意思等市美协的领导来了就开始。

这时，董奎来了，嬉皮着脸向曲天宇解释，昨晚上失眠了，刚睡起来。他的话音未落，市美协的一辆小车到了。上面下来了三个人，一个是市美协的主席曹斌，另外两个是书画院的美术家。黄全星把手里的一张纸塞给曲天宇，说开始，开始吧。本来让梁副县长主持呢，他连个影儿都没有，你主持吧。没办法了，你要给老哥把这场面撑了。说完，他脸上的汗珠儿就冒出来了。

曲天宇把邵德鸿和林昌浩叫到身旁，低语说："黄老师现在方寸乱了。咱们帮他一把吧。"两人点点头。曲天宇让董奎主持开幕式，邵德鸿介绍办展情况，他先讲话，然后人大的程副主任讲，最后请市美协主席曹斌讲话。曹斌、程雪莉、周亮三个人剪彩。

二十几分钟，开幕式就结束了。在宾馆四楼的会议室里参观了画展，刚好十一点半。黄全星在宾馆里预定了三桌饭。谁知，只围了一桌子。礼拜天，有的人家里有事，有的人一看不到吃饭时间，提前走了，只剩下程雪莉、周亮、曲天宇、邵德鸿、林昌浩和市美协来的三个人。

黄全星预定了三桌，便要酒店退了那两桌，服务员说要请示餐厅的经理。一会儿，经理来了。曲天宇一看，竟然是妻子胡青的弟弟胡刚。他问胡刚你怎么来这儿了？胡刚笑笑说给人帮忙呢。由天宇把他拉到一旁，让他退了那两桌饭，胡刚迟疑了会儿，说姐夫说了，还能不给面子，退就退。

服务员开了酒瓶倒了酒。黄全星站起身，举着酒杯伤感地说："备席容易请客难啊。"曲天宇劝他说："黄老师，不来了也好，省了钱啊。"林昌浩也说："备席容易请客难，这不是你一个人遇到的难堪，自古以来就有这样的事情。不来也罢，说明咱们和领导的缘分还不够。风吹云散，再好的宴席也有散的时候，就当你没有请过人家。"黄全星颤着声说："昌浩啊，这不是钱不钱的问题。我黄全星一辈子就会画画，心血费尽，可到头来还是一个穷画家。办这画展，我是倾尽其力啊，为啥啊，不就是图领导给我赏个脸么？你说，备了几桌酒席，人家都不来，我这老脸往哪儿放呢？"

市美协的主席曹斌是黄全星在美院的老同学，他拍拍黄全星的肩膀说："老黄，说实话，你的画让我汗颜了。咱们同学一场，可是这些年很少联系，我就没有机会欣赏到你的画。这就叫藏在深山人未知。渭城市有的名家的画，远远达不到你的功夫啊。可是，你被冷落，他们却红得发紫。这就是让人啼笑皆非的现实啊，这就是命运啊，谁也改变不了的。"黄全星垂着头，用袖子擦着流在脸上的泪水，泣不成声地说："知我者，老曹也。"他伸出四根指头，脸红耳赤地说："老曹啊老曹，你知道么，老同学为办这画展，花了这个……这个数啊……”话未说完，嘴也没有来得及闭上，酒杯便从他的手里溜下去。他头一歪，身子一斜，栽倒在了桌子下。

一桌子的人都慌了，曹斌让他的司机赶快把黄全星送往县医院。几个人手忙脚乱地把黄全星从二楼餐厅往下抬，司机打开车门，把他塞进了小车的后座。邵德鸿说他认识县医院的邱院长，坐上了车，曲天宇让林昌浩陪着市上的几个画家吃饭，自己也上了车。

不到半个小时，林昌浩和市上的几个画家匆匆赶来了医院。

脑溢血。医生检查后说。这时，罗老师火急火燎地赶到了医院。等他的女儿和女婿来了后，曲天宇对市上的几个画家说，就这样了，你们还是先回去吧，这儿有我们呢。曹斌说我们在这里也帮不上什么忙，就让你们操心了，过几天我们再来看。

等医院给黄全星安排好了病房，曲天宇、林昌浩、邵德鸿才离开了医院。

一路上，踩着湿润的地面，三个人默默无语。

“秋天是个伤感的季节啊。”曲天宇仰着头说。

林昌浩接着他的话说：“是啊，这个季节，快乐显得更快乐，痛苦变得更痛苦，哀伤也就变得更哀伤。”

四十七

又是春天了，满眼的绿色悄然而至。冬天的时候，绿化工人锯掉了伸向天空的槐树枝，鲜嫩的枝条疯长起来，叶子绿得宜人眼目。一缕缕春风，在曲天宇和席常农的身前身后旋转着。“一个转身，就带来了春天。”席常农用诗人的思维诠释着春风的现象。最近，文体局机关里已经有人说风凉话了，说他是个自由人。席常农明白这是说给曲天宇听的。

说着话，就到了西五巷黄全星的家。罗老师开了门，他俩径直进了卧室。罗老师说那个在深圳办企业的木国林几天前来看黄老师，要留下一万元，被她谢绝了。她说，老黄已经不需要花钱了，你还是收回吧。

席常农说："人家有的是钱，你不收白不收。再说，黄老师在深圳没少给他画画。"罗老师说："一理是一理。你黄老师吃住了人家半年多，没给人家一分钱呢。在那边卖画还卖了几万多呢，说啥也不能收人家的钱。"曲天宇听着他们的对话，也不插言，想着席常农有时候怎么也像个庸人似的。这人哪，是有多面性的。

坐了会儿，罗老师突然高兴地说："前天夜里，我上了趟厕所，你黄老师的嘴唇忽然动了一下，我以为自己看花了眼呢，就再没睡，坐在他身边。后来，他的嘴唇又动了下，好像是过去要喝水的样子，我赶紧下床给他倒了杯水，放凉，用勺子喂到他的嘴里。我附在他的耳边大声问要毛笔吗？他的头歪了一下。从那天开始，我每天用热毛巾给他擦脸，呼叫着他的名字，说着毛笔啊，砚台啊，宣纸啊这些词。如果，他还惦记着他的画，就一定能够醒来。"

听着罗老师的诉说，曲天宇俯下身子，叫了声黄老师。

"要晚上半夜呢，"罗老师说，"只有夜深人静的时候，我趴在他的耳边说话，他才有反应。"

曲天宇相信心有灵犀这样的说法，但他和黄老师远远没有达到那种境界。他一直劝说罗老师雇一个保姆，可她拒绝了。"我一个人没啥事，身子骨还硬朗着，就让我陪他吧。我睡在他身边，看着他的脸，听着他的呼吸，叫着他的名字，"罗老师有点哽咽了，"有时心空落落的，看着墙上的那些画儿，我想象着，那一片叶子是你黄老师的眉毛，那一朵花是你黄老师的心脏……这样，我的心就踏实了。"

席常农一句话也不说了，只是静静地坐着。有时，语言反倒成了多余的东西，只需在沉静里体验生命的真实和虚无。

离开了罗老师的家，曲天宇说到西郊看看吧，席常农说声好。踏青，是文人的嗜好。他俩走近潦河岸东边的一片竹林。这是小城唯一的一片竹林了。在绕城工程施工时，要毁了这片竹林，引起了一片反对声，梁平安起初也并不知道这竹园的历史，听说有人阻拦时才吃了一惊。这竹林是砍不得的。他并不迷信，但清楚不能违背民意，否则就要遭报应。他让专家修改了方案。这样，新修的河道绕着竹林转了一个弯。

古时，这片竹林名叫咸水竹园。这名字听起来怪怪的，却是明朝时就有记载的。潦水在这儿拐了个弯，竹子就一株株长出来，形成三十亩大的竹园，不知哪个文人动了心思，给它起了个“咸水竹园”的名字。

这是不是咸余县最早的一片竹林，谁也说不清。但它的面积是最大的，且具有非同一般的名字，就与咸余县有了某种宿命的缘分。

“咸余县的故事，因了这绕城河，可能更精彩了。一个旧城，又要增添新的故事了。”曲天宇感慨着。

席常农沉思着说：“一个旧城，它的模样可以改变，但是灵魂依然健在。即使给它整容，也无法改变它的灵魂。千年的旧城，依然会重复着曾经的故事。”

曲天宇说：“你总是怀念着旧城。你怀旧的意识太重了啊。”

“怀旧，这是中国人的通病啊。”席常农爽朗地笑了起来。

听着席常农的笑声，曲天宇心里是豁然开朗的感觉，还有更多的恍悟。是的，没有人比他更熟悉这座小城内在的本质了。它是一种适合生命运行的生活节奏，不需要仓惶的行走，也无须疲累的心态，一切都是慢条斯理、循规蹈矩的。人行道两旁栽植着古槐，它是那种怀古的树木，就连映在地上的阳光，也是纹理清晰、情景别致的。曲天宇有时凝视着槐树下的阴影，心灵就熨帖得舒舒服服。他想，这是属于幸福者的小城，从这个小城逃出去的人，是一群弱智者。他们太悲哀了，竟然舍弃了幸福的境界，去寻找繁华和喧嚣，去加快自己生命的进程。他想起童年时在西门城楼的旧砖上爬行的那只蜘蛛。它的网应该在门楼顶部的某个角落。离开它所织成的网，它的行为，就有了出格的成分。

四周静悄悄的，非常适宜静静的思考。思考着，曲天宇就进入了一种虚幻的境界。眼前的一切仿佛都是他的影子，他的思索。他想起了美国一个叫威尔伯的心理学大师说过的一句含义颇深的话：进入一味的状态时，你将体悟更深的解脱。换句话说，你已经从整个世界解脱出来，因为你就是这整个世界。

曲天宇和席常农步入了竹林。好久没下雨了，竹叶上积着尘土，他俩就绕着竹子不太密集的空隙走。竹林里的行走，无须太急，他俩几乎同时凝滞了脚步，注视着一株竹子。它的身上，伏着一只黑蝴蝶。蝴蝶的身前身后，爬着许多黑色的松毛虫。它们在静静地对峙着。他俩都不明白，为什么那只黑蝴蝶不飞走？它有翅膀啊，从黑毛虫中间突围，应该是轻而易举的啊。松毛虫和黑蝴蝶之间的对峙，纯粹是信念的较量吗？而它四周的那些黑毛虫，是在欣赏它的孤独，还是觊觎着它身上的血肉？

“往外飞呀。”席常农孩子般轻声细语地说。此刻，他不像是一个作家，脸上的表情完全是孩子一样的单纯和幼稚。他是对着黑蝴蝶说的，可是目光却在曲天宇的脸上流连忘返。他若有所思地问：“突围的含义是什么？”不等曲天宇回答，又自语道：“解脱。突围的意义就是解脱。”

曲天宇心领神会，莞尔一笑。突围，突出世俗，退出烦恼。无为，便是有为。这是庄子的哲学。清静无为。清静并非就是无为。一切的创造，就蕴藏在清静之中，而繁华和喧闹，掌声和鲜花，以及闪烁的灯光，都是人生的表象，而非生命的本质。而他的突围，并非无所作为，而是对自己人生的挑战，对千百年中国文化传统的挑战，是与官本位理念的决裂。是的，无人能够从普遍意义上生活的高处撤退下来，像梭罗那样，选择在瓦尔登湖畔的林子里建了一个小茅屋，甘愿过一种清贫的生活，不为人理解的生活。然而那种偏僻的角落，正是他梦寐以求的环境。无人打扰，无须向谁请示汇报，也无须向下属安排布置一些毫无意义的工作。以退为进，这是高人的哲学。从官位上退下来，回归文学。这种得失，是不能用常人的目光看待的。写作，那是多么好的境界啊，一杯清茶，一支香烟，打开思路，思考着人生，构思着人物的情节和细节，无人关注你的动向，你的去处，这样的自由，这样的清静，大约就是神仙的生活方式了。

神仙？这世上哪来的神仙？曲天宇苦笑着。一旦辞职，不但享受不了正科的待遇，还要受世俗目光的鄙视。曲天宇这个人，放着好好的局长不当了。是不是腐败了，怕人家来查处？是不是把人家哪个女人的肚子搞大了，怕人家上告？要么就是没本事，没能力，干不了局长。猜测、议论、攻击……我曲天宇的名字将在这个小城成为苍蝇，成为怪物，成为弱智。这做人就是难啊，你要超出常人的思维定式抉择自己的人生，并非一件容易的事。

“我知道，你需要尊严。可是在世俗中，尊严是不值钱的。”席常农看曲天宇不说话，知道他心动了，就委婉地说道。

走出竹林，他们看见建筑工人正在用石头砌河道。接到县政协的建议案，马瑞龙曾大发雷霆。他没有料到吴俊超即使不当县长了，仍然会给他添乱。来到咸余县，他也不是没碰到烦心的事，烦心的人，可这吴俊超就是最难缠的一个，简直是遇见克星了。他在一次全县干部大会上，这样振振有辞地说：“潦水绕城工程，是经过专家论证了的，是有科学依据的。科学是变戏法的么？现在有些人提出反对意见，说是一旦潦河没水了，绕城河就成了一条干河。我相信，只要秦岭健在，终南山不倒，这潦河就不会断流。”他不但没有放慢工程的进度，反而指示梁平安要加快砌河床的进度。他决心在自己离开咸余县之前完成这项工程，让某些人面红耳赤，心服口服。

县城的边缘处，原来长着许多高大的古槐，还有垂柳。西郊花柳，曾被誉为咸余八景之一。开挖河道时毁了那些树，一群群老鸦失去了栖息多年的老窝，正在盘旋哀叫。席常农和曲天宇的目光，尾随着老鸦飞翔的影子。天高云淡，老鸦扇动的翅膀就像一层乌云，遮天蔽日般的浓重。两人仰头望了望，几乎同时发出了两个字音：走吧。

曲天宇回到局里刚坐下，座机响了。他拿起话筒，听见一个既熟悉又陌生的声音：是天宇吗？我是林潇，想和你谈件事。

曲天宇一愣。林潇从来没有给他打过电话啊。自从她和席常农离婚后，他偶尔在大街上遇见过她，也只是相互打打招呼。今天能给他打电话，肯定是有要紧事。会不会是她听到了席常农的什么闲话？他连忙回答说我没事，在哪儿谈？林潇说她在云雾茶轩，让他过去一趟。

云雾茶轩在幸福路。这是条老街，大多是美容美发、洗头洗脚、喝茶按摩的小店。房子都是古建的样式，古色古香，情调不错。街上新铺的地砖，也是古旧的色调。城建部门在街两头设置了栏杆，这条街就成了步行街。

曲天宇进去时，林潇已经坐在一个角落等他。曲天宇说你选的这个地方不错啊，很优雅的。林潇欠了欠身子，含笑说道，不好意思，让你跑了这么远。曲天宇没有说话，静静地坐下来，接过服务员递来的茶杯，问她最近好吗？

我想离婚。林潇的话语一出，曲天宇吃了一惊。虽然他听过林潇对二婚的丈夫沈建平的牢骚，但要和他离婚，他没有想到。为什么？曲天宇小心翼翼地问。

“我跟这种人没法生活下去了，”林潇低下头，“原来想，人的性格、文化修养虽然不一样，慢慢的互相谅解就好了。水能化石。我相信这句话。可是十年了，我还是无法改变他。和他在一起，我总是让着他的粗野，原谅着他的蛮横。但他总是改不了。”她摇摇头，“也许他压根就不想改，而且得寸进尺，还动手打人……”林潇说着眼圈就红了。

曲天宇不知道该如何安慰她。人活在世上，要是夫妻之间都要动用武力来征服对方，那这现实就太残酷了。他忽然冒出一句来：“他对家庭负责任么？”

林潇沉默一会儿，点点头说：“这方面倒还说得过去。去年他在东郊买下了一个小院，装修了，木地板，还有大屏幕的电视。他以为我该满足了。可是，他还是没有弄懂我的心。人的学问一多，好像烦恼就多。我总是忘不了黑格尔说过的话，理想的人物不仅要在物质需要的满足上，还要在精神情趣的满足上得到表现。和他在一起生活，我没有丝毫的精神情趣啊。我啊我，我为什么要学哲学呢，要知道黑格尔呢？”

曲天宇摇摇头，不知道说什么了。这人生的学问太深奥了。有些事自己未必就能看得透彻。有些事自己都弄不明白，又怎么安慰林潇呢？

林潇的肩膀忽然抖起来，“老常呢，不知道他是咋想的。这么多年也不结婚。难道……我当初一时任性。要怪就怪我自己。和他在一起，不管他有多少小毛病，但毕竟是文化人，有修养的人，感觉不一样啊。”

曲天宇终于明白了林潇的心思。可是席常农目前的情况能向林潇捅破吗？他嘴上没说，但看得出来他已经对林潇彻底死心了。他现在的选择，既是无奈的，又是合乎情理，合乎他的性格的。常农啊常农，千不该万不该我让你去了田峪沟。否则破镜重圆，那是弥补遗憾的一个方子啊。也许是自己想错了，席常农找到了自己真正的幸福。

外面的天忽然阴沉下来，茶社里亮起了几盏灯。曲天宇忽然发现，林潇的鬓角有几丝白发。他的心闪过一丝阴影。林潇低下头说："活过四十岁，我才悟出，这世上没有十全十美的人。男人是，女人也是。"她叹息着。

"林潇，你的意思我明白了。我回头就去找老席，探探他的想法。"曲天宇只好这样说。

林潇说："那就谢谢了。你就对他说，林潇毕竟是个女人啊，一个大男人，跟女人计较什么呢？"

林潇的这番话，让曲天宇吃了一惊。一个曾经任性、傲慢的女人，让生活折磨得已经有点不自信了。这难道就是变幻莫测的人生吗？

"我一定尽力说服他。"曲天宇虽是这样说，但心里还是没底。但此刻，林潇需要他的帮助。

坐了一会儿，他们就离开了云雾茶轩。

曲天宇把席常农叫到自己的办公室。关上门，他不好意思问席常农和月英的关系进展到什么程度了，只是含糊地表明了林潇想和他复婚的想法。席常农也不傻，几句话就明白了。他低着头，身子抖着，半天没言语，只是叹气。见曲天宇的目光一直期待地落在他的身上，他才开了口："天宇啊。说实话，前几年我一直在等她回心转意，就等她的一句话。不瞒你说，她和派出所那个人没结婚前，我去过图书馆，不止一次，可她连看也不看我一眼。她是清高呢，还是和我赌气呢？这赌气，总不能赌一辈子吧。我知道她的心性，没有精神的支撑，她的一生会很痛苦的。"

"那现在……"曲天宇欲言又止。

"现在，我的想法变了，"席常农摇着头，"人生，不要走进同一条河流，不能重蹈覆辙。这话说得在理。按农村人的说法，是好马不吃回头草。不瞒你说，我已经准备和月英结婚了。”

“什么？”曲天宇吃了一惊，想不到这么快。

“她虽然没有文化，但他知道心疼我，敬重我，能容忍我的生活习惯。说句难听的话，我放个屁，她也会说是香的。”席常农不好意思地笑了笑，又严肃起来，“是的，她粗俗，她没气质，她还有两个孩子，我要供他们上学，养活他们成人。这也许是命中注定的缘分。”见曲天宇在沉默，他又说道：“我喜欢月英，她会给我做人的尊严和人格。人啊人，活着不就是图个开心，活个自在么。什么是幸福？幸福在于每个人的感觉。我满足了。也许这种满足在别人看来是可怜的，无奈的，可是我却觉得幸福。你不知道吧，我和月英已经……天宇，都到这一步了，我不能再去伤害一个女人的心。”

曲天宇明白了。对席常农的选择，他抱以同情和理解。人生，包括自己，总会有许多意料不到的命运在前面的路上等着。他不好意思再说什么，就说了一句：“那就这样吧。祝福你，到时候别忘了请我吃喜糖喝喜酒啊。”

席常农出门的时候，曲天宇看着他的背影，忽然鼻子一酸。不是为自己，而是为了林潇。他知道林潇在等他回话。可是他又不想急于约林潇见面。他不忍心看到林潇失望的表情。他要为一个女人留下自尊。

隔了两天，曲天宇给林潇发了条信息：我见过常农了，他令我失望。

他觉得，林潇一定懂得这句话的含义。

很快，林潇就回了信息。只有三个字：知道了。

曲天宇刚回到家里，吴俊超打来了电话，说今天礼拜啊，没事了到河里钓鱼去。曲天宇拿出钓鱼的包和钓竿出了门。自从听了吴俊超的鼓动买了钓鱼的包和鱼竿，他还从来没有用过呢。

路上，吴俊超问你们剧团排演的那个《秦川情》听说被请到省上演出了？曲天宇说是的，省委宣传部要把它作为弘扬主旋律的作品推向全省，还要进京演出呢，说不定能获得“五个一工程”奖呢，又说在县剧院那天晚上的首场演出，他去市政协开会了，没顾得看。曲天宇说那好，专门为你演出一场，咋样？吴俊超说，我可不搞什么特殊化。

这是潦河的上游，一道石坝下是一片很大的水面，四周是乱石和荒草，还有一片芦苇。水面和草丛上，有许多鸟儿在绿莹莹的阳光里飞来飞去。曲天宇眼前一亮，在这儿不要说钓鱼了，就是坐上半天，也会有不错的心情啊。

河那边已经有一个人在水里下竿了。曲天宇仔细一看，原来是史潜。看来，吴俊超和史潜在这儿是常客了。他们只是隔着水面摇了摇手。曲天宇也就向史潜摇摇手。吴俊超取下车架上的帆布包，取出了一大堆东西准备着。曲天宇本想过去和史潜说几句话，被吴俊超叫住了，“你好好看着，下次来就知道怎么弄了。”曲天宇只好老老实实地蹲在一旁，看着吴俊超的示范。

吴俊超带着一个折叠凳，坐在上面一扬竿，把线甩向了水面远处。曲天宇笨拙地甩了几次，才把线抛在了水面。蹲了会儿，他的腿就酸了，站起来活动了几下腰，想和吴俊超说说话，但一看他专心致志的样子，就绕着河面，从坝上走到了史潜的身旁，问史局长你也有这雅兴啊。史潜呵呵笑着说：看书，写诗，钓鱼。这是我生活的三部曲啊。曲天宇说还有喝茶呢。史潜说那不叫喝，叫品。不过，那只是三部曲之外的小插曲。

正说着，史潜就钓上一条小鲫鱼。史潜卸了鱼，放进一个绿色的网兜里，又把网兜放进水里。看到他娴熟的样子，曲天宇问一天能钓多少啊？史潜说这就要看你的运气了。最多时我一天钓过二十几条。曲天宇说：才二十几条？这么小的鱼，加起来怕不够一斤啊。史潜看了他一眼，意味深长地说：“天宇啊，你以为垂钓者是为了吃鱼么？姜太公钓鱼，愿者上钩。姜子牙钓上了多少鱼？人家注重的是形式，讲求的是耐心和意志，结果以后成了大业啊。”

曲天宇大悟。垂钓者，养心也。看来，吴俊超和史潜是先于自己一步达到这个境界了。想到这儿，曲天宇就回到吴俊超身边。太阳升起老高了，地上已经没有露水，他就坐在了河边。

这天，曲天宇的手气不错，钓上来五条。他对吴俊超说，看来，垂钓是要静心啊。吴俊超说自然自然，心里装着烦恼的人，鱼是能感觉到的，它就不喜欢咬你的钩。吴俊超的这番话，像是一种佛语，让曲天宇的心静了下来。

（原出版单位：作家出版社 2012 年 8 月第 1 版）

书香门第（节选）

周　矢

【作者简介】 周矢，原名周五纮，作家。江苏东台市人。陕西工人报社主任编辑。从事文学及影视创作35年，作品有散文集《求缺斋记》和长篇小说《天下第一碗》等。

题词：

恍兮惚兮，其中有物。惚兮恍兮，其中有象。

——《道德经》第二十一章

引　子

公元1644年，清朝皇帝清世祖顺治，就是那个叫爱新觉罗·福临的，看了明朝宁远总兵平西伯吴三桂给他的辅政王和硕睿亲王多尔衮的那封信之后，得知起义农民军领袖李自成已经占领了北京，心中大喜，明白父辈们多年来一直梦寐以求的入关的机会来了，随即加封多尔衮为皇父摄政王，令他统兵入关，果然大败了李自成，统一了中国，建立了从1644年到1911年历时268年的清帝国的统治。

清兵入关，明将抵抗，打仗无数，尸横遍野，可歌可泣的故事自然不少，这里只想说说和我们这个故事有那么一点关联的事：史可法守扬州。

史可法，字宪之，又字道邻，河南祥符（开封）人。崇祯年进士，任南京兵部尚书。明崇祯十七年（1644）李自成进京灭明时，史可法自拥福王为帝，守扬州。多尔衮致书劝降，不从，坚守孤城，箭尽粮绝，杀妻马以饲将士，后城破自杀不死，终被清兵所获，不屈被杀，史书上称他为民族英雄。史可法守扬州的故事颇多，说来令人涕泪横流，但那也还是史学家的事，这里只想讲一个不为人知的故事。

史可法守扬州的故事自是家喻户晓，他对明朝忠贞不贰以死殉国，的确算得个民族英雄。只是很多人并不知道史可法还是一个倜傥风流的文人才子。在扬州，他手下就养了十数名文化“闲人”。所谓“闲人”，就是后来有位大文豪把他们叫作“帮闲”的，也就是一些依附在大人物身边专门写诗作画说书唱戏的，当然也有专门打球下棋舞枪弄棍的，不一而足。他们或者是自己当不了官，或者是心中仰慕某位人物，就依附了他，围绕在这位人物身边，给这人出谋划策，也陪他消闲娱乐。史可法身边就有一个这样的人物，是个一辈子没有机会当官的举子，也是个有一肚子学问却从未谋得过一官半职的闲人。因为史书上没有留下他的姓名，我们这里姑且就把百家姓里的第一个姓加在他的身上，暂时叫他作赵举人。赵举人是幕僚里最让史可法尊重的一个，只要有闲，史可法是一定要和这位赵举人在一起吟诗作赋的，很得史可法的欣赏，总说他学富五车，不可多得。

且说这位史阁部守扬州，斥走了前来劝降的清室降将李守春之后，守到第六日，因清将多铎连日攻城，城中将士已是多有伤亡，知道城孤援绝，扬州肯定是守不住了。便啮了指血给弘光皇帝写了最后一个奏本，要皇上去谗远色，勉力图存，交与副将史得威，要他准备夜间子时逃出城去。之后，史可法便请这赵举人过来喝酒做诗。这时候扬州城里早已没有了粮食，好在赵举人天生会做一种鱼汤，是用活鲫鱼烧的清汤，那汤如同牛奶一样的白，喝在嘴里鲜香无比。知道史可法最好此汤，便亲自来到串场河边，好不容易钓到了一尾鲫鱼，连忙亲自杀了烹了，做了一碗鲜鱼汤，自己端了送到史可法的衙门中来。

史可法大喜过望，感激地说：“赵兄又亲自钓了活鱼来做了这鱼汤，可法感谢不尽了。”

赵举人说：“不敢。阁部日夜守城，连饭也吃不上，在下不过是钓了一尾小鱼，已经很惭愧了。”

史可法十分恭敬地举了酒杯站起来说：“闲话不说，赵兄，孤城将破，赵兄有何打算？”

赵举人说：“阁部欲与扬州共存亡，在下当然不能苟活。”

史可法当即站了起来：“赵兄，城破在即，在下有一事相求。”

赵举人也赶紧站了起来，两手抱拳，说：“宪之兄请讲，只要吩咐，万死不辞。”

史可法缓缓地说：“这事可法从未对外人说过，如今殉国在即，可法不得不说了。先生知道扬州北边有一座小城叫石城吧，离这里不过百十里而已，兄长应该听说过？”

赵举人连连点头说：“知道知道。”

史可法整肃了脸说：“石城有一座南门，南门外有一条河，叫串场河，与扬州的串场河是同一条河，自然相通。石城的串场河南岸有一户姓姜的人家，主人叫作姜八里，那便是我的妻弟。”

赵举人不说话，等他说下去。

史可法说：“因为常年在外打仗，我有个小儿子在妻弟处寄养。如今扬州城里是一点粮食也没有了。早晨我清点了尚书房，里面还有些金银，算一算，就金子也还有八十七两，可是拿这些金银却没地方去买粮。城外围得铁桶一般，陆路水路都出不去了，粮食是根本运不进城了。老百姓饿肚子还能将就，将士们不吃如何守城？眼看着扬州城破待日。兄长知道，在下是一定要和这扬州城共存亡的，不过先生你却大可不必。”

赵举人急忙站了起来：“大人万万不可以，大明江山还指望阁部大人维持呢。”

史可法笑道：“先生是让我弃城而逃么？”

赵举人说：“不敢。不过乡俚云，留得青山在，不怕没柴烧，阁部何必如此拘泥？”

史可法哈哈大笑：“如今清军势如破竹，大明降城无数。如果连我也跑了，这投降之风岂不日盛？”突然就一转话题，“先生多说无益，咱们还是如以往一样填词作别吧。”

赵举人不敢强辩，眼泪含在眼眶里说："请大人出题。"

史可法指着面前的那碗鱼汤说："就以此为题如何？"

赵举人说："是了。请大人先作。"

史可法不假思索，提笔就在纸上写道：

银匙金盆乳液汤，小鱼虽死口犹张。住箸唇前怎忍尝？拭泪眼，酒浸铁衣日已央。日已央时兴早殇，且借尔剑指北疆。他日重振旗与鼓，洗长江，必将鞑虏煮鱼汤。

夜宴无饭，先生以鱼汤佐酒。酒酣面赤，舞剑余兴，乃填词一阕，调寄《渔家傲》，以送先生出营。史可法绝笔扬州。

赵举人看了忙问："大人，这词自然是很好的，不过，'送先生出营'是什么意思？"

史可法说："难道先生真要和这扬州城共存亡？"

赵举人一揖到地："愿与大人共赴国难。"

史可法含笑把赵举人扶了起来，也向赵举人深深一揖，说："可法谢先生深意。只是先生本一介书生，更无重责在身，死有何益？可法也不要先生伴死，只请先生答应我一件事情。"

赵举人忙道："将军请讲，在下万死不辞。"

史可法把桌子上的一个布包袱捧了起来："这里是尚书房里仅余的一点儿黄金，一共是八十七两。我要你今夜子时从城墙上缒下去，把这包东西送到石城姜家，以作我小儿养生之用。送到之后你就不必再回扬州了，那时扬州一定已经破城，你回也回不来了。你就在姜家住下为我小儿课教吧，我妻弟会为你安排一切。我已经在包袱中留了一封书信给他，他一看便清楚了。赵兄，只怕你得委屈一下。从此之后你必须隐姓埋名，依我看来，大明气数已尽，今后是满人的天下了。"

赵举人说："将军所嘱，在下自当万死不辞。只是扬州城被清兵围得铁桶一般……"

史可法笑着打断他："出城的事你尽可放心，我已经安排好了。我只请求赵兄答应我一个条件，请赵兄从此以后不再出仕，一定不给鞑虏当官！”

赵举人正色道：“请借先生佩剑一用。”当下便捉住史可法的佩剑尽力一挥，把面前的桌子一角即劈了下来，随即立誓道：“我若给鞑虏当官，必和这张桌子一样！”

当夜子时，正值清兵追杀冲出城门送奏表的史德威的当儿，赵举人果然被史可法用竹筐从城墙上缒出了城，偷出敌营包围，逶迤到了石城，找到了史可法那个叫作姜八里的妻弟。不过史可法给他妻弟的信上却写得明白，说赵举人是个学富五车的大儒，不应该和他一起在扬州殉国，所以才让他以送金的名义逃出扬州。而那八十七两黄金，正是史可法送给赵举人隐名安家的费用。至于史可法对赵举人说的什么小儿子，却原来纯属子虚乌有。后来又知道，但凡史可法手下的文人，在赵举人出逃扬州之日，都分别给了盘缠，遣送出城去了。

第二日，扬州果然被多铎攻占，史可法壮烈牺牲。多铎下令在扬州屠城十日，扬州城里自然死人无数。赵举人听了，唏嘘感叹，眼泪不知流了多少。直到多铎离开扬州南下，赵举人才伙同姜八里到扬州寻找史可法的遗骸，却是怎么也不能寻到。无奈，把史可法的衣服胡乱找了几件，带回石城，就在南庄里埋了，修了个衣冠冢，碑上也不敢立史可法的真名，只得写了个恩师的牌位，用了个假名字，以作祭祀。

从此，在石城就有了一户姓匡的人家，那当然是赵举人改了姓，因为是用筐逃的命，就改姓为匡，名字就叫作了匡八七。匡八七又接了他的妻子儿女到石城来，动用了些黄金盖了个庄子，就盖在史可法妻弟家的右侧，亦即埋葬史可法衣冠的地方，就起了个名字叫作“南庄”。从此，匡八七什么也不做，他一生的事情只有一件，那就是给姜家的子弟课教，姜家和匡家也就此成了好友，世代往来，彼此成了世交。史可法的诀笔《渔家傲》，便成了匡家的家传至宝，年年在史可法就义的日子，都要拿出来祭祀瞻仰。当然，除了姜家人以外，别人当然轻易不能见到。

第一章

转眼就到了1924年，清政府早已结束，民国成立也已十余年。其间军阀混战，总统换班，民国共和，战祸连年，尔虞我诈，暗杀成风，权者作威作福，百姓苦不堪言。其时，在石城南门外的那一户匡家，匡八七当然早已作古，但匡姓已经是石城的一个大户，分支相当的多，贫富自然也各有不同。其中有一个嫡亲的后代叫作匡旭昌的，是匡八七的第十代曾孙，日子过得并不富裕，却在石城很有名气。

匡旭昌弟兄三个，他是其中的老三。弟兄三个在年轻时早已分家，老大和老二也已经谢世，三家人虽然住在紧邻，却各人过着各人的日子。这个匡旭昌，年龄大约在五十上下，个子不高，人也平常，但凡见过他的人，都说这是一个十分随和的人。他留着民国初期常见的那种剪掉辫子而又未加修饰的过耳齐肩长发，有点像当年人称的那种假洋鬼子。常年穿一件极其普通的青布长衫，脚蹬一双家做的圆口布鞋。在石城，一眼看去，确是一个极为普通极为平常的人。匡旭昌的家境不穷也不富，也不做什么大事，不过是石城一所普通的小学的一个校长。可是他的名气却相当的大，每一任新上任的县官，第一个拜访的总是匡旭昌。可以说在石城，几乎没有人不晓得南门口的匡三爹。

为什么呢?

这原因先得从石城说起。

石城不大，东西长七里，南北宽三里，有街两条。横贯东西者名东街，又名新街；纵横南北的叫南街，也叫老街。方圆虽不过二三十里，却有三条河贯穿城里。石城虽是一座很普通的小城，可却相当有名。据石城县县志上记载，石城是在宋真宗赵恒时候立的郡，那时叫做了盐台郡。石城的出名，是因为它那时是全国出产海盐的中心，所以东街南街上到处都是盐市，运盐的人车不断，石城也因此就出了名，全国几乎没有不知道的。也因为此，石城街上总是飘着一股海腥气，初到石城的人便不习惯，总觉得鼻子里钻进了什么东西，需要不停地揉鼻子。直揉得鼻子红了，嗅觉迟钝了，那味道便才淡了。

……

石城本是以出盐闻名的，可是石城的盐场早已搬到了七灶，城里的海腥气便也一天天地淡了，但是新到石城的人却从鼻子里闻到了另外一种味道。他们说不清这是什么味道，也说不出是好闻难闻，却还是要掇起了鼻子使劲地闻。觉得味道奇特，很有些与众不同，却总是弄不清楚那似香又臭的是什么味道，出自什么源头。说它好闻，又不是很好闻；闻了想不闻，不闻了又想闻。问石城人，石城人就笑着告诉这些新来者，说这是鲫鱼汤的鲜香味，还十分友好地把他指引到位于东街三里桥下面的红蓝别墅饭店，指点他们看旁边的鱼汤面馆，说红蓝别墅是石城最有名的饭馆，旁边的鱼汤面也是石城最有名的吃食，这里也就是那味道的出处，劝他们进去要一碗鱼汤面尝尝……那臭味，来自两种元素：早上是大粪的臭，晚上是油炸臭干的臭，和鱼汤全没有一点干系。

在石城，家家都用马桶，家家都有毛缸。每个人家清早起来的第一桩事便是倒马桶刷马桶。……天一亮，毛妈按照惯例，一大早起来的第一件事是刷马桶卖粪。毛妈走出翠华巷匡家的后门的时候，已经把自己收拾妥当了。因为毛妈是做粗活的，所以她起得比别人早。也因为她是做粗活的，她的蓝布棉袄就是紧身短腰的。又正是因为棉袄紧身，她胸前的两个大奶子就把棉袄鼓了起来，形成高高的两座山峰。她的裤子倒还是大腰的黑棉裤，却仍旧把她那比常人大了差不多一半的屁股勾勒得相当明显。她的腰上围了一条蓝底白花的围裙，围裙的带子不经意地勒紧了她的细腰，就使得她那三十五岁的青春蓬勃的肌体里，那种要向外流淌的、汹涌的欲望，全在她那简单朴素的衣服里突显了出来。加之毛妈走路从来是昂首挺胸的，全不像匡家的另一个佣人朱妈那样看上去有些猥琐，这就使匡家的女主人匡三太太总是不喜欢她。不过毛妈倒也从来不在乎，她说话总是粗门大嗓的，干再粗再累的活，嘴里照样还哼哼个小曲儿，有时是“八根芦柴花”，有时是“大姑娘梳头”，一副自得其乐的样子。

不过这两天毛妈的心里有了心事，不大能听到她的嘴里哼曲儿了。毛妈最近听出三太太这两天早上晨骂时话里有话了，那矛头明显像是对着她来了。三太太每天早上都要骂人，全家的人都知道这是她的习惯，全家人背地里都称这是老人家的“晨骂”。有什么办法呢？她有神经病，全石城街上的人都晓得这个大盐商的女儿有神经病，要不然她那么漂亮的一个女人，也不会年龄那么大才嫁给匡旭昌。因为她的神经病，所以除了少奶奶，全家的人不到万不得已，没事都不会去自找麻烦和她说话。尤其是早上，只要三太太一起身，大家走路都躲着她，只由着她骂人。全家人都知道，等到她把在她喉咙里积存了一夜的那口痰骂出来咳出来吐出来之后，她自然也就住口了，连三太太的小儿子匡叔非也都躲着她走，只有二少奶奶除外。匡旭昌有两个儿子，大的叫作匡仲非，小的叫作匡叔非。因为匡老大家那个少爷匡伯非比匡仲非大几个月，所以所有人都叫匡仲非二少爷，匡仲非的妻子姜含之自然就叫作了二少奶奶。二少奶奶不能不理她的婆婆三太太，就因为三太太特别喜欢这个儿媳妇。也许是少奶奶儿媳妇做得好，谁也不曾喜欢过的、当婆婆的三太太井淑英所以才特别喜欢她。三太太从来不叫她的名字，从二少奶奶嫁过来到今天，也有五六年了，开口闭口总喊她作“姑娘”，足见喜欢的程度了。每天早上，三太太一起床，开始骂晨了，二少奶奶一准站在那张太师椅的旁边伺候着，一会儿给三太太吹芒子点火，一会儿给三太太的茶杯里续水，三太太就一边喝茶一边捧着那根长长的旱烟袋抽着烟一边不住口地骂人。也许就是因为有了烟，有了茶，总之是有了少奶奶的伺候，井淑英才骂得更加畅快淋漓，更加尖酸泼辣。不要以为少奶奶一点火一续茶三太太就能提前结束晨骂了，那是根本不可能的，她必得把喉咙里的那口痰骂得咳出来才能转移注意力，才能有心思去关心旁的事情。全家的人早已习惯了，都在等她把瘾过足的时候，大家都各人忙各人该忙的事，没得人接三太太的话头，即使被指着鼻子骂了也不想自找麻烦。可是最近情况有些许变化，二少爷在上海光佑大学毕业被留在大学里教书，少奶奶又怀上了，就被三太太打发到上海去照顾二少爷，走了三个月了，给三太太点火续茶的工作自然而然地落到了另一个女佣朱妈的身上，毛妈就觉得三太太晨骂的时间明显地加长了，长得她就像在三太太的骂声里坐牢，怎么都没得完。毛妈觉得，过去太阳影子晒到水缸那里的时候三太太的那口痰就咳出来了，晨骂也就住了。现在太阳影子都晒到廊掩上西边第一块大石头边上了，三太太好像还是刚刚开始练声一样，底气十分的足。匡家的人，人人都觉得离结束晨骂还早得很呢。不过最近这几天，毛妈更觉得不对头的是，总觉得三太太话里有话，句句好像都是对着她毛妈来的。又而且，最近这些天，天天早上，朱妈都要在她倒马桶的时候到她的身边来，朝着她夜里使用的马桶里使劲地睁着仅剩下的一只眼睛盯着看什么。朱妈到底在找什么呢？是三太太派她来的吗？一个臭马桶有什么好看的呢？毛妈想，一定是三太太她发现了那桩事。如果真是，三爹他会怎么说怎么做？毛妈心里没有底，她的确有点儿心慌。

……毛妈一走进后门，就听到三太太嘴里在骂什么了。平常毛妈是不听三太太骂人的，她有点儿崇拜匡三爹，也就像匡三爹那样，让骂声钻进左耳朵再让它们从右耳朵里钻出去。但是现在毛妈站住了，她心里有事，就竖起耳朵听。

三太太果然还是在骂老死人："老死人呀老死人，你怎么还不死呀？吃面，吃面，鱼汤呛死你，鱼刺卡死你！路上跌个跟头跌死你，红蓝别墅的大门挤死你！大清早的你吃屎啊。你个老死人怎么就不叫滚烫的鱼汤烫掉你的舌头烫烂你的喉咙？吃，吃，让你满碗全是一碗的死鱼眼珠子！满碗全是蛆！你个缺德的死不掉的老死人，阎王怎么还不把你收走啊？收走了也省得世上好人受你的罪，上你的当！吃鱼汤，吃鱼汤，你天天吃鱼汤，怎么就不吃死你！呛死你啊！你一夜一夜里夜夜做亏心事，别人不晓得你以为我也不晓得啊？……"

毛妈不晓得自己是该继续前进还是站在那里不动。她听到三太太的最后一句话明明是指着她毛妈骂的。骂三爹夜里做亏心事是什么意思？那不是说她晚上和匡三爹做的那个事吗？莫非三太太真的知道了她上了三爹的床？

……

被叫作老死人的匡旭昌，这会儿正坐在红蓝别墅的鱼汤面馆里，用筷子挟起桌子上一个小盘子里的一撮切得如同头发丝一样细的生姜丝送进嘴里。红蓝别墅鱼汤面馆的早茶出名的不只是鱼汤面，还在于放在匡旭昌面前的桌子上的两碟小菜。这两碟小菜，一碟是切得如同头发丝一样细的生姜丝。加这姜丝的目的，道理在于鱼汤是生冷之物，佐上生姜丝，有助于暖和肠胃。另一碟是香干丝。妙的是这干丝也和姜丝切得如同头发丝一样地细，真不知道他们是怎样切出来的。当然了，干丝和姜丝的作用不一样，不是为了暖胃，只是为了好吃。香干香干，当然香，当然好吃。石城人吃鱼汤面，这两碟“丝”是白送的，而匡旭昌这会儿正准备吃鱼汤面，所以他面前的桌子上也放了这样两碟小菜。碟子很小，比一个才满月的小孩的拳头差不多，匡旭昌夹菜的时候就十分当心，筷子只夹那么一小撮，免得鱼汤面来了把这两样菜全都吃光了。当然，红蓝别墅不光是鱼汤面，还有各种点心，最有名的点心当然是红蓝别墅的烧卖。

伺候他的正是红蓝别墅的老板石景春，匡旭昌家原来的男佣。石景春亲自把一碗鱼汤面端到匡旭昌的跟前，放在了桌子上，大声喊：“一碗鱼汤面，来了。”又殷勤地对匡旭昌说：“三爹请用，不曾加骨头的。”

在石城，住家人自己做鱼汤，是用纯粹的鱼烧汤。可是在红蓝别墅，是要加猪骨头和鱼一起烧的，为了省钱。石景春巴结匡三爹，给三爹端的鱼汤面里的汤是纯粹的鱼汤。

匡旭昌看着石景春端来放在他面前的桌子上的一大碗鱼汤面，拿起筷子把碗里整齐得像一把梳子的面条轻轻地挑起来，吹了两口气，再轻轻地放下。这才把头低下去把嘴凑到碗边儿上，小心地噘起嘴唇对着面碗轻吹了两口，然后凑过嘴唇到碗边儿上，把嘴唇撮尖了慢慢喝了一小口碗里的汤，且不着急喝下去，却用舌尖在含着汤的嘴里转了一圈，这才微微抬起头，又用舌尖顶在两片嘴唇之间舔了舔，终于把嘴里那口汤一点一点地吸进了肚子里，又皱着眉头舔了嘴唇一阵，终于笑了说：“香。鲜。好。是纯粹的鱼汤。不哄我，还是红蓝别墅的老味道，一点也不曾变。”

石景春笑道：“三爹，你说哪里话？哄哪个也不能哄三爹你呀。三爹到今天还是这吃法，同我这鱼汤一样，一点不曾变。”

匡旭昌也笑着说：“不懂了吧？别看你是卖鱼汤面的，也怪不得你。吃这鱼汤面的有几个真懂？鱼汤面鱼汤面，先鱼汤而后面，吃的是汤，不是面。一定要先喝两口汤，然后吃面。”

石景春满脸笑容地讨好说：“是呀是呀，不说外地，就是石城，有几个人像三爹你这样懂得的？”

匡旭昌笑着说：“你不要巴结我匡三爹，我能让你出来开这个馆子，又天天到你的馆子里来吃面，养油蛋的方子我不会追究你，你尽管放心。”

石景春连忙竖起了大拇指说：“三爹真是个宽厚人，整个石城街上头一个。”就扬起喉咙对厨房里喊，“养油蛋该下笼了！给匡三爹端上来！”

一个跑堂的小伙马上端着一个托盘从厨房里出来，托盘里是一个雪白的金丝边小碗，旁边还有一个又小又好看的鸽子蛋大小的两个雪白的馒头。小伙把金丝边的小碗放在了匡旭昌的面前恭敬地说：“三爹请。”

石景春也讨好地说：“三爹请。”

匡旭昌且不吃，看着小碗里的养油蛋。小碗里有一对雪白黄亮的鸡蛋，蛋清和蛋黄都在雪白的猪油里汪汪地闪着光，闪光的鸡蛋上面是点点星星碧绿纯青的葱花儿，轻轻用手碰一碰碗边，中间稀软的蛋黄便微微颤动起来，仿佛想挣脱四周已经蒸得半干的蛋白，又好像就要被晃破了似的，不由得就对石景春说：“行啊景春，你这养油蛋的本事到家了。吃养油蛋，头一条是看蛋黄，就要这样似干不稀的才是好火候，行，不曾白白让你卖养油蛋。”

石景春连忙弯腰回答：“谢三爹夸奖。”又得意地说，“我这是得的三爹的真传。”

匡旭昌把那个小馒头用长着长指甲的手指掰下一小块来轻轻丢进养油蛋的小碗里说：“听说，头两天郑院长也在这里吃过养油蛋？”

石景春诧异了：“郑院长？哪个郑院长？”

匡旭昌说：“石城街上有几个在上海法院里当院长？”

石景春回答：“不曾啊，不曾听说郑院长回石城呀。”

匡旭昌盯着石景春的眼睛说：“不曾？那就是他派人到石城了？”

石景春连忙回答：“那倒是那倒是，是有一个从上海法院来的人在这儿吃过鱼汤面，还问起二爹的那块石头哩。”

匡旭昌有些兴趣了起来：“噢？怎么问的？”

石景春说：“那就不晓得了，他应该去找过二太太吧？”

这时身后有人叫：“三耶耶。”

匡旭昌回头，是匡鸿非。

石城人说话，把叔叔不叫叔叔，叫“耶耶”。这个“耶”字应该不是这样写，可是字典上是查不出来的，只好用“耶”来代替，读音是“牙”，叔叔就叫“牙牙”。石城把父亲的哥哥也不叫伯伯，叫“大大”。

匡鸿非是匡旭昌大哥唯一的女儿，是个没出阁的老姑娘，今年都三十岁了，照旧还待字闺中。原因相当复杂，也不全是因为她长得不漂亮。第一无论谁给她说媒，她一律看不上；加上她家的经济状况不好，有可能陪嫁也拿不出手，所以看上她的人本来也就不多，这么着一拖就拖到了现在。如今匡家已经没有人为匡鸿非出嫁的事着急了，匡家的人对匡鸿非整天守在家里照顾她的老母已经习惯成了自然。自从匡伯非过继到了她的家里，由堂弟变成了匡鸿非的亲弟弟，匡鸿非又多了一件事情可做，那就是照顾匡伯非的起居，她倒也一天不见闲着。这会儿，匡鸿非就是给匡伯非来端鱼汤面的。

匡旭昌答应道：“鸿非，给伯非端面啊？”

匡鸿非点头“呵”了一声。

匡旭昌说：“你应该让他自己来吃才是，一来他不该偷懒，日上三竿还不起来；二来鱼汤面一定要趁热吃，端回家就不好吃了。”

匡鸿非连忙答应：“是，三耶耶。”

石景春忙对匡鸿非打招呼：“大小姐，端面？”

匡鸿非“嗯”了一声：“老样子。”

石景春对厨房喊：“一碗鱼汤面，宽汤，端走！”

厨房里答应着：“一碗鱼汤面，宽汤，端走。”

石景春对匡旭昌说：“我想起来了三爹，是昨儿格。昨儿格早上二太太会的东，请那个人吃的早茶。”

匡旭昌也不避讳匡鸿非，说：“她会东？为什么她会东？”

石景春回答：“听说人家想买她家那块石头。”

匡旭昌问：“就是郑院长派来的那个人？”

石景春回答：“就是的。真要是买了倒好了，二太太的日子也好过些，就怕靠不住啊。”又对匡鸿非说，“要是伯非有了那块石头卖的钱，不是也就不用天天赊面吃了？”

匡鸿非不高兴了，顶石景春一句：“你石老板也不要说这样的话，哪一回也不曾少把你面钱。”

石景春连忙说：“是是是，大小姐着气了？大小姐别着气，我也不是什么老板，大小姐还是喊我景春的好，大小姐这样喊就折煞我了。”

匡鸿非端起伙计送到桌子上的面碗放进挎在胳膊弯儿上的竹篮子里，并不再和石景春说话，只对匡旭昌招呼：“三耶耶，我回去了。”

匡旭昌点点头，嗯一声，看着匡鸿非走远了，才说：“景春你别生她的气，她也可怜，一天伺候两个人，一老一小，也不容易，唉！”

石景春说：“三爹，你得空也劝劝大小姐，她总不能同大少爷过一生一世吧？”

匡旭昌听了这话话中有话，就抬起头盯着石景春的眼睛：“同大少爷过一生一世？”

石景春晓得失言，连忙补救：“三爹，我是说——大小姐总不能就这样在大房里过一生一世吧？”

……匡旭昌顺着石景春的眼光回头，就看见馆子门口站了个人，穿着青色的长袍，戴着青色的头巾，头巾里是那一头乌黑乌黑像是要喷薄而出的乌发，不过二十岁左右的年纪。这个女人正对着红蓝别墅里张望，看见匡旭昌，连连地对匡旭昌招手。匡旭昌朝这个女人连点了两下头，便放下面碗站起身来，对石景春说：“等等。”转身向门口走去。

石景春认得门口站着的是翠华巷北头翠华庵里带发修行的小尼姑必正，他看着匡旭昌向门口走，只微微笑了笑，离开桌子自顾招呼别的客人去了。

门口果然是小尼姑必正，一个二十岁左右的小尼姑。

必正是带发修行，除了那身衣裳，其他的地方与石城的女人没有什么不同，有不同的也只是比一般的姑娘更惹人怜爱些。她的五官整齐清秀，无论眼睛鼻子嘴巴都显得略有些小，但小而巧，小得让人觉得这些五官的主人天生受尽了人间的委屈，不由得就让人产生出一丝怜爱来；她的一袭青衣虽然也是棉的，却让人觉得这一袭衣服是如此单薄，仿佛里面裹着的身躯根本不能借它取得一丝暖气，让人心里想帮她加一件衣裳；她的脚上是一双青布的棉鞋，罩在棉鞋里的袜子也是青色，布的，这一身青，也让人感觉她是一个受人欺负无处申诉的委屈人，一副楚楚可怜的样儿，似乎谁见了也要问她一声可有什么需要别人帮忙。

匡旭昌对必正双手合十："小师傅别来无恙？"

小尼姑必正还了一揖："匡施主可好？"可她的眼睛里分明含了几分泪水。

匡旭昌小声问："你怎么到这里来了？"

必正的声音有些嘶哑地说："请问施主可能借个地方说话？"

匡旭昌向大街两边看看，为难地说："除非到里面去，就只有这儿了。可是……"

必正抬脚便向红蓝别墅门里走，匡旭昌连忙快走几步，赶到必正的前面，走到石景春身边小声地说："给我个雅座，快。"

石景春是个聪明人，早已看见了匡旭昌身后跟着必正，也不说话，就手推开了身边一间雅座的小门，匡旭昌连忙走了进去，必正随即也跟了进去。站在门口的石景春马上把雅座的门关上了，走到刚才匡旭昌吃面的桌子面前，端起匡旭昌的面碗向雅间走。走了两步，想了想，又走了回来，把那碗才吃了一口的面碗仍旧放在原来的那张桌子上。

匡旭昌拉开一张椅子对必正说："坐，坐。出什么事情了？你能跑到这儿来肯定出了什么事情了。这地方本不是你来的地方。什么事？快说。"

必正把手上的一个包袱放在桌子上，声音已经带了哭腔："姐夫，我是给大姐送做好的寿衣来了。”

匡旭昌不接她手里的包袱，说：“不对。说实话。”

忍了几忍，必正的眼泪还是淌了出来。她把包袱重又挎到胳膊上说：“妙真师太让我还俗。”

匡旭昌有点着急了：“好好的让你还什么俗？她怎么说的？”

必正哭着说：“她什么也没有说，就说我尘缘未了，她说，你早晚是要还俗的，晚走不如早走。”

匡旭昌更奇怪了：“不会是井家今年的香火钱没送到吧？”

必正委屈地喊起来：“哪儿！前天才挑来两担粳米。”

匡旭昌皱起眉头思索着自言自语：“这就奇怪了，当年是妙真当我的面答应岳丈的呀，她亲口说不到万不得已，绝不会赶走你，我亲耳听到的，怎么突然变卦了？”想了想，“还俗是一定要还的，不过还不曾到时候。事情没个眉目，妙真怎么就……你就在这儿等我，等我问清楚了回来再说。”

必正说：“可是妙真师太说让我明天就回七灶去，说庵里再不能留我了。”

匡旭昌站起来说：“好，我这就去找她。我让景春给你弄碗素面？”

必正突然就有点儿娇嗔地道：“要吃就吃鱼汤面。”

匡旭昌看了必正一眼，含笑回答：“行，行，你就在这雅座里头吃，我叫景春给你端进来。”伸手在必正的头顶上轻轻抚了一下，走出了雅间。

……

第二章

井淑英开始骂晨的时候，天才将亮。骂着骂着，太阳出来了；又骂着骂着，太阳晒到屋山尖上了，可井淑英的骂兴正浓，还不曾有一点点住骂的意思。再骂着骂着，太阳爬到中进的西厢房屋檐上挂着的灌流上了，井淑英的晨骂仍旧不肯停止。骂到这工夫，骂晨并没有产生一点效果，“老死人”匡旭昌始终也没有在井淑英的晨骂中出现。

……

井淑英并不曾从那张太师椅上起来，也不曾看一眼毛妈，好像眼前就没有走过这个人一样。她接过朱妈送到她手上的那一碗鱼汤面，一边吃，一边想。她想她今天早上是不是真的看到了她特别特别不想看到的那件事。

她影影绰绰记得，那工夫天还不曾亮，她睡在床上似醒未醒。突然听到一阵响声，就睁开了眼睛。她听出是后门口的巷子北头有人在放花炮，噼噼啪啪十分地响。这一响，她觉得如同有人用刀在她的心口挖去一块肉一样，疼得不得了。顾不得天光模糊，她穿了鞋子就往外跑。跑到后门口，看见后门大开，翠华巷北头挤满了人。她猜是她一直担心的那件事终于发生了。她也顾不得尊严，就跑出了后门，从人缝里往北挤。井淑英看到了，她看得很清楚，十分清楚。在巷子北头的翠华庵的门口，停着一顶花轿，就是她当年出嫁时坐过的那种一模一样的花轿。井淑英看得很真切，花轿的轿帘上明显地绣着一条龙一只凤，那条龙虽然在上面，也张牙舞爪的，在井淑英看来，却和当年她出嫁时一模一样，显得有些有气无力；那只凤仍然在下面，也仍然是没有一丝喜气，眼睛里好像就要流出眼泪。井淑英看到这条龙和这只凤的时候，她的眼睛即刻就模糊了。她认出了这顶花轿就是当年她嫁给匡旭昌时坐过的那一顶，她眼睛里的眼泪水立刻就把她的视线完全遮蔽了。她知道，她担心的事情眼看就真的要发生了。她的脑子里只想到一件事，就是绝不能允许这件事情发生，绝不能允许这件事情向下进行。她奋不顾身地从人群中挤了进去。奇怪的是居然没有一个人挡她，没有一个人阻止她。好像那些人如同流水一样从她的身边自自然然地流开了一样。她接着往前挤，那些人仍旧如同流水一样从她的面前悄无声息地、纷纷地让开了路，于是她十分顺利地推开了翠华庵的大门。可是，也就在这时候，翠华庵里突然间就出现了一排兵。就在一瞬间，还不曾等她看清任何一个兵们脸上的眼睛鼻子时，不曾让她有一丝任何的想法的当儿，那些兵们举起手中的枪，全部瞄准了她。接着，大概没有一秒钟的工夫吧，瞄准了她的枪就一齐都响了起来。她清清楚楚地看见一排子弹朝着她的头和胸飞过来。她并没有感觉到疼痛，只知道自己就要倒下了。她心里说我一定不能倒下，我一定要阻止这件事情发生，一定不能让老死人娶了这个小尼姑居必正。她扶着翠华庵的大门在心里骂：老死人呀老死人，完了，完了。一切都完了。我完了，老死人完了，我的儿子儿媳完了，匡家整个儿地全完了。然后，她就在枪声中倒下了。

醒来的时候，井淑英发现自己仍旧躺在自己的床上。她摸摸自己的脸，摸摸自己的胸，什么都完好无缺，她还活着。于是她侧着耳朵听。没有，巷子里没有什么花炮声，也没有什么枪声。屋里屋外全是静悄悄的，没有一丝丝声息。她又睁了一会儿眼睛仔细地听，听了好一会儿。突然，“啪”的一声，她吓了一大跳，猛一下就坐了起来。再认真地听，却听见朱妈走了进来。朱妈说：“太太醒了？”顺手把地上的一个锡质的汤婆子从地上拾了起来，问井淑英：“你把汤婆子都踢到地上去了，你的脚就不冷？”她才知道，才将那一声响，不是枪声，也不是鞭炮声，是她自己的脚把自己用的汤婆子踢落到地上去了。这才放松了脸上的紧张，放心地吐出一直憋在肚子里的一口气，晓得自己才是做了一个噩梦。

……

一锅烟吸完了，她把烟锅伸到那块习惯了磕烟灰的脚跟前的那块罗底砖跟前，把铜烟锅在那一块罗底砖中间早已敲破了地方磕了两下，一团带火的烟灰掉落在罗底砖中间的那个洞里，这才把烟袋锅递给了朱妈，自己的主意也就想好了。她对朱妈说：“去，请朱瞎子。”

朱妈没听懂，问：“朱瞎子？”

井淑英说：“算命的朱瞎子啊，老街的石榴巷子里。”

朱妈说：“就怕他上街了，他不要做生意吗？”

井淑英生气了：“你不会沿街找？找不到他你就不要家来！”

朱妈再问：“现在？”

井淑英说：“现在。”

朱妈就去了。

朱瞎子是石城有名的也是唯一的算命先生。因为石城有了朱瞎子，其他的算命先生就再也待不住了。朱瞎子两眼全瞎，从早到晚地，朱瞎子左手抱一张渔鼓，右手握一架响锣，就那么“嘭嘭嘭，当！嘭嘭嘭，当！”地在石城的大街小巷里不慌不忙地踱步。他是瞎子，他两只手里都拿着家伙，他就不能再拄一根棍子在地上敲击摸索着前进。所以他就雇了一个有眼睛的男孩给他引路。朱瞎子的胳肢窝里夹着一根木棒，木棒的另一头就在那个男孩的手里，那男孩在前面走，他就跟着那个男孩子走。走着敲着，敲着走着，有人听到这敲击声，就有出门来喊他去家里算命的了。朱瞎子左手抱的渔鼓是一个茶杯口粗细二尺多长的竹筒，底下的一头蒙了一张鱼皮，用左手的手掌和拇指托着渔鼓的下端，渔鼓的上半部分就依托在左边的肩头上，左手的四个手指也就随时都可以拍在鱼皮上，鱼鼓就发出“嘭嘭”的闷响；朱瞎子右手上的响锣则是一张小锣，大小如同一只碟子，用细绳从小锣两侧的小洞里穿过，绑在一根指头般粗细的木棍上，那绳子就和木棍儿组成了一个倒三角；木棍就架在朱瞎子右手张开的拇指食指和中指上，他只要将木棍稍微转动一下，在木棍上中间的一个孔里穿着的一个小铁锤就会向下翻动，正好击打在小锣上，小锣就发出“当”的一声脆响。朱瞎子不是瞎打锣瞎敲鼓，他敲的打的一直是一个节奏，“嘭嘭嘭，当！嘭嘭嘭，当！”一路响过去，只要没得人叫他，他会沿着石城的新街老街全部走完这一圈，然后再回家。要是听到这一串“嘭嘭嘭当”的响声，石城人就都知道，是朱瞎子来了，想算命问事的就会开门把他叫进去，朱瞎子今天也就做成了一笔生意，以此赚钱度日。长年累月，就因为朱瞎子算命算得十分地准，他的名气在石城也就十分地响。石城至今没来过别的算命先生，就是因为石城有人人相信的朱瞎子，其他算命先生无论谁来到石城，也绝不可能站住脚找到一桩生意。

朱瞎子和朱妈都姓朱，两个人又都是眼睛有毛病，不过他们之间却没得一点关系，只是碰巧了一个姓，所以他们之间也从来没得往来。

……

朱妈说：“坐在你跟前的是匡家的三太太。”

朱瞎子开口叫一声“三太太”，然后把手里的渔鼓和响锣交到带路的男孩手上，把屁股放在朱妈搬给他的圆凳子上，问：“请问，是问事呢，还是算命？”

朱妈说：“太太，问你是问事还是算命。”

井淑英说：“算命。”

朱瞎子又问：“同哪个算？”

朱瞎子一开口脸上相当难看，就像在哭。只要他的一张嘴咧开来，嘴角就向下呈一张弯弓。这张弓让人觉得，只要他开口对人说话，他就是给别人施舍，让人觉得他的施舍就如同割去了他的肉一样让他难过。

井淑英说：“别管是同哪个算，我报时辰你算，算好了我加倍给你钱。”说着就报了她的大儿子也是匡家的二少爷匡仲非的生辰八字。

朱瞎子两只手指头不住地上下翻飞着互相点击，口中轻轻地念念有词，没得人能听懂他说的是什么。朱瞎子的手指头也在不停地翻动，翻动得很快，就看见几个指头在不停地相互敲击，嘴唇皮也就跟着这敲击在那里翻动，翻动得也很快，也没得人能看懂他的手指头是怎么敲击的，每一下敲击又都是什么含义。无论你怎么仔细地看，仔细地听，你也没得办法弄清楚他嘴里念叨的是什么词语。这样经过了大概半袋烟的工夫，朱瞎子终于停下了自言自语，面无表情地问：“太太是要听真话还是要听假话？”

井淑英说：“你有什么说什么，哪个要你说假话？”

朱瞎子说：“照直说？”

井淑英说：“你哪儿来的这许多废话！”

朱瞎子问：“命不好。请问，这是府上哪个的命？”

井淑英心里吃惊了，莫非她早上的梦是真的了？她不曾同任何人说过她的梦呀。可她脸上还是不动声色，说：“说命。”

朱瞎子说了：“照命算，此人当有牢狱之灾。”

站在一边的朱妈开口了：“瞎说！”

井淑英喝断了朱妈：“住嘴。朱瞎子你只管直说，说。”

朱瞎子说：“照命算，这个人不仅有牢狱之灾，而且是个一子欠三分的命，好在只要能吃过二十年苦，就还有二十年的福享。”

井淑英说："当真？你再算算。"

于是朱瞎子又扳动指头，翻动嘴唇，如此这般之后，再开口了，却还是那一番话："错不了，命还是那个命，有牢狱之灾，只怕就在最近。"

井淑英想了想，问："这个牢狱之灾，有法子禳解不？"

朱瞎子说："不怕，他命里自有贵人相救。"

井淑英说："你是说有人救他。"

朱瞎子说："不错，他命里有贵人相救，只怕是要吃些苦头。"

井淑英说："吃的什么苦头？"

朱瞎子说："这个不好算。算命只能算路上的，每一步踩的是哪块石头哪个坑，不好算。"

井淑英说："要是不想让他吃这个苦处呢？"

朱瞎子又嘴唇手指翻动一番，说："从南往北走，坏事掉个头。"

井淑英说："什么意思？"

朱瞎子说："让他往北走，或许能躲过去。"

井淑英想了想，又问："什么是一子欠三分？"

朱瞎子说："回三太太话，一子欠三分，是四五十年之后的事，天机不可泄漏，三太太就不要问了。"

井淑英说："你话里的意思是，这个人虽然有牢狱之灾，他的命倒是蛮长的？"

朱瞎子说："他必须能熬过二十年的苦，就有二十年的福享。"

井淑英问："我问他的阳寿。"

朱瞎子说："吃得苦，能做上八十大寿。吃不得，就说不得了。"

朱瞎子送走了，井淑英脾气来了："老死人呢？喊毛妈去把他找回来，让他去电报局拍电报，把老二喊回来。就说我得了急病！"

井淑英端起茶杯，刚喝了一口茶，忽然就一口喷了出去，对走到堂屋门口的朱妈喊起来："等等，这一壶开水是你才烧的？"

朱妈说是。

井淑英问："你舀哪儿的水？"

朱妈回头说：“团子里头。”

井淑英说：“你也会谈谎了？”

朱妈说：“真是团子里头的，我从来不谈谎。”

井淑英突然一愣，屁股抬起来离开了椅子，竖起了耳朵说：“别响！”两眼直直地盯着自家的后门。

朱妈站在堂屋门口，回过头来：“什么？”

井淑英神秘地“嘘”了一声，还目不转睛地盯后门，突然厉声喊：“谁？进来！”

朱妈也朝后门口看。

没有人，也没有声音。

井淑英站了起来再喊：“你给我进来！”

两个人木在那里，都盯着后门。

还是没有人，也没有声音。

井淑英忽然睁大了眼睛往后退了一步，撞得她屁股下的椅子摇了两摇，一副似乎是有人要向她攻击的样子叫道：“你想干什么？”并且用双手用力地向面前推去。

朱妈惊了，往井淑英跟前跑过去，扶住了她，喊：“三太太，太太！”

井淑英又莫名其妙地说：“一股烟火气？有人在家里放火！”

朱妈好像明白了什么似的，把井淑英安放在椅子上，才朝堂屋外的天井一指说：“三太太你看。”

井淑英抬起头，她看见堂屋外的天井上空有一些零零星星的黑灰正往天井里落，飘飘忽忽。

朱妈说：“是隔壁的锡匠生炉子。上次三爹就说了，隔壁的锡匠天天这时候生炭炉，木柴灰飘过来了。天落水是灌流里引下来的，灌流水是屋顶上淌下来的，团子里的水里就有烟火气了。”

井淑英抬手就把一杯茶泼在了堂屋的地上，命令朱妈：“换茶！用里头那个团子里的水。”

朱妈问：“太太，刚才是？”

井淑英说：“用最里头那个团子里的老水。”

匡家泡茶历来是用天落水，因为天落水没有河水里那种鱼腥味道。天落水就是雨水，是在下雨的时候从屋顶上流下来的。匡家天井的屋檐下全有一溜儿用洋铁皮打成的灌流，所谓灌流，就是接水槽。像一条长筒子剖成了两半，就接在屋檐底下，可以把屋顶上的雨水沿着灌流流到下面的管子里，再流到下面接水的团子里。所谓团子，就是小口大肚子的陶缸，放在厨房和东房中间的过道里，一共有三只，一模一样的，全都多半人多高，两个小孩抱不过来的粗细，上面全绣着两条鼓起的黄龙，雨水就积存在这三个团子里。自从二寡妇把空房租给了封锡匠和他那二十多个徒弟之后，在二寡妇家的天井里，锡匠们每天上午都要生他们化锡用的小炭炉，二十几个炉子一起生，那些引火的木柴和纸片的灰，飘上天空再落下来，自然就有灰大量地落到匡三爹家的屋顶上，团子里积水也自然而然就有了烟火味了。

本已经结束了骂晨的三太太突然就放声骂了起来：“损人利己的缺德东西，你光顾自己得房钱，就不顾别人死活了？怪不得苍天都让你缺子绝孙，你做的就是缺子绝孙的缺德事……”

刚才看着后门大惊小怪的那一幕，她好像已经忘了。

朱妈说：“那我找三爹去了？”

堂屋隔壁的西房里忽然有孩子喊起来：“朱妈！”

井淑英说：“等一会儿，先同着梅起床。这个毛妈又死到哪儿去了！”

朱妈答应一声，喊“来了！”再回答井淑英的话，“下河边淘米洗菜了。”走到西房的门里去了。

石城人淘米洗菜是要到河边上的码头去洗的，整个石城没得一家有自来水。

二寡妇这工夫没在那道通向匡三爹家的小门跟前，所以她没有听见井淑英的骂声，也就不曾回应。二寡妇骂人是一把好手，一点儿也不逊色于三太太，也许比三太太还舍得开口。二寡妇本来自乡下，她什么粗话也骂得出来。不过这会儿她正在和她的房客封建豪商议一件大事，即使听到了三太太的骂声，恐怕也没空和她对骂。

二寡妇有个习惯，喜欢睡回笼觉。每天清早卖完了水粪，二寡妇就没得什么事情可做了，她消磨时间的办法就是睡一回回笼觉。这工夫她斜倚在自己的那张床上，正在吸水烟，吸得呼噜呼噜地响，准备吸完水烟睡回笼觉。

二寡妇的水烟袋是二爹活着的时候用的，铜的，握在手里重重的，少说有二斤。二寡妇喜欢用这个水烟袋吸烟，她觉得手里捧着它，点着了一吸，呼噜呼噜地响，自然就像个有身份的人。她最希望吸烟的时候她的房客封建豪看见，所以常常捧着水烟袋站在天井里呼噜，好让封建豪看见她那个样子，让他不单欢喜她，而且尊重她。正当她自己点着了水烟吸得呼噜呼噜的时候，门口有人喊她了："二太太在吗？"

是封建豪，住在她家里的锡匠头子。她心里就欢喜起来。她心里头高兴：再没有想什么就来什么的事情让她更高兴的了。现在就是，她想封建豪看见，封建豪就来了。不过她仍旧斜靠在床上不动，嘴里说："在呢在呢，你进来说话。"

封建豪进来了，一脸笑嘻嘻的样子："二太太，你吸烟的样子真好看。"

二太太呼噜呼噜又用力吸了两口才说："你真坏。"

封建豪走到二寡妇跟前，一屁股就坐在了二寡妇躺着的床边边上，顺手就在她的大腿上掐了一把，说："我就坏。"

二寡妇稍稍挪了一下腿，算是躲开了，坐直了腰说："别动。有话问你。"

封建豪仍旧笑嘻嘻地："徒弟们都出去了，想说什么随便你，想做什么也随便你。"

二寡妇摆正了脸说："你就想弄那事，别想，现在不弄。坐好了，同你商量桩正事。"

封建豪脸上的笑容就更灿烂了，问："正事？咱俩弄的不是正事？还有什么正事比那个正事更正事？"

听了这话，二寡妇就笑了，用手指头在封建豪的脸颊上戳了一下，撒娇般说："讨厌的你。同你商量正事哩。你晓得的吧？有人要买天井里那块石头。"

封建豪马上问："哪个？把多少钱？"

二寡妇说："还不曾说到价钱哩，只问我卖不卖。"

封建豪说："卖呀，不卖放那儿看啊？不中看不中吃的。"

二寡妇下床穿鞋："我也说是。不过……"

封建豪说："还不过呢。就这块石头弄得人过不下去了。"

二寡妇不瞌睡了，下床向门口走，对跟在后头的封建豪说："我是说，这话我说了不算，死鬼还有个儿子哩。"

封建豪说："我晓得，不就是那个一天懒洋洋的像大烟鬼一样的大少爷？他屁大的事也不做，会管你？"

二寡妇走出了房间又走出了堂屋，就端着铜水烟袋站在门槛的外头，后背斜倚在门框上，一只脚轻轻地靠在另一只脚的上面，看着大天井里的那块大石头说："话是这么说，等到真卖的时候，他怕就要说话了。"

匡二爹家的房屋要比匡三爹家大，格式也不一样。匡三爹家的房子分前进后进，有两个天井。二爹家的房子不分前后进，一圈全是房子，当中一个大园子。能看出来本来还有一个小的水池，或者还种过不少花草，应该就在园子的东边的假山底下，如今都没有了，只能看到园子靠墙角的那座不大的假山，也早已全干了。因为没得人收拾，假山上的树和草已经全部枯死，池子里的水也早已干涸，就剩下一棵虬枝曲髯的老柏树，还摇摇动动地站在那儿，孤立地依附在那块全石城闻名的巨石旁边。那块巨石放在院子的正中，因为太大太高，在屋山尖的上面露出去好多，外面的人老远就能看得见。石头极像是一块巨大的玉，雪白雪白。二爹就是看上了它的白，才一心要把它弄到手。这块石头少说也有几千斤重，说不定还要多得多，也许就有上万斤。仅仅是把它运到石城，运费就不晓得花了多少。原来的老二太太是坚决不让二爹买石头的，和他闹，寻死上吊的，闹得一塌糊涂。二爹不听，硬是卖了家里的田拆了墙毁了园子才把这块石头弄进天井的。石头进了家，二太太就上了吊，死了。二爹草草地葬了二太太，却在送葬回来的时候带回了个十七岁的姑娘，就是如今的二寡妇，而且进门就结了婚。结婚的时候就开始砌南边的墙，那墙是搬运那块大石头时拆了的。但他不是砌墙，却在原来的墙的地方盖了一排溜的房子，连东西两侧，足足是七间屋，这也正是如今租给封建豪和他的小锡匠们住的地方。南面的房屋没盖完，二爹就一命呜呼了，留下了现在的二寡妇。那块石头就正好把封建豪这些锡匠租住的南边的房子和二寡妇住的北屋分隔成两半，谁也看不见谁。因为不是一次砌的，那一排房子多半是红砖，少半是青砖。二爹死了没过半年，二寡妇就养了女儿匡燕非，如今已经七岁了。匡家的人全都不相信燕非是二爹生的，都说是二寡妇嫁给二爹的时候已经和别人怀上了种。可是这个匡燕非的长相偏又和匡家的人特别像，尤其和她的哥哥匡伯非的脸形是一个模子倒出来的，所以整个石城的人又没得根据，这话也就慢慢地不说了，万一是结婚之前她就和二爹在一起睡觉了呢？不过匡家的人还是不和她说话，采取的是不承认政策。一直到如今，匡燕非七岁了，匡家的人还是开口闭口“那个二寡妇”。倒也好，二寡妇就这样带着女儿过日子，倒也没得人打扰她。

封建豪说：“二太太你别怕，他哪儿就会反对你的主意？你想想，他已经从二房又过继给大房了，大房里如今是吃了上顿没下顿，过得还不如你哩，他说什么？二十五六的人了，他不想娶女将？他拿什么娶女将？他急等钱用哩。难不成他把那个尼姑光身子抱进门就拉倒？”

二寡妇笑起来，在封建豪的胸口点了一指头：“讨厌你，说话这么难听的！你知道他就只能娶尼姑？”

封建豪就说：“当然，我有根据。”

二寡妇来了兴趣：“你看见什么了？”

封建豪说：“不告诉你。”

二寡妇就笑：“我就晓得你是瞎说。你不晓得吧，匡伯非画画是石城头一块牌子哩。”

封建豪笑着在二寡妇的屁股上拍了一下：“我什么不晓得？是头一

块牌子有屁用？就为替大房还债？就能把那个尼姑娶回家？他拿什么娶？要我说，他要真想娶那个尼姑，还真得指望这块石头卖钱。”指着那块石头说，“我同你说，卖。能卖几钱算几钱，大不了分给你前夫的儿子一半。我就不明白，二爹当初弄这东西，倒是图了个什么？”

二寡妇盯着封建豪看着说：“说实话，你看见他同那个小尼姑做什么了？”

封建豪嘻嘻哈哈地说：“二太太你就别问了，不信你就看着吧，早晚两个人弄出事情来。”

二寡妇还不曾来得及再问，从石头那边突然就冒出个六七岁的小姑娘来，喊：“姆妈，肚子饿了。”是二寡妇的女儿匡燕非。

封建豪对小姑娘说：“燕非，又想吃油炸臭干？天还早着哩。”

匡燕非说：“河边上来了个卖黏玉屑的。”

封建豪说：“这天还有卖黏玉屑的？走，叔叔同你去看看。”

匡燕非也喊：“快！卖黏玉屑的就要走了。”

……

匡旭昌发电报的时候，正在上海的姜含之在计划请魏知秋吃饭。

请魏知秋吃饭的事，姜含之盘算了几天了。要请魏知秋，当然不能只请她一个，那样会引起匡仲非的嫌疑。请谁作陪是不用多想的，匡仲非的同学里最好的就两个人，一个魏知秋，一个褚大成。在光佑大学上学的时候，褚大成是学校学生会的主席，而匡仲非是校报《光佑》的主编，两人又同在一个校舍，成天在一起，好得形影不离。请魏知秋当然是褚大成作陪。问题是不能无缘无故的请客，要请就得取得匡仲非的同意，得有个合适的理由。匡仲非不傻，聪明得跟个猴儿一样，他一定会猜到姜含之请魏知秋到家吃饭是什么用意，姜含之要设法一定不让匡仲非看出丝毫端倪来。

姜含之不愧是姜八里的后代，不愧她十三岁就给父亲当了那么大一个家，也不愧跟父亲读了几年的《论语》《孟子》甚至《战国策》之类的书，甚至还跟她的三叔学过医，果然她就想出了主意。

总算不错，匡仲非今天没有推辞，不等她邀请，看她挎起小菜篮就主动跟她一起上街了。姜含之心里暗暗地高兴：万事开头难，开头开得不错。她挺着已经相当显怀的肚子，一手挎着菜篮，一手挎着匡仲非的胳膊，不慌不忙地来到了小菜场。

匡仲非出门的时候就是平时去学校的打扮：一身米色的西装，一件同样颜色的背心，一顶白色的硬壳礼帽，外加一根纯黑色的文明棍，似乎随便，却又派头十足。姜含之则更随意，因为近八个月的身孕，旗袍自是穿不成了，便穿了件乳白色的棉袍，外头罩一件略显宽松的颜色青中有小蓝花的大褂。好的是那件大褂的袖子比里面的乳白色的棉袄袖子略略短了不到二分，那袖子的一层青色的边儿上就露出二分乳白来。她的左胳膊上套了一只老家带来的竹篮子，便压得左边的衣袖里面不时地若隐若现地跳出她戴着的那一只嫣红的鸡血石颜色的手镯，这让丰润而不肥胖的姜含之平添了无限风韵，在来来往往的上海女人里，你根本看不出她是个江北女人，反倒引得不少女人眼光的关注。

（原出版单位：上海文艺出版社 2013 年 10 月第 1 版）

西京故事（节选）

陈　彦

【作者简介】 陈彦，一级编剧。文化部优秀专家、享受国务院政府特殊津贴专家，全国宣传文化系统“四个一批人才”，首届“中华艺文奖”获得者。创作戏剧作品数十部，获“曹禺戏剧文学奖”和“文华编剧奖”，其中《迟开的玫瑰》《大树西迁》《西京故事》被誉为“陈彦西京三部曲”，获“中国戏曲现代戏突出贡献奖”。

八十三

罗天福知道这事时，已经是周一半夜了。他都睡下了，甲秀回来了，尽管门敲得很轻，但他明显感到是有了什么事，不然，这阵儿了，甲秀是不会回来的。

甲秀带着三个人，两个男的，一个女的，那个女孩很漂亮。

甲秀介绍说，两位男士，一个是学院领导，一个是学校公安处的，还有一个是甲成的班长，叫童薇薇。

罗天福的第一感觉是出大事了，不大不会连公安都上了。他的腿就有些发软，上衣本来扣子就扣错了位，并且最后一颗扣子，还咋都扣不进去。淑惠更是吓得给客人让凳子，结果把一个簸箕塞在了人家的屁股下。

学院领导说话了，语气平和得像是没有发生过什么事一样：“老罗啊，老嫂子，你看，事情是这样的，你们不要着急，也没有啥，就是罗甲成同学，也没有给班上请假，这两天就突然不见了，据说遇到了一点不快，但问题也都不大。学校过去也发生过类似的事，后来都找到了。首先不要老往不好处想，都帮忙回忆回忆，想一想，他会到哪里去，亲戚？朋友？同学？或者是去旅游了？反正能提供的线索，都请你们说出来，学校也找，你们也找，大家都配合着，一定要尽快把罗甲成同学找到。”

在领导说这番话的时候，罗天福和淑惠始终近似痴傻地微微张着嘴，生怕漏听了一个字，又生怕听到一个如遭五雷轰顶的字，好在那个极限，在领导平安无事的叙述中，没有挟风裹雷而来，但事情的严重性是不言而喻的，要不然，领导和公安不会在这三更半夜来说明情况，来寻人。淑惠急得扑扑啦啦滴下泪来，本来一直靠在一个墙角上，是甲秀扶着，扶着扶着，就溜到了地上。童薇薇也急忙上前帮甲秀架着她娘，并不断地说：“阿姨，不会有啥事的，你不要着急。”但这种安慰话对一个母亲已经没有任何安抚的意义。天寿媳妇不知啥时也穿好了衣服，从只有一个走扇门隔着的小储藏室里，轻手轻脚走了出来，也是鼻涕一把泪一把的，边安慰淑惠，边添加着惊恐与不安情绪。唯有小储藏室里招弟的鼾声，连打带吹的，很是放肆，要放在平常，早已释放出了一连串炸堂的喜剧效果，但此时，任谁也笑不出来，这鼾声，也就成了暗夜中唯一能感到和谐安宁的缓释之音。

罗天福没有立即瘫软下去，他在极力克制着自己快被击溃的情绪。他也有一种预感，觉得甲成迟早会出点什么事，但不知道会是什么事，他也曾力图防患于未然，但又时时觉得自己的担心是不是多余的，是杞人忧天，或是老脑筋不理解新事物，反正心里是一直在来回着。没想到这一天这么快就来了，虽然还没有什么确切的消息，但他感到不会是一般的不见了。他有一种脊梁骨被再次折断的感觉。但他是一家之主，他得先把自己镇定下来，就是罗甲成已不在这个世界上了，他也得硬着头皮去面对，他知道他是这场事不可推卸的主角。他轻轻哀叹了一声，那不是他想发出的，但一张嘴，内心的那种哀痛就不由自主地泄露了出来，他说：“感谢领导、老师、同学对甲成的关心，这二半夜了，你们能来，我就已经感到你们的关心程度了。孩子给你们添麻烦了，我们也尽力找，但愿他不会出事……”罗天福哽咽得有点说不下去了，但他很快调整了一下自己，尽量控制着情绪，好让人家感到这个家庭的主心骨还没有乱。

那个学院领导本来想再安慰几句，发现罗天福很冷静，有临危不乱的自制力，就没有再多说宽慰的话，给他们提供了一些学校掌握的情况，又问了一些家里的情况，最后决定，扩大寻找范围：一是在镇安县中学的同学圈子找；二是在老家塔云山亲戚、乡邻的圈子里找；三是在塔云山外出打工的圈子里找。一旦有线索，就立即给学校讲，不管在哪里，学校都会派人去查找。有了学校领导的这一席话，罗天福觉得温暖了许多，他看人家个个都熬得眼睛布满血丝了，就让人家都先走了。

客人一走，淑惠就扑通一下跪在了菩萨像面前，磕头如捣蒜地向菩萨乞求着保佑自己的儿子。天寿媳妇也跪在一边苦苦哀求着，甲秀不知如何是好地紧紧抱着娘，害怕她磕得太重磕出事来。罗天福清了一下嘶哑的嗓子，说了声：“行了，净哭有什么用？遇事咱们先得冷静下来，想想甲成可能都去了啥地方，人家学校找是一个方面，恐怕主要还得靠咱自家，我们毕竟熟悉甲成的脾性，都好好想想，他总会有个去处的。”淑惠突然又哇的一声大哭起来：“甲成哪，你该不是走了绝路吧，你要不懂事走了绝路，娘也就不活了……”罗天福一下就制止住了这种他自己其实也一直在想着的最坏结局的想象：“再别瞎嚷嚷，胡思乱想啥呢，快开动你找人的脑筋，这几天不准谁哭哭啼啼的。”淑惠就极力忍着，但还是在哽咽着。

甲秀自打知道甲成失踪的消息后，先是给爹打了个电话，没敢直说，只是从爹的口气中，知道甲成最近既没给家里打过电话，也没回来过。她还不想急于把事情告诉爹娘，她觉得爹娘最近为匿名信的事已经弄得够闹心的了，不敢再给他们加压了，想着等万不得已的时候再说。她给爹通完话后，又把电话打到塔云山，让人把奶奶接到扁担梁上，跟奶奶通了半天话，得知甲成也没回塔云山。奶奶说她为树的事把孙子彻底得罪了，孙子是不会回来看她了，还开玩笑说，要孙女给孙子带话，说让暑假回来，她还要给孙子请罪呢。看来甲成回塔云山的可能性也不大。甲秀后来又给镇安县城的同学打了电话，也说最近没有听谁说甲成回来过。后来，童薇薇把甲成临失踪前跟她喝茶的细节，告诉了她，她才觉得事情可能很严重。再后来，学校又发生了那个学生的跳楼事件，更是让她的精神迅速临近崩溃点了。晚上，学校召开相关部门的紧急会议，把她也叫到了会上，分析情况，安排查找步骤，然后，就商量着来给家长通报情况了。爹一直在静静地听甲秀带来的信息，也在听娘和婶娘对塔云山亲戚、乡邻、朋友的挨个排查情况，婶娘还说把招弟也喊起来，一起抖一抖情况，娘就说，她能知道个啥，没让喊。这一夜，一家人就在招弟的鼾声中，把情况一直抖到天大亮。

罗天福没有把这事告诉院子里的任何人，早上让天寿媳妇和那两个亲戚仍然把摊子摆了出去，淑惠实在撑不住了，就让她卧在了床上。她又哪里能卧得住，人都一走，就又哭哭啼啼地匍匐在了观世音菩萨像前，把头都磕出血来了还在使劲儿磕。

一连几天，罗天福和甲秀分头到所能想到的工地，找了一趟又一趟，几乎把在西京城所有打工的塔云山人，甚至包括附近村子出来做事的人，都问了个遍，都说没见过甲成的影子。这中间，他们还去认了几个无名尸，连蛛丝马迹都没获得。晚上，一家人又聚到一起抖情况，招弟就说，蔫驴哥在外面煤矿上混得好得很，过年时她看见甲成表哥和蔫驴哥在一起混搭了好几天。这个罗天福和甲秀也都想到了，知道消息的第二天早上，他们第一个电话，就是打给蔫驴的，可蔫驴一口回绝说，甲成不在他那儿。招弟又说：“蔫驴哥最爱骗人了，有一年二舅的儿子跑了，不就是跟他跑的？他都死活不承认呢。”大家虽然把招弟的话没当一回事，可分析来分析去，也再没有啥子路径可寻了，罗天福就决定，去一趟山西。

第二天一早，罗天福果然背了二十个烧饼、几头大蒜，拿了一壶水，就去了山西。

八十四

罗甲成的突然蒸发，让他同宿舍的朱豆豆、沈宁宁、孟续子大吃一惊，继而，校园又发生了贫困生跳楼事件。本来朱豆豆准备摆上两桌，是要给孟续子好好庆贺一番的，他觉得这不仅是孟续子的成功，也是自己这个竞选办主任的胜利，但当这一连串的事件发生后，他就觉得此时请客，有些不合时宜了。

他对罗甲成一直是有看法的，穷就穷呗，还要生装，弄个啥事都是别别扭扭的。他本来是想租房住到外边去的，就是喜欢朋友，觉得住到一起热闹，才没有搬出去。可罗甲成性格乖张，死要面子活要脸的，他就无形中跟罗甲成飙上劲儿了。他初到学校时，丢失的那一万元，开始还真怀疑是罗甲成偷的，凭直觉，这个宿舍，这个公寓楼，罗甲成的可能性最大，他姐连垃圾都捡，她弟又怎么不会产生偷钱的邪念呢？后来，确实是他不让查了，一来他也不在乎那一万元；二来觉得查着乏味，当时他也并不想完全跟罗甲成搞僵，毕竟同住一个宿舍。当然，后来公寓楼还丢过钱，并且也有了确切的怀疑对象。根据长期观察分析，他也觉得罗甲成这种性格的人，做贼的可能性不大。但对那种初始的怀疑与相互间已经产生的抵牾，他也没有主动去沟通化解，他不喜欢罗甲成茅坑石头臭硬臭硬的做派，因此，矛盾也就越积越深了。他也曾经有过想缓和的意思，可请他吃饭他不去，有几回连他爸的面子都没给，这让他很是难为情，为此，他爸还批评过他几次，要他搞好同学关系，说得为好小人，因为小人暗算起人来比什么都可怕。他特别喜欢买很多好吃的，放在宿舍让大家都来吃，他觉得大家吃那是给他面子。可罗甲成从不吃他的东西，你递到他手上他都有一千个理由给你放回去，硬推不过，看着接下了，可直到放烂放臭，他都不会塞进嘴里一口的。他就觉得这个人心眼儿太小，反正咋看咋不顺眼。他可能仗着自己学习好的势，骨子里并不把任何人放在眼里，尤其是有仇富心理。朱豆豆和翁点点分析来分析去，都觉得网上恶搞他们的人绝对是罗甲成。这次学生会选举，照说与他朱豆豆屁不相干，但他听说童薇薇死荐罗甲成，心里就很不是滋味。首先罗甲成是他十分讨厌并小瞧的人；其次，他对童薇薇也是爱恨交织，至今心有郁结。他进这个大学第三天，就给童薇薇释放出了心仪之情，可先后追了几个月，最后甚至要老爸亲自来，把价值十八万的翡翠钻戒都用上了，还是石心难动，好在这时翁点点出现了，要不然，他还真的能害出一场病来。后来沈宁宁又被童薇薇给迷糊住了，有一天两人喝酒，沈宁宁竟然把这心思吐露出来了，他心里当时还有点酸溜溜的，可觉得宁宁很够朋友，就两肋插刀，为宁宁策划起了这事。虽然宁宁最后也以失败告终，但他倒是对童薇薇有了更多的好感，他原以为薇薇仅仅是瞧不起他这个煤老板的儿子呢，原来高官的儿子也没能入法眼，他的心理倒是有了些平衡。可没想到，童薇薇竟然能对罗甲成这么上心，虽然他们也在一起分析过，觉得不会是爱，而可能是同情、施舍、关爱之类的，可又一分析，觉得感情这个东西也说不清，《巴黎圣母院》里的美女爱斯梅拉尔德都能看上奇丑无比的驼背敲钟人加西莫多，那童薇薇又怎么能看不上仅仅是“矮穷矬”的罗甲成呢？爱情和婚姻给人的答案常常是天地翻转、神经倒错的。因此，在学生会副主席竞选中他就极力推出了沈宁宁，谁知沈宁宁听他爸的，他爸对网络人肉搜索有天然的恐惧症，怕蝴蝶效应，因一场没有什么价值意义的竞选，惹出事来，就再三再四地让沈宁宁退出了。无奈中，他才赶着鸭子上架，把孟续子推到了台面上。开始他也很担心，觉得孟续子的优势，并不比罗甲成明显，相反，童薇薇打弱势牌，打贫困生牌，打学习成绩优异的牌，孟续子都不在其列，除了幽默，除了人缘好，还能“皮干”，就是能说会道，其余几乎乏善可陈。谁知经他摆饭局、喝茶、泡咖啡屋、洗脚的多方斡旋，竟然渐渐由劣势转为优势，尤其是罗甲成狗急跳墙，在网上发的那个匿名帖子，一下让孟续子反败为胜了。那个帖子是他去查出来的，他爸有一个老乡就管着这方面的事，他爸对这个老乡不薄，几乎没费吹灰之力，他就查到了罗甲成在那个网吧上网的影像记录。这事立即就舆论哗然了，被咬者孟续子，顷刻间，也就收获了无数同情票。他正得意自己的杰作呢，没想到就出了这样的事。开始他还没有太在意，觉得罗甲成无非是感到自己脸面过不去，找个地方，躲几天而已，没有什么大不了的。可当那个贫困生登高一跳后，他心里开始吃紧了，罗甲成会不会也走了这条路？难道压垮骆驼的最后一根稻草是自己？他的话突然少了，饭也吃不下，觉也睡不着，一个人甚至有点不敢回宿舍，他在心里不住地祈祷：甲成，原谅我吧，可千万不敢走了绝路哇！

沈宁宁也预感到某些不妙，他在反复回忆，自己跟罗甲成到底有些什么过节？他从自己父亲身上，读懂了一条真理，绝不能树敌，哪怕是路边一粒很不起眼的小石子，有时候都可能把你的车子硌翻。他也不喜欢罗甲成，首先是卫生习惯差，其次是太自尊，稍不留神就会伤及他的面子，这让人几乎无法跟他相处。但他不像朱豆豆那样做得明显。朱豆豆讲义气，好显摆，这些可能恰恰是最伤害罗甲成自尊心的。朱豆豆越是跟罗甲成不对卯，就越是爱加强与他和孟续子的统一战线与团结，这可能是他跟罗甲成不睦的主要原因。话说回来，他也不能去得罪朱豆豆，更何况朱豆豆是个绝对能做好朋友的人。他爱过童薇薇，并且现在依然爱着，但薇薇根本就没有这个意思，这很是伤他的自尊心。说实话，他在这个学校，已经有不下十个追求者，但他真正看上的是童薇薇。你童薇薇不爱沈宁宁，却前后宠着一个从哪方面都不如他的罗甲成，这让他心里确实有些不能理解，自然，也不愉快。朱豆豆针锋相对地对抗罗甲成时，他也没少掺和。难道压垮骆驼的最后一根稻草是自己？他一直在回忆，在反思着。

孟续子当选上学生会副主席，对他来讲，本来是一件天大的好事情，当他给父亲汇报后，一个当中学校长的父亲，甚至激动得要亲自来西京，给他当面表示祝贺。父亲说这可不是一般的事，在那么有名的大学当过学生会副主席，就是一种资本，即使将来就业，都是一个很重的砝码。孟续子也正激动着事情的异峰突起，柳暗花明，没想到很快就发生了这事。他吓得突然连说话都笨拙了，用啥词都不准确了，他觉得他无疑才是压垮罗甲成的最后一根稻草。如果没有他被抬出来参加竞选，就绝不会有罗甲成的人间蒸发。他其实是一个跟谁都能捏合到一起的人。父亲对儒学很有研究，尤其对孟子，他本人也是家乡孟子学会副会长。父亲主张人要和谐处世，同时也要积极入世，没有机会的时候，等待、创造机会，一旦有了机会，就要乘势跟上，不可错失。他觉得这次副主席竞选，就是把握好了这个原则。他平常也无所谓喜欢罗甲成，也无所谓不喜欢罗甲成，反正这个人跟谁交往都有戒备心理，从不跟人交心，不像朱豆豆做啥都那么明晃晃的。他觉得在这个宿舍活人，他也是有压力的，一个不差钱，一个不差权，还有一个是穷了点，但人家却不差学习成绩。孟续子父亲充其量就是个副县级校长，各种收入也就能顾住一家人的一般性体面生活。父亲还很清高，收礼只收学生的一点情义，也就是孔子只收学生腊肉的水平，其余的一概拒之门外。因此，无论经济、政治地位，孟续子觉得自己跟人家朱豆豆、沈宁宁都不能相比，但他们又都很喜欢他这个朋友，觉得生活在一起很有趣味。朱豆豆甚至在跟翁点点度过了几个月的热恋期后，还是觉得跟他孟续子在一起更快乐，连翁点点要他在外面租房子，他都想方设法推脱了，觉得没有他孟续子的日子，就是暗无天日的日子，虽然有些夸张，但他们混在一起快乐，也的确是事实。这样，也就无形中疏远了罗甲成。他也曾试图把甲成拉进来，可罗甲成似乎不领他这个情，他也就算了。再加上他比罗甲成的学习成绩，总是要相差好几名。因此，有时朱豆豆出罗甲成的洋相，他也有一种不露声色的幸灾乐祸感。这次竞选学生会副主席，开始他想过，他想罗甲成都能成候选人，他孟续子为什么不能，但他从来没有对人说过这事。沈宁宁被朱豆豆弄出来抗衡，他也是积极参与者，因为他对罗甲成的确有点不服。谁知后来沈宁宁退阵，朱豆豆又撺掇一些人把他推了出来，他嘴上说不合适，不弄不弄，但心里愿意得跟啥一样，也就做出一副半推半就的姿态，以无可奈何的“被绑架”表情，内心偷偷乐呵着披挂上阵了。他知道朱豆豆和沈宁宁把罗甲成往下掀，也并不是完全冲着罗甲成来的，他们都与童薇薇有些内心的较量。朱豆豆在初到这个学校时，就在进攻童薇薇，那时都很隐秘，可能也唯有他孟续子能看出蛛丝马迹。后来怂恿沈宁宁上，那已是公开的事情了。孟续子绝对相信，他追求童薇薇的事是这个世界只有两个人知道的秘密。那时他的智慧连自己都有些惊异，说出话来，怎么就那样幽默风趣，每每都能倾倒一片。他看薇薇那阵儿特别喜欢听他说话，就错误判断了形势，连续进攻了一个月，最后看山头拿不下，再黏扯，可能要暴露目标，弄个贻笑大方，所以就悄悄撤了。这次童薇薇那么拼命地帮罗甲成弄副主席，他自然也没少吃醋。迎难而上，是想上，也是想让童薇薇看看孟续子的能耐。没想到，几个来回较量的最后自己竟然还真给高票当选了。本来他是真的想好好激动快乐一阵的，没想到罗甲成来了这一手，让他绝好的心情陡然添上了无边的阴影。他也最害怕罗甲成走上绝路，他感到几天中，自己的腰围都瘦了一圈。有一天，他提前回到宿舍，甚至出现了幻觉，看见罗甲成正坐在他的床边，恶狠狠地盯着他，吓得他往出跑时，头一下碰在门框上，顿时鼓起了鸡蛋大的硬包。如果早知会发生这事，他即使死也不会去争着当这个副主席的，他真的有点背不动这么沉重的包袱了。

一连几天，他们三人也都在参与寻找罗甲成的行动。回到宿舍，似乎都少了言语，并且越来越少。要放在过去，这可能是个说罗甲成不是的最好时间，可现在，他们什么也都不说了，每个人都觉得好像罗甲成就在身边坐着，并且能听到他们所说的一切。

这天，翁点点突然来到宿舍，说她写了一首长诗，想念给大家听听，也没有任何人说让她念，她就念了起来：

一个人
走了
登高一跳
仅几秒钟
就结束了生长期
像西瓜从高空中抛下
他的父亲
收割了红色的破烂
一包袱
揽走了他的金秋
阳光下
背包袱的身体已成弓形
那是望子成龙的父亲

留给校园最后的背影
所有瞳孔中
都摄入了
这个收割金秋的人
……

“别念了！”朱豆豆突然号啕大哭起来。沈宁宁、孟续子也用被子蒙住了头。翁点点看见两个被子里的身体都在抽动。

这天晚上，他们又出去找罗甲成去了，他们几乎没有放过西京城的任何一个网吧。

八十五

罗天福根据甲秀画的路线图，经过两天周转，终于找到了山西的那个私人煤窑。一条沟都是黑的，山黑了，水黑了，连树木、杂草都是黑的，罗天福脚下踩得咯嘣一响，本以为是个煤球，俯身一看，是大拇指大的一个旱螺，也是黑得只有踩破了才能看出里面一团肉色。

罗天福渴得想喝水，捧起一捧是黑的，用壶盖盛起一盖，沉淀了一下，勉强咽下去，完全是煤渣味，本想就着吃几口饼，但他忍住了，害怕反胃。

他继续往深沟里走着，刚在沟口，甲秀还给他发了信息，一是说那边还没消息；二是担心他的安全。本来这次甲秀是要跟着他一起来的，但他觉得甲秀留在西京城更重要一些，这阵儿，西京城才是真正的信息枢纽。而来这里完全是碰运气，连他自己都不抱太大希望。他觉得，甲成到蔫驴这儿来的可能性很小，但只要有一线希望，他也不会放过的，他得找到甲成，生要见人，死要见尸。

越往里走，山越深，沟越大。到处都是塌陷下去的深坑，有些大树，只留着一点树梢，整个身子都陷在几十米深的坑井中。罗天福可惜着这些好树的灭顶之灾。偶尔能遇见一两个人，也都是连衣服带人黑得辨不清眉眼的。通往山里有一条公路，不停地有黑不溜秋的大卡车往外拉着煤，罗天福就顺着这条路往里找。手机信号走着走着也没有了，他就怕甲秀她们担心。大概走了有三十多里地，手机有了信号，连住几个信息跳了进来，都是甲秀的，问他人在哪里，咋不见回信息？他正回呢，电话就进来了。三个多小时联系不上，家里人就急得团团转了。罗天福把情况说了一遍，说好像快到矿上了，这会儿人也多了，车也多了，让她们都放心。他就又朝里走。

矿区在大山的一个窝凼中，窄窄的山路，到这里突然鼓起一个很大的肚子，肚子里既是出煤的井口，又是办公区，也是矿工生活区，是一番十分忙碌的景象。

罗天福见一排房子前停有几辆小车，还有一块甘泉汽煤矿的牌子，就朝那里走去。这时刚好有个姑娘从一个办公室出来，罗天福就走上前打问："郭存粮在不在这儿上班？"郭存粮是蔫驴的大名。那个姑娘恍惚了半天："郭存粮？谁呀？"罗天福又补充说："小名叫蔫驴。"那姑娘恍然大悟："噢，你说蔫驴呀。蔫驴，有人找你。""谁找？"说着蔫驴就出来了。一年多没见，蔫驴已经变得几乎认不出来了，头也剪得跟西京城里的街痞差不多，穿着很紧身的衣服，尽管山里还很凉，但他还是把整个上衣都敞开着，毛乎乎的胸前有了龙的文身，脖子上挂着一个很大的像是铁三角一样的坠子，手上有金戒指，手腕上有佛珠。总之，根本不是一年前所见的那个蔫驴了。

蔫驴见是罗天福，先是愣了一下，继而很是热情地迎了上来："罗老师，你咋来了？"他还保持着好多年前的叫法，罗天福给他教过小学。罗天福单刀直入地说："我是来找甲成的。"

"甲成？甲成咋了？"罗天福见蔫驴好像也很惊讶，这让罗天福立即就失去了信心。罗甲成可能没到这儿来。

"甲成突然不见了，今天第六天了。"罗天福有气无力地说。

"为啥嘛？"蔫驴问。

"我也不知道，他最近都没跟你联系过？"罗天福又问，并且在更仔细地观察蔫驴的反应。

蔫驴头摇得跟拨浪鼓一样："没有，没有哇，绝对没有。"他还又补了一句，“人家都是西京城的名牌大学生了，跟我联系干啥。”

罗天福这时已彻底绝望了。他当下就想反身离开。

蔫驴一把拽住他说：“罗叔，都啥时候了，住一晚上明天再走吧。”

“我咋能住得下呀！”

蔫驴看见罗天福手和腿脚都在颤抖，就强行上来夺下了罗天福肩上的挎包说：“再急也不在这一晚上，就是回，出了山，也是明早才有车。住一晚上吧，罗叔，明天一早我开车送你下山。走，先到我办公室坐一会儿。”

罗天福看天也确实快黑了，一天只嚼过一个半饼，嘴也干得跟粘着胶一样，无论如何，也得喝了水再走。他就跟蔫驴进办公室了。

蔫驴还确实有办公室，罗天福见玻璃板下全部压着他的照片。还有一张是今年过年时，跟甲成在塔云山扁担梁上照的。罗天福见到甲成的照片，突然就落下泪来。蔫驴看见他咕咕嘟嘟喝水时，眼泪都滴在杯子里了。

蔫驴说：“罗叔你也别着急，甲成不会有事的，肯定是耍脾气，几天过去就好了，我相信绝对不会有事的。甲成不是那号轻易能往绝路上走的人。”

任蔫驴如何宽心，罗天福还是坐立不安的。他在发信息，蔫驴看着他那笨拙的样子，有点想笑，但没敢。他给罗天福弄了一大老碗肉丝面，给自己也弄了一碗，他觉得厨师的肉丝面是一绝，可罗天福只吃了几口，就放下了。他看罗天福这样，就早早安排罗天福去一个接待客户的小宾馆住下了。

罗天福从来没有住过这么豪华的房间，厕所也不会上，床也软得没办法伸直腰，解不了乏，他就把被子弄到地上，在木地板上躺着。西京城那边还是没有任何消息，甲秀说让他晚上方便时给娘打个电话，说娘都快急疯了。好在手机能充电了，他就边充电，边给甲秀拨电话。甲秀把手机交给她娘，他就在电话里把淑惠宽解了半天，他没有说这儿没找到人，就说让她放心，人一定会找到的。放下电话，他的心颤个不住，害怕心脏有了啥问题，就拿出甲秀给他准备的速效救心丸，吃了几粒。

在地上躺了一会儿，他突然又想起了招弟的那句话，说蔫驴哥太爱骗人了。蔫驴会不会欺骗自己呢？他又穿起衣服来，到矿区的角角落落走了一遍，甚至连矿工们住的宿舍区，都挨个窗户看了个遍，确信甲成没在里面，才又回到宾馆躺下的。

第二天一大早，他就起来了。去找蔫驴，蔫驴还没起来。他说他就不等了，急着要走。蔫驴才不得不起来开车送他。

路上，蔫驴一直找轻松的话跟罗老师说，罗天福却一句话也没有，只是心不在焉地嗯嗯应付着，他的心思全部在罗甲成身上。

蔫驴说："罗叔，你相信我，甲成绝不会出任何问题。你回去该弄啥弄啥，该吃吃，该喝喝，过不了多久，他自然就会回去的。"

罗天福突然骂了一声："让他死去吧，这个冤孽……也把我折腾够了。"罗天福抱住了自己的头，他突然觉得头是一阵阵地炸痛。

"不要紧吧，罗叔？"

"没事，你开吧。"

"要不咱回去歇着，我再帮你合计合计。"

"不了，我得回去。他害的不是咱一家，把人家学校都全部搅乱慌了。"

蔫驴就再没有说话。当车开到甘泉沟口的一个临时车站时，罗天福从车上下来了，罗天福下车时，差点一个跟头栽在地上。蔫驴跑过去搀扶时，他觉得罗天福浑身都在发烫，衣服都让汗浸湿完了，几乎所有的地方都在颤抖，他感觉老汉随时都有再栽倒的危险。那个提前飞出去的挎包，把十几个干饼和几头大蒜，摔得满地都是。水壶也摔得三扁四不圆的。罗天福就要去捡拾，蹲到半截，哎哟一声，护着腰就仰坐下去了，要不是蔫驴后面托着，可能就会摔个仰面朝天。他看着罗老师脸上豆大的汗珠直往下滚，戏就再也演不下去了，蔫驴说：

"对不起，罗叔，罗老师，甲成在矿上。"

八十六

蔫驴是几天前的半夜接到罗甲成电话的，当时他正陪老板打牌。他听罗甲成说话的口气是遇到很大的难场了，想到矿上来转转。蔫驴当下就说：热烈欢迎。他们商量好，第二天蔫驴到陕西和山西交界的风陵渡口接他。第二天中午，他就把罗甲成接到了。一见面，先把他吓一跳，罗甲成跟春节时完全成了两个人，头发蓬乱，眼睛无神，整个眼眶眍进去两个黑洞，见他虽然勉强笑了一下，但整个嘴唇都难以打开，只是半边嘴角艰难地咧了咧。他觉得罗甲成明显是受了很大的刺激。坐在车上好几个小时他都没有说话，蔫驴也没好问，就沿路介绍一些地名、风景，他也没心思听，也没心思看，天黑的时候，就拉到矿上了。

蔫驴把甲成安排在小宾馆，而且就是罗天福住的那间房子。他让厨房弄了几个菜，还弄来了白酒、啤酒，跟罗甲成整整喝了一夜。蔫驴不知说了多少话，反正罗甲成就那样闷坐着，闷喝着。

蔫驴说："甲成，有啥过不去的坎你说嘛，兄弟再无能，总还是能帮上你一点啥忙吧。你能来找这个挖煤的兄弟，说明你看得起我，我很高兴。我总想你能有啥大不了的事，缺钱？兄弟没有多的，万儿八千还是拿得出来的。其余还能有啥事？要知足，兄弟，咱那几面山几条沟的人，能活到你罗甲成这份儿上的不多，说实话，几条沟的人，除了你，我还真没看上几个，包括现在那几个掌权的货，倒是个，有本事吗？把沟里的日子过不前去还有脸当，有脸争，有脸斗，当呢，争呢，斗呢。甲成，你满足吧你，塔云山将来出不出人，也就看你了，你这一包，塔云山还有的戏。来，喝。我比你大几个月，就是你的哥，你遇事能来投奔哥，哥这脸就斗大了，你爱说不说。爱说，你就说出来，不爱说，你就往死地憋，憋死了我把你背回塔云山，投老祖坟去。啊，喝。"

罗甲成的话匣子是后半夜才慢慢打开的，尽管蔫驴一直觉得罗甲成心很深，但这天晚上，罗甲成还是给他掏了些心里话。

罗甲成开始的第一句话是："蔫驴，我活得不如你，真的，我是把路走错了。"

蔫驴说："你胡谝呢，我要有你学习那几下，还来这深山老林里给人家'逃奴'呢。你要再把路走错了，那我蔫驴就已经跌到茅坑里了。"

“真的，我真的活得不如你，不仅是不如你，而且连大奶都不如。”

蔫驴扑哧给笑了：“大奶就能造娃，狗日的比咱大半岁，都造下三个了，还在造呢。哎呀，你是不是为女人犯神经了，这好办，你要要，我现在立马就能给你安排，保证把你伺候得舒舒服服的，百病皆消。”

“胡说啥呢，”罗甲成一脸严肃地说，“我真的不如你们。你们可能只看到我进了名牌学校，不知道我所受的那种精神折磨，有时真的生不如死。你跟谁都不能比，谁都比你强，是个人都想下眼瞧你，最好的也就是同情你，施舍你，永远不可能平等看待你。哎，你说咱们啥时活到要叫人同情、施舍的份儿上了？并且你还看不到任何希望，你再努力都改变不了这种现状。人家大奶咋，吃穿日用不愁，还有手艺，明天的日子看得见摸得着，幸福指数很高。你说我这生活有啥意思？你学习再好不顶用，现在一切都得拼爹，咱的爹能跟谁拼去？真的，蔫驴，你真的不知道我比你活得要窝囊多少倍。你真的不知道。”罗甲成一脸苦痛地直摇头。

蔫驴又给他的杯子中添上一些酒后说：“我可能是鸡肚子不知鸭肚子的事，大奶活得算个人，那充其量，也就是来人世走了一趟，留了个种，混了个肚儿圆而已，你是要干大事的人，怎么老跟他去比？甲成，你是身在福中不知福，你还说你比我活得要窝囊多少倍，多少倍？我在井底挖煤的日子，你可能连想都想不到是啥样子，也就去年才从死人坑里爬上来。可这也是有今没明的日子，搞不好遇上了冒顶、透水或瓦斯爆炸，窝进一堆人命，一下就树倒猢狲散了，你以为这是个啥好职业，你以为我就比你强了？我回塔云山也是吹呢，谁愿意被人小瞧？你来矿上待几天就知道你有多享福了。喝。”

蔫驴没想到罗甲成猛地咕嘟下一口酒后，说：“你既然跟老板关系好，那就求你给我一碗饭吃吧，明天就安排我下矿井挖煤。”

“你说啥？”

“明天安排我下井挖煤。”

“罗甲成，你是疯了是不？你要是想开眼界了，我倒是可以陪你下去走走。”

“不，是去挖煤。在老同学名下讨一口饭吃。”

蔫驴一拳头砸在了罗甲成的胸口上：“我看你有些欠揍。”

“随你怎么说怎么揍吧，只要明天安排我下去就行。”罗甲成很郑重，也很坚定。

蔫驴有些不可思议：“你真的要下去挖？”

“真的。我不想再见天日。我想井下黑乎乎的，什么也看不见，什么也听不见，一定比在上面好受许多。”

蔫驴静静地看了他一会儿，哈哈大笑起来：“好受，一定很好受，那你明天就下去试一天吧，我给他们交代一下，受不了了，随时可以升井。”

第二天，罗甲成还真下去了。不过在下井前反复交代，家里要是来电话，绝对不要说他在这里。蔫驴愣了一下，罗甲成很坚决地说：“你发誓。”蔫驴说：“我发誓，我要说你在这里，我将来生娃没屁眼。”罗甲成就坐上缆车下去了。

蔫驴给几个在同一作业面的矿工都招呼过了，说这是一个大学生，来体验生活的，不要派重活、危险活，他要不适应了，就马上送他出来。那些人也都一一答应了。蔫驴还不放心，又交代安检员，多注意检测罗甲成所去的六号拐洞的瓦斯变化情况。过了一会儿，心里跳得慌，不放心，就又亲自下去，再劝罗甲成上来，结果让罗甲成悄悄骂了几句，他才不得不离开。

过了两天，果然甲秀就来了电话，问见过甲成没有。他自然得按朋友说的办，回答得很干脆：没见。他也想打听一下到底是咋回事，听甲秀的口气不想说，他也就再没多问。过了两天，甲成他爹又来了电话，好像很着急，他没征得甲成同意，还是没敢说。事后他也想，甲成一走好几天，不给家里打招呼，家里人都不知急成啥样子了，无论如何，也得给释放点啥信息。可又一想，罗家一屋人都是死脑筋，放着那几棵能变钱的大树不卖，偏要在城里卖什么饼，真是背着干粮受饿，背着大鼓寻槌呢。急一急也好，不定就把脑子哪根筋急通了，还能变得活泛些。他也就再没理这事。没想到罗老师还真给找来了。蔫驴学习不好，打小就怕罗老师，这一来，开始还真有点慌神，但很快就稳住了阵脚。他把罗老师安排睡下后，还专门去跟甲成商量了一下，他的意思是无论如何都得把他爹见一下，可罗甲成执意不见，他说他的决心已定，一见，就又得回去重复那种生不如死的生活。任蔫驴咋劝他都不去，并且一再要求他保密。罗甲成说，回头他会告诉家里的，但现在绝对不行。无奈，第二天早上，他只得把罗老师送出了甘泉沟。可当就要分别的那一刻，他再也看不下去罗老师的那副可怜相了，他觉得如果再不说，老汉命都有些难保，他就如实把甲成的事告诉了他。

罗天福返回到矿区后，就要见罗甲成。蔫驴打电话下去，没敢说他爹来了，只说有急事，回电话的人说，那个大学生死都不上来，说有事晚上回来再说。蔫驴让罗老师到宾馆先歇着，罗天福哪里能歇得下，急得端直就往井口扑，蔫驴连忙一把抱住，给换了矿工服，两人才一起下了井。黑乎乎的，缆车走了许久，才在一个拐洞口停了下来。罗天福眼睛适应不了里面的光线，是蔫驴搀着走到甲成那个作业面的。里面有七八个矿工，正散乱地坐在几堆煤渣上吃盒饭。蔫驴用手电扫过去，脸都黑得没有了轮廓，只有一双双眼睛在泛着白，白得阴森。罗天福一眼就看见了罗甲成，他几乎是完全失去理智地扑上去，把罗甲成一下压倒在地，用大拳头擂着罗甲成的腹部：

“你狗日的，你狗日的，你狗日的，你狗日的，你狗日的，你狗日的，咋不死，咋不死，咋不死，咋不死，咋不死，咋不死去……”

蔫驴和几个矿工扑上去，把罗天福都拉不开，蔫驴感到罗老师这阵儿的力量能擂破一座山。

八十七

罗甲成无论如何都不愿从井底上去，任罗天福再打再骂，他都偎在煤渣上不起来。最后，是大家帮着罗天福和蔫驴，勉强才把他弄到运煤的传送带上，一人抓着手，一人压着腿，才运送上来的。

罗天福就要把他拖着走，罗甲成手一甩，差点没把罗天福摔倒。蔫驴一把抱住就要离开的罗甲成，硬把他拥到了小宾馆那间房里。他把气得浑身筛糠一样颤抖的罗老师也叫进房内，把门一关说："今天你们爷儿俩就在这儿好好说说，到底有啥大不了的事，要弄成这样。塔云山的人，可都羡慕着你们家有奔头的好日子呢，你们都过成这样了，那叫别人还有啥盼头？甲成，你别怪我要把罗老师领回来，我实在是看不下去了，不管咋样，跟你爹好好说说总行吧。我也不知说啥好了，反正你再别犟了，啥事都好说好商量，我就在隔壁房里，你们说。"蔫驴说着把门拉上出去了。

父子俩就僵持在那里，谁也不说话，谁也不看谁。宾馆外一棵黑乎乎的白桦树上，有一只黑乎乎的啄木鸟，正在地开凿着一个可能已经开凿了很长时间的黑窟窿。罗甲成一直看着那只啄木鸟在发呆。

罗甲成做梦都没想到，他会爱上这个地方，尤其是井下，晚上虽然上来了，但到处漆黑一片，也仍是井下的感觉。蔫驴曾经担心他在井下连半天都待不住，但他已经待了五天，并且感觉一天比一天好，他觉得这就是他要找的那个地方。那天与童薇薇在茶馆分手后，他就决定，不回学校了，去哪里他还不清楚。他首先关了手机，他觉得必须先切断与这个世界的一切勾连和妄念，而让人在这个世界无处藏身的最大敌人就是手机。他去了一家离学校很远的网吧，想给童薇薇留点什么，但写了很多，最后还是没有发出去。他觉得必须截断，截断一切。他脑子里突然闪出两个挥之不去的字：死亡。他点了一下网页，与此相关的信息层出不穷。他进入了几个自杀俱乐部，全都在研究自杀的方法，以及自杀的痛苦与欢乐，还有模拟自杀过程的游戏。他没想到，来自杀网站聊天的人会有这么多，有来劝解疏导的，更有加码引诱，让别人不给脖子套上绞索、不登高一跳不快的。哈姆雷特那句脍炙人口的台词"活着还是死去"，成了这里最热门的议题。总之，五花八门，几乎是突然间，在罗甲成面前就打开了一个与他生活着的世界全然不同的陌生领地。他突然感到有些恐惧。回身看看四周，几乎每台电脑前都坐着全神贯注的人，他们都在浏览什么网站？他们给自己打开的是一个什么样的世界？闭起眼睛静了一会儿，他又再次进入到一个叫"死亡谷"的俱乐部，这里贴满了从全世界各个不同地方、以各种不同方式自杀的图片，不仅有人类的，而且还有动物的，其中有一个自杀者，甚至划开自己的肚子，拉出肠子，一点点往断切，一点点展示给人看，他有些不相信这段视频是真的。看着看着，他突然锐叫了一声，他是被一个从一百层高楼跳下来摔成一团肉酱的自杀视频所惊骇，他几乎从椅子上跳了起来。但他发现，周边没有任何人关心他的惊恐，仍都在注视着自己面前的那一方世界，即使有人立即自杀在面前，也不会引起任何关注。

他离开了网吧，他觉得自己对自杀游戏还有恐惧感。他在街上漫无目的地走着，他突然想到了蔫驴。蔫驴曾经给他讲过煤矿井下的暗无天日，他觉得那里可能是自己最好的去处。他给蔫驴拨了电话，都拨过去了，才发现，已经是半夜三点多了，但蔫驴还是接了，并且那边传来了一阵呼呼啦啦的麻将声。他说他想来矿上看看，蔫驴第二天就到秦晋交界的黄河岸边接他来了。

他没有想到这个选择有这么好，几天过去，虽然身体有些疲乏，但精神已经在跟童薇薇们隔绝着，这里没有"不差钱"的人，这里也没有"不差权"的人，这里没有眉高眼低，这里更没有同情施舍，这里一切都很平等。跟他在同一作业面采煤的人，都很老实，很简单，也都很厚道。可能是蔫驴要求照顾的原因，他们都护着自己，不让干重活，但他自己愿意抢最重的活去干。他们的话题基本就是吃和性两种，把性说得特别的露骨，尤其是一涉及某些敏感器官的名称，连发音吐字都变得咬牙切齿起来，好像是愤怒得就想击穿粉碎。连开煤的钻头，都不叫钻头，而叫"鸡巴头子"，好像这样叫着，开钻起来就特别有劲似的。罗甲成开始第一天还不习惯，几乎完全倒换了一个语言系统，无论孔子、孟子，还是柏拉图、康德，要是来到这个环境，当下就能气死。但他们身上并不缺人性的温度，他亲眼看见一汪水溃煤石塌下来时，其中两个人是用脚把别人踢出去后，自己才跑开的，而这在井下，几乎是每天都要发生的事。没有人觉得这很英勇，这是拯救，这是把生让给别人、把死留给自己的献身精神。就觉得应该这样，把自家弟兄踢一脚出去倒算个事。他突然想起了中学时背诵过的那首《咏煤炭》，虽然此时的心情并不似明代诗人于谦那样在托物言志，忧国忧民，但诗中对于煤炭的这种描摹与咏怀，一遍遍吟诵起来还是很对胃口的：

凿开混沌的乌金，
藏蓄阳和意最深。
爝火燃回春浩浩，
洪炉照破夜沉沉。
鼎彝元赖生成力，
铁石犹存死后心。
但愿苍生俱饱暖，
不辞辛苦出山林。

第一天晚上从矿井上来，罗甲成就要住到那几个一同作业的矿工宿舍去，蔫驴死都没让，说那儿绝对住不成，屁味、烟味、汗味、臭脚味能把人熏死，鼾声、磨牙声、梦话声把人能吓死。他说他跟老板说过了，就让他住宾馆里，有客人来让就是了。罗甲成犟不过，就又在宾馆住了一晚上。谁知他刚躺下，蔫驴就叫了一个人来，说是给他解解乏。他一看，竟然是过年时蔫驴领回家去的那个菲菲。“你什么意思，蔫驴?”罗甲成当下就躁了。“哟，这不是甲成哥吗？真是山不转水转，咋把甲成哥你给转来了。”菲菲说着一屁股就塌在了罗甲成的大腿上，罗甲成吓得一个翻身就下了地。罗甲成没经见过这事，话都不知道咋说了，嘴里直磕磕：“你先出去，你先出去。”把蔫驴惹得哈哈哈一阵大笑，就示意菲菲先出去了。菲菲一出去，罗甲成就想踹蔫驴一脚：“蔫驴，你狗日的把我当成啥人了?”“哎呀，这倒是啥事嘛！就拔了萝卜窟窿在的事么，看把你认真的。”罗甲成指着蔫驴的鼻子骂道：“你看你还像不像个人，这是你爱的人，你就这样糟蹋人家?”“谁是我爱的人了?”“你不爱人家，把人家领回家干啥?”“哈哈哈，我说甲成哪甲成，现在领人出去玩几天算个事，就是爱了？就是自己人了？你真是个傻蛋哪。实话告诉你吧，菲菲就是咱这宾馆的一个按摩小姐，过年没处去，死缠着我要回咱老家玩几天，你还当真了。”罗甲成气得恶狠狠地谴责了他一句："你真恶心！"蔫驴急忙拍拍他的肩膀说："好了好了，觉得不舒服换一个就是了么，这宾馆还有几只鸡呢，我都叫来随你挑。"罗甲成更加恼怒："蔫驴，你把我看成下三烂了是不？我是到这儿寻找人格平等来了，不是偷鸡摸狗，当畜生来了。你就给我一碗饭吃就行了，其余啥都不用你管。对不起。"说着，他就真的去了矿工宿舍，再没有回过宾馆这间房子。

没想到，蔫驴把他和爹又一起关在了这间房里。他看见爹气得说不出话来的样子，心里就直恨着蔫驴，为啥要把他又拉回来，罗甲成是想让他们彻底失望、放弃后，再告诉他们，他还活在这个世界上，不然，什么也改变不了，他真的不想再去过那种让他整日如芒刺在背的生活了。

他终于说话了："爹，你回去吧，我是死都不会回去了。"

罗天福看他说话了，把情绪也缓和了些："为啥？你总要讲个为啥？"

"没有意义。"

"什么没有意义？"

"一切都没有意义。"

罗天福拾了拾腰，说："你要什么意义？"

"我也不想说，我也跟你说不清，反正就是不回去了。"

"是啥事把你刺激成这样了？啊？你连爹娘、家庭、前程啥都不要了？上个学容易吗？你这样往死的折腾。罗甲成，我要是再年轻些，今天就想一棍把你打死在这里，我也不想活了，还活什么？你真能做得出哇，罗甲成！"罗天福直想哭，但他强忍着，他不能在儿子面前塌下这最后一点点气力。

"我盼你今天能把我打死，打死可能更好受些。"

"你到底是咋了？要这样寻死觅活的？"

"爹，我知道我欠着你们的，可你们也真的该醒醒了，还上啥子学？姐马上大学就要毕业了，毕业就是失业，你们花这么大的代价，供养两个大学生的意义在哪儿？再别做梦了，我成不了龙，姐也成不了凤，一切都是徒劳的，你就快醒醒吧！你和娘也赶快回塔云山去吧，再别在城里瞎折腾了，回塔云山，你们还能像人一样地活着，在城里，就是垃圾、是膏药、是下三烂、是牛皮癣。”说着，罗甲成又要往门外冲。

罗天福终于扑通一声跪在了地上。

这时，蔫驴听到动静开门走了进来，被眼前的一幕吓了一跳：“罗老师，你咋……狗日罗甲成，你立马给你爹跪下，你狗日不跪下，你就不是人生父母养的，你狗日就是个杂种！”

罗甲成终于也无奈地背对罗天福跪下了。

八十八

好说歹说，罗甲成终于同意跟罗天福回去了。蔫驴觉得自己必须往回送，不然，路上还会出意外。他就给老板请了假，开着那辆路虎，把几个车门都反锁着上路了。

罗甲成坐在副驾驶位置上，眼睛微闭着，既不想跟爹说话，也不想给背叛了自己的蔫驴说话，更不想看到阳光下的一切，他始终觉得井下的感觉很好。他在井下作业的那几天，觉得身心是那么轻松，那么单纯，那么简单，不用看任何人鄙视的眼睛，也不用看任何人鄙夷的嘴脸，看不清，也不用看，也不会有那些嘴脸，总之，他在最不安全的地方找到了绝对安全的感觉。在矿工宿舍的感觉更好，大家累了一天，出了矿井，剥光剥净，扑通跳进大池子一泡一洗，然后换上自己的衣服，进饭堂把饭一咥，就回宿舍躺在自己的床上了。有爱打牌的，弄几把“跑得快”，赢几个小钱，害怕输的，就在边上观阵助威。十点左右，工头一喊，所有宿舍把灯都一关，然后躺在床上，再说一阵跟性有关的话题，有人就先到周公那儿报到了，紧接着，在先后不到十分钟的时间内，所有人就都扯起了鼾声。有时睡得晚一点，隔壁房里就先鼾声雷动了，有人说是“张大球”的，有人说是“王臭屁”的，反正连薄墙板都跟着抖动起来，每每至此，罗甲成就幸福地笑了。他喜欢这群憨厚朴实的人，他喜欢这种不钩心斗角、不为各种竞争弄得剑拔弩张的感觉。

当汽车在一步步向黄河岸边逼近时，他在思考的最严峻的问题是回去怎么办？还去上大学？他真的是不想上了，他觉得自己已无法面对所有的人。如果说在发攻击孟续子帖子后的那段时间，他还有些后悔的话，现在也不觉得后悔了，如果没有这一招，也许自己还迈不出这一步。他也曾在夜半时分，打开过手机，浏览过所有的短信，姐姐发得最多，其次是童薇薇，先后发过二十多条，朱豆豆、沈宁宁、孟续子也都发过，而且都不止一条，似乎都在关心自己，但他对这个已经不大在意了。再恳切的言辞，他知道都是为了让他回去，回去以后又怎么样？那就不是别人所考虑的事了。他们无非是害怕罗甲成死了，死了也许良心都会有那么几天微微波动的时间，过了，该弄啥照弄啥。他不是没有想到死，但他发现自己怕死，他甚至突然敬重起那些敢于以自杀的方式来结束生命的英雄来，跟他们相比，自己简直就是个贪生怕死的可怜虫。他甚至也想过出家当和尚，但这些年所去过的寺庙，几乎没有不是弥漫着铜臭味的，那里的森严等级，据说并不比尘世来得简单轻松。因此，他觉得最好的地方，真的就是数千米的深井下了。

罗甲成从汽车后视镜中，无意间看到了父亲那张越来越黑暗的瘦脸，他也知道父亲为他上学付出了很多，但更多的时候，对父亲都是一种幽怨，本来是可以不这样生活的，把几棵大树一卖，什么问题都解决了，可他偏要这样苦苦巴巴的，在他看来，就是一种穷命。过去在塔云山，父亲在他心中的形象，是很高大、威严的那种，可自进了西京城，他就越来越觉得父亲像鲁迅笔下的阿Q，在处理很多事情上，尤其是在同郑阳娇这个包租婆的较量斗争中，几乎显示出的都是懦弱无能、百般屈从的形象。他有时看到父亲受到伤害的样子，是既同情，又觉得活该，谁叫你要一副人想咋捏就咋捏的脓包相。还一说就是仁呀、义呀、礼呀、信呀的，有什么用，那一套和社会几乎完全不兼容，你一个人守着，滑稽可笑得真是令人有些作呕。他给父亲下的定义就是八个字：不合时宜，窝囊透顶。

要不是爹昨天突然来了那一招，他是死活都不会回去的。爹给儿子下跪，这让自己的良心发生了震颤，他觉得他必须给父亲一个面子。再加上他也有些恨蔫驴出卖了自己，就是再下矿井，他也不会来甘泉沟了。回去就回去吧，让人看看罗甲成还没死，大家也就都好有个交代了。反正他是不上学了，他想，脑袋长在自己脖子上，腿长在自己身上，别人总不能抬了去。

在过黄河大桥的时候，他微微睁开眼睛看了看这条著名的河流，让他很失望，宽宽的河床上，只有很窄的一溜浑水在时断时续地流淌着，与他在书本上读到的完全是两回事。那天经过时，他甚至都怀疑过这是不是黄河，但也没心思问，就被蔫驴接走了。今天，刚接近大桥，蔫驴就回过头给他罗老师说，到黄河了。他很是失望地闭上了眼睛。这样一股细水，还不如干了算了。

罗天福对黄河也很失望，怎么就干成这样了？流淌了几千年，养育了一个华夏民族的大河，是真的要彻底变成干滩了吗？他在小学时就想看黄河，还以为自己一生都没机会了呢，没想到是这样才看上的。那天过来，他心里装着太沉重的事，也没人提说，就根本不知道是从黄河上经过了。这么大一条河，干成这样，谁又能让她再变得波浪翻滚起来呢？

汽车很快就把黄河丢在了一边，罗天福还回头看了看，一个弯拐过去，就什么也看不见了。

罗天福抬头看了看车前那个小方镜里闭着眼睛、一副桀骜不驯样子的罗甲成，心里真的有一种万念俱灰感。他咋都想不通，自己好歹也是个教书匠，咋就眼睁睁看着自己的儿子学成了一个叛逆郎。说家里穷，那古代出了多少大人物，不都是穷家出身，不都是靠寒窗苦读出来的，今儿个咋就不行了呢？同样是姐弟俩，那甲秀咋就又行呢？他真是搞不懂了。他在想，自己是不是给了儿子太大的压力？仔细想，也没有哇，就是要他好好学习，好好做人，将来做个有出息的人，有用的人，这些难道就是让他变成现在这个样子的压力吗？他知道儿子一直为他没卖那两棵紫薇树而不满，他是真的舍不得，他奶奶也舍不得，卖了搞不好是要要了老人家性命的呀！那树是有灵性的，那树对罗家是有恩的呀！问题是他和淑惠还确实能挣，虽然这事那事的，学费不是照样也挣得差不了多少么，稍一错腾，一锅水不就全开了么。要真是老得不能动了就不说了，那两条腿还能动，两只手还能挖抓，为啥就不动，就不挖抓呢，而要卖老本，毁祖业，争体面，过讲究日子，这样的事，罗天福是真的做不出来呀。

罗天福一直在想，罗甲成在宾馆所说的那一席话，他觉得那可能是病根儿所在。甲秀确实要毕业了，甲秀也确实还没找下工作。不像过去，谁上个中专，就算把一生的大事都解决了。现在据说上了硕士、博士，也都未必有现成工作可干。那就不上学了？那就回去当大奶、当蔫驴？也不是这些娃娃就不好，在罗天福心里，读书那就是一个正经事，塔云山凡读书多的人，还就跟别人不一样。那些不孝顺父母、打骂爹娘、偷鸡摸狗的人，起码在读书人里还是少数。大奶的爹就养了四个娃，四个娃也都是只顾在自己地里刨食的主儿，弟兄四个，为争一点地畔子，都能打得头破血流，甚至一辈子互不往来。到了大奶这辈，又养了好几个，不读书也看不到有啥大出息。蔫驴在塔云山是瞎出了名的，前两年还把别人的媳妇拐出去卖过，这二年好像变得好了些，可在罗天福心中，总还是一个很不靠谱的人。他最近还一直在想甲秀和招弟的区别，招弟只读了个小学，虽然有点心计，但终是只为自己攒点小钱而已。而甲秀自上了大学，就跟变了一个人一样，家乡来的这几拨打饼的亲戚，她都能想方设法地帮她们到外面开辟市场，而招弟总是悄悄翻点是非，让他和淑惠要想办法把这些人早早撵了，她说，要不然她们就把咱家的饼子擀薄了。虽然他也觉得招弟很可爱，但也许是他当过村支书，当过老师的原因，就喜欢琢磨这事，觉得里面是有个很深的道理的，那就是读书和不读书的人不一样。他也想过将来甲成要是能当个乡长、县长啥的，给家乡办些正事，也没枉读一趟书，可那也仅仅只是想，没有给人说过，反正在他心里，就觉得不读书不行，想有出息就得拿读书打底子，没这个底子，遇上啥机会也没用。如果说开始他还有些望子成龙的想法，那么现在就只一个目的，读书能明事理就行。罗甲成把书读成这样，实在让他忧心如焚。

蔫驴把车开得很快，晚上大概十点多一点，就赶到西京城边了。罗天福看到逐渐通明起来的灯火，心里反倒紧张起来。人是活着弄回来了，咋办？他真的觉得自己无能为力了，罗甲成从骨子里已经瞧不起他这个父亲了，这让罗天福感到比什么都伤心。儿子以为自己不想回去，想守着这个西京城，那实在是因为梦想没有完成，已经有好多次了，他都准备撤，但咬咬牙，还是挺过去了。他知道自己在这个城市，活得并不光鲜，在别人眼里可能也就是“垃圾”“牛皮癣”，但他总在力图做着文明人，不闯红灯，不随地吐痰，大小便如厕，爱惜人家城市的一草一木。做人礼貌、和谐、守法、忍让；做生意不造假、不坑人、不偷税、讲诚信，并且还在培养着两个奔文明而去的大学生。他觉得自己确实卑微，有时简直觉得在这个城市活得连一只蚂蚁都不如，但他却从来没有因此而做过自贱的事，即使捡垃圾，也绝没有顺手拿走过不该拿走的任何东西。除此以外，那就真是身份低贱了，不可改变了，如果儿子骨子里是因为这个看贱了自己，那也就只能任他去了。

当车开到离文庙村很近的时候，罗甲成突然要下车。蔫驴也不说话，也不停车，就一直往文庙村的方向开。蔫驴知道这车门他是打不开的。他想，把老同学得罪就得罪了，反正必须把人送到。虽然他也觉得靠罗老师能把甲成说转，可能是瞎费工夫，但甲成这个样子，如果留在自己手上也很可怕。

蔫驴终于把人送到了。

让罗甲成感到难堪的是，房前几乎拥了半院子人，他一眼看见了童薇薇，甚至还有朱豆豆、沈宁宁、孟续子和学校的几个人，东方雨老人、破锣和那个爹自以为对自家很好的街道办贺主任，郑阳娇、西门锁、金锁也在其中，家里人更是一个不落地搀着已经变得颤颤巍巍的娘，正号叫着朝汽车跟前奔跑。他想立即钻进地缝，但已经来不及了。蔫驴打开了车门，他是被娘用双手抓下去的。一刹那间，他看见娘的头发全白完了，他没有想到人的生命竟然会在顷刻间变得这样判若两人。娘在悲喜交加中，哭得被人搀了回去。这时，朱豆豆突然上前，一把抱住了他，说了声“对不起，甲成”，双臂由于使了太大的劲儿，而让他感到有些不能承受之重。接着，孟续子也拥抱了他，仍然说了“对不起，甲成”几个字。奇怪的是，沈宁宁拥抱他时，也说的是这几个字，难道他们是商量好的？就在他极力回避童薇薇的眼神时，薇薇已经走上前，一把抱住了他。薇薇什么也没说，就哭，哭得让他不知如何是好。他不知曾经有过多少次这种拥抱的幻想，今天竟然在这种境况下实现了，他觉得有点羞耻，但这个拥抱，此时又分明有一丝暖意。他突然听到，自己内心深处似乎咯噔响了一下，好像是一种冰凌在融化的声音。

（原出版单位：人民文学出版社、太白文艺出版社 2013 年 12 月第 1 版）

城市在远方（节选）

唐云岗

【作者简介】 唐云岗，笔名云岗。主要作品有长篇小说《城市在远方》，中篇小说《永远的家事》《苹果树》《饲养室》，短篇小说《拾麦队》《罕井》《八爷的爱情》，散文《红苕》《永恒的秦腔》《父亲》《印象陈忠实》等。《城市在远方》获全国梁斌小说奖长篇小说一等奖，第三届柳青文学奖，北方十三省市文艺图书奖。

第一部

第十三章（节选）

腊月二十三祭灶后，田堡人方慢腾腾地张罗开了过年的事。说是张罗，其实也没有多少事可干，大白菜、萝卜、葱、粉条、辣椒面都是现成的，年前再买几斤豆腐、一吊子肉、几个大头菜、一串鞭炮，偶尔再买一瓶“关中大曲”，便是一家人的年货了。

田堡人最能体会年的气氛的在于蒸年馍。进入腊月后，各家各户把积攒了一冬的小麦挖出来，或拉或扛到大队磨面房，磨成面粉后，极仔细地存放在面瓮里，却舍不得吃，直到腊月二十五以后，方拿出来蒸年馍。蒸年馍的前一夜，妇女们跪在炕上和一大盆面，然后放在热炕上，盖上被子，令其发酵。第二天，待面溢出面盆后，婆娘们便叫几个相好女伴，或坐或跪在炕上的小桌旁，一面揉面、做馍，一面东家长、西家短叽叽喳喳地东拉西扯；男人们和年龄大的孩子在伙房里搭起灶火，严阵以待做好的馍上锅；娃娃们相跟着一会儿跑到蒸馍的房子，一会儿跑进伙房，一会儿又炫耀似的跑到门口，眼巴巴等待着第一锅年馍的出笼。第一锅年馍每家一般都要蒸几笼萝卜、豆腐、大葱馅的包子，这也是年给田堡人的第一个见面礼。有一年包子出笼后，龙民竟然一口气吃了八个，创下了一生吃包子的纪录，直看得龙大农瞪了眼。可见到大平后，大平却满不在乎地说："这有啥？我一口气吃了十二个呢！"很是让龙民咋舌后自惭形秽；第二锅年馍是大年初一后出门拜年带的油包子、馄饨馍，以及过了初五后，大人给外甥、外孙们送的茧茧馍。这茧茧馍有点长，里面包少许萝卜、豆腐拌成的馅，前边对称地按进两个软枣，形象颇像一个蚕茧。过去弄不清大人为什么要给娃娃送这茧茧馍，长大后，龙民终于悟到了其中隐含的道理：蚕变成茧，意味着成材。原来这是大人希望孩子长大成才的愿望呢！以后一锅或几锅年馍便是一家人过年和招待上门亲戚的小圆馍了。女人们把做好的馍先一个一个摆放在铺了报纸的炕席上，说是泛馍，泛到自己认为适当的时候，才往笼里搁，然后再蒸。蒸馍的火候又是一门学问了，一般先由大人们把住风箱使劲地拉，直拉到蒸汽爬上了笼盖——田堡人称之"汽圆了"，再交给孩子悠悠地拉。拉到最后，风箱声几乎变成了摇篮曲，人也欲昏昏睡去，这馍就算好了。但火却不能停，直到一笼一笼馍端下来，风箱声方戛然而止。每年蒸馍时，孩子们都喜欢先拉风箱，不喜欢后来悠悠地拉，原因是先拉毕竟时间短，似乎节奏也颇符合孩子的性格，即使累，也累得痛快。但大人们生怕孩子们一把力气上不来，汽在半路里上不去，把馍蒸砸了，很少让孩子们先拉，孩子们只好噘着嘴接过风箱把，耐着性子，悠悠地拉了。尽管如此，有时候蒸好的馍不是成了瓷疙瘩，便是被蒸馏水呵了，令人惨不忍睹。每当这个时候，全家人一个个哭丧着脸，嘴里嘟囔着，却手足无措，继而便把责任推到死去的祖先身上，又是磕头，又是烧香，又是放炮，祈求祖先饶了他们的罪过，让他们过一个安稳年。因此，田堡人互相吵架时，人人都会说这么一句："不蒸年馍蒸（争）一口气！"盖因蒸馍时，蒸汽最为重要了。

龙民家到了腊月二十八才蒸年馍。龙大农没有让龙民妈叫其他婆娘，他自己和面、揉面，龙民妈做馍，烧火的事便是龙民、龙兵的了。按理龙民先拉风箱，龙兵后拉，可已经是初中一年级学生的龙兵噘着嘴不乐意，说要和龙民轮着来。龙民心里虽然不愿意，也只能这样了。第一笼包子终于蒸了出来，龙民一口气吃了五个，龙兵竟然比龙民多吃了一个，气得龙大农嘟囔道："不是我舍不得让你吃几个包子，这吃饭有学问呢，不能碰见好的撑死，遇见瞎的饿死，这要在外面，是会耽误前程的！就说你大虎哥吧，好不容易当了个兵，第一天吃包子，他一气吃了十八个，第二天吃'忆苦'饭，却皱着眉头吃不下去，领导认为他忘了本，就让他在部队混了两年回来了，要不现在说不定都当上大官了！"话虽这样说，馍蒸到最后，龙兵又吃了两个包子。

大年三十早上，天出奇的冷，龙民妈吸溜着鼻子擀了一案子面，用刀鏊得极细，下到锅里让全家人吃了，说是吃"钱串子"，吃了来年有钱花。自打龙民生到田堡，田堡人年年都要吃这"钱串子"，可这么多年过去了，田堡人最缺的却是这个钱，但"钱串子"照样年年吃。龙民一口气吃了三碗"钱串子"，肚子虽饱胀了，心里却有点不是滋味。

下午，便是人们期待已久的煮肉了。田堡人日子过得紧，一年几乎只吃一回肉，便是过年的时候。但煮好的肉，人们只能吃那么两三顿，其余的全留给拜年的亲戚。因此，每当吃怕了红苕面、玉麦面的孩子问大人吃什么饭时，大人们便没好气地说："煮肉呀！"可见煮肉在田堡人心里的地位。煮肉时，全家人尤其是娃娃们喜形于色，跑前跑后，只盼着肉熟后啃那几根骨头。因为肉是不让放开吃的，唯有从肉里拆出的骨头，却是必须啃净的。龙民爱吃肉，也爱啃骨头，但肉煮熟后，看到龙兵馋涎欲滴、当仁不让的神态，他只好放弃了啃骨头的念头，悻悻地舀了一碗肉汤，泡了个馍吃了，任凭龙兵想方设法地对付那一根骨头。

晚上，龙民妈忙着包起了饺子。往年，龙民家和田堡各家各户一样，过年时只包几笼萝卜、豆腐、大葱馅的素饺子，田堡人称之为"角角"（读 jue）。今年不知怎么了，龙大农竟然买了二斤羊肉，让龙民妈包田堡人嘴里常念叨的"肉疙瘩"，且神秘兮兮地告诫全家人："可不敢让村里人知道！"龙民虽然对父亲的话有点奇怪，但看到包好的“肉疙瘩”亲切可爱，便忘了一切，只盼着“肉疙瘩”赶快下锅。

大年初一一大早，全家人便起床了。穿好新衣服，龙兵揣了一匣火柴，把拆散了的鞭炮放在门口的石头上，一个一个地放。过去过年时，龙民和龙兵要把一串鞭炮平均分了后，各自一个一个地放。现在龙民大了，不再放炮了，龙红虽已上三年级，可别人放炮时尚捂着耳朵，躲得远远的，自然不会和龙兵争，但龙兵依然把一串鞭炮拆散，一个一个地放，目的是为了多过一会儿放炮的瘾。因为每年龙大农只买一串五十头的鞭炮，一次放完实在不过瘾！

龙大农和龙民妈忙着烧火、煮饺子。“肉疙瘩”好不容易煮好了，龙民妈先盛了三碗，放上筷子，端到祖先灵位前，极恭敬地放好，说是给祖宗“献饭”；而后龙大农带着龙民、龙兵跪在祖先灵位前，烧了三炷香，自言自语道：“求祖宗保佑我的日子芝麻开花节节高，保佑龙民考上大学，龙兵考上中专！”龙民觉得怪怪的，却没有说什么。龙兵和站在旁边的龙红“哧哧”地笑，龙大农回过头，狠狠瞪了他们一眼，然后趴在地上恭恭敬敬地磕了个头，站起来又长长地作了个揖。仪式结束，全家人便吃这早已企盼的“肉疙瘩”。龙民急急忙忙夹起一个，送到嘴里，立时一种从未体验过的感觉从舌尖泛起，荡漾在全身。于是，按龙大农的话说，他“头不抬，眼不睁”，一气吃了三碗。又舀了一碗饺子汤，喝了。不想这饺子汤也别有滋味，不说汤上面漂了一圈好看的油花，单是喝到嘴里，也和平日里的“角角”汤不一般。龙兵也毫不示弱，竟然比龙民多吃了半碗。龙大农无可奈何地摇了摇头。

吃过“肉疙瘩”，龙大农自家一些侄子、媳妇带着孩子相继来拜年，龙大农既要倒茶、递烟，又要陪人说话，忙得不亦乐乎。临走时，龙民妈给每个孩子发了两毛钱，孩子们瓷瓷地盯着钱，却回头看家长，直到家长发话了，方一把接过钱，一溜烟地跑了。龙民带着龙兵、龙红也去给自家的长辈们拜年，走时，长辈们给了龙兵、龙红两毛钱，却没有给龙民。龙民也不在意，却叮嘱龙兵、龙红说：“回去交给妈，不准乱花！”龙兵、龙红懂事似的点了点头。

拜完年，已经是中午了，太阳不知道什么时候露出了淡淡的笑脸，照在人身上，多少有了点暖意，让人切实觉得春天已姗姗而来。龙民在五爷家的阳坡下站了一会儿，感到百无聊赖，正想去大平家，却见田军拎着两包点心懒洋洋地过来了。到了龙民面前，龙民尚没有开口，田军却长叹了一声，说："没意思，没意思，在农村过年太没意思了！城里人过年买这买那，过了小年便让人感到年的气氛了，到了三十晚上十二点，炮要放到天亮呢！可回到农村，一点过年的气氛都没有，娃娃们放炮还要拆散了放，没意思！"正说着，旁边两个穿粗布衣服的小孩点燃了一个炮，捂着耳朵躲在了一边，可炮却没有响。两个小孩急火火跑过去，捡起没有响的炮身，忙忙地剥开，倒出了里面黄色的炸药。田军头摇得像拨浪鼓，说："你看看，你看看，这就是农村人过的年！"龙民没有在城里过过年，自然不知道城里人如何过年，便打断田军的话题，问道："你这是给谁拜年去，提这重的礼？"田军一听，诡秘地笑了，反问道："还能去谁家？"龙民便知道田军要去兰芬家。田军往前走了几步，回过头，迟疑了半晌，方说："我心里没底呢，你能和我一起去吗？"眼睛里却满是不容推辞的乞求。龙民犹豫了一下，只得跟在了田军后面。

田堡村有九个生产队。村子虽在川道，村庄倒也规则，站在高处看，整个田堡村极像一个大大的"井"字，"井"字的左右两条线夹的便是东西穿过的那条县道，也是田堡公社人们赶集的街道，一队人便居住在街道两边，田堡中学和田堡公社则分别居于街道的东西两头。"井"字的上下线通过右边的两个交叉点往北延伸，东边（"井"字的下方）两旁面对面的是二、三队，西边（"井"字的上方）两旁面对面的则是四、五队；依次穿过街道，向南便是六、七队和八、九队。村子的周围过去有一圈高而厚的围墙，东南西北角还各有一个梯形的城墩，随着岁月的流逝，一部分城墙自行倒塌，一部分城墙被村民挖了土，仅剩南边的城墩孤独地矗立着。龙民、月莲几个人虽都是田堡人，但田军、龙民家都在二队，月莲、大平、兰芬则分别在三、五、九队。

经过三队时，远远看见月莲穿着新衣服站在门口，龙民一时不知道该回避开，还是上前搭话，正踌躇间，月莲也抬头看见了他，却转身回了家。龙民有点怅然，不知怎么着，一时却想到了香婷，自思道：“不知香婷过年干啥呢？”又一想，香婷对自己那么无情，想也是白想，便把香婷从心里挤了出去。田军也看见了月莲，便说：“月莲也不错呢，我看和你合适。”龙民推了田军一把，嗔怪地说：“看你说的啥话？我才看不上她！”田军笑了笑，说：“我说的是实话，你没有说实话。”龙民说：“可我现在还小，还不想考虑这些事。”田军有点忧悒，说道：“我知道你的理想是考大学，考上大学对象自然拿权卷。不像我，只不过是个工人，城里人根本看不起。不过话说回来，月莲的确不错，你将来不要后悔！”龙民不自然地说：“我有啥后悔的。”

进了兰芬家，兰芬家的祖先灵位供奉在门房。田军把点心放在供灵牌的桌上，趴在地上磕了一个头，龙民一看，只得趴在地上也磕了个头。兰芬家一看来人了，急忙把他们往屋子里让，但龙民明显感到自己成了贵客，田军成了局外人。胡贵老汉握着旱烟锅，一会儿让兰芬给龙民倒水，一会儿摸出一支纸烟往龙民手里递，却没有让田军；兰芬妈还拉着龙民的手说：“长高了，长高了，学习又那么好，将来肯定问个好媳妇。”兰芬一面倒水，一面嗔怪地说：“妈，人家龙民还小呢，看你说的啥话？”兰芬妈不好意思地笑了，却说：“小什么小？你和五宝十二岁都定亲了！”说着，翻了田军一眼。田军只好也笑，却不自然。兰芬把一茶杯水递到田军手里，回过头对她妈说：“你还说，那是啥年代吗。”胡贵老汉瓮声瓮气道：“年代咋了？啥年代都能找上好象！”

过了一会儿，胡贵老汉和兰芬妈知趣般地出去了，屋子里剩下田军、龙民和兰芬。田军和龙民坐在炕沿上，兰芬靠着柜子，站在脚地，两手绞在一起，低头不语。龙民看一眼田军，又看一眼兰芬，感觉很别扭，坐也不是，走也不是。

终于，田军摸了一支烟，点着，狠吸了一口后说：“你咋不给我回信呢？”兰芬脚轻轻蹭着地，小声说：“你让我咋回嘛！”田军说：“你就说成不成。”兰芬说：“可我已经告诉了你，我有对象。明天他就来我家，后天我还去他家。”田军有点激动，说：“你说的那个农民吗？他配不上你！何况他现在成了现行反革命。”兰芬有点生气，抬起头，盯着田军说："农民咋了？农民就不是人？别人说他是现行反革命，我认为他对着呢！这个时候我更不能离开他！"田军泄了气，低了头说："你真的不给我一点希望？"兰芬笑了笑，说："田军，别傻了，咱俩不合适呢。我相信你肯定能找一个比我强的人，咱俩也会成为好朋友的。"田军扔掉烟头，沮丧地说："可我已经为你把对象退了，也在村里把人丢完了！"兰芬道："可我并没有让你那样做，再说你那种方式我实在不赞成。"田军无话可说。忽然，他从炕沿上下来，对着兰芬一字一句地说："我不会死心的！"说毕，便头也不回地出了屋子，龙民只得跟着出了屋门。兰芬愣了一下，也跟了出来。

三人刚走到大门口，胡贵老汉忙忙撵了出来，一面从供桌上拿起田军带来的点心，塞到田军手中，一面说："这是你的东西，不要忘了带走。"田军的脸唰的变得煞白。兰芬翻了胡贵一眼，说："大，你看你！"胡贵却唬着脸说："咋？无功不受禄的道理，我这个农民还是懂一点的。"

离开兰芬家，走到无人处，田军自嘲道："弄的啥事吗？可让你把热闹看美哩！"龙民想了想，说："这有啥？总比被人骂一顿强吧？"田军奇怪地看了龙民一眼，说："看得见，摸不着比被人骂一顿更难受呢！"说着，顺手将手中的点心扔进了旁边的猪圈里，感叹道："一朵鲜花插到了牛粪上！"

回到家，龙民妈正在伙房做午饭，龙大农却坐在院子当中，看村里的小炉匠沈武修他那一辆破自行车。龙民走进伙房，诧异道："大过年的，沈武叔咋来修车子？"龙民妈叹了一声道："年前车子就坏了，你大叫了他几次，他总说忙，谁想今天却来了。本来我想炒个鸡蛋盘子，只好算了。"龙民有点失望，便坐在灶火前看妈准备"五盘子"的料。田堡人过年时讲究吃"五盘子"：一盘炒白菜，一盘炒豆腐，一盘炒粉条，一盘炒肉片，一盘八宝辣子，龙民家也不例外。"五盘子"中的炒白菜、豆腐、粉条、肉片一般人都能做，唯有这"八宝辣子"却是田堡人的创造。做时，先把大头菜、烧豆腐、肉等切成丁，大葱切成末，待锅里少许菜油熟了后，放入切好的料丁及食盐、调和面，用铁铲翻几番后，洒入辣椒面，搅拌均匀，再洒进葱末和味精，然后盛进盘子，便好了。吃时，掰开馏好的热馍，夹入，再夹两片肥肉，用手一捏，红油便深深渗入馍中，看一眼便要馋死人，咬一口更是香死人。田堡人走出田堡后，没有多少东西可炫耀，但这“八宝辣子”却是要炫耀一番的，且眉飞色舞。

不大工夫，龙民妈炒好了“五盘子”，馍也馏好了。龙大农便招呼沈武吃饭。沈武慢腾腾地站起来，在龙民端来的脸盆中洗了洗手，毫不客气地坐在了饭桌前。饭端上来后，龙民、龙兵、龙红分别夹了个馍离开了，饭桌前只有沈武和龙大农吃一口，就一口。吃了两个馍，龙大农便不吃了，且说“饱了”，却不自然。沈武抓起第四个馍，边夹辣子、肉，边说：“你的饭量不会那么小吧?”龙大农不好意思地笑了笑，说：“这几天油水大，吃不动了。”话未说完，沈武手中的馍已下了肚，又抓起一个说：“龙民妈炒的菜就是好，怪道你肚里的油水多。”说着抄起盘子中最后一片肉，夹进馍里。

饭后，沈武又鼓捣了一会儿自行车，说“好了”，便回去了。送走沈武，龙大农气呼呼地说：“吃啥没眉眼，多少像头猪!”一面说，一面走进伙房，夹起了馍，一气吃了三个，惹得龙民妈和龙民、龙兵、龙红站在一旁哈哈笑。

下午，龙民妈开始收拾第二天走亲戚的东西，龙民无事可干，便要去找大平，不想大平却来了，两个人便东拉西扯地聊了一下午，直到天黑，大平方告辞而去。

第二部

第三章（节选）

接到龙民的信时，大平刚好被师部确定为考军校的人员之一，这无异于幸福从天而降。再一看龙民终于考上了大学，大平一时惊喜交集，便按捺不住激动的心，洋洋洒洒地给龙民写了一封长信。

参军前，大平想都没想过参军的事，因为他父母只有他一个儿子，且他父母生他时均已三十九岁了。但大平家里实在太穷了，大平大苦干了大半生，也没有改变这个状况。大平便想着到城里去，挣很多的钱，让父母过几天舒心日子，也让村里人正眼看一看他家。可越补习，大平感觉到自己的愿望越虚无缥缈。“龙民都是学校尖子呢，第一年尚且没有考上，现在还要付出百倍的努力，却谁也不敢保证他能考上。我和龙民相差十万八千里，到头来肯定是竹篮打水一场空。七尺男儿，朗朗乾坤，不想着如何让父母过上舒心日子，却还要花着父母面朝黄土背朝天，把日头从东山背到西山挣来的血汗钱，去做一个根本无法实现的梦，这是你大平的为人吗?”上课时，大平思想常常开小差，不自觉地想这样一些问题。可想归想，他却不知道怎么办。那一天龙民气汹汹骂了他后，大平非但没有怪罪龙民，反而躺在床上又想到了自己常常想的问题，想着想着便骂自己：“啥东西嘛，自己心里瞀乱，不好好学习，还要影响龙民，难道让龙民和你一样吗?”这样，第二天他便没有再去找龙民。

星期六回家背馍时，大平看见瑶北街头或挂或贴了许多红红绿绿的标语，其中一条横幅上写着：“一人参军，全家光荣。”大平的心倏地动了一下。回到家香香吃了三碗妈做的苞谷面搅团，大平随便拿了一本英语书坐在房下看，却一个单词也看不进去。破烂不堪的家，已经花白了头发、佝偻了背的父母二老，让大平心如刀绞，感觉眼前一片黑暗，心想：“再这样下去，不说找不上香婷、月莲样的媳妇，就是唐宜萍、孟珊珊样的媳妇也找不来呢！一个连媳妇都找不上的人，何谈养家糊口？何谈孝敬父母?”这样一想，大平的决心也就下定了，浑身也顿觉轻松起来，便放下书，忽地站起来，径直出了门。大平的举动把父母吓了一跳，相互傻傻地对视着，不知道又发生了什么事。

从田堡乡政府回来，父母已经去地里干活了，大平便赶到地里，帮父母干起了活。大平大说：“你回家看书吧，这一点活不够我和你妈干。”大平没有说话，只低头拼命干活，似乎一下午想把一辈子的活干完。一会儿，汗水铺天盖地而来，流进眼睛蜇疼蜇疼，大平不想停下来，他撩起背心胡乱擦一把汗，又低头卖命般地干活。大平妈心疼地说："大平，你这是咋了？不要命了？"大平看妈一眼，粲然一笑，仍然没有说话，回过头又埋头干活。

晚上，大平妈给大平父子俩各切了一碗凉搅团，又沏了一壶茶，待父子俩吃毕收拾完后，便欲去睡，大平却说："大、妈，我有话和你们说！"大平大和大平妈便奇怪地看大平。大平说："我要去参军了！"空气一下子凝固了，半晌，大平妈呆呆地说："大平，你不是说胡话吧？"大平笑了一下，说："又不是半晚上，我说什么胡话？是真的，下午我已经去乡政府报名了。"大平妈看大平说的是真的，"哇"的一声哭了，一面哭，一面说："你是嫌咱家穷吗？可再穷也是你的家呢！再说我和你大三十九才有你，你说走就走了？"大平急了，说："妈，看你说的啥话，我大平好赖是个高中生，'狗不嫌家贫，儿不嫌母丑'的道理还是知道的！"大平妈说："那你是咋哩吗？"大平大抖抖索索点着旱烟锅，猛抽了一口，竟呛得连声咳嗽，停了后喘着气说："大平，你不是补习吗，咋突然间冒出这么个念头？"大平一面给父亲倒水，一面说："我把自己估摸了，再补两年也考不上。"大平大要说什么，大平忙摆手挡住父亲，说："大，你别说了，我知道你要说考不上了就回家种地，告诉你们，今后让我当农民的话就不要再提了！你没想想，你和我妈当了多半辈子农民，一天天把日头从东山背到西山，咱家还不是照样穷吗？还不是照样被人看不起吗？我想了，只有进城，脱了这一身农皮，才能从根子上改变咱家的状况。大，你别急，让我把话说完！我听人说了，现在部队上提干也凭考试。你想想，像龙民这样的尖子学生是想不到当兵的，他们也受不了这样的苦。我好赖是高中毕业生哩，部队里需要我这样的人呢。到部队后只要不忘本，过上一年半载考上个军校，毕业后就是干部了，当了干部即就是转业也会在城里安排个工作，到那时一河水都开了。补习考大学、中专，不说考不上，就是考上了，咱家拿啥供呀？我也不忍心让你们再受苦呢！参了军虽说不挣钱，起码不再花家里的钱了。你们说，是不是这个理？"大平妈抹着泪说："可军校说考就能考上？你这一走就是三五年，你让我和你大咋过呀？"大平笑着拍了拍妈的肩膀，说："妈，你就放心吧！"大平大磕掉烟灰，对着大平妈说："我觉得娃说得在理呢，你就不要拖娃的后腿了！"又对着大平说："你也不小了，自己估摸准了的事就去干吧！至于我和你妈，会照顾好自己的，你就放心地走吧！不过话说回来，我不赞同你的说法。人常说，'七十二行，庄稼汉最强。'当农民咋了？当农民一不偷，二不抢，凭自己的一双手吃饭、穿衣，有啥丢人的？所以嘛，到了部队上不要一门心思想着考军校，这样会肇祸的。考上了，咱老老实实地上；考不上，咱心里也不要肇祸，就回家种地。人家能当农民，咱咋就不能当呢？"大平笑着点了点头，说："谁知道能当上当不上呢？部队上也不是那么容易进的。"

接下来便是政审、体检、家访，一切都很顺利。几天后，入伍通知书送到了大平家。大平妈一见通知书，又抽抽搭搭哭了一场。大平大心里虽也凄然，但见木已成舟，只得让人捎话把大平从瑶北中学叫了回来。

临出发前的晚上，大平妈抹着眼泪一面给大平收拾东西，一面不停地嘟囔着："都不给人说一声，到底到哪里当兵去，叫人也好收拾。"大平极力做出轻松的样子，笑着说："妈，这是军事秘密呢，给谁也不会说的，只有到了部队上才能知道，到时候我会给家里写信的。你也不用忙活了，部队上啥都发，啥都不用带，带上我初中、高中所有的书和复习资料就行了。"大平妈便不再收拾，一会儿，似又想起了什么，忙走到板柜前，揭开一个黑瓷罐罐盖，抖抖索索掏出十个鸡蛋，用前襟撩了，便要去伙房煮。大平忙拦住妈说："鸡蛋还要换钱呢，你就不要浪费了！"大平妈白了大平一眼，绕过大平，径直去了伙房。大平还欲去拦，大平大说："你就让你妈煮吧，这样她心里好受些！"大平只得坐在了门槛上，极力想找些话和大说，却一句话没有说出来。伙房里妈拉风箱的声音"吧嗒吧嗒"地传来，大平的心随之一阵一阵地战栗，眼泪也忍不住地在眼眶里打转，一瞬间竟然有了不想去参军的打算。风箱声终于停了下来，大平妈揉着眼睛从伙房里走了出来，大平抬起头说："大、妈，我有一个要求，你们一定要答应我！"老两口不解地瞅着大平。大平说："明天我走时，你们就不要去乡政府送了！"大平大说：

“咋了?”大平停了一下，说：“你们知道我当兵是有目的的，我不想看见你们难受的样子，那样我会分心的，你们明白吗?”大平大想了想，点了点头。

第二天吃过早饭，大平换好军装，背上铺盖和挎包，又提着装了书的蛇皮袋子，挺着胸脯从屋子里走了出来。大平父母一下子没有认出来，竟然吓了一跳，不知道从哪里来了个解放军战士。看见二老可怜兮兮的样子，大平心如刀割。他放下手里的蛇皮袋子，“扑通”一声跪倒在地，“咚咚咚”磕了三个头，说：“大、妈，我走了，你们好生照顾自己，过两年我一定让你们过上好日子!”说毕，从地上爬起来，提着蛇皮袋子头也不回地出了门。正走着，只听大在后面喊道：“大平，到部队上不要太刻薄自己，不行了就回来，我和你妈能养活你!”大平回过头，见二老已追出门外，正站在大槐树下眼巴巴地望着他。大平强忍住没有让眼泪掉下来，却什么话也没有说，回过头，疾步往乡政府方向走去。

几个机头上绑了大红花的手扶拖拉机静候在乡政府院子，大部分新兵也已经到了，家属、亲戚甚至一些没过门的媳妇站了半院子，却没有悲泣泣离别的场面。大平提着蛇皮袋子走进乡政府时，人们的目光全集中到他身上，既惊诧又好奇。有人小声道：“他咋没人送?怪恓惶的!”有人说：“恓惶怂哩，他大他妈就他一个独苗，他还要去当兵，我看他就是个懒怂，不想干活只想到部队里享清闲。”又有人说：“现在的年轻人，唉，说不成哩!”大平装作什么也没有听见，径直爬上了手扶拖拉机，心里却狠狠地骂道：“你们懂个毬哩!”

手扶拖拉机开动了，一步一步驶离着田堡，大平一时思绪万千，心里道：“别了，困了我十八年的田堡；别了，大平吃了你们十八年血汗的父母亲；别了，共同受了十八年恓惶的伙伴们!过几年我大平就会回来，到那时，我要让你们知道：大平也是个人物哩!”经过田堡中学门口时，大平恍惚看见母亲花白的头从石狮子后面露了出来，大平的心猛地蹙起来，忙回头去看，却什么也没有，赶忙揉了揉眼睛，仍然什么也没有看见，大平不由自主地叹了一声。

手扶拖拉机把大平他们送到县武装部便回去了，待各乡（镇）的新兵都到齐后，负责接兵的鲁连长便领着大伙蹬上了去省城的火车。到了省城火车站，没有出站，又换乘上另一列火车。上车时，大平特意看了一眼车身上的牌子，只见牌子上写着："西安—乌鲁木齐"，心里不由"咯噔"了一下。火车开动后，旁边一个新兵趴在窗口的桌子上"呜呜"地哭了，一面哭，一面嘟囔道："哄人哩么，说是去北京当兵，咋上了去新疆的火车？哄死人不偿命哩！"大平心里也不好受，但一想自己当兵只是个过程，至于在哪里并不重要。再说越偏僻越落后的地方，像他这样的高中生会越少，越有利于实现自己的理想。这样一想，大平心里便坦然了，便很悠闲地从挎包里拿出妈煮的鸡蛋准备吃。可刚解开包鸡蛋的手帕，却见两张皱巴巴的五元人民币紧紧贴在鸡蛋上。大平愣了，心一时似被刀剜了一般，眼泪随即"吧嗒吧嗒"地滚了下来。田堡村初中时和大平、龙民同班的葛明明也参了军，一看大平的样子，忙走过来小声问道："咋了，是不是因为到新疆去，心里不好受？"大平苦笑着摇了摇头。葛明明趴在大平耳朵旁说道："心里有啥想法可不敢表露出来，要不然领导认为咱思想不进步呢！"大平看了葛明明一眼，点了点头。

…………

第三部

第十九章

不知不觉间，结婚已经两个多月了。这一日吃过晚饭，龙民无处可去，只得无精打采地往家里走。天已经黑了，就着朦胧的路灯，龙民高一脚、低一脚地行走着。一阵寒风袭来，他不由自主地缩了缩脖子。面前已经熟悉了的路、房、电杆……让龙民突然想起了农村套在碾盘上的驴，那驴戴着女人奶罩般的安眼，在主人的吆喝下，拉着碾盘一步一步地走，一圈一圈地转，偶尔累了，烦了，趁机偷停一下，主人便毫不留情地用鞭子抽在它的屁股上，驴一惊，忙又拉着碾盘转了起来。久而久之，驴什么感觉都没有了，无意识地拉着碾盘一步一步地走，一圈一圈地转……倏忽间，龙民觉得自己就是那头驴，正无意识地拉着碾盘日复一日地一步一步地走，一圈一圈地转，似乎他的人生并没有什么理想，生活的乐趣也不属于他，属于他的只有沉重的碾盘和走不完的圆圈。想到这里，龙民毛骨悚然，忙加快步伐向家走去。

打开门，胡煜出人意料地躺在床上。龙民打趣道："太阳从南边出来了，今天咋回来这么早？"不想胡煜呻吟道："龙民，管管我，我发烧了，浑身疼，还恶心。"龙民一惊，忙摸了摸她的额头，觉得胡煜虽有点烧，却并不厉害，便说："你感冒了，我陪你上医院打针吧！"胡煜摇了摇头，惺着眼说："我不想去，吃点感冒药就行了。"龙民便找出强力银翘片和红霉素，让胡煜吃了。

折腾了一晚，天亮时，胡煜的烧仍然没有退。龙民慌了，便劝胡煜道："还是上医院吧，你体质弱，经不起长时间的烧。"胡煜呻吟着说："我不想去。自从那一次去医院后，一看见穿白大褂的我就发怵。"龙民笑道："这一次和那一次不一样。"胡煜道："我都这样了，你还笑，我告我妈去！"龙民道："别，别，还是上医院吧！"胡煜想了想说："那我不去那个医院行吗？"龙民说行。

到了医院，一位四十岁左右的男大夫给胡煜检查了一遍，然后问龙民道："你给她吃药了？"龙民点了点头。大夫问吃的啥药，龙民便说了吃的药。不想大夫听了气呼呼地说："你傻呀，她怀孕了，咋能给她乱吃药！"龙民一听既惊又喜，结结巴巴地说："怀……怀孕了，我……我不知道呀！"大夫翻了他一眼说："你农民呀，啥都不知道，以后学着点！"龙民赶忙赔着笑点了点头。

搀着胡煜走出医院，龙民看一眼胡煜，胡煜看一眼龙民，最后两人不约而同地"扑哧"笑了。龙民喜滋滋地说："你怀孕了，这么说我要当爸了！"胡煜笑道："美的你，你像当爸的样子吗？"龙民道："像啊，怎么不像啊！"胡煜道："我看不像，像还能让我吃那些药？"龙民道："那你也不像当妈的样子，否则就不会说自己感冒了。"两人又笑了一会。胡煜道："你想要男孩还是女孩？"龙民道："当然想要男孩。"胡煜瞥了他一眼说："你呀，啥时候都改不掉农民意识，那要是个女孩咋办？"龙民道："不会的，肯定是男孩。"胡煜道："你神仙呀，这么肯定。"龙民道："我就这么肯定。你想，我为了进城费了九牛二虎之力，可进了城却和一个普通人一样，一点作为也没有。怎么办？就让我的儿子来完成未竟事业吧！"胡煜笑道："你呀，该知足了。我可是男孩女孩都喜欢，不过，不管是男孩还是女孩，我都要他（她）拥有你的一切优点，而不学你身上的一丝缺点，特别是农民意识。"龙民道："也不学你身上的小市民习气。"胡煜不高兴了，说："我咋小市民了，你总是用农民的眼光看我！"龙民忙赔笑道："好了，好了，我错了还不行。从今天起，我一切都让着你行不行？"胡煜笑道："这还差不多。"

回到家，照顾胡煜躺下，龙民坐在床边想了想，然后吞吞吐吐地说："煜煜，咱们就要有孩子了，也该为孩子打算打算了。"胡煜高兴地说："你说说，怎样打算？"龙民一看有门，便拉着胡煜的手说："第一必须给孩子攒点钱。就说你吧，结婚才两个多月，就买了三身内衣，八双袜子，五条胸罩，这样下去如何能行？我的工资既要还账，又要管家，你的工资每月花得一分不剩，将来有了孩子拿啥养呀？"胡煜道："我不是怕洗衣服吗，那你今后给我洗，而且要勤洗，我这人有洁癖。"龙民想了想，咬了咬嘴唇说行。接着又说："再说吃饭吧，咱们不能分开吃了，一者太花钱，二者也不像过日子的样子。"胡煜道："可你做的饭太难吃了。"龙民道："我慢慢学就是了，你怀孕了，我能让你受委屈吗？不过，我做饭，你刷碗，不能把我一个人累死。"胡煜"呀"了一声，说："我给你怀着娃，你还让我刷碗，你还有良心没有？"龙民忙笑道："不说了，不说了，这一段日子我做饭兼洗碗。"胡煜道："不是这一段日子，是永远。"龙民道："那我还干事业不干？"胡煜道："刷碗就不能干事业了？再说你已经进城了，还娶了我这么个城里媳妇，理想已经实现了，还干什么事业？又能干出什么名堂？"龙民苦笑道："你也这么说？看来我只能给你做家庭妇男了！"胡煜道："说说笑话，你还当真了？我知道你的能力，也相信你会干出一番事业的，我爸也常这样说，要不我会跟你？"龙民听了惊讶道："你爸真这样说？我可是第一次听你说！”胡煜亲昵地瞅了龙民一眼，说：“自己人夸奖的话谁还吊在嘴上，说多了你骄傲了咋办？”龙民笑道：“哪会呢，我现在可是夹着尾巴做人。”胡煜道：“这就对了。”龙民道：“放心吧，我不会让你失望的。袁部长说我写材料还行，机关就缺我这样的人。我想了，只要埋头下几年苦，总有一天会有出头之日。到那时咱就不住这破房子了，也住两室一厅的单元房！”胡煜笑着白了龙民一眼，说：“看把你美的。不过，你啥时候都要对我好！”龙民正色道：“看你说的啥话，你是我老婆，我不对你好对谁好呀？”又说：“刚才那些话咱俩说说就行了，可不敢到外面说，让人知道了，会说我有野心！”胡煜不高兴地说：“把我当成啥人了，我二百五呀？”龙民笑道：“好了，不说这些了，还是说说吃饭的事吧，饱食方可终日嘛！”胡煜叹道：“其实，我也不想去我家吃饭了，每次我妈都拉着脸骂你，说你农民意识太强，连个饭都不会做，我听了后心里很不好受的。不管咋说，你是我丈夫呐！”龙民轻轻拍了拍胡煜的脸，说：“放心，只要你愿意吃，我一定会做出你喜欢吃的饭。”胡煜娇媚地一笑，说：“可别累着你呀，要不我心里过意不去。”龙民俯下身亲了胡煜一下，说：“有你这句话我就知足了。”

从此后，龙民便学着伺候胡煜。胡煜想吃扯面，龙民便笨手笨脚地去做；胡煜要吃羊肉泡，龙民便领她上羊肉馆；胡煜想吃酸的，龙民便一路小跑着到市场上买橘子、苹果……胡煜衣服脏了，龙民便端起脸盆去洗，一次不过关，便洗第二次……一个月下来，龙民一下子憔悴了许多，单位的人打趣道：“结婚还就是费人，你看我们的龙民，都成啥了。龙民，你可要悠着点呀！”龙民笑而不语。

春节就要到了，龙民对胡煜说：“过年咱们回家吧，回去让我妈伺候你几天，我实在受不了了。”胡煜听了不满地说：“农村条件那么差，我怀着娃，你想害我呀！”龙民有点恼火，说：“什么话，农村人就不怀娃了？”胡煜道：“农村人是农村人，我是我，反正我不回你家，我妈也肯定不让我回去。”龙民道：“那怎么办？我过年不能不回家吧，村里人知道了还不议论死我，我还真成了‘一年土，两年洋，娶了媳妇忘了娘'的人了？"胡煜想了想，说："要不你回你家，我回我家。"龙民道："那你可别怨我。"胡煜道："怨你干吗？只要不让我去你家，咋样都行。"龙民无奈地摇了摇头。

腊月二十九，安顿好胡煜后，龙民便坐上单位年前新买的"伏尔加"轿车往家赶。见胡煜没有上车，小刘惊讶地问道："就你一个人，你媳妇不回去？"龙民道："她怀孕了，回去不方便。"小刘更奇怪了，说："那你不陪着她，一个人跑回去干啥？"龙民苦笑道："一年到头了，说啥我也应该回去陪陪老大、老妈呀，要不村里人背后会骂的。"小刘道："说的也是。不过，李蕴可是两年没有回家了！"龙民道："李蕴和我情况不一样。"小刘叹道："你们这些农村出来的活得也太累了！"然后讳莫如深地瞅了龙民一眼，说："你和李蕴不是同学吗，我咋瞅着你们的关系有点别扭？你结婚时他都没有来，是不是……"龙民脸红了，忙说："别提这些没情没绪的事了，请目视正前方，要转弯了！"

田堡依然冷冷清清，没有一点过年的气氛。放下龙民，小刘便匆匆忙忙地走了，龙民妈却还站在门口东张西望。龙民道："快回吧，还看什么？"龙民妈问道："煜煜呢，咋没有见煜煜？"龙民道："她怀孕了，没有回来。"龙民妈急了，嚷道："那你更应该让她回来呀，你走了，留下她一个人咋办吗？咋越大越不懂事了！"龙民笑道："放心吧，有她妈呢。"龙民妈恼恨地翻了他一眼："说的啥话，煜煜是咱家媳妇，咋还能让她妈伺候？再说她今年是新媳妇，说啥也得到亲戚家走走，你姨、你舅都把礼当准备好了！"龙民扶着妈一面往门里走，一面笑道："没事，城里人没有那么多讲究。"龙民妈不满地说："城里人也是吃五谷杂粮长大的，人情世故也应该有呀！"而后却趴在龙民耳朵边喜滋滋地说："龙兵媳妇也有了。进门一年多了，一直没有个动静，我还以为家里养了个不下蛋的鸡。前段日子龙兵媳妇不舒服，我让月莲给她摸了个脉，月莲说她是有了。"龙民一听忙问道："月莲现在干什么？"龙民妈道："能干啥，还在瑶北医院上班嘛。"龙民道："她找下对象没有？"龙民妈道："她呀，差一点的看不上，好的人家看不上她，过这年都二十六了，这样下去可咋办吗？李喜才和他婆娘现在见人都抬不起头了，要知道这样，当初上大学干啥！”龙民默然。

上了炕，龙民想了想问道：“红红来信了没有？”龙民妈叹道：“没有，上个月她生了个女娃，我和你大倒是去看过她一次。”龙民叹道：“红红还小呢，咋就生娃了！”又问道：“领结婚证了没有？”龙大农闷闷地说：“能不领吗？一到省城人家就让她领了，说是领了才能转户口，安排工作。可现在娃都生了，却啥都没有做，末了说媒婆的话信不得呢！”龙民道：“过去的事就别再说了，红红现在的情况咋样？”龙民妈又抹起了眼泪，说：“还能咋样？生了娃病恹恹的，整日少言寡语，看着都让人心酸！”龙民道：“那你们咋不把她领回来？”龙民妈道：“她说啥都不回来，说回来怕人笑话。都怪你大，生生把我女子害了！”龙大农一听火了，嚷道：“啥事都怪我，她自己不愿意，我能绑着把她送到人家去？”龙民妈也嚷道：“不怪你怪我？你天天说城里好，城里好，害得红红为了进城上当受骗，现在落了个啥下场？”龙民赶忙笑着劝说两人：“好了，好了，别吵了，事情已经这样了，吵能解决问题吗？等有了机会，我想办法帮帮红红。”两人不再吭声，坐在一旁呼呼地喘粗气。

年过得索然无味，到了初五，龙民便匆匆离开了田堡。到了渭北，推开家门，家里冰锅冷灶，灰尘遍布，却不见胡煜。龙民便放下东西，径直去了胡煜家。一进门，胡煜妈冷冷地剜了他一眼，而后连珠炮般地指责道：“龙民，不是我说你，你也太不像话了。煜煜怀着你的孩子，大过年的，你就忍心抛下她一个人走？你们这些乡下人是怎么搞的，真的是铁石心肠？”龙民气得嘴唇发白，浑身哆嗦。正想分辩，却听胡煜在屋子里说：“妈，说什么嘛？”龙民咬了咬牙，强捺住心中的怒火，转身去了胡煜待的屋子。胡煜手里拿了一本《家庭生活指南》，半躺在床上。见龙民进来，她掩口一笑，说：“活该！”龙民气呼呼地说：“你妈那么不讲理，你也不说一声。”胡煜正色道：“我妈说的在理，说什么说？”龙民道：“可分开过年是你提出来的呀！”胡煜道：“我不让你回去你听吗？”龙民生气地说：“你们还讲理不讲理？”一面说，一面扭头就走。胡煜坐直了嚷道："你干什么去？找刺激呀！"龙民边走边故意提高声音说："干什么？回家生炉子、扫地、抹桌子！"

出了胡煜家门，龙民却不想回家，便漫无目的地走到了街上。街上乱糟糟的，各种叫卖声此起彼伏。那个卖消食丸的河南人和卖布票的陕西人竞相跟着沿街叫卖，卖消食丸的喊一声"消食丸——"，卖布票的便跟着喊一声"布证，谁要布证"。但"消食丸"的喊声益发张扬，而"布证，谁要布证"的声音却已有气无力。市政府门口石狮子前，那个脏兮兮的精神病患者又在演唱"革命同志个个爱老婆"，四周依然围了一圈人，一个个均咧着嘴笑。龙民摇了摇头，径直进了市政府大门。

办公室里冷冷清清的，只有几粒粉尘在射进来的光柱里舞蹈。龙民呆呆地坐了一会儿，终于发现了桌子上的信，便懒懒地拆开去看，只见信里写道：

龙民哥，你好：

我离婚了！

结婚后，马而斌收起了婚前的一副善相，竟然结婚的当晚强迫我，我不愿意，他便打了我。一怒之下我跑回了家，并毅然决定离婚。离婚真够难的，拖了半年多法院才正式判决。但不管咋说，我终于离了！

龙民哥，接到你要结婚的信时，我正在为离婚的事闹得不可开交。本来我想给你写一封信，不让你结婚，或者把婚期推迟一段时间，可左思右想，那是你们定了的事，怎么可能呢？便没有写。不知道你现在咋样，过得还幸福吗？

龙民哥，我现在心里很烦，有很多话想给你说，也有很多事想和你商量，你能来一趟吗？我等着你！

惜惜

放下信，龙民心情久久难以平静，一时很想去惜惜那里，但一想到胡煜妈、胡煜特别是胡煜肚子里的孩子，他便强力打消了这个念头。呆坐了一会儿，他铺开稿纸，在上面写道：

惜惜：

看到你离婚的消息，我心里很不是滋味，说起来你也太任性了，就不能忍一下，很多事不都是忍出来的！

至于我，说不上幸福，也说不上不幸福，但我要告诉你的是，你嫂子已经怀孕了，为了她肚子里的孩子，我快要累死了，但我心里很高兴。

说心里话，我很想去你那里，但一者你嫂子怀孕了，二者单位工作忙，三者眼下手头有点紧，来回要花五十多块钱，所以暂时还难以成行，等以后有了机会，我一定去看你。

龙民

一月后，惜惜又来信了，龙民拆开信，只见惜惜在信中说：

龙民哥：

对不起，我让你为难了。年前那几天我心里烦透了，只想见你一面，却没有想到给你添了这么大的麻烦。看来有家和没有家大不一样，我以后办什么事应该多考虑考虑。其实我要是不恨渭北那个地方的话，早已经去看你了，省得让你作难，还要为五十块钱发愁。看到你的信，我很失望，也不想见你了。祝你幸福！

惜惜

看完信，龙民羞愧难当，脸火辣辣地烧，恨不得马上去见惜惜，但冷静下来后，他却什么也懒得去做。

日子如水般地缓缓流淌着。这一天，龙民正在办公室有一搭没一搭地翻看报纸，不想右眼皮慌慌跳了两下。正纳闷间，老孙匆匆走了进来，说：“龙民，你的电报！”龙民接过一看是家里发来的，忙拆开去看，只见电报上写着“有急事速回”。龙民一下子慌了神，忙给胡煜打电话。电话接通后，龙民焦灼地说：“家里来电报了！”胡煜道：“啥事吗？”龙民道：“不知道，但肯定是大事，不然不会发电报。你收拾一下，咱们马上回家！”胡煜停了一会儿方说：“我已经出怀了，走路不方便，要回你自己回吧。”龙民焦急地说：“没事的，赶快走吧！”胡煜道：“你说没事就没事了？要不你给我妈说说，她让我回我就回。”龙民心中的无名火陡地升了起来，大声嚷道：“你还懂事不懂事？”说完，“啪”地摔下电话，怒气冲冲地出了门。

班车到瑶北时，太阳已经偏西了。一下车，龙民便心急火燎地往田堡赶。拐进沟口时，远远看见龙兵站在“分界桥”上，龙民急忙大步流星地赶了过去。到了龙兵跟前，他顾不上喘气，忙连声问道：“啥事，啥事吗，家里到底出了啥事？”龙兵带着哭腔道：“红红不行了，妈怕你走过了头，就让我在这里等你。”龙民一听吓了一跳，竟大声喊道：“那还等什么，快走呀！”

下了“分界桥”，拐进西北方向的山谷，一面陡如断壁的长坡突兀在面前。龙民一面艰难地行走，一面问龙兵“红红究竟咋了”，龙兵喘着气说：“红红一直肚子胀，却没有理会。年后她的肚子一天一天地大了起来，还恶心、呕吐，不想吃饭。送到医院一检查，医生说是什么‘肝腹水’晚期。在省城医院住了一段时间，一来病情没有多大好转，二来没有钱，便转到了县医院。后来实在不行了，大平哥便找了辆车，把红红送了回来。”龙民悻悻然地说：“那为什么不早告诉我？”龙兵道：“大不让给你说，说是你工作忙，嫂子还怀着娃，回来也解决不了啥问题。都怪他，生生把红红送上了死路，那家人骗了红红不说，还穷得要命，为给红红看病，咱家里已经背上了债，多亏大平哥拿了五百块钱，要不红红连医院都出不了！”龙民道：“红红女婿是啥态度？他哥就不管吗？”龙兵气恼地说：“他嘛，没啥毬本事，就知道个哭，红红一见他哭，也看着娃哭。你想想，他好不容易骗了个红红，以后还能骗谁吗？骗不来媳妇他一个人带着孩子咋过呀？至于他哥，倒是帮衬了一点，但人家毕竟要过自己的日子呀。说到底，都怪咱大！”龙民停住步，仰天长叹了一声，说："谁也不怪，就怪红红的命太苦了！"

爬上陡坡，两人顾不上喘一口气，继续步履匆忙地往半坡村赶。终于进村了，却突然传来一声撕心裂肺般的哭声，龙民不觉毛骨悚然，身上的汗水也似乎一下子降到了冰点。趔趔趄趄撞进一个破烂不堪的家，只见龙红女婿坐在院子中央的地上，正涕泗滂沱地呜咽着；院子一边的苹果窖旁边围着一圈人，圈里有人正哭天喊地。拨开人群，但见龙红一身土，光着脚，长长地躺在地上，妈正抱着她号啕大哭，一面哭，一面说道："红红，你这是咋了吗？你想吃苹果，不敢给妈说一声，你一个人下到苹果窖里干啥去吗？你咋这苦命呀！"一个脏兮兮的小孩趁人不注意，爬到了龙红身上，费力地撩起了她的衣襟，旁边的人赶忙抱起了她，小孩顿时哇哇大哭起来，周围的人一片唏嘘。龙兵急得头上冒气，连声问道："咋了吗？咋了吗？这是咋了吗？"旁边便有人告诉了适才发生的事。原来龙红从医院回来后，一直嚷嚷着心里烧，口干，想吃苹果，龙民妈便给她端水，拿苹果。这一天，龙民妈抱着龙红的孩子出去了一会儿，回来时却见床上不见了龙红，便呼天唤地地吆喝人找，可找遍了地方，却不见龙红的踪影。龙民妈突然想起龙红这几天只想吃苹果，便让人下到苹果窖里找，龙红果然就在下面，可人已经死了。

看着躺在地上的龙红，龙民呆了，傻了，迷茫中他的脑海里不自觉地浮现出一个个悲惨的女性形象：苔丝、嘉莉妹妹、珍妮姑娘、晴雯……忽然，他的耳旁似乎响起了龙红执拗的声音："我一定要考上大学，死也不在农村待！""不，我不回去，死也要死在这里！""大哥，回来了——"龙民再也忍不住了，眼泪倏地哽塞了咽喉。

恍惚中，龙兵拉了他一把，含着泪说："哥，把妈拉开吧，要不没法入殓呢！"龙民清醒过来，忙擦掉泪水，弯腰去拉妈，妈却不起来。龙民急了，猛地把她抱了起来，旁边的人趁机把龙红抬走了。龙民妈见状一下子瘫倒在地上，人们忙惊呼着给她灌水、掐人中。待清醒过来，龙民妈看见龙大农低头闷坐在一旁，竟一下子跳了起来，继而扑到他面前，劈头盖脸地打将起来，一面打，一面哭道："都是你，都是你害了红红。"龙大农却不反抗，只喟然长叹了一声。龙民上前拉住妈，说：

“妈，你别这样，大心里也不好受呢！”龙大农听了，一时不觉老泪横流，叹道：“红红的命苦呢，平时她连床都下不来，她咋样下到苹果窖里的吗？”却没有人回答他。终于看清了龙民，龙民妈又哇的一声哭了，一面哭，一面埋怨龙民道：“你咋才回来吗？红红临死前还说没见到你呢！”龙民鼻子一酸，眼泪断了线似的滚了下来。

正忙乱间，龙兵过来说：“哥，大平哥来了。”龙民抹掉眼泪，回头一看，只见大平就站在身后，便问道：“你咋来了？”大平道：“我来给龙红送点药钱，没想到她却已经……红红恓惶呀！”说着，鼻子抽搐了一下，赶忙转过了头。而后大平掏出二百块钱，交给龙兵说：“给红红买两件衣服吧，娃一辈子都没有穿过一件像样衣服呢！”龙民欲说什么，大平忙打住道：“啥话都别说了。好了，我留在这也没有啥用，这就走了。”

出了门，龙民问大平道：“你现在咋样？”大平道：“还可以吧，不过，我的想法大着呢，我要把我的汽车修理厂办成一个现代化的大厂，到时候把龙红这样的农村娃全招进去，再不让他们受作难了！”说着，大平的眼里竟泪光闪闪。他背过身擤了擤鼻子，转身跨上摩托车走了。

料理完龙红的丧事，龙民陪妈在家里待了一晚，翌日清晨即离开了家。踽踽独行到田堡中学门口，回头一看，田堡到省城的班车正缓缓从村里开出。须臾，班车开到他身边，停了下来，龙民便上了车。车上有熟人看见是龙民，便打招呼说：“龙民，回渭北呀？”龙民笑了笑说：“我去省城。”

到省城时已是正午，一下车，龙民顾不上吃午饭，径直穿过尚德门，匆匆往火车站方向赶去。到了火车站，排队买了一张去沣川县的车票，一看离发车时间不早了，龙民只得在附近买了一个烧饼，拿进候车室里吃。刚咬了两口，抬头看见候车室的上方挂了一条横幅，上书：“严格控制民工盲目进城。”龙民一下子没了食欲。这时候，经过沣川县的列车进站了，龙民把手里的烧饼扔进垃圾箱，随着一窝蜂似的人流匆匆向站台拥去。

下午四时许，火车进了沣川车站。扔下一批人后，火车长鸣一声，又急不可耐地向前奔驰而去。出了站，龙民的心不自觉地狂跳起来，他停住步，茫然地打量了一眼沛川县城，心想："我怎么到了这里？我到这里干什么？到这里我又能干什么？胡煜要是知道了，该如何向她交代？"但最后，他还是咬了咬牙，拖着沉重的步子向惜惜家方向走去。

终于进了南坪村，龙民却一时找不到了惜惜家，急得他提着包一连在村里跑了好几遍。村里一个老汉见状好奇地问道："你是卖老鼠药的吗？"龙民一愣，待反应过来，忙说找惜惜家。老汉翻了他一眼，说："那你也不问一声，我还以为是个盲流，正想着向公社反映呢。"说着给他指了指惜惜家的方位。按照老人的指点，龙民来到一家门口，一看正是惜惜家，便想自己怎么迷糊了，竟然连过去来过的地方也找不到，不觉哑然失笑。惜惜家的门没有上锁，龙民便去推门，不想门却在里面关上了，龙民便使劲拍了拍门。一会儿，门打开了，开门的人正是惜惜，虽没有多大变化，却比过去稍胖了一点。半晌，惜惜方认出了龙民，不觉吃了一惊，忙说："怎么是你？"龙民极力笑道："怎么，才一年时间，就认不得了？"惜惜笑了笑说："怎么会呢？我是没有想到。"

进了门，只见院子里放了一个方凳，上面搁了一台双卡收录机，一个身材健壮的小伙子站在旁边正好奇地打量着他。龙民心里"咯噔"了一下，忙极力掩饰住窘态问惜惜道："家里人都在吗？"惜惜道："都不在，上班的上班，上学的上学去了。"龙民道："你今天没有上班？"惜惜道："晚上厂里举办交谊舞比赛，车间给我放了半天假，让我回来练习。"说着指了指那个小伙子说："他是我的舞伴。"小伙子微笑着向龙民点了点头，龙民看了他一眼，也点了点头。

惜惜径直把龙民领到了屋子，说："你先休息一下，我再练习一会，晚上就要比赛了。"龙民心里很不是滋味，却还是点了点头。惜惜出去后，收录机里很快播放开了欢快的舞曲，紧接着只听惜惜"一二三四、二二三四……"叫起了号子。龙民听了一会儿，不觉眼皮沉重起来，便躺在了炕上，一会儿，竟睡了过去。

正睡得香，觉得有人在推他，便费力睁开眼睛，一看不是别人，正是惜惜。惜惜道："快起来吃饭，晚上去看我比赛。"龙民不好意思地笑了笑，说："对不起，太累了。"惜惜也笑了笑，说："看来有家和没家真不一样，瞧你，为养家糊口累成啥了！"龙民笑道："那倒不是。"

走出屋子，惜惜一家人不知什么时候都回来了，正围在饭桌前等他吃饭呢。坐定后，惜惜爸妈随便问了问龙民的情况，便低头吃起了饭。惜惜和那个小伙子匆匆扒了一碗饭，说："比赛七点开始，我们这就去准备，你们随后就来！"

饭罢，惜惜妈说："都去看惜惜跳舞呀！"龙民本不想去，但一想自己一个人留在惜惜家也没有多大意思，便跟在惜惜一家人后面，去了比赛的灯光球场。灯光球场已经挤满了人，走进吵吵嚷嚷的人群中，龙民突然觉得自己在这陌生的环境中异常孤独，便趁人不注意，悄悄走了出来，而后信步到县城胡乱溜达了一圈。

再回来时，比赛已经过了大半。适逢惜惜正要上场，龙民便站在灯光球场的铁栏杆外面看。《友谊地久天长》的舞曲响起后，惜惜被那个小伙子搂着上场了。舞蹈中，惜惜身板挺得笔直，动作却轻盈飘逸。她的头发扎成马尾巴式，随着舞步，"马尾巴"有节奏地左右舞动着，龙民的心随之也一颤一颤起来。忽然，龙民想到了胡煜，心便不自觉地颤抖了一下。他做贼似的左右看了看，待发现周围都是陌生人，提着的心方归了原位。一瞬间，龙民有点想胡煜了，一时恨不得立马飞到胡煜和她肚子里的孩子身边。

比赛终于结束了，惜惜果然得了第一。回到家，一家人都很高兴，龙民便也跟着乐。睡觉时，惜惜把龙民领到自己的屋子，说："晚上你就睡我床上。"见惜惜屋子异常干净、整洁，龙民有点不好意思，便问惜惜："那你睡哪里？"惜惜翻了龙民一眼，说："我和我妈睡。"却坐在椅子上没有动，龙民的心又颤抖起来，不知道惜惜要给他说什么。半晌，惜惜抬头溜了龙民一眼，低声道："你咋想起来我家？"龙民道："你不是要和我商量事吗？"惜惜没有回答他，却问道："嫂子好吗？"龙民道："好，一切都好。"惜惜翻了龙民一眼，站起来说："你睡吧，时间不早了。"说着，便欲走。龙民莫名其妙，心想："什么意思，啥话也没说就走！"便说："明天我就要走了，几点有去省城的火车？"惜惜一面往门外走，一面头也不回地说："坐啥火车，到省城的班车多的是，比火车贵不了多少。"龙民怔在了脚地。

一夜恍惚，第二天龙民起了个大早，随后惜惜一家人也都起来了。惜惜爸出去买了一大把油条和一暖水瓶豆浆，大家便围在饭桌上吃。龙民勉强吃了一根油条，喝了半碗豆浆，然后站起来说："我要回去了，有工夫你们到渭北来。"惜惜爸妈吃了一惊，说："才来就要走，急什么，再待一天！"龙民不自然地笑道："不了，一者工作忙，二者媳妇怀孕了，需要人照顾。"惜惜"咚"地站了起来，说："好吧，我去送你。"说着，便去推自行车。龙民只得进屋子拿出自己的包，跟在惜惜后面出了门。

出了南坪村，龙民这才发现天阴沉沉的，似马上要压在他的头顶上。他忙从惜惜手里拉过自行车，又把手里的包递到她手里，说："我带你吧。"惜惜没有说什么，待龙民骑上自行车后，心照不宣地跳坐在了后座上。龙民把自行车蹬得飞快，周围的人都好奇地看他们。

到了汽车站，刚好有一辆去省城的班车。龙民赶忙把自行车还给惜惜，又接过自己的包，匆匆上了车。刚坐下来，班车便徐徐开动了。龙民往车外看了一眼，却见惜惜一脸的茫然，正推着自行车往车上看。龙民心里说不清是什么滋味，赶忙回过头，眼睛向前看去。通过驾驶台上方的反光镜，龙民看见一个头发散乱、胡子拉碴、满脸憔悴的人正在看自己，心想："这人是谁呀，咋这么不修边幅？"再细看时，镜子里的人却也抬头看他，龙民一愣，那人也一愣。龙民恍然大悟，原来那人不是别人，正是龙民自己！他不觉哑然失笑，心想："怪不得昨天惜惜一下子没有认出我，原来我变得连自己都认不出了！"

这时候，班车司机打开了车上的音响，忧郁而又动听的歌声立时在车厢里飘荡起来：

我对你的心你永远不明了，
我给你的爱却总是在煎熬。
寂寞夜里我无助地寻找，

想要找一个不变的依靠。
再给我一次最深情的拥抱，
让我感觉你最热烈的心跳。
我并在乎你知道不知道，
疼爱你的心却永远不会老。
你对我像雾像雨又像风，
来来去去只留下一场空。
你对我像雾像雨又像风，
任凭我的心跟着你翻动。
……

龙民发现自己不知什么时候已经泪流满面，迷蒙中他看见天正在淅淅沥沥地下着雨，他擦掉泪水，向窗外看了一眼，却什么也没有看清。

（原出版单位：太白文艺出版社 2010 年 5 月第 1 版）

天　荒（节选）

李康美

【作者简介】 李康美，1952 年生。中国作家协会会员，国家一级作家，第五届陕西省作家协会副主席，渭南市作家协会主席。著有长篇小说《情恨》《天荒》《裂缘》《玫瑰依然红》《烟雾》和中短篇小说、散文集、长篇报告文学等 18 部。曾获陕西省“双五”文学奖、柳青文学奖、中国冰心散文奖等。

为了弄清外部世界变化的实情，员丞只身出去了一趟。年近五十的员丞，依然步履矫健，那是日积月累练就的硬功。他出身于军吏世家，祖父曾以崇尚节俭而著称华州府，有一次身患痢疾，配制止痢药需要一两胡粉，竟一时在家不能找到。父亲继承了祖父的美德，而且性情更为耿直，因为惩办贪官污吏过多而四面树敌。有一年，由他亲自押解一批犯人赴京，走到山西境内，兵士们不堪酷暑的暴晒纷纷中暑倒地，他痛惜地对犯人说：“你们受罪应当，但拖累兵士却是罪上加罪。”犯人们以为他会将他们就地处死，跪成一片向他求饶。他自知他们还不到死罪，押解京城完全是官府需要苦役。

员丞的父亲和那些犯人约定了日期，要他们各自到京城会齐。“如果你们失约，我只有代你们去死了。”

父亲的死是因为少了三个犯人。虽然其他犯人指天发誓，证明那三个人病死在路上，但是早已大怒的京城官员还是认定父亲失职。为了洗清父亲的冤屈，年少的员丞牵着两匹马昼夜兼程沿路追寻，最后那三个犯人的遗体是找到了，但当他赶回京城时，父亲已经人头落地。

此时，光绪皇帝的大殡和宣统皇帝的继位相继举行。员丞悲痛地回到家里，更大的打击扑面而来，昔日的政敌不但对父亲的死亡幸灾乐祸，而且或明或暗地侵吞了他们的家产。不堪受辱的母亲已经服毒自尽，妻子也不知去向。一夜之间，员丞的手上也沾满了复仇的鲜血。那是仇恨的总爆发，那是家破人亡之后的疯狂！无奈之中，他逃到了这孔荒凉沉寂的窑洞，开始了逃难躲避捉拿的漫长生涯。……

员丞的脚步是准确的丈量工具，四五十里之外就有了破败而散落的村庄。他知道这里的村民和自己一样孤陋寡闻，不甘心把骤变的世事揣摩得如此浮浅。一咬牙，再过二十里，房舍就渐渐稠密起来。员丞认定前边就是奉先县城。果然，他很快就看到了闻名遐迩的南寺唐塔和北寺宋塔——父亲说过，爷爷的军帐曾经支撑在这两座塔下。

员丞尽力挺直腰板，内心却忐忑不安地向街道走去。“站住！”一声断喝吓得他哆嗦了一下，心想这里远离华州府，怎么就会有人认出他这个通缉多年的杀人犯呢？不等他醒过神来，两条胳臂就被人一边一个抓住了。他疑惑地问：“这是咋了嘛？”当他看清面前是一伙孩子时，才缓缓地把心稳在肚子里。

“娃们，我没钱，一文钱都没有。”他把娃们当成街头的小无赖或者乞丐了。这群少年并不和他啰唆，只派出两个人把员丞拖着往前走去。他本想挣脱开溜，但见前边还拖着几个老汉老太婆，就又想看看这是一场什么把戏。

一个宽敞的大院，又有许多少年让他们排进一个队列。从后院走来一个留着分头的青年人，其装束穿着和队列里的人形成鲜明的对照，队列里的人是长袍短褂布疙瘩纽扣，而他却是笔挺的长裤和对襟上衣，尤其是那四个布兜让员丞觉得非常滑稽可笑。

一个少年健步上前朗声说道：“请奉先县县署黄知事训导！”

那个被称为黄知事的青年人清清嗓子说：“敝人黄桂清，有失恭敬，有失恭敬。”然后从衣兜里掏出一张纸，念一句翻一页地看着他们。员丞下意识地拉住后脑的长辫子，他已经明白无误地知道，黄知事宣诵的是关于禁止女缠足男留辫的国民政府训令。黄知事刚刚念完，一群少男少女就端起凳子，拿出剪刀，咔嚓有声地开始了行动。其实院子的一角，早已扔下了大堆大堆的长辫和缠足布，员丞吸溜着鼻子，这才看清熏人的臭气从何而来。

黄知事也赶紧用一方手绢捂住鼻孔，走离几步又过来鞠了一躬。男人的长辫容易剪掉，员丞摸摸后脑勺，龇牙咧嘴地想象着自己的怪模样。那些女人却还是乱成一片，有的已经被按在长条凳子上解开裹脚布，有的还在和少男少女撕扯着发出哎哎呀呀的尖叫。

“这要和娃他大商量哩。”

“我被休了找谁呢?”

少年们并不理睬她们的吱哇叫喊，再拉过一个按在凳子上，一人按肩一人脱鞋。一时间，院子里的恶臭弥漫开来，熏得每一人都想作呕，甚至连眼睛都睁不开了。习惯了紧脚走路的女人们，骤然间剥除了束缚，或疼痛或麻木得都不会走路了。

员丞走出门来，只见一个年轻的女子抬着脚吸呼了几下，就对迎面走过来的一个小伙说：“快来搀扶我，知事怎么赔？我又不钻人家的被窝。”小伙说：“赶紧回去再缠上。”女子一把甩开他的手说：“屁！好不容易舒服了，你想缠你缠去。”见小伙发愣，她又附在小伙的耳根子说：“以后你就少骚情，小心我一脚把你蹬翻了。”

看着那对青年的亲昵，员丞不由得想起那条辫子当初的妙处，每当他离家出门，总要把一撮长长的辫梢剪下留给妻子。十几年夫妻恩爱就那样过去了，因此员丞总觉得今天丢失的东西实在太多，几乎剪断了他全部的想头。

员丞不敢在县署门前停留太久，惶惶地拐过一个丁字口街道，就隐身在街道的人流中了。这儿是小商小贩的集聚之地，羊肉泡馍、葱花油饼、绿豆粉凉皮，一阵阵扑鼻的香气，诱惑得他不停地用舌尖抿着嘴角的涎水。吃惯了少盐没醋的寡淡野味，他一下子弄不清该吃什么最好了。摸出郭宏坤给他的两枚铜圆，他索性走进了一家避人耳目的酒馆。店小二点头哈腰地迎上来问他想吃点什么？他举出一枚铜圆问：“这点钱能吃点啥东西？你看着办。”店小二说：“五个椽头蒸馍，一碗粉蒸肉，一盘花生米，还能喝三两酒呢。”他点头应允，找一张凳子坐下来。店小二轻快地端来饭菜，盯着他那紧握的拳头，俯身悄声说：“你那一个铜板还能弄一回窑姐儿。楼上就有。”员丞憨笑一声坚决地说：“可我留着是为了再买一张铁锨和一把斧！”店小二哆嗦一下脸就发青了。

店小二把这话当成了恶人的威胁，倒使员丞有些后悔。他很快就换出一副温和的笑脸说：“过日子的人是不敢乱花钱的。”店小二也松了一口气说：“对着哩。女人和女人都差不多，留着钱给你老婆买个笑脸，两个人想咋个高兴就咋个高兴。”他心里就忽然一沉，闷着头喝着酒。看着周围的人，有的在狼吞虎咽，似乎有什么急事要办；有的则三五成群地猜拳行令，显现着世事平静的悠闲和轻松。

员丞急着想弄清清朝的县令和民国的知事有何差别。对面坐着一个豁嘴老汉，他就搭讪着和老汉说上了话。那老汉也像是刚刚被剪了辫子，隔一会儿就要往头上摸一摸。他同病相怜地宽慰说：“没有了也好，省去梳理的麻烦了。”那老汉抬起一双发红的眼睛说：“狗日的，狗日的。”员丞当即转换了话题说：“这个黄知事倒像是一介书生，白皮嫩面不说，说话也温顺。”老汉旁若无人地说：“哼，把先人羞得乌绿乌绿的！”老汉又问员丞说：“他以前的事情你不知道？”员丞不置可否地板着脸。老汉用筷子敲着桌子。抑扬顿挫地吟唱着：

孝不孝，逼得他妈上了吊；
廉不廉，整天放的加五钱；
方不方，把知事太太当干娘；
正不正，年轻轻患了花柳病。

老汉的吟唱吸引了众多的目光。无聊的食客们纷纷凑过来，要老汉讲述黄知事的细枝末节。那老汉正在被剪了辫子的气头上，又仗着半碗酒壮胆，毫无顾忌地讲起了奉先县署知事黄桂清的故事。

黄桂清原叫黄孝廉，从日本留学回来就在家乡山西省某个县署任了个县署文书的角色。早就梦想飞黄腾达的黄孝廉，自然不满足这个卑贱的地位。原来他是想凭本事一步一步升迁的，但很快就自嘲起书呆子的幼稚可笑。眼看着连没有留洋的同学都一个个人模狗样地出人头地，夜夜失眠就让他年轻轻地谢了顶。痛定思痛之后，他开始大彻大悟，一下子就变得温顺和巧，放下了目空一切的傲骨。原来那个县署的知事对他的变化不但没有丝毫的察觉，而且对他的精神萎靡大为不悦。可幸的是，他很快就赢得了知事太太的青睐，因为他除了提茶倒水的勤快之外，还写着一手龙飞凤舞的好字。知事太太正缺一个教她的临帖练字的好先生，近水楼台先得月的黄孝廉正好填补了这个空缺。

黄孝廉家里已经有妻子，但他对父母的包办代替始终没有满意过。结婚三天之后就出洋留学，回归故土后就几乎没有进过家门了。给知事太太当了写字的先生后，他除了隔三岔五地从家里拿走一摞银圆，对那个粗手粗脚的妻子连正眼都不瞧。母亲的上吊是因为黄孝廉的妻子突然死亡，这是黄孝廉唯一一次在家里过夜的早上。母亲起初还以为是儿子回心转意，儿子走后儿媳四肢抽搐口吐白沫，她才知道儿子的突然过夜完全是一个预谋已久的阴谋。儿媳的娘家闹了半个月，几乎把黄家洗劫一空。

可是上告时，黄孝廉却矢口否认他曾在家里过过夜。还找出知事太太出面作证。知事太太捧出一沓子字帖，说黄孝廉每一次帮她临完字，都要留下日期落款的习惯。——那某年某月某日的墨迹落款，就足以证明黄孝廉的清白。警察局长请求知事，一介莽夫的知事虽然气壮如牛，对年轻而美貌的太太的话却不敢违拗。官司中途搁浅，黄孝廉的母亲就成了那个女人娘家人怀疑和攻击的对象。黄孝廉捎话说，儿子的前程要紧，让母亲忍一忍也就过去了。母亲一气悬梁自尽。她的死才使案子彻底结束，女人的娘家人和警察局都认定她是畏罪自杀。

一年之后，知事太太的秀美书法使她获得了才女的美名，这位太太内心感激的自然是干儿子黄孝廉的功绩。柔中有刚的枕头风和黄孝廉不停破费的钱财，终于使他志得意满地出任了奉先县署知事了。黄孝廉知道自己的升迁颇不容易，也不想把被人唾弃的劣迹带到奉先县，于是更名黄桂清，同时在县署的大堂上悬挂起一块亲自书写的牌匾，上书“孝廉方正”四个金色的大字。

员丞酒足饭饱，在酒馆的半个时辰里，他长了见识，已经很快缩短了和外界的距离。从酒馆出来，他马上变得从容而坦然了。现在还让他犹豫的是，究竟给他们那些还隐藏着的几个人带回一些馒头好，还是买回铁锨和斧头呢？

明知不能两全其美，他只能下决心买回铁锨和斧头。

铁匠铺历来不需要高声叫卖，甚至连招牌也可以免除。叮叮当当的锤锻声和吧嗒吧嗒的风箱声，把它的位置和存在准确无误地告诉了顾客。员丞进屋挑出了自己需要的东西，抬头问：“一个铜圆够不够？”老铁匠盯着他的脸说：“再拿两样同样的东西。”员丞说：“怪便宜的。”老铁匠一笑说：“你是看看货色，还是想摸摸行情？”员丞有些恼怒，摔出铜圆就要走。老铁匠追上把他拉回去，又给他找回几张纸票。看着这几张花花绿绿莫名其妙的纸片，员丞不解地问：“你啥意思？”老铁匠比他还要惊异：“你不知道保商官钱局早就开始发行这样的钱票了？”员丞连声地哎呀着，小心地问这样的纸票子能不能再买葱花油饼和白蒸馍？老铁匠久久地看着员丞的脸色说：“你好像是从地底下刚刚钻出来的吧？”

员丞不但买了葱花油饼，而且在半路上还趁着夜色钻进城边的苞谷地，掰了好些苞谷棒子。他把苞谷棒子绑串在脖子上，沉甸甸地往回走。

这位清代官吏的后裔，经过多年隐居生活的磨难，此时此刻的心境，如同一匹无羁无绊而又担惊受怕的野马，在时代变迁的调教中悄然归顺了。

天放亮时，员丞已站在故地的山峁上。往常的日子，除了深夜从这儿偷偷逾越，他从没有斗胆驻留片刻。

现在他站在山峁上放眼巡睃，立即诅咒起前人的有眼无珠。这是一块多么理想的风水宝地呀：高高的北山恰似天然屏障，遮挡了黄土高原的风沙；这条山峁的对面，同样是一条山峁，向南绵延数里路，就把中间的开阔地带挟持成一个宝葫芦的形状。当初乍到此地，他曾经顶礼膜拜过天意的帮助，后来他又收留了几个同样的逃难者，就以带兵的强横同时又以兄长的慈祥，苦口婆心地给他们立下规矩说：打家不能伤人，劫舍不得奸淫。尽管他的威严和慈悲有时并不能奏效，他自己却一直认真地坚持着。为了改掉他们的劣习，他还搜肠刮肚地找出些道德的说教，把从母亲嘴里听到的歌谣唱给他们听：虽我软弱卑污，救主赐我能力，将我污点完全洗净，丝毫不留痕迹…… 当他们疲惫不堪或者不耐烦时，说教和吟唱就渐渐成为支离破碎的自我嘲弄。他知道要吃饭，要穿衣，要在此地苟且偷生，“污点”就不能完全洗净。如果说他还想保住发号施令的位置，那实际上都是他的宽厚和容忍所致。他给他们捉头上的虱子，他给他们搔痒揉背，他教会他们外出求食时如何兜圈子返回，怎样踏着野兽的蹄印，才不致让别人发现他们的藏身之地。

现在，奉先县城的经历虽然简单却证明了一个事实：朝代已经更替，清朝政府变成了中华民国。他坚信这样的原则，今朝不管前朝事，提心吊胆的日子应该结束了。员丞之所以没有萌动回到家乡华州府的念头，是因为他知道家族的仇恨并不会随着朝代的更替而了结，他留下的那十多条命案，其后代仍然会和他拼命。

走过二三里凹下去的低洼地带，员丞没有像往常那样急于拨开洞口的蒿草潜入进去，而是把背负怀抱的东西放在地上，高声向洞中喊道：“喂，出来出来都出来，瞧我给你们带回什么了。”

初升的太阳已经跃上了那边的山峁，平日这正是他们夜出归来后入睡的时候。不成文的规矩使他们都不敢贸然走出来。员丞破天荒的喊叫，说不定更加会让他们疑惑和畏惧。一直到员丞朗声朗气地喊过三遍，才有人测控地伸出脑壳。

“霍根旺，你今天咋就嘴不馋了？我不在你们偷吃啥了。”员丞问那第一个伸出头的人。

在这里，霍根旺是唯一没有罪孽的人。他是和母亲沿途乞讨而误入这块土地的。要不是他母亲在这儿突然晕倒，他们是不会把霍根旺截留下来的。霍根旺的母亲晕倒后他一直守护着，母亲完全咽气后，他又不忍心把母亲的遗体丢弃在荒郊野外，饥肠辘辘的他没有力气为母亲掘开一个土坑，就想在崖畔上寻找一孔洞穴。不料却发现了员丞他们，员丞带领大家把他的母亲掩埋后，又不能放开这个活口走离。霍根旺被捆绑了好些日子，最后因为他的木讷和老实，才留下了一条活命。木讷老实是霍根旺祖传的脾性，而嘴馋贪吃又是他致命的毛病。此时，他急匆匆地从草丛跳过来，一把就抓起了一块葱花油饼。

“他们怎么不出来？”员丞觉得事有蹊跷。

“他们……都不敢见你。”霍根旺说。

员丞的心猛然一沉，当下就明白出什么事情了。他骂了声“狗娘养的”，手里握着没有把儿的斧头向洞穴里冲去。跑出几步，他又觉得没有把柄的斧头还不如那张宽大的铁锨顶用，就再次提上了锋利的铁锨头。

这是被员丞亲自修整过的两孔洞穴。透过洞穴顶丝丝缕缕的树枝和茅草，初升的阳光已经给里边投进了斑驳的亮色。正当年轻气盛大杠子脾气的郭宏坤，现在却瘫软成了一堆泥。他的胳臂被捆绑在身后，褪在腿腕的大裤裆绾成一个死结羁绊着他的双腿。员丞进来时，他的眼睛里仍然放射着愤怒的火焰。崔百龙和丁丙午盘腿坐在郭宏坤一边，苍白的脸上显现着无奈的欲望和懊悔。他们是两个早就招惹过是非的男人，崔百龙的姐姐在财东家当粗使女佣，被财东家的两个儿子轮着奸污后上了吊，崔百龙就翻墙越室地追杀了那两个畜生，而且还对财主的女儿进行了报复。丁丙午则纯属自己的不规矩，盗窃成性，偷遍了村庄远近的人家，最后自己就无路可走了。崔百龙成了杀人犯，财东的家丁也用土枪给他的脸上留下了半脸麻坑。丁丙午则断了两个手指，索赃的手还差点扭断了他的双臂。

“柳三蹴呢？”员丞问。

“早跑得没影儿了。”崔百龙说。

柳三蹴曾经是这里唯一身份不明的人。当初员丞之所以留下他，完全是为了留下一个可以陪他说话聊天的伙伴。他和柳三蹽在空旷的地带比赛摔跤，比试追赶的速度，比试谁能更长时间地忍受饥饿……一直到柳三蹽心悦诚服，他才彻底收回了戒备之心。当然，他也曾经追问柳三蹽离家出走隐名埋姓的原因，柳三蹽今天说做生意赔本，心灰意冷，隔数日又说是躲避兵患，躲避壮丁。过一些日子，他还会唉声叹气说，他也确实是杀仇不成，反倒弄得自己家破人亡了。时间久了，员丞也懒得再去刨根问底，他知道，正如自己对自己的苦衷讳莫如深，凡是能到这里的人，谁没有身世的隐秘呢？

员丞将铁板锨的锨刃伸向崔百龙和丁丙午时，他们已经瑟瑟发抖，泪流满面。他们战战兢兢地连连表白，硬把红莲那个了，一切都是柳三蹽开的头。

郭宏坤和红莲确实是困乏了。员丞前天深夜出走时，曾经摇醒柳三蹽，交代他要出去的事。员丞走后，实际上根本没有入睡的柳三蹽就更加骚动不宁了。他终于按捺不住心头的欲火，悄悄向另一个洞穴爬去。开始，他只是缚住了郭宏坤的手脚，然后又把他拉出来。郭宏坤迷迷糊糊，仍旧唔噜着甜蜜的梦呓，柳三蹽甚至还看着郭宏坤笑了一声，这才重新爬进洞穴压住红莲，脱下了红莲的衣服。红莲的喊叫和挣扎又扰乱了那边洞穴中崔百龙和丁丙午的心绪，他们听着柳三蹽完事之后跑走了，也轮流着钻进了红莲那边的洞穴……

没有过去的只有霍根旺，苏醒过来的郭宏坤举着头在那边的洞穴外胡乱地顶撞，本来就胆小怕事的霍根旺就更加不敢有非分之想了。

员丞高举的铁锨并没有向他们砍去。倒不是因为他们可怜的悔罪乞求，而是他们反复申述，他们并没有真正得手，崔百龙说他只是弄脏了红莲的衣服，丁丙午说他还没有伏下身去，就被那个技艺高超的女戏子挥拳打翻在地了。

员丞给郭宏坤松了绑，把裤子给他拉到腿上。扔下腰带说：“甭生气，你也不是好东西嘛！”说这话时他又憨笑了。因为能到这里来的人，不管是因善因恶都是不能算作好人了。一丁点小事岂能重新为敌，伤了和气对谁都不好。郭宏坤拉过崔百龙和丁丙午又打了一阵子，见他们毫不还手也就没有再打的理由了。可是郭宏坤从此却牢牢地记下了柳三蹴。

郭宏坤刚刚走到红莲身边，已经渐渐安静下来的红莲，却忽然又狂暴起来，不但没有委屈地向他诉说，反倒蹬圆双眼，恶狠狠地呵斥他滚得越远越好！郭宏坤耐着性子坐在红莲身边，企图再给她一些抚慰。郭宏坤希望她能一头钻进他的怀里，哪怕是拧他骂他也是对他的一种依靠。如果是那样，那就无疑是认定他的位置，以后两个人就会对柳三蹴同仇敌忾。但他始终抓着的却是一只冰冷的手，眼眶里连他希望看到的一滴眼泪也没有。这就让郭宏坤的心里除了对柳三蹴的愤怒之外，还生了深深的无助和失落。他没好气地问红莲："你倒像根木头人了?"红莲说："有本事你去找到把他杀了!"郭宏坤倒愿意听这样的话，他安慰说："这是迟早的事情!"红莲话锋一转："最好你们两个同时死掉!"郭宏坤刚刚燃起的希望之火又像是被投掷在冰块中。

外边，员丞狠狠抽了霍根旺一耳光。这个好吃懒做的家伙吃完一个葱花油饼，又把两个奉先县的特产——椽头蒸馍抓在手中。一边吃一边议论："看起来硬硬的，吃起来甜甜的……"呆愣着的崔百龙和丁丙午则细嚼慢咽，无心阻止霍根旺的贪婪。员丞满脸不屑地训斥说："葱花油饼是专门给红莲姑娘买的，你狗东西倒抢着吃完了!"

洞穴内的红莲闻之心里一动，当员丞把剩下的蒸馍全给她拿进来时，红莲这才泪流满面，失声痛哭。员丞说："别哭别哭，怪叔怪叔。有叔在他们就不敢了。"红莲一把抓住他的手，似乎像看到了最为放心的救星，哭得更加伤心。尴尬而难堪的郭宏坤力图显示出主角的位置，在一旁劝导说："先吃先吃，过去的事情以后再说。"红莲抬起泪眼说："滚出去！别让我看见你。"员丞也说："宏坤，你出去吃吧。馍完了还有苞谷棒，点火烤着吃。"郭宏坤出去后，红莲竟然紧紧地抓住员丞的手，然后又一头扎进他的怀里说："员丞叔，你再不要离开了。"员丞说："不离不离，走，出去晒晒日头，咱们还要很快盖房子呢。"

从这一天起，渭北高原腹地的这块被人遗忘太久的土地，就开始升腾起炊烟，一线生机在罪恶之后悄悄萌动在荒野中。铁锨需要配把，斧头需要装柄，员丞准备上山，找一根坚硬、端直、光滑的苦槐木。临走却被一双眼睛缠住了。红莲渐渐舒展开来的柳眉，听说他又要上山，立即就愁成了一个疙瘩。员丞忽的一阵猛跑，然后又踅回来说："谁再使坏，谁也跑不了！"

崔百龙站起来，讨好似的说："还是我去吧，你一天一夜未睡，理应好好歇一歇。"丁丙午说："霍黏眼吃得最多，让他去！"霍根旺揉着总是发红的发黏的眼睛，懒洋洋地打着哈欠，当下反击说："我又没钻人家的窑洞！"理缺的丁丙午臊红了脸，他看见崔百龙已经向北走去，也随后跟去。员丞朝他喊："拿着那把斧头！你们是用手砍呀？"

眼看着崔百龙和丁丙午的身影在北山的坡地上变成了兔子小的黑点，员丞背着手转悠一圈，选定一块土质细软的平地，弯下腰大把大把地拔掉蒿草。

红莲呆呆地看着员丞独自忙碌，忽然若有所思地说："叔呀，那地方不是房基的好地方！"

仍然被愤怒裹挟得萎靡不振的郭宏坤，见红莲反倒轻松自若，火气更浓地说："你想在这儿住一辈子啊？"霍根旺看看这个，看看那个，他非常希望他们再打起来，那样的热闹实在好玩。可是红莲并不理会郭宏坤的挑衅，继续望着员丞，瞳仁一眨不眨。

员丞呵呵笑着，他不想扫红莲的兴，说了声："红莲好眼力。"抬头望去，忽然觉得红莲比前几天要可爱得多。

她额头宽阔，两颊饱满，正好镶嵌着那两只玲珑精致的耳朵。高耸的鼻梁隔开了两只眼睛，眼睛在阳光下重现着原本的活泼和俊秀。她一颦一笑时，脸颊就有了若隐若现的酒窝。员丞禁不住想，那两个酒窝不应该那样浅显，更不应该布满皱褶。

"哎，扶着她！"员丞对郭宏坤喊道。

红莲已经单足跳跃着向那块土地走来，两臂像两只翅膀上下挥动，保持着冲力和平衡。霍根旺揉着黏眼跟了上去，似乎红莲的举止给了他一种神异的吸引力。郭宏坤慢悠悠地站起身，看看自己那只瘸脚，又生出无以名状的愤怒。他觉得在这里，自己无疑是最无用的人，无论他走到哪里，那只瘸脚都是最丢人的累赘。与其步入另一个被人鄙视的领地，不如在这儿安下身来。

郭宏坤心中着急而脚下又笨拙地搀着红莲时，员丞已经接应了她。员丞搀扶着红莲的姿势不卑不亢，不亲昵也不避讳。他伸出粗壮的胳臂架在红莲的臂腕上，红莲骤然间向他靠拢而去。

"你需要一根拐棍呢。"员丞对红莲说。

郭宏坤漫不经心地架起红莲另一条胳臂。他对员丞的这个建议不屑一顾，冷冷地说："我甘愿把她背一生！"员丞淡淡一笑说："那总不是个长久的法子。"红莲半边脸热半边脸冷，半个身子轻柔半个身子沉重，始终没有向郭宏坤扭过头去。

终于盼来了一场透雨。

他们已经恢复了晚上睡觉白天干活的正常作息。但是昼伏夜出的懒散习惯，仍然不能振作他们的心性。昨夜，员丞眼望着黑云压境，催促他们早早入睡，一场好雨的到来，明天就会有了活路。但他们还是长时间地坐在草坪上，嚷嚷着窑洞里边在憋闷。最先钻进窑洞去的是红莲，然后是郭宏坤，在晚秋的大雨来临之前，他们的腿伤都会有一种麻麻的预感。

风停雨住。一股凉风吹醒了睡在窑洞最口上的员丞。那边的窑洞划归了郭宏坤和红莲，他们四个人就一直拥挤在这边。员丞的彻底苏醒是因为红莲那边的叫声，那种不情愿的反抗之声他已经听得多了，心想无非又是郭宏坤扯住红莲要办那个事。既然生米已经做成熟饭，接下去的事情他就觉得不好干预，何况人家红莲就是郭宏坤费尽周折带到这里来的。

在这里，情愿和不情愿的概念已经变得模糊难辨。

他翻身坐起来，瞅着身后熟睡的男人们，心想按常人的生死序列，他们都是早应该娶妻生子的人。那一天，他之所以没有动崔百龙和丁丙午一指头，正是出于一时的理解和同情。他甚至企盼着这里再来几个甘心情愿的女人，那样才能成为一个真正的村落，才能渐渐地人丁兴旺。没有男人的世界和缺少女人的世界一样，最终都会断根败落。

“叔，你过来。”红莲的厉声尖叫使他不得不走过去，他有些恼火，这个郭宏坤，太过分了！人，总不是野地里的野狗吧？就是夫妻也有个愿意不愿意。来到那边的窑洞口，他又不由得扑哧笑了。原来是两只野兔子吓得红莲瑟瑟发抖。郭宏坤也发怵地瞪着眼睛。员丞探进身子捉住了兔子的耳朵说：“这是崔百龙专门给你们捉来留下的，让红莲看着耍哩。”兔子的腿上都绑着草绳，他解开一端把兔子提到外边重新拴好。红莲撑着早已制作好的拐杖，急匆匆地走了出来。拐杖在松软的湿泥地上总是扎进去一截。红莲越急越不能快步行走。员丞说：“不就是兔子嘛，还跑个啥呢？”红莲丢下拐杖，单腿一跃就跳进了一块草丛，紧迫地掀起了裙摆，抹下裤子就传出憋了一夜的哗哗尿尿声。员丞知趣地转过身去，但是那耀眼的白色肉体一闪，和那持续很久的哗哗声响，还是让他感觉到了下身硬邦邦地鼓胀起来，耳臊脸热地僵立了许久。

蹲在窑洞口的郭宏坤大为不悦，他等到红莲提起裤子才斥责道：“越来越不要脸啦！”轻松下来的红莲，本来也有点不好意思，可是听到郭宏坤的斥骂，反而嘿嘿一笑说：“现在你倒像个人了！”

似乎为了遮掩自己的窘迫，员丞忽然冲进窑洞，一脚一个踢着那边的男人们说：“天大明了，起来干活了！”

一夜之间，草木凋零，万象衰落。为了尽快把这块荒芜的土地弄成一个家的样子，他们铲除掉窑洞周围的茅草，然后又砍来树枝，给窑洞口编织了两个草盖，员丞把掀下来的草盖拿到那边的平地上，指给跟过来的红莲说：“你就坐在这儿指挥吧。”然后他率先跳进泥地里踩踏起来。其他人捋一把草茎上的露珠擦擦脸后，也都跟了进去。地皮太湿太软，不一会儿，他们的双脚就黏成了一团泥疙瘩，地面上，也尽是不规矩的麻坑窝窝。

“要撒草木灰呢！”红莲说。

这无疑是一举两得的建议：草木灰撒在湿软的泥地上，不仅仅踩踏时畅快省力，将来铲起的土坯也会结实而光滑；循序渐进的野火还会给需要开垦的土地清除障碍，耕耘播种时就少掉了一道麻烦事。只是点燃潮湿的茅草费了很大工夫，火苗呼呼蹿起立即又疲软地熄灭了。红莲移坐在拐杖上，腾出了那两个草盖。干燥的草盖置放在两堆厚密的草丛中，两团大火吱吱嘎嘎地滚动着浓烟四处铺展，一时间，热气腾腾的草地激动得大家手舞足蹈。不等热灰冷却，大家就双手掬起灰烬抛撒进那片黄油油的地面上，红莲的内心也飘过一丝快意，那张瘦弱又不失妩媚的脸庞被火光映照得通红透亮。

天遂人意，整个计划都在有条不紊地进行着。踩踏平实的地面上，随即就用铁锹划割成长方形的块状，第二天再铲离开来，侧立着让太阳晒透晾干，然后，再砍来椽子，编织草帘，一根根从树枝上砍下的木棍，正好留作窗子的窗棂。

员丞把设计房屋格局的任务交给了红莲。红莲推辞不能，她明白自己是只能动心不能动手的人。这简单的房屋样式原本是用不着设计的，她想这纯粹是员丞叔的良苦用心：为了维系每个人的心理平衡而又让她住着心安理得。事情发展下去红莲才觉出任务的难度：他们谁都不愿再同住一个屋子，就是一墙之隔也不乐意。按员丞的最初提议：先盖一大一小两间屋子，也就是把窑洞的住宿情形搬到平地。

突然的分裂使问题变得复杂了。崔百龙占着独有的一把铁锹，已经在一块向阳高地上为自己挖掘墙基。丁丙午随即仿效，看准另一块地皮设计自己的住宅。眼拙手笨的霍根旺则一屁股坐在窑洞门口说：“我也不干啦！这里还冬暖夏凉哩。”

看着员丞叔苦煞的脸，看着郭宏坤阴阳怪气的笑，红莲这才觉出了自己作为一个女人所该干的。她撑着拐杖爬到一个高处，用目光画了一个草图，然后才喊过他们说：“无论如何互相之间都得有个照应。”她用拐杖在地上捣下六个坑，这六个坑两边排列，遥相对应，正好是一个村落的雏形。对她的安排，其他人默不作声。郭宏坤却不解地问：“五座房不就够了么？”红莲说：“我也需要一个屋。”这句话对郭宏坤是一个不祥的信号，对其他人却是一粒希望的种子。

这就需要更多的土坯，这就需要更多的木椽。大家的自觉和卖力全然来自一句话的启示。

临冬前的第一场大雪，没能阻止村落建设的进度。六座土屋全部竣工后，他们又在不远处打了一口井。两孔废弃的土窑一个用作男女共用的茅房，另一个饲养那两只野兔。这一公一母两只野兔，是崔百龙坚持要给红莲留下来的，他说来年开春后，一窝一窝地就成了群，村子更像村子了。

没有村名并不是他们的疏忽，多次商议都没有结果。员丞直直腰说："先不忙着起村名。这样黑人黑户地住着也给你们留下一个心病，省得你们忙不迭地张扬出去！"

屋后的土地已播下麦种，葱绿的麦苗现在被大雪覆盖了。为了得到下种的麦籽，员丞曾和他们发生过争执：崔百龙力主再劫一次，丁丙午则想悄悄地偷取，员丞问郭宏坤有没有更加心安理得的办法，言下之意是想让他再破费几个铜圆。郭宏坤拒绝得也不无道理，他说屋子盖好还得添置起码的家当，比如过冬的衣服被褥之类。红莲掏出两个铜圆，却被霍根旺挡回了，他说用钱的地方多哩，一切都得从长计议。

员丞实际上已有良策，让大家商议只是想试探一下他们的心底。他抱出了自己那件惜疼了多年的羊皮大氅，准备出去典当后换回麦种。他的这一招对其他人无疑是个感动，郭宏坤却有点挂不住面子："我想买被褥你想当大氅，这不是吃风屙屁空对空嘛？"霍根旺起身出去，他拉起一根木棍，身子立即就佝偻下去，一副十足的乞丐模样。临行前他对大家一揖一拜："但愿明年就不丢这个人了。"

第六天下午，霍根旺带回了一袋麦种，同时还带回了柳三礅的消息。麦种是他一捏一把地讨来的，柳三礅是他在一个村外遇见的。当时天已大黑，他在一个麦秸堆里栖身过夜，几声狗叫，村里就蹿出一伙人影，他们还捆绑着一个人。他们把那人拉到麦秸棚跟前："你狗日再不老实，就把你扔进麦秸里烧了！"霍根旺听出说话的是柳三礅，就扑出来喊："别烧，别烧，我还在里边哩。"柳三礅认出他来，让其他人先走，自己留下和霍根旺说了几句话。柳三瞰只是问那里的人是否还在，对他自己的事却闭口不提。分手时，他让霍根旺代他向红莲表示歉疚，说那一夜的不恭纯粹是一时昏头。“不过……他说……”霍根旺哼哧着又说道，“他说……郭宏坤这一强逼民女为妻案他说不定也要来审的。”

“狗日的结匪作乱，还要审我哩！”郭宏坤脱口骂道。

无论如何这对郭宏坤是一个危险的信号。昨天夜里，郭宏坤做了一个好梦：他梦见那块石碑高高地耸立起来，上边盖起了碑楼，群燕围着碑楼飞舞。忽然，碑楼顶部好像洞开一孔泉眼，五颜六色地向外喷涌着水雾。水雾漫天漫地，在一片汪洋中激起冲天的大浪。他忘记了自己身在何处，似乎在大浪中随波逐流，又好像在九霄之外鸟瞰着这个世界。他把这看成是老天给予的吉兆和召唤，一早起来就去寻找那块石碑。石碑保持着他原来见到时的仄卧姿态，一场大雨的冲洗更显现出它清亮的天蓝色。他不想惊动别人，他要完全依靠自己的力量把石碑挪到现在有了人烟的地方。他把两个木棍平放在石碑的一侧，举起另一根木棍小心翼翼地将石碑一寸一寸地向这边撬动。移动石碑使他花费了整整一个上午的时间。他的卖力受到了崔百龙和丁丙午嗤之以鼻的嘲弄，却赢得了员丞友好的眼神。

“好！这是一个古老的标记。”员丞说。

“不，这是神灵的保佑。”

郭宏坤不想解释得过于清楚，也拒绝了员丞的帮忙。他要独自完成上苍的嘱托。在选定石碑位置时，他表现得宽容大度，喊着红莲道：“你看个地方吧！”红莲对他的乐此不疲表现出一如既往的冷漠，栅栏门拉开一条缝很快又闭合了。每一个屋子都蒸腾着热气，他们用柴草烘烤湿炕湿墙，想尽早搬迁进去。

红莲抱着两只已经和她混熟的野兔，用拐杖往炕洞里填柴。一只兔子钻进她的裙摆，在她的腿窝温存地顶撞，她开怀地大笑起来。郭宏坤把这笑声当成了嘲弄，一气之下歪倒在地。息事宁人的员丞扶他起来，垂手立于一旁说：“你想的主意还是由你定个位置吧。”

郭宏坤对着那扇门愤怒地骂道：“女戏子，你记着，女人永远是女人，是女人就得蹲下来尿尿！”

郭宏坤很快又为这句话后悔不迭，本来是一件神圣的事，却无端地搅进去污言秽语。他重忆夜间的梦境，但无论如何也不能把梦境还原为现实。最后还是员丞善解人意，员丞屋前屋后，碑左碑右都踏出了带九的步数，终于使石碑之事有了一个完满的结局。

除了员丞表现得热衷外，其他人对石碑的立起毫无兴趣，他们接踵而至钻进红莲的屋子在那里寻求温暖和刺激。为了解开郭宏坤和红莲心头的疙瘩，员丞煞费苦心地兜圈子，他突然把房屋的排列指给郭宏坤说：“鸿坤，你看看，你细细地看看，你看红莲把村子设计成啥样子了？”郭宏坤目光迟滞，不得要领。员丞故作神秘地说：“这互不相连的六间房不就是一个‘坤’的封爻吗？”虽然郭宏坤知道这并不是红莲的本意，但他还是被无意的巧合激动了。下来的日子，郭宏坤的情绪平静下来。他每天擦拭石碑，登高远眺，思绪仿佛沉湎在冥冥之中。没有史书，他弄不清这“唐故右武卫大将军李府君碑”的详细典故，但他相信这块石碑有着不同凡响的经历。他为自己的吉运欢喜得心花怒放。

天气一天比一天冷了。他们过冬的食粮除了过去打劫的积攒外，还捕猎了一只獾和三头野猪。每当吃饭时，郭宏坤就憋闷得难以下咽。饭是红莲做的，人均一份，好像红莲成了大家共有的婆娘！起先，红莲吃不得野物的腥味，她就把碗里的肉块拨给身边的任何一个人。获此殊荣的人立时喜笑颜开，郭宏坤的牙则咬得咯咯作响。

最使郭宏坤不能忍受的，是红莲执意要和他分屋而住。那是大雪降临的前一天夜里，屋子已烘烤干透，土窑的蜗居彻底结束。当晚他们为房屋的分配上议了半宿。本来不存在大的异议，无论谁住在哪间屋子都算公平，没有吃亏也不占便宜。员丞指着向阳居中的屋子对郭宏坤说：“你和红莲就住那间吧。”红莲当即拒绝：“不！我和他分开住。”员丞一笑：“那成何体统了？”红莲说：“当初说定了的。”员丞说：“我还以为你说笑话哩。……多出一间正好做厨房。”红莲说：“哪怕我住靠北靠东最吃风的那间哩。”说着她走出窑洞，把两只兔子放进自己号定的屋里。

陷入僵局在所难免。崔百龙为了和红莲紧邻，装出礼让的样子说："那么你住中间，我住边上?"他把兔子移进中间的屋子，回来时身上的夹袄也留在边上的屋里了。丁丙午赶紧拿起一副碗筷，要去占据这边的一间。霍根旺也噌地站起来，不用猜想，剩下来的理想住所就是向阳居中的那间了。这间屋子和后边那间隔窗相望。

员丞呆愣了，事情的发展完全出乎他的预料。他苦心经营的和谐气氛一下子打破了。他自己住在哪间都可以委曲求全，关键是把郭宏坤逼进难以接受的境地。他偷觑了郭宏坤一眼，郭宏坤一脸的铁青色，他赶紧对郭宏坤说："不行……这样不行……这样不就乱套了!"

实际上，今天的尴尬郭宏坤只归罪于红莲一人。事到如今，他已不想强人所难。他出去转了一遭，回来心平气和地说："谁住哪儿我都不管，以后的事情以后再说。"一席话把大家都镇住了。员丞抖开皮大氅，披在郭宏坤发颤的身上说："甭说气话，让我想想还有啥好办法吧。"

红莲知道自己把事情搞糟了，她最不愿意给员丞带来难题。她把兔子抱了回来，气呼呼地说："反正我要独住一屋。"霍根旺本来就是懦弱之人，他知道郭宏坤这些日子的心思全在那块石碑上，而他指明叫响的那间屋子正好面对石碑，就退让说："我随便。"只有崔百龙和丁丙午眼盯着郭宏坤那条歪扭的残腿，一脸的满不在乎。

郭宏坤对房子的分配不再有任何兴趣。他甩下肩上的皮大氅，钻进另一孔窑洞里睡觉去了。窑洞里一时沉寂下来，崔百龙和丁丙午这才觉出问题有些严重。无言的警告隐含着潜在的恐惧，员丞再拿出分配方案时他们谁也没有再提异议。员丞说："你们三个都住后边吧。"然后他转身对红莲说："红莲，你不想看见打打闹闹吧?"红莲说："我先卸了他的腿!"员丞说："他这一生倒图个啥呢? 你不觉得他可怜吗?"红莲则说："断了腿的狼还是狼!"

员丞对红莲的倔强无可奈何，叹一口气说："前边三间，我住东头。那两间你和宏坤商量去。"说完他就倒下身去，显然是向红莲下逐客令了。

这一夜，红莲首先住进了新房。刚开始，她进了前边西头的一间，她想郭宏坤一定会选择面对石碑的最佳位置，这样正好与他分离。后来，她觉得这样就和员丞隔开了，又鬼使神差地走进中间的屋子。炕是温热的，她给炕上撒满茅草，躺下后又把茅草拨拉在自己身上。她想安安静静地过一个属于自己的夜晚，但是辗转难眠，郭宏坤的影子总是向她压来。她终于想出一个良策：把双人大炕砸塌一半。

敲击的声响震醒了员丞。员丞走到门口惊诧地说：“红莲，砸炕不是根本办法，活人能让尿憋死吗?”

红莲说：“谁不让我有好日子过，谁也甭想安宁着。”

此刻，郭宏坤也出了窑洞，他毫无懊恼的神情使员丞大感意外。他拍着员丞的脊背反而安慰员丞说：“你去睡觉吧，这事你再不用操心了。”员丞说：“这里本来没有个规矩，可事实总是事实吧。”郭宏坤说：“路走错了，跑有什么用?”红莲弄不清这句话的意思，仍然使性子地说：“你不嫌这个炕小，你就来挤着睡吧。”郭宏坤没有接她的话茬，他把员丞推进窑去，又抱出一床被子给红莲送去。屋门从里面顶着，门缝中扑出呛人的烟灰味。郭宏坤笑着说：“里面是熏獾吗?”红莲在里面说：“熏不熏不要你管。”郭宏坤说：“我是给你送被子的。”红莲说：“亏了你的好心肠。”郭宏坤把被子挂在门上，然后远远地在石碑旁坐下了。

大雪是从后半夜飘落的。郭宏坤蜷缩着身子静坐在雪地里，这种处境使他产生出许多痛苦的思绪。不过他现在寻求的不是痛切的自我折磨，而是冷静后的一种解脱。他仰起头，伸长舌头，一朵又一朵地捕捉着雪花。雪花跌落在嘴里，立即就无滋无味的溶化了，品尝不出彻骨痛心的冰凉，只有用舌尖逮住一朵时，才有沁人心脾的感觉。越来越紧密的落雪给了他无数次这样的机会，到后来，他觉得浑身僵硬，舌尖发麻了。熟悉的气象很快变得陌生，积雪把远处近处的突兀和断裂迅速弥合为一个无隙无缝的整体。

乔迁新屋给这里的人们带来了喜气。加上耀眼的白雪把夜晚缩短，他们今天早上醒来得格外早。个人都有了个人的房屋，再说他们也没有什么家当，所谓搬迁也不过是出了窑洞进屋门。进屋后的第一件事就是烧炕，哔哔剥剥的柴草爆响正好增添喜庆的气氛。

“红莲，还不把被子拿进去。”员丞经过中间屋门时，不禁喊了一声。

“姓郭的走了？”红莲拉开屋门，眼睛里放射着轻松的光亮。

“不会吧？好端端的走啥哩。”

员丞返回那个土窑，窑口的草帘掀翻在一边，里面依然如故，缺少的就是一个人。红莲带他走近石碑，石碑旁只留下一个盘腿而坐的图印。一行横竖交错的脚窝深深浅浅地向远方走去。员丞呆立许久，责怪红莲说：“大雪天能让他出走？”红莲说：“走了倒省心。”员丞说：“你好狠心。”红莲道：“跟他的样学来的。”

员丞看见石碑顶端的积雪上陷进去一个洞穴，伸手去抓，却是一摞铜圆。他双手捧着铜圆举到红莲面前，鼻子发酸得说不成话了。红莲强装理所当然的神色，一字一顿说：“他、该、我、的。”说完话她的眼睛却不免发涩。“该你的就归你，我们是分文不花的。”员丞把郭宏坤的出走迁怒在红莲身上，他把铜圆抛在红莲怀里，转身沿着将快消失的脚印追去。不一会儿，他又踅回来了。茫茫的雪野阻止了他徒劳的奔波。红莲原地站着，眼角挂着两滴泪水。这泪水消解了员丞的怒气。风闻消息的其他人已经在屋外站着，个个脸上都挂着幸灾乐祸的表情。红莲一个冷战，怀里的铜圆撒落在雪地里，员丞又一枚一枚地抠出来，对远处的他们吼道：“这些铜圆够你们记一辈子的！”

同柳三礅的出走一样，郭宏坤的离去并没能影响这里新生活的继续。缭绕的炊烟虽然孤寂单调，却依然昭示着一种蠢蠢欲动的复苏。

红莲的妊娠反应日益显著。未曾婚娶也未曾侍奉过女人的崔百龙、丁丙午和霍根旺他们都以为她身染重疾，终日惊慌却爱莫能助。只有员丞似乎猜出一点门道，他悄悄询问红莲想吃酸还是想吃甜，还摘来野山楂野酸枣给她解馋。野果已经冻得干硬，红莲还是津津有味地咀嚼着。初次怀胎又没有任何人指点的红莲疑虑重重，也把自己看成是病人了。

“员丞叔，你说我这命有多苦？好不容易碰到你这个好人，可我又怕是不行了。”

“傻女子，”员丞乐呵呵地笑出声来，“这是喜呀。喜——你知道吗？”

红莲困惑不解地摇摇头。她一看见饭食就作呕，脸色蜡黄，疲乏无力，还未显形的小腹一日比一日沉重。她说她一闭上眼就会想到死亡。员丞不得不详尽地讲述一些妇女生育方面的“人之初”给她听。说着说着，下身情不自禁鼓胀起来，那枚铜圆猛然硌疼了他。

员丞把郭宏坤留下的铜圆用麻丝串了起来，他把男人们叫到自己屋子。一脸严肃地说：“宏坤给咱们留下这些铜圆，另外他还留下了自己的媳妇。该咋个想咋个办你们说吧？”他们相视一笑，一时不知所措。更不明白这些用麻丝缠绕的铜圆有什么用处。生性迟钝的霍根旺误以为员丞要把他们的那个东西统统勒住，担心地说：“不闹就不闹，可也得让人尿啊。”员丞说：“害人之心不可有，防人之心不可无。”他把铜圆分发开去，率先伸进裤子做示范。他们这才看清楚：铜圆上长出两节麻丝，员丞是让他们把铜圆系在各自的阳物上，既是对肉体的警告，又是对意志的约束。本来员丞是让他们当众实施的，可又觉得这全凭自觉。他自觉尴尬却又毫不退让地说：“你们拴不拴，我反正是拴上了。”这无异于一场游戏，他们的效仿完全是为了敷衍员丞的庄重。走出屋门后的崔百龙就笑得直不起腰来，他问丁丙午：“试着怎么样？”丁丙午说：“还真的管用，眼往那屋一瞥下边就当啷一响。”崔百龙说：“这不是把郭宏坤拴在咱们的牛牛上了嘛？”再一阵大笑，铜圆就从裤腿下溜出来了。他佯装拍打鞋上的雪粒，把铜圆藏在手里说：“员丞也真能出馊主意。”

红莲病态般的妊娠反应给了她有效的保护。员丞以为是铜圆起了作用。好些日子大家都相安无事。做饭的任务由员丞接任；霍根旺在土窑里挑了两个蹲坑，窑门口还挂了两个柴棒——男人进去摘掉一个，女人进去两个全拿掉，柴棒全挂着就说明茅房空无一人。另一孔土窑留着养兔子，现在红莲把兔子养在自己屋里，它就暂且做了柴房。冬天最浪费的就是柴草，崔百龙、丁丙午两人就承担了砍采木柴的活计。闲暇的时候很多，员丞总是把日子安排得满满当当。当他提出给那块石碑造一个棚子时，受到大家一致抵制，连红莲都出来说：“不好好歇着，折腾啥哩。”

员丞的良苦用心首先被红莲识破。她竟不能忍受离群索居的孤独了。干活时员丞让她留在屋里，他们聚在一起谝闲话员丞总是示意她不宜久坐。员丞甚至养成了夜间巡查的习惯，临睡前给大家把门插死，还绕弯子说：“荒野里住着，难说狼不钻进屋去。”躺下后，他就故意一声接一声咳嗽。红莲被他的干咳揪得夜夜心口发闷，终于和崔百龙合伙搞了一次恶作剧。白天，她给崔百龙面授机宜。深夜员丞再来插门时，崔百龙就顺墙根溜到屋后。员丞对着虚掩的屋门问：“百龙，睡了吧？”崔百龙把嘴伸在后窗里答：“睡了。”员丞说：“不屙不尿我就插门了。”崔百龙说：“插吧，省得我起来顶。”

恶作剧差点使红莲自食其果。崔百龙先是在那间空屋里待着，渐渐听见员丞的咳嗽声弱，溜出来从红莲的门前经过时，禁不住拔下了插在门上的木棍。红莲惦记着捉弄人的事，听见门响就坐了起来。她用员丞给她的羊皮大氅裹着身子，不等黑影靠近就把一口酸水吐在了崔百龙的脸上。她捏着嗓子问：“你咋跑到我屋来了？”崔百龙支吾说：“我……我……”红莲说：“我让你和员丞叔耍一次，你却想来害我哩。”崔百龙说：“这咋是害你哩？”红莲一着急，连连干呕起来，崔百龙想起红莲近日身子有病，悻悻退出，照原样插上门，这才溜到员丞的屋前。

崔百龙用脑袋顶门，嘴里嗥嗥地学着狼叫。员丞的咳嗽声忽然完全消失。他跳过来用肩膀扛着门，崔百龙也在外边使劲地顶，快支持不住的员丞吓得大喊出声：“狼真的来了，都出来打呀！”然而谁也不能出来。僵持了一会儿，崔百龙躬下身子，嗥嗥地向远处走去。

第二天早上，员丞脸色发灰，满脸憔悴。不再似往日精力充沛。事情的败露是因为崔百龙沉不住气：由于他的门可以打开，他就忘记了一个细节。他出来后，趴在员丞的后窗上问："狼真的来了吗?"起先，员丞还有点稀里糊涂，他后怕地答："可不是么。喊你们也没人出来。"崔百龙顺口说："你把门插着我们咋个出来？看来以后不能插门了。"员丞突然醒悟过来，他快速地拉开门跑出屋子，拐过墙角，一把抓住崔百龙质问："门插着你怎么出来的？你咋么出来的?"崔百龙只讪讪笑着。员丞顿时有了另一种预感，他拽着崔百龙来到红莲屋前，见红莲屋门照样插得严严实实，气才消了一半。打开红莲的门，他仍然不放心地问："这狗东西把你没咋吧?"

红莲早已笑岔了气，嘴里咕哝着："没……没……只是你，喊得好吓人。"员丞说："害怕还能笑成这式子?"红莲想把笑停止下来，越想停止越是笑得不可开交。员丞因此断定他们是合谋而为。

"我还不是为你们好。"员丞解释说。

"我们都不是孩子了，"红莲正色说，"本来是荒天荒地，还要再关在笼子里。"

这句话似乎是一种提示，崔百龙下意识地把纽扣扣整齐，走过去让红莲把胳膊伸进大氅的袖子里。霍根旺和丁丙午在后边吱哇乱叫着，说是再不开门他们就要拉在裤子里了。

犯了众怒的员丞好几天都垂头丧气，特别是红莲的带头发难使他好生不解：挖空心思都是为了这女子哩，可她倒自己心里有气。他最担心的，还是这个村子的解体。红莲和崔百龙的合伙恶作剧，丁丙午的"走个人吧"，霍根旺的"没意思"，都或明或暗地道出了这个意思。郭宏坤和柳三礅的出走更是长鸣不息的警钟。

正值腊月寒冬，员丞本来派遣可以放心的霍根旺进城去办年货的，崔百龙和丁丙午却嚷嚷着非要一起逛一次。员丞说："不行，都走了像啥话。"红莲却怂恿说："人都长着两条腿，谁要走你也挡不住。"他们走后这里格外冷清。红莲见员丞还待在自己屋里，就走过去说："叔，你是真想让狼把我吃了哩?"妊娠反应过去之后，红莲的心里平添了焦虑和烦躁，她甚至对郭宏坤起了恻隐之心，思念起他在自己身边的可怜和骄横。崔百龙和她开难堪的玩笑她不生气；霍根旺一见她就低头，她反倒觉得太窝囊。尤其是员丞，好端端的一个男人却偏要装出糟老头子模样。现在，与其说红莲要委身于他，不如说她要激活他生命的激情和勇气。她觉得在这里没有员丞的维系就待不下去，但是她又不满意他的固执和萎靡。员丞说："怕狼就把门顶上。"

红莲说："有你我啥都不怕了。"

红莲把皮大氅脱下来搭在被筒上，通腿儿和员丞坐在被窝里。员丞跳下炕说："你要坐我再把炕烧热。"红莲说："两个人的身子暖着，暖也暖热了。"员丞执意抱来柴火，炕筒里火星未灭，不一会儿就燃起了熊熊大火。再下来就无事可做的员丞一直在炕脚地待着。红莲让他上炕，他又说那两只兔子要喂。心灰意冷的红莲长叹一声："在你眼里我还不如那两只兔子哩。"员丞讪讪走近，盘腿坐在炕的另一头。

沉默了许久，红莲故作气恼地跳下炕说："我走呀，我也离开这鬼地方！"员丞慌忙拉住她的胳膊："我啥地方得罪你了？"红莲拽着胳膊说："你是好人，你还能得罪谁呢？"

红莲要走无疑是对员丞的最大打击。在他精心设计的蓝图里，这个所谓的村子已经有了孩子的哭笑。那时候，他可以拉着孩子的手，毫无内疚地告诉新一代这个村落初建的艰辛。

员丞的神经好像被一下子掐断了。他没命地拉着红莲的手，轰然一声从炕上坠落在地。红莲反身扑倒在他的身上，问他摔伤没有。员丞一只手撑着坐起来，一只手捂着自己的要命处——那枚铜圆真正把他硌疼了。红莲把他扶坐在炕边，见他龇牙咧嘴地唏嘘，就在他的手背上轻轻揉搓。这样的帮忙反而加重了铜圆嵌入的力量，员丞拨开她的手说："让我躺一会儿吧。"红莲说："你自己解开衣服看看，到底伤在啥地方了。"员丞说："不咋不咋。"红莲坚持下手要看，员丞紧抓裤腰说："你看不得的。"红莲突然想起什么，灵犀一开问："那我生娃时谁来帮助呢？"员丞半张着嘴，对这个难题目瞪口呆，半晌才说："到时候再说。"

红莲彻底气馁了。她不再吱声，上炕平静地坐在员丞身旁。但是外在的压抑并不能阻止内在的骚动，她轻轻地，看起来好似无意地握着员丞的手，一点一点抚摸起来。先是每一个指头尖，然后就用夹住了他的手掌。接着，就捋起了员丞的袄袖，一寸一寸地向上延伸。此刻郭宏坤的阴影已被美妙无比的激情排挤得无影无踪，员丞仿佛突然回到了久已告别的青春岁月……

两人相依相恋足足一个上午。

下午，他们正在闲谝，屋外突然传来杂沓的马蹄声。只见黄桂清知事骑着一匹低矮的小马，老远就向这几间土屋走来。随他而来的一帮子县衙，拉着枪栓包抄过来，在雪地上腾起一片迷雾。员丞脑海中闪过的第一个念头就是让红莲躲起来。红莲瑟瑟发抖，不知该往哪里跑。

红莲没有逃走反倒保住了这个村子的平安，同时还得到了“乔迁村”的赐名。员丞的惊惧很快被黄知事文质彬彬的一连串问话排解了：他说他们是来搜寻一个叫作柳三磁的人，“上司限我年前交人哩，作为本县臣民，你们可不能知情不报。”患有职业病的县衙们早听得不耐烦了，他们的质问直截了当：这些土屋都是新盖的，供谁住着的，住的人哩？黄桂清的啰唆正好给员丞腾出了编造谎言的时间，他的回答振振有词：“我们本都是北山里的猎户，刚搬下来只是想成为黄知事的顺民百姓。搬下来还因为我女儿的腿被摔折了，山沟里不是人待的地方哩。”红莲拄着拐杖从自己屋里提出两只野兔，她说：“你们有耐心就坐在屋里等，说不定他们还会打下野猪来。”红莲的俊美扰乱了黄桂清的心绪，她暴露出的残疾又使他大为灰心。末了，黄桂清说：“记下这个村名，追究出来严加查办！”员丞说：“我们祖孙几辈都没有起村名的沿习。”黄桂清笔兴大发，苦于没有挥毫题词的墨宝。他眼皮扑闪了几下，就跳下马来，用手指在雪地上写出三个大字：乔迁村。

（原出版单位：中国工人出版社 1994 年 11 月第 1 版）

山川记（节选）

王妹英

【作者简介】 王妹英，女，1967 年生，祖籍山西平定，现居西安。作家。代表作有现实主义长篇小说《山川记》，获陕西省“五个一工程”奖；中篇小说《一千个夜晚》获第六届鄂尔多斯文学奖、《小说选刊》年度奖。

第一章

那年初春，荞麦地里正下种，土地一片淡黄。

东明的妈扶着下荞麦种的犁耙，嘴里一时想吃酸。看见崖边一棵干掉的酸枣树上，挂了几颗红酸枣，爬上土坡，够了一颗干酸枣，想填进嘴里。手还没有来得及靠近嘴边，滑了一足，蹬出一米开外，老粗布裤子扯开裤裆：肚子里一阵剧痛，泥地里挣扎半刻，两腿劈开，“哗啦”一声响，东明生出来了。

听不见哭。身子中间有一个红红的小鸡鸡，一撅一撅，是个小子娃。东明的妈起得早，生出儿子来的时候，已经下了两沟地的荞麦种，抬眼看见东边天上有一股子明，红灿灿、亮晶晶的，太阳正要升上来，给孩子起名叫东明。

一股春风刮起来，眯了她的眼，接着是漫天黄尘。因为荞麦提早下种，一条地、一条地，地里光溜溜得干净清爽。黄土和春风一搅，干树枝纷纷掉下来。脚下的黄泥土路一直往沟里延伸，一步步推进，身子后面的山脊中，掩藏着百多户人家，名字叫作桃花村。村子里鸡不叫狗不咬，仿佛被大自然溶解，空空如也，只留下大地的呼吸。

儿子不足月。只看见红湿红湿的脑袋和身子，不见哭。儿子他爹刘铁石从沟里取水跑上来，看见红红的生了，赶紧解了牲口套上的犁耙，把母子两个驮了，回了沟边窑里的土炕上，接生婆颠着半大的解放足跑进土窑里，看了看红裤裆里包裹的小东西，说：“死了。”

东明妈的眼泪“唰啦”一下就出来了。不死心，染了血的手翻过来倒过去看，眼里夹着泪，惊喜地说：“有气哩！”和他爹一阵翻倒、拍脸蛋、掐人中，气上来了，歇了两歇，哭出三声来，活了。

桃花村在春天会种植许多农作物，老化了的果园随处可见，零零星星挂着几个干掉了的生果子，虫子在果面上蛀了眼儿，摇摇欲坠，在春风里时时准备落下。

山谷中间有树木和丛林，间或掩藏着一间间土窑洞，在太阳的映照下显出明快橙黄的色彩。

长满了枝条的野桃树漫山遍野，春来的时候惹上几朵桃花，远看都是一片春意。相传，桃花村的野桃树上结了几颗瘦桃，不经意掉进一个饿昏了的要饭老人嘴里，救得那人一命，后来那人得道成仙，点化了桃花村。从此以后，漫山漫坡、沟沟梁梁尽是长得不规整、也不好看的野毛桃树，杂花生树一般，在春天的夜里会蒙上一层雾气，那特有的雾气本来一晚上都是弥漫在山谷底的，后来渐渐地把野毛桃树枝也包裹、遮蔽在夜色中了，甚至把月亮的光辉都隔在空树枝上，比起白天的景致，更多了几分迷离亲近。枝上栖息的山雀，脑袋藏在翅膀底下，不知所以地打着深夜的最后一个盹儿；在堆积的厚厚的干树枝和黄树叶中，灰黑杂毛的野兔，偷偷地来往。偶尔有一只褐色的松鼠窜出，往前冲了一气，觉得走错了路，忽而停顿，仿佛心怀疑虑，又回头搜捡上年秋来时，跌落在树叶里的半颗野桃充饥，就像它命中注定要吃的那样。那树上驳杂的野毛桃，竟也在民国十九年人吃人的大饥荒时，救了饥馑的荒村路人，接着，在大自然各种事物的神秘性中，逃荒要饭的路人和野兽，为逃活命，都在此落足成村，桃花村因此而得名。

桃花村四面环山，藏于沟谷。九道山梁依势向谷而奔，一山独起谷中，大有九龙抱珠之势。一条小河奔流而过，名字叫作石头河。点点村居宛若散星，西临苍岩树，东依凤凰翅，地势风貌，疏朗俊逸，山谷随意而驰，有弯便拐。老辈人说是先周老祖曾在此立国，到了公刘之父周老王时，有人报告说桃花村龙气积聚，为祥瑞之兆。为了江山永固，周老王命人在此疏浚河道，龙脉暗藏，飞鸟低回，人丁繁盛。桃花村位于老城东南三十公里处。百多户人家，人不过千，刘姓、赵姓、李姓占到八九成以上。

广袤的桃花山川之中，石头河东岸，一道毫不起眼的小小山岭，隐于沟谷，沉静稳重。终年四季，山雾遮蔽，缭绕不绝，唤作迷狐岭。相传，有一位仙女，落难在此，恰逢一条俊美男狐搭救。后有子牙提兵出关，在此点兵点将，击鼓传令，偶遇迷雾阵阵，归途难觅。得见一对美狐相引，一夜风云吹散，得以拔寨起程，班师回营。子牙驰骑回望，观其天象，那一对美狐，缱绻顾盼，两情相好，逶迤而至，俊丽无比，引人注目，遂心生偏护，支给百载粮帛，青禾米面，望山成岭，赐予它们非凡的命运。迷狐岭由此而得名。

东明出生的那天后晌，太阳跌进桃花沟的时候，听说本村后沟的地主婆家，生了一个女儿，名字叫蓝花。那时地主婆家不吃香，掌柜的祖上做买卖贩过洋烟，留了些家底儿，到了掌柜的这一辈，虽然在他婴儿时期就已失了那份田产，他也从没见上那份田产一眼，说不上有多少眷恋和怨恨，也不知道是谁正在享用它，不过他还是被划定成了富农成分，一长大成人，就赶上戴着白纸糊的高帽游街游村。半夜常从被窝里被揪出来批斗，鞋都没穿，反捆着手。村里的小孩都跟在后面跑，大声喊："打倒地富反坏分子！"

女儿虽然没有像同一天出生的东明那样，一生出来，就生在生产队的荞麦地里，光彩夺目、气壮山河，不过两口子还是悄悄地钻进土窑深处，给孩子取了个大气、贫农的名字：蓝花。

落日透过土窑的窗棂，在孩子身上闪出淡然、柔和的光。地主婆掌柜的看到红红的女儿出生，怀着惊喜和愁苦，脸突然烧得发烫，昏昏沉沉地说："我是有罪的人，领受了祖上的因果报应，听说祖上贩卖洋烟的时候，祸害了不少良民，让他们当房卖地、卖儿卖女、家破人亡。听说祖上借粮收租给邻家们的时候，大斗进，小斗出，昧了良心了。放钱给邻里百姓度难的时候，驴打滚、利滚利，饿死三代人都偿还不清。我替他们，把该领受的罪都领受了。你能到这世上来，说明老天免了我的罪了，我是为了你才戴高帽游街的。等到你耳朵会听了，眼睛会看了，不要看见我戴白纸糊的高帽游街就行。我的孩呀，你是没罪的。你的翅膀不会掉的，你的翅膀不是泥捏的。”

他把女儿抱起来，看见躺在落日余晖里的孩子，一张好看的脸仰着，向着他，头靠在他手掌的大拇指上，在短暂的静默中，并没有将来的暗影从她的身上闪过。在她所梦见的那个未来中，也没有不安的脚步和影子。

地上的泥炉子已经灭了，去年冬天就没有生过火。地主婆从掌柜的手里，把孩子接过来，送到奶头跟前，孩子张开嘴，咬住奶头不放，奶孩子的女人先是忍着，然后就哭了，因为奶头里没有奶水。

地主婆香莲坐在土炕上，头上裹着一块白手巾，眼里含着泪水，对卧在自己奶头上，没有奶吃哭得颤抖的女儿，感到灰心和绝望。

香莲出生在比桃花村更偏远的深山里，父亲在民国时期和乡间邻里打架犯了命案，一头扎进深山。因为身体健硕粗壮，性格简单，舍得力气，能吃苦种地，在深山给一户主家种了三个月桑麻，后来就娶了种桑麻的大户人家的小老婆。桑麻老户主死得早，一辈没生养，年轻时在乡间有几分家业，为避战乱躲进深山，开辟了桑麻田产，娶了一大一小两个小足女人，原先也雇了几个长工，偏都是偷懒生事，搅得家里大小老婆、家宅不宁。老户主活着时就都辞掉了。留下两个小足女人守家，就在这当口，香莲的父亲出现在深山老林里，饿了几天正啃玉米地里的嫩玉米，被上山摘菜的香莲妈看见了，家里没人手，正缺男人，看着年轻力壮，就好心好意收留了。

第二年头上生下香莲，不几年大老婆也去世了。早几年家里还算富裕，几亩桑麻，两个女人，藏入深山，有吃有喝，没人管也没人问，谁知后来天年不足，桑麻歉收，又赶上山下打仗，征兵催粮，惊动了远处的响马，深夜被洗劫一空，把家里的财产、女人连夜装进麻布口袋掳走。香莲的母亲情急，在香莲脸上抹了几把锅灰，揪乱香莲头上梳得光溜溜的小辫，推进菜窖里拿柴草盖住。十几岁的香莲躲进堆放萝卜白菜的地窖，三天没敢出来，才逃得活命。

出了地窖才发现她的命运逆转。山谷中的几间土宅和空了的粮仓，被一个心眼儿多的响马占领了，他故意走在响马队伍的最后，说要拉稀，脱队跑了，背着一杆长枪返回十几里山路，占领了桑麻宅。香莲的父亲去向不明。三天以后，响马看见从菜窖里钻出来的香莲，年岁虽轻，却藏不住眉眼俊俏，就生了邪心，日夜蹂躏，怕她跑了，用细麻绳捆住香莲的手足，每天只给吃半碗粗粮饭，吃个半饱，衣服也不给穿。把香莲关进土窑，仿佛一朵残花，没开就败了。对于山谷里的光明，从父母亲失踪那天起，就不曾见了。黑暗中度过多少岁月，香莲也不知道了。在朦胧的岁月中，后来只模糊听说，山外解放好几年了，劳苦人民当家做了主人，山里的残余响马被清理出去就地正法。香莲从土窑里被寻出来，洗干净，穿上来解放她的女干部脱下来的补丁衣裳，干眉净眼，像是换了一个人，精神却不见得有多好，不多说话，见了生人就躲，在院子里自由走动了几天，当地政府把她就近送给一家无儿无女的孤寡户，又将养了几年，目光迷离，精神涣散，仍不见好，有一天随意走出山谷。

漫无目的一路闲走，也没有人知道，她在山野中消磨了多少时光，在她走过的路上，时时都会大哭上一场，直到快要升起的朝阳，在她发暗的眼前和跳动的心里浮动起来。最后出现在桃花村村口的破庙里。圈了几日，冻得发抖，呻吟着，身上仅有一块破布遮身，命悬一线。她将通往另一个地方，在那另一个地方，她将见到她心中所希望的幻境，穿过那片幻境，一直走下去，直到她找到她依稀想要找到和依傍的人——她的模糊不清的父母亲，以她父母亲的命运做警戒，然后使她的人生告一段落，或者永久闭幕。

庙门时开时闭，瑟瑟轻响。黄昏转成暗夜。远处人家，土窑里昏黄的灯光烘暖照亮破庙的残影，她对于在狂风里独自躺在黑夜中所感到的麻木和孤独，已经习以为常了。

那时东明妈刚生了东明的大哥不久，冬天夜长地冻，夜里出来，想寻一把柴草添烧热炕，发现破庙里躺了几天的陌生女人，快不行了。回家拿了两个窝窝头，递到那女人手里，端了一碗热水，喂那女人慢慢喝下去，把那女人救活了。来历不明的女人，自己也没有多余的地方收留，又看着可怜，不忍心见死不救，只好叫来大队、小队的干部，村里的干部们，正在大队部的一间土窑里，批斗家庭成分不好的地富反坏分子，来到村口破庙里，看见无助的香莲，年纪不算大，眼睛藏在一堆柴草里，含着泪水。

好歹也是一条性命。大家就地里商量，有心让挨批斗的光棍地主领回家去，虽然那有名无实的地主小时候念过几天私塾，认得几个字，反正按他的家庭成分，他是一辈子也寻不上个老婆的，生死各按天命。一种奇特的怜悯心境，在几个人中间同时产生出来。几个村干部一合计一拍板，当场就把几乎要咽气的香莲发配给光棍地主做老婆了。虽然大家对这个垂危女人的怜悯，都是真心的，可是除了那个不咋像样的地方之外，的确也没有更好的地方，可以安顿这个可怜的女人了。

大队干部一挥手，随意留下两个人去送香莲，其他人就各自消失在夜色中了。

留下的人，把东明妈送给香莲的那件旧衣服，穿在香莲身上，扣好扣子。一个人打手电，一个人抱起她轻飘飘的身体，他们走进一张山村夜晚特有的寒气织成的罗网里，仿佛那一张一合无处不在的罗网，已经变成一座一座土窑洞之间的纱幕了。乡村的夜特别黑，除了小手电里，一个圆圈一样的亮点，别的东西一样也看不见了。香莲在这个陌生小村的陌生人的脊背上，呼吸匀称、轻柔，她睡得很沉，睫毛上的泪珠还没有干。他们走进地主一个人独居的土窑时，地主被批斗还没有回来，一张光草席铺在炕上，他们把她绵软的身体放在土炕上，拉过一条破了絮的旧棉被盖在她身上。从此时直到终老，每一个白天和每一个黑夜，这里就是她的存身之地了。

和往常一样，被批斗得鼻血外流、脸色灰蒙蒙的光棍地主，在疑虑和不安中回到家的时候，看到破草席上熟睡的女人，先是一惊，继而惊喜。从那以后，他对刮风一样平常的揪斗也就不大在乎了，鼻血也再不会不争气地常常往外流了。

香莲在地主家的土窑里，与世隔绝地将养了几年，黑夜有了热被窝，白天跟着去生产队里劳动改造，晚上掌柜的挨批斗，村里人都知道她是个要饭的出身，没有揪斗过她。她就在灯底下痴等，每次被批斗得七荤八素的掌柜的回来，给他脱衣涮洗脸上身上的脏东西，照顾他的衣食起居，人前不多说话，人后他们却也恩爱，谁也没有欺负谁的心思，互相都有了依傍。几年光景，她养得白净耐看，竟也怀上了孩子，生出一个如花似玉的女儿来，精神状态也渐渐地好了。那时她就觉得，她要能把怀里这个孩子养活，她就极端快活了。

东明家就住在隔壁不远的土坡上。三间土窑洞，三代赤贫，一个大土院。院里、家里打扫得干干净净。土窑不大，也不深，进深只有几米，进土窑门不远几步，就是一盘砌间大土炕，为了节省冬天做饭、烧炕用的柴草，加上刚出生没几天的东明，一家五口都睡在这盘大土炕上。土炕的一边有两拃高的泥砖墙，为了拦住土炕上玩耍的孩子掉进做饭的滚水锅里。墙下面是做饭用的一口大铁锅。大炼钢铁时，原先在老辈人手里置下的大铁锅都捐出去炼钢了。起初东明妈舍不得捐，她当年嫁进刘家门时，家里穷得啥也没有，唯一那口做饭用的大铁锅，看着黑明锃亮，厚重踏实。谁知熬不住隔三岔五，队上大炼钢铁的小高炉负责人，总叫他们两口子去开村民誓师大会。那时大家都不回家，家里也都不开灶了，都把家里的杂粮蔬菜交到村里的大食堂，红薯管饱，提前进入共产主义了。后来地里的红薯吃光了，村里的大食堂吃不饱，大家都饿得前胸贴后背，食堂解散了。又回到各家开灶，家里已添了人口，生了东明的哥哥和姐姐，买不起那样厚重结实的大铁锅了，现在做饭用的锅比泥抹的火口小了一大圈，四个方向用四块半头砖夹着，烟灰常常飞出来，眯了孩子们的眼。烟囱连着炕洞通向土窑外面的墙上，遇上南风，背向风一吹，土窑里尽是做饭时倒呛回来的浓烟。呛得人嗓子干哑，咳嗽不上来。东明有一个哥哥，四岁了，正学着看弟弟。弟弟出生才两天，母亲在地上的大锅里熬了一锅清米汤，里面放了三颗红枣、两个核桃仁，是去年秋天就攒下来，为了坐月子催奶用的。东明爹生产队里农活忙，没人伺候月子，东明妈舀了一碗清米汤，放在炕沿边墙上，上炕从四岁的大儿子东亮手里接过小儿子，大儿子就和两岁的妹妹溜出院里去耍了。

喝了两天红枣核桃清米汤，奶水下来了，也不足。小子娃口泼、能吃，东明吃得不带劲，张嘴就哭。

院子里的枣树上，叫了一夜的寒号鸟栖息在树枝的顶端，三根柴枝搭了个小窝，夜里冷得发抖，总是叫着“天明垒个窝，天明垒个窝”，当第二天太阳升起来，在它的身上闪出一丝微光时，它又总是挺着硬邦邦的姿势，从容不迫地叫着：“得过且过，得过且过。”春天的冷风在院子深处堆放的农具、干柴上引起一阵响动，土窑里因为奶水不足睡得不稳的东明醒过来，挥舞着握紧的小手，尽力哭起来。东明妈又是一阵拍打哄顺，院子里的小孩都向着土窑那个方向去看，接着是几秒钟的宁静，似乎一根针落下也能听得真切，树顶枝丫上有气无力的寒号鸟窝，在黄昏的风里东倒西歪、摇摇欲坠。

东明爹刘铁石是生产队的队长。从沟里种荞麦回来，先把牲口送回生产队的牲口棚子里，让喂牲口的人添了草，加了几把料豆，牲口这几天苦重哩。看着牲口伺候妥当了才放心回家。家里老的下世早，除了东明妈和东明爹两个壮劳力，没有多余人手，东明妈坐月子，只能给孩子们和东明他爹做了简单的粗玉米面糊糊饭，多熬了一锅清米汤。

“吃饱了就上炕快睡。”铁石带着一家之主的姿势，和孩子们匆匆忙忙打了个照面，拍打着孩子们的屁股说。

两个孩子都被清米汤灌得很饱了，高高兴兴上了炕，三两下把自己剥得精光，“哧溜”一声钻进被窝里。夜里要不是东明妈一个接一个挨着定时叫起来尿尿，那就一定会尿炕了。家里没有多余的被子，大儿子和铁石伙盖一个被窝，大女儿和东明妈伙盖一个被窝。东明最小，享受着不一般的优待，一个人盖着一块三尺见方、新棉花做的小印花被子。

铁石关起土窑门来，像以前每一个夜晚一样，坐在炕沿上，靠着火炉墙，暖和着脊背，卷了一袋老旱烟吱吱地抽。

“咱小队里的荞麦种完了没？其他小队是不是比咱队种得快呀！”

东明妈克制着生完孩子以后的虚弱，给孩子们把被头掩好，看着孩子们很快进入梦乡，偏着身子把空奶头给了时睡时醒的东明嚼着。

“他们种得快有啥用，出来以后不缺苗才能算最后赢。种荞麦，讲究技术哩！”村里的三个生产小队比赛搞生产，谁都不愿当落后分子。

“家里的余粮不多了，不知道能不能吃到秋收呢。”

“家家都不富裕，你有啥糟心的，饿不死全村人也饿不死咱，说不定公社会放救济粮给咱村哩。年时咱村的公粮交得最多，生产队都没剩一颗余粮了，都支援了国家，国家知道哩。”铁石对着旱烟卷淡淡地说道。

“那一点救济粮哪里能轮到咱家，比咱家困难的户有的是哩，咱也不忍心要呀。要是我不在这会儿坐月子就好了，也能在春天里上山寻些野菜当粮吃。”东明妈老老实实地回应。

铁石吹灭洋油灯，那时队里刚通上电，电压不稳，电线三天两头就会被春风刮断，常常停电，小洋油灯一股子洋油味，挨得近了，吸一鼻孔洋油黑烟。

“东明妈。”铁石轻声叫着。

没有人答应。

“东明妈。”黑暗中铁石又叫着，手掌心上粗粝的热火在东明妈怀里刚奶过孩子的热奶头上燃烧着。

“轻些轻些，娃娃们清米汤喝得多，肚胀的，怕是没睡稳哩……”

“不成。”铁石使劲搂住东明妈，土炕上热滚滚的，也不怕自己有滚下土炕的危险，来不及脱光身上的厚棉衣，不由分说只想亲近。

“他爹……你身上滚热得……着了火一样，我刚生了咱那小熊孩没几天，身上疼的……怕是受不住你揉搓……”

东明妈一边躲闪，骨骼结实好看的两条腿却不听话地迎上去，顺势钻进孩他爹滚烫的怀里。自从在荞麦地里生下儿子几天以来，和以往的每一个日子一样，她每天都是早上鸡叫头遍就起来，在炕墙上点上洋油灯，就着洋油灯一闪一闪的火苗子，给孩子们和铁石缝衣裳、鞋袜和棉衣、棉裤，孩子们呼吸匀称地熟睡着。天不明铁石去队里出工，自己就在锅头里做饭，虽然刚生了孩子怕见风，不敢多出门，却成天价也没有一会儿歇足的时候，除了起五更做出全家人一年四季穿穿展展的针线，天明以后又忙活了三个钟头，一口东西也没有送进嘴里，一口水也没顾上喝。先把做好的饭，照看已经在地里上了一场早工的铁石，和刚睁开眼睡起来的孩子们，都吃饱了，锅里的剩饭早就冷了，自己才能吃上几口冷饭。吃了早起饭以后，洗碗刷锅，挨个擦了家里一排溜灰黑瓦瓮上的尘埃。没坐月子的时候，忙得下地出工，想挣一个壮劳力的工分都不可能呢！只能挣一个妇女工分。都没有工夫、也没有闲心恳拾掇家里的卫生呢。东明妈又掀开瓦瓮，看了几遍瓦瓮里的存粮，看能打熬多少个日头，心里盘算了几个来回，都不是满意的答案。又是缝补全家人穿破了的衣裳和鞋袜，仿佛永远也干不完似的。两个孩子为争手里的泥团，又打了起来。她先把大儿子拉开，忍着忙乱，分别数落了两个孩子几句，接下来又开始做晌午饭，做黑夜饭的时候，她那么困倦，又那么担心瓦瓮里的粮食吃不到秋收，孩子们会挨饿。让她切肤痛心的，就是那个了。她那时的疲倦和担忧，真是难以形容，可是一钻进孩子他爹滚热的怀里，就什么疲倦和担忧都忘了，不仅忘了那疲倦和烦忧，还觉着身上哪里都是又舒爽、又好受、又风光乐意的了啊。

两个人正在半盘热炕上滚着，大街门外头一阵响动。铁石起初以为是风声，没管。过了一会儿，又听见有什么响动，不明显，却有些固执，时断时续。外面天那么黑了，是什么响动呢？铁石只好穿了衣裤打开窑门出去查看，一个裹着头巾的黑影站在黑暗的角落里，身上瑟瑟发着抖，眼睛也不看出来开门的人，还没等铁石把大街门全部打开，就匆促地挤进来，差一点把猝不及防的铁石撞倒，还没等他看清来人是谁，那人已经闯进半开的土窑门了。

“俺孩没奶吃，两天两夜了，奶水还没下来……给俺孩喂上一两口奶哇……求你……”深夜闯进来的是个女人，抱着她刚出生两天的女儿，头巾没有裹紧，掉了下来，露出一张忧愁的脸，是地主婆香莲。她抱着孩子，顺着东明家的土炕沿边子跪了下去，脸色像墙纸一样灰白，战战兢兢地抽泣、诉说着："没奶吃的俺孩……俺孩……可怜可怜俺孩……"

东明妈听见有人推门进来，急忙披上棉衣，敞着怀坐在土炕上，也没想到眼前闯进来的女人是香莲，虽然几年前是东明妈救了在破庙里受难的香莲，但是，因为当时把香莲许配给成分不好的地主家庭，两家平时并不来往。

并不是那孩子将来的命运可以启示给坐在土炕上、刚奶过自己儿子的女人，即便只是在一瞥之下，东明妈也会生出怜悯之心，东明妈看见那个噘着嘴寻奶吃的孩子，脸憋得通红，两只小手急切地乱舞。

香莲紧搂着怀里有气无力的孩子，垂着头说："俺掌柜的说……俺家成分不好，不让我来求你，总怕牵累你们好家庭的人……眼看我可怜的孩……就快活不成了……"跪在地上的女人，又在另一种悲痛里抽泣着。

东明妈急忙撇下刚醒了又寻奶头吃的儿子，下了炕，把香莲扶起来，说："你说的是啥话呀，你咋不早说呀！快把孩子给我……"从香莲手里接过孩子，放在东明刚噙得湿漉漉的奶头上，孩子饿得快没有力气了，可是一含住奶头，叼住东明妈的奶头就再也没有松开。

等到铁石回到土窑里的时候，那孩子已经含住东明妈的奶头不撂开了。

香莲默默地看着自己叼上奶头的孩子，一层雾气从她眼睛里散开了。屋子里做过晚饭和热炕上几个人身上散发出来的热气，几乎使她看不清这一家人的脸面。

香莲是平时从不多说一句话的女人。虽然村里人都知道她精神上有一点失常，可是当她怀里抱着饿得直哭的婴儿时，她的眼睛里，自然而然就生出了某种东西，将她点化成一个平常怜爱的母亲。

"两个受罪的人，还要将养一个没奶吃的孩子！"东明妈奶着这个不是自己孩子的孩子，目光亲热地转向那孩子，咋看都是个漂亮孩子呢！她向那孩子微笑，招手，打开小孩紧握的拳头，让她细嫩的手指缠绕住自己的食指。久久地，东明妈坐在土炕沿边儿上，目光围绕着那孩子，眼里包含了所有的怜悯，又似乎不局限于任何怜悯。

孩子把东明妈的两个空奶头都吸干以后，在东明妈的怀里坦然地睡着了。但是，梦里还想要继续吃奶的样子，发出不安的呜咽声，东明妈一次又一次好心地把她的小嘴放在自己的奶头上，安慰那孩子。后来，她终于在东明妈的怀里睡熟了。

最后，东明妈把孩子还给香莲，下炕给香莲从瓦瓮旦舀了半碗小米，捏了几颗年时从院子里枣树上打下来的瘦红枣。坐月子要喝红枣清米汤，催奶水。月子里的孩子没奶吃，不好活。又给她冲了一碗红糖水，逼着她当面喝掉。香莲不敢喝，犹豫了许久，眼睛沿着红糖水碗边打转，绕了好几圈，一次也没敢抬眼正视土窑女主人好心的眼神，她极力忍耐着诱惑。最后，还是没能忍住，红糖水借着一丝热气飘散过来的香甜味的引诱，让她感激万分，还没来得及尝到什么滋味就几口喝干了。一颗眼泪滴在空了的红糖水碗边上，滚进看不清颜色的灰白老瓷碗底，仿佛那没尝清楚的甜味在她嘴里，变成了有实体的东西，永远留在她的舌底了。走的时候东明妈又捏了一把红糖，用黄粗纸包了，硬递给她。

香莲临走时，东明妈对她说："奶要是急忙下不来，明黑夜你再来。我给你奶孩子，天黑严实了你再来，我给你留着大街门不上插销，你一推门就能进来。怕啥呀，吃奶的孩子有啥罪呢！你来就对了。"

"嗯！我记下了。"香莲使劲点着头，先是感激，随后是落泪。

连着许多天，香莲每天夜黑时抱着迫切想要吃奶的孩子，在东坡和西坡两家土窑的路上，来来回回行走时，一次次回想走在那条土路上的温暖，幻想孩子以后也能吃饱、穿暖再不受罪，希望像一层轻雾，迷漫在一步一个脚印的土路上。

那个孩子，几十天里一直分享着东明本来就不够吃的奶水，以至于东明最初的记忆，是咋样吃奶都吃不饱肚子。

第二章

东明他爹刘铁石祖祖辈辈家境困难，一字不识。然而，穷家重德，言传身教，让他从小就觉得，五尺男儿绝不能白白来世上走一遭，要活就活出个劲头来，要活就活出个分量来。也正因为如此，幼年的铁石从小就更多出一份生铁愣劲，更多出一种棒槌精神。一向是村里的积极分子，十八岁上开始当生产队队长，实干、苦干、死干谁也比不上。桃花村山连着山，沟套着沟，山上缺水少土，四周封闭。全村七百多口人，仅有三千三百亩土地，被九道山梁、十一条深沟分割成三万五千多块格子状的土地。人畜饮用水全靠老天降雨。石头河旱季和它的名字一样，变成只有石头没有水的干河槽。涝期洪水泛滥，水有多大灾有多大。家家户户的土院里都会进水倒灌。县上号召开山种树、保墒、保土、保家那一年，日日夜夜，他总是第一个上山出力流汗，最后一个下山。开山放炮，握钎抡锤，整地修坎，样样活他都先干，种种苦他都先吃。石头山上过去年年栽树不见树，要土没土，要水没水，要路没路，种树会不会白搭工？他想都没想，农村小队队长么，上级让干的死也要干到底。山上栽树没有水，他挨家挨户动员献水；没有路，他披荆斩棘走在前。他“扑下身子实干、苦干”的榜样变成了鼓励开山村民战天斗地的动力。山上挖坑，山下取土，一棵树要填三四担土，浇两担水。几年间，共担了多少担水，挑了多少筐土，用断了多少根钢钎，穿破了多少双鞋子，磨出了多少层老茧，流了多少次血，洒了多少滴汗，说也说不清楚。大家认准一个理：铁石豁出命来干，大家就是脱皮掉肉也要咬紧牙关。他常说，栽树也是一项大技术，技术工作没有“巧、假”。对于那种不想实干，想偷懒，违反技术规程的人，毫不客气。一次，两个后进村民刨树坑遇到石板想溜过去换个地方干。刘铁石发现后，拿过镐头，一会儿工夫刨出了一个标准坑。他气喘吁吁地说：“我这跟阎王打过交道的人都能干，你俩年轻力壮为啥不按规程干?”在铁石的带领下，那两个后进村民羞愧难言，一丝不苟地刨起了石板坑。那时候后进村民是让人发抖的字眼，后进的人挣工分，村里的记工员会给你少记工分。谁都害怕当后进村民。

东明妈名叫秋兰，娘家住在本村，和铁石家隔了三条沟的南坡，在桃花村也算隔得不远。秋兰和铁石不是一个小队，小时候不熟。秋兰祖上解放前有几亩薄田，母亲是北上打仗受伤时再也走不动的女红军，会看报，通文识字，本是出生在南方的女学生，参军后跟着部队转战南北，打了三四年仗，算得上是老战士了。因为受伤太严重，部队转移时就留在桃花村家境富裕一点的秋兰爹家里养伤。那时缺医少药，全凭一条命来扛，小死了一场，大半年以后养好伤想要归队，已经和部队完全失去联系，无处投奔，只好嫁给秋兰爹做了老婆，留在桃花村了。

秋兰妈生性争强好胜，不会做针线，不会做饭，不会做家务，常被村里的女人们当面、背地里耻笑。她身上还残留着打仗时的子弹片，就得了心绞痛，痛病一发作，常发脾气。但秋兰妈不认输，忍着疼痛在油灯底下学做针线，缝衣补袜，穿针做鞋，很快就是桃花村里数一数二的好针线，样样都能拿得起放得下，深得秋兰爹的喜爱。住得久了，也和村里的乡亲们亲近了。秋兰妈和桃花村的女人们一样，也习惯吃地里刨出来的紫皮洋芋了。一年头上，生下宝贝一样珍贵的秋兰，秋兰成了父母手心里的掌上明珠。谁料想，却在秋兰三岁头上，秋兰妈旧病复发，心绞痛，年纪轻轻地去了。出殡的时候，家里人打开秋兰妈留在柜子里的包袱，给女儿秋兰做的衣服裤子、鞋鞋袜袜、帽子手套，齐齐全全，一年一年，已经做好攒到八九岁穿的衣裳裤子了。有一天，桃花村来了一个卖针头线脑的挑担，父女两个，在村子里住了几天，东家歇一晚，西家借一宿。走的时候，那家的女儿，一个十八九岁的大个子女人，就留在秋兰家不走了，成了秋兰年轻的后妈。后妈有吃洋烟的瘾，不几年就把家里的几亩地吃光了，最后变卖了家当，只好搬到南坡没有左右邻家的废旧土窑里独居了。

新中国成立后政府反对吃洋烟，那女人不吃洋烟了，脾气却变得越来越差。搬到南坡以后，越来越肆无忌惮，秋兰就常常挨打了。先是背着父亲打她，后来也不管父亲的目光，随时随地习以为常地打她了。用擀面杖打她，秋兰出于本能，总是用两只胳膊护住头脸，胳膊就成了和擀面杖一样坚硬的东西，不再有知觉了。俗话说，有了后娘，也就有了后爹。秋兰的胳膊，常常被打得肿成没有花纹的黄黑擀面杖，黑夜脱不下衣裳袖子来，秋兰也不哭。秋兰要脸，见谁也不说，是怎样挨打的，为什么会挨打，也没有去想，为什么往往一开始好的命运，会变成不好的命运，好几千年以来，也没有人能说得明白。“这自然都是命中注定的。”秋兰心里一边接受一边叹息，举着听天由命的胳膊，护住头脸，生怕头脸上有了黑青，出不了门，让人看见笑话。一切都默不作声地忍受，就像命中注定应该要受的那样，到底忍受了多少，除了她自己，没有人知道。知道说了也没有任何用处，谁能解救下她呢？她没地方、也没能力逃脱。哪里是庇佑她的神灵或是菩萨呢，神灵和菩萨，是不是正在哪里说着闲话呢，或是走在哪里累了正在某处歇脚呢，或是在哪个旧庙的泥塑后面睡着了呢，秋兰需要他的时候，却总是再也唤不醒了呢，她都不知道，也没有去想。连父亲也不曾告诉。父亲也知道她常常无端挨打，当面并没有询问过女儿，背地里也不看秋兰的眼睛，总是低声地自言自语：“秋兰子，你不疼哇？你不疼哇？”

秋兰说：“不疼的，爹，我觉着不疼。”

“嗯。爹没见你哭过。想着你不疼哇。”

“嗯。不疼。”秋兰说。父亲背过脸去，摆手让秋兰出去，他哭了。就在此时，天更黑了。父亲的沉默，父亲的忍让，秋兰是知道的，秋兰对此并不意外，她把这作为活着的起点。父亲的身体情况越来越差，一次看到秋兰又在门背后，被后妈拉着打，那女人手里的擀面杖沉闷有力，无声地落在秋兰的胳膊上，夺也夺不下，当白天的那一切都暗下去的时候，一口气没上来，也撒手西去了。秋兰就有了一个真正的后爹。

桃花村里有了第一台靠发电便能转动磨面的磨面机时，全村人都惊喜异常，继而欢欣鼓舞。玉米豆豆从上面的开口子里灌进去，下面就能吐出来细细的玉茭面，真是神奇呀！再也不用推着直径三尺的大石磨盘，转死转活地推石磨，磨粗玉茭面吃了。可是秋兰的后妈不爱吃机器磨出来的玉茭面，说是吃了嘴苦，还要十八岁的秋兰每天一大早推着石磨磨面。秋兰从小对于天旋地转的石磨，已经有很深的感情了，再推多少圈也都不在乎了，总比在眼跟前侍候后妈吃饭危险性小一些。饭烫了要打她，碗没端稳也要打她，好端端说是锅里的窝窝头少了一个，也要打她。就算再不幸，秋兰也没有养成偷窃或是说谎的坏毛病。但是，有一天她去沟边的深井里挑水的时候，看到地边有一头黑驴，饿倒在地上，口吐白沫，她不知道是哪个生产队里的毛驴，那个时代饥饿是普遍的，不拘人类还是牲口、野兽。她也不知道自己的心是怎么了，她把她的眼泪混进大木桶的水中。她回家第一次没有得到后妈的同意，伸手在锅里拿了一个窝窝头，悄悄返回去喂了那头牲口。她怕待久了被后妈看见，就赶快回家了。那头驴后来怎样了她也并不知道。

也许她当时只是因为觉得，自己和那头驴一样饥寒、一样困倦、一样无助。所以，当她因为第一次偷了家里的窝窝头而慌慌张张离开那头驴时，她就忘了那头驴了。

有一天早上，秋兰又推着石磨磨面的时候，一头黑驴转悠到她的磨道跟前，黑驴对着秋兰左右摆着尾巴，嘴里喷着热气，没言语。

秋兰家的石磨，放在大街门外头的一个草棚棚底下，头顶上的草棚棚也只能遮个雨，四面透着风，父亲活着的时候，后妈不让把石磨安在院子里的旧窑里，说是每天早上秋兰推磨磨面聒噪她，她还要好好睡上临明那一觉呢。

所以每天天不亮，秋兰出了大街门，刚握住磨杆时，冷风一吹，刮在手上、身上，刀子一样，割鼻燎耳，全身发抖呢，不过只要推上几圈，就浑身发汗了。

秋兰认出来，是那天她碰巧，好心救了一命的那头黑驴。她记得，那头黑驴脖子上的套脖开了花，裂了个大口子，露出黑乎乎的破棉絮，上头沾着几滴冰凌碴子。她停下磨杆，牵过那头驴来，怜惜地拍了拍它的脑袋，对黑驴说："是你呀！我认出你来了，你真的活过来了，你真命大呀！你是咋跑出来寻见我的呢！俺家在咱村，住的挺偏僻的呢！不管你是咋想的，我觉着当时要是不把你救活，就不能算是一个路过的人呢。谁让我看见你口吐白沫、差点死了来的。说实话，我每天也是半饥不饱的呢，咋想起给你吃那个窝窝头，还为了你偷家里的窝窝头，又多挨了几顿打呢，后妈好几天里一想起那个丢了的窝窝头来，就会打我。每回都打得我眼前一片漆黑，什么东西也看不清，连自己都分辨不清是活在什么地方的人了。以后你不要再倒下了，除了死以外，咋样活都随你的便儿。不管是人还是牲口，死了就再也寻不回来了，就像俺亲爹亲妈。你说是不是?”

黑驴照样左右摆着尾巴，嘴里喷着热气想说话的样子。正因为它说不出来，可能也不会听，两只驴耳朵看起来或许只是个摆设，秋兰才对着它，说出自己憋在心里许久的话。

她悄悄回窑里取了大针粗线，把驴套脖上的大口子缝上了。缝最后一针的时候，还在粗白线上绾了个大大的花结，她觉着那样，驴套脖就能看起来顺眼、好看一些，驴也显得精神。然后，拍拍它的屁股，让它走的时候，驴的主人寻来了，是另一个生产队的队长铁石。他们年岁相仿，以前却没说过一句话，知道是一个村子的，不过，一次也没有打过交道。铁石看见驴套脖上裂了大半年的破口子缝上了，偷偷瞄了两眼，心里说：“针线还不赖。”就把驴套在秋兰的磨杆上，说：“让俺队上的驴替你磨上一会儿面再走哇！你家咋土气的，现在谁家还吃石磨磨的面呢！电磨磨的面多好吃呀！不用细罗筛，磨出来就是细玉茭面。我那天出来寻驴的时候，远地里看见你喂了它一个窝窝头，我都舍不得喂它吃一口，家里也是穷的，人都吃不上，夺牲口嘴里的食呢。地里草苗还没等长出来，就让人揪得连根儿吃光了。要是野桃树根儿能吃，我看咱村坡坡梁梁上的野桃树，也早就让人吃个精光了，咱村也就叫不成桃花村了。驴饿得受不住，脱了缰绳跑了，你那个窝窝头，真是救下它一命了。”

秋兰不说话，眼睛老是盯着足尖看。

“你是不是哑巴呀？咋老不说一句话。你慢慢磨哇，俺队上还有营生！吃了早起饭前晌出工前，你把牲口还回俺队上就行了。今日我还要赶上牲口，往后山麦地里送粪哩。”铁石说完就走了。

秋兰磨完面，怕耽误牲口出工，吃早饭以前，就把牲口早早送回铁石那个生产队的饲养员那里。

半后晌，太阳白晃晃地挂在天边，耀眼得很。铁石赶着牲口，往后山庄稼地里送粪，上坡下沟，已经送了两沟地。近的地都送过了，越送地越远了，该往桃花村东沟里一个孤起的土山冈上送了，那里有十几块地。铁石赶着三头牲口，走在前头的两头驴，都是老牲口了，路坎坡坎都熟，只有秋兰一个窝窝头救下的这头黑驴，是年轻牲口，垛驮得比那两头老牲口都重，该上哪一块地，路坎却不熟，所以走在后面。铁石走在三头驴的最后，担着一担粪，牲口往地里送粪，人也不能空行。从那个小山冈上，又看见了桃花村最深的桃花沟，虽是冬天，却让土生土长的铁石，终生都忘不了桃花沟春来惹人怜爱的风光，温润缱绻，一片青涩，指头肚大小的野山桃，遍地都是，沾着半湿的花瓣，被风吹得随地疾走。铁石和三头驴刚一离开桃花沟的边沿地带，走上下一座连片的山冈，原先沟里轻淡冷清的空气，立刻就变得暖洋洋的，半后晌的太阳一点也不吝啬，把山冈上的阳坡照得一片耀眼。冬天赤裸无藏的黄土地、干草、野刺蓬、被风吹过的玉茭皮，一齐把大自然展现，浓烈朴实。弥漫在沟谷里面、山坡上，把干树枝上的飞鸟、老林子里的各种隐藏不见、又无处不在的走兽、驮垛的牲口、赶牲口的铁石、都熏得迷迷糊糊，想要放下身上的担子，在阳坡上躺下来睡上一觉。

铁石对这里的一切，和那两头老牲口一样熟悉。那坡面、那黄土味、干草味、驴粪味、石头味，都熟悉得可以随意分辨，点缀着桃花村的每一块庄稼地，有的离他近，有的离他远，但他都能随口叫出它们的名字，狗舌头沟、狼母堰、蛇梁、牛背坡、老虎崖、阎王鼻梁、苍龙岭、骏马畔、草驴塄、桃花沟、杏坡圪台、荞麦圪筒、杨树涝池、尖嘴坝、三岔口，等等。大都是根据动物、植物和地理的象形叫出来的名字，祖祖辈辈叫过来的。他如今在这里，可以从大自然内部认识大自然了。从小出生在这里的某一片黄土里，一开始，这些也都是他觉得陌生、害怕的东西，石头、大地、风、树，因为不认识所以觉得陌生，但是现在都好啦！他现在身上这种担担子的力量，赶牲口的力量，吃饭喝水的力量，都是从这浓郁强烈的石头、大地中得来的，他就沉浸在黄土石头中，浑身上下的骨骼蛮壮劲儿，使也使不完。远处的桃花村，鸡鸣狗叫，人影、风影、太阳影儿、院里的农具、每家土窑大街门外头的枣树、梨树、核桃树、苹果树、黄柿子树，目光再远一点，冻得在猪圈里拱窝的母猪、干草丛里觅食的公鸡、草鸡、牛圈里没完没了反刍的老黄牛、土窑院墙上挂着的干白菜、红辣椒、干玉茭棒，好像都睡着了，在晃眼的太阳底下，目光低垂，无声地静止，无声地移动，听不见任何声音，却都让铁石觉得亲近无比。

铁石把肩上的粪担子换了一个肩，心里想，活着娶个称心如意的好女人做老婆，死了埋进桃花沟那一片山桃花底下，就再没什么可说的啦！怡人死啦！

不过，到底咋样个称心如意法，他心里其实也不清楚。

最后再送上几趟粪，太阳全部一点不剩“咕咚”一声掉进桃花沟底的时候，铁石和三头驴就可以收工了。送最后一垛的时候，装粪的时候装得偏了，驴一头轻一头重，铁石也没注意，上最后一道坡的时候，走在最后那头年轻黑驴一只蹄突然拐了一下，眼看就要跌进沟底，铁石心疼驴，这头驴跟了他好几年了，是他的命根子，他今年刚当上生产队队长，吃苦受罪的地里活，都是这头驴下死苦哩。他想都没想，就想把驴救下，扔了肩上的粪担子，两只手使劲抓住驴尾巴不放，两个一起滚下了坡，掉进深不可测的桃花沟。

桃花村各个生产队的妇女们，都在各队的庄稼地里撒粪，把牲口驮上来的粪堆，用铁锹就着微风，扬在土地表面，冬耕时翻进土里，自然吸收。

秋兰知道铁石今日在后山送粪，和自己生产队的妇女们在地里撒粪歇工的时候，嘴上说是寻柴，有意无意，不知不觉就往后山这个方向上来了，也不知道是想看那头她救下的黑驴一眼，还是想看赶牲口的邻队后生铁石一眼。

还没等走到跟前，远远地就看见铁石为了救驴，跌进深沟。秋兰看见了，扑进沟底，想把人和驴救起来，结果人也站不起来，驴也站不起来，两个都摔得红伤黑青，只好又跑出深沟，可坡可墚大喊寻人，才叫来人把铁石和黑驴抬回村里，及时救下他和黑驴两条性命。春耕秋收的节气，虽然牲口们不满意一年四季也没有让它们能歇圈的时候，不过，人也是一样。摔进深沟里的时候，驴粪垛压在铁石身上，伤得不轻。也看不出伤了哪里，昏睡了几天几夜才醒过来。黑驴没受啥大伤，卧了几黑夜，又能下地驮垛了。

铁石活过来以后，知道是秋兰叫人救了他和黑驴一命。牲口有一点闲工夫，铁石就乘队上的社员们不注意，牵上那头黑驴，黑来早晚，悄悄地来到秋兰家的磨道里，给黑驴套上磨杆，替秋兰磨面。铁石就回家去吃饭，秋兰磨完几天吃的玉茭面、黑豆面、荞麦面了，再把黑驴悄悄地送回铁石他们队上的饲养院。

两个人表面上借驴呀还驴呀，回数多了，铁石的心，突然动荡不安起来。

有一回秋兰要来驴圈里还驴以前，铁石掐算好时间，借故把队上两个饲养员都打发走开了，自己在饲养院里心慌意乱地等着，两只眼睛来来回回瞅着秋兰来送牲口的土路口。

那一晚，风在身上热情地刮着，铁石头一回大着胆子，在驴圈里抱住秋兰，亲了秋兰的嘴。铁石又粗又硬的胡子楂，扎得秋兰嘴唇子刺疼。秋兰心里害羞又慌乱，吓得又是躲闪，又是推搡，铁石的两条胳膊有力地搂紧秋兰，使她片刻都动弹不得。他使出全身的劲儿亲她，驴圈里的驴粪味儿，一股子一股子地飘过来，黑暗和寂寞，包围着他们和饲养院里的各种牲口。亲得秋兰嘴唇子疼了好几天。

接下来的一个黑夜和一个白天，搅得秋兰心乱的，又是期待、又是不安、又是慌乱、又是甜蜜。那感觉太强烈了，她差一点没有晕过去。即便那天晚上，是因为牲口棚里荒僻的缘故，她也不能不承认，她自己没听凭自己青涩不明了的心意，不假思索，或者也曾稍假思索，就让铁石有力的胳膊和嘴唇给俘虏了。等那些牲口们照旧吃着驴槽里的草料，打着响鼻时，秋兰才明白过来，自己身上发生的事情，是她以前想都不敢想的事情。和她以前只知道受苦熬磨的心，完全不同的境地，铁石青石棒子一样暴风骤雨、火烧火燎般的那一切，把她以前的黑暗光景都遮盖了。

也不知道是啥样的心思，仿佛就在秋兰心里，莫名其妙地起根发苗啦。

第二天、第三天，两个人似乎都被自己的大胆行为吓到了，没有敢再见面。第五天、第六天……到了第七天头上，铁石打熬不住，身上的火苗到处乱蹿，每个地方都烧燎。他只感觉到，要是把他身上的火力集中起来，发射到某一块石头上，石头都会粉身碎骨。

等不到天黑，铁石一大早起来，把黑驴从驴圈里放出来，就被驴缰绳牵着，不知不觉地走到秋兰家的石磨磨道了。秋兰生产队里开早会，没回来，驴在空磨杆上套着。

算好秋兰来送驴的时间，铁石先到地里安排完了社员们的农活，自己提前溜回来，等在秋兰牵着牲口来送驴的隐蔽山口，把秋兰和黑驴的去路截住了。小声问秋兰："那黑夜我在驴圈里亲你的时候，你生气不？"

"我不知道。"秋兰摆弄着驴缰绳，低下头。

"我咋觉着你生气哩，对我又是推搡又是躲闪，劲还挺大的。这几天等你，也不见你来借驴了，你是不是把我当成咱村的坏人啦？"

"谁说的，我又没说你是坏人。"

"那你是高兴的？"

"嗯，我不知道。我回队里干活去了。"说着，想把驴缰绳递给铁石。

铁石僵在那里，第一回亲秋兰时，那股子坚定不移的驴劲头，一下子都不知道跑到哪里去了。

看见铁石脸上表情灰塌塌的，秋兰走的时候，回过头来，小声地说："除了你，我从生出来到今日，俺亲妈下世以后，我都不记得有人亲过我。不拘哪里都没人亲过。"一只足尖又搓着地皮上的黄土。

秋兰这样说着的时候，精气神又回到了铁石身上。他扑上来，紧紧搂住秋兰，使劲亲她，亲得让她喘不过气来。秋兰身上的肌肉，在铁石手里，蟒蛇一样富有弹性，在山野和黑驴的背景里，闪闪放出光明，全身带着不同寻常的气味儿，钻进铁石的血液里，有一点儿含羞，有一点儿抗拒，又像是不由自主似的，张开了嘴唇，就像骄阳炙烤下的一株花朵，既快速生长，又炙热疲劳，梦中一般，发生的一切，仿佛早就熟悉、早就应该发生一样，浑身上下，麻酥酥的，似乎只要一只足蹬住地，立刻就能飞到天上去了。

松了缰绳的黑驴转过头来，喷着粗气，先是眼睛往别处去看，接着溜达进它和秋兰刚刚经过的一片玉茭地里，把身子卧倒了，玉茭秆子去年秋天已经收割完了，光剩下玉茭茬子留在地里面，它顺势卧倒在地楞渠里，一会儿仰着身体躺在玉茭地里，一会儿把身子翻滚过来，一会儿又用驴蹄刨着身子底下的黄土，一会儿又把身子往前倾，似乎是要配合它两个主人，尽其所能，把自己身上的每一寸地方，都让泥土擦洗一遍，黑驴一个接一个地打着滚儿，打够了，才站起来，它的两个主人好像躲进了树林子里，不见身影儿了。它只好自己拖着缰绳，顺着饲养院的方向，不紧不慢地走了。

其实秋兰觉着铁石的胳膊和嘴唇，都让她迷恋、上瘾，从此以后，一时半会儿都不想再丢开。不过怕他轻看自己，一个黄花大闺女，竟会有那种不着边际的想头，因此，一回也没有当面夸奖过他。

那时候，她内心深处，莫名其妙地盼着天明、天黑，盼着牲口来磨面，也盼望着去牲口棚，到现在，她终于清楚地知道，她盼望的那是什么了。到现在，那盼望已变成了实体，落在她的身上、脸上和嘴唇上了。

他们两个人，在十八九的好岁数，因驴生情，也不需要一个媒婆登门，铁石东凑西借，给秋兰后妈交了二斗好粮算是彩礼，一没有花轿，二没有高骡大马，秋兰胳膊底下夹着一个蓝布包袱，骑上那头几个月以来起早搭黑替她推磨的年轻黑驴，铁石在驴前头牵着缰绳，黑驴和秋兰头上，都拴着一朵红纸扎成的大红花，就算是嫁进铁石家的门槛了。连桃花村一脉相承、祖传下来的给媒婆蒸两个白面花糕、送三尺红布的乡俗，也节省了。铁石进土窑洞房那黑夜，偷偷给那头联系他和秋兰的黑驴，多添了两把草料，算是厚义答谢黑驴的恩情了。

铁石心里暗想，自己的老婆，是不是这样的一个女人，首先要会伺候牲口吃喝喂养，还要会喂猪，会垫圈出圈，会养羊，善于针头线脑，纺棉织线，家务农活，勤俭耐劳，会养鸡崽儿，会调教儿女，没病没疼，身强力健，朴实不绕弯，还要有能估量出牛、羊、鸡、猪价钱买卖的眼光，更要会做饭磨面、有一手好锅头，心善嘴善、稳重不伤人，庄稼人的老婆么，就算是穷日子也要过得体面、地道有谋算，会持家，性格样貌还要对自己的心思脾气，是的，不错。就应该是那样一个人。那样的老婆，就算是神仙也要眼气了。

他认为那个人就是秋兰。

后来的事实也证明，铁石是有眼力的男人。

第三章

上个世纪六十年代初，桃花村在三年困难时期，村子里几乎饿死了人。阳坡地上的草根儿都被人拔着吃光了。接着，树叶、树皮也啃光了。上地出工的人没力气拿锄头，索性躺在地头，用石头压住肚子，晒着日头睡觉。附近的村子都在搞大跃进，亩产万斤，桃花村的瘸子村长羊虎从公社开会回来，撮着一袋老旱烟，召集各生产队的队长开会说："铁石，你们小队是咱村的先进小队，你先给咱说说，咱们桃花村这疙瘩，是不是太落后了？别村把做饭的铁勺都拿出来大炼钢铁，粮食都交给村里食堂化，我在公社开会跟着吃了一顿，喜庆得很！大锅饭真他娘的好吃哩！咱们也弄个桃花村革命大食堂试火一下！"

全村各家人都把自己家的存粮交给大食堂。

铁石家老实，积极响应号召，把粮食全部交给大食堂，全家人每顿都围着从食堂打回来的玉米面糊糊汤，糊糊汤清得能照见人影儿，一家老小差点饿死。邻居二喜他妈心眼多，地窖里有余粮私藏，半夜起来也不敢生火做饭吃，悄悄在嘴里嚼一把麦子充饥。几家邻居就没有那么好过了，几乎都要饿死人。

瘸子村长名叫羊虎，年轻时不但不是瘸子，反而仪表堂堂，高大健壮，是桃花村有名的好人才。桃花村一解放，劳动人民当家做了主人，人民政府号召年轻人自由恋爱，破除包办婚姻。羊虎那时刚当上二队的小队队长，风光得意，心正热着哩！也赶起时兴，和自己小队上年岁相当的银妮自由恋爱起来。银妮长得标致风采，桃花村再没有比她更动人的，算得上是桃花村的夺顶闺女，身上肉鼓鼓的，两个奶头尖尖向上翘着，弹性十足，在银妮说话的时候，走路的时候，担担子的时候，锄地的时候，粗布衫子罩不住，都要跳出来一样。那时生产队里牲口不多，靠人担粪送粪，羊虎是队上的积极分子，担的筐子最大，装的粪最瓷实，担子最重。往地里送了几天粪，粗布垫肩磨烂了，肩膀上磨得又红又肿。银妮心疼，连夜缝了新垫肩，垫肩边边上，还绣了一对儿蝴蝶。趁人不注意，搭在羊虎肩上。羊虎心里一热，悄悄握住银妮的手。银妮害羞，怕人看见，抽出手来，藏到背后。羊虎忍不住，又使劲儿握了一回。隔着粪担子对银妮耳语说："夜黑月儿上来，我在红泥沟往东数第三个废旧土窑里等你。你可要来。"

他实践了他的话，早早候在旧窑里。银妮来了，月亮在她头上微笑，深邃的夜空替她遮住了内心的羞怯。在她花蕊一样待放的年纪，有羊虎在身边，一想到这个，她的身体就会打战。他们低声交谈着，却没有任何交谈的内容，只是彼此寻找对方火热的身体，情不自禁地发出呻吟。羊虎的身体一刻都没有停顿。起初，银妮满含羞涩和恭敬顺从，接着，也一点一点扭动着身体回应。月光从土窑门口，落进来一小段，照在他们身上，衬出一个淡淡的轮廓，时隐时现，把他们大部分时间，都留在黑夜中。羊虎忘情地揉搓和翻滚，弄疼银妮的身体。银妮的轻叫，更像是一支火柴投进磷火，在他们的头顶，发出一种划破夜空的蓝色光明。鼓舞和照亮他们，在身体未知的黑夜中前行。黑夜和黑夜带来的神秘，使他们怀着庄严、敬畏又模糊不明的心，听从身体带给他们的一切。他们在黑暗中狂野地拥抱、进入，证实了以往想象中彼此好听的声音、粗硬的身体、坚决的态度、浓密的头发，挑明一切亲近的幻想都是可能的。汗水和喘息包围着他们。短暂停顿的间隙，银妮像是一只打洞疲倦了的老鼠，蜷缩在羊虎强壮的怀里，身体颤抖，默不出声。

"银妮，你是我的，"羊虎说，"一辈子、几辈子，都是我的。不准你和旁人睡。"

"嗯，"银妮柔情地回应，"我是你的。"

"我要退了家里的包办婚姻，一辈子、几辈子、再几辈子，都只和你睡。"羊虎说。

“哦，”银妮害羞了，把头抵在羊虎汗津津的胸膛上，“嗯，我也是，只和你。”

黑夜睡着了。静默的大地，包裹着害羞的、动人心魄的、眼睛明亮的银妮和滚烫有力的羊虎，低语和静听。

他们都把彼此赤裸的身体和滚烫的气息，融入身子底下的黄泥大地中。

银妮抬起身子，就着黎明前的光亮，凝视着躺在最后一缕月光中的羊虎，一张明快健壮的脸向上仰着，头自然地靠在他们脱下来的旧衣服上。他在她的眼中，是一个气势宏大的男人，这是她早就暗暗许身与他的理由。在暗夜将尽的黎明前夕，并没有将来的忧虑从他的身上闪过，在她所梦见的、那个她终夜缠绵的怀抱中，也没有那些忧虑的影子。

整夜陪伴他们的，是山谷中无法消除的永恒的孤独。

他们确信，他们经历了人世极致的快乐。

不过，事实上潜藏在他们心里的忧虑并没有减轻。沸腾的热血总是时时提出警告，因为羊虎作为家中三代单传的独子，家里有守寡多年的母亲为他包办的童养媳。

眼下，快乐远远超过忧虑。拂晓的时候，他们怀着不错的心情分开了。

两人白天在生产队里干活时，总是一前一后，暗送秋波，对方的身影，都在彼此的视线里。到了夜晚，乡村的夜晚，孤独又迷人。两个人就在月光底下的废旧土窑里，极尽缠绵。空气中飘浮着自由恋爱的种种美好。他们自然结合的身体，一丝不挂，和黄土一个颜色。沾满树叶和草根，尘土和雾气，一会儿顺着月光，一会儿顺着风和雨，狂风暴雨一般彼此进入。接着，再进入。就连最隐秘处的野性，都在月光的映衬下，发出火花。虽然不能断言，这些大自然的宽容，能使他们身体和内心的味道更加甜美，也不能断言，那是改善内心孤独的一种混合剂。不过月光褪去的最后一件事，晨曦醒来的第一件事，他们都一面彼此颤抖，一面彼此感激，忍不住牙齿碰响，嘴唇亲咬，沉溺在清澈水中的身体，在黑暗中发出声音，像一束洞彻未来的逆光，一切曾被禁忌的幻想，都被黑暗鼓舞，变成了他们两个的现实。那个废旧土窑，在他们的心里生了根。

那些岁月代表了她，她也代表了那些岁月。

他微笑，她也微笑。但是她心里有一点难过。后晌路过羊虎家门口时，羊虎他妈对着她的背影泼了一洗脸盆脏水。银妮回头，看到对方虎着一张脸，脏水溅到她的裤腿上，她也没敢说话。村里人都知道，羊虎自小说下的童养媳，羊虎妈在家里养着呢。从小养大的童养媳，割舍不下。羊虎妈听见儿子和银妮的闲话，心里自然不受用。

似乎一开始就证明，一个村庄早来的自由恋爱是危险的。

羊虎和银妮夜黑在月光底下说好，羊虎前晌先去村里开介绍信，要和银妮去公社领结婚证，银妮后晌再去。但是羊虎遇到了困难。桃花村保管公章的大队会计二喜他爹，不给他开证明。二喜爹对羊虎说："好你个驴日的，不要来我这里开这种介绍信，你先回家问问你妈，看看你那从小养大的童养媳妇，要发配到哪里去？那闺女也是一条活命哩！我可不敢给你开这种介绍信。我怕天打雷劈，我怕遭报应哩。"

羊虎知道，二喜爹心不净，日思夜想，想上村长的位置，担心羊虎是竞争对手，故意起事刁难。羊虎走出村部，没有回家，去了生产队，继续安排生产。

二喜爹从大队部出来，也没回家，拐弯去了羊虎家，把羊虎来村里开介绍信的事，添油加醋告诉羊虎他妈。

羊虎妈正在院子里和羊虎的童养媳拐线织布，要给羊虎和童养媳纺织圆房用的新被里新被面儿。羊虎妈守寡多年，只有兰虎一根独苗，本来指望秋后给他圆了房，来年抱孙子哩。

二喜爹一席话，像是剜了羊虎妈的心。羊虎不和她商量，是知道她到死都不会同意，就去村里开介绍信，要和银妮那个狐狸精领结婚证，等于把这件事在桃花村明了坡。她这张老脸，在将来的桃花村，要往哪里摆呢？羊虎妈一辈子守寡，性格硬，无论如何，她要把这件事情压下来。

羊虎妈一夜没合眼，听着院里的动静，羊虎又是一夜未归。羊虎妈暗自叹气：

“唉，这孩的心，是野了。看来是铁了心，管不住自己了，再这样下去，家里的这门亲，真是难保呀！”

第二天天一亮，羊虎妈找到二喜爹。二喜爹正在头坡地里锄地，看见羊虎妈来找他，心里暗喜。急忙撂下锄把，热心地问：“我的老婶子呀，一大早的，你咋跑到地头里来啦？有事喊我一声，我就来了呀！小心坡上的石头绊了足！你走慢些走慢些，来，我上来扶你……”

羊虎妈愁眉不展地说：“唉！好我的大兄弟哩！谁说来不是，你看我家这事，怕是还要麻烦你哩！羊虎是个犟干，组织上可要管管羊虎，他还是个党员，就带头做这号不成体统的事哩？可怜家里的童养媳，你说我这当妈的，该咋办？在咱这村子里，我看这也算得上是停妻再娶了，就是前朝古代的驸马爷，都不应许哩！”

“老婶子你宽心、你宽心，看他能折腾成个啥样子哩？啥自由恋爱，咱这山圪塄的荒村野地里，有谁听说过那号事呀？尽是瞎赶时兴哩……”

“有你这句话，我就宽心了，咱村里的当家人，你们可得给我那可怜的童养媳妇做主呀！”

二喜爹得了令箭，立刻召集全村党员开大会，会上第一个站起来打头炮，矛头直指羊虎：“你这哪里是自由恋爱？你有啥资格自由恋爱？你家里有童养媳妇哩！你这纯粹是乱搞男女关系，尽给咱共产党员丢脸！赶紧丢开手，不要酿成大祸，大家今日数说数说你，可是为了你好哩！你可别不识好歹！”

羊虎低头卷着一袋老旱烟，一言不发。

村里的老党员也跟着劝说羊虎：“羊虎呀！咱可一辈子都没听说过啥是自由恋爱哩，谁听说过这号事？家里有个童养媳，那就是好光景，就挺了不起的了，还敢做这号事？你是身上哪疙瘩烧燥的，糟蹋人家黄花大闺女？你看你这事做的，人活脸，树活皮，大小人都有个脸面哩！你做这号事对得起谁呀？不是你老叔我心里眼气你才说你哩，我看你呀，最后总要落个里外都不是人！”

党员会开到后半夜，开成了批斗会。二喜爹上纲上线，威胁羊虎说："你要是不听党内同志劝告，抹了你的小队队长不说，明日就搭个草台，开全村社员大会批斗你俩，我看你俩的脸往哪里搁，看你还认不认错呀！"

羊虎始终一言不发，岩石般地沉默。

看得出来他舍不下银妮。

第二天一大早，二喜他爹带着几个民兵，寻了几捆麦草垛码起来，四个角用木头杆子撑着，搭起草台。村里大喇叭上通知，全体社员不出工，都来参加批斗大会。羊虎和银妮两个人，分别站在草台子上的一左一右，低着头，谁也没有抬眼看谁。或许本身就是在泥坑里寻找幸福，假如她将来的命运像天空中的一道闪电，启示给他，或是按照一个人能理解的极限启示给他，他们的命运，会不会是眼下这种不能预料的结果呢？

二喜爹和银妮家是远方本家，他本不该这样羞辱银妮，但是为了达到羞辱羊虎的目的，他也不顾体面，拉下脸来了："羊虎！你有什么了不起的？你们两个不懂羞耻的人，乱搞男女关系，必须向全村人民低头认罪！抬头示罪！"

台子底下一阵偷笑和稀稀拉拉的喝彩声。但是，羊虎和银妮脸色那么苍白灰暗，看见的人都立刻陷入寂静。一个已经跳到羊虎身后，要按住羊虎低头认罪的民兵，颤抖了一下，改变了主意，假装整理批斗台子上的麦草了。

二喜爹冲上台子，感到台上有一种压力，不知道是他要把羊虎的头按下去呢，还是羊虎要把二喜爹的头按下去，或者双方都有这样的冲动。全村社员都发了僵，台上的人和台下的人，仿佛都变成了石头。二队的人不愿意看见这种场面，都是一个小队的人，昨天还在一块地里干活，今天就成了这样。另一个小队的民兵要冲上台去，被铁石在人群中拦住了。

批斗台子上站着的羊虎和银妮，始终不说话，倒像是为了他们尚不明了的将来，情愿承担一切后果一样。

二喜爹在台上发出一声短笑，在一片死寂中，对着草台子底下的人说："谁敢包庇这两个人的罪行？不守本分的两个人，他们应该为站在这个台子上害臊。地里的油虫又作害庄稼了，本来人就不够吃，虫子还来抢食，队里缺人手，还要为这号事占用大家的劳动时间，真是的……大家都散了，都散了，上地里捉油虫去吧。让他们好好想想他们的错误，还耽误社员们的宝贵时间，散了吧，散了吧……都散了吧……"他伸出两只胳膊挥动着，做出驱赶的样子，大家慢慢地散开了。

要不是羊虎和银妮两个人，一边一个站着，互相有个精神寄托，可能就无法忍住他们屈辱的眼泪了。清晨的太阳从东边升起来，旁人看不见的明快思想，依然在他们内心留存。

但是大队始终不给他们开介绍信，他们的恋爱就没有最终出路。

夜晚，大雨突然倾盆而下，羊虎和银妮两个在夜深人静的时候，走出废旧土窑，在大雨地里往前走，两个解放初期的年轻人，在桃花村的大雨地里徘徊。

走到一棵老槐树底下，银妮看见桃花村古代留下来的那口深井，不知道里面有没有水，也不知道里面有没有寄居修炼成精的大蟒蛇。事实上，白天的屈辱，足以毁坏一头母老虎的体面和耐力，以至于银妮看见井口，真想跳进去。她脱了鞋，放在井边。羊虎也想起白天的遭遇，灰心丧气，一时想不开，跟着银妮脱了鞋。解鞋带的时候，一只鞋带挣断了也没有心思去管它，把两对泥鞋在雨地里并排整整齐齐摆放在井边，指望哪个运气好的人能把这两对旧鞋捡回去，洗刷洗刷还能将就穿，怀着从未寻过死的慌张心理，紧紧抱住银妮。银妮缩回伸进井口里的一条腿，在和羊虎互相搂抱着跳进去以前，停下来，哭了一下，咬住羊虎被雨水和泪水打湿的嘴唇，她舍不得羊虎火一样滚烫的身体和嘴唇，仿佛心底的光明，又被撩动起来。他们又从大雨地里走回废旧土窑。

二喜爹发誓，还要组织全村社员批斗羊虎和银妮。他秘密地派了两个民兵，日夜盯梢。不过很快他就有些自顾不暇了。他分管村里的小供销社，月底售货员点货时发现少了一匹红洋布，报告到公社供销社总站。这在桃花村可是一桩大事情。

公社派了两名干部来追查，看是哪个毒辣的人，贪污了供销社的一匹红洋布。一匹红洋布，都顶得上小供销社大半年的营业额了，供销人员即便当了全家人的裤子都赔不起。追查来追查去，在村头的三寡妇家搜捡出剩下的多半匹红洋布。三寡妇给她兄弟媳妇的孩子做满月，抖搂了几尺红洋布，包裹月子里的小孩传怀，露了底细。公社干部来追问，才知道是二喜他爹做的鬼，为了上三寡妇那半盘空土炕，贪污了供销社一匹红洋布，趁黑夜送去的。

二喜爹被摘了大队会计的官帽，开除了党籍，拉下了台。

二喜妈气得解开自己的红裤腰带，拴在房梁上，哭死哭活要上吊，被二喜的两个姐姐救下了。

全体社员批斗羊虎和银妮的事，就搁下来了。

不过，事情远远没有结束。羊虎妈颠着一对小脚，一手领着童养媳到公社告状：

“童养媳从七岁上起，就来到俺们家。家里无父无母，是个孤儿，是她父母临死前交到俺手上的，两家打小说好的娃娃亲。如果俺们不收留，把她赶出去，背着被婆家休了的坏名声，她要到哪里讨个活命呀？人民公社可不能见死不救呀！这孩子跟着羊虎长到十七八，一不偷懒，二不风流，从没坏过家里的体统，老实本分，倒是那口口声声自由恋爱的，还没有到村里开证明，就夜夜钻土窑，勾引从小订了娃娃亲的男人，那是个什么人家的好闺女呀？”

羊虎妈说得声声下泪，也都是实情。公社干部认为人命关天，自由恋爱到底有多重要？包办婚姻是不是也得酌情考虑，适当将就呀？他也弄不清楚了。为了谨慎起见，公社干部并没有急于下结论，而是专门为此来了一趟桃花村，挨家挨户调查，一笔一画记了详细的笔录。发现村里赞成自由恋爱的没几个，同情包办婚姻的占大多数。桃花村百分之九十以上的人，不知道自由恋爱是咋回事，认为包办婚姻省心不惹事。要是自己家的闺女都像银妮一样，没有两家大人的允许，自由钻土窑，没结婚就大了肚子，生下私孩，那可咋管教呀？羊虎和银妮是第一对搞起自由恋爱的人，在全公社像他们这样，和家里闹得对立、决绝，闹得沸沸扬扬、轰轰烈烈的，也只有他们。

最后，公社干部把羊虎叫到村部的旧土窑，对羊虎说：“羊虎同志呀，自由恋爱这回事，就像实现共产主义一样，依我看，恐怕是以后小辈们的事，也不是一天两天就能实现的。自由恋爱这个新鲜事物，咱们见过的还不多。撞到包办婚姻这道土墙上，因为你的个人情况比较特殊，我看你也得根据实际情况回头。再说呀，你还是咱村里为数不多的年轻党员，生产队队长，全公社的人都知道你能吃苦耐劳，脑袋瓜子灵活，将来政治前途远大。你最近是咋啦？非往一条死路上闯，一个共产党员，不小心闹出了人命，你能扛得起？依我看呀，你还是要听从组织劝告，放弃银妮，放弃自由恋爱，别再招惹是非，就提拔你当村长。这可是组织上对你的信任。你好好思谋思谋。”

公社干部苦口婆心，做他的思想工作时，羊虎一直沉默着。接着，他拒绝了。他的确梦寐以求想进步，想当村长，为了集体一心苦干实干，是为了什么呢？可是，最后他还是选择了银妮。大队不给他俩开介绍信证明，他也要和她一道走。他和银妮说好，今夜黑月光爬上桃花村的时候，他们在月光底下碰面儿，不再是窝囊地私奔，也不再去大雨地里跳井，而是光明正大一起寻找他们未知的出路。他从三孔旧土窑的村部走出来，路过红泥沟的废旧土窑，那里面还有他和银妮身上的丝丝热气，搅拌着干黄的尘土味儿，飘散过来，从他的眼前掠过，那难以忘怀的丝丝热气，他到此刻都能亲近地感觉得到。

他准备回家和母亲告别。一步迈进家门，绳子结在房梁上，挂着一个身体——是羊虎妈替羊虎从小养大的童养媳。绳结上头，目光垂顿，斜着向羊虎投过来。羊虎怀着一种恐慌，一面俯在那个身体上，一面发抖。觉得那个绳结，打在了自己的喉咙上，要他永远为此受苦，活着就无法挣脱。手上一摸，她身子是软的，还有一口游气在，慌忙从绳子上解下来。脖子上留下二指宽一条抹不去的印痕，不过幸好还没有酿成人命大祸。

夜晚，月光爬上桃花村的时候，他没有去见银妮。他选择了提拔当村长。

时间会发生多么令人惊叹的变化。以前的银妮，回眸一笑，不说是沉鱼落雁，也是鸟雀驻足，蝴蝶停留，光彩照人，让人培生倾慕。现在，这些美好都被岁月完全抹掉了，没有一点痕迹。她远嫁出村了。她嫁得不好，男人比她大十几岁，是死了老婆的孤鳏老男人。

她的命运，和上天赐予的、自己选择的，都不相同。人民政府只赋予自由恋爱有限的能力，就像是命运在抽打她以前，为她揭开的一个序幕。

羊虎妈放了三挂鞭炮，在大队开了证明，给羊虎和童养媳领了人民公社的大红喜字结婚证，圆了房。

羊虎和银妮，除了深刻入骨的短暂狂热和甜蜜，剩下的都是时间那种东西，在他们身上打出的一条条伤痕，苦涩又难挨。仿佛这种村庄的爱恋，有一点迷人的地方，就非要在那上面打出一条条伤痕来不可。

从此羊虎当了桃花村的村长，白天黑地不着家，一心扑在生产队的地里苦干实干。他和铁石在石窝放炮，炸坝修这条堰坝地时，废了一条好腿。当时铁石点着炮捻子，两个人伏在草丛里等着爆炸。谁知炮捻子受了潮，等了半天，炸药没有炸开，伏在草丛里的铁石要出去查看，村长羊虎把他拦住了，说："你小子刚成家，甜头还没尝够哩！可别有个三长两短的，废了你，我可担待不起。我老了，没人疼，没人想，不比你。我出去看看是咋回事。"村长爬起来，向炸药口走去，刚走到山口，轰隆一声爆炸，村长的一条好腿炸坏了，成了桃花村的瘸子村长。铁石每回想起那次遭遇来，眼眶都会湿润。觉得村长羊虎，是替自己瘸的。

从此以后，铁石和瘸子村长，成了生死之交。在生下东明那一年，和瘸子村长同年生的小女儿翠平，结下两小娃娃亲。公社有什么硬任务派下来，铁石总是第一个冲上去：大搞农田基本建设，劳力人均修一亩口粮地，开山造林，人工打旱井寻水，秋后积肥，泥里水里、苦干死干、流血流汗都要完成。

如今，瘸子村长号召各生产队搞亩产竞赛，各生产队互相偷粮食，夜里潜伏到对方的堰坝地里拔苗使对方减产。铁石做不出那种事来，二队的粮食减产了，瘸子村长到地里检查，批评铁石：“铁石呀铁石，你这小队队长是咋当的？这么好的堰坝地，不增产反而减产了，你咋能对得起我这条废腿呀？”

此刻，铁石瞅着正在地里过秤的玉米棒棒，确实比去年减产了，一时无言以对。

瘸子村长黑青着一张脸，骂铁石：“你个生铁愣货，有没有一点爷们儿的悍性？就凭你这产量，我咋向人民公社交代？你是不是想替我摘了头上这顶乌纱帽呀？”羊虎气得火冒三丈，现场摘了铁石他们第二生产队先进小队的帽子，让他靠边站了。

瘸子羊虎说：“亩产万斤，其他村早几年就搞起来了，咱村都是落后分子了，山外亲戚那里，早就跑步进入共产主义了，我们也跑步去共产主义吧！咱们这里老这样落后好几年，会给毛主席他老人家丢脸的。”

村里上了岁数的老人喜来大爷，站在地头上反对：“瘸子瘸子，你尽是瞎折腾！亩产万斤？你老祖宗不是种地的出身？你小舅子是唱大戏的呀？编戏词也要有个八九不离十呢，我三辈祖宗都是种地的，我是不是耳背听差了？说这种话的人那能叫人吗？这不是放卫星，简直就是放太阳！亩产万斤，堆都没地方堆呢，年时咱村上好的坡地亩产只有三百斤，今年能增产一百斤、二百斤，那就该磕头烧高香了。你吹上八百斤、一千斤、一万斤，有啥用呢？你卖了良心没人稽查，你的空肚皮能答应你呀？”

瘸子听了，脖子一拧说：“听公社的人说，咱隔壁又穷又破的沟底村，都敢虚报亩产万斤放卫星，咱村能咋办呀？桃花村就这么窝囊死人？”

瘸子村长嘴上硬归硬，对于亩产万斤，他自己心里也是一团乱麻。索性连夜走了十几里山路，跑到附近的沟底村，去实地侦察，看人家沟底村的亩产万斤，到底是咋样练出来的。结果，不看不知道，一看吓一跳，原来沟底村麦子种得太稠了，长不起来，用竿子绑成方格支撑着，请来县里报社的记者，抱个小孩躺在竿子上面照相宣传：看人民公社的麦子，把小孩都能托起来。生产队里放粮食的节囤，一节囤里边都是乱七八糟的柴草，上面铺一层粮食，就虚报是多少万斤粮食。一人平均一头猪，今天把左右邻家的猪赶过来，明天又赶过去应付上级检查。城里人说咱们农村人两个人伙穿一条裤子，就把村里像样一点的衣服，都集中到上级干部指定参观的那几家，来表示农村人衣服多得穿不完。县委书记下乡参观时，突然拐了个弯，进了一家没有安排参观的人家，结果，看到这家的女人蜷缩在炕头，下不了炕，一了解，才知道是没有裤子穿，家里唯一的一条裤子，她男人穿着上地去了。一时掉下泪来，狠狠地骂了公社干部一顿。

了解了邻村的真实情况，瘸子村长失魂落魄地回到桃花村，和铁石蹲在光秃秃的地头上，烟袋锅子在旱烟袋里撮呀撮，手臂颤抖，怎么也撮不满。一时老泪纵横，声调儿哽咽，断断续续地说："铁石呀，现在咱们就是吃穷饭，什么公共食堂，什么要跑步进入共产主义……人是跑进去了，肚子落到后面了。"

桃花村被扣上亩产落后的帽子。

到了晚上，瘸子村长给各小队队长开会说："今年的粮食产量全国说有多少、多少个亿斤，我看有假，可能一大半都是谎报。人民是骗不了的。美帝国主义那纸老虎看了更要好笑。不要把别人的猪都说成是自己的，不要把三百斤麦子报成一万斤。亩产万斤这股风是从哪里刮起来的？他三辈祖宗肯定是唱戏的出身……"瘸子村长说着，从地上捡起半片报纸，上面登载着某某地方，粮食亩产频频突破万斤的醒目大字，很用力地突撸了一把鼻涕，接着又说，"亩产万斤？这是什么报纸给咱刮起来的？像这么红口白牙说瞎话，那不是要变成美帝国主义的报纸了么？那俺给毛主席写封信吧，告诉他老人家，就说咱村这穷疙瘩，要是能亩产上万斤，月亮都能在白天升上来。"

瘸子村长真的一黑夜没睡，要给毛主席写信。家里没有信纸，也没有自来水笔，就用过年时给村里写对联剩下的半片红纸，黑墨汁瓶底儿干了，加了几滴水，用几行歪歪扭扭的字，认认真真地给毛主席写了一封信，诉说队里谎报产量的苦恼。三年困难时期，毛主席用毛笔大字，认认真真地给桃花村的瘸子村长羊虎回了一封信，信上说：基层工作很艰苦，但是更要实事求是，根据自己村里的生产情况，如实汇报亩产。落款是毛泽东。

瘸子村长老泪纵横，颤抖着拿着毛主席他老人家的回信，连夜跑到公社干部那里，摘了桃花村亩产落后的帽子。

饥饿仍在蔓延。

村子里在县城煤矿下煤窑的主劳力，都不得不回到村子里。煤窑工人身上揣的五块钱，买不来一个玉米面窝窝头。粮食的匮乏使人不寒而栗。但是，就是在这么困难的情况下，桃花村第二生产队的几户人家，还是在一年四季里，分别产下五个孩子，三男二女，依次是：东明、蓝花、小山、二喜、翠平。翠平爹是瘸子村长，她奶奶的娘家妈在北山里，常接济一些山里晒干的萝卜片和红薯片给家里，翠平妈总是分一些给二队和自己一样上有老下有小的邻居们吃，东明、小山、蓝花、二喜家都没少吃，但是，饥饿是十分危险的，要饿死一个人，只要六七天就足够了！二喜他妈找到东明妈说："老嫂子，你是咱小队队长的老婆，比俺们有主心骨，你给咱拿个主意，俺娘家的妹妹说，娘家村的老婆们都出去要饭去了，好歹也能捡条活命呢！你说咋样？"

东明妈说："咱桃花村的人，咋能出门要饭呀！况且，俺孩他爹，可是咱村为数不多的共产党员，咋能那样做哩……我是饿死也没脸拉那要饭的棍子，将来说起来，都给娃娃们丢脸抹黑哩……让娃娃们以后咋活人？"

"我也没脸说这话呀，谁好好的愿意拉那要饭的棍子呀？可是还能眼巴巴等着饿死人？饥饿难忍，石头难啃呀我的老嫂子……"

二喜妈碰了钉子，不死心，把二队的几个老婆娘们叫到一搭，商量着想出去要饭，说邻村有的人，实在受不了饿，都出去讨吃要饭去了，咱也不能等死呀……村子里想出去要饭的人越来越多……

瘸子村长每天一起来，就在村里的大喇叭上讲话。电线被大风刮得电压不稳，大喇叭时断时续，瘸子村长的讲话有两个要点："第一是饿死也不能要饭，要饭丢毛主席的人哩！第二是吃石头蛋蛋也不能饿死，饿死也丢毛主席的人哩！”

瘸子村长不停地在大喇叭上反复地讲：“俺村的人不能出去要饭，俺村的人不能出去要饭！俺村是毛主席的桃花村，俺村是革命的桃花村，俺村是在战争年代赶着毛驴，上前线给毛主席送过火炭的桃花村，俺村不能给毛主席丢脸，俺村的人不能出去要饭……”接着，只听大喇叭里“咕咚”一声，什么东西栽倒在地上的声音，大家知道，瘸子村长饿得摔倒在广播室里头了，几个年轻壮劳力赶紧去四面透风的广播室，把瘸子村长抬回了他家……

二喜他妈拖着二喜，身后跟着几个婆娘不肯散去……时时想要出去要饭。

瘸子村长回家喝了几大碗凉水，醒过来以后又跑去大喇叭里说：“俺也知道各家的情况，都没有了储备粮，甚至连锅都砸了炼了钢铁，支持了国家，谁救济谁？逃荒要饭那是旧社会的事，你就算跑出去了，别的地方也是食堂制，也没有余粮了，你问谁要？本来是要给毛主席说咱没粮食吃了，毛主席就会派人来给咱救济赈灾的，可是年时才说产了多少多少斤粮食，虽说没有亩产上万斤，也是喜报丰收了的。今年咋好意思接着就报灾荒？咱中国本来就是自然灾害多发的国家。对吧？我说得没差吧？不是北方大旱就是南方大涝，旧社会不都是十年九灾，逃荒要饭的遍地走么，咱们现在是新社会！以后面包……面包会有的，牛奶会有的……咱的娃娃们会吃上白面馒头，会、会自由恋爱的……工农兵学商，以后就是生孩子也会有人管的……”接着，又听到“咕咚”一声，瘸子村长倒了地……

东明、蓝花、二喜、小山、翠平，二队六十年代初期出生的这些孩子们，度日如年，红薯干吃多了肚子发胀，大便拉不出来。翠平妈手巧，土里扎个猛子，翻个红薯疙瘩，翻个土豆蛋蛋，找个白菜帮帮。不知叫哪个积极分子汇报到上头，戴了个高帽子游了一回街。以后看到土包都不敢再去翻倒，只好绕着道儿走。诚实善良是桃花村老人世代传下来的规矩传统，可是没办法，偶尔人们也只能瞪着眼睛说瞎话。又到瘸子村长报产量的时候，他仍然没有虚报粮食产量。到最后搞评比，桃花村的产量倒数第一，落后分子自然就是他了。整天由全公社各大队轮流批斗，提一面铜锣，一边敲一边交代自己的罪行。邻村的民兵扎两个草人，一个是省里的右倾分子的头头，另一个就是他。各村都要搞田间地头大批判，民兵满腔热血，怒吼着口号，用刺刀扎草人。

瘸子村长只好又拿出毛主席给他回的信，给新来的人民公社书记看，才摘了落后分子的高帽回了村。挨到过年时，瘸子村长羊虎把从食堂打回来的全家唯一的一碗红薯面糊糊汤，恭恭敬敬地端到毛主席画像跟前，眼圈红了，两行热泪滚落下来，哽哽咽咽地说："俺以革命老区……桃花村瘸子村长的一颗红心，向毛主席您老人家保证：俺村没有饿死一个人，也没有一个人出去要饭。虽然都过得不容易，不过，大家都熬过来了，大家都很健康，幸福！俺们桃花村全村人民，请您老人家放心！祝您老人家万寿无疆！"

共产主义大食堂实在搞不下去，不得不拆伙分灶。

（原出版单位：太白文艺出版社 2014 年 6 月第 1 版）

完美的花朵（节选）

吴梦川

【作者简介】 吴梦川，中国作家协会会员，鲁迅文学院第六届中青年作家高研班学员，陕西省作协儿童文学专业委员会委员，陕西文学院第二、三届签约作家。出版散文集《日月》，“花朵系列”长篇成长体验小说《完美的花朵》《尖叫的海棠》《淡白的古果》。

一

我叫花木棉。

我迷恋世间的花朵。我比地球上任何一只蝴蝶或蜜蜂都更狂烈地热爱花朵，我爱尘世间所有的花，包括没人喜欢的谎花和毒花，但我从不折花，不用花儿装饰打扮自己，因为花儿就长在我脸上啊。人们说，只要我开口一笑，就是一朵盛开的美丽的花。

我喜欢树，喜欢佩戴木质的饰物。我挂檀木的小挂饰，玲珑的弯弯月，清凉温润，熨帖肌肤，弥漫出一种神秘的来自热带雨林的浓郁芬芳；我别樟木的小发卡，各种各样的树叶形状，椭圆的、柳叶的、锯齿的，和我的头发亲密纠缠，它们能发出特殊的香味，驱赶讨厌的苍蝇蚊虫；我戴楠木的手镯，雕刻着精致花纹，各种镂空图案，轻巧空灵，里面有涌动的清泉，深山的白云，时间的纹理。

我永远只穿棉质的衣服：棉质的衬衫和长裙，棉质的帆布球鞋。我常常把它们弄得皱皱巴巴的，显得不太好看，可是我只喜欢棉质的衣服，柔软，舒服，透气，穿上它们我才能安静温驯，像个乖孩子的模样。

知道吗？木棉就是一种花。

但是很遗憾，我没见过木棉花，我只能活在我的想象里。

听说北方没有木棉花，木棉开在南方，大朵大朵的鲜红，像盛开的火焰，满树燃烧着勇气和热烈。

这是我的表姐花木槿告诉我的。木槿表姐从小跟着爷爷奶奶在西南边陲长大，那座偏远的城市地下深埋着丰富的矿藏，春天来时，满城开满繁茂热烈的花朵，就是我的木棉花。

我喜欢听表姐讲她的童年，听她一遍一遍描述那些开在记忆里的木棉花：某个晴朗的春天早晨，她背着书包去上学，穿着花格子棉布裙，梳着两条麻花小辫，雪白的过膝长袜，圆头黑皮鞋，那样乖巧，干净，美丽。她在城市的街道上走着，哼唱着歌儿，一边仰着小脸去望开在路边的木棉花，望着望着她就笑起来了，因为她想起了一个叫木棉的女孩，她的远在北方的小妹妹，她觉得木棉花就是她的妹妹，妹妹正蹲在树上望她笑呢。于是她望着那些花儿，一边在心里叫着木棉木棉，一边笑得更开心了。

木槿表姐描述这些远去的生活情景时，我真是喜欢得心痛啊。于是，我就要她一遍一遍地讲，不停地讲；我呢，就一遍一遍地听，真是百听不厌啊。

后来，应我的再三要求，表姐凭借她的记忆，为我画了一幅木棉花。她说，木棉啊，记住啦，这就是你，你的花。

我如饥似渴看着画纸上的木棉花，我觉得它并不太像我，因为我不是火焰，我不热烈，但我顶喜欢那种像火焰的花，我的花。

我也喜欢表姐，喜欢木槿花。

木槿花我见过，那也是小时候的事情了。

那时我们家还住在一个像乡村的院子里，院里有棵好高好高的大槐树，树上有好多好多鸟雀，白的黑的灰的，叽叽喳喳飞来飞去，树下就种着一棵木槿，细细的树干，长长的枝条，密密的宽叶，很淳朴的花树。现在的城市繁华热闹，土地和天空都让楼房挤占完了，地面被打磨得光光溜溜的，再也没有一角裸露的泥土，所以也就没人种木槿了。

木槿花开在春末夏初，花期很长，但花朵的生命却很短，有人形容它是“朝开暮落”，早上开了，晚上就落。那种紫色的花朵，看上去很单薄，很忧郁，尤其是寂静无人的早晨，你看到它们纷乱凄凉跌落满地的时候。

…………

二

表姐花木槿从高楼上飘飘坠落下来，是在我十四岁那年春天。

那时候，我还是个青涩懵懂的初中生，每天每天，我的肩上永远背着一个大大的军绿帆布书包，永远乘坐十三路公交车，永远混迹于庸庸碌碌的人群，沿途经过永远不变的五站路和永远不变的喧闹嘈杂的风景；我永远早出晚归，不管刮风下雨，不论春夏秋冬，嘴里永远念叨英语单词，钢笔永远演算数学习题，脑子永远塞满公式定理，永远重复着死水一样毫无变化的单调生活。

那年春天来得特别早。几天前还天寒地冻，突然就春光明媚了，几乎一夜之间，太阳就暖和得要命，人在路上走着走着，突然就像巧克力那样快要融化掉了；花儿有最天真敏感的神经，最经不起甜言蜜语的诱惑，给它一点温暖就灿烂得一塌糊涂，几乎是一夜之间，季节轻率的盟誓就让满城花儿全都开放了。

这样突然而剧烈的天气变化，是这个城市从未经历过的，这说明一切都有可能发生，如果老天爷想要改变的话，它也会心血来潮。我顶喜欢老天爷心血来潮，给我带来意外的惊喜。

于是有一天，就在似乎永远也不可能变化的永远里，变化突然发生了，就像那年春天的天气一样，充满意外。

那天是周末，我坐着公交车回家，一路闷闷不乐。

测验又考砸了，有些事情我永远也搞不明白，比如说，之乎者也和我有什么亲密关系呢，非要我又背诵又默写？印第安人种番薯还是马铃薯又有多大区别呢？反正它们都是一种埋在土里的根块食物，富含淀粉和糖，味道可口，而我呢，只叫它们红苕和洋芋。

从学校带出来的这些问题，真是让人越想越头疼。我满心无奈，眼望窗外，窗外依然是熙熙攘攘的人群，庸碌无聊的生活，毫无意义的风景。

突然，一个身背画板的男人出现在我的视野里。

最先，我看到的只是背影，高高的，有点瘦，看上去很年轻很挺拔，黑发齐肩，随风飘散。他在林荫路上匆忙走着，双腿修长匀称，步伐矫健有力，晕黄的阳光洒落下来，背上的画板随着他迈动的脚步有节奏地晃动着。

那个背影是如此特别，如此显眼，一下子就从人群中游离出来，在我眼里定格，因为我感觉到了一种特别的东西，那是来自内心的精神光芒。

他行色匆匆要去哪里呢？我坚信，他想要的绝不是大众的世俗的欲望，不是舒适的生活，也不是奢华的享乐。他要去的地方一定有湖水清澈，能把灵魂照亮；或者荆棘密布，能把思想激活。

那一刻，城市的主题诞生了，人群的灵魂诞生了，生活的意义诞生了。

公交车慢慢驶过去，背影和画板被留在了身后，我急忙透过车窗往后看，这时，我看到了一张轮廓分明的英俊脸庞，高高的挺直的鼻梁，一双掠过人群望向远方的忧郁的眼睛，燃烧着坚毅和执着的光芒，如同向日葵的火焰。

好帅的男人啊！

只一瞬间，那张脸就闪过去，溶入了黄昏寂寞的斜阳。我伸长脖子，努力往后望啊望啊，一直望，一直望，脖子都快扭断了，最后再也望不见了，什么也没有了。

我怅然若失，收回散乱的视线，重新坐直身子。这时，我感到世界变了，变得和以前不一样了。我的内心亮了，从未有过的澄澈透亮，一种奇特的自由已经在我心里长出来了。

我想，那就是一种类似于理想或者接近于理想的东西吧？

很惭愧，从小到大，我一直是个没有理想的孩子。

几乎每个孩子都有各种各样崇高远大的理想，也都有各自的崇拜偶像，有理想的孩子是那样讨人喜欢，大人们多么喜欢有理想的孩子啊，谁不想出人头地呢？可是我呢，我什么都不想，我觉得随便怎样都可以，只要高兴，只要自在，做什么都成。我曾经一度十分羡慕出家的僧人，他们可以云游四方，端着钵儿到处要饭，不，是化缘，多好听多体面的工作啊！无忧无虑，有吃有喝，走路能锻炼身体，还能沿途观赏祖国大好河山，一路结识有缘之人，边走边唱，舞之蹈之，高兴了就停下来，一边吟诗作赋，一边挥毫作画，呵呵，真是神仙过的生活呢！我就想化缘，可我能说出来吗？大人们听了准得晕倒，谁的理想是出家要饭呢？

虽然我没有任何崇高远大的理想，但是混在一群有理想的孩子中间，大人们却丝毫看不出我是没有理想的，我看上去多么天资聪颖朝气蓬勃啊，这样的孩子若不成才，简直就是社会的一大损失。只有我自己清楚，有理想和没理想的区别到底在哪里？有理想的孩子都在盼望长大呢，他们以为长大了就能实现理想了；而我却在幻想着如何才能长小，像孙悟空的如意金箍棒那样，小小小，一直小到妈妈肚子里去，那里才是我的城堡。大人们说人生如戏，又说人生如梦，我呢，就想在城堡里做个好梦，演一部完整的童话剧，因为我觉得只有童话才是小孩的，神话是大人的。

但是现在不一样了，我有理想了，有了理想就有点儿像神话了。

十四岁那年春天，我终于有了属于自己的理想。是满城怒放的花朵和遍地金黄的阳光催生了我的好心情，还有那个身背画板的帅哥画家施展的神奇魔力，几乎是一夜之间，我的伟大理想就在这个春天横空出世了。

那时候，我是多么喜欢春天啊。十四岁那年春天，能开花，能出暖和的太阳，还能诞生伟大的理想，多么好的春天啊。

一有了理想，我首先想到的就是木槿表姐。我的表姐有理想并且热爱有理想的人，我要把我的理想告诉她，让她和我分享我的理想。她一定会为我高兴，并全力以赴支持我的理想，她会使劲地拧我的小脸蛋，万分热烈地说，木棉啊，恭喜你终于有了理想，多么好的理想啊。

想到这里，我不禁热血澎湃，眼睛因激动而潮湿起来。我不敢让我的理想过夜了，我怕我的理想会在一夜之间不翼而飞，于是我没有丝毫耽搁，怀揣我的伟大理想，连夜骑上单车飞快地跑，跑去见我的木槿表姐。

街灯明亮，五颜六色的霓虹闪烁，又被我一一抛弃在身后，各种花朵在夜色中悄然开放，耳边呼啸而过的风，一并把浓郁的芬芳猛烈掼入我的鼻腔，让我连打数个响亮的喷嚏。

那时候，我的心是热热的，血也是热热的，理想让我变得也热烈奔放起来了。我呵呵笑起来，放开车把手，两臂张开，做出经典的泰坦尼克式电影动作，迎接我的理想，拥抱我的未来。

来到表姐的住处，我按响门铃，过了好久，门才打开。

亲爱的表姐站在我面前，一件黑色的套头毛衫，发白的牛仔裤。我感到她有一点变化，对了，她穿的衣服十分素净，不再热烈奔放。

我已经有一个冬天都没见到表姐了。早在去年秋天，表姐就辞去了工作，不再上班了，当然也没有了固定的薪水。表姐说她厌倦了坐班，烦透了考勤，开会，领导讲话，还有莫名其妙的应景，百无聊赖的应酬，她不想再浪费宝贵的生命了，不想再待在一个地方过一成不变的文明生活了。表姐说，那样的生活简直就是腐烂，再这样下去她会发疯，会死掉，她宁可肌体饿死，也不要精神的死亡。辞职以后，表姐就一个人去了云南丽江，并在那里待了整整一个冬天，每天画画，摄影，插花，晒太阳，徒步旅行。

现在，我看到重新开始生活的表姐，她还是那么美丽，只是明显地瘦了，头发零乱披散，面容疲惫憔悴，眼圈有青黑的暗影，对我绽开的笑容也不像从前那样热烈了。她草草地给了我一个拥抱后，就掉头忙她的去了。

“木棉，冰箱里有吃的喝的，自己拿啊。”

表姐头也不抬，继续忙着，那时她正伏在一张巨大的宣纸上，画那些千篇一律却又千姿百态的花朵。我凑过去，看到画纸上一改往日的清淡素雅，显出大红大绿的繁华气象，这让我很吃惊：

“哇噻！从深山入闹市了？这才像你画的，很热烈奔放嘛。”

“给一家酒店画的，老板说要热闹喜庆，当然越俗越好。”

“不是自己的写意，不是内心开出的花朵，还叫艺术吗？”

“艺术也是为人民服务的嘛，姐姐也是人，也要穿衣吃饭，要活命嘛。”

木槿表姐说完这句话，就暂停手上的动作，抬头看了我一眼，嘴角挂着一丝自嘲的笑意，我感到胸中翻腾的理想热血正在她的笑容和眼神里慢慢冷却。

我有个坏习惯，一生气就要吃东西。

我坐下来，自己冲了一杯咖啡，又恶狠狠地干掉一个苹果，一个梨，一个香蕉，直到心爱的肠胃被折磨得再也装不下任何一点点东西了。表姐还在伏案挥毫，始终头也不抬，我不能再忍受了，于是叫嚷起来：

“姐姐，你能不能停下来，听我说话啊？”

“不行啊，木棉，姐姐没时间，今晚必须完成这幅画，酒店后天就开业。”

我的语气透着万分失意，表姐的语气透着万分焦急。

“人家大老远跑来找你，你也不问问有事没？你要钱不要人，还是不是我姐姐？还有没有一点亲情？真让人寒心啊！”

说到伤心处，我的眼泪都要流出来了。

木槿表姐“扑哧”一声笑了，她把画笔“啪”地往桌上一扔，上前来紧紧拥抱我，亲昵地拧我的小脸蛋，又恢复了从前热烈奔放的模样。

“好啦好啦，姐姐什么都不做了，去它的狗屎艺术，什么都比不过木棉重要，来，我就陪妹妹好好说话。”

于是，我的心又开始热了，血又开始热了，我的伟大理想又在胸中热烈地燃烧了。

我想从那个身背画板的背影说起，说不定表姐认识那个帅哥，没准儿还是情深意笃的恋人呢。我觉得我的表姐应该是和他一起出现的，两人一起并肩走，走向远方，走向理想，那样般配，那样和谐。

可是我太激动了，一时理不清头绪，不知该怎样表达，然后我就什么都不说了，“刺啦”一声，我把我的军绿帆布书包拉链拉开，往下一抖，于是我买的那些画布啦画笔啦五颜六色的油彩颜料啦全都“稀里哗啦”从书包里一股脑热烈地蹦出来了。

表姐目不转睛看着我，略显吃惊，我的心欢快地颤动着，盯着表姐的眼睛，一字一字慎重而坚定地说出我的伟大理想：

“从明天起，我不上学了！我要画画！”

…………

三

连日来，我一直在为我的伟大理想精心筹划。我的伟大理想是浪漫主义和现实主义的完美结合，核心不外乎“读万卷书，行万里路”。我想好了，大致可以分成三步走：首先，我要离开无聊的学校，不读无聊的课本书；然后，我跟着亲爱的表姐画画，直到我的画能够卖出钱来供我行走；最后，我就身背画板浪迹天涯，边走边画，遍游世界各地。

我知道，在大家看来，这简直算不得理想，因为我既不囤积钱财，也不要威风的权力，我想要的仅仅是一种自由快乐的生活，一种真实的人生体验而已，这大概只能算是一种个人愿望吧？

即使如此卑微的愿望，对我来说也是非常伟大的，为什么呢？因为它太艰难啦，艰难到几乎无法实现的地步。

首先是离开学校的问题。我本来是想找亲爱的画家表姐替我出谋划策的，而她却明确暗示我，不可能光明正大地离开学校。小孩子不上学，就跟母鸡不下蛋公鸡不打鸣一样，是超越大人们智商和能力范围的事情。我很奇怪，大人们经常为各种显而易见的问题召开各种会议，最后还常常因分歧太多而无法解决问题，唯独在对待小孩上学这件事情上他们从不开会，却能取得百分百惊人的一致意见和做法。

唉，谁叫咱吃人饭受人管呢？法律上说，这种吃人饭受人管的人是没有行为能力的，是被监护对象，要受供咱吃饭的人监管，他们是咱的监护人。

因此，为了实现我的伟大理想，就必须采取非常手段，这个非常手段就是撒谎，而且要撒弥天大谎。没办法，成长的代价嘛。

其实，我最痛恨撒谎，我从不撒谎，因为一直相信那个恐怖传说，撒谎的人会被狼吃。可是后来我发现，在这个世界上，不撒谎的人才更有可能被狼吃，因为撒谎的人后来几乎都变成狼了，他们专吃那些不撒谎的羊。

一切竟然进行得出乎意料的顺利，因为从不撒谎的人一旦撒谎，就没人相信她在撒谎。呵呵，这是对我一贯诚实的丰厚回报。

首先，我跟爸爸妈妈说，表姐刚从外地回来，一个人在家很孤单很寂寞，要我过去陪她住一些日子。父母大人相信了我的话，于是我收拾好换洗衣服，去了表姐家。

然后，我又对表姐说，你舅舅舅妈去了外地，不放心我一个人在家，让我来跟你住一阵子，反正你也孤苦伶仃来着，也算有个伴。我的表姐相信了我的话，于是我就在她那里暂时安顿下来。

最后，我拿来一张白纸，找个借口事先让妈妈签上字，这张签了家长姓名的白纸被我变成了请假条并递交学校。假条上说，鉴于本人大脑里长了一个良性肿瘤，明天一早就去外地手术治疗，大约需要半年时间，一个月手术，一个月观察，一个月休养，这学期大概就不能上学了，不过问题不算太大，不会危及生命，但危不危及智商就不好说了，总之，我会尽量争取重返美丽的校园，和同学们一起汲取知识的力量。

瞧瞧，为了伟大的理想，我竟然诅咒自己要生病长瘤，这个谎撒得也太悲壮太惨烈了吧，我容易吗我？

每个周末，我会打电话向爸爸妈妈亲切问候，汇报我的学习生活情况，学习总是很忙，生活总是很好。为了让他们放心，周末我也会花上两三个小时回家看看，陪他们吃顿团圆饭。

我不露声色，一步一步实施我的计划。嘿嘿，自从有了伟大理想以后，我做事就变得有计划有条理了，要知道，我一贯是个缺乏逻辑思维的人哦。

就这样，我的理想成功跨越第一步，一下迈入第二步了。第二步就是跟定表姐，跟她学画画，最主要的是进行艺术熏陶。

我怀揣伟大理想去表姐家的那天是周末，我在她那里得以尽情放松，每天晚睡晚起，日子过得昏天黑地，早晨从中午开始，夜晚又从凌晨开始。呵呵，艺术家嘛，生活哪有什么规律呀。

星期六，我们什么也没做，居然猫在屋里看了整整一天碟片。

我们看关于童年关于成长的电影，《放牛班的春天》《追风筝的人》《真爱满行囊》；还有关于艺术关于人性的，《海上钢琴师》《布达佩斯之恋》《西西里的美丽传说》。

《狂恋大提琴》讲的是音乐天才姐妹的故事，妹妹想要分享姐姐的一切，包括丈夫和爱情，姐姐给了，她什么都给妹妹，只要她需要，后来妹妹死了，姐姐活下来。

我一边看，一边流泪，妹妹的寂寞绝望，姐姐的包容温暖，一切似乎超越了人间感情。我看她们时就想起了我和表姐，我希望我和表姐的感情也能这样。

那两天真是太惬意了，我喜欢那样的生活，我真想天天那样过啊，没人问，没人管，随心所欲。我的表姐就是那样过着的，脱离单位脱离领导脱离管制，最后再脱离社会的秩序，脱离文明的教化，那是她多年的理想和追求，现在，她终于自由了。

我突然明白人为什么要有理想了，因为理想的实现能带来你想要的自由啊。苍天哪！我现在终于自由了！

…………

四

十四岁那年春天，我靠撒谎的非常手段暂时脱离学校和课本，猫在亲爱的木槿表姐那里，度过了有生以来最幸福最自由的时光。

我十分珍惜来之不易的自由，为了能够长期生活得自由，经过周末两天的昏天黑地后，我重新过起了有规律的生活，不过不是学校的规律，而是我自己制定的规律了。

每天清晨，我按时早早起床，绕着小区花园跑上十圈，我十分明白健康的身体是实现理想的本钱。跑完步后，回屋梳洗，吃饭，表姐还在床上睡觉呢，我给她煎好鸡蛋，热好牛奶。

上学时间到了，我背着画板出门。

阳光明媚，林荫路上开满各种花朵，小鸟在枝头跳跃鸣叫，空气里荡漾着让人心醉神迷的花香，花香是上帝赐给人间的香水呢，年年都在大地上飘散。我骑着单车，愉快地飞跑在城市的街道上，呵呵，我真想放声歌唱啊，我在为我的理想赶路呢。

我要去的地方是春晖路，那是一条著名的艺术街，汇集了书画界的精英及其作品。我进了一个知名画家办的油画班，为了隆重纪念我的艺术生涯的开始，我给自己取了个很有意义的名字，高小繁。呵呵，真正的艺术家都要有一个艺名才行，如果凡·高不介意的话，我非常乐意成为他谦卑的后人。

我的老师是个满脸络腮胡子的中年汉子，眼神桀骜不驯，说话干脆利落，长长的头发在脑后梳成一把刷子，看上去像是个很有个性的人。

老师说，画油画的人，必须对色彩绝对敏感。

第一堂课，我用宝蓝、橘红、赭黄画了一个大海、海上的帆船以及近处的沙滩，沙滩上还有一只硕大无比的螃蟹。最后，我想了想，又在画纸上添了个光屁股小男孩，整个屁股青黑一片，很有特色。

这个男孩是我开裆裤时代的伙伴，绰号青臀。我们分开八年了，那时我才六岁，抱着一朵向日葵去送他，跟着他坐的汽车跑啊哭啊。他现在北方一座海滨城市生活，可以每天捡贝壳玩捞海带吃，但他绝对不会下海游泳的，因为害怕屁股曝光。我一边画一边想，他现在长成什么样子了呢？屁股还是又青又黑吗？

老师看了我的画，问我以前是不是画过油画？我说画过，不过全是在梦里画的，我在梦里画了好多油画呢，都是世界名画。

老师听了哈哈大笑，是那种极具爆发力的笑声，他说不错不错，小小年纪，很有创意嘛。

我没有笑。我觉得没什么可笑的，因为我说的全是实话，我确实经常在梦中画画，我画出来的全是我所熟悉的那些世界名画。

下课时间到了，我不想走，因为除了游荡街头，我几乎无处可去，我必须混到中午放学，这里可是我的收容所呢。

我问老师，我可不可以继续待在教室里，待个整整一上午，你可以不用管我，我绝不会捣乱，我只想继续画画，你知道，灵感涌来时最好不要中断。

老师说可以呀，你想在这里待多久就待多久，艺术从不拒绝热爱它的人，我只负责为你传授技巧，热爱才是最好的老师。

就这样，我被特许可以留在教室里，并在那里待上整整一个上午，尽情地画画，或者发呆，不，是进行艺术构思。

我以为老师会问我为什么不去上学，我甚至已经想好了怎样撒谎，就说因病休学好了。但是，老师却什么都没问。

仅仅有一次。那时下课了，教室就只剩我一人，我收拾好画夹往教室外面走，和老师在楼梯口相遇，并肩走了几步，他忽然问了我一句话：

“高小繁，你会一直这样坚持下去吗？”

我点点头。我觉得老师什么都知道，但他很尊重我，他没有把我当小孩，而是完全把我当成未来的大画家来尊重了。难怪表姐会爱艺术家，因为他们最懂得什么才是人真正需要捍卫的东西，那就是自由啊，还有尊严啊。所以，我也顶顶喜欢这个大胡子老师，他给我足够的尊严和自由。

中午回家，表姐已经起床，就带我到街上吃饭；如果她正忙着挥毫作画的话，我就不惊动她，自己主动打电话联系外卖，让服务生把饭菜送到家里来。

吃完饭，我午睡一个小时。

上学时间到了，我就又背着书包出门，去市图书馆。

我在图书馆里选好要看的书，找个没人注意的偏僻角落，背靠人群坐下来。我从书包里取出矿泉水，然后把书包垫在椅子靠背上，里面塞着海绵垫呢，靠上去很柔软，很舒服。

然后我就陷入天昏地暗的阅读，时空转变，我从现实世界出走，去全然陌生的地方，体验另一种崭新的生活。

我读关于美学的书，比如尼采的《悲剧的诞生》，里面说到古希腊人对酒神巴库斯的崇拜，因为他发现了酿酒的秘密。丰收的季节里，希腊人把麦子和葡萄酿造成美酒，女人们聚集荒山野岭，燃起熊熊篝火，饮酒狂欢，彻夜歌舞，酣醉不归。呵呵，我觉得那种生活还真是不赖啊，所以表姐一定要多喝葡萄酒，因为酒里藏着艺术的秘密呢。

我也看哲学方面的书，比如萨特的《存在与虚无》，非常不好读，但我还是硬着头皮，耐着性子一字一字读下去。这种书读起来太慢了，慢得几乎找不到读书的成就感，所以我还是喜欢小说，我觉得小说更适合我一些，读完加缪的小说，就可以非常感性地理解深奥的存在主义哲学了。其实加缪的本质还是人道主义的，所以我喜欢加缪胜过萨特，谁叫我感情丰富，并且又有同情心和正义感呢？

我特别喜欢读的是童话书，比如《绿野仙踪》《尼尔斯骑鹅旅行记》《长袜子皮皮》。我最爱读的是《小王子》，我看过各种版本的《小王子》，百读不厌，我多么喜欢那个晶莹剔透、会哭会笑的小人儿啊，我想变成被他想念被他照顾的那朵玫瑰花，千千万万朵玫瑰花中最独特最幸福的那朵玫瑰花。

放学时间到了，我离开图书馆，骑着单车回表姐那里。我总是晚半个小时离开，避开放学的人流高峰。

晚上我哪儿也不去了，就待在表姐家，她画画，我也画画。表姐问我为什么不去学校自习，我说学校考虑到安全问题，允许离校远的女同学在家自习，不过要征得学校同意。真可怕，我撒谎的时候竟然会忘记自己是在撒谎，说得就跟真的一样。

我和表姐在她的工作室里画画，满屋流淌着优美动听的音乐。

灯光明亮，音乐疯狂，桌上堆满五颜六色的颜料，我尽情地在画布上涂抹，宣泄，那种感觉真好啊。

……

夜里睡觉前，我总要看一会儿书。

表姐的书实在太丰富了，应有尽有。我喜欢翻看各种各样的油画画册，对各个时期的作品逐一细细研究。我十分痴迷十九世纪的印象派绘画，我多么热爱那些大师们，热爱塞尚，热爱莫奈，热爱凡·高，热爱高更，没有哪个时代能像十九世纪后期那样诞生如此众多伟大而纯粹的艺术家了。

我幻想有一天也能像凡·高那样住进圣雷米，呃，可别小看精神病院，庸人俗人还去不了，那可是天才住的地方呢。或者像高更那样漂洋过海，抛弃现代文明，一个人去塔希堤岛，和土著人在一起生活，画现代的原始社会，那可是心中有信仰的高贵生活呢。总之，我想过一种激情的生活，要最真实最丰富的生命感觉。

我发现，我现在越来越热烈了，越来越像我的表姐花木槿了。

五

当我变得越来越热烈，与此同时，我的表姐花木槿却越变越忧郁了。

表姐一直很忙，找她画画的人很多，全市所有开张的以及即将开张的生意都强烈地需要表姐，需要用她画的花儿来增添吉祥喜庆。那些商人跑来找表姐，纷纷要求她赐宝，他们说，画个繁花似锦吧，画个锦上添花吧，画个花开富贵吧，画个花好月圆吧。

当然，表姐的画从不白送人，她画的那些花儿都有好价钱，一朵就值成千上万呢；而且，表姐的画也不是想买就能买到的，那还得看她有没有时间和心情给你画呢。

木槿表姐画在宣纸上的花朵越来越热闹越来越喜气了，人们越来越喜欢她画的花了。他们捧着她的画，如获至宝，啧啧赞叹，找她画画的人络绎不绝，简直有洛阳纸贵的气象。

表姐的名气是越来越大了，问问这个城市的人，谁不知道美女画家花木槿呀！表姐的绘画事业和这个城市的经济发展密切相关，她的身价也和城市的经济指数一并逐日攀升。

但是，忙碌着的表姐，却越来越不爱出门了，她变得越来越沉默，越来越憔悴，不再穿热烈奔放的衣服，也不再说热烈奔放的话，除了伏在桌案上挥毫作画，更多的时间是坐在沙发上沉默，一个人冥思苦想，一支接一支地抽烟。

我有好长时间都没见木槿表姐热烈奔放地笑过了。

除了给酒店商家画花赚银子，其余的时间，木槿表姐都用在了另一种风格迥异的国画创作上，她把这一系列的创作主题称为《前世》。对于这些画，她从不拿出去卖钱。

《前世》系列国画都是设色水墨画，以中国大地上留存无多的古镇古城为创作背景，宏村，西递，呈坎，凤凰，丽江，大理，甲居，阳朔，周庄，同里，西塘，乌镇，南浔，等等，都在表姐的画作里保留了美丽沉静的面容和宁静忧伤的背影。

木槿表姐对那些散布在中国大地上的古老村落情有独钟，这些年，她自费去了很多地方，探寻那些古镇，她特别对那些未被人发现和打扰过的古镇情有独钟，她的足迹遍布大江南北。

可以这么说，木槿表姐创作的系列古镇作品，简直就是对农耕文明的怀念和祭奠，从而进一步证实了埋藏在她身上的顽固深厚的遗民气质。

《前世》系列作品充满了中国水墨画特有的朦胧湿润之美，柔和，缥缈，像梦境，像幻觉，事与物的布局打破了常规和时空界限，显得神秘诡异，却又非常熨帖和谐，技法完全超越了传统画法。

画面充满了农耕文明的典型景物：旧式老房，青瓦白墙，飞檐斗角，庭院幽深，雕花木窗，灯笼高挂，青石板路，街巷曲折，炊烟袅袅，木桥茕茕，石碾碌碌，水车翻转，夜月悬空，箫管悠悠，池塘莲开，溪流清澈，田野芬芳，桃花灼灼，菜花灿烂，粉蝶翩飞，绿竹如烟，老树沉默，鸟雀鸣唱……

画中人物多是女人，穿着旧式布衫，云髻高绾，插着银发簪，或梳妆，或浣衣，或舂米，或绣花；或倚门立，或卧床憩，或低头思，或翘首望。异常沉静，柔美无比。

奇怪的是，那些美人儿，都只有背影，没有面容，让人急切地想要她们转过身来，看个究竟。我翻看了表姐所有的《前世》作品，遗憾，没有一张脸，全是这样的背影。

我问表姐为什么？

表姐笑着说："这有什么奇怪的呀，谁知道自己前世长的什么模样呢？"

我故作聪明地点点头："我明白了，如果她们转过身来，脸朝你一笑，那就不是前世了，那叫今生，对吧？"

OK！木槿表姐露出夸张的惊讶表情，很赞赏地打了个响指，又亲热地拧了一下我的脸。

我又故作深沉地问："姐姐，你知道我们的前世是什么吗？"

表姐沉吟着说："这个问题有点难，得想个灵异的办法才行。"

我灵机一动，从冰箱里翻出一瓶牛油，涂抹在表姐眼皮上，又找来一块红布，把表姐的眼睛蒙起来，然后要她看，使劲地看。

表姐在沙发上盘腿而坐，也不说话，好像在使劲地看，过了好久，她才缓慢而低沉地说：

“看到了，看到了，我的前世是一只神鸟，不幸被猎人用弓箭射断了翅膀，所以今生我一定要飞，高高地飞，冲出人群，往天上飞。”

“那我呢?”我兴奋异常，怀着浓厚的兴趣等待下文。

表姐沉吟半晌后说：“木棉，你的前世是一朵奇花，不幸长在路边，当你还打着花苞的时候，就有顽童折下了你，所以今生你一定要开放，知道吗？木棉，要开在人群之上，绽放绝世之美。”

取下那块红布时，我突然发现，表姐的眼里有闪烁的泪光。

表姐说那是被牛油刺激出来的。

然后，表姐又伏到桌案上，继续沉浸在《前世》绘画创作中。

表姐画的这幅画叫《丽江》，去年她刚去过那里，她一直都在画这幅画，已经画了三个月了，画得很辛苦。

我在一旁看着，啧啧赞叹：“太美了！我好喜欢耶!”

表姐就拧一下我的脸：“是吗？喜欢就送给你。”

我双眼又瞪得像灯泡：“姐姐，真的吗？说话算数!”

表姐不像开玩笑，她神色庄重地说：“木棉啊，姐姐啥时说话不算数了？真的，等姐姐一画完，这幅画就送给你!”

为了防止不测，我要表姐和我拉钩，击掌，一百年不许变。

耶！太棒了！我激动得绕屋连转三百圈，半天无法安静下来。

那些天，我总守着亲爱的表姐，看她画《丽江》，一想到这么美妙的画作将完全属于我，就兴奋得吃不下饭，睡不着觉。

六

有一件事很奇怪，我以为万人迷的表姐一定有很多男朋友，她的感情生活就像她本人一样，也是丰富多彩琳琅满目的。然而表姐一直是一个人，她一直孤身独处，我从未见她和谁约会过。

我的表姐就像一朵开在背阴处的花，独自绽放封闭的热烈。

有一次，我翻看表姐的相册，里面一张照片立即引起了我的注意，那是表姐和一个男人的合影：

辽阔的大草原，略略起伏的山坡，一望无垠的绿草，星星点点的野花，表姐坐在草地上，身穿蓝底白花的背带牛仔长裙，双臂绕着大红的丝绒披肩，风正把她的长发吹偏向右边飘扬，表姐热烈奔放地笑着，美得让人目眩神迷；在表姐身后，坐着一个年轻男人，同样笑得一脸幸福灿烂，他的双臂从背后环绕过来，揽住表姐的腰，下巴抵在表姐头上，那张脸真是英俊啊，虽然目光忧郁，却燃烧着坚毅和执着，让人感觉到一种特别的来自内心的精神光芒。

咦？这个人好像在哪里见过？我在记忆里努力搜索着，闪电猛然划过脑海，我差点惊叫起来：

天哪，是他？那个身背画板的帅哥！

记忆的大幕霍然拉开，春天的黄昏，放学路上，公交车外，熙熙攘攘的人群，庸碌无聊的城市风景，毫无意义的市井生活，在那样的背景里，他出现了，身背画板，行色匆匆，目光忧郁，执着坚定地望向远方。

就是这个身背画板的男人，催生了我的伟大理想，让我十四岁的春天变得与众不同。那时我就想，表姐应该和这个男人一起出现，只有她和他才最般配，才能肩并肩走向远方、走向艺术、走向理想。天哪，想不到我所想像的竟然都是真的，是活生生的现实。

表姐的话简直太真理了。她说，世间那些孤独的灵魂终究要相聚，因为他们才是真正的亲人。

我把那张相片高高举起来，兴奋地大喊大叫：

“这才叫和谐社会啊，姐姐，他是谁？男朋友？未婚夫？”

木槿表姐看看那张相片，眼里闪过一丝明亮幸福的光芒，瞬间又黯淡下去，然后她淡淡地说：

“从前的男朋友，现在分手了。”

我没太注意表姐的情绪，而是继续沉浸在自己的想象里：

“他是不是画油画，像凡·高那样？他是不是背着画板失踪了，像高更那样？某个春天的黄昏，他独自一人，离开这个体面的城市和体面的城市文明，离开你，离开热烈得让他窒息的爱情，去了远方，去过颠沛流离的野蛮生活？”

表姐眼露迷惑，怔怔地看着我：

“你怎么知道这些？他是走了，去西藏了。”

得到表姐的证实后，我有些得意：

“瞎想的呗，看过《月亮与六便士》的人都知道，艺术家嘛，其实是最简单的人，他们的生活大都差不多，结局也都差不多，随便瞎想就想到了。”

表姐搂过我的肩，轻轻叹了口气：“木棉啊，你不懂，对于一个艺术家来说，爱情就是艺术，而不是任何现实具体的女人。”

我摇摇头，我不是艺术家，我搞不懂这么深奥的东西，我只是固执地质问表姐：“你这么爱他，为什么不和他一起走？你害怕流浪？你忍受不了颠沛的生活？”

木槿表姐痛苦地闭上眼睛：“是的，我忍受不了贫穷。”

“对对对，有钱才能谈生活，才能谈艺术，你现在很有钱。”

“可是木棉啊，我不想钱，我只想他，想我丢失的爱情。”

表姐木槿看上去有点失魂落魄，眼里已经涌出了泪水，那是我生平第一次看到表姐流泪。

表姐说，其实她特别爱哭。

我一直以为只有我才爱哭，我的右眼角长着一颗硕大的蓝色泪痣，那是忧伤的标志。我没想到热烈的表姐竟然也爱哭，难道这是家族的遗传？

木槿表姐说她在我这个年龄的时候，曾经背着画板离家出走，她在澜沧江边写生，波涛怒吼，鹰隼盘旋，那些山峰真高啊，高得让人害怕，望着望着她就绝望地哭起来了。

表姐的话让我想起了一个古人，阮籍，这个人很率性，也很疯狂，绝对艺术家的气质，他每天没事喜欢到处乱跑，一遇到悬崖峭壁无路可走时，就跌坐地上放声大哭。我想，那时他一定和表姐一样，哭得也很绝望。

我定定地看着表姐，她的外表和内心相差真是太大啦，也许这就是她的丰富所在吧？

表姐说：“那时候还小，心在为理想燃烧，却不知该怎样做，茫茫尘世，你一无所知，独自摸索爬行，跌跌撞撞，那么容易受伤，那么容易绝望。”

我担心地问表姐：“后来呢？”

表姐笑起来：“后来啊，哭着哭着，慢慢就长大了。”

现在回想起来，和表姐在一起的那些日子，她真的不像外表那样热烈奔放，她其实非常不快乐。

有时候，表姐会突然停下手中正在做的事情，一个人坐到沙发上，久久地，久久地发呆，好像有很重的心事。

有时候，表姐正画着画，却突然停下来，“哗啦”一下，就将画纸撕得粉碎，伴着粗重的喘息。那时候，她的脸看上去有种沮丧、愤怒和绝望，情绪显得有些歇斯底里。

有时候，半夜醒来，我看见表姐一个人坐在屋里抽烟，一支接一支地抽烟，每天早晨，烟灰缸里都积满了烟头。

有时候，正说笑着呢，我会突然发现表姐的脸上有泪痕。

于是，在那些温暖美好的春天夜晚，每当表姐闲下来，沉默着一支接一支抽烟的时候，我就会主动要求跟她出去走走。

我挽着表姐的胳膊，漫无目的地走在城市的街道上，樱花正在凋谢，海棠花也落英缤纷，夜风轻拂，花瓣纷纷扬扬如雪片飘落，洒在我们身上，触打着脸，轻轻的，柔柔的。

…………

七

幸福生活总是稍纵即逝，一眨眼就没有了。老天爷再次心血来潮，它的脸说变就变了。

沙尘暴！沙尘暴动了！

席卷北方的沙尘越过长城越过大草原，开始侵袭这座体面的城市，漫漫黄沙像铺天盖地的罗网，将城市和人群一网打尽。那时候，人在天地中，却再也分不出天和地，宇宙仿佛又进入玄黄时代，暗无天日，混沌未开。

沙尘一暴动，体面的城市就万分紧张，惶惶如临大敌，人们出门就戴口罩帽子还要穿防水衣，大气不敢出，匆匆忙忙如过街老鼠，灰头土脸，狼狈不堪。活该啊，这叫报应，大自然在报复人类呢，别以为干了坏事老天不知道，都记着账呢，然后一笔一笔清算。

季节一变脸，真相一暴露，敏感脆弱的花儿就伤透了心，一夜之间，满城的花朵竟都绝望得凋落殆尽。

我也忽然有了一种不祥的预感。俗话说，人无远虑，必有近忧。也许是我在表姐家过的这种无限美好的自由生活太幸福了，幸福得让老天爷都嫉妒了，谁叫咱瞒天过海来着？这种勾当毕竟不太体面，老天爷可不好欺瞒呢。

大约两个星期后，妈妈来到表姐家，把我“请”了回去，她说我确实是“病入膏肓”了，再不好好“治疗”，就该彻底完蛋了。

原来，我的班主任老师给家里打去电话，询问我的脑瘤手术是否进行得顺利？出院没有？同学们都很关心我，并一致希望我能够尽快康复，重返校园。

老师无不惋惜地说：“木棉是个多么聪明的学生啊，得了这个病，真是太可惜了！”

我妈妈听得都要晕倒了，不过她还算聪明，也很节制，总算明白了怎么回事。尽管当时两眼发黑，却还能高瞻远瞩，还能保持相当的清醒和镇定，一心为宝贝女儿的前途着想，真难为她老人家了。

妈妈无不感激地说：“谢谢学校关心，人已经出院了，一切正常，绝对没有影响智商，反而比以前更聪明了，正准备下星期去上课呢，就不用麻烦大家来探望了。”

亲爱的妈妈在说那些“感谢”的话时，几乎快要咬牙切齿了。

妈妈来到表姐家“请”我时，我正在大胡子老师那里上课呢。

那天是周末，来上课的学生特别多。早在上个周末，老师就布置了作业，要我们以沙尘暴为主题画一幅画，自由想像，胡乱发挥，想怎么画就怎么画，最后再作点评。

大胡子老师点评时，重点就点了两个人，一个是我高小繁，还有一个男生，叫樊小高。老师说出这两个名字时，不禁愣了一下，又对照着反复念了两遍，像绕口令，然后他哈哈大笑起来，自言自语说有意思，真有意思。

所有学生也都跟着笑起来，纷纷扭头看我们。

那个叫樊小高的男生一言不发，很镇定，也很漠然，好像一切与他无关，老师说的是别人。

他的年龄看上去应该和我差不多，瘦高个子，板寸平头，白棉T恤外罩黑色外套，五官棱角分明得有点过分，显得怪石嶙峋的，脸上的表情除了冷，还有木，不过不是花木棉的木，而是麻木的木。

樊小高是新来的，就坐在我旁边，如果我没记错的话，那应该是他上的第二堂课，印象中他从未开口说过话，大概是个哑巴吧？

必须承认，这个樊小高还是很引人注目的，至少是与众不同的，我是说除了他的名字和外表，他的画也很特别。

记得上堂课他画的是一条河，河流本是很普通的事物，关键是他的用色太荒诞太夸张了，竟然是火红，铁水一样沸腾奔流，河里堆满乱石，竟然也是赤橙黄绿青蓝紫。整个画面乱哄哄，热烘烘，看得人心里直冒火，烦躁不安如坐针毡，恨不得夺门而逃。

樊小高画那幅画时，我是偶然间扭头看到的，不禁“呀”地叫出了声。樊小高抬头看了我一眼，眼睛就一直没从我脸上移开。

那种眼神很奇怪，好像我长了三只眼或者两张嘴似的，看得我心里直打鼓，回家后对着镜子照了半天，嘴里嘀咕着，没什么怪异之处呀？后来我发现，这个男生总在一边偷偷看我，等我察觉时，他却又若无其事地转过脸看别处去了。

总之，那幅画让我记住了叫樊小高的男生，我觉得他就是凡·高，凡·高那狂热不羁的灵魂又回来了，附在一个中国男孩的身上。

这幅以沙尘暴为主题的油画，樊小高画的是城市：黄蒙蒙的天地，高楼大厦有点歪斜，人群看不到脸和表情，但从脚步和身姿可以感觉到慌乱和猥琐，全是模糊的淡出处理；就在高楼和人群的背景中，迎面走来一个小女孩，披着金黄的斗篷，脸庞沉静安详，手里捧着一枝金灿灿的向日葵，色泽明晰，线条干净，有点像宗教里的人物。整幅画用的都是浓淡深浅的黄色，象征黄沙满天，主题也很明白，点沙化金，非常见功力呢。

我画的是一条林荫路，漫天落花飞舞，一个女孩在风中奔跑，伸出双手想去抓住那些飞在空中的花朵。

我觉得自己画得还不错，但和樊小高比起来，就差远啦。

下课后，我在楼梯口叫住樊小高，问他能不能把他画的那幅画送给我，我真的好喜欢。

提出那个要求时，我很忐忑，害怕被这个冷漠高傲的少年拒绝。但是，樊小高只看了我一眼，就取下画夹来，把那幅画递给了我。

然后他笑了，露出雪白的牙齿，有点羞涩的样子，用手指指我的画夹。

我一下子明白了，他是要和我交换呢，心里一阵暗喜，手忙脚乱地把画夹里的画取出来，递给他。

当我将那幅画取出来递给樊小高时，发现他又在注视我，对了，这次我看清楚了，他注视的是我眼角下的那颗蓝色泪痣。

我的脸肯定红了，因为感觉有点发烧。我心里直犯嘀咕，这人怎么怪怪的？痣有什么好看的？没见过吗？我就是爱哭，怎么啦？

我们在路边挥手告别，我很想把我的 E－mail 和 QQ 号都留给他，留给天才少年樊小高，虽然他是个哑巴，但我坚信他将来会成为一个伟大的画家。

然而女孩的矜持还是控制了我，算了吧，反正明天还要在一起画画呢，我们有的是时间交流，不用声音，用心灵，用艺术的语言。

樊小高转身离去，刚转过身，又回头朝我笑了笑，挥挥手，还是有点羞涩的样子。

我看着他走远，融进人流车海，大风把他的衣衫吹得飘扬起来，看上去就像一面黑色的旗帜。

回到表姐家，我就知道大事不好了。

亲爱的妈妈坐在沙发上，一脸乌云冰霜，柳眉倒竖，杏眼圆瞪，正等着我这个不良女儿呢。

完了！一切都完了！包括我的伟大理想，自由幸福的生活，还有和樊小高刚刚建立的美好友谊。

果然不出所料，我被妈妈“请”回家后，父母对我严加看管到了寸步不离的地步，除了上学，我连门都不能出，几乎丧失了最基本的人身自由。

我妈妈坚持认为，绘画艺术是引诱我堕落的罪魁祸首。为了让我这个离经叛道的不良少女迷途知返，就必须从源头上清理整治，彻底根除美术的魔咒，具体措施如下：一是不许再画画，全力以赴读好课本书；二是不能再去画家表姐家，免得再受蛊惑；三是上学放学不能单独行动，要由父母亲自接送。

为了保证整治措施取得良好效果，我妈妈还咬咬牙关了她的会计事务所，在家做起了全职母亲，每天亲自开车接送我，从而确保上学路上安全无误。

就这样，我离开了表姐，离开了美术班，离开了大胡子老师，离开了天才少年樊小高。

一段轰轰烈烈的理想生活就这样悲壮地宣告结束了。然而，历史告诉我们，巴黎公社虽然只存在了七十二天，但它为实现共产主义理想迈出了从理论到实践的宝贵步伐，意义十分重大。

八

就在我回到现实世界的第五天早晨，沙尘暴终于停止，太阳出来了，天空蔚蓝，春风和煦。

我做了一个奇怪的梦。

我梦见一只美丽无比的大鸟，高高飞翔在城市上空。硕大的翅膀铺展开来，遮挡住浮云和太阳，“呼啦”一扑闪，就掀起一股飓风，飞沙走石；它“嚯嚯”地鸣叫着，巨大的激情和欢乐盖住了城市的喧嚣声；它英勇无畏冲天而上，强大的气流掀动了钢筋水泥的楼顶，整个城市都在为之战栗。霎时，天昏地暗，日月无光，呼啸的狂风差点把我也拔地卷走，带到高空。

醒来时，我看到缕缕阳光，温暖明亮地照在窗前。鸟儿呢？飞到哪里去了？为什么我没有飞？为什么我会留在地上？留在人群里呢？这是一个阴谋，他们一定是趁我熟睡时，拧断了原先长在我身上的翅膀！他们又是谁呢？地上的人群吗？

我躺在床上，久久回味那个梦，一个关于飞翔的梦。

那是我小时候经常做的梦，我像鸟儿一样在天空里自由自在地飞来飞去。于是我总结出白天和夜晚的区别，不能飞的时候是白天，能飞起来就是夜晚。所以，我特别钟情夜晚，喜欢星星和月亮的神秘光芒，我的内心有无穷无尽的虚幻浪漫，它们都长着翅膀，会飞。奇怪的是，长大后，我就很少梦到飞了。

这个梦让我十分满意，尽管只是一只神奇的鸟，我也并没有飞起来，但我感觉这只鸟与我有种神秘的联系，心很激动，怦怦怦跳了半天。

晦气应该散了吧？我背着军绿帆布书包去上学。那天母亲有事，我自己坐上了十三路公交车，一路上眼皮不停地狂跳，它们已经跳了三天三夜了，还不能停歇，这让我心里七上八下，还会有什么倒霉事在等我呢？难道我还不够霉吗？

就是在这一天，木槿表姐出事了。

我的木槿表姐像一只大鸟那样飞起来，离开了这座城市，和我的梦境一模一样。

她说，她的前世是一只神鸟，不幸被猎人用弓箭射断了翅膀，所以今生一定要飞，高高地飞，冲出人群，往天上飞。

不计一切代价地飞。

然而，她只是一个折翅的天使，不幸坠落人间，就像罗丹雕塑的那样。

把滞重的肉体抛在地上，灵魂高高飞向天空。

现在想来，表姐从高楼上纵身跳下来之前，其实还是有很多迹象暴露出她的反常，只是那时太大意了，我怎么也想不到，热烈奔放的木槿表姐会选择如此极端决绝的方式离开人世，而且事情会发生得那么突然。

《前世》系列国画的创作，似乎就是一个预言，一个征兆。那些梦境，那些幻觉，美丽的背影，古老的事物，神秘，诡异，幽深，暗蕴一种忧伤而神圣的归宿感，显露出悲剧的端倪。

前世情结一直深深潜伏在表姐的灵魂里，从而蒙蔽了她的眼睛和心灵，让她忽略了今生的苦乐，更切断了来世的期盼。

她说，她想回去。

在创作《前世》的日子里，晴朗或下雨的早晨，表姐总给我描述她夜里做过的梦，她的梦境总是黑夜里的景象。

表姐说，世界其实不像我们看到的那样明亮，那是眼睛的错觉，感官的欺骗，世界其实是一团黑，永远驱逐不散的黑。所以她要拼命地热爱艺术，只有艺术才能帮助她驱散这种黑暗，给灵魂以慰藉的光亮。

梦里，木槿表姐在一条空旷的街道上奔跑，不明不白地奔跑，心脏狂跳，很累很累，却无法停下来。

那条街道十分古老，青石地板，雕花木窗，窗前晾晒着红红的绣花鞋，街上空无一人，却怎么跑也跑不到头。

后来天黑下来，月亮升起，她看见自己的影子，越来越长，越来越大，直到将月光完全覆盖，黑。

表姐神情恍惚地说，那条街道看上去十分熟悉，自己好像在那里住过似的。

我提醒她，那一定是丽江古城了，你不是在那里住过吗？

“哦。”表姐就若有所思地点起头来，她说当年高更去到南太平洋的塔希堤岛时，一眼就认定那是他前世的故乡，是安置他灵魂的地方，于是抛妻离子，舍弃巴黎的繁华，在那里住下来。后来他一直在海洋中的各个岛屿往返辗转，用精神和肉体的双重回避拒绝欧洲大陆的城市文明，直到死于马贵斯岛。

表姐说，丽江是我的故乡，过些时候我就去那里居住，一直住到死，我的灵魂要留在梅里雪山上。

表姐说那句话时，神情恍惚，两只眼睛却炯炯放光。

我离开表姐家的那天，早晨吃饭的时候，表姐告诉我她昨晚做过的梦，那是我所知道的她在人世做的最后一个梦。

她还走在古老的青石长街上，但地上不再拖有影子，她走得很轻松，不再感到疲累，那时，许多人都在街上走着，一声不响地走着，天上挂着白白的月亮，地上却都没有了影子。

也许天亮了，那不是夜晚的月亮，应该是正午的太阳吧。表姐神情恍惚地说。

后来我听人说，只有阴间才是没有影子的地方。

那些奇异的梦境都可以在表姐创作的《丽江》中寻觅到蛛丝马迹，《丽江》是表姐《前世》系列的最后一幅。直到去世，她的《前世》系列共创作了三十三幅，三十三个中国古镇古城。

和木槿表姐在一起，我目睹了她的创作过程，她的精神一直处于高度紧张和焦灼的状态，异常艰难和痛苦。以至于许多年来，一想起艺术家这个词，我的心里就会涌出一种深切的悲悯。

最后那些日子，木槿表姐越来越爱跟我说起小时候，她的记忆好得让人吃惊，描述童年的事情就像发生在昨天一样。

表姐也越来越爱跟我说她的故乡，她说木棉啊，故乡远在天边，又近在心里，所以我不曾想过要回去。可是现在，我发现长在自己身上的这颗心，其实也很遥远陌生，模糊了，都快感觉不到它的存在了，所以我想要回去了。

说着说着，表姐就去看窗外，窗外是阳光明媚鲜花盛开的美丽春色。

表姐突然就绽开热烈奔放的笑容，她感慨着说春天来了，木棉花已经开了，她想回大西南，回故乡，再看一次满城盛开的繁茂热烈的木棉花。

表姐的语气无限憧憬，眼睛望向窗外，目光掠过高高的蓝蓝的天空，飘向看不见的远方，让人觉得她的故乡好像在天上某个地方。

那地方一定很美，它在哪儿呢？是不是天堂？于是我强烈地要求她也带上我，我们一起回去，我也要去看木棉花，我的花。

表姐就把我揽过去，搂着我的背，用修长纤细的创造艺术的手指梳弄我的头发。她说是啊，木棉，我差点忘了，那是你的木棉花呢，你从小就蹲在树上看我，看我背着书包去上学。我一定要让你看到木棉花，我的木棉妹妹，你是我在这世上最爱的人啊。

那一刻，我多么幸福啊！我仿佛看到了遥远的西南边陲，遍地盛开的热烈奔放的木棉花朵，我和表姐手拉手，在花丛中笑啊，唱啊，跑啊。

那是我最后一次听表姐说热烈奔放的话语。

十四岁那个春天还没有结束，表姐花木槿就把诺言抛在身后，迫不及待地从高楼上纵身跳下，飞走了。

就这样，我永远也等不来那样一个春天了，和亲爱的表姐一起手拉手看木棉花盛开的春天。

她把我撇下，一个人上路了，独自走在返回故乡的路途上。

那么遥远的故乡，漫漫长路，她走着，一直在路上走着，不知能不能够抵达心中的天堂，魂归梅里雪山。

木槿表姐最后一幅画是出事前一夜画的，画的还是花。

表姐的一生都在画花，到了最后，她用生命画自己。现实和艺术混淆了，没有了界限，她成为自己画里的花，热烈的花，美丽的花，脆弱的花，绝望的花，凋残的花。

最后那幅画是留给我的，我是木槿表姐最后惦念的人。

这个事实让我难过极了，以至于多少年过后，我都能听见她在我耳边热烈地说，木棉妹妹，知道吗？你是我在这个世上最爱的人啊。然后，我的眼睛就会看见满世界落花飞舞。

从此，我喜欢的春天，就成了我的禁忌。

美丽的暮春时节，我常常害怕出门，因为外面的世界正落花飞舞，桃花啊，杏花啊，樱花啊，海棠啊，玉兰啊，还有更多更多的花儿，正从树上纷纷飘落。

那是木槿表姐的灵魂，它们满世界飞舞，歌唱。

也许我从未了解过木槿花，就像我从未了解过木棉花一样，或许我的生命里暗藏着真正的热烈，单薄忧郁飘飘欲坠才是表姐真实的生命状态。

木槿表姐留给我的那幅画叫《完美的花朵》。表姐的心意是那样了然于纸，她说过，我的前世就是一朵花。

表姐去世后，姨父母把这幅画给了我，连同那幅《丽江》。表姐出事前，唯独对这两幅画做了安排，她没有忘记自己的诺言。

《完美的花朵》简单得让人吃惊：画纸上，所有的梦境和幻觉中的事物都隐退了，前世即将消逝，今生正在来临的路途上，黎明前的黑暗里，只有一朵花，一朵没有开放的木棉花。

确切地说，那只是一朵紧闭的花蕾，从满纸浓黑如夜的水墨里，洇出淡淡的轮廓，沉默，倔强。

画的右上角有一行题字，很俊秀的毛笔小楷：

抱紧花蕊，因为我想开得更完美。

…………

（原出版单位：中国少年儿童出版社 2011 年 4 月第 1 版）

图书在版编目（CIP）数据

陕西文学六十年作品选：1954～2014. 长篇小说卷：全8册／贾平凹主编. —西安：陕西人民出版社，2015
ISBN 978－7－224－11465－2

Ⅰ. ①陕… Ⅱ. ①贾… Ⅲ. ①中国文学—当代文学—作品综合集—陕西省 ②长篇小说—小说集—中国—当代
Ⅳ. ①I218.41 ②I247.5

中国版本图书馆CIP数据核字（2015）第038186号

陕西文学六十年作品选（1954—2014）
长篇小说卷（1—8）

总 主 编 贾平凹 蒋惠莉
本卷主编 李 星 李国平
出版发行 陕西出版传媒集团 陕西人民出版社
（西安北大街147号 邮编:710003）

印 刷 西安市建明工贸有限责任公司
开 本 787mm×1092mm 16开 252印张 16插页
字 数 3540千字
版 次 2015年1月第1版 2015年1月第1次印刷
书 号 ISBN 978－7－224－11465－2
定 价 780.00元